W0350087

SCIENCE FICTION

Herausgegeben
von Wolfgang Jeschke

Von **Michael P. Kube-McDowell** erschienen in der Reihe
HEYNE SCIENCE FICTION & FANTASY:

Diaspora · 06/4910
Das Exil · 06/5993 (in Vorb.)

TRIGON-TRILOGIE:

Das Wagnis · 06/5485
Das Geheimnis · 06/5468
Das Reich · 06/5487

MICHAEL P.
KUBE-McDOWELL

DAS REICH
TRIGON

Dritter Roman

Aus dem Amerikanischen von
BARBARA SLAWIG

Deutsche Erstausgabe

WILHELM HEYNE VERLAG
MÜNCHEN

HEYNE SCIENCE FICTION & FANTASY
Band 06/5487

Besuchen Sie uns im Internet:
http://www.heyne.de

Titel der amerikanischen Originalausgabe
EMPERY
Deutsche Übersetzung von Barbara Slawig
Das Umschlagbild ist von Michael Hasted

Umwelthinweis:
Dieses Buch wurde auf chlor- und
säurefreiem Papier gedruckt

Redaktion: Wolfgang Jeschke
Copyright © 1987 by Michael P. Kube-McDowell
Amerikanische Erstausgabe by Berkley Books, New York
Mit freundlicher Genehmigung des Autors
und Danny Baror International, Inc.,
Literary Agency, Armonk, N.Y.
Copyright © 1998 der deutschen Übersetzung
by Wilhelm Heyne Verlag GmbH & Co. KG, München
Printed in Germany April 1998
Umschlaggestaltung: Atelier Ingrid Schütz, München
Technische Betreuung: M. Spinola
Satz: Schaber Datentechnik, Wels
Druck und Bindung: Elsnerdruck, Berlin

ISBN 3-453-10932-5

Für Pat, John, Sue und Pauline,
die nicht nur
meine Familie sind,
sondern auch
meine Stützen und meine Freunde.

NÖRDLICHE HIMMELSHALBKUGEL

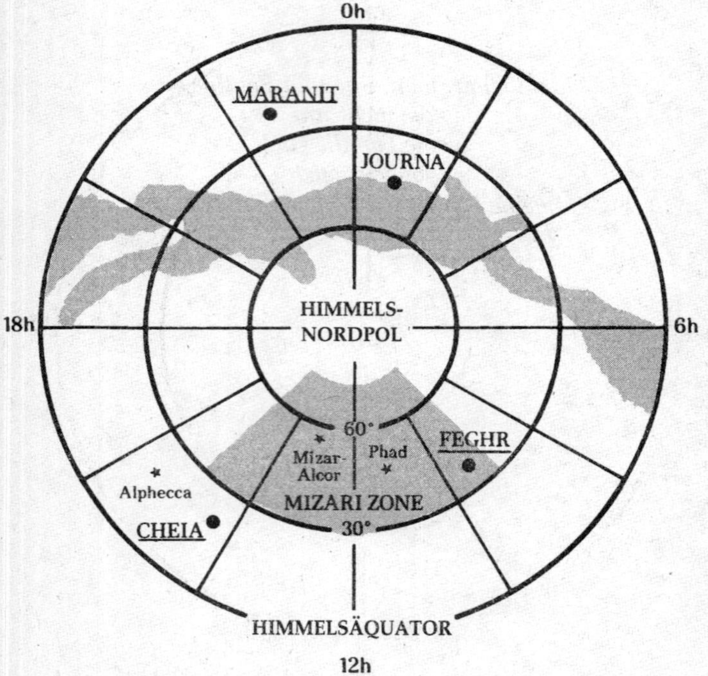

SÜDLICHE HIMMELSHALBKUGEL

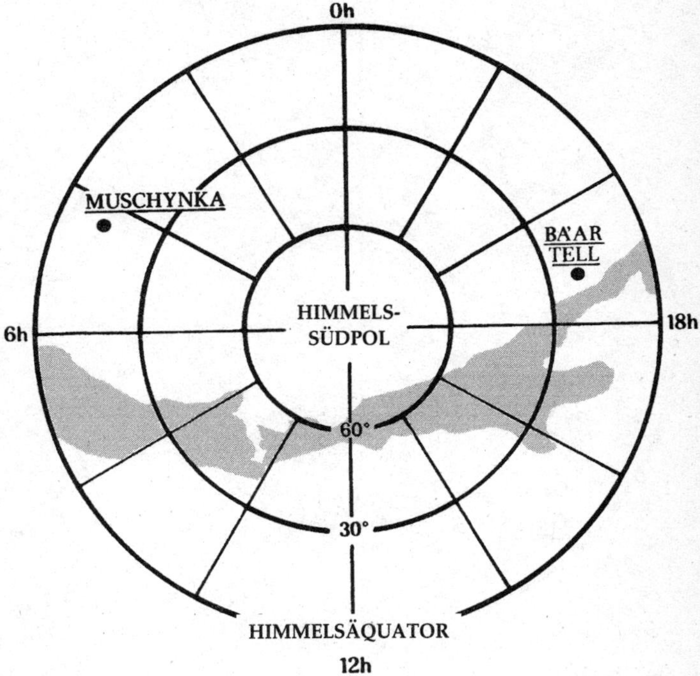

Inhalt

Erster Teil

DER JÄGER

654 n. W.

»Häuptlinge, Könige und Staaten
werden durch Kriege geformt.«

– *Will Durant*

1. KAPITEL

Eindringling

Zwei Lichtstunden von Ba'ar Tell entfernt trieb die *Rampart* auf ihrer Asteroidenbahn, lautlos und zum Kampf gerüstet. Ihre Sensoren waren aktiv, ihre Waffen einsatzbereit. Alle acht Stationen auf der Brücke waren von Mitgliedern der ersten Wache besetzt, den besten einer Mannschaft, die ohnehin zur Elite zählte.

Angekündigt von einem elektronischen Läuten, veränderte sich ein Teil des Überkopfbildes auf der Haube von Denn Lieters Kampfliege. Lieter studierte die neuen Daten einen Moment lang, dann runzelte er die Stirn.

»Wieso bekommen wir plötzlich nur noch Schätzungen zur Flugbahn? Haben die Posten sie verloren?« fragte Lieter leise. Sein Kehlkopfmikrophon fing die Frage ein und leitete sie an die übrigen Stationen weiter.

Die Antwort kam vom KomTech. »Der Außenposten in dem Bereich ist soeben verstummt, Sir. Laut Oberkommando Verteidigung auf Ba'ar Tell ist er vermutlich zerstört worden. Die Innenposten sind für genaue Daten noch zu weit entfernt.«

»Falls Sie den Kurs wechseln wollen, dann jetzt«, meinte eine ruhige Frauenstimme in Lieters Ohr. Es war die Kampfstrategin Mills auf ihrer privaten Verbindung zum Captain.

»Wir bleiben, wo wir sind«, befahl Lieter mit mehr Zuversicht, als er empfand. »Alle Stationen, melden.«

»NavCom bereit.«

»Waffen bereit.«

»Kommunikation bereit.«

»Strategie und Analyse bereit ...«

Lieter lauschte der rituellen Meldeliturgie nur mit halbem Ohr. Er drehte sich in der engen Kampfliege zur Seite – langsam, damit die Beschleunigungssensoren im Kopfpanzer nicht ansprachen – und blickte durch die Haube hindurch zum hinteren Bereich der Brücke. Auf der Beobachterplattform stand wie erwartet ein großer schlanker Mann in gelbbrauner Commander-Uniform.

Bevor der Besucher Blickkontakt zu ihm aufnehmen konnte, wandte Lieter sich wieder seiner Konsole zu. Normalerweise wäre er als Captain der *Rampart* der ranghöchste Offizier an Bord gewesen. Wegen der großen Bedeutung dieses Augenblicks stand der Beobachter jedoch im Rang über Lieter; außerdem machte er ihn nervös. Diese Wirkung hatte Harmack Wells, der neue Direktor von USS-Verteidigung, auf viele Menschen.

Daß die maschinelle Komponente der *Rampart* ihrer Aufgabe gewachsen sein würde, bezweifelte Lieter nicht. Die menschliche Komponente war jedoch noch unerprobt. Dies war der entscheidende Test. Bisher hatte noch kein Verteidiger einen Angriff der Mizari auf eine der Vereinten Welten abwehren müssen, obwohl die Schiffe allein zu diesem Zweck gebaut worden waren. Ein Versagen war durchaus möglich, und das war der Grund, weshalb Lieters das Hemd schweißnaß und kalt am Rücken klebte und er nicht vergessen konnte, daß Wells ihn beobachtete.

»Innenposten bestätigen Bahndaten für Ziele Alpha und Beta«, verkündete der KomTech. »OK-Ver sagt für beide einwärts fliegende Schiffe einen planetaren Angriffsvektor voraus, Zuverlässigkeit 90. *Rampart* erhält Erlaubnis für Abfangen mit voller Kampfkraft.«

Lieter atmete tief ein und hielt für einen langen Moment die Luft an. »Bestätigt, *Rampart* hat Erlaubnis für

AVK«, sagte er dann. Mit dem Zeigefinger tippte er auf ein leuchtendes Rechteck in einem Tastenfeld, und im oberen linken Quadranten seines Bildschirms erschien eine strategische Karte. »Mills?«

»Ja, Captain. Ich empfehle Standardangriff für zwei Ziele.«

»Einverstanden. Waffen, sofort Angriffsmodus 21 einleiten.«

Innerhalb von Sekunden erfüllte das abgehackte Bellen des fünfzigläufigen Schienengewehrs das Schiff: zehn Läufe pro Salve, hundert Runden pro Sekunde, sechzigtausend Runden pro Minute. Das durchdringende, unablässige Trommeln war selbst durch die isolierende Hülle von Lieters Kampfliege zu hören.

Alles übrige mußte Lieter sich vorstellen: wie die Injektoren in wilder Aktivität jeden Lauf zweimal pro Sekunde nachluden; wie die zylindrischen Geschosse durch ihre elektromagnetischen Kanäle rasten; wie die Mündungsdeflektoren jedes von ihnen an seinen Platz im Streuungsmuster schleuderten. Angriffsmodus 21 war die Bezeichnung für das Muster, das die Mannschaften der Verteidiger den Todeskranz nannten: ein fünf Kilometer breiter Kegel aus Hochgeschwindigkeits-Schrapnellen, aus dem kein Schiff, das größer als ein Sprinter war, allein durch Glück entkommen konnte.

Doch so vernichtend der Todeskranz auch sein konnte, er war keineswegs absolut zuverlässig. Falls der Eindringling ihn früh genug bemerkte, konnte er ihm ausweichen oder sogar umkehren und vor ihm davonfliegen. Dazu mußten ihn die Mizari allerdings erst einmal orten – was nicht einfach war, denn jeder Bestandteil des Kranzes hatte einen Durchmesser von weniger als drei Zentimetern. Nur die allerbesten optischen oder Radarsensoren würden ihn anzeigen, bevor es zu spät war.

»Posten I-7 sendet ein Telekamerabild von Beta«, teilte der KomTech Lieter mit.

Lieter berührte mit dem Finger ein Tastenfeld, und die Aufnahme erschien auf seinem Schirm. Der mizarische Eindringling war ein fast kugelförmiges schwarzes Objekt mit einem Durchmesser, der doppelt so groß war wie die längste Abmessung der *Rampart*. Soweit erkennbar, wurde seine gleichmäßig gewölbte Oberfläche von keinerlei Geschützöffnungen durchbrochen. Nichts wies auf die wütende Kraft hin, mit der die Mizari vor langer Zeit die Erde verwüstet und sich den Namen verdient hatten, unter dem sie besser bekannt waren: die Sterilisierer.

Aber wir haben es nicht vergessen, dachte Lieter. *Wir haben es nicht vergessen.*

Zwanzig Minuten später schloß das Schienengewehr die letzte Lücke im Todeskranz und verstummte. Die *Rampart* trieb weiter abwartend dahin. Ihr großer Abstand wurde mit einem Verlust an Energie erkauft – je näher ein Verteidiger an sein Ziel herankam, desto mehr Watt pro Quadratmeter konnten die Lanzen liefern. Doch solange die Mizari Lieter nicht zum Handeln zwangen, würde die *Rampart* warten, bis der Todeskranz dem Eindringling den ersten Schlag versetzt hatte.

»Neuer Vektor, Beta«, meldete der Gravigator; seine Stimme klang ein wenig besorgt.

»Mills – hat er den Kranz geortet?« fragte Lieter.

»Das glaube ich nicht, Sir. Alpha ist immer noch auf Kollisionsvektor. Sie wechseln wohl eher von Konvoiformation auf Angriffsformation. Ich schlage vor, daß wir Beta folgen.«

»Nein. Bei dieser Entfernung würden wir uns damit nur verraten. Lanzen, Beta anvisieren.« Lieter blickte erneut auf die strategische Karte und den Abfangzähler. In weniger als acht Minuten würden die Mizari den Kranz erreichen. Lieters Rückenmuskeln und Sphinkter waren vor Spannung verkrampft. »NavCom, sobald Alpha auf den Kranz trifft, fliegen Sie uns auf

Beta zu. Wir warten, bis sie das Schwarze in unseren Augen sehen …«

»Neuer Vektor bei Alpha.« Der Gravigator rief es förmlich. »Sie haben ihn gesehen. Sie fliehen zum Rand …«

»Lanzen, Feuer«, befahl Lieter reflexartig; der Beobachter hinter ihm war vergessen. »NavCom, vierzig Prozent vorwärts. Schienengewehr, Modus 15. Beim Fliegen feuern. Mills – wird Alpha dem Kranz entkommen?«

Während er noch sprach, feuerten die sechs computergelenkten Lanzen. Ihre Energiestöße waren unsichtbar, wenn man von den Linien auf der strategischen Karte absah. Aber ihre Wirkung war über die Telekameras der Posten zu erkennen. An der schwarzen Kugel dampften ganze Bereiche der Hülle weg, und es öffneten sich weite Risse. Der erste mizarische Eindringling starb schnell und leise, als Skelett inmitten einer wachsenden Wolke aus molekularem Metall, die einmal seine Haut und Sehnen gewesen war.

»Alpha wird dem Kranz nicht entkommen«, erklärte Mills. »Das wissen sie auch – sie benutzen irgendeine Energiewaffe, um sich den Weg freizuräumen.«

Lieters Antwort war knapp und klar. »Lanzen, Alphas voraussichtlichen Austrittspunkt anvisieren. Sobald sie durch den Kranz kommen, verbrennen.«

»Nicht notwendig«, meinte Mills. »Ihr Winkel ist für das Muster zu schlecht. Sie schaffen es nicht.«

Noch während sie sprach, kreuzten sich die Flugbahnen von mizarischem Schiff und Kranz. Die Geschosse bestanden zwar nur aus träger Masse, doch was ihnen an Explosivkraft fehlte, wurde durch die addierten Geschwindigkeiten von Ziel und Kranz mehr als ausgeglichen. Auf der schwarzen Oberfläche des Eindringlings leuchtete eine helle Blüte auf, dann eine zweite und eine dritte. Winzige Materieteilchen flogen in alle Richtungen davon. Dann wurden die unregelmäßigen Einschlaglöcher von einer Explosion im Innern des Eindringlings erleuchtet, so daß das Ganze gespenstisch an Kerzenlicht in einem ausgehöhlten Kürbis erinnerte.

Es verging ein langer Moment, dann nähte ein enger Haufen von Geschossen – fünf oder mehr, vermutete Lieter, obwohl alles zu schnell ging, um sicher zu sein – eine Linie quer über die restliche Hülle, brach sie auf wie ein Ei und ließ den Inhalt ins kalte Weltall ausströmen. Fast im gleichen Moment wechselte das Zeichen für Alpha auf Lieters Schirm von Rot nach Grün: Alpha war neutralisiert.

»Abbrechen! Abbrechen!« befahl Lieter. »Alle Stationen, Kampfmodus beenden. NavCom, sehen wir uns unser Werk mal an.«

Freudiges Gerede und Eigenlob wurde laut, erst über die Kom-Leitungen, dann, als sich die Hauben der Brückenliegen alle zugleich öffneten, auch quer durch den Raum,.

»Feiern können wir später«, wies Lieter die Mannschaft scharf zurecht. Sobald die Halterungen seiner Couch ihn freiließen, sah er sich nach Wells um. Der Direktor stand immer noch dort, wo Lieter ihn zuletzt gesehen hatte; sein Blick war auf den leeren Hauptschirm gerichtet, der während eines Kampfes nicht benutzt wurde.

Lieter stieg aus der Liege, drehte sich zu Wells um und salutierte. »AVK-Manöver beendet, Sir. Ich wünschte nur, das wären echte Mizari-Schiffe gewesen und keine harmlosen Drohnen.«

Einige Sekunden lang reagierte Wells nicht, sondern schaute weiter geradeaus, als hätte er nichts gehört. Dann straffte er sich und nickte in Lieters Richtung.

»Passen Sie auf, was Sie sich wünschen, Captain. Ein offener Krieg mit den Mizari ist nichts, in das man sich kopfüber hineinstürzt.«

»Ich wollte nur sagen ...«

»Wenigstens gehen Sie mit Ihrem Kommando weniger sorglos um als mit Ihren Worten«, fuhr Wells fort. »Wenn Sie die Daten der Kampfrecorder ausgewertet haben, werden wir die Ergebnisse hier detailliert durchgehen. Bis dahin drücken Sie bitte allen Beteiligten meinen Dank für Ihre Bemühungen aus.«

»Ja, Direktor.« Lieter salutierte erneut, während Wells flackerte und verschwand. Dann spürte er jemand neben sich und wandte sich der wartenden Mills zu. »Gute Arbeit.«

»Vielen Dank, Sir.« Mills lockerte ihr Haar, dort wo der Kopfhalter es flachgedrückt hatte. »Aber haben Sie eine Ahnung, weshalb sie es uns so leicht gemacht haben? Die haben uns nicht eine einzige Kurve vorgeflogen. Wir sind überhaupt nicht unter Beschuß geraten.«

»Wenn wir das wissen müßten, würden sie es uns mitteilen«, erwiderte Lieter und blickte noch einmal dorthin, wo sich bis eben das Bild von Wells befunden hatte. »Aber sie haben ihre Gründe, darauf können Sie sich verlassen.«

Kopfschüttelnd und stirnrunzelnd trat Wells aus Telepräsenz-Kammer 041. Während er durch den Korridor zu seinem Büro ging, gesellte sich sein Adjutant Teo Farlad zu ihm.

»Ein gutes Manöver«, meinte Farlad. »Die Mannschaft hat gute Arbeit geleistet.«

»Das heißt gar nichts«, entgegnete Wells schroff.

»Es heißt, daß die Verteidiger ihre Aufgabe wie angekündigt erfüllen werden ...«

»Ich wollte eine überzeugende Vorführung fürs Komitee. Was ich bekommen habe, waren zwei große tote Ziele, die keinen Schlag hinnehmen, geschweige denn einen austeilen konnten.«

Farlads Miene verriet, wie verwirrt er war. »Wir haben den Drohnen alle Fähigkeiten verliehen, mit denen vernünftigerweise zu rechnen ist. Ihre Kampfcomputer waren in keiner Weise eingeschränkt – sie haben den Kranz und die *Rampart* einfach zu spät bemerkt.«

»Ist es etwa vernünftig anzunehmen, daß die Energiewaffen der Mizari den Kranz nicht durchbrechen können? Oder daß ihre Schiffe derart leicht durch unsere Lanzen zu zerstören sind? Die Kanzlerin ist nicht dumm. Sie weiß, wenn man ihr etwas vorschwindelt.«

»Aber Sir – wir wissen doch nicht, wozu ihre Waffen und Abwehrmechanismen in der Lage sind. Also können wir auch nicht simulieren ...«

»Für sechzig Millionen Coullar hatte ich mir etwas mehr erwartet als ein bißchen Zielscheibenschießen.«

»Es wird weitere Manöver geben, unter veränderten Bedingungen ...«

»Hoffen wir, daß wenigstens einige davon Ähnlichkeit mit der wirklichen Welt haben. Bis dahin müssen wir uns einen Weg überlegen, wie wir dieses Phantasieprodukt dem Komitee verkaufen.« Sie näherten sich dem Mittelpunkt der Station USS-Central, einem neun Stockwerke hohen Atrium voll Licht und Grünpflanzen.

»Ich habe auch gute Neuigkeiten für Sie«, verkündete Farlad, der den Schaden gern wiedergutmachen wollte. »Darum sind wir uns begegnet – ich wollte zu Ihnen und es Ihnen erzählen.«

»Dann hören Sie auf, sich aufzublasen, und erzählen Sie es mir.« Wells blickte quer durch den Mittelraum zu einer Gruppe Menschen hinüber, die auf den Eingang zum Versorgungsflügel zuging.

»Ich bin auf ein neues Dokument von Thackery gestoßen ...«

»Nicht gerade welterschütternd.«

»Dieses ist etwas Besonderes – Thackery hat es *nach* dem Ausscheiden aus dem USS geschrieben ...«

»Kopieren Sie es in meine Privatdatei, dann sehe ich es mir an.« Mit einer Geste gebot er Schweigen und blieb stehen. »Ist das nicht Comitè Sujata?«

Farlad schaute in die Richtung, in die Wells zeigte, und erblickte eine große langgliedrige Frau, die nach maranitischer Art in Halbbluse und Hüfttuch gekleidet war. »Ja, Sir. Zusammen mit Whitehall von der Forschungskolonie Arctur und seinem Fazilitator.«

»Wollten Sie mir nicht noch ein paar nützliche Informationen über sie liefern?«

»Ihre Vita ist so vollständig, wie sie nur sein kann ...«

»Ich weiß immer noch nicht, wie sie bei Triade abstimmen wird.«

»Bei den monatlichen Geldzuweisungen für Verteidigung hat sie sich immer der Mehrheit angeschlossen.«

»Das reicht nicht. In den sechs Monaten, die sie jetzt im Komitee sitzt, haben wir keine neue Verteidigungsinitiative eingebracht. Um dem Status quo zuzustimmen, muß man nicht besonders engagiert sein.«

»Ich habe ihr die Dokumentation über Triade zwei Wochen nach ihrer Ankunft gegeben. Aber bei meinem halben Dutzend Versuchen, mit ihr darüber zu reden, hat sie mich jedesmal vertröstet. Vielleicht sollten Sie sie direkt darauf ansprechen ...«

Wells antwortete wie jemand, der fast am Ende seiner Geduld war. »Ich rechne nicht damit, daß sie sich als wichtiger Faktor erweist. Ich will nur keine Überraschungen erleben. Wir gehen am Donnerstag ins Komitee. Bis dahin werden Sie etwas für mich haben.«

Farlad schluckte schwer. »Ja, Sir.«

»Und sobald Lieter die Kampfdaten übermittelt, kommen Sie in mein Büro. Dann reden wir weiter über Ba'ar Tell.« Er ging in Richtung Verteidigungsflügel davon. Farlad sah ihm gereizt nach, dann durchquerte er das Atrium und folgte Sujata.

Was die Körpersprache anging, hätten die zwei Kontrahenten nicht unterschiedlicher sein können. Der stiernackige Kolonieleiter Richard Whitehall, dessen Äußeres nur schlecht zu seinem steifen altertümlichen

Namen paßte, hatte den Sessel im Büro der Versorgungsdirektorin mit ruheloser Bestimmtheit in Besitz genommen, wie ein Bär, der eine Höhle zu seinem Revier erklärte. Ihm gegenüber saß Janell Sujata, locker und mit diskret gekreuzten Beinen, die Hände im Schoß, die Fingerspitzen gegeneinander gelegt, ein Muster an ruhiger Selbstsicherheit.

»Es tut mir leid«, sagte sie soeben. »So ist es nun einmal.«

»Tèrira pa nèti, par es«, meinte Whitehall mürrisch und verschränkte die Arme vor der Brust.

»Tatsächlich würde ich Ihnen sogar sehr gern helfen«, fuhr Sujata fort. Ihr ruhiger Tonfall ließ vermuten, daß sie den shinnischen Fluch nicht verstanden hatte, obwohl das sehr wohl der Fall war. »Aber Ihre Schwierigkeiten gehen nicht von der Versorgungsabteilung aus, sondern von der für Verteidigung. Sämtliche Lastschiffe in diesem Oktanten werden für den Ausbau von Bootes Center und den des Stützpunkts für die Wächter eingesetzt. Bis die Abteilung Verteidigung diese Schiffe wieder an die Transportabteilung übergibt, können wir Arctur nicht häufiger von Paketschiffen anfliegen lassen.«

Der kleine und rundliche Fazilitator, der als einziger stehen geblieben war, schob sich nicht nur diplomatisch, sondern auch körperlich zwischen die Comitè und den Vorsteher von Arctur. »Mr. Whitehall fiel auf, daß es im Lupus-Oktant freie Kapazitäten gibt, und er fragt sich, ob man nicht ein oder mehrere Schiffe verlegen könnte …«

Sujata lächelte matt. »Wenn das so wäre, würde die Abteilung Verteidigung auch diese Schiffe übernehmen. Sie hat den größten Anspruch auf alle Ressourcen des USS, das dürfen Sie nicht vergessen.«

»Mr. Whitehall möchte Sie daran erinnern, daß der USS auch gegenüber den Kolonisten von Arctur bestimmte Verpflichtungen eingegangen ist.«

»Und diese Verpflichtungen werden zum größten Teil auch erfüllt, nämlich über das Museumsprojekt ...«

Whitehall war in der verbissen chauvinistischen Monarchie von Liam-Won aufgewachsen; daß er Sujata jetzt trotzdem direkt ansprach, zeigte, wie frustriert er war. »War es das, was das Komitee mit uns vorhatte, uns zu einem Abstellplatz für kaputte Schiffe und nutzloses Personal zu machen?« wollte er wissen. »Haben wir uns freiwillig gemeldet, nur damit man uns abschiebt und vergißt?«

Sujata ließ sich durch Whitehalls anklagenden Tonfall nicht einschüchtern. »Mr. Whitehall, eigentlich dürften Sie es doch nicht nötig haben, daß ich Sie an die Vorgeschichte des Arctur-Projekts erinnere. Die Leitung von Bootes Center hat Ihre Kolonie vor allem deshalb gegründet, weil sie den eigenen Schiffsverkehr fördern und das Wachstum des Centers beschleunigen wollte. Inzwischen untersteht Bootes Center aber einem militärischen Gouverneur, und dessen größte Sorge ist nicht das Wohlergehen der Kolonie Arctur auf Cheia, sondern sind die Mizari ...«

Der Fazilitator wagte es, sie zu unterbrechen, um so die Etikette wiederherzustellen. »Die Geschichte Cheias ist Mr. Whitehall durchaus vertraut. Seine Sorgen gelten der Gegenwart und der Zukunft.«

»Dann täte er gut daran, seinen einzigen Freund auf Unity nicht der Feindschaft zu beschuldigen«, erwiderte Sujata. »Wenn mein Vorgänger nicht Arctur zum Standort des Museums gewählt hätte, dann hätte Mr. Whitehall jetzt noch viel weniger Hilfe und viel mehr Grund zur Klage. Oder wäre es ihm lieber, wenn die Kolonie ohne das Material und die Menschen auskommen müßte, die von den Museumsschiffen auf ihren letzten Reisen mitgebracht werden?«

Der Fazilitator sah Whitehall nervös an und bemerkte, was für ein Gesicht dieser machte. »Mr. Whitehall möchte nur sicherstellen, daß Ihnen die derzeitige Lage bewußt ist. Sie ist nämlich nicht optimal.«

»Mir ist bewußt, daß Cheias Wachstumsplan unter der Abnahme des Verkehrs leidet. Aber ich sage es noch einmal, Ihre Schwierigkeiten gehen in erster Linie von der Abteilung Verteidigung aus, indirekt von der Abteilung Transport und letztlich von den Mizari.«

»Und mehr können Sie für Mr. Whitehall nicht tun?«

Sujata breitete die Hände aus, mit den Handflächen nach oben. »Ich kann ihm nur noch versprechen, daß wir auch weiterhin alle eingemotteten Schiffe, die wir in die Hände bekommen, sofort zum Museum schicken werden, und zwar mit so viel Fracht und Passagieren, wie sie aufnehmen können. Die Abteilung Verteidigung ist längst dabei, ihre eigenen Frachter zu bauen. Wenn die ersten zum Einsatz kommen, dürften Sie Verbesserungen im Flugplan der Paketschiffe bemerken.«

»Es würde Mr. Whitehall mehr beruhigen, wenn dieses Versprechen konkreter wäre«, erklärte der Fazilitator ernst, während Whitehall Anstalten machte, sich zu erheben.

Obwohl Sujata sich nicht zu beeilen schien, war sie doch die erste, die stand. »Vielleicht würde Mr. Whitehall das Ganze in einem anderen Licht sehen, wenn er sich folgendes ins Gedächtnis ruft: Statt Cheia zum Standort für eine so einzigartige Einrichtung wie das Museum zu machen, hätte man der Kolonie auch den Wächterstützpunkt bescheren können, einschließlich aller damit verbundenen Einmischungen durch die Abteilung Verteidigung.«

»Fècuma«, murmelte Whitehall, als er an ihr vorbeiging. Sujatas Mundwinkel verzogen sich zu einem politisch unklugen Lächeln, doch sie verbarg es hinter einer Hand und begleitete die Männer zur Tür.

Wyrena Ten Ga'ar stammte von Ba'ar Tell, deshalb war es unvermeidlich, daß Unity Center ihr überwältigend erschien. Auch die Reise in der Gemeinschaftskabine des Paketschiffs *Moraji* war schon eine sehr ungewohnte Erfahrung gewesen, aber dort waren wenigstens noch andere von ihrer Heimatwelt bei ihr gewesen, zumindest während der ersten Wegstrecke bis Microscopium Center.

M-Center selbst hatte ihr schon einen größeren Schock versetzt, und diesmal war er durch nichts gemildert worden. In dieser großen Raumstation, die im Zeitalter der Expansion als einer der Vorposten gegründet worden war, hatte sie zum erstenmal einen Vorgeschmack auf das bekommen, was ihr Vater abfällig terranische Bienenstockbehausungen nannte. Während ihres dreitägigen Aufenthalts dort verirrte Wyrena sich notgedrungen mehr als einmal auf den achtzehn Ebenen von M-Center; das Gewirr aus völlig gleich aussehenden Korridoren und das nach Block-Ebene-Sektor geordnete Adressensystem verwirrten sie so, daß sie oft den Tränen nah war.

Auf der Strecke von M-Center einwärts nach Unity hatte die *Moraji* eine ethnisch vielschichtigere Gruppe Menschen an Bord. Gut die Hälfte der zwanzig Betten war von Mitarbeitern des USS belegt, die etwa in Wyrenas Alter waren. Auf Wyrena wirkten sie laut, schlecht erzogen und einschüchternd. Es waren auch zwei ba'arische Männer an Bord, ein kleiner Beamter der Zentralität und ein Student. Doch keiner von ihnen stammte aus ihrer Heimatstadt Farnax, und auch wenn sich Wyrena zugunsten von Gesprächen und Geselligkeit gern über die Clan-Regeln hinweggesetzt hätte, die beiden gaben ihr deutlich zu verstehen, daß sie dazu nicht bereit waren.

Des weiteren befand sich eine starrköpfige Delegation von Daehne an Bord, deren Haltung gegenüber den anderen Passagieren zwischen Paranoia und Herablassung schwankte. Zwei Daehner stellten ganz offen sexuelle Ansprüche an Wyrena; daß sie darauf nicht eingehen mußte, verdankte sie weniger ihrer eigenen Willenskraft als vielmehr der Intervention eines Mitglieds der Schutzkommission, die die Daehner im Auftrag des USS begleitete.

»Das hat nichts mit Ihnen persönlich zu tun«, erklärte der Kommissar ihr. »Sie ärgern sich einfach darüber, daß Ba'ar Tell einen Beobachter im Komitee hat, während Daehne immer noch von draußen hereinschaut. Die Vorstellung, jemand von Ba'ar zu bezwingen – noch dazu eine Frau ... Na, Sie wissen schon.«

Danach hielt Wyrena sich von den anderen fern, und so hatte sie nicht viel mehr zu tun, als über ihre Entscheidung nachzudenken und sich ängstlich zu fragen, ob sie die falsche getroffen hatte. Um ihre Furcht zu übertünchen, schmückte sie ihre Reise zu einem Abenteuer aus und verwandelte das ersehnte Wiedersehen mit Janell in einen mädchenhaften Tagtraum. Von den Leuten, die die Passagiere willkommen hießen, würde irgend jemand bestimmt Janell kennen oder wenigstens jemand, der sie kannte. Vielleicht würde sogar Janell selbst dort sein, weil sie irgendwie von Wyrenas Ankunft erfahren hatte ...

Doch Unity war nicht wie die äußeren Welten, auf denen nur vier oder fünf Schiffe pro Jahr ankamen und wo es ein traditionelles Gebot der Gastfreundschaft war, jedes Schiff feierlich zu begrüßen. Die *Moraji* war nur eins von vielen einwärts fliegenden Paketschiffen, und die verwirrte ba'arische Frau nur eine von vielen Besucherinnen. Dem gehetzt wirkenden Gästebetreuer, der alle nicht zum USS gehörigen Passagiere durch den Terminal führte, schien weniger daran zu liegen, sie alle einzeln zu begrüßen, als sie möglichst schnell durch die Abfertigung zu schleusen. Nachdem Wyrenas Identität und Solvenz geprüft worden waren, wurde sie sich selbst überlassen.

Obwohl sie die letzten drei Flugtage fast ausschließlich damit verbracht hatte, ihre nächsten Schritte zu planen, wollte sie die nächsten Stunden später nur noch vergessen: die gleiche Hektik und das gleiche Durcheinander wie in M-Center, nur schlimmer. Zunächst nahm sie den erstbesten freien Kom-Knoten in Beschlag. Da die Technik ihr unbekannt war, befolgte sie dankbar und hoffnungsvoll die geduldigen Aufforderungen des Geräts.

Dann kam die erste Überraschung. Wer auf Ba'ar Tell einen Sprechdraht besaß, ließ ihn nie unbeaufsichtigt; jeder Anruf mußte angenommen werden, das verlangte die Etikette. Bei Janell hieß es jedoch: »Ruf offline – nur Botschaften möglich.«

»Wo ist sie?« fragte Wyrena klagend. »Wann kommt sie wieder?«

Doch so menschlich die Stimme auch klang, sie gehörte keinem mitfühlenden Hausangestellten, sondern einer Maschine. »Die Adresse ist UC-V-S100. Weitere Daten sind nicht verfügbar«, teilte ihr der Kom-Knoten mit. »Möchten Sie eine Nachricht hinterlassen?«

Auf diese Art sollte Janell die Neuigkeit nicht erfahren, nicht von einer erfrorenen Stimme in einem elektronischen Gefängnis. Wyrena würde warten, bis sie ihre Reaktion darauf sehen konnte, denn vorhersagen konnte sie sie nicht.

»Keine Nachricht.«

»Vielen Dank«, antwortete die Stimme freundlich.

Zwei Stunden lang wanderte Wyrena in den unteren Ebenen von Unity umher und suchte nach V-S100, bis eine Frau, die mit ihr im gleichen Fahrstuhl fuhr, den verlorenen Ausdruck auf ihrem Gesicht bemerkte und sich ihrer annahm. Da erst erfuhr Wyrena, daß sie am falschen Ort suchte. UC-V-S100 lag nicht in Unity selbst, sondern in einer Satellitenstation, die einige tausend Kilometer hinter Unity auf derselben Umlaufbahn lief. *U*SS-*C*entral, *V*ersorgungsflügel, *S*uite *100*.

Wyrenas Wohltäterin half ihr, den Pendlerknoten zu

finden und einen Platz auf dem zweimal pro Stunde verkehrenden Shuttle nach UC zu buchen. Danach war Wyrena wieder allein. In dem kanisterförmigen Shuttle bekam sie Platzangst, beim Anblick der Erde auf den fensterartigen Bildschirmen wurde ihr schwindelig, und der vierzigminütige Flug erschien ihr fast unerträglich.

Als das Shuttle endlich andockte, folgte sie den übrigen Passagieren auf eine spiralige Rolltreppe. Drei Aufwärtsrunden später fand sie sich in einem riesigen Atrium wieder, in dem die gesamte achtstöckige Beratungshalle von Farnax Platz gefunden hätte. Die architektonischen Wunder verblüfften sie so, daß sie erst nach einigen Minuten die fünf großen Korridore bemerkte, die den fünf Speichen des Centers entsprachen und zugleich auch den fünf Abteilungen des USS: Transport, Erkundung, Versorgung, Verteidigung und Einsätze. Mit zögernden Schritten durchquerte sie das Atrium in Richtung Versorgungsflügel und betrat den Mittelgang.

In dem Gang gab es einen Fahrstuhlknoten mit ganzen Reihen von Türen und einem elektronischen Wegweiser. Dahinter versperrte ein Sicherheitsposten den weiteren Weg. Hinter dem Posten sah Wyrena ein Wartezimmer mit Glaswänden und darin eine arbeitende Frau, einen wartenden Mann und drei geschlossene Bürotüren. Die Glaswand trug eine verwirrende Inschrift:

SUITE 100

BÜRO DES DIREKTORS

USS-VERSORGUNG

Auf Ba'ar Tell war Janell Leiterin des USS-Büros gewesen, aber wenn man bedachte, unter welchen Umständen sie es verlassen hatte – konnte sie da jetzt für einen Comitè arbeiten?

Verwirrt nahm Wyrena allen Mut zusammen und ging zu dem Sicherheitsposten. »Ich muß zu Janell Sujata ...«

»Zeigen Sir mir Ihre Karte.«

Wyrena gehorchte hoffnungsvoll.

Der Angestellte warf kaum einen Blick darauf. »Nicht freigegeben. Haben Sie einen Termin?«

»Nein ...«

»Möchten Sie einen Termin beantragen?«

In diesem Augenblick öffnete sich eine der Türen in Suite 100, und aus dem Raum dahinter kamen drei Personen. Die ersten beiden kannte Wyrena nicht, aber die hinter ihnen ...

»Janell!« rief sie impulsiv aus.

Sujata blickte durch die Glasscheibe nach draußen; auf ihrem Gesicht spiegelte sich Ärger darüber, daß jemand sie in der Öffentlichkeit mit ihrem privaten Namen ansprach. Dann sah sie die Frau am Sicherheitspult, und ihr Ärger verflog.

»Wyrena?« rief sie ungläubig aus und durchquerte den Raum zwischen ihnen mit schnellen Schritten. »Wyrena!«

Einen Moment lang umarmten sie sich heftig, nahmen wortlos die sinnliche Gegenwart der anderen wahr, lernten vertrauten Duft und vertraute Weichheit wieder kennen. Dann schoben sich die beiden Männer an ihnen vorbei, die das Büro mit Sujata verlassen hatten; ihre Berührung erinnerte Wyrena daran, daß sie nicht allein waren, und sie wurde plötzlich verlegen. Sie schob Sujata weg, nur um zu sehen, daß der Mann im Wartezimmer sie mit unverhüllter Neugier beobachtete. Das bestärkte sie noch in ihren Schuldgefühlen.

Sujata bemerkte den beschämten Ausdruck in ihren Augen und lachte. »Wir sind hier in Unity, nicht auf Ba'ar Tell«, meinte sie fröhlich. »Hier brauchst du dir keine Sorgen darum zu machen, ob du die Leute vor den Kopf stößt.«

Sie zog Wyrena wieder an sich und küßte sie sanft, aber wissend, küßte sie ohne Eile und voll auf den Mund, wie Geliebte es tun, die lange getrennt waren und sich nun wiedersehen. Wyrena schloß die Augen und vergaß die Schuldgefühle, so daß es diesmal Sujata war, die sich zuerst aus der Umarmung löste.

»Komm mit.« Sie faßte die Jüngere an der Hand. »Meine Wohnung ist oben.«

Als sie sich zum Gehen wandten, stand der wartende Mann auf.

»Comitè Sujata, ich muß wirklich mit Ihnen reden«, sagte er mit klarer, befehlender Stimme. »Direktor Wells möchte unbedingt erfahren, was Sie von dem Material halten, das ich Ihnen letzten Monat gebracht habe.«

Sein Tonfall ließ Wyrena zögern. Sujata dagegen blickte sich nicht einmal um. »Ein andermal, Mr. Farlad«, rief sie über die Schulter hinweg. »Ein andermal.«

Auf Wells' Kom-Liste standen ein halbes Dutzend Punkte Schlange und warteten auf Aufmerksamkeit: ein Zwischenbericht über den Bau des neuen Hauptquartiers; ein vierteljährlicher Finanzbericht; die neueste Zusammenfassung über die Aufklärungsarbeit der Wächter; und andere, weniger wichtige Einzelheiten.

Wells verbannte fast alles in eine Zwischendatei und nahm sich nur für die Zusammenfassung einige Minuten Zeit. Sie war sowohl der wichtigste als auch der am leichtesten vorhersagbare Punkt der Liste. Schon bevor er zu lesen begann, wußte er, daß sie nichts wirklich Neues enthalten würde; wäre am Perimeter irgend etwas Ungewöhnliches geschehen, hätte man ihm das sofort und direkt über den implantierten Empfänger unter seinem rechten Ohr mitgeteilt.

Der erste Teil des Bericht lieferte wie immer die neusten Angaben über die Stationierung. Von den zehn Wächtern waren nur acht auf ihren Posten; die *Mu-*

schynka und die *Gnivi* befanden sich noch immer zur Generalüberholung in den Docks von Lynx Center.

Am liebsten würde ich alle fünf alten Erkundungsschiffe ersetzen, dachte Wells beim Weiterlesen. *Sie waren von Anfang an ein schlechter Kauf.*

Als nächstes kam der Dienstplan für die zwölfköpfigen Besatzungen der Wächter. Das Begleitschiff *Edmund Hillary* war gerade mit der Ablösung zur *Maranit* und *Feghr* unterwegs. Alle anderen Besatzungen lagen deutlich unterhalb der am Perimeter gültigen strengen Ermüdungskriterien.

Der vorletzte Abschnitt handelte vom Zustand der auf den Sternhaufen von Ursa maior ausgerichteten achthundert Horchbojen, die allgemein als ›der Schirm‹ bekannt waren. Der Inspektionsplan war nicht ganz eingehalten worden, wie nicht anders zu erwarten, wenn zwei Wächter im Hafen lagen, und so entsprachen ungewöhnlich viele Bojen – dreiundfünfzig – in dem einen oder anderen Parameter nicht dem Nennwert. Die Ausfälle bildeten jedoch kein Muster, und es gab auch keine echten Beobachtungslücken. Die Lage mußte beobachtet werden, bot aber keinen Anlaß zu erhöhter Sorge.

Zuletzt folgte eine Zusammenfassung der von den Bojen gesammelten Daten. Die Empfänger in den Bojen konnten gleichzeitig und kontinuierlich ein breites Wellenspektrum überwachen, von niederfrequenten Radiowellen bis zu Mikrowellen. Die rohen Daten wurden in Echtzeit mit einer langen Liste von Alarmauslösern verglichen und dann über spezielle Kleineverbindungen an das Strategische Datenzentrum weitergeleitet, das zwei Ebenen des Verteidigungsflügels einnahm.

Was schließlich bei Wells ankam, war eine Liste von Anomalien, jede nach Zeit und Boje gekennzeichnet, dazu jeweils eine Erklärung und eine Maßzahl für die Zuversicht, mit der diese Erklärung angeboten wurde. Wie meistens war die Liste auch diesmal kurz. Die einzigen wahren Geheimnisse im Quarantänegebiet waren inzwischen nur noch die Dinge, die außerhalb der Empfangskapazität lagen.

Wozu in allererster Linie die Mizari selbst gehörten.

Irgendwo im Wandersternhaufen von Ursa maior warteten die Sterilisierer. An ihrem Himmel leuchteten höchstwahrscheinlich die Sonnen des Systems Mizar-Alkor – das Pferd und der Reiter aus der arabischen Astronomie, die traditionellen Prüfsterne für scharfe Augen –, doch vielleicht waren sie auch auf anderen Welten zu Hause, Welten, die Alioth oder Merak oder Megrez oder Phachd umkreisten. Selbst die am weitesten entfernten Sterne des Haufens, diejenigen im Drachen und Kleinen Löwen und Kleinen Bären, konnten inzwischen die mordenden Mizari beherbergen. Auf der Sternkarte in der Komiteekammer waren alle sechzehn Sterne des Haufens mit schwarzen Flaggen markiert.

Wells konnte nicht an die Mizari denken, ohne sich wenigstens mit einem Teil seiner Bewußtseinskräfte einer tiefsitzenden und wohldurchdachten Abneigung zu überlassen. Seit dem letzten Kontakt zwischen Menschen und Mizari waren sechzigtausend Jahre vergangen, aber diese staubige Geschichte war für Wells so lebendig und gegenwärtig, als hätte er sie selbst miterlebt. Die riesige Zeitspanne verstärkte nur noch seine Empörung darüber, daß das Verbrechen der Mizari so lange ungesühnt geblieben war.

Das Auftauchen eines einzigen Eisschiffs der Weichsler in der Nähe ihres dreifachen Doppelsternsystems hatte die Mizari dazu provoziert, mit ihrem schwarzen Stern über die Lichtjahre hinweg zurückzuschlagen und die jetzt als ›Gründer‹ bekannte menschliche Zivilisation zu zerstören. Die Bestrafung war dem Vergehen so wenig angemessen gewesen, daß Wells sie sich auf keine Weise rational erklären konnte. Es war bewußter, kaltblütiger, gnadenloser Völkermord gewesen, der

Versuch, eine gesamte vernunftbegabte Spezies auszulöschen. Hätten die Mizari von den Kolonien gewußt, die die Kundschafter der Weichsler gegründet hatten, der Versuch wäre zweifellos erfolgreich gewesen.

Und ohne Merritt Thackerys Jagd nach und Kontakt mit den ätherischen D'shanna und den daraus folgenden Enthüllungen wären die Erkundungsschiffe bei ihren Streifzügen unweigerlich erneut ins Gebiet der Mizari geraten und hätten den Mistkerlen eine zweite Gelegenheit gegeben.

Die werden wir euch nie geben, schwor Wells sich. *Wir lassen uns nie wieder zu Opfern machen.*

Bisher war dieser Schwur allerdings zum Großteil Prahlerei. Niemand wußte besser als Wells, wie unsicher die strategische Lage war. Niemand wußte besser als er, wie kläglich unpassend es war, die elliptische Anordnung von Bojen als Schirm zu bezeichnen. Der Name war psychologisch ansprechend, und die Art, wie die Bojen plaziert waren, erinnerte tatsächlich an eine solche Form. Aber die Elemente des Schirms waren unbewaffnet und vollkommen passiv, nichts als Empfänger für alle auf sie einströmenden Energien samt der Informationen, die daraus vielleicht abzuleiten waren. Selbst aktiver Radar galt schon als zu riskant, zu zudringlich.

Die Wächter, die die Bojen hüteten wie Schäfer ihre Schafe, waren nur dem Namen nach Kriegsschiffe. Sie besaßen jeweils nur ein einläufiges Schienengewehr und einen einzigen Geschützturm für Terawatt-Lanzen; damit konnten sie sich vielleicht gegen ein Schiff ihrer Art im Zweikampf behaupten, aber in Wahrheit waren sie damit kaum bedrohlicher als ein Schäfer, der mit seinem Stab wedelte.

Kurz gesagt, wenn die Sterilisierer jetzt kämen, würde USS-Verteidigung sie nicht aufhalten können. Diese Tatsache bildete den einenden Brennpunkt in

Wells' Lebens, sie ließ ihm keinen Frieden und trieb ihn vorwärts. Er schämte sich der Furchtsamkeit, die ihm die Vereinten Welten in ihrer Schwäche aufzwangen, und war zornig auf alle, die die Bedrohung nicht wahrhaben wollten. Das Gespenst der Sterilisierer warf seinen Schatten auf alles, was die Menschheit war und tat, und nichts war wichtiger, als diese Dunkelheit abzuwehren.

»Beschäftigt?« fragte jemand munter und störte Wells bei seinen Grübeleien. Auch ohne hinzusehen, wußte Wells, wer der Besucher war – die charakteristische Tenorstimme und das unverfrorene Eindringen waren Kennzeichen genug. Automatisch löschte er den Bildschirm seines Terminals, dann lehnte er sich im Sessel zurück und verschränkte die Hände im Schoß.

»Beobachter Berberon. Was für eine Überraschung. Was führt Sie von Unity herüber?«

Felithe Berberon strahlte, als wäre es schon ein hervorragendes Kompliment, wenn man ihn nur bemerkte. »Oh, dies und das, all die vielen Kleinigkeiten, die einem so schrecklich den Kalender füllen. Und als ich davon hörte, mußte ich einfach zu Ihnen hochkommen und Ihnen gratulieren.«

Wells' Augen wurden schmal. »Wozu wollen Sie mir gratulieren?«

»Na, zum erfolgreichen Test der Verteidiger natürlich. Das Komitee wird über die Neuigkeit bestimmt begeistert sein – Sie sind Ihrem Zeitplan voraus, und ich wette, Sie bleiben auch unter der Budgetsumme. Ausgezeichnet, einfach ausgezeichnet.«

Wells mußte sich anstrengen, um den anderen nicht finster anzublicken. »Freut mich, daß Sie so zufrieden sind. Es stimmt, wir sind im Begriff, die Verteidiger für einsatzbereit zu erklären.« Es war schlimm genug, auf diese Art daran erinnert zu werden, daß er Berberons Quellen innerhalb der Abteilung Verteidigung bis heute nicht hatte aufspüren können; für Berberons endloses einschmeichelndes Geschwätz fehlte Wells erst recht die Geduld.

»Natürlich, das verstehe ich vollkommen«, sagte Berberon unterdessen, »obwohl die Angriffsdrohnen meines Wissens nicht viel Widerstand geleistet haben, nicht wahr? Wie dem auch sei, bei der Komiteesitzung am Donnerstag werden Sie uns bestimmt ein spektakuläres Kriegsvideo zeigen?«

Was für eine Unverschämtheit, dachte Wells, und fast hätte er es auch ausgesprochen. *Es ist mir egal, seit wie vielen Jahren du schon hier bist, du bist trotzdem nur Beobachter. In Finanzfragen hast du nicht einmal Stimmrecht.*

Trotzdem besaß das wortgewandte leitende Mitglied der terranischen Beobachterdelegation einigen Einfluß im Komitee, daran gab es keinen Zweifel. Auch wenn man bei ihm nie genau wußte, wo er eigentlich stand – ihn bewußt zu kränken, wäre unklug gewesen. Und wenn er sich noch so kriecherisch benahm …

»Falls wir bis dahin alles vorbereitet haben, und falls die Tagesordnung es zuläßt«, erwiderte Wells.

»Oh, ich werde schon dafür sorgen, daß man Zeit für Sie findet«, versprach Berberon munter. »Verlassen Sie sich darauf. Also, ich will Sie nicht länger aufhalten, Harmack. Bis Donnerstag.«

Wells schluckte seine Spucke hinunter und nickte grüßend, während Berberon die Tür hinter sich schloß. Er wartete, bis Berberon das vordere Büro passiert haben mußte, und berührte dann einen Kontakt am Terminal. »Lieutenant Holloway? Lassen Sie feststellen, mit wem Berberon vor seinem Besuch hier geredet hat. Kümmern Sie sich sofort darum.«

»Schon wieder eine undichte Stelle, Direktor?«

»Ja, schon wieder, gottverdammt«, erwiderte Wells mit finsterer Miene. »Und ich will, daß sie gestopft wird, bevor noch etwas Wichtiges durchdringt.«

2. KAPITEL

Im Herzen verborgen

Auf den spontanen Moment der Wiederbegegnung folgte Befangenheit. Obwohl Sujata sich für dieses Gefühl verabscheute und es zu verbergen suchte, empfand sie Wyrenas Wiederauftauchen als Störung. Allen wärmenden Erinnerungen zum Trotz war die ba'arische Frau Teil eines Lebensabschnitts, den Sujata schon als abgeschlossen beiseite gelegt hatte. Wyrena gehörte dorthin, nach Ba'ar Tell, in die Vergangenheit. Nicht hierher.

Daß Wyrena sich ebenfalls unbehaglich fühlte, war nicht zu übersehen. Auf dem Weg zu Sujatas Quartier war sie ständig kurz davor, entweder mit einer Entschuldigung oder Erklärung herauszuplatzen. Die gleiche Unsicherheit, die diesen Drang hervorrief, hielt sie auch davon ab.

Doch als sie dann allein waren und sich nackt in den Armen lagen, entdeckten sie die wortlose Verständigung wieder, die sie auf Ba'ar Tell kennengelernt hatten. Und danach war der Abstand zwischen ihnen verschwunden, und ihnen fiel auch das Reden leichter.

»Ich hätte nicht herkommen sollen.« Es waren leise Worte, zusätzlich gedämpft durch das Kissen, in das Wyrena ihr Gesicht drückte; fast schien es, als wollte sie nicht gehört werden.

Sujata lächelte vor sich hin und drehte sich so, daß sie Wyrena den nackten Rücken streicheln konnte. »Warum nicht?«

»Ich konnte ja nicht ahnen, daß du so wichtig werden würdest ...«

»Ich auch nicht«, erinnerte Sujata sich. Während sie sich im hohen Craze nach Unity befanden, war die gesamte Struktur des USS und damit auch die Auswahlprozedur für leitende Positionen geändert worden. »Aber was hat das mit uns zu tun?«

»Sie werden mich gegen dich verwenden ... Du wirst an Einfluß verlieren ...«

Sujata verstand, was die Jüngere bedrückte. Ba'ar Tell war eine Welt der strengen Regeln und festen Rollen. Für die Art von Beziehung, die zwischen ihr und Wyrena bestanden hatte, war dort kein Platz gewesen, und letztlich war das auch der Grund für ihre Trennung gewesen.

»So geht es hier nicht zu.« Mit dem Zeigefinger malte Sujata kleine Kreise auf Wyrenas unteren Rücken.

»Wie wütend dieser Mann uns angestarrt hat ...«

»Wer, Whitehall? Der kommt von Liam-Won. Er ist mit fast allem, was hier passiert, nicht einverstanden.«

Wyrena drehte sich auf die Seite und stützte den Kopf in die Hand. »Aber du bist hier auch nicht zu Hause. Weißt du genau, daß du diese Leute wirklich kennst?«

Sujata tastete nach Wyrenas Hand. »Vorurteile gibt es hier auch. Aber die Menschen, auf die es ankommt, wissen genau, daß die Frage, mit wem ich mein Bett teile, keinen Einfluß darauf hat, wie ich meine Arbeit erledige. Und die anderen können uns nichts anhaben. Hier wird dich niemand unter Druck setzen. Niemand wird uns verurteilen.«

Wyrena sah weg, und Sujata erkannte, daß sie ein heikles Thema berührt hatte. »Mein Vater hat nichts Falsches getan«, meinte Wyrena schließlich. »Er hätte nicht anders handeln können.«

»Was ist mit mir?« fragte Sujata. »Warst du böse auf mich, weil ich mich bereit erklärt habe, Ba'ar Tell zu verlassen?«

»Nein ... O nein. Wenn du nicht abgereist wärst,

hätte das der Position meiner Familie schrecklich geschadet.«

»Aber außerhalb der Familie wußte doch niemand davon ...«

»Früher oder später hätten sie es erfahren«, behauptete Wyrena nüchtern. »Und außerdem, selbst wenn du geblieben wärst, wir hätten uns doch nie gesehen. Wir durften uns ja nicht einmal verabschieden.«

»Wieviel Macht du ihm über dich einräumst, und das nur, weil du in seinem Haus lebst ...«

»Das verstehst du nicht. Er hätte es verboten, und ich hätte ihm gehorchen müssen. Ich war genauso gebunden wie er.«

»Du hast gesagt, daß du mich liebst.« Sujata sprach in neckendem, prüfendem Tonfall.

»Ach Janell – das tue ich auch. Aber selbst für dich ...«

»Konflikte fallen dir schwer.«

»Konflikte sind eine Folge von Selbstsucht.«

Es klang wie ein Epigramm, und das war es auch. »Der Erste Kanon des Philosophen.«

»Ja. Etwas, das ich sehr früh gelernt habe.«

»Und weshalb bist du dann abgereist?«

Wyrena antwortete zögernd, als wäre sie sich ihrer Gründe selbst noch nicht ganz sicher. »Weil ich dich vermißt habe. Und weil ich wissen wollte, wie es ist, wenn man außerhalb der Regeln lebt, so wie du. Die Träume einer ba'arischen Frau gelten allein ihrem Partner und ihren Söhnen. Ich wollte eigene Träume haben.«

Sujata breitete die Arme aus, und Wyrena kam zu ihr. Sie kuschelten sich eng aneinander, und die Berührung von Haut auf Haut wirkte tröstlich. »Seit meiner Abreise hatte ich ständig Angst«, gestand Wyrena. »Angst, daß ich zu lange gewartet habe und du nicht mehr hier wärst, sondern längst zu einem anderen Außenposten oder Planeten unterwegs, und daß ich dich nie einholen würde. Angst, daß du mich nicht willst – daß ich dir nie so wichtig war wie du mir. Ich konnte dir das nie sagen …«

»Dein Mund war immer anderweitig beschäftigt«, neckte Sujata sie. »Nein, rede weiter, sprich zu Ende.«

»Jemand wie du war mir noch nie begegnet. Keine Frau auf Ba'ar Tell kann hoffen, so stark nach eigenem Willen zu leben wie du. Du weißt, welchen Ausdruck sie benutzen …«

»*Ka'ila'in.*«

»Und so würden dich nicht nur die Männer nennen, sondern auch die Frauen. Sie verfluchen die *ka'ila'in* so scharf, weil sie sich vor ihnen fürchten, aus unterschiedlichen Gründen. Aber ich fand dich wundervoll …«

»Sie haben mich das nie spüren lassen …«

»Du bist keine Ba'arerin. Dir gestand man zu, daß du anders bist.« Sie küßte Sujatas rechte Brust. »Wenn ich wegen irgend etwas auf dich zornig sein wollte, dann weil du nicht wahrhaben wolltest, wieviel wir riskierten. Verstehst du jetzt, warum ich mich so ungern darauf verlasse, daß uns hier wegen dieser Sache nichts geschehen wird? Sind wir hier wirklich sicher, Janell, oder wünschst du dir das einfach nur, so wie auf Ba'ar Tell?«

Sujata spielte mit Wyrenas weichem Haar, das ihr weit über den Rücken fiel. »Wir sind in Sicherheit, Wy – vor den anderen. Wir selbst können uns immer noch gegenseitig weh tun, aus Grausamkeit oder Achtlosigkeit oder wenn wir die Liebe verlieren.«

»Das werde ich nicht zulassen.«

»Ich auch nicht.« Sie küßte Wyrena auf die Stirn. »Aber erklär mir doch bitte – wie konntest du denn abreisen? Dein Vater war doch sicher dagegen …«

»Oh, aber das war er nicht – weil der Schein gewahrt blieb. Mein Vater wußte, wie ich empfand, auch wenn er es mir gegenüber nie eingestanden hat. Ohne je ein Wort darüber zu verlieren, hat er für alles gesorgt.

Weißt du, ich bin nämlich nicht in Schande abgereist, sondern ehrenvoll. Ich kam auf Einladung von Botschafter Wen hierher; er hat mir eine Stelle in seinem Büro versprochen.«

Verwirrt verzog Sujata die Nase. »Aber Wen ist fort – ba'arischer Beobachter ist längst Elir Ka'in. Deinem Vater muß doch klar gewesen sein, wieviel Zeit verstreichen würde. Ba'ar Tell ist fast fünfzig Cees entfernt ...«

»Natürlich war ihm das klar.«

»Dann hat er dich also hinausgeworfen.«

»Allerdings mit Würde und mit Rücksicht auf meine Bedürfnisse.«

»Erstaunlich, welche Spiele ihr Ba'arer spielt.«

Wyrena lächelte. »Wir pflegen die Kunst des Kompromisses und des Entgegenkommens. Du hast das nie richtig verstanden.«

»Darüber steht auch etwas im Kanon, nicht wahr?«

»Sehr viel«, bestätigte Wyrena. »Ich wußte doch, daß du nicht zugehört hast, als ich es dir erklären wollte.«

»Weil du mich gleichzeitig abgelenkt hast«, erwiderte Sujata scherzhaft. »Jetzt wirst du viel mehr Zeit haben, mir etwas beizubringen.«

Wyrena lachte auf ihre kehlige Art. »Zumal im Büro des ba'arischen Beobachters keine Stelle auf mich wartet.«

»Wenn du willst, kann ich vermutlich ohne Mühe etwas für dich finden.«

Wyrena hob den Kopf und sah Sujata in die Augen. »Muß das sein?«

»Nein. Aber was möchtest du denn sonst tun?«

»Wenn ich einfach nur hierblieben könnte – für dich dasein dürfte – mich nicht mit ihnen auseinandersetzen müßte –, wäre das in Ordnung?«

»Du hast keinen Grund, dich vor ihnen zu verstecken – und wolltest du nicht außerhalb der Regeln leben? Doch wenn du dir das so sehr wünschst ...«

»Ja, das wünsche ich mir«, erklärte Wyrena und kuschelte sich enger an sie.

Am nächsten Morgen wartete Farlad im Vorzimmer zu Wells' Büro. Als Wells durch die Außentür hereinkam, sprang der Adjutant auf und folgte ihm ins eigentliche Büro.

»Ich habe Sie schon gestern erwartet«, sagte Wells, während er kurz in der Kochnische verschwand. Im nächsten Augenblick kam er wieder zum Vorschein, ein Glas Eiswasser in der Hand. »Was ist passiert?«

»Die Einsatzabteilung hatte Ärger mit den Kleinetransmissionen – die Daten sind erst vor wenigen Stunden sauber angekommen.«

Sorgenfalten erschienen auf Wells' Stirn. »Was für Ärger?«

»Rauschen. Interferenz. Verlorene Bits. Die Fehlersuchalgorithmen waren vergangene Nacht sehr beschäftigt.«

Stirnrunzelnd ließ Wells sich in seinem Sessel nieder. »Das gefällt mir nicht. Das gefällt mir überhaupt nicht. Beim Befehligen und Kontrollieren einer Schlacht kommt zuverlässigen Kleineverbindungen eine Schlüsselrolle zu. Hat man Ihnen für das Problem eine Erklärung gegeben?«

»Nein, Sir. Die leitende KomTech sagte, sie wüßten nicht, wieso das immer wieder passiert.«

»*Immer wieder*? Dann ist es also kein einmaliger Vorfall?«

»Anscheinend nicht, Sir. Sie sagte, es käme immer öfter vor, besonders in den Oktanten mit viel Schiffsverkehr.«

»Mit anderen Worten, Bootes und Lynx.«

»Unter anderem.«

»Das macht es eher noch beunruhigender«, meinte Wells mit grimmiger Miene. »Falls wir irgendwann nicht mehr in der Lage sein sollten, mit dem Perimeter zu kommunizieren ... Ich will einen vollständigen Bericht darüber, und zwar schnell. Wie oft es vorkommt, wie lange es dauert ... einfach alles. Wenn wir dem kein Ende setzen können, müssen wir womöglich unsere C3 Prozeduren überdenken.«

»Ja, Sir. Ich werde einen Bericht anfordern.«

Wells lehnte sich im Sessel zurück. »Wie steht's nun mit dem Manöver bei Ba'ar Tell? Haben Sie inzwischen begriffen, weshalb ich nicht beeindruckt war?«

»Ehrlich gesagt, nein, Sir. Die Verteidiger sind gute kleine Kriegsschiffe. Ich würde nur sehr ungern einen Angriff gegen sie führen.«

»Ich bin nicht beeindruckt, weil das Manöver ein reines Phantasieprodukt war. Wir haben nicht die Mizari angegriffen, sondern uns selbst.« Wells berührte einen Kontakt und schaltete sein Terminal ein. »Das ist übrigens nicht nur mir aufgefallen. Berberon war gestern hier und hat ein paar spitze Bemerkungen darüber gemacht, daß wir nur auf Strohmänner eingeschlagen hätten.«

»Berberon? Wie hat der denn von dem Test erfahren?«

»Das ist ein anderes Problem. Der springende Punkt ist, daß er nicht beeindruckt war.« Wells beugte sich vor und stützte die Ellbogen auf den Schreibtisch. »Teo, mein Vorgänger in diesem Amt hat seine gesamte Berufszeit damit verbracht, die Mizari zu unterschätzen. Ich möchte nicht erleben, daß Sie den gleichen Fehler machen.«

Farlad setzte sich Wells gegenüber. »Ich fürchte, ich kann Ihren Gedankengängen nicht ganz folgen. Wenn Sie überzeugt sind, daß die Verteidiger ihrem Auftrag nicht gewachsen sind, wieso haben Sie das Programm dann weiterlaufen lassen? Wieso haben Sie ihre Stationierung beschleunigt, wenn Sie gar keinen strategischen Sinn darin sehen?«

»Nicht alle Strategien richten sich gegen den Feind«,

erwiderte Wells ruhig. Mit einem Seitenblick überflog er die Zahlensäulen, die auf dem Schirm erschienen waren. »Vielleicht kommen wir doch damit durch, trotz Berberon.«

Auf Farlads Gesicht spiegelte sich allmähliches Begreifen. »Das Komitee ...«

»Wenn ich vor vier Jahren dort hineingegangen wäre und dem Komitee erzählt hätte, die Verteidiger seien nutzlos und sollten gestrichen werden, dann hätten wir die nächsten zwanzig Jahre darauf verwenden müssen, irgendeinen Ersatz zu bauen.«

»Ich sehe immer noch nicht ein, welchen Wert es hat ...«

»Bedenken Sie, wie die Verteidiger plaziert sind. Drei für die Erde. Zwei für Journa. Je einer für Ba'ar Tell und Maranit und Rena-Kiri.«

»Sie schützen die fünf Planeten mit der meisten Bevölkerung«, meinte Farlad langsam. »Von denen jede durch einen Beobachter vertreten ist. Und wenn die Beobachter glauben, ihre Heimatwelten seien in Sicherheit ...«

Wells lächelte leicht und fiel ihm ins Wort. »Nur wenn sie sich sicher fühlen, werden sie uns gestatten, uns ganz auf den Bau eines Waffensystems zu konzentrieren, mit dem wir den Krieg ins Lager der Mizari tragen können.«

»Triade.« Farlad schüttelte den Kopf. »Ich fand es immer ein wenig verrückt, einen Verteidiger bei Ba'ar Tell zu stationieren, weit draußen in einem der sicheren Oktanten, bevor wir einen bei Liam-Won haben, das doch praktisch im Hinterhof der Mizari liegt. Jetzt verstehe ich es – Liam-Won hat nur einundsechzig Millionen Einwohner, Ba'ar Tell dagegen weit über eine Milliarde.«

»Das war mit ein Grund.« Wells nickte. »Ein weiterer war, daß Botschafter Ka'in allgemein beliebt und geachtet ist, während Prinz Denzell ein widerlicher Schnösel ist, der sich selbst seinen Mitplanetarier Comitè Vandekar zum Feind gemacht hat.«

»Also haben wir mit der einen Hand für genügend Stimmen zugunsten von Triade gesorgt«, überlegte Farlad, »und zugleich klargestellt, daß es gut ist, uns zum Freund zu haben.«

»Genau.«

»Eins verwirrt mich allerdings, nämlich daß Triade nur dann als Abschreckung wirken kann, wenn wir erneut Kontakt zu den Mizari bekommen. Und selbst wenn wir wirklich Kontakt aufnehmen, wissen wir immer noch nicht, wie groß eine Bedrohung sein muß, damit sie abschreckend auf sie wirkt.«

»Die Verteidiger würden jedenfalls nicht ausreichen, soviel steht fest.« Wells zögerte. »Aber Sie haben recht – wir müssen einfach mehr über die Mizari erfahren. Sonst werden wir nie genau wissen, ob wir ausreichend geschützt sind.«

»Direktor Lycom hat damals den Vorschlag erwogen, Trägheitssonden ins Quarantänegebiet zu schicken ...«

»Und sich dann noch einmal zweihundert Jahre lang ängstlich hinter der Wächterlinie zu verstecken und zu warten, bis die Sonden Mizar-Alkor erreichen? Damit wäre vielleicht Lycom zufrieden gewesen, aber ich nicht. Sie brauchen das nicht noch einmal zu erwähnen.« Wells' Antwort klang eher mechanisch als zornig; er blickte an Farlad vorbei ins Weite und war mit den Gedanken offenbar bei etwas anderem.

»Nein, Sir. Comitè, haben Sie *Im Kielwasser der Jiadur* gelesen?«

»Hmm?«

»Thackerys Buch. Ich habe Ihnen gestern davon erzählt.«

»Nein.«

»Sie sollten es sich wirklich bald einmal ansehen. Es enthält einige Blickwinkel, auf die wir noch nirgendwo sonst in den Berichten gestoßen sind ...«

»Zur Kenntnis genommen.« Wells erwachte aus seinen Träumereien und setzte sich auf. »Wann ist die Videozusammenfassung von dem Manöver bei Ba'ar Tell zur Voraufführung bereit?«

»Sie wird soeben bearbeitet. Es dürfte höchstens noch eine Stunde oder so dauern.«

»Ich will sie so bald wie möglich sehen. Wir müssen es dem Komitee leicht machen, zu Triade ja zu sagen.«

»Sobald wir hier fertig sind, gehe ich hinunter und kümmere mich darum.«

»Ich denke, wir sind fertig. Ach ja – was ist mit Sujata?«

»Ich habe noch nicht mit ihr sprechen können.« Farlad hob die Hände, als wollte er Kritik abwehren. »Das ist nicht meine Schuld. Sie war seit gestern mittag nicht mehr in ihrem Büro. Das heißt aber nicht, daß ich Ihnen nichts Neues über sie mitzuteilen hätte. Ich weiß zwar nicht, ob es irgendeinen praktischen Wert hat, aber lassen Sie mich erzählen, womit sie beschäftigt war ...«

Felithe Berberon blickte stirnrunzelnd vor sich auf den Korridorboden. Beim Warten hörte er auf der anderen Seite der Apartmenttür eine Uhr schlagen. *Wieso will die Kanzlerin mich ausgerechnet hier sprechen?* fragte er sich. *Das letztemal war ich bei Kanzler Delkes' Abschiedsparty hier – ist das jetzt sieben Jahre her oder acht?*

Als die Überwachungskamera leise surrte, hob er wieder den Kopf und lächelte zerstreut ins Objektiv. Im nächsten Moment öffnete sich summend das Schloß, und Berberon betrat das Apartment.

Das Innere entsprach in etwa seinen Erwartungen, wenn man die Persönlichkeit der Bewohnerin bedachte: Es war elegant, praktisch und nicht zu eng. Im Gegensatz zu manchen ihrer Vorgänger betrachtete die Kanzlerin ihre Suite offensichtlich als bequemen Ort des Rückzugs, nicht als repräsentativen Schauplatz für Gesellschaften. Abgesehen von der Größe der Suite selbst war das einzige Anzeichen von Luxus die Sichtmulde, die das ganze hintere Ende des viereckigen Großzimmers einnahm. *Die hat Arvade einbauen lassen,* erinnerte Berberon sich liebevoll. *Damals war ich noch jung genug, um es zu genießen.*

»Hallo, Felithe.« Kanzlerin Blythe Erickson kam quer durch das Großzimmer auf ihn zu, wobei ihr der weiße Seidenkaftan anmutig um die Beine wehte. Sie verschränkte ihre Finger mit seinen zu der förmlichen Begrüßung, die ›Gleichgestellter‹ bedeutete, trat dann näher an ihn heran und berührte seine Wange mit ihrer, was den Gruß in ›Freund‹ verwandelte. Dann wandte sie sich ab.

»Danke, daß Sie heute abend zu mir gekommen sind.« Sie kehrte zur anderen Seite des Zimmers zurück und nahm ein Glas auf, das halb mit Eis und einer bernsteinfarbenen Flüssigkeit gefüllt war.

»Gibt es davon genug für zwei?«

Sie deutete zur Bar. »Das gesamte Angebot des Hauses steht zu Ihrer Verfügung; Sie müssen mir nur versprechen, daß Ihr Urteilsvermögen nicht darunter leidet.«

Berberon lächelte. »Da Alkohol sich nur auf die höheren Gehirnfunktionen auswirkt, ist diese Gefahr wohl nicht sehr groß.«

»Sie sind sehr unbescheiden in Ihrer Bescheidenheit.« Erickson verstummte und blickte durch den Grund ihres Glases auf den Fußboden. »Felithe, ich möchte Ihnen einige Dinge erzählen, von denen Sie eigentlich nichts wissen dürften, denn ich muß Ihre Meinung dazu hören. Haben Sie etwas dagegen einzuwenden?«

»Nein – außer daß es vielleicht überflüssig ist. Mir ist aufgefallen, daß ich viele Dinge weiß, von denen ich nichts wissen sollte.«

»Kommt in dem Katalog auch etwas mit Namen Triade vor?«

»Darüber gibt es sogar einen ziemlich großen Eintrag, so ungern ich es zugebe.«

Erickson schüttelte den Kopf und lächelte ironisch. »Das hätte ich mir denken können. Sie wissen immer Dinge, von denen sonst noch niemand gehört hat.«

Er verbeugte sich gespielt feierlich. »Das ist einer der wenigen Punkte, die mich dafür entschädigen, daß ich jetzt seit fünfunddreißig Jahren hier bin, und ein unbedeutender noch dazu.«

Nachdem er ihr nachgeschenkt und auch sich ein Glas eingegossen hatte, setzten sie sich in die Sichtmulde. Die Kanzlerin ließ sich anmutig dicht am Mittelfenster auf dem gepolsterten Boden nieder, die Knie zusammen, die nackten Füße unter sich. Berberon saß unbequem im Schneidersitz ihr gegenüber.

»Wie kann ich Ihnen behilflich sein, Blythe?«

»Ich vermute, daß Wells morgen einen Antrag zu Triade im Komitee vorbringen wird.«

Dieses Gerücht war aber nicht für deine Ohren bestimmt, dachte Berberon. Da mußte jemand indiskret gewesen sein. »Es würde mich nicht überraschen, wenn es so wäre«, antwortete er nickend.

»Wissen Sie, wie die Abstimmung ausfallen wird?«

»Wie könnte ich das sagen, Madame Kanzlerin? Ich bin nur ein Beobachter, kein Direktor. Ich darf nicht einmal mit abstimmen.«

»Jetzt heucheln Sie etwas zu sehr. Sicher ahnen Sie, in welche Richtung die Komiteemitglieder tendieren ...«

»Nicht mehr und nicht weniger als Sie.« Er zögerte und fuhr dann fort: »Eins sollte ich Ihnen sagen: Wann immer es dazu kommt, ob morgen oder an einem anderen Tag, werde ich mich selbst für den Antrag aussprechen.«

»Felithe! Warum?«

Auf ihren entsetzten Blick reagierte er mit Achselzucken. »Wie Sie wissen, hat Wells viele Freunde, und diese Freunde sind in der Lage, dem terranischen Rat großen Kummer zu bereiten.«

»Ich hatte den Eindruck, daß die Neuner sich in letzter Zeit recht ruhig verhalten haben. Stellen sie immer noch ein Problem dar?«

»Die Neuner werden ein Problem darstellen, bis sie aussterben oder erwachsen werden«, erwiderte Berberon mit ungewohnter Heftigkeit. »Sie sind arrogant, aufgeblasen und elitär, und wenn sie schon minderwertige Menschen auf der Erde dulden, dann nur unter der Bedingung, daß sie selbst das Sagen haben.« Er hielt in seinem Ausbruch inne und lächelte verlegen. »Verzeihen Sie. Sie haben mich sicher nicht hergebeten, um sich Vorträge über Dinge anzuhören, die Sie gar nicht betreffen.«

»Wie es scheint, haben Ihre Probleme mit den Neunern sehr wohl Einfluß auf uns hier.«

»Sie haben nur Einfluß auf meine öffentliche Haltung. Ich stimme im Komitee nicht mit ab. Ob Wells seinen Willen durchsetzt, das werden Ihre Direktoren entscheiden, und anschließend Sie.«

»Ich hatte gehofft, Sie dazu bewegen zu können, daß Sie sich gegen ihn aussprechen. Oder ihn zumindest nicht unterstützen.«

Hilflos hob Berberon die Hände. »Wie kann ich das tun? Ich habe den Auftrag, mich mit ihm anzufreunden, ihm bei seinen Bestrebungen zu helften. Der Rat hofft, die Neuner auf diese Weise zu ködern und ihre Aufmerksamkeit auf etwas anderes zu lenken. Und es gibt auch noch andere Gründe. Dreißig Prozent der irdischen Industrieproduktion ist mit dem Etat der Verteidigungsabteilung verbunden. Wells' Ausbauprogramm hat uns beträchtlichen Nutzen gebracht.«

»Und weil das Geld weiter fließen und die Arbeiter weiter Arbeit haben sollen, wollen Sie einem Mann mit Wells' Ansichten eine solche Macht in die Hand geben ...«

»Er allein stellt für uns keine Bedrohung dar«, widersprach Berberon sanft. »Die Neuner als Ganzes tun das sehr wohl.«

Erickson drückte sich rückwärts in die Kissen und blickte zum Fenster hinaus, als wollte sie sich körperlich von Berberon zurückziehen. »Ich habe Felithe Berberon in mein Apartment eingeladen, aber offenbar ist statt dessen der terranische Komiteebeobachter gekommen. Können Sie denn nicht wenigstens einmal für sich selbst sprechen?«

Seufzend leerte Berberon sein Glas und stellte es weg. »Was ich denke, ist irrelevant. Ich habe hier nur deshalb so lange überlebt, weil ich gehorsam das vertrete, was man mir zu vertreten befiehlt.«

»Auch dann, wenn Sie selbst nicht einverstanden sind?«

Berberon hob eine Augenbraue und zuckte die Schultern. »Wenn meine Weisheit mehr gelten würde, dann wäre ich *im* Weltrat und würde ihn nicht nur repräsentieren.«

»Felithe, bitte – ist es denn falsch, daß ich Wells mißtraue? Daß ich den Bau dieser Waffe verhindern will?« Ihr Tonfall verriet echte Qual.

Jetzt war Berberon derjenige, der aus dem Fenster blickte, während er sich sorgfältig eine Antwort zurechtlegte. »Ich bin überzeugt, daß Wells ehrlich um die Sicherheit der Vereinten Welten besorgt ist. Wenn ich einmal auf ein archaisches Wort zurückgreifen darf: Er ist ein Patriot. Das ist seine Stärke und zugleich seine Schwäche. Und was Triade betrifft – vielleicht liegt es an meinem Alter, daß ich mich so wenig fürchte. Ich hoffe, daß es die Mizari nicht mehr gibt, daß sie schon vor vielen tausend Jahren ausgestorben sind. Aber wenn das nicht der Fall ist, wäre ich gern sicher, daß wir uns ihnen gegenüber beim zweitenmal besser behaupten können.«

»Dann ist der Unterschied zwischen Ihren eigenen

Ansichten und der offiziellen Politik also nicht so groß, wie Sie mir gern weisgemacht hätten.«

Berberon lächelte bedauernd. »In diesem Fall vielleicht wirklich nicht.«

Mit gesenktem Blick zog Erickson die Knie an die Brust und schlang die Arme darum. »Seit er im Komitee ist, weiß ich, daß es irgendwann dazu kommen wird.« Sie hob den Kopf und sah Berberon in die Augen. »Vielen Dank für Ihren Besuch, Botschafter. Sie finden sicher allein hinaus?«

Sie wirkte einsam; bei jemand in ihrer Position war das vielleicht unvermeidlich. Wenn er jünger gewesen wäre oder eine andere Art von Mann, dann wäre er womöglich geblieben und hätte versucht, die Lücke zu füllen. Aber Felithe Berberon tat so etwas nicht, solche Beziehungen ging er nicht ein. Diese Lektion hatte er schon vor Jahrzehnten gelernt: Wenn die Umstände es verlangten, mußte er sich vielleicht morgen schon gegen einen Freund stellen, den er erst heute gewonnen hatte. Da er das wußte, hatte er immer Abstand gehalten, und diese Selbstdisziplin hatte sich gelohnt. Kanzler und Direktoren kamen und gingen, doch Berberon machte immer weiter, seine Amtszeit war unübertroffen und unerreicht.

Trotzdem fragte sich ein Teil von ihm beim Verlassen des Verwaltungskomplexes unwillkürlich, ob er die Rolle, in der er seit so langer Zeit aufging, überhaupt noch ablegen konnte, ob er in der Lage gewesen wäre, Erickson zu geben, was sie brauchte.

»Archiv«, befahl Erickson leise, als sie allein in der Sichtmulde ihres dunklen Apartments hockte.

»Bereit«, antwortete das Netztor.

»Terranische Geschichte. Die Neuner. Absichtserklärungen. Ohne schon abgerufene Eintragungen. Primärquellen, wenn verfügbar.«

»Keine zeitgenössischen Primärquellen verfügbar.

Ich habe vierundzwanzig Reden des Gründers Eric Lange aus der Zeit seiner Kandidatur für das Amt des Aufsehers von Südamerika Bezirk 5.«

»Ältester Eintrag. Kontext.«

»Im Jahr 610 n. W. Eine öffentliche Kundgebung in Montevideo, Südamerika. Geschätzte Zuhörerzahl: sechstausend. Quelle: politisches Archiv, Earthnet.«

»Zeigen.« Erickson lehnte sich fest gegen die Kissen.

Das Licht im Großzimmer wurde noch schwächer, und im breiten Fenster der Sichtmulde wurde ein flacher Videoschirm aktiv. »Es gab warnende Stimmen«, sagte das Abbild von Eric Lange zu der dichtgedrängten Menge in dem schäbigen öffentlichen Saal. »William Clifford – er wäre heute hier, wenn er nicht schon vor tausend Jahren gelebt hätte, denn er war in jeder Hinsicht einer von uns –, William Clifford wußte, was geschehen würde.

›Eine starre Rasse, die an einer Form festhält und nicht zu Veränderungen fähig ist‹, sagte er, ›ist gewiß vom Aussterben bedroht. Überkommene Regeln und Gewohnheiten können eine solche Macht gewinnen, daß jeder Fortschritt unmöglich wird und die Rasse sich nur noch für den Tod eignet. Angesichts einer solchen Gefahr darf man nicht angepaßt sein!‹

Clifford hatte recht – aber niemand hörte auf ihn. Wir besteuerten weiter die Gewinner, damit die Verlierer zu ihnen aufholen konnten. Wir erklärten die Ansprüche der Habenichtse und Faulenzer und Versager weiter für legitim. Wir förderten weiter das Mittelmaß. Und unseren Kindern brachten wir bei, daß man das unter Zivilisation versteht.«

In Langes Augen brannte ein Licht, das trotz Ericksons faktischer Distanz bis zu ihr durchdrang, und seine Stimme besaß die bezwingende Kraft ehrlicher Überzeugung. Ein mitreißender Redner wohl, aber kein Demagoge, vermutete sie. Jedes Wort kam von Herzen, jeder Gedanke war das Produkt einer Selbsterforschung ...

»Sie werden uns fragen, wofür wir einstehen«, fuhr Lange fort. »Wir werden es ihnen sagen. Wir glauben an das Überleben.« Die Zuhörer jubelten.

»Sie werden uns fragen, was wir wollen. Wir werden es ihnen sagen. Wir wollen Freiraum für Wachstum.« Wieder erklang Jubel.

»Sie werden uns fragen, was wir zu bieten haben. Wir werden es ihnen sagen. Wir bieten Veränderungen – Veränderungen zum Besseren, wenn wir können, aber wenn nicht, dann Veränderungen um ihrer selbst willen. Wir haben das Recht, in interessanten Zeiten zu leben. Wir haben das Recht auf Kampf, und wenn wir uns als würdig erweisen, dann haben wir auch das Recht auf Größe.«

Seine sechstausend Zuhörer sagten ihm geschlossen, daß sie der gleichen Meinung waren. Lange lächelte befangen und verlegen und wartete, bis sie wieder ruhiger wurden.

»Sie werden uns nach unserem Namen fragen«, fing er dann leise wieder an. »Und wir werden ihn ihnen sagen. Wir sind die Nichtdurchschnittlichen. Wir sind die Nichtfolgsamen.« Beim Weitersprechen wurde seine Stimme immer lauter, und auch die Ja-Rufe schwollen zu einem Brüllen an. »Wir sind die Unmittelmäßigen. Wir sind die Beweger. Wir sind die Träumer. Wir sind die Erbauer und Planer. Wir lernten das Feuer zu beherrschen. Wir erfanden die Schrift. Und wir kolonisierten die Sterne. Wir sind die Neuner. Wir sind die Neuner. Und wir lassen uns unser Geburtsrecht nicht streitig machen.«

Diese Bilder blieben in Ericksons Geist haften, auch als sie die Archivdatei längst geschlossen und das Netztor ausgeschaltet hatte. Für Lange war darin noch ›heute abend‹ gewesen, er hatte auf dem Gipfelpunkt seines Triumphs gestanden. Nichts hatte darauf hingewiesen, was nur drei Monate später geschehen sollte.

Was wäre anders gekommen, wenn man dich nicht umgebracht hätte, wenn diejenigen, die auf deine Botschaft statt mit Jubel mit Angst reagierten, dich nicht aus dem Haus gezerrt und zum Schweigen gebracht hätten? fragte sie sich. *Zumindest hätten die Neuner sich dann nicht gezwungen gefühlt, in den Untergrund zu gehen, und wir wüßten jetzt, gegen wen wir zu kämpfen haben.*

Wärst du mit dem einverstanden gewesen, was aus ihnen geworden ist? Hättest du die gleichen Ziele vertreten? Ich kann in deinen Worten den Ursprung ihres Programms hören – es ist alles vorhanden. Aber ist das, was sie wollen, wirklich das gleiche, was du wolltest? Ich glaube, du wolltest uns ehrlich aufwärts führen, doch was sie tun, wird uns eher abwärts reißen …

Wells legte den Kopf zurück, trank das große Glas mit Eiswasser leer, füllte es wieder auf und trank noch einmal die Hälfte. Während er sich mit dem Handrücken den Mund abwischte, fiel sein Blick auf die Uhr. Zu seiner Überraschung zeigte sie schon 20:40 an.

Er kehrte zu seinem Platz zurück und sah sich ein letztes Mal den siebeneinhalb Minuten langen unkommentierten Film über das AVK-Manöver bei Ba'ar Tell an. Die erste Fassung war zu glatt und theatralisch gewesen – allzu offensichtlich zu dem Zweck verfertigt, jede weitere Debatte über die Effektivität der Verteidiger zu unterbinden. Diese Fassung, die dritte, war besser; durch den kurzen Überblick über Technik und Strategie der Verteidiger, die auf Wells' Anordnung hin an den Anfang gesetzt worden war, wirkte alles weitere überzeugender.

»Speichern«, befahl Wells. »Datei nach Wells, Archiv Verteidigung, Komiteesitzung. Sprachsperre Ebene Eins.«

»Erledigt«, antwortete das Terminal.

Also – worum muß ich mich vor dem Aufbruch noch kümmern? Er ging eine geistige Liste durch, die so genau und vollständig wie jede geschriebene war, und stieß nur noch auf einen Punkt: Farlads neues Thackery-Dokument. *Ich nehme mir zehn Minuten dafür,* dachte Wells. *Das wird vermutlich genügen.*

Vorher berührte er jedoch die Kom-Taste. »Ronina.«

Weitere Angaben waren nicht nötig. Das Terminal suchte selbständig ihre Kom-Anschrift aus Wells' Adreßbuch und stellte die Verbindung her. Als Ronina sich meldete, klang ihre Stimme erfreulich überrascht und froh. »Mack – wie schön. Ich hatte schon Angst, du könntest mich von deiner Liste gestrichen haben.«

Das war eine ihrer wenigen unangenehmen Eigenschaften – sie neigte dazu, Bestätigung von ihm zu verlangen, versuchte ihn dazu zu bewegen, daß er mündlich ihren Status bekräftigte. Wie üblich ging er auch diesmal nicht darauf ein. »Ich bin hier bald fertig ...«

»Ich fasse das als Einladung auf«, säuselte sie. »Möchtest du herkommen, oder soll ich in dein Apartment hinaufgehen?«

»In meins, denke ich.«

»Ich warte auf dich – und denke mir schlimme Sachen aus.«

Danach löschte Wells seine Notizen für die morgige Präsentation vom Schirm und rief seine Privatdateien auf, wozu er sich über gesprochenes Paßwort und über Retinavergleich identifizieren mußte. Es folgte eine kurze Pause, weil der Entschlüsseler mit der Zugriffsgeschwindigkeit des Systems nicht Schritt halten konnte, dann erschien das Menü auf dem Schirm.

Die Datei trug den unzweideutigen Namen MERRITT THACKERY. Kurz nachdem Wells Direktor der Abteilung Verteidigung geworden war, hatte er begonnen, die Akten des USS nach sämtlichen Berichten zu durchforschen, die Thackery über seine Begegnung mit dem D'shanna, den er Gabriel nannte, und seinen Erlebnissen auf der Spindel abgegeben hatte.

Wie sich herausstellte, gab es Hunderte solcher Dokumente. Unvorstellbar, daß irgend jemand irgendwo jemals noch intensiver verhört und ausgefragt worden war als Thackery nach seiner Rückkehr von der Spindel. Es waren buchstäblich Tausende von Fragestunden gewesen: normale Gespräche, Befragungen unter zeitdehnender Hypnose und unter gedächtnisfördernder Endorphin-Behandlung. Hätten die Ärzte des USS einen Weg gewußt, Thackerys Gehirn zu sezieren und die Erinnerungen direkt herauszusaugen, nach Wells Meinung hätten sie bestimmt nicht gezögert.

All diese Dokumente verrieten Wells jedoch nur, was auch jedes Schuldkind wußte, und kaum etwas darüber hinaus. Daß Gabriel im Antriebskern des zerstörten Erkundungsschiffs *Dove* von der Spindel aus nach Thackery gegriffen und ihn über die Schranke geholt hatte. Daß Gabriel ihm mit Hilfe der Energiematrix der Spindel die Echos der eiszeitlichen irdischen Zivilisation gezeigt hatte, die die bis dahin unerklärlichen menschlichen Kolonien gegründet hatte.

Thackery war auf der Spindel zeitaufwärts gereist und hatte so miterlebt, wie die Mizari die Zivilisation der Weichsler angriffen. Er hatte erfahren, welche Gefahr im Sternhaufen von Ursa maior lauerte, und bei seiner Rückkehr in die Materiematrix, die früher einmal als die einzige Realität galt, hatte er diese Warnung mitgebracht. Dadurch war er zur bekanntesten Persönlichkeit in der Geschichte der Menschheit geworden. Thackerys mysteriöser Ortssprung hatte nicht nur die Leitung der Erkundungsabteilung, sondern auch alle Skeptiker überzeugt, daß seine Geschichte nicht seiner Phantasie entstammte, so phantastisch sie auch klang.

Doch was Wells am dringendsten finden wollte, ja finden mußte, war in den Dokumenten einfach nicht vorhanden. Es gab keinerlei Einzelheiten über die

Mizari, keinen Einblick in ihre Welt oder gar in sie selbst, keinen Hinweis auf ihre Motive oder – was noch wichtiger gewesen wäre – auf mögliche verwundbare Stellen. Wells hatte diese Aufgabe keinem anderen anvertraut, sondern hatte sich selbst durch mehr als zwei Drittel der Dokumente gearbeitet, um wenigstens eine Handvoll Informationen über die Mizari zu erhalten.

Gefunden hatte er nicht eine einzige.

Aus Farlads Randnotiz zu *Im Kielwasser der Jiadur* ging hervor, daß Thackery das Manuskript nach seinem Ausscheiden aus dem USS geschrieben hatte und daß es den letzten Kontakt zwischen dem USS und dem ehemaligen Direktor der Erkundungsabteilung darstellte. Als Thackery das Dokument dem Earthnet zur Veröffentlichung angeboten hatte, war es routinemäßig dem Komitee zur Freigabe vorgelegt worden. Aus Gründen der inneren Sicherheit war die Freigabe durch Kanzlerbeschluß unverzüglich verweigert worden – und zwar mit Recht, wie Wells schnell feststellte.

Der Text begann so:

Ich bin Merritt Thackery. Falls Sie glauben, daß Sie mich kennen, so irren Sie sich. Ich habe die Videos über mein Leben gesehen, und so war es nicht. Die Schöpfer dieser Bilder haben die Schauplätze und Gesichter aus meinem Leben einem anderen Menschen aufgepfropft, einem stärkeren und selbstsichereren Menschen, einem Menschen, der meinen Ruhm vielleicht verdient hätte. Dieser Mensch war bewundernswert, ja heldenhaft, und seine Geschichte sehr unterhaltsam. Aber er war nicht ich, und es war nicht meine Geschichte.

Als ich zur Erde zurückkehrte, wurde ich gefragt, was ich getan hatte, und ich erzählte es ihnen. Ich wurde gefragt, was ich gesehen hatte, und ich erzählte es ihnen. Was ich dabei empfunden hatte, wurde ich nicht gefragt, und als ich es von mir aus erzählte, stieß ich auf wenig Interesse. Das hielten sie offenbar nicht für beachtenswert, oder sie fanden es zu subjektiv und daher unzuverlässig. Sie wollten nicht den Erfahrungsbericht eines einzelnen Mannes, sondern eine Zeugenaussage, und die bekamen sie auch.

Die Geschichte, die letztendlich vom USS veröffentlicht und anschließend von den schöpferischen Machern der Netze umgeformt wurde, enthielt daher nur noch das Skelett der Wahrheit, ohne die emotionalen Sehnen, die es in Bewegung versetzt hätten, ohne menschliches Gewebe, das die häßlichen Gelenke verhüllt hätte. Diese Wahrheit sieht so aus: Was ich getan habe, hätte ebensogut jeder andere tun können. Und es gab Zeiten, da wünschte ich mir, es hätte tatsächlich ein anderer getan.

Falls Sie eine Vorliebe für einfache Geschichten und makellose Helden haben, dann sollten Sie nicht weiterlesen. Aber falls Sie eine Vorliebe für die Wahrheit haben, gleichgültig welche Form sie annimmt, dann lesen Sie weiter, denn ich habe dies für Sie geschrieben.

Farlad hatte recht – ich habe dich endlich gefunden, dachte Wells zufrieden. Er berührte die Kom-Taste. »Ronina.«

»Ich bin hier, Süßer. Dauert es noch lange?« Sie meldete sich im Sichtmodus und posierte vor dem Terminal in einem durchscheinenden Tigeranzug, der ihre glatte weiche Haut fast bis zu den Brustspitzen freiließ und auch sonst wenig verbarg.

Doch selbst dieser Anblick konnte ihn nicht von seinem Vorhaben abbringen. »Geh nach Hause. Ich komme doch nicht mehr ins Apartment.« Er blätterte zum ersten Kapitel weiter.

3. KAPITEL

Ein Schwert

Als Wells zu Ende gelesen hatte, war es fast vier Uhr morgens. Er war vom Schreibtisch auf eine Couch gewechselt und hatte das fest eingebaute Terminal gegen eine Handtafel eingetauscht. Seine Augen waren müde, und als er die Tafel weglegte, dämpfte er das Licht im Raum. Schläfrig fühlte er sich jedoch nicht, denn im Geist war er immer noch bei dem, was er gelesen hatte.

Das Manuskript war in spöttischem, zynischem, fast erbittertem Tonfall gehalten. Trotzdem, oder vielleicht gerade deshalb, hatte *Im Kielwasser der Jiadur* seine eigene Melodie, und es hatte Wells in seinen Bann gezogen.

Obwohl der Text nicht streng chronologisch geschrieben war, handelte die erste Hälfte zum größten Teil von den frühen Jahren des USS; er begann mit der Wiederbegegnung zwischen der Erde und ihrer Tochterwelt Journa und führte weiter bis zur Neuorientierung, dem Ende der Erforschungsflüge der Phase II, an denen Thackery beteiligt gewesen war.

Sein Porträt des USS war schroff und wenig schmeichelhaft, es zeigte Fehler und Schwächen sowohl der Organisation als Ganzes als auch der in ihr tätigen Individuen. Zu sich selbst war Thackery allerdings auch nicht freundlicher. Offen erzählte er von seinem anfänglichen Mangel an Begeisterung, seiner späteren Selbstsucht und der darauf folgenden Besessenheit und zerstörte so das allgemeine Bild von ihm als einem zielstrebigen Helden.

Wells fühlte sich nicht gezwungen, sich Thackerys

eigenem strengen Werturteil über sich selbst anzuschließen. Offensichtlich war Thackery in späteren Jahren dem Scharlatan-Syndrom erlegen, dem selbstzerstörerischen Glauben, der eigene Erfolg sei nicht auf persönliche Leistungen zurückzuführen, sondern nur auf Glück und Zufall. Selbst große Männer werden einmal müde, dachte Wells.

Trotzdem maß Wells Thackerys Selbstkritik genug Bedeutung bei, um darin die Lösung für ein hartnäckiges Rätsel zu erblicken. Seit er sich mit der Vorgeschichte der Neuorientierung befaßte, wurde er den Eindruck nicht los, daß sich darüber mehr erzählen ließe, als allgemein bekannt war.

So hatte Wells nie glauben können, daß Thackery nicht einen Blick auf die Heimatwelt der Mizari und Erkenntnisse über ihre Natur verlangt hatte. Dazu hätte er nur von der Spindel aus hinblicken müssen, schon hätte er sie gesehen, so wie er gesehen hatte, was sie der Erde angetan hatten, so wie er den Tod des Weichsler-Schiffs mit angesehen hatte, den Auslöser für den Tod aller Weichsler. Thackery mußte das einfach getan haben; folglich hielt der USS seine Erkenntnisse geheim. Davon war Wells überzeugt gewesen.

Diese Überzeugung war einer der Gründe gewesen, weshalb er sich für eine Laufbahn im USS entschieden hatte. Falls es überhaupt mehr zu erfahren gab, dann war logischerweise der USS der Hüter dieses Wissens. Um an dem Wissen teilhaben zu können, mußte Wells dazugehören. Als er dann feststellte, daß selbst der USS nicht mehr wußte, war seine Verwirrung nur noch größer geworden. Deshalb hatte er monatelang die Thackery-Datei durchforscht: weil er hoffte, darin vergessene oder bisher übersehene Informationen zu finden.

Jetzt, da der Mensch Thackery die Legende Thackery umgeschrieben hatte, war alles einfacher zu verstehen. Thackery hatte Angst gehabt. Was er gesehen hatte,

hatte ihn völlig überwältigt – was bestimmt keine Schande war! –, und weil er mit den Enthüllungen nicht fertig wurde, hatte er seine Zeit auf der Spindel vorzeitig beendet. Folglich hatte er nie gewußt, was Wells herauszufinden suchte.

Aber die D'shanna wußten es. Sie befanden sich in der Energiematrix, die vom Anfang des Universums ausströmte und sein Ende garantierte, und von dort aus konnten sie vollständige Erkenntnisse über die Mizari liefern: Was sie waren, wo sie waren und wie man mit ihnen fertig werden konnte. Was Thackery bei der einen günstigen Gelegenheit versäumt hatte, das konnten die D'shanna jederzeit nachholen.

Trotzdem hatte in den anderthalb Jahrhunderten seit der Neuorientierung keine solche Zusammenarbeit stattgefunden. Laut Thackery hatte sich von allen D'shanna nur Gabriel mit der menschlichen Spezies befaßt und Interesse für ihre Leiden aufgebracht. Und Gabriel war bei der Begegnung mit Thackery bereits geschwächt gewesen und war daher entweder ›gestorben‹ oder weit zeitabwärts gewandert, um wieder bei den anderen seiner Art zu sein und sich zu erneuern. In beiden Fällen war Gabriel unerreichbar.

Folgendes galt also als gegeben: daß Thackerys Erlebnis einmalig und nicht wiederholbar gewesen war und daß von den D'shanna nicht mehr Hilfe zu erwarten war, als sie schon geleistet hatten.

Aus *Im Kielwasser der Jiadur* hatte Wells jedoch den Eindruck gewonnen, daß Thackerys Gefühle den D'shanna gegenüber bisher nicht ausreichend berücksichtigt worden waren. Eine Passage kurz vor Schluß zeigte ihm das deutlicher als alle anderen:

Aus irgendeinem Grund, vermutlich weil wir Helden brauchen, hat man das Verdienst an Gabriels Taten mir zugeschrieben. Falls überhaupt von Opfern die Rede sein kann, dann war sein Opfer bei weitem das größere, denn er war uns keine Loyalität schuldig, nur die, die er sich selbst aus seinem moralischen Empfinden heraus auferlegte. Falls von Edelmut die Rede sein kann, dann war es aus demselben Grund Gabriels Edelmut und nicht meiner. Ich handelte aus Eigennutz, er aus Selbstlosigkeit. Einen besseren Freund hat die menschliche Rasse nie besessen. Ich ebenfalls nicht.

Während meiner Zeit auf der Spindel waren Gabriel und ich uns auf eine Weise nah, wie ich es mit einem anderen Menschen nie zuvor und auch seitdem nie erlebt habe. Es war eine Form von Beziehung, die sich nicht beschreiben oder anders darstellen läßt, so wie man auch die Spindel nicht völlig versteht, wenn man sie nur als Energiematrix begreift. Jeder von uns erfaßte und akzeptierte die Essenz des anderen, ohne Masken oder Barrieren oder Täuschung. Es war der reinste Augenblick meines Lebens, ein hoher, klarer Klang der Freude.

Gabriel gab uns Leben, Wissen und Identität, vielleicht auf Kosten seiner eigenen Existenz. Und ich, unser schwacher Gesandter, konnte ihm im Gegenzug gar nichts geben...

Wells hatte nur nach Informationen gesucht, die bisher übersehen worden waren, nicht nach bewußt versteckten. Die Maßnahmen zur Gedächtnisförderung, die bei Thackerys Befragung verwendet worden waren, hätten niemand dazu gebracht, etwas zu sagen, was er nicht sagen wollte. Man war stets davon ausgegangen, daß Thackery zur Aussage bereit war, daß er alles erzählen wollte, was er wußte.

Aber stimmte das auch?

In Wells' Kopf nahm ein finsterer Verdacht Gestalt an, ein schattenhafter und schwer greifbarer Gedanke, der sich trotz aller Anstrengung nicht verscheuchen ließ. *Wem galt denn Ihre Loyalität, Thackery? Was haben Sie uns alles nicht verraten? Vielleicht, daß Sie Gabriel jederzeit zu sich rufen konnten? Wollten Sie ihn vor weiteren Forderungen schützen, oder wollten Sie vielleicht einfach sicher sein, daß niemand anders in diese so vollkommene Beziehung mit diesem zu einfühlsamen Geist eindrang?*

Es war ein schockierender, fast verräterischer Gedanke – daß Merritt Thackery, die herausragende Gestalt in der Geschichte des USS, der Begründer der Neuorientierung, in seiner Loyalität gespalten gewesen war, daß er wegen seiner inneren Verbindung mit einem außerirdischen Wesen Informationen zurückgehalten hatte.

Ein wahrhaft radikaler Gedanke. Doch während Wells im Dunkeln lag und grübelte, kam er nicht mehr von ihm los.

Farlad war überrascht, als er Wells um sieben Uhr morgens in der Suite vorfand. »Sie sind ja früh auf, Sir.«

Wells war müde genug, um die Bemerkung komisch zu finden, und lachte leise. »So kann man es auch ausdrücken.«

»Waren Sie die ganze Nacht auf?«

»Richtig.«

Besorgt schaute Farlad ihn an. »Fühlen Sie sich denn frisch genug für die Komiteesitzung heute morgen?«

Wells lachte wieder. »Ich brauche seit zwanzig Jahren nicht mehr als fünf Stunden Schlaf pro Nacht. Meine Kondition müßte schon in traurigem Zustand sein, wenn ich für einen Tag nicht auch darauf verzichten könnte.«

»Ja, Sir.« Farlad zögerte und fuhr dann fort: »Falls Sie es jetzt hören möchten – ich habe einige zusätzliche Daten zu dem Kommunikationsproblem. Wie es scheint, nimmt die Qualität unserer Kleinetransmissionen stetig ab – ohne daß jemand außerhalb der Einsatzabteilung davon erfahren hätte –, und zwar so stark, daß die Standard-Übertragungsrate in den letzten sechs Jahren dreimal reduziert werden mußte. Ich habe den Leiter der Kommunikationsstelle gebeten, zu Ihnen zu kommen und Ihnen einen vollen Bericht zu liefern.«

»Haben sie irgendeine Vorstellung, wo die Ursache liegt?«

»Nein – außer daß sie inzwischen sicher sind, daß es kein Hardwareproblem ist.«

»Mit anderen Worten, es liegt an irgend etwas zwischen Sender und Empfänger.«

»Ja, Sir.«

»Aber das Signal wird geradewegs durch die Spindel geleitet. Die Interferenz müßte also von dort stammen.«

»Kommunikationsleiter Ruz glaubt, daß sie in direkter Beziehung zur Verkehrsdichte steht – daß wir uns der Trägerkapazität des Systems nähern. Es gibt eine deutliche Korrelation zwischen dem Grad der Interferenz und der Verkehrsdichte in einem bestimmten Oktanten.«

Wells schüttelte den Kopf. »Falls er seine Ansicht nicht auf mehr als eine einfache Korrelation stützen kann, müssen wir diese Angelegenheit in einem düstereren Licht betrachten – zumindest offiziell.«

»Wollen Sie damit andeuten, daß die Mizari dafür verantwortlich sein könnten?«

»Es wäre möglich.« Er legte die Fingerspitzen aneinander und berührte damit sein Kinn. »Vielleicht haben sie herausgefunden, wie man Zugang zur Spindel bekommt oder irgendein Instrument hineinprojiziert.« Er unterbrach sich, und seine Miene wurde nachdenklich. »Dann gibt es noch die Möglichkeit, daß die D'shanna dahinterstecken.«

»Meinen Sie, sie wollen mit uns kommunizieren? Oder wollen sie unsere Kommunikation unterbinden?«

»Es muß nicht unbedingt das eine oder das andere sein. Vielleicht ist es einfach eine bedeutungslose Folge ihrer normalen Aktivität. Das ist nicht so wichtig. Wichtig wäre, ob sie da sind – ob sie von uns Notiz nehmen oder dazu gebracht werden könnten, sich für uns zu interessieren. Wir könnten einen Verbündeten gut gebrauchen, Teo – jemand, der uns die nötigen Informationen beschafft, ohne daß die Mizari es merken und unruhig werden.«

»Die *Fähigkeit* dazu hätten die D'shanna. Aber warum sollten sie es tun? Laut Thackery …«

»Ich bin nicht sicher, ob wir uns auf Thackerys Aussagen zu diesem Thema verlassen können. Seit ich sein Manuskript gelesen habe, frage ich mich, ob er nicht auch nach seiner Rückkehr zur Erde noch Kontakt zu den D'shanna hatte oder zumindest wußte, wie er sie jederzeit kontaktieren konnte.«

»Es fällt mir schwer, das zu glauben.«

»Trotzdem möchte ich gerne herausfinden, was aus Thackerys persönlichen Aufzeichnungen geworden ist – seinen Notizen, Tagebüchern, Logbüchern, allem, worin er seine privaten Überlegungen notiert haben könnte.«

»Ich nehme an, er hat sie beim Ausscheiden mitgenommen. Eventuell gibt es eine Aktennotiz über das Herunterladen …«

»Die gibt es. Es waren zweihundert Gigabyte.«

»Persönliche Aufzeichnungen werden nicht archiviert. Sie sind weg.«

»Aber *er* hatte sie doch. Dieser Spur will ich folgen.«

»Unmöglich.« Farlad schüttelte den Kopf. »Thackery hat drei Jahre nach seinem Abschied beim Bürgermeldeamt der Erde einen umfassenden Antrag auf Nichtweitergabe gestellt. Ich kann nicht einmal sein Todesdatum mit Sicherheit feststellen.«

Wells runzelte finster die Stirn. »Diese verdammten Gesetze zum Schutz der Privatsphäre – was, zum Teufel, nützt ein planetenweites Informationsnetz, wenn es einem nichts preisgibt?«

»Ich kann das Thackery nicht übelnehmen. Offenbar wurde er von den verschiedensten Mystikern und Religionsvertretern verfolgt, die alle seinen Segen oder seine Geheimnisse oder ein Kind von ihm wollten.«

»Wenn wir den Antrag mit einem dringenden Aufklärungsbedürfnis der Abteilung Verteidigung begründen …«

»Das habe ich schon getan, Sir. Sie haben trotzdem keine Informationen freigegeben, unter Berufung auf das Recht auf Privatsphäre. Sie wollten nicht einmal bestätigen, daß sie Informationen *haben*.«

»Reichen Sie den Antrag über Berberon ein.«

Farlad schüttelte den Kopf. »Sir, ich hatte mit diesen Leuten schon früher zu tun. Es würde nichts bewirken. Thackery hat darum gebeten, daß seine Akten unter Verschluß bleiben, also bleiben sie unter Verschluß; Ende der Diskussion. Dieses Recht steht jedem Erdenbürger zu, wie Sie natürlich selbst wissen. Da könnte uns nicht einmal Berberon helfen. Und abgesehen davon, falls diese Aufzeichnungen tatsächlich Vertrauliches enthielten, so hätte Thackery bestimmt angeordnet, daß sie nach seinem Tod vernichtet werden.«

»Vermutlich.« Wells schürzte die Lippen und sah auf die Uhr. »Ich könnte vor der Komiteesitzung hier unten duschen, aber mein Dienstanzug ist oben in meinem Apartment …«

Farlad war höflich genug, den Wink zu verstehen. »Ich komme gleich wieder und bringe ihn Ihnen«, bot er an und verließ den Raum.

Wells ging jedoch nicht ins Bad, sondern zum Schreibtisch. Er wählte von Hand, denn die Nummer aufzuzeichnen, war verboten. Sobald die Verbindung hergestellt war, würde die andere Seite mit bestimmten Befehlen dafür sorgen, daß auch der Eintrag im Logbuch des Wählprogramms gelöscht wurde.

Das Telephon läutete zweimal und verstummte. Niemand sprach, doch damit hatte Wells auch nicht gerechnet. »Hier ist Harmack Wells, Achter Rang«, meldete er sich und legte auf.

Einen Augenblick später läutete leise das Telefon. Wells berührte einen Kontakt und lehnte sich im Sessel zurück.

»Alcibiades ging am Abend aus«, sagte der Anrufer.

»Und sah sich ein Stück von Aristophanes an«, erwiderte Wells. Rückruf und Codesätze waren besondere Zugeständnisse an die Tatsache, daß Wells vor dem Vorwurf geschützt werden mußte, einer verbotenen Vereinigung anzugehören. Wäre er wie die meisten der Neuner ein Zivilist mit Wohnsitz auf der Erde gewesen, so wären solche Vorsichtsmaßnahmen überflüssig gewesen.

»Guten Morgen, Mr. Wells«, begrüßte der Rangniedrigere ihn. »Wie kann ich Ihnen behilflich sein?«

»Ich möchte eine Hilfszuweisung beantragen.«

»Bitte, Sir.«

»Haben wir jemand so plaziert, daß er auf gesicherte Daten im Informationsnetz der Erde zugreifen kann?«

»Selbstverständlich, Mr. Wells.«

»Ich muß eine Streichung in der Bürgerkartei umgehen und die persönlichen Aufzeichnungen des früheren Direktors des USS Merritt Thackery finden. Falls sie irgendwo archiviert sind, will ich eine Kopie. Falls nicht, will ich wissen, was aus ihnen geworden ist. Können Sie mir helfen?«

»Einen Augenblick.« Nach wenigen Sekunden meldete der Rangniedrigere sich wieder. »Ja, wir haben da einige Möglichkeiten. Welche Prioritätsstufe sollen wir dem Auftrag zuteilen?«

»Die höchste.«

»Ja, Mr. Wells. Reicht Ihnen ein Zwischenbericht alle sechs Stunden?«

»Ja, vielen Dank.«

»Falls er überhaupt Spuren hinterlassen hat, finden wir sie«, versprach der andere.

Sujata rauschte später als geplant in die Sitzungskammer des Leitungskomitees des Vereinigten Raumflugdienstes, aber immer noch zehn Minuten vor Sitzungsbeginn. Ihr kreisförmiger Alkoven befand sich auf der anderen Seite des abgesenkten Mittelbereichs. Es war einer von sechs auf dieser Ebene – für die fünf Direktoren und den Kanzler. Auf der oberen Ebene lagen sechs ähnliche Alkoven, die für die Beobachter reserviert waren.

Sujata ging im Halbkreis durch den Raum zu ihrem Platz, wobei sie den herumeilenden Beobachtern, Direktoren und leitenden Assistenten nur einen flüchtigen Blick gönnte. Gerade wollte sie die drei Stufen zu ihrem Alkoven hinuntersteigen, da berührte jemand sie von hinten an der Schulter, und eine vertraute Stimme flüsterte an ihrem Ohr: »*Fraxis denya – natalir pendiya nalyir en entya, ne fraxis.* Es gibt dich also doch noch – ich hatte gehört, du wärst in ein Loch gefallen und verschwunden.«

Sujata faßte nach den zudringlichen Händen und blickte über die Schulter, direkt ins lächelnde Gesicht der maranitischen Beobachterin Allianora von Brenadan. »*Sarir pendiya bis penya, Allianya* – Klatsch paßt schlecht auf deine Zunge, Allianora«, antwortete Sujata in derselben melodischen Sprache und dem gleichen anzüglichen Tonfall.

»Das überrascht mich, da doch sonst so viel auf sie paßt«, meinte Allianora mit blitzenden Augen auf englisch. »Vor zehn Minuten wurde mir eine Wette angeboten, ob du dich wohl lange genug losreißen würdest, um zur Sitzung zu kommen. Leider mußte ich ablehnen, da ich deine Kissengefährtin noch nie gesehen habe. Wann lerne ich sie kennen?«

»Wenn du versprochen hast, daß du dich in ihrer Gegenwart anständig aufführst.«

Allianora lachte rauh. »Dann ist es wohl ganz klug von dir, sie zu verstecken.«

»In Wahrheit haben wir uns mehr um ihretwillen als um meinetwillen so zurückgezogen.«

»Du wirst dich noch freuen, daß du herausgekommen bist.« Allianora blickte an Sujata vorbei zur anderen Seite des Raums. »Wenn man bedenkt, wer alles ausgerechnet heute wieder zu uns gestoßen ist, könnte die Sitzung nämlich ganz amüsant werden.« Sie drückte Sujatas Hand und ging dann weiter zu ihrem eigenen Alkoven, der einen Viertelkreis weiter auf der oberen Ebene lag.

Als Sujata sich etwas genauer in der Kammer umschaute, begriff sie, was Allianora mit ihrer letzten Bemerkung gemeint hatte. Sujata hatte seit ihrer Ernennung an fünfzehn Komiteesitzungen teilgenommen, und noch bei keiner waren alle sechs Plätze auf der Beobachterebene besetzt gewesen. Gewöhnlich waren ein, zwei oder sogar drei der Alkoven leer.

Heute dagegen waren selbst die zwei am häufigsten fehlenden Beobachter anwesend, Prinz Denzell von Liam-Won und Ältester Gayla Hollis von Rena-Kiri. Beide hatten sich bekanntermaßen beschwert, ihre Anwesenheit sei reine Formsache und ohne Bedeutung, und sie würden die Zeit lieber darauf verwenden, zu versuchen, die USS-Bürokraten direkt zu beeinflussen.

Diese Beschwerde war nicht ganz unberechtigt. Zwar hatte jeder Beobachter routinemäßig zehn Minuten für Kommentare zur freien Verfügung, doch diese Redezeiten standen ganz oben auf der Tagesordnung, so daß die Beobachter sich oft nur zu dem äußern konnten, was in der vorherigen Sitzung beschlossen worden war, nicht zu dem, was zur Entscheidung anstand. Und Sujata konnte nicht leugnen, daß viele Direktoren der Ansicht waren, wirklich wichtig würde eine Komiteesitzung erst, nachdem auch der letzte Beobachter gesprochen hatte.

Für Denzells Ärger gab es außerdem noch einen anderen, persönlichen Grund. Da Komiteesitzungen nicht öffentlich waren, ließ Erickson innerhalb der Kammer keine Fazilitatoren zu – eine bedeutsame Entscheidung, denn drei Plätze in der Arena waren mit Frauen besetzt. Obwohl das Verbot schon vor Denzells Ankunft ausgesprochen worden war (und trotz des guten Beispiels seines Mitplanetariers Anjean Vandekar, dem Direktor der Einsatzabteilung, der es geschafft hatte, sich anzupassen), behauptete Denzell beharrlich, die Kanzlerin übe ›kulturellen Terrorismus‹ aus, wenn sie ihn zwinge, direkt mit ihr zu reden. In diesem Punkt brachte Sujata für den liamesischen Beobachter kein Verständnis auf.

Sobald Sujata sich in ihrem Sessel niederließ, öffnete eine kleine Konsole ihre muschelförmige Haube und schob sich in Reichweite ihrer rechten Hand. Auf der Konsole befand sich der sechseckige Diskussionsleiter – eine Darstellung der Kammer mit einem kleinen Lichtbalken im Zentrum und zwölf Lichtern ringsum, die Wortmeldungen anzeigten. Genau wie den Beobachtern stand auch jedem Direktor eine feste Redezeit zu, gewöhnlich dreißig Minuten. Die Kontrolle über diese Redezeit übten sie mit Hilfe des Diskussionsleiters aus, mit ihm konnten sie die Marke je nach Wunsch festhalten oder weiterreichen.

Während Sujata sich zerstreut einloggte, betrachtete sie Denzells brütende Augen und sein gefurchtes Gesicht und fragte sich, weshalb er wieder hier war. Wie im Komitee üblich, war auch diesmal keine Tagesordnung verteilt worden. Offenbar hatte es aber trotzdem entweder Gerüchte oder Gespräche hinter den Kulissen gegeben, auch wenn Sujata nichts davon bemerkt hatte.

Da erschien Kanzlerin Erickson am Eingang, in einem prachtvollen frei fließenden shinnischen Erinnerungsgewand. Sie lächelte kurz Comitè Rieke und Botschafter Pawley Bree zu, die sich dicht neben der Tür in gedämpftem Tonfall unterhielten, und stieg dann zu ihrem Alkoven hinunter. Sofort setzten Wanderungen und Abgänge ein: Beobachter und Direktoren bewegten sich auf ihre Plätze zu, ihre Assistenten zum Ausgang.

Als alle zur Ruhe kamen, blieben zwei Alkoven auf

gegenüberliegenden Seiten der Arena leer: die der Transport- und der Verteidigungsabteilung. Loughridge und Wells kamen gemeinsam herein, als letzte, aber nicht zu spät. Der rotblonde Loughridge lachte, als hätte Wells kurz vor dem Eintreten einen Scherz gemacht, und dann trennten sich die beiden und gingen auf ihre Alkoven zu.

Erickson folgte ihnen mit dem Blick, bis sie auf ihren Plätzen waren, und streckte dann die Hand nach ihrer Konsole aus. Hinter ihr glitt die Doppeltür zu, und genau in der Mitte der Arena stieg ein schlanker Metallstab aus dem Fußboden – der Sekretär des Komitees, kein Mensch, sondern ein Programm. Da das vom Sekretär erstellte Protokoll in Wirklichkeit über Sensoren in jedem Alkoven aufgezeichnet wurde, war der Stab mehr eine Geste der Höflichkeit, ein sichtbare Erinnerung daran, daß alle Geschehnisse ins Archiv des Komitees aufgenommen wurden.

»Protokoll Anfang«, verkündete der Sekretär. »Eine Sitzung des Leitungskomitees des Vereinigten Raumflugdienstes. Anwesend: Kanzlerin Erickson, Beobachter Berberon …«

»Abbrechen. Es sind ganz offensichtlich alle anwesend«, unterbrach Erickson. »Wir betrachten die Anwesenheitsliste als vorgelesen.«

»Zu schade«, warf Berberon von seinem Platz rechts von Erickson auf der oberen Ebene aus ein. »Ich traue meinen Augen kaum und hätte mir gern bestätigen lassen, daß der nie greifbare Prinz Denzell endlich wieder bei uns weilt.«

Obwohl das Komitee nach strengen Diskussionsregeln arbeitete, wurden Berberons ironische Bemerkungen und sanften Seitenhiebe gewöhnlich wohlwollend aufgenommen. Auch dies war keine Ausnahme: Leises Gelächter lief durch den Raum und ließ auf mehreren Gesichtern ein Lächeln zurück.

Denzell fand es allerdings nicht lustig. »Ich möchte

Beobachter Berberon daran erinnern, daß seine Redezeit beginnt, wenn das Licht an seiner Konsole aufleuchtet, nicht das viel schwächere in seinem Gehirn«, entgegnete er und sah Berberon finster an.

»Beobachter Denzell hat recht – vielleicht können wir uns wenigstens anfangs an unsere eigenen Regeln halten?« sagte Erickson. »Beobachter Berberon, falls Sie sich weiter zu diesem oder einem anderen, eher der Sache dienlichen Thema äußern wollen – Sie haben die Marke.«

»Vielen Dank, Kanzlerin.« Berberon erhob sich aus seinem Sessel. »So gern ich mich auch weiter mit meinem Freund, dem Prinzen, unterhalten würde, mir ist bewußt, daß wir heute vormittag viel zu tun haben. In der Hoffnung, uns auf diesem Weg weiterzubringen, und im vollen Vertrauen darauf, daß Sie das Folgende sehr gern hören werden, trete mich meine Kommentarzeit an Comitè Wells ab.«

Sujata horchte auf; das war ein ungewöhnliches, wenn auch vermutlich erlaubtes Abweichen vom Üblichen.

»Ich danke Beobachter Berberon für sein Zuvorkommen«, begann Wells, während sich alle Blicke auf ihn richteten. »Ich kann nicht versprechen, daß Sie alles gern hören werden, was ich heute zu sagen habe, aber zumindest beim ersten Punkt dürften wir alle einer Meinung sein. Die Planetaren Verteidigungskräfte sind heute morgen für voll einsatzbereit erklärt worden ...«

Wells wurde von Applaus unterbrochen – anscheinend machte Loughridge den Anfang, doch gleich darauf stimmten noch andere ein, denen die Sitte vertraut oder verständlich war. Wells wartete geduldig, bis der Lärm nachließ, dann fuhr er fort: »Zu diesem Schritt haben wir uns nach einem letzten Prüfmanöver entschlossen, das Anfang der Woche im System Ba'ar Tell abgehalten wurde. Wenn die Kanzlerin einverstanden ist, würde ich Ihnen die Ergebnisse dieses Manövers gern vorführen.«

Während das Licht in der Kammer schwächer wurde, hob sich in der Arenamitte langsam ein sechseckiges Stück Fußboden, bis die einen Meter hohen Bildschirme an den sechs Seiten vollständig sichtbar waren. Auf dem schwarzen Hintergrund erschien der weiße ›explodierende Stern‹, das Logo der Abteilung Verteidigung, danach sah man eine polare Karte des Systems mit seinen zwölf Planeten.

»Bei dem Manöver wurde ein Angriff auf Ba'ar Tell durch zwei mizarische Eindringlinge simuliert«, berichtete Wells. »Dabei kamen alle Elemente des Verteidigersystems zum Einsatz: die Raumposten, das C3-Zentrum auf Ba'ar Tell sowie die mobile Waffenplattform, in diesem Fall die *Rampart* ...«

Während Wells weitersprach, beobachtete Sujata aufmerksam den Bildschirm. Bisher war sie vollkommen mit der riesigen Aufgabe beschäftigt gewesen, die sich lösenden Fäden in der aufgeblähten und ineffektiven Versorgungsabteilung aufzunehmen, und hatte deshalb bewußt beschlossen, ihre Weiterbildung in anderen Bereichen zurückzustellen. Fragen der Verteidigung waren dabei am schlechtesten weggekommen, denn die Versorgungsabteilung konnte für die Abteilung Verteidigung wenig tun, was diese auf Wells Betreiben hin nicht bald selbst erledigen würde. Infolgedessen war das meiste von dem, was Sujata nun sah, für sie neu.

»Den Angriffsdrohnen waren innerhalb vernünftiger Grenzen alle notwendigen Fähigkeiten verliehen worden – die Übercee-Schnelligkeit eines Wächters, die Feuerkraft eines Verteidigers, die sensorische Ausrüstung eines Schirmelements«, sagte Wells soeben. »Die Kampfcomputer an Bord der Drohnen konnten uneingeschränkt jedes Element des Systems angreifen, das aufgespürt wurde. Indem die *Rampart* im antriebslosen

Modus stationiert wurde, konnte ihre Position jedoch erfolgreich verborgen werden, und damit war sie in der Lage, den Erstschlag zu führen ...«

Selbst auf dem kleinen Schirm war es ein beeindruckendes Gemetzel. Am eindringlichsten waren die Großaufnahmen von sich auflösenden Schiffshüllen und zersplitternden Schotts, die von den Sendern an Bord der Drohnen stammten. Auch wenn hier nur ein technisch hochentwickelter Roboter den andern zerstörte, Sujata war einem solchen Ausmaß an Gewalt noch nie ausgesetzt gewesen. Sie fand es ebenso faszinierend wie beunruhigend.

Am Höhepunkt des Angriffs wandte sie den Blick ab, und dabei bemerkte sie zu ihrer Überraschung, daß Wells sie beim Sprechen mit kalter Neugier beobachtete.

Für einen langen Augenblick konnte sie nicht wegschauen. Was willst du? fragte sie sich; sein geradliniges Interesse wirkte zudringlich. Dann wurde es in der Kammer hell, Sujata sah weg und bemerkte, daß die inzwischen dunklen Bildschirme wieder im Boden versanken.

»Wir werden natürlich auch weiterhin Tests durchführen und Erfahrungen sammeln«, erklärte Wells. »Von nun an wird es dabei aber nicht mehr darum gehen, unsere Einsatzbereitschaft herzustellen, sondern sie zu steigern.«

Der journanische Beobachter Bree ergriff das Wort. »Comitè Wells, wie steht es mit der Stationierung der Verteidiger?«

»Von den acht bewilligten Verteidigern sind sechs fertig«, teilte Wells ihm mit. »An dem zweiten Verteidiger für Journa und dem dritten für die Erde wird nach einem beschleunigten Arbeitsplan weitergebaut; sie stehen ebenfalls kurz vor der Vollendung.«

»Und sind noch weitere Verteidiger geplant?« fragte Denzell quer durch die Kammer.

»Nein.«

»Wofür sollen dann die Schiffsbaukapazitäten genutzt werden, die für dieses Projekt geschaffen wurden?«

»Sobald unsere Geldmittel und Anlagen es erlauben, werden neue Lasttransporter für die Verteidigungsabteilung gebaut. Ich habe unsere diesbezüglichen Pläne schon vor mehreren Monaten auf einer Sitzung vorgestellt.«

Bei dem versteckten Tadel röteten sich Denzells Wangen, doch er wußte nichts zu antworten – und hätte auch gar keine Gelegenheit dazu gehabt. Inzwischen war Erickson das Wort erteilt worden. »Comitè Wells, wollen Sie uns sagen, daß die Verteidiger Ihrer festen Überzeugung nach einen Angriff der Mizari abwehren können?« fragte sie. »Oder bringen Sie nur einen niedrigeren Grad von Zuversicht zum Ausdruck, der sich allein auf die technische Bereitschaft dieser Schiffe bezieht?«

»Wir sind schlagkräftiger und besser geschützt als früher. Wir sind weniger schlagkräftig und weniger gut geschützt, als wir es sein sollten«, erwiderte Wells ernst. »Wenn mir meine eigene Redezeit zur Verfügung steht, werde ich mehr dazu sagen. Beobachter Berberons ist jetzt leider aufgebraucht.«

Daraufhin meldete sich Botschafter Ka'in. »Meine Redezeit kommt als nächstes, und ich verzichte gern darauf, damit wir der Frage der Kanzlerin nachgehen können. Wie stark sollten wir uns auf die Verteidiger verlassen, Comitè Wells? Einen wie wirkungsvollen Schutz stellen sie dar?«

»Ich möchte gleich vorweg sagen, daß eine vollständige Antwort einige Zeit beanspruchen wird.«

»Falls notwendig, werde ich die Marke ebenfalls weitergeben«, erklärte Ältester Hollis.

»Vielen Dank.« Wells nickte zum Zeichen, daß er annahm. »Ich werde mich möglichst kurz fassen. Zunächst einmal müssen wir die taktische Lage und die strategische getrennt betrachten. Die Verteidiger sind zu einem ganz bestimmten taktischen Zweck gebaut worden – um einen dicht besiedelten Planeten vor Angriffen zu schützen. Unserer Meinung nach sind sie dazu jetzt bereit.

Die strategische Lage ist jedoch viel komplizierter. Hier müssen wir nicht nur eine Welt beschützen, sondern die dreizehn EK-Welten, die Kolonie auf Cheia sowie neunzehn weitere Systeme, in denen sich Menschen aufhalten – dazu die vielen hundert Paketschiffe und Schnellschiffe, die zwischen diesen Welten umherreisen.

Ziel unserer strategischen Planung ist es, nicht nur einen einzelnen planetaren Angriff zu verhindern, sondern *jeden* Angriff auf irgendein Element unserer Gemeinschaft. Und ich muß Ihnen leider mitteilen, daß die taktischen Fähigkeiten der Verteidiger auf die strategische Lage nicht den geringsten Einfluß haben.

Jede Einrichtung, bei der keine Verteidiger stationiert sind, kann selbstverständlich nach wie vor von den Mizari angegriffen werden. Darüber hinaus haben die Mizari auch bei einem Angriff auf Ba'ar Tell oder Maranit oder die Erde nichts zu verlieren, selbst wenn der Angriff erst einmal fehlschlägt. Sie riskieren dabei nur die unmittelbar in den Kampf verwickelten Streitkräfte. Die Verteidiger können nur innerhalb oder in unmittelbarer Nähe eines einzigen Sternsystems operieren ...«

Bei dieser Bemerkung streckte Sujata die Hand nach der Konsole aus und gab eine Wortmeldung ein.

»... was bedeutet, daß die Heimatwelten der Mizari vor uns sicher sind. Ja, die Mizari könnten eine Angriffsstreitmacht nach der anderen gegen eine unserer Welten entsenden, bis sie die Verteidigung geschwächt oder ihre Lücken entdeckt haben. Zur Zeit könnten wir den belagerten Welten nicht einmal Verstärkung schicken, geschweige denn den Krieg ins Lager der Mizari tragen.«

Sujatas Marke leuchtete auf, schneller, als Sujata erwartet hatte. »Comitè Wells, ich bedaure die Unwissenheit, die meiner Frage zugrunde liegt, aber wenn ich schweige, werde ich nie klüger werden. Warum können die Verteidiger nicht die Heimatwelten der Mizari angreifen?«

Wells lächelte. »Das ist eine gute Frage, keine dumme – ich wäre selbst gleich darauf zu sprechen gekommen. Es gibt zwei Antworten. Erstens sind die Verteidiger nicht zum Überceeflug ausgerüstet. Wegen der Dienstzeit der Besatzung ist ihr tatsächlicher Einsatzradius stark eingeschränkt – auf vielleicht ein halbes Cee. Darum sind sie auch in den Systemen gebaut worden, in denen sie stationiert werden, obwohl die Schiffsbaukapazität dort in mehr als einem Fall praktisch aus dem Nichts geschaffen werden mußte.«

Die Marke leuchtete immer noch, deshalb hakte Sujata nach. »Dann verstehe ich nicht, warum sie so konstruiert wurden.«

»Es ist ein Tauschhandel. Als Gegenbeispiel möchte ich Ihnen die Wächter nennen, die zum Überceeflug fähig, dafür aber vergleichsweise leicht bewaffnet sind. Unsere Schiffskonstrukteure stoßen da an eine technische Obergrenze. Der Antrieb der S-Serie, den die Verteidiger besitzen, entzieht der Spindel so viel Energie, wie wir gerade noch kanalisieren und kontrollieren können. Solange wir keinen Durchbruch in der Werkstofftechnik erreichen und den Hahn weiter aufdrehen können, müssen wir konkurrierende Bedürfnisse mit einem festen Betrag an Energie abdecken.«

Die Marke wurde dunkel, und Wells wandte sich von Sujata ab und der gesamten Zuhörerschaft zu. »Aber lassen Sie uns einmal rein hypothetisch annehmen, wir besäßen die nötige Technik, um eine neue Klasse von Schiffen zu bauen, Schiffe mit der Feuerkraft eines Verteidigers und der Schnelligkeit eines Wächters. Vielleicht wären Sie dann versucht zu glauben, wir hätten ein Waffensystem, mit dem wir eine Heimatwelt der Mizari angreifen könnten.

Das wäre ein Irrtum, denn – und das ist die zweite Antwort auf Comitè Sujatas Frage – einen Planeten anzugreifen, ist weitaus schwieriger, als einen zu verteidigen.

Mir ist klar, daß das für Menschen ohne militärische Kenntnisse wenig einleuchtend erscheint. Tatsache ist jedoch, daß Planeten zwar leicht zu treffen, aber schwer zu verwunden sind. Planeten sind wie Boxer, die Ihnen ihren Bauch hinhalten, weil sie genau wissen, daß sie Ihre Schläge lange genug aushalten, um Ihr Kinn zu treffen. Sie haben keine verwundbaren Punkte – keine hohlen Hüllen, die man zerschlagen könnte, keine fein abgestimmten Systeme, die man durcheinanderbringen kann. Punktwaffen wie unsere Lanzen sind gegen sie praktisch nutzlos. Wirksam wären nur massenvernichtende Waffen. Und solche Waffen sind in unserem Arsenal nicht vorhanden.

Wir haben die Wächter und den Schirm, die unsere Grenze überwachen. Wir haben die Verteidiger, die unsere Heimatwelten schützen«, fuhr Wells fort. »Aber wir haben kein Schwert. Wir haben nichts, womit wir unseren Feind dazu bewegen könnten, keinen Streit mit uns anzufangen – oder ihn zu bestrafen, falls er es doch tut. Wir können uns verteidigen –, aber uns fehlt die Kraft, ihn zu vernichten.

Vor fast zwei Jahren hat mein Büro an alle Direktoren Unterlagen verteilt, in denen ein Waffensystem vorgeschlagen wird, das diese strategische Lücke füllen und uns erstmals ein Abschreckungsmittel in die Hand geben soll. Da damals die unmittelbare Verteidigung der wichtigsten Welten unbedingten Vorrang haben mußte, war dieser Plan nicht als Aufforderung zum Handeln gedacht, sondern nur zur Kenntnisnahme.

Aber jetzt, da die Verteidiger an Ort und Stelle sind, müssen wir den nächsten Schritt tun.

Es wird Zeit, daß wir uns ein Schwert schmieden. Es wird Zeit, daß wir die Streitmacht Triade bauen.«

Du bist kein schlechter Verkäufer, Harmack Wells, dachte Sujata, während ihre Finger über die Tastenfläche tanzten und der winzige Schirm sich mit Daten füllte. *Jetzt wollen wir einmal sehen, was du uns verkaufen willst.*

4. KAPITEL

Triade

NUR ZUM INTERNEN GEBRAUCH:

Erstellt durch
- Studienkreis Strategische Einsätze

Geprüft und bestätigt durch
- Subdirektor für Strategische Planung
- Ausschuß für Technologie-Verifizierung
- Stellvertretender Direktor für Perimeter-Einsätze
- Kommandozentrale
- Direktor der Abteilung Verteidigung

DIESES DOKUMENT IST ALS VERTRAULICH EINGESTUFT –
LISTE 1A:
PROJEKTVORSCHLAG: STREITMACHT TRIADE

Abschnitt 1: Allgemeine Übersicht

1.0 Strategische Rolle der Streitmacht Triade

1.1 Mit Triade stünde den Planern des Vereinigten Raumflugdienstes die Möglichkeit eines Langreichweiten-Planetenangriffs offen, über die sie derzeit nicht verfügen. Diese Möglichkeit wird für die Etablierung einer glaubwürdigen Abschreckungshaltung als unverzichtbar betrachtet.

2.0 Zusammensetzung der Kampfgruppe Triade

2.1 Eine Kampfgruppe Triade soll aus drei Schiffen bestehen:
- Zwei (2) überceefähige Frontschiffe mit Hauptantrieb AVLO-S und Seitenantrieb AVLO-C
- Ein (1) überceefähiger Träger.

3.0 Bewaffnung der Kampfgruppe Triade

3.1 Triaden-Frontschiffe sollen mit einer Neutronenpartikel/Laser-Verbundlanze mit einer Feuerkraft von mindestens einem (1) Terawatt (gemessen an der Mündung) ausgerüstet werden.

3.2 Triaden-Träger sollen mit geeigneten Waffen für Oberflächenangriffe ausgerüstet werden, einschließlich (ohne Anspruch auf Vollständigkeit) Festmassebomben, Fissionswaffen, Fusionswaffen und/oder anderen möglicherweise bald verfügbaren Techniken (siehe Abschnitt 6.0).

4.0 Missionsbeschreibung

4.1 Die Strategie von Triade beruht auf Kurzangriffen bei hohen Geschwindigkeiten; die Angriffe sollen beginnen, sobald die Elemente der Kampfgruppe auf Unterceegeschwindigkeit abgebremst haben.

4.2 Die Frontschiffe werden direkte Annäherungsvektoren mit einem Winkelabstand von höchstens sechzig Grad benutzen, wodurch eine zentrale überlappende Feuerzone entsteht. Nach dem Absetzen von Scheinzielen und anderen Abwehrmaßnahmen werden die Frontschiffe sämtliche planetaren Verteidigungssysteme in Gefechte verwickeln und dabei auch verteidigungsrelevante Punktziele auf der Oberfläche angreifen.

4.3 Der Träger wird einen direkten Annäherungsvektor auf die Überlappungszone benutzen und vor dem Feuern abbremsen, bis die Eintrittsgeschwindigkeit der jeweiligen Waffen erreicht ist.

5.0 Rahmenbedingungen und Herstellung

5.1 Für die Streitmacht Triade wird eine Anfangsstärke von fünf Kampfgruppen vorgeschlagen.

5.2 Folgende Schiffswerften sind für den benötigten technischen Standard zugelassen und kommen somit für Bauverträge in Frage: Bootes Center, Lynx Center, Perseus Center, Journa (Werft B), Erde (Werften 102 und 105), Maranit

6.0 Alternative Waffentechniken

6.1 Die maximale Wirksamkeit des Konzepts Triade ist abhängig von der erfolgreichen Entwicklung des Danfield-Apparats, einer nichtexplosiven Waffe zur Massenvernichtung, die auf der AVLO-Technik basiert. Nach theoretischen Überlegen würde ein in der Größe unbeschränkter, eine Nanosekunde oder noch kürzer andauernder AVLO-Zugriff auf die Spindel bei Abwesenheit von Fluxspulen und anderen dämpfenden Geräten eine intensive Energieentladung im gesamten elektromagnetischen Spektrum auslösen. Die Energiefreisetzung wird laut Schätzungen um zwei Größenordnungen höher sein als bei den größten verfügbaren Fusionswaffen.

6.2 Grundlegende Forschungen zum Danfield-Apparat werden derzeit mit Zustimmung der Kommandozentrale unter der Leitung des Forschungsbüros Verteidigung durchgeführt.

AUTORISATIONSCODE DIESER AUSGABE:
41-1-425-R

Harmack Wells
Direktor
USS-Verteidigung

(WEITERE INFORMATIONEN FOLGEN)

Es gab Zeiten, da empfand Felithe Berberon eine widerwillige Bewunderung für Harmack Wells – für seinen unbeirrbaren inneren Kompaß, den fast selbstgerechten Glauben an die eigenen Ziele, die intellektuelle und emotionale Hingabe, mit der er alles tat. Da genau diese Eigenschaften auch der Grund waren, weshalb Wells so verdammt schwierig zu behandeln war, hielt das Gefühl nie lange vor. Solange es währte, war es jedoch durchaus echt, auch wenn Berberon sich dabei immer ein wenig wie ein Verräter vorkam.

Dies war wieder so ein Augenblick. Die Sitzung lief für Wells ausgezeichnet. Der Comitè war ganz in seinem Element, liebevoll beschrieb er in allen Einzelheiten das System, das er mit Sorgfalt durch den Genehmigungsprozeß schleuste, seit er vor über einem Dutzend Jahren als Verteidigungsstratege zum USS gekommen war.

Berberon überlegte, daß er mit Ausnahme von Wells vermutlich der einzige im Raum war, der wußte, was diesem Augenblick vorangegangen war. Triade war fast nur aufgrund der Interesselosigkeit anderer zu Wells' Aufgabe geworden. Als das Projekt ursprünglich vorgeschlagen wurde, mochte sich kein leitender Mitarbeiter der Verteidigungsabteilung damit befassen, teils weil der Zeitpunkt schlecht gewählt war – das Verteidigerprogramm lief gerade auf vollen Touren –, teils weil es Schwierigkeiten innerhalb der Affirmation gab.

Der neue Älteste von Rena-Kiri hatte sich soeben geweigert, bestimmte Garantien anzuerkennen, die in der Affirmation, der Bestätigung der Vereinigung, enthalten waren und die sein Vorgänger unterzeichnet hatte. Das konnte er ungestraft tun, weil ihm die Affirmation erstens dieses Recht ausdrücklich eingeräumt hatte und weil die Vereinten Welten zweitens damals wie heute nicht wirklich vereint waren. Die Affirmation hatte sich kein ausführendes Organ geschaffen, mit dem die anderen Unterzeichner gemeinschaftlich hätten reagieren können.

Als Ältester North sich nun weigerte, Rena-Kiris Verpflichtungen gegenüber der Affirmation einzulösen, stellte das dennoch einen so tiefen Einschnitt dar, daß sich die übrigen Welten in zwei Lager spalteten: Die einen sahen in der renanischen Handlungsweise eine Bedrohung für die gesamte Affirmation, die anderen ein Eintreten für das Prinzip der planetaren Unabhängigkeit. Man fürchtete ernsthaft, die zweite Gruppe könne Triade nicht als strategisches Abschreckungsmittel auffassen, sondern als ein Werkzeug, mit dem die Mehrheit Disziplin erzwingen und die lockere Vereinigung aus zwölf Planeten in ein strenger strukturiertes Bündnis umwandeln wollte.

Natürlich wäre es völlig lächerlich gewesen, wenn die Renaner (oder die drei anderen Welten, die ihre Partei ergriffen hatten) tatsächlich einen solchen Verdacht geschöpft hätten. Der USS war kein Instrument der Affirmation, sondern eine unabhängige Organisation mit eigenen Finanzmitteln und eigener Führung. Und kein Kanzler, schon gar nicht Kanzler Delkes, hätte jemals gestattet, daß eine derartige Waffe zu einem derartigen Zweck eingesetzt wurde. Trotzdem sah man in Triade den potentiellen Auslöser einer diplomatischen Katastrophe, und daher wurde das Projekt nicht einfach nur ignoriert, sondern aktiv zerschlagen. Berberon hatte selbst dazu beigetragen.

Wells war bei der Erfindung von Triade zwar noch nicht dabei gewesen war, doch er hatte das Projekt sehr bald adoptiert. Wann immer er innerhalb der Verteidigungsbürokratie einen Schritt vorwärts machte – und er kam ungewöhnlich schnell voran –, nahm er Triade mit; er verfeinerte es, brachte es auf den neusten Stand, stimmte wichtige Kritiker um, betonte die Bedrohung durch die Mizari und stand nun nur noch einen Schritt vor dem endgültigen Durchbruch.

Das Ganze ist um so erstaunlicher mit anzusehen, weil du wirklich daran glaubst, dachte Berberon beim Zuhören.

»Der Danfield-Apparat wird die konzentrierteste Energieentladung auslösen, die außerhalb eines Sterninneren je beobachtet wurde«, sagte Wells soeben. »Stellen Sie sich eine Energiemenge vor, wie sie notwendig wäre, um einen Wächter auf Übercee zu bringen, nur daß sie in weniger als einer Millisekunde frei wird. Falls der Apparat während des Absturzes gezündet wird, läßt die ausströmende Energie die Planetenatmosphäre wegkochen, wie man einer Orange die Schale abzieht. Schockwelle und Stürme allein genügen, um im Umkreis von fünftausend Kilometern alles zu zerstören, was weniger dicht ist als ein Berg aus Granit.«

Wells wartete einen Moment, um dieses Bild auf die Zuhörer wirken zu lassen. »Dringt der Apparat bis zur Oberfläche vor, sind selbst die Berge nicht mehr sicher. Kein künstliches Gebilde, ob auf der Oberfläche oder unterhalb, bleibt intakt. Noch Wochen später wird der Planet durch Nachbeben der Stärke 8 erschüttert. Der Danfield-Apparat würde zwar nicht den Planeten zerstören, aber höchstwahrscheinlich alle darauf lebenden Mizari vernichten. Er wäre selbst dann noch wirksam, wenn er gegen eine Spezies auf einem Gasplaneten wie dem Jupiter eingesetzt würde.«

Berberon bemerkte, wie Sujata bei Wells' Beschreibung erbleichte. *Eine furchtbare Waffe,* stimmte Berberon ihr im stillen zu. *Für sich allein genommen furchtbar – und noch furchtbarer, weil dadurch auch die Erfindung beschmutzt wird, der wir die Sterne und unser Zusammensein verdanken.*

Ältester Hollis forderte einen Augenblick seiner Kommentarzeit für sich. »Und die Schiffe, die diesen Apparat absetzen – wie sollen sie das überstehen? Oder wird dieser Auftrag die Ehre der Freiwilligen erfordern?« fragte er.

Berberon zog eine Grimasse. Der Ausdruck bezeichnete eine in seinen Augen besonders widerwärtige Form von Märtyrertod, ein begriffliches Produkt der bewaffneten Konflikte, die noch vor ganz kurzer Zeit die renanische Geschichte beherrscht hatten.

Wells schüttelte den Kopf. »Um die Atmosphäre durchdringen zu können, muß der Danfield-Apparat selbst bei bestmöglicher Abschirmung auf unter Zehntelcee abgebremst werden. Damit bleibt den Triadenschiffen genug Zeit, sich im Energieschatten des Zielplaneten in Sicherheit zu bringen.«

Berberon beantragte die Marke und erhielt sie auch

sofort. »An welchem fernen Horizont zeichnet sich diese hoffnungsvolle Fata Morgana denn ab, Comitè?« fragte er mit gespielter Unschuld, obwohl er die Antwort längst kannte. »Wie viele Wunder müssen Ihre Wissenschaftler noch vollbringen, bevor sie Wirklichkeit wird?«

Wells nickte leicht. »Eine berechtigte Frage, Mr. Berberon. Zu meiner Freude kann ich Ihnen mitteilen, daß innerhalb des letzten Jahres und besonders während der letzten drei Monate große Fortschritte erzielt wurden und dem Bau des Danfield-Apparats jetzt nur noch technische Probleme im Weg stehen. Grundlegende theoretische Hürden gibt es nicht mehr.«

»Das ist in der Tat eine willkommene Nachricht, Comitè«, meinte Berberon freundlich.

Einige Minuten später wurde die Marke jedoch an Denzell weitergegeben, und damit änderte sich der Tonfall der Sitzung dramatisch. »Wir von Liam-Won freuen uns, daß diese mächtigen Schiffe sich als so kluge Investition erwiesen haben«, fing Denzell an; seine Miene wirkte alles andere als erfreut. »Noch mehr würden wir uns allerdings freuen, wenn eins von ihnen auch unsere Welt verteidigen würde.

Würden Sie mir bitte noch einmal erklären, weshalb die einundsechzig Millionen Menschen auf Liam-Won nicht schützenswert sind? Muß ich Ihnen erst eine Lektion in Astrographie erteilen? Wir sind nur dreizehn Cees vom Perimeter entfernt. Glaubt der Comitè, die Mizari würden einfach an uns vorbeifliegen und sich ein schwierigeres Ziel suchen?«

»Wenn Beobachter Denzell eine Antwort wünscht, wird er meine Wortmeldung zulassen müssen ...«, versuchte Wells ihn zu unterbrechen.

»Sie haben hier lange genug den Ton angegeben, Sie und Ihr grinsender Komplize da drüben.« Denzell zeigte auf Berberon. »Wir kennen die Antwort. Sie lassen uns da draußen als Köder sitzen, ungeschützt, verlockend, wir sollen den Mizari vor der Nase baumeln und sie zu einem Angriff verleiten, damit Sie endlich Ihren langersehnten Krieg führen können.«

Die Beschuldigung war offensichtlich unsinnig; trotzdem fühlte Berberon sich genötigt, Wells beizuspringen. »Wenn der verehrte Beobachter noch vernünftig denken könnte, würde ihm zweifellos klar werden, daß Triade die Sicherheit von Liam-Won besser gewährleisten wird als noch so viele Verteidiger«, erklärte er mit einer Höflichkeit, die an sich schon eine Beleidigung war.

»Wie leicht Ihnen das über die Lippen kommt; schließlich kreist über Ihnen auch nicht nur ein Verteidiger, sondern drei«, rief Denzell aus. »Wenn hier jemand gefährdet ist, dann wir …«

»Sie vergessen, daß die Mizari den Weg hierher kennen.« Die Kälte in Berberons Tonfall war echt. »Unsere Welt haben sie versengt, unsere Vorfahren vernichtet.«

»Sind wir etwa keine Nachfahren der Weichsler?« fragte Denzell wütend. »Waren sie nicht die Gründer aller Welten …«

»Abbrechen!« befahl Erickson scharf, und beide Männer verstummten abrupt. »Beobachter Denzell, Sie haben Comitè Wells persönlich angegriffen. Folglich hat er ein Antwortrecht.«

»Vielen Dank, Kanzlerin.« Wells wartete nicht erst ab, ob Denzell ihr in der Frage der Redeordnung zustimmte. »Ich fürchte, der Beobachter will nicht überzeugt werden, aber seinen Zuhörern möchte ich etwas dazu sagen. Fast unser gesamtes Volk wird jetzt schon geschützt. Was Prinz Denzell verlangt, ist unvernünftig …«

Denzell griff erneut in die Debatte ein; heftig fiel er Wells ins Wort. »Ich muß diesen Lügen widersprechen, bevor Comitè Wells meine gesamte Redezeit aufbraucht und mich wieder zum Schweigen bringt. Ich verlange nur Gerechtigkeit – daß in jedem bewohnten

System wenigstens ein Verteidiger plaziert wird. Das ist alles.«

»Ist Ihnen klar, welchen Preis wir dafür zahlen müßten?« Wells' Stimme klang immer noch ruhig. »Um dieses letzte halbe Prozent der zur Affirmation gehörigen menschlichen Bevölkerung unmittelbar zu schützen, müßten wir noch einmal mindestens ebensoviel investieren wie bisher. Und wir müßten zusätzlich auf den echten Schutz durch die Streitmacht Triade verzichten. Wir würden einen sehr hohen Preis zahlen und sehr wenig gewinnen.«

»Jemand muß für all die sprechen, die nicht hier sind«, sagte Botschafter Bree und griff damit Denzells Thema auf. »Die Tatsache, daß über neunundneunzig Prozent unserer Verwandten auf nur fünf Welten leben, ist irrelevant. Diejenigen, die Liam-Won oder Dzuba oder Pai-Tem ihre Heimat nennen, schätzen ihr Leben ebenso wie die Bewohner der fünf Hauptwelten. Und was vielleicht noch wichtiger ist, auf jeder Welt ist nach wie vor eine einmalige und unersetzliche Ausformung der menschlichen Möglichkeiten beheimatet. Ich würde es sehr ungern sehen, wenn wir aus politischen Gründen erklären würden, eine Kultur von siebzigtausend sei weniger wertvoll als eine von siebzig Millionen.«

Wells schüttelte den Kopf. »Botschafter, sollten wir die Arbeit an Triade beginnen, so würden wir damit genau das Gegenteil aussagen. Wir würden damit zeigen, daß wir für das Unsrige zu kämpfen bereit sind, daß wir nichts unversucht lassen, um die Sicherheit der Affirmation zu garantieren.«

An diesem Punkt erkannte Berberon an den Lichtern auf seiner Konsole, daß Wells erstmalig sein eigenes Rederecht nutzte. Es ist vorbei, sagte Berberon in Gedanken zu Denzell. Paß auf, er wird dich so gekonnt aufschlitzen, daß du ihn dafür bewundern mußt, noch während du blutest.

Zunächst ließ Wells jedoch einige Augenblicke

schweigend verstreichen, um die gesamte Aufmerksamkeit des Komitees auf sich zu ziehen. Erst als er damit zufrieden war, sprach er weiter, und jetzt hatte seine Stimme jeden bittenden Unterton verloren.

»Prinz Denzell ist unrealistisch«, meinte er sachlich. »Dieses wertvolle halbe Prozent unserer Bevölkerung lebt über zweiundzwanzig Systeme verstreut. Sollen wir noch einmal zweiundzwanzig Verteidiger bauen, wenn wir mit fünf Kampfgruppen Triade zum halben Preis oder noch weniger eine weitaus größere Sicherheit und Flexibilität erreichen können?

Prinz Denzell ist auch unehrlich. Von allen menschlichen Welten ist nicht Liam-Won am meisten gefährdet, sondern Feghr – das nicht nur nah am Perimeter liegt, sondern jenseits, praktisch an der Schwelle zum mizarischen Sternhaufen. Die letzte Welt der Ersten Kolonisierung – seit der Neuorientierung auf unseren Karten vermerkt, geistig und genetisch mit uns verwandt und doch nicht über unsere Gegenwart informiert, bis heute in der Sperrzone gefangen.

Warum? Weil wir so schwach sind und die Mizari so fürchten, daß wir lieber diese Welt aufgeben, als die Mizari erneut aufzustören. Mit Triade müßten wir nicht mehr so furchtsam sein. Mit Triade könnten wir Feghr sein Geburtsrecht wiedergeben.

Doch die Frage der Kosten und das Problem von Feghr sind letztlich zweitrangig. Wenn uns die Wächter in diesem Augenblick mitteilen würden, daß die Mizari den Perimeter überschreiten – was jeden Tag zu jeder Stunde geschehen kann –, hätten wir nur zwei Möglichkeiten. Entweder wir fliehen auf die von Verteidigern geschützten Welten und bereiten uns auf eine Belagerung vor, bei der wir nicht gewinnen können, oder wir knien nieder und unterwerfen uns ihrem Willen – wie immer der aussehen mag.

Mit Triade eröffnen wir uns eine dritte Möglichkeit – durch sie können wir unsere verschiedenen Kulturen, unsere geliebten Heimatwelten und unsere Selbstachtung bewahren. Kanzlerin Erickson, im Namen unseres eigenen Überlebens beantrage ich in dieser Angelegenheit eine Komiteebefragung.«

»Ich unterstütze den Antrag«, erklärte Loughridge rasch.

Vier zu eins oder fünf zu null, sagte Berberon im stillen voraus.

»Sind Sie sicher, daß das Thema ausreichend diskutiert wurde?« fragte Erickson in eigenartig warnendem Tonfall.

Was geht in dir vor, Blythe? fragte Berberon sich besorgt. Das hier ist von größerer Kraft, als du ahnst …

»Das Problem ist einfach genug«, erwiderte Wells. »Wir können uns für Hilflosigkeit entscheiden oder für Sicherheit.«

»Soll die Frage so formuliert werden?« fragte Erickson mit einer Spur von Spott.

Zum erstenmal sah Berberon Ärger auf Wells' Gesicht. »Ich stelle folgende Frage: Soll der USS sofort mit dem Aufbau der Streitmacht Triade beginnen?«

»Also gut«, meinte Erickson. »Wir werden ja sehen, was alle dazu zu sagen haben.«

»Komiteebefragung zu der von Comitè Wells vorgelegten Frage«, verkündete der Sekretär. »Verteidigung – wie stimmen Sie?«

»Ich stimme mit Ja«, erklärte Wells bestimmt.

»Verteidigung stimmt mit Ja. Erkundung – wie stimmen Sie?«

Rieke hatte bisher geschwiegen, doch es war kein Geheimnis, wie sie über die Abteilung Verteidigung insgesamt dachte, und daher überraschte auch ihre Entscheidung nicht.

»Ich erinnere die anderen Direktoren daran, daß die Hälfte aller Wächter, sämtliche Wartungsschiffe für die Wächter und alle Aufklärungsschiffe früher einmal Erkundungsschiffe waren«, sagte Rieke. »Mir bleiben nur elf größere Schiffe, um zweihundert Systeme mit zehntausend Planeten geophysikalisch und archäologisch zu untersuchen. Die Erkundungsabteilung ist kastriert, die Abteilungen Transport und Versorgung bluten aus – und das alles, um diese Kriegsmaschine zu füttern, die Comitè Wells erschafft. Das ist übergenug. Ich sage nein zu diesem Wahnsinn.«

Der Sekretär blieb von Riekes leidenschaftlicher Einleitung völlig unbeeindruckt. »Erkundung stimmt mit Nein. Versorgung – wie stimmen Sie?«

»Mir leuchten sowohl die Argumente von Comitè Wells als auch die von Botschafter Bree ein«, antwortete Sujata langsam. »Aufgrund meiner Pflichten innerhalb meiner eigenen Abteilung war es mir bisher jedoch leider nicht möglich, so viel über Verteidigungsfragen zu lernen, wie mir notwendig erscheint, um eine Meinung zu äußern. Deshalb bitte ich beide Seiten um Nachsicht und enthalte mich widerstrebend der Stimme.«

Das war unerwartet. Interessant, dachte Berberon. Bist du wirklich so gewissenhaft, oder möchtest du nur vermeiden, auf der Seite der Verlierer zu stehen?

Als nächstes war die Abteilung Transport an der Reihe, doch daß Loughridge zustimmen würde, stand von vornherein fest. Damit hatte es Vandekar in der Hand, ob Wells mit drei zu eins gewinnen oder mit zwei zu zwei unentschieden verlieren würde.

Vandekar hielt den Blick gesenkt, während er auf die Aufforderung des Sekretärs antwortete; so entzog er sich den erwartungsvollen Blicken, die sowohl Wells als auch Denzell auf ihn richteten.

»Wie Comitè Sujata fällt auch mir die Entscheidung nicht so leicht, wie Comitè Wells es erwartet«, sagte Vandekar mit seiner dünnen Stimme. »Wie mein Mitplanetarier Aramir Denzell fürchte auch ich, daß Liam-Won im Fall eines Krieges unweigerlich zum Kampfschauplatz werden würde. Bei unserer Lage haben wir nichts anderes zu erwarten. Deshalb können wir keiner

Entscheidung zustimmen, die die Gefahr eines Krieges erhöht – selbst wenn wir den Krieg letztlich vielleicht gewinnen. Aus diesem Grund würden wir uns jedem Flug nach Feghr widersetzen. Mich fröstelt, wenn ich Comitè Wells sagen höre, mit Triade dürfte ein solches Unternehmen gewagt werden.«

An diesem Punkt lächelte Denzell zuversichtlich, doch das Lächeln verschwand, als Vandekar fortfuhr.

»Ich muß mich jedoch daran erinnern, daß ich nicht als Vertreter von Liam-Won im Komitee sitze.« Vandekar sprach wie jemand, der sich für etwas entschuldigt. »Ich bedaure die Lage, in der Comitè Rieke und ihre Abteilung sich befinden. Ich habe Verständnis für Prinz Denzells Verdacht, daß nicht alle Welten gleich behandelt werden. Ich stimme auch Botschafter Brees tiefgründiger Bemerkung über den spezifischen Wert jedes Mitglieds unserer Gemeinschaft zu. Aber unsere Ressourcen sind begrenzt. Wir können nicht alles tun, was zu tun sinnvoll wäre. Wir müssen eine Wahl treffen.«

Er verstummte kurz, mehr um Atem zu schöpfen als um des Effekts willen. »Und ich meine, für die Gemeinschaft im Ganzen ist es besser, wenn wir uns dafür entscheiden, Comitè Wells' metaphorisches Schwert Wirklichkeit werden zu lassen. Ich stimme für Triade.«

»Ergebnis der Befragung«, verkündete der Sekretär. »Drei Zustimmungen, eine Ablehnung, eine Enthaltung. Der Vorschlag wird der Kanzlerin empfohlen.«

Stimm zu, drängte Berberon sie stumm von hinten. Sei nicht dumm. Triade selbst ist ohne Bedeutung. Worauf es ankommt, ist der Kompromiß widerstreitender Interessen. Bring das Gleichgewicht nicht durcheinander.

Aber Erickson reagierte auf den Bericht des Sekretärs nicht mit der gewohnten schnellen Sachlichkeit, und Berberon begriff, daß sie sich anders entschieden hatte.

»Vielleicht sind in dieser Angelegenheit schon zu viele Worte gefallen«, fing sie an. »Dennoch möchte ich noch einige hinzufügen, in der Hoffnung, Ihnen begreiflich zu machen, was ich gleich tun werde.

Erstens sind wir meiner Ansicht nach moralisch verpflichtet, nicht nur bei Liam-Won einen Verteidiger zu stationieren, sondern auch bei Dzuba und Shinn, Daehne und Muschynka, selbst bei Sennifi, das sich freiwillig von uns fernhält. Ich sehe darin eine Dienstleistung, die wir allen Welten bieten sollten, so wie wir die Paketschiffe regelmäßig verkehren lassen und ein Kleinenetz unterhalten. Bisher haben wir uns immer sehr darum bemüht, die Welten nicht in Besitzende und Habenichtse aufzuteilen. Wenn diese Schiffe es wert sind, überhaupt stationiert zu werden, dann müssen sie überall stationiert werden.«

Wells preßte unwillig die Lippen zusammen und schüttelte den Kopf wie ein Vater, der von seinem Kind enttäuscht war.

Berberon sank im Sessel zusammen und bedeckte das Gesicht mit der Hand. Blythe, du handelst dir mehr Ärger ein, als du ahnst, dachte er. Und nicht nur dir.

»Weiterhin bin ich der Auffassung«, fuhr sie fort, »daß eine Entscheidung wie die, die Comitè Wells uns vorgeschlagen hat, eigentlich von einem kollektiven Organ aller Welten getroffen werden müßte. Uns steht es nicht zu, an ihrer Stelle zu entscheiden. Eine Veränderung der Strategie, wie sie schon durch die Erschaffung von Triade zustande käme, würde eine Neudefinition der historischen Rolle des USS darstellen, der ich nicht zustimmen kann.

Im Augenblick gewährleisten wir den planetaren Führern durch den Schirm und die Verteidiger ausreichend Zeit und Schutz, um gegebenenfalls auf eine Bedrohung durch die Mizari zu reagieren. Wenn wir jetzt eine Angriffsstreitmacht aufbauen und unterhalten, ohne daß ein Mechanismus zur gemeinsamen Entscheidungsfindung aller Welten existiert, maßen wir uns damit auch das Recht an, selbst zu bestimmen, wann und unter welchen Umständen diese Streitmacht eingesetzt werden soll. So etwas dürfen wir nicht tun.«

Eine Katastrophe, stöhnte Berberon innerlich. *Blythe, du hast mich in die Falle gelockt.*

»Drittens und letztens weigere ich mich, das Projekt als so dringlich zu betrachten, wie es hier dargestellt wurde. Es hat sechzig Jahrtausende lang keinen Kontakt zwischen Menschen und Mizari gegeben. Ebenso lange sind die Menschen auf Feghr ohne Wissen von unserer Existenz ausgekommen. Ich sehe nicht ein, weshalb wir in einem dieser beiden Punkte eine Veränderung erwarten oder herbeiführen sollen. Wir wissen ja nicht einmal, ob es die Sterilisierer überhaupt noch gibt. Wir gehen nur davon aus, daß sie so lange überlebt haben, weil wir auch überlebt haben. Das ist jedoch nur eine Vermutung, sie kann ebensogut wahr wie falsch sein.«

»Was so mächtig ist, verschwindet nicht von allein«, behauptete Wells finster. »Nicht solange nicht etwas noch Mächtigeres kommt und es von seinem Podest stößt.«

»Eine korrekte und lobenswerte Einstellung für jemand in Ihrer Position, Comitè«, entgegnete Erickson ruhig. »Es ist sehr zu unserem Nutzen, wenn Sie alles im schlechtesten Licht betrachten. Ich bin jedoch nicht verpflichtet, mich Ihrem Standpunkt anzuschließen. Hiermit vertage ich den Antrag zu Triade und erkläre die Komiteebefragung für aufgehoben.« Sie blickte auf ihre Konsole hinab. »Das Zeichen ist Comitè Wells entzogen worden. Comitè Rieke, soviel ich weiß, möchten Sie uns eine andere Angelegenheit vortragen?«

5. KAPITEL

Ehre und ihre Konsequenzen

Wyrena lag am Rand der Kachelfläche auf dem Bauch, das Kinn auf die verschränkten Arme gestützt, und sah zu, wie Janell im Schwimmbecken Kreise zog. Bei den ersten Bahnen hatte sie sich wild und heftig bewegt, hatte das Wasser mit den Füßen getreten und die Oberfläche mit den Armen durchschlagen und dabei viel Gischt, aber wenig Tempo erzeugt. Die harten Wände hatten die Schwimmgeräusche durch den ganzen Raum schwappen lassen; als Wyrena die Augen schloß, hatte es sich für sie angehört, als wären außer Janell noch ein halbes Dutzend anderer Schwimmer im Wasser.

Doch was immer das für eine hassenswerte Energie gewesen war, die von ihr Besitz ergriffen hatte, inzwischen hatte Janell sie abgearbeitet, und seit zehn Minuten glitt und tanzte sie nun anmutig umher. Wyrena sah zu, wie sie tief hinabtauchte, bis die Spiegelungen der Deckenlampen sie verbargen. Im nächsten Augenblick tauchte sie nur eine Armeslänge entfernt wieder auf und schüttelte den Kopf, daß die Tropfen aus ihrem Haar Wyrena naßspritzten.

»Willst du wirklich nicht mit hereinkommen?« fragte Sujata lächelnd und hielt sich etwas außer Atem mit einer Hand am Beckenrand fest.

»Hast du während deiner gesamten Zeit auf Ba'ar Tell jemals eine Frau schwimmen sehen?« Die Frage klang ein klein wenig ungeduldig.

»Ich habe *überhaupt* niemand schwimmen sehen. Gibt es eigentlich in der ganzen Stadt Farnax auch nur ein einziges Schwimmbad?«

Wyrena schüttelte den Kopf. »Vermutlich gibt es auf dem ganzen Planeten keins.«

»Kann denn niemand schwimmen?«

»Natürlich können wir schwimmen. Ein rituelles Flußbad ist Teil des *mala'nat* – der Erneuerung.«

Sujata lächelte verschwörerisch. »Wenn ich mich recht erinnere, sind wir damals früh gegangen, weil wir wußten, daß das Haus leer war. Gibt es einen bestimmten Grund, warum ich gerade Frauen nicht habe schwimmen sehen?«

»Weil der Verhaltenskodex es verbietet.«

»Verbietet? Warum denn das?«

»Weil wir das Wasser vergiften.«

Sie sagte es ernst, deshalb unterdrückte Sujata ihren ersten Impuls und lachte nicht. »Nur weil wir Frauen sind?«

»Ja. Wenn die *fraili* sterben oder das Getreide krank wird, läßt sich das immer darauf zurückführen, daß eine Frau im Fluß geschwommen ist.«

»Wirklich«, meinte Sujata mit ernster Miene, stieß sich rückwärts ab und trieb sich mit langsamen Fußstößen weiter. »Wenn das der einzige Grund ist, kannst du ebensogut hereinkommen. Ich habe es bestimmt schon ziemlich gründlich vergiftet.«

Wyrena setzte sich auf. »Ich mache mich über deinen Glauben auch nicht lustig«, erklärte sie empört.

»Das kommt daher, daß der maranitische Glaube nicht mit so albernen Regeln befrachtet ist.« Mit der hohlen Hand drosch sie einen Wasserschleier in Wyrenas Richtung. Der größte Teil reichte nicht weit genug, aber die vordersten Tropfen kamen Wyrena immerhin so nahe, daß sie aufsprang und einen Schritt zurückwich.

Lachend wechselte Sujata die Richtung und schwamm wieder zu ihr. »Du solltest wirklich auch ein bißchen Zeit hier drin verbringen. Es gibt keine bessere Methode, die Beine zu kräftigen. Wenn wir erst zur

Erde hinunterfliegen und du das volle G zu spüren bekommst, wirst du dir noch wünschen, du hättest auf mich gehört.«

»Fliegen wir denn zur Erde?« fragte Wyrena ein wenig ängstlich.

»Ganz bestimmt und ohne jede Frage, jedenfalls sobald ich mich freimachen kann. Bist du nicht neugierig? Ich möchte schon seit meiner Ankunft hinunterfliegen, aber es gab immer Wichtigeres – und Langweiligeres – zu tun. Jetzt bin ich froh, daß ich zu beschäftigt war, denn so können wir die Erde gemeinsam kennenlernen. Mit dir wird es mir viel mehr Spaß machen. Allerdings nur, wenn ich dich nicht im Rollstuhl herumfahren muß!«

Sujata hatte inzwischen die Treppe erreicht und stieg aus dem Wasser. Tropfen liefen ihr über die glatte Haut und den schimmernden Badeanzug. Oben wartete Wyrena auf sie und gab ihr ein Handtuch und einen Kuß. »Für mich gibt es hier noch so viel zu lernen. Es verschlägt mir den Atem, wenn ich mir vorstelle, auch noch eine Welt mit so vielen Menschen zu besuchen.«

»Du wirst noch Zeit genug haben, wieder Atem zu schöpfen. Ganz so schnell fliegen wir nicht.« Sujata frottierte sich das wirre Haar. »Im Augenblick habe ich zu viel nachzuholen.«

Bei diesen Worten erschien auf ihrem Gesicht erneut ein Widerschein der inneren Unruhe, die sie mit ins Schwimmbecken genommen hatte.

»Wieso kannst du mir nichts von der Sitzung erzählen?« fragte Wyrena klagend.

Sujata schüttelte den Kopf. »Weil das gegen die Vorschriften wäre. Und weil offiziell gar nichts passiert ist.«

»Du warst vier Stunden weg ...«

»Das ist bei Komiteesitzungen nichts Ungewöhnliches.«

»Vier Stunden, und nichts ist passiert?«

»Es zählen nur Beschlüsse, auf die Handlungen folgen. Solche Beschlüsse gab es nicht.«

»Und alles übrige ist geheim?«

»Die Direktoren dürfen es ihren Assistenten erzählen – die Beobachter den Autoritäten, von denen sie geschickt wurden. Alle anderen bleiben ausgeschlossen.« Sujata legte sich das Handtuch um die Schultern und nickte in Richtung Tür. »Komm«, sagte sie grinsend. »Ich muß duschen und das Gift abspülen.«

Wyrena lächelte verlegen und ging mit. »Vielleicht ist es einfach unsere Art, dafür zu sorgen, daß unser langes Haar nicht naß wird ...«

»Also, die Begründung würde mir einleuchten.«

Später, als sie in Sujatas Suite allein waren, versuchte Wyrena sie erneut auszuhorchen. »Lag es an dem, was nicht beschlossen wurde, daß du so ärgerlich warst?«

»Nein ...«

»Über irgend etwas warst du verärgert. Ich sehe es noch immer in deinen Augen, wenn du sie nicht gerade zum Lügen benutzt.«

»Ich war ärgerlich über mich selbst, weil ich schlecht vorbereitet war.« Sie runzelte die Stirn und schüttelte den Kopf. »Ich hätte mir für Farlad doch Zeit nehmen müssen.« Als Wyrena sie verwirrt anschaute, fuhr sie fort: »Das ist der Mann, der bei deiner Ankunft im Wartezimmer saß.«

Wyrena wurde kreidebleich und wich bis in die Couchecke zurück. »Dann ist es meine Schuld – deshalb willst du nicht mit mir darüber reden. Du hast dir meinetwegen Schande gemacht. Siehst du, ich hatte recht – ich hätte nicht herkommen sollen. Heute ist erst der dritte Tag, und schon habe ich dir Grund gegeben, auf mich zornig zu sein.«

»Ich bin nicht zornig auf dich!« Vergeblich versuchte sie, Wyrenas Hand zu ergreifen. »Du hast nichts falsch gemacht ...«

»Wenn das wahr wäre, würdest du dein Unglück mit

mir teilen.« Ihre leise Stimme bebte vor kaum unterdrückten Gefühlen. »Wem sollte ich es denn weitererzählen? Wen kenne ich überhaupt? In Farnax hast du alles mit mir geteilt, und außer von mir hast du nie von jemand etwas darüber gehört. Ist das nicht so? Warum vertraust du mir nicht mehr?«

Sujata rutschte die Couch entlang und nahm Wyrena tröstend in die Arme. »Meine Kleine, ich vertraue dir doch immer noch«, sagte sie besänftigend. »Aber um es zu beweisen, müßte ich eine der Vorschriften brechen, die einzuhalten ich geschworen habe. Es sei denn« – Sujata bog den Kopf zurück, bis sie Wyrena in die Augen sehen konnte –, »es sei denn, du würdest doch für mich arbeiten.«

Wyrenas Blick verriet Skepsis. »Das wäre nur eine bequeme Erfindung.«

»Warum? Ich brauche jemand, mit dem ich frei reden kann. Ich lerne immer noch dazu. Wir könnten gemeinsam lernen.«

»Wenn du meinst, daß das gehen würde ...«

»Natürlich. Und ich habe noch eine Stelle für einen Verwaltungsangestellten frei. Bitte – du müßtest dazu gar nicht vielen Menschen begegnen. Du würdest vor allem mit mir zu tun haben.«

Zum ersten Mal seit dem Beginn dieses Gesprächs lächelte Wyrena, ein warmes, strahlenden, ein wenig bewunderndes Lächeln. »Wenn du das wirklich willst, werde ich es tun. Wann fange ich an?«

»Offiziell, sobald ich alle Zustimmungserklärungen eingereicht habe. Inoffiziell jetzt sofort.«

Während der nächsten zehn Minuten schilderte Sujata ihr die Höhepunkte der Sitzung, einschließlich ihrer eigenen Entscheidung bei der Befragung und Ericksons anschließendem Vorgehen. Wyrena hörte zu, ohne sie zu unterbrechen, wie es sich für eine wohlerzogene ba'arische Frau gehörte.

»Ich verstehe nicht, wieso die Kanzlerin so etwas tun

konnte«, bemerkte sie, als Sujata fertig war. »Wie kann sie den Beschluß der anderen einfach aufheben?«

»Du darfst dir den USS nicht wie eine Regierung vorstellen. Eher wie ein Wirtschaftsunternehmen ohne Aktionäre. Er ist nur sich selbst Rechenschaft schuldig. Und intern ist jeder dem Kanzler rechenschaftspflichtig. Das Leitungskomitee hat genau genommen nur beratende Funktion. Deshalb benutzen wir auch diese Ausdrücke – Komiteebefragung statt Abstimmung. Es ist keine Entscheidung, sondern nur eine Empfehlung an die Kanzlerin. Meist nimmt sie die Empfehlungen natürlich an. Aber der einzige Vorgang, bei dem wir wirklich Autorität besitzen, sind Vertrauensabstimmungen.«

»Dann ist die Kanzlerin also eine sehr mächtige Person«, meinte Wyrena nachdenklich.

»Das ist sie.«

»Es überrascht mich, daß die Welten sich das gefallen lassen.«

Sujata lachte leise. »Die Sache ist die: Solange der USS nichts weiter tat, als Orbitalstationen zu betreiben und Erkundungsschiffe auszusenden, spielte das alles keine Rolle. Und jetzt, wo es wieder eine Rolle spielt, weiß niemand so recht, wie man der Katze das Glöckchen anhängen soll. Vor etwa vierzig Jahren hat es deshalb angeblich einige Aufregung gegeben. Damals wurden die Vorschriften geändert und die Beobachter zugelassen. Aber weitere Reformen fanden nicht statt. Der USS bestimmt seinen Kurs immer noch selbst.«

»Und die Beobachter haben eigentlich gar nichts zu sagen.«

»Außer bei Vertrauensabstimmungen«, bestätigte Sujata. »Heute hätte ich allerdings gern mit einem Beobachter getauscht. Tatsache ist, daß ich fast mit Ja gestimmt hätte. Wells war so überzeugend, so zuversichtlich und professionell. Erst als ich die Gründe der Kanzlerin hörte, wurde mir bewußt, wie einseitig er die Angelegenheit dargestellt hatte.«

»Jetzt verstehe ich, wieso du ärgerlich warst.«

»Ich hasse es, in so eine Lage zu geraten. Als Farlad immer wieder davon anfing, hätte mir klar werden müssen, daß es für sie sehr wichtig war, auch wenn es das für mich vielleicht nicht ist.«

»Wenn die Gefühle hohe Wellen schlagen, kann man keine Freundschaft schließen, ohne sich Feinde zu machen. Es war richtig von dir, dich zu enthalten.«

Sujata schüttelte den Kopf. »Diesmal verlangte mein Gewissen von mir, nicht abzustimmen. Beim nächsten Mal wird es das Gegenteil verlangen.«

»Vielleicht ist die Sache ja jetzt erledigt.«

»Das glaube ich nicht«, widersprach Sujata bedrückt. »Es kommt wieder zur Sprache – und ich weiß nicht, wie ich mich dann verhalten soll.«

Abgesehen von zwei schattenhaften Gestalten fast in der Mitte war die Sternenkuppel vollkommen leer. Die eine Person lag lang ausgestreckt auf einer der Liegen und blickte nach oben auf die winzigen Lichtpunkte, die gleich hinter dem nahtlosen Synglas zu sein schienen. Die andere saß nicht weit entfernt aufrecht auf der Sitzkante eines Sessels und betrachtete die erste. Die besorgten Mienen der beiden Männer wurden nur vom Sternenlicht beschienen.

»Sie sagte, sie zweifle an ihrer Existenz«, berichtete Wells. »Ich konnte kaum glauben, was ich da hörte. Ich spüre sie dort draußen, Teo. Es ist, als würde dieser Teil des Himmels eine besondere Kälte ausstrahlen.«

Farlad blickte kurz nach oben und entdeckte die vertrauten Umrisse von Ursa maior. »Das ist natürlich völlig verantwortungslos von ihr. Aber bei nur zwei entschiedenen Jastimmen ... Da bleibt wenig Grund zum Optimismus.«

»Ich halte mich lieber an die Tatsache, daß es nur eine entschiedene Neinstimme gab.«

»Ich wollte damit sagen, daß die Kanzlerin ihre Meinung kaum ändern wird, solange Sie nicht mehr Unterstützung aufbieten können. Die Forschungsarbeiten lassen sich auch über andere Etats finanzieren. Zum Bauen ist es ganz einfach noch zu früh.«

»Das ist unannehmbar.«

»In nicht einmal zwei Jahren steht sie zur Wiederwahl«, erinnerte Farlad ihn. »Vielleicht macht sie dann jemand anders Platz. Oder wir können bis dahin den Grundstock für eine Abwahl legen.«

»Noch zwei Jahre vergeuden ... noch zwei Jahre verwundbar bleiben ...«

»Selbst wenn wir grünes Licht bekommen, wird es ein Dutzend Jahre oder noch länger dauern, bis Triade fertig wird, und noch länger, bis die Kampfgruppen bei Vorposten stationiert sind. Gemessen daran ...«

»Gemessen daran sind zwei Jahre immer noch zwei Jahre mehr, in denen die Mizari handeln könnten und wir nicht. Ich finde die verwundbare Phase, die uns durch die Vorlaufzeit des Systems aufgezwungen wird, schon beunruhigend genug. Ich werde nicht zulassen, daß sie grundlos erweitert wird.«

»Das verstehe ich, Sir. Ich sehe nur nicht, wie wir daran im Moment etwas ändern sollen.«

Darauf fand Wells zunächst keine Antwort. Er lag vollkommen still auf der Liege, die verschränkten Hände auf dem angespannten Bauch, und blickte zu den Sternen des Großen Bären hinaus. Dann schwang er mit einer geschmeidigen Bewegung die Beine von der Liege und stand auf.

»Vielen Dank, Teo. Wir sehen uns morgen im Büro,« sagte er energisch und ging zum Ausgang. Seine langen Schritten trugen ihn rasch davon.

»Wo wollen Sie hin?« rief Farlad ihm nach und sprang auf.

»Dafür sorgen, daß Comitè Sujata beim nächsten Mal mit abstimmt«, rief Wells zurück. »Darum hätte ich mich schon viel früher kümmern sollen.«

»Welchen Sinn soll das haben? Die Kanzlerin kann ein Vier-zu-eins ebensogut für ungültig erklären wie ein Drei-zu-eins.«

Wells blieb stehen und sah sich um. »Na, das haben Sie doch selbst gesagt – sie weiß, daß nicht allzu viele fest auf unserer Seite stehen. Wenn sie stärker das Gefühl hätte, allein zu sein, sähe die Sache für sie vielleicht anders aus.«

Farlad schaute auf seine schwach beleuchtete Uhr. »Es ist schon spät. Sujata ist bestimmt längst in ihrer Suite.«

Wells wedelte mit der Hand. »Um so besser. Die Umgebung, in der man etwas ausspricht, hat oft großen Einfluß darauf, wie es aufgenommen wird.«

Wann immer Sujata nicht da war, trödelte Wyrena ziellos im Apartment herum. Dieser Haushalt hatte keinen Rhythmus und keine Rituale und bis jetzt auch keinen festen Platz für sie. Wyrena sehnte sich danach, gebraucht zu werden, nützlich zu sein, denn sie spürte etwas von der Furcht, die entstand, wenn man gegen Bräuche verstieß oder sie ganz ignorierte. Abgesehen von ein bißchen Aufräumen und Ordnungschaffen gab es für sie jedoch nichts zu tun.

Außerdem fühlte Wyrena sich unnatürlich allein. Sie war in einer sozial äußerst komplexen ba'arischen Familienenklave aufgewachsen, und Janells Leben wirkte auf sie maschinenabhängig und stromlinienförmig, in einem Maße, wie sie es nie für möglich gehalten hätte. Das formalisierte Zusammenwirken, in dem sie solche Geschicklichkeit besessen hatte, die sorgfältig umrissenen Rollen, in denen sie sich so wohl gefühlt hatte, waren auf Ba'ar Tell zurückgeblieben. Wyrena hatte sich nie klargemacht, wie sehr sie das alles vermissen würde.

Jetzt gab es für sie nur noch Janell. *Ich darf sie nicht verlieren,* lautete der ängstliche Refrain in ihren Gedanken. *Wenn ich sie verliere, wird es mir immer so ergehen wie in diesen leeren Stunden.* Sie schwor sich, aus den gemeinsamen Liebesspielen ein behagliches Gewebe von Ritualen zu spinnen. Aus den Andeutungen ihrer Geliebten würde sie sich ein komplementäres Selbst schaffen, bis jede die andere brauchte, bis jede erst durch die andere vollkommen wurde.

Daß Janell vorhin zugestimmt hatte, ihre Sorgen mit ihr zu teilen, war ein erster Schritt. Die Regeln und Triebkräfte des Komitees faszinierten Wyrena, sie waren denen einer disziplinlosen ba'arischen Enklave nicht unähnlich. Dieser Aspekt von Janells Leben war ihr von Anfang an am meisten vertraut gewesen, hier konnte sie sich am ehesten vorstellen, sich nützlich zu machen.

Doch selbst bei dieser überaus wichtigen Aufgabe hatte sie bereits Fehler begangen. Sie hatte sich anklammernd und besitzergreifend verhalten, hatte gefordert, statt zu geben. Janell hatte es praktisch ausgesprochen, bevor sie davonging, um ihre Pflichten gegenüber den Wörtern und Zahlen und Maschinen zu erfüllen, obwohl im Arbeitszentrum des Apartments sicher alles Notwendige vorhanden war.

»Mußt du wirklich gehen? Kannst du nicht hier arbeiten?« hatte Wyrena gebettelt.

»Das könnte ich schon – aber da du hier bist, würde ich es nicht tun«, lautete die Antwort. Damit stand zweifelsfrei fest, wem Janell die Schuld an dieser Trennung gab.

Janell hatte ihr zwar gezeigt, wie man das Netz benutzte und eine Wand mit Licht und Bildern füllte, doch passives Zuschauen hatte Wyrena nie gelernt. Die Einsamkeit lastete schwer auf ihr, zumal sie nicht wußte, wie lange sie dauern würde.

Als der Rufton von der Eingangstür erklang, war Wyrena in einem Sessel eingedöst; dort hatte sie sich letztendlich niedergelassen, um auf Janell zu warten.

Zuerst erschrak sie über das ungewohnte Geräusch, dann folgte sie ihm und ging mit zögernden Schritten zum Eingang. Der winzige Schirm neben der Kontrolltafel war schwarz, doch darüber blinkte ein gelbes Licht. Wyrena streckte die Hand danach aus, der Rufton verstummte, und die Tür glitt auf.

»Janell?« fragte Wyrena sehnsüchtig.

Statt Janell stand ein fremder Mann vor ihr. Er hatte die Arme über der Brust verschränkt und füllte fast den ganzen Türrahmen. Einige Sekunden lang stand sie starr vor Unsicherheit da, während er sie aus tiefliegenden Augen mit durchdringendem Blick von oben bis unten betrachtete.

Dann ließ er die Arme sinken, und seine Haltung wurde weniger steif. »Alle Grüße des Abends«, sagte er freundlich und neigte den Kopf. »Ich erbitte Harmonie für Ihr Haus und Ihre Familie und den Segen des endlosen Flusses für Ihr Land.«

Bei den vertrauten Sätzen tat ihr Herz einen Sprung. »An unserer Tür endet Ihr Weg, an unserem Tisch endet Ihr Hunger«, antwortete sie automatisch und gab den Eingang frei. »Kommen Sie vom Tell?« ergänzte sie hoffnungsvoll.

»Leider nicht.« Der Fremde schritt an ihr vorbei. »Dank meiner Position war es mir jedoch möglich, ein wenig von seinen Gebräuchen zu lernen.« Ihr Blick schien ihm zu verraten, daß sie ihn nicht erkannte, denn er fuhr fort: »Ich bin Harmack Wells.«

Das ist also Wells! dachte sie bewundernd. *Einer, der in Zuversicht lebt und sich mit Kraft bewegt, genau, wie ich ihn mir nach Janells Worten vorgestellt habe.* Sie verneigte sich. »Comitè Sujata hat von Ihnen gesprochen.«

»Ich würde gern mit ihr reden, falls sie noch nicht im Bett ist.«

Entweder Wells hatte nicht ganz so viel gelernt, wie er behauptete, oder er hatte es zugunsten der eher lässigen hiesigen Umgangsformen vergessen – jedenfalls paßte die Frage schlecht zu Wyrenas Anstandsregeln für Besuche. Eine Weile brachte sie vor Unentschlossenheit kein Wort hervor. »Nein«, sagte sie schließlich.

»Aha.« Wells betrachtete ihr Nachthemd und das zerzauste Haar. »Es tut mir leid, daß ich Sie gestört habe. Sie werden ihr sicher mitteilen, daß ich hier war?«

Etwas verspätet wurde Wyrena bewußt, daß ihre unklare Antwort irreführend gewesen war. »Sie ist nicht hier, wollte ich sagen«, erklärte sie hastig. »Janell ist ins Büro gegangen. Sie können sie dort antreffen.«

»Ich verstehe. Vielen Dank.« Er machte einen Schritt zur Tür, drehte sich dann um und sah Wyrena an. »Manchmal lassen mich meine Manieren im Stich. Gestatten Sie, daß ich Sie auf Unity und der Erde willkommen heiße. Soweit ich weiß, sind Sie erst vor kurzem angekommen?«

»Vor fünf Tagen.«

Wells nickte. »Verzeihen Sie, wenn ich neugierig bin, aber ich frage mich, was für eine Art von ba'arischer Frau wohl allein hierher kommt.«

»Ich bin nicht allein«, wehrte sie ab.

»Bitte verzeihen Sie mir den Irrtum. Als Sie mich begrüßten, schienen Sie mir nach Vertrautem zu hungern. Es gibt hier und auf Unity viele Männer von Ba'ar Tell, die den gleichen Hunger spüren. Ich dachte, ich sollte ihnen vielleicht mitteilen, daß Sie hier sind.«

»Das ist nicht notwendig.« Wyrena sah weg.

»Ich wäre nur allzu glücklich ...«

»Ich sage doch, ich bin nicht allein!« Wyrena merkte, daß er sie beobachtete, sie fühlte seinen prüfenden Blick und den dahinterliegenden Verstand.

»*Te da'arit?*« fragte er leise.

Die Frage war zwar impertinent, aber in die verpflichtende männliche Form gefaßt. Wyrena mußte antworten. »Ja. Ich liebe sie.«

»Leben Sie nach dem Kanon?«

»Natürlich.«

»Und was ist mit Comitè Sujata? Hat sie den Kanon auch gelernt? Begreift sie die wahre Rolle der Frau, die Schönheit stiller Kompromisse, die Notwendigkeit des Nachgebens?«

»Ich versuche, es sie zu lehren, so gut ich kann – mit Worten und mit meinem Beispiel.«

»Ist sie eine gute Schülerin?«

Als sie nicht antwortete, kam Wells näher, bis sie fast seinen warmen Atem auf dem Gesicht spürte. »Sie sagen, sie hat von mir gesprochen. Hat sie von ihrer Arbeit erzählt, von den Problemen, mit denen wir kämpfen?«

Wyrena kehrte ihm den Rücken zu – eine Beleidigung, deren Bedeutung er wohl leider nicht verstehen würde – und schwieg.

»Hören Sie zu, meine kleine *ka'ila'in.*« Wells' Lippen waren nur eine Handbreit von ihrem Ohr entfernt. »Etwas sollten Sie wissen. Ihre Janell muß in den nächsten Tagen eine wichtige Entscheidung treffen. Sie ist zu einer Position von großer Ehre aufgestiegen, und sie nimmt die damit verbundenen Pflichten sehr ernst. Aber gewissenhafte Menschen lassen sich von folgenschweren Entscheidungen leicht lähmen. Sollte sie ihre inneren Kämpfe mit Ihnen teilen, so wäre ich gern sicher, daß Sie sie im Einklang mit dem Kanon beraten. Ich wüßte gern, daß Sie ihr helfen, den Weg des Kompromisses einzuschlagen.«

Seine Worte überraschten sie, und sie drehte sich zu ihm um. »Das würde ich sowieso für sie tun, damit sie Frieden findet.«

»Natürlich.« Wells erwiderte ihren Blick mit fast hypnotischer Eindringlichkeit. »Aber Ihnen muß klar sein, daß dabei mehr auf dem Spiel steht als nur ihr Friede. Falls die falschen Entscheidungen fallen, oder auch gar keine Entscheidung, dann werden die Folgen vor Ihrer kleinen gemeinsamen Welt nicht haltmachen. Haben Sie mich verstanden?«

Wyrena suchte in seinen Worten nach einer Drohung, fand jedoch nur eine Warnung. Trotzdem fühlte sie sich bedroht. »Ja, ich habe verstanden.«

»Und Sie werden daran denken, wenn es soweit ist?«

»Das werde ich.«

»Dann braucht Janell von meinem Besuch nichts zu erfahren.« Wells verbeugte sich. »Gute Nacht, Wyrena Ten Ga'ar.«

Erst als er fort war, wurde ihr bewußt, daß sie ihm ihren Namen nie genannt hatte. *Da ist die Drohung,* dachte sie. *Sie liegt in dem, was er weiß, ohne daß man es ihm erzählt hat. Sie liegt in seinen Augen, mit denen er mich ansieht, als könnte er mein innerstes Wesen erkennen. Er ist kein Ba'arer, aber er kennt uns. Er kennt mich. O Janell – komm bald nach Hause und hilf mir, seine Augen zu vergessen.*

Felithe Berberon blickte von Wells zu Erickson und seufzte. In Ericksons Sitzungszimmer floß so viel feindliche Energie hin und her, daß Berberon nur sehr ungern zwischen die beiden getreten wäre. *Und dafür habe ich auf mein Gespräch mit den Kindern verzichtet?* dachte er spöttisch.

Wells' ›Einladung‹ war sehr spät gekommen, erst an diesem Morgen. Bei ihrem Eintreffen hatte Berberon bereits in seinem einsitzigen Kurier gesessen und war durch das Labyrinth von Reiseröhren auf Unity zu einem Treffen mit einer Gruppe Ratsstipendiaten geschleust worden – terranischen Jugendlichen, die für ihre akademischen Leistungen geehrt wurden, erst mit einwöchigen Feierlichkeiten in Capital, dem auf einer Insel gelegenen Sitz des Weltrats, dann mit einem dreitägigen Ausflug nach Unity, dem im Orbit befindlichen Sitz des USS.

In Wirklichkeit hatte Berberon sich fast danach gesehnt, von dieser alljährlichen Verpflichtung befreit zu werden. An sich hatte er nichts dagegen, wenn talentierte Menschen Anerkennung fanden. In den letzten Jahren hatte sich die Veranstaltung jedoch praktisch in eine Rekrutierungsmaßnahme verwandelt, die zwar mit Coullar bezahlt, aber von den Neunern zu ihren eigenen Zwecken benutzt wurde. Dazu kam, daß die Planer offenbar der Ansicht waren, nichts würde den Stipendiaten in ihrem weiteren Leben so viel nützen wie eine Begegnung mit möglichst vielen orbitalen Würdenträgern.

Da bringen sie diese Kinder hier herauf, hatte Berberon gedacht, *für die meisten ist es das erste Mal, angeblich sind sie die klügsten und besten ihrer Generation, und dann werden sie von einem Termin zum nächsten geschleppt, als wäre es ihnen nicht zuzutrauen, auch nur eine Minute Freizeit selbst zu gestalten. Diesen Kindern würde es viel besser gefallen, wenn wir ihnen am Transschiff-Terminal zweihundert Coullar in die Hand drücken und sie dann drei Tage lang laufen lassen würden.*

In diesem Augenblick war die Nachricht gekommen; wie ein ungebetener Hausbesucher war sie auf dem Kom-Gerät des Kuriers erschienen. »Felithe – ich gehe um zehn zur Kanzlerin, um zu versuchen, ob wir uns über Triade nicht doch einigen können. Teo hat vorgeschlagen – und ich bin der gleichen Meinung –, daß es besser wäre, wenn Sie mitkommen. Vielleicht können Sie den Schlichter spielen.«

Als Berberon das zum erstenmal hörte, hatte er laut aufgestöhnt. Er hatte viel zu verlieren, wenn er hinging, aber noch mehr zu verlieren, wenn er nicht hinging. Ohne große Begeisterung lenkte er den Kurier zum Shuttle-Terminal um und bat den terranischen Unitor, ihn bei den Stipendiaten zu vertreten. Eigentlich glaubte er kaum, daß er viel Gelegenheit bekommen würde, den Schlichter zu spielen. Eher den Schiedsrichter. Oder den Zeugen, falls es besonders blutig zugehen sollte.

Erickson hatte sie höflich, wenn auch nicht herzlich begrüßt. Diese Stimmung hatte gerade so lange gehalten, bis sie im Besprechungszimmer unter sich waren und die Tür geschlossen hatten. »Felithe, vermutlich sollte ich nicht überrascht sein, Sie hier zu sehen, aber enttäuscht bin ich schon«, erklärte Erickson und ließ sich in einem Sessel nieder. »Comitè, ich nehme an, es geht um Triade. Ich hätte gedacht, daß zu dem Thema gestern genug gesagt worden ist.«

Wells blieb stehen. »Ich möchte versuchen, mit Ihnen einen Zeitrahmen für Triade zu vereinbaren, der Ihre Einwände mit berücksichtigt.«

»Das wird wohl kaum möglich sein«, antwortete Erickson steif.

»Bitte, Blythe«, hatte Berberon daraufhin gesagt und die Hände ausgebreitet. »Wir sollten nicht von unnötig starren Positionen ausgehen. Als Sie den Vorschlag gestern ablehnten, war das nicht endgültig, sondern nur vorläufig. Angesichts dieser Tatsache ...«

»Wenn ich diesen Eindruck erweckt habe, so tut mir das sehr leid. Ich hätte mich klarer ausdrücken sollen.«

Berberon unternahm noch einen weiteren aussichtslosen Versuch, die Wogen zu glätten. »Vernünftige Menschen lassen immer etwas Raum für Kompromisse. Heißt es nicht, Regieren sei die Kunst des Kompromisses ...«

Erickson fiel ihm erneut ins Wort. »Muß ich Sie wirklich erst daran erinnern, daß der USS keine Regierung ist? Ich habe nicht die Absicht, irgendwelche Kompromisse einzugehen. Triade darf nicht gebaut werden.«

»Ist es Ihnen lieber, wenn uns die Mizari überwältigen?« fragte Wells schroff.

»Nein – aber ich glaube auch nicht, daß das die Alternative ist.«

Von da an war es nur noch bergab gegangen. Berberon hatte Wells selten so leidenschaftlich erlebt; Erickson hatte er noch nie so entschlossen erlebt. Wie nicht anders zu erwarten, hatte keiner den anderen beeindrucken können.

»Triade dient einzig und allein dem Zweck, die Aussicht auf Krieg so furchtbar erscheinen zu lassen, daß sie gar nicht auf die Idee kommen, einen anzufangen«, erklärte Wells. »Dazu müssen wir keinen Krieg führen. Wir müssen ihnen nur klarmachen, daß wir dazu *bereit* wären.«

Ericksons unmittelbare Antwort bestand in einem verächtlichen Blick. »Meiner Ansicht nach sind wir schon viel zu bereit dazu. Wissen Sie denn nicht, woher dieses Gedankengut stammt und wohin es fast geführt hätte? Warum schlagen Sie dem Komitee nicht vor, ein Botenschiff zu bauen? Warum bauen Sie keine *Pride of Man?*«

»Weil man mit ihnen nur aus einer Position der Stärke heraus verhandeln kann.«

»Solche Vorstellungen müßten sich doch eigentlich durch die Logik des beiderseitigen Überlebens überwinden lassen.«

»Wir haben keinen Grund zu der Annahme, daß sie an *beiderseitigem* Überleben interessiert sind. Wir haben sogar allen Grund, das Gegenteil zu vermuten.«

Abfällig wedelte Erickson mit der Hand. »Wir haben doch überhaupt keine Verbindung mit ihnen. Wir wissen nicht, warum sie damals so gehandelt haben. Und wir wissen nicht, ob die Bedingungen, die dazu führten, auch heute noch gegeben sind.«

»Sollen wir etwa vergeben und vergessen, bis sie erneut über uns herfallen?«

»Welche Alternative haben Sie denn anzubieten? Ihr Gerede von Abschreckung klingt mir wie das kindliche Bedürfnis, den Mizari Angst einzujagen, weil Sie selbst Angst haben. Was ist, wenn sie gar keine Furcht kennen?«

»Jedes vernunftbegabte Wesen kennt die Bedeutung des Todes.«

»Was würden Sie denn unternehmen, wenn Triade gebaut würde – Kontakt aufnehmen, nur um ihnen zu drohen?«

»Es muß unbedingt eine neue Schnittstelle zwischen den Mizari und uns errichtet werden.«

»Das gefällt mir – ›eine neue Schnittstelle errichten‹. Es klingt so vollkommen harmlos. Was Sie damit sagen wollen, ist: Wir stoßen sie mit einem Stock an, bis sie aufwachen, und dann schlagen wir sie zusammen.«

Geduldig versuchte Wells es auf anderem Weg. »Kanzlerin, bitte glauben Sie mir – mir ist durchaus bewußt, daß es stichhaltige Gründe für die Annahme gibt, die Mizari existierten nicht mehr oder stellten zumindest keine Bedrohung mehr dar. In diesem Punkt kann es unter vernünftigen Menschen sehr wohl zu Meinungsverschiedenheiten kommen. Aber wenn man nicht weiß, welcher Kurs der richtige ist, muß man sich ansehen, welchen Preis man für einen Irrtum bezahlen würde. Falls Sie sich irren, könnte uns das alles kosten. Falls ich mich irre, kostet es uns nur ein bißchen Zeit.«

»Glauben Sie im Ernst, sonst würde es uns nichts antun?« fragte sie. »Daß ein Aufrüsten für den totalen Krieg nicht schwerwiegender wäre, als wenn man auf Paketlastschiffen Schienengewehre einbaut?«

Die Worte sprudelten aus Erickson heraus; unter dem Eis brach die Leidenschaft hervor. »Sie bekommen jetzt schon den größten Anteil an unseren internen Finanzmitteln. Die Abteilung Verteidigung ist innerhalb von nur vierzig Jahren größer geworden als alle anderen zusammen. Inzwischen verlangen wir jedem, der es sich leisten kann, Planetare Dienstveranlagungen ab – ist das etwas anderes als eine Kriegssteuer? Durch die Milliarden Coullar, die Sie in das Wächter- und Verteidigerprogramm gepumpt haben, ist die Wirtschaft der Industriewelten so weit angefacht worden, daß wir damit schon die planetare Politik beeinflussen. Stimmt das etwa nicht, Felithe? Was kümmert es die Beobachter, ob Sie ›Wolf‹ rufen, solange Sie nur gleichzeitig ›*Profit*‹ flüstern?«

Berberon zuckte die Achseln. »Eigennützige Interessen sind keine Schande, solange man auch edlere Motive hat.«

Erickson sprang aus dem Sessel und warf frustriert die Hände in die Höhe. »Und was für Interessen sind für die Botschaften verantwortlich, die ich seit gestern vom journanischen Gewählten und der maranitischen Hohen Herrin bekommen habe? Auf was für Interessen ist Felithes Anwesenheit hier zurückzuführen?«

»Kanzlerin«, erwiderte Wells sanft. »Ich ziehe keine Ihrer Bemerkungen in Zweifel. Diese Tatsachen sind für jeden offensichtlich. Aber in dem Augenblick, in dem die Mizari angreifen und wir noch nicht zurückschlagen können, werden sie alle unwichtig sein.«

Erickson ließ sich wieder im Sessel nieder, stützte das Kinn auf die Faust und sah keinen ihrer Besucher an. »Sind wir uns unserer selbst so sicher, daß wir nie als erste zuschlagen würden?«

»Triade dient einzig und allein dem *Schutz* der menschlichen Gemeinschaft«, meinte Berberon.

Erickson wandte sich Wells zu. »Und wenn Sie nun herausfinden sollten, daß Sie sie ungestraft angreifen und zerstören könnten, bevor sie Zeit für einen Gegenschlag haben, würden Sie dann nicht den Befehl dazu geben, in der festen Überzeugung, es zu unserem Schutz zu tun?«

Wells zögerte nur einen Augenblick, doch für Erickson war das genug. Sie stürzte sich förmlich darauf. »Das dachte ich mir. Das Problem liegt nicht bei den Waffen, sondern bei den Gründen, die es unserer Meinung nach gestatten würden, sie zu benutzen.«

»Ein umsichtiger Kommandant würde sich nie im voraus die Wahlmöglichkeiten beschneiden lassen«, erklärte Wells mit plötzlichem Zorn. »Ja, ein einseitiger Angriff muß mit in Betracht gezogen werden. Aber es wäre kein Erstschlag. Den haben sie ausgeführt, vor langer Zeit.«

»Genug.« Erickson hob die Hand. »Was Sie sagen,

bestärkt mich nur in meiner ursprünglichen Entscheidung. Solange ich Kanzlerin bin, wird es Triade nicht geben. Ich werde den USS nicht für den Krieg rüsten. Sie dürfen Ihr Anliegen gern den einzelnen Planetenregierungen vortragen und zusehen, ob Sie sie dazu überreden können, die Affirmation der Vereinigung in etwas Substantielleres zu verwandeln, etwas, das der Last einer solchen Entscheidung gewachsen ist.«

»Eine Möglichkeit haben Sie übersehen: die Welten könnten froh sein, wenn der USS sich darum kümmert, sie könnten in uns genau die Zentralregierung sehen, die sie brauchen.«

»Wenn das so ist, sollen sie es uns schriftlich geben«, entgegnete Erickson knapp. Die Audienz war beendet.

Auf dem Rückweg zu seinem Büro im Verteidigungsflügel sprach Wells kein Wort. Erst war er zu sehr damit beschäftigt, die unerwünschten Gefühle zum Schweigen zu bringen, die bei dem Streit geweckt worden waren; dann war er zu sehr damit beschäftigt, das Ergebnis des Streits in seiner Substanz zu verdauen. Neben ihm ging Berberon, den er weder ausdrücklich eingeladen noch weggeschickt hatte; er respektierte Wells' Schweigen, beobachtete ihn aber mit einer Mischung aus Neugier und Sorge.

An der Tür zur Suite kam ihnen Farlad entgegen. »Was hat sie gesagt?« fragte er hoffnungsvoll.

»Sie hat nein gesagt«, lautete Wells' knappe Antwort. Er durchquerte den Raum und setzte sich auf eine Couch. Dann blickte er zu Boden und massierte sich den Nacken, wobei er genau spürte, wie die anderen ihn erwartungsvoll anschauten. »Teo, ich bin Ihnen für Ihre Anregung jetzt erst recht dankbar«, sagte er schließlich. »Es ist sehr wichtig, daß Beobachter Berberon dabei war und diese Vorstellung miterlebt hat.«

»Sie hat die Tür wirklich ziemlich entschieden zugeschlagen«, meinte Berberon mit einem schwachen Lächeln in Farlads Richtung.

Wells nickte ernst. »Genauer gesagt, sie hat uns keine andere Wahl gelassen, als eine Vertrauensabstimmung über sie zu beantragen.«

Berberon schüttelte heftig den Kopf; sein Gericht verriet, wie entsetzt er war. »Triade ist kein Absetzungsgrund.«

»Für mich schon.«

»Harmack, in dieser Frage haben die gestrigen Stimmen zu Triade keine Bedeutung. Kanzlerin Erickson ist eine erstklassige Verwalterin. Niemand hat etwas gegen sie persönlich.«

»Ich habe auch nichts gegen sie persönlich.« Wells hob den Kopf und erwiderte den Blick des Beobachters. »Aber ihre Einstellung ist leichtsinnig. Furchtsam zu sein, solange wir noch keine andere Wahl hatten, war eine Sache. Jetzt würde nur ein Narr oder ein Feigling auf diese Haltung beharren.«

»Blythe ist weder ein Narr noch ein Feigling.« Berberons Stimme hatte einen scharfen Unterton. »Sie vertritt diesen Standpunkt aus prinzipiellen Gründen.«

»Mag sein.« Wells' Tonfall verriet, daß er ihr nichts dergleichen zugestand. »Wie dem auch sei, sie hat unrecht.«

»Harmack, das kann doch nicht der einzige Weg für uns sein«, sagte Berberon bittend.

Wells streckte die Beine aus und lehnte sich gegen die Kissen. »Im Grunde glaube ich, daß sie damit rechnet. Sie hat uns ja praktisch dazu aufgefordert. Erst hat sie zugegeben, daß die Reaktionen kritisch ausgefallen sind. Dann hat sie es zu ihrer persönlichen Angelegenheit erklärt. Und sie hat von uns verlangt, ihr zu zeigen, daß die Welten auf unserer Seite sind. Wir werden es ihr sehr deutlich zeigen.«

Farlad mahnte zur Vorsicht. »Bevor wir uns darauf

einlassen, müssen wir sehr sorgfältig die Stimmen zählen. Vielleicht weiß sie, daß sie durchkommt, und möchte Sie in aller Öffentlichkeit zum Trocknen aufhängen.«

»Zum Teufel mit dem Stimmenzählen«, entgegnete Wells mit einem Seitenblick auf Berberon. »Für mich steht hier auch ein Prinzip auf dem Spiel.«

Berberon hatte es bis zu einem Sessel geschafft. »Und wer soll sie ersetzen, falls Sie gewinnen? Sie selbst?«

»Ich bin am Kanzlerposten nicht interessiert.«

»Wer dann? Mit Rieke wären Sie nicht einverstanden. Mit Loughridge wäre Erickson nicht einverstanden. Sujata hat zu wenig Erfahrung. Und Vandekar – also, Vandekar sollte nicht einmal Direktor sein, geschweige denn Kanzler. Ob es Ihnen paßt oder nicht, Sie würden das Ganze nur veranstalten, um hinterher Erickson wiederzuwählen.«

»Ich muß mich Ihrer Meinung über die Kandidaten nicht unbedingt anschließen«, antwortete Wells ungerührt. »Woran mir wirklich etwas liegen würde, wäre Ihre Meinung zu der Frage, wo wir am ehesten die vierte Beobachterstimme finden.«

Doch in Berberon sprudelte aus einer bislang unbekannten Quelle Widerstandsgeist hervor und nahm Besitz von seiner Zunge. »Fragen Sie sich lieber, wo Sie die erste Stimme finden.« Er stand auf. »Diesmal verlangen Sie zu viel.«

Wells setzte sich langsam auf und sah Berberon dabei unverwandt in die trotzig blickenden Augen. »Ich habe noch nie etwas von Ihnen verlangt, Felithe, und bestimmt nicht, daß Sie sich kompromittieren«, erklärte er bedächtig.

»Oh, nicht direkt, nein, das hätte unserem Verhältnis geschadet«, antwortete Berberon sarkastisch. »Sie rufen Ihren Marionettenspieler, und der Weltrat tanzt, und ich spreche die Worte aus. Ihr verdammten Neuner! Also, diesmal lasse ich mir das nicht gefallen!«

»Wie wenig Sie über uns wissen«, meinte Wells ruhig.

»Sie sollten sich lieber wünschen, daß das wahr wäre«, entgegnete Berberon scharf. »Ich werde mich gegen Sie stellen, mit meiner Stimme, mit meinen Worten und mit allen, die mir etwas schulden. Ich habe Ihren Aufstieg ins Komitee gefördert, Harmack, und Ihnen auch danach noch hundert kleinere Gefallen getan. Aber diesmal haben Sie unrecht. Blythe Erickson muß Kanzlerin bleiben, und zum Teufel mit Triade.«

Als Berberon fort war, warf Farlad Wells einen ängstlichen Blick zu.

Wells fing den Blick auf und antwortete mit einem ironischen Lächeln. »Nein, ich nehme meine Worte von vorhin nicht zurück. Es war nicht Ihre Schuld.«

»Wußten Sie, daß er es weiß?« fragte Farlad vorsichtig.

»Ja und nein. Er hat es vorher nie erwähnt, aber ich bin immer davon ausgegangen, daß er mich für einen Neuner hält. So schwer sind wir schließlich nicht zu erkennen.«

»Es macht alles viel schwieriger.«

»Ich glaube kaum, daß er ausreichend Beweise hat, um meine Entlassung zu verlangen. Selbst Sie könnten es nur schwer beweisen, und Sie sind ein Neuner vom Zweiten Rang.«

»Ich meinte seinen Widerstand.«

»Ach so. Dadurch ändern sich nur die Schwierigkeiten auf dem Weg zum Ziel, nicht das Ziel selbst.« Wells schüttelte den Kopf und lachte leise. »Was für eine Überraschung – sogar Berberon hat seine Prinzipien. Wer hätte gedacht, daß er all die Jahre lang einen Diamanten in seiner Scheiße versteckt hat?«

Das Lachen half, aber Wells' Gleichmut hatte unter den drei Rückschlägen so kurz hintereinander trotzdem gelitten. Wenig später schickte er Farlad weg und schloß sich in seiner schützenden Suite ein, um sich zu erholen.

Manchmal schien es ihm, als müßte er für alle Zeiten den gleichen Kampf führen, als wollten ihn die Läuse und Mücken, die ihn ständig von neuem anfielen, um jeden Preis auslaugen, bevor er seinem wahren Gegner gegenübertreten konnte. Das einzige Heilmittel gegen solche geistige Ermüdung bestand darin, sich für einige Stunden zurückzuziehen, sich Zeit zu nehmen und einfach nur zu *sein*.

Wells besaß ein Totem, eine materielle Quelle des Trostes. Aus einer durch Sprachsperre gesicherten Schublade holte er einen kleinen Schmuckkasten hervor, wie er für einen Ring oder ein Paar Ohrringe benutzt wurde. Darin befand sich ein daumennagelgroßes goldenes Trigon aus drei getrennten Stäben. Außer Wells wußte nur noch der Kunstschmied von seiner Existenz. Seine Bedeutung kannte Wells allein: Es war das Symbol von Triade, das Logo eines Kommandos, das noch nicht existierte.

Wells wußte längst, welche Art von Mann es tragen würde, welche Art von Schiff sie benutzen würden, welche Aufgabe sie erfüllen sollten. Sie würden das goldene Dreieck tragen, nicht zusammen mit der traditionellen schwarzen Ellipse, sondern an ihrer Stelle. Dieses Symbol würde sie zu etwas Besonderem machen, zu etwas Höherem. Während Wells dieses eine Exemplar in der Hand hielt, erschienen ihm solche Gedanken nicht wie Wünsche oder Hoffnungen. Durch die greifbare, spürbare Gegenwart des schimmernden Abzeichens fiel es ihm leichter, an das noch nicht Verwirklichte zu glauben.

Als Wells das Abzeichen in das Kästchen zurücklegte, unterbrach der implantierte Sender seine Überlegungen mit dem Signal aus sieben Tönen, das einen Ruf von den Neunern ankündigte. Wells hatte halb damit gerechnet, denn der dritte der versprochenen Zwischenberichte war überfällig. Die Stimme, die er gleich darauf vernahm, gehörte jedoch nicht dem Rechercheur oder gar einem Boten, sondern einem der ältesten Mitglieder des Achten Ranges: Robert Chaisson.

Chaisson war ein brillanter Politikhistoriker mit vielseitigem Wissen über die Gesellschaft vor der Wiederbegegnung; außerdem war er einer der fünf Ranghöheren gewesen, die Wells' Beförderung zum Achten Rang befürwortet hatten. Damals hatte Wells ihn als aussichtsreichsten Kandidaten für einen Aufstieg zum Neunten Rang betrachtet; damit wäre er Eric Lange gleichgestellt gewesen, dem ermordeten Gründer der Bewegung. Jetzt, vier Jahre später, durchschaute Wells die Soziodynamik des Achten Ranges gut genug, um nicht mehr damit zu rechnen, aber er fühlte sich trotzdem immer etwas unbehaglich, wenn Chaisson ihn als Gleichgestellten behandelte.

»Wie geht es Ihnen, Harmack?« fragte Chaisson fröhlich.

»Gut, Robert. Ich bin sehr beschäftigt. Ein bißchen müde. Unsere Wege haben sich lange nicht mehr gekreuzt.«

»Sie müssen ab und zu auf die Erde herunterkommen.«

»Das tue ich auch. Nur finde ich irgendwie nie die Zeit für einen Ausflug in die Amerikas.«

»Vielleicht brauchen Sie einfach einen dringenderen Grund.« Bevor Wells entscheiden konnte, ob die Bemerkung scherzhaft oder bissig gemeint war, fuhr Chaisson fort: »Wie ich höre, gab es gestern für Sie im Komitee einen Rückschlag.«

Es überraschte Wells nicht, daß Chaisson davon wußte; er hatte ein ganzes Netz von Kontakten in Capital. »Das ist sicher nur ein vorübergehendes Problem.«

»Freut mich, daß Sie so optimistisch sind. Obwohl es mich in einer Hinsicht auch enttäuscht – ich dachte, ich könnte Sie ein wenig aufmuntern. Ich rufe nämlich an, um Ihnen zu erzählen, daß Ihre Suche süßere Früchte getragen hat, als Sie sich vorgestellt haben.«

»Thackerys Privataufzeichnungen existieren noch?« fragte Wells hoffnungsvoll.

»Vermutlich.«

Die Antwort schien keinen Sinn zu ergeben. »Was soll das heißen?« Wells sagte es weniger drängend, als er es bei jedem anderen Gesprächspartner getan hätte.

»Es wäre doch ungewöhnlich, sie zu löschen, wenn man sie noch einmal brauchen könnte, meinen Sie nicht auch?«

»Verdammt, hören Sie auf mit diesen Scherzen. Was wollen Sie mir sagen?«

Chaisson lachte; es klang weich wie der Flügelschlag eines Vogels. »Daß Merritt Thackery noch lebt. Er wohnt allein im Susquehanna-Tal auf einem Grundstück, das auf den Namen J. M. Langston eingetragen ist.«

Wells spürte, wie seine Knie weich wurden, und sein Herz begann zu rasen. »Er *lebt?* Wie ist das möglich? Er ist ein Jahr vor meiner Geburt als Direktor zurückgetreten. Da war er schon alt, und das ist dreiundvierzig Jahre her!«

»Nicht so alt, wie Sie anscheinend glauben. Vergessen Sie nicht, daß er auch nach der Neuorientierung noch Feldarbeit geleistet hat, fast bis zu seinem Ausscheiden. Damals waren Direktoren noch nicht zeitgebunden – die Reform kam erst später. Laut Brian Arlett, dem Viertrangigen, der Ihren Antrag bearbeitet hat, ist Thackery biologisch nicht älter als hundertundfünf – also kaum verblüffend alt. Außerdem wurde immer wieder vermutet, daß sein Kilometerzähler bei der

Reise durch die Spindel sozusagen rückwärts gelaufen ist. Es gab sogar einen Kult der Unsterblichen um ihn – allerdings einen kurzlebigen.« Chaisson lachte leise über seinen eigenen Scherz.

»Ich kann es kaum glauben.« Wells stützte den Kopf in die Hände. »Er soll sich vierzig Jahre lang vor jedermann versteckt haben, und wir finden ihn in achtundvierzig Stunden?«

Chaisson lachte wieder. »Die Antwort darauf kennen Sie doch. Wir mogeln eben. Wir melken die Datenbanken auf Arten, die kein legitimer Nutzer kennt. Falls es für Sie wichtig ist, kann Ihnen Arlett mehr dazu sagen. Er wartet darauf, selbst mit Ihnen zu sprechen und Ihnen einen vollen Bericht zu erstatten. Meine Aufgabe bestand nur darin, ihm den Auftritt zu verderben.«

»Hat sich irgend jemand mit Thackery in Verbindung gesetzt? Weiß er, daß wir ihn gefunden haben?«

»Nein und nein. Er hat sich absichtlich und geschickt versteckt. Arlett meinte, wir sollten ihm lieber keine Gelegenheit geben, das zu zerstören, was Sie von ihm wollen.«

»Ich will ihn – jetzt.«

»Dafür gilt das gleiche. Und außerdem – so wie ich derjenige sein wollte, der es Ihnen erzählt, so wollen Sie vielleicht der erste sein, der mit ihm spricht.«

»Das will ich, unbedingt.« Er blickte quer durch den Raum zur Uhr. »Ich müßte in einer Stunde abwärts fliegen können.«

»Kein Grund zur Eile«, entgegnete Chaisson munter. »Es passen zwei Drittrangige auf ihn auf. Der geht nirgendwo hin, ohne daß wir es erfahren.«

»Ich danke Ihnen.«

»Nicht mir. Auch das hat Arlett veranlaßt. Er hat wirklich ausgezeichnete Arbeit für Sie geleistet. Ich nehme an, Sie werden ihn dafür befördern?«

»Selbstverständlich.«

»Ich wollte nur sicher sein, daß Sie es in all der Aufregung nicht vergessen«, erklärte Chaisson fröhlich. »Brian ist ein guter Junge mit großen Fähigkeiten. Ich bin schon vor einer ganzen Weile auf ihn aufmerksam geworden. Ach ja – Harmack? Lassen Sie es mich wissen, wenn Sie mit Thackery fertig sind. Ich würde mich sehr gern selbst einmal mit ihm unterhalten.«

6. KAPITEL

Zufluchtsort

Hätte Harmack Wells einen weniger dringenden Grund für seine Reise gehabt, er hätte sich vermutlich schon von der unbefestigten Straße zum Umkehren bewegen lassen. Sie war genau, wie man sie ihm beschrieben hatte, die Art Straße, die anscheinend eigens geschaffen wurde, um Ungestörtheit zu garantieren. Unbeschildert, zugewuchert und erodiert; nichts wies darauf hin, daß an ihrem anderen Ende jemand wohnte, geschweige denn dieser Mann.

Für Wells' schmal gebauten Schlitten stellten jedoch weder die starke Steigung noch die waschbrettrauhe Oberfläche der Straße ein Hindernis dar. Wells lenkte das Fahrzeug langsam durch den schattigen Tunnel, bis dieser sich zu einer Lichtung erweiterte; sie schien kaum groß genug, um einen nicht flugfähigen Wagen darin zu wenden. Der Teppich aus Blättern und Nadeln auf dem Boden der Lichtung sah nicht so aus, als wäre er jemals von einem Fahrzeug aufgewühlt worden.

Wells stellte den Schlitten auf der Straße ab und ging zu Fuß weiter bergauf, auf einem Pfad, der vom übrigen Gelände kaum zu unterscheiden war. Bevor er ins Protektorat Pennsylvania eingereist war, hatte er gar nicht gewußt, wie viel naturbelassenen Wald es in der dicht besiedelten Osthälfte Nordamerikas noch gab. Nicht daß er jemals darüber nachgedacht hätte: Seine letzten Besuche hatten sich auf Capital und Benamira beschränkt.

Das Laubdach war so dicht und der Pfad so gewunden, daß das Haus erst sichtbar wurde, als er direkt davor stand. Es war eine Swann'sche Selbstversorgerhütte, halb im Berghang vergraben und mit Naturholzbrettern verschalt. Die Bretter waren hell, als wären sie erst vor kurzem gesägt worden. Mit dieser Verkleidung sah die Hütte fast so aus, als gehörte sie dort hin.

Auf dem sonnigen Südhang unterhalb des Hauses erstreckte sich ein weitläufiger Ziergarten, eine lebendige Decke aus gelben und roten und weißen Blüten. Wo der Hang am steilsten war, waren die Blumenbeete in Terrassen angelegt, und die Wege aus Holzlatten wurden zu Treppen. Durch die exakte Anlage und sorgfältige Pflege bildete der Garten einen scharfen Kontrast zu der vernachlässigten Straße und dem Waldpfad.

Eine Bewegung im Garten erregte Wells' Aufmerksamkeit. Auf einer der oberen Terrassen kniete ein Mann mit dem Rücken zu ihm. Wells suchte sich einen Weg bis zum nächsten Holzsteig und ging auf ihm bergauf. Beim Näherkommen bemerkte er, daß der Mann schütteres silbergraues Haar hatte; neben ihm stand ein Kasten mit Arbeitsgerät, und in der einen knotigen Hand hielt er eine Pflanzkelle.

Als Wells sich mit dem Gärtner auf gleicher Höhe befand, knarrten die Holzlatten unter seinem starken Körper und verrieten ihn. Der Mann blickte auf, wischte sich dann den feuchten schwarzen Dreck von den Händen und setzte sich auf die Fersen. Ein dichter, kurzgeschnittener Bart verdeckte sein Gesicht, das Wells sonst vermutlich vertraut vorgekommen wäre.

»Gäste sind hier nicht willkommen«, sagte der Mann. »Bitte gehen Sie auf dem gleichen Weg wieder weg.« Die Falten in seinem Gesicht sprachen von vielen Jahren und vielen Mühen, doch in den Augen leuchtete ein klares und entschlossenes Licht.

Wells machte einen Schritt auf ihn zu. »Wissen Sie, wer ich bin?«

»Nein.« Der alte Mann schnaubte, als wollte er sagen, daß es ihm auch gleichgültig war.

Wells trat noch einen Schritt näher. »Ich weiß, wer Sie sind.« Als der alte Mann ihn nur weiter schweigend und mit unverhülltem Ärger anschaute, fuhr er fort: »Ich weiß alles über Sie. Der Große Neuorientierer. Erster Gesandter zu den D'shanna. Direktor der ...«

»Verschonen Sie mich mit meiner Biographie.« Der Mann wandte sich ab und griff mit beiden Händen in eins der vielen Fächer des Kastens. Er gab zwei Handvoll Torf in das Loch vor ihm, dann seufzte er und legte den Kopf schräg. »Eigentlich hatte ich gehofft, man hätte mich vergessen.«

»Wohl kaum.« Wells ging bis auf einen Meter an ihn heran. »Obwohl ich wie die meisten meiner Generation dachte, Merritt Thackery sei tot. Oder habe ich Sie falsch verstanden? Wünschen Sie sich das?«

Thackery antwortete nicht, sondern drückte nur die Erde um die Zinnie fest, die er als letzte einer neuen Gruppe gepflanzt hatte. Immer noch schweigend sammelte er seine Geräte ein und hob den Kasten auf. Dann kehrte er Wells den Rücken zu und ging mit vom Alter langsamen Schritten den steilen Holzsteig hinauf.

Wells folgte ihm in respektvollem Abstand. Als Thackery seinen Kasten in einer großen hölzernen Vorratskiste dicht an der Hauswand abstellen wollte, sprang Wells vor und hob den schweren Deckel an. Thackery nahm jedoch keinerlei Notiz von ihm.

»Ich meine, ich weiß *alles* über Sie«, sagte Wells, während Thackery sich unter einem Außenhahn die zerkratzten Hände wusch. »Sogar Dinge, die Sie vielleicht selbst nicht wissen. Und Dinge, von denen Sie vermutlich nicht wollen, daß andere sie erfahren.«

Thackery zeigte auch jetzt keinerlei Neugier, fast als wäre er für Wells' Worte taub. Gelassen wischte er sich die Hände an den Hosenbeinen ab, dann ging er zur Tür.

Daß er Wells nicht erkannt hatte, war schon kränkend genug gewesen; daß er ihn überhaupt nicht beachtete, trieb eine Nadel tief in Wells' Ego. »Meinen Sie wirklich, mehr wäre nicht nötig?« rief er Thackery ärgerlich nach. »Warten Sie darauf, daß ich vom Ignoriertwerden genug bekomme und wieder verschwinde?«

»Nein.« Thackery blieb kurz auf der Schwelle stehen. »Ich warte darauf, daß Sie aufhören, mich beeindrucken zu wollen, und mir verraten, was Sie hier suchen.«

»Dann werden Sie sich mit mir unterhalten?«

Überrascht hob Thackery die Augenbrauen. »Es muß Sie viel Mühe gekostet haben, mich zu finden. Ich weiß das, weil ich mir viel Mühe gegeben habe, nicht gefunden zu werden. Sie haben wohl kaum die Absicht, eine Weigerung zu akzeptieren, oder?«

Einen Moment lang starrte Wells ihn nur an. »Nein.«

Thackery nickte. »Dann kommen Sie besser mit nach drinnen.«

Innen war das Haus genauso gründlich umgestaltet worden wie außen. Daß es ein Swann-Haus war, merkte man nur noch an der Lage der Sonnenjacke, der Recycling-Eingänge und der übrigen Bestandteile des Umweltsystems. Viele Innenwände waren entfernt und einige Zimmerdecken angehoben worden, so daß aus mehreren kleinen Kammern ein einziger länglicher und unregelmäßiger Raum entstanden war. An einem Ende führte eine Wendeltreppe zu einer Beobachtungsplattform auf dem Dach; man konnte sie durch die geneigten, hoch in den Mauern sitzenden Glasscheiben der Sonnenjacke erkennen.

Der Raum erinnerte fast an einen großen Schloßsaal aus einem neuen Mittelalter. Abgesehen von den Lampen waren keine der üblichen technischen Hausgeräte zu entdecken. Wells erblickte nirgendwo einen Netztor-Projektor oder auch nur eine Möbelgruppierung, die nach einem verborgenen ausgerichtet war. Der Eindruck wurde zusätzlich dadurch verstärkt, daß das Innere trotz des vielen Glases schattig und düster wirkte.

Sie ließen sich in weichen Sesseln vor einem Fenster nieder, von dem aus man einen Blick auf das bewaldete Tal hatte. »Vielleicht sollte ich *erfahren*, wer Sie sind«, sagte Thackery.

»Mein Name ist Harmack Wells.«

Thackery wedelte mit der Hand. »Ich fürchte, ich habe die Angelegenheiten der Welt ziemlich weit hinter mir gelassen. Ihren Namen habe ich jedenfalls noch nie gehört.«

»Ich bin vor vier Jahren zum Direktor von USS-Verteidigung ernannt worden.«

»Aha.« Thackery legte die Hand ans Kinn. »Das erklärt manches. Allerdings längst nicht alles. Wie haben Sie mich gefunden? Im USS weiß niemand, wo ich bin.«

Wells lächelte. »Ich habe Zugang zu Quellen, die über die des USS hinausgehen.«

»Und was sind das für Quellen?«

Wells zögerte. Trotz all der Informationen, die er über Thackery gesammelt hatte, war er von diesem Mann schon mehr als einmal überrascht worden. Wells hatte erwartet, daß er sich heftig gegen den Überfall wehren würde; deshalb war er auch selbst gekommen, und allein. Thackerys schnelles Nachgeben bedeutete jedoch noch keinen Sieg. Wells mußte sich erst bewähren, und eine der Anforderungen würde Ehrlichkeit sein.

»Ich bin außerdem Mitglied der Neuner im Achten Rang.«

Das verriet Wells nur sehr selten jemand, der nicht selbst dazugehörte. Verträge mit dem USS enthielten eine Klausel über Interessenkonflikte, in der den Mitarbeitern eine Mitgliedschaft in bestimmten Typen von parteiischen Organisationen sowie jede Beteiligung an planetarer Politik untersagt wurde. Die Neuner standen auf der schwarzen Liste ganz oben.

Nun hatte Wells ohne Rücksicht auf diesen Vertrag nicht nur seine Mitgliedschaft zugegeben, sondern auch ein sehr weitreichendes Engagement. Folglich wunderte es ihn nicht, daß Thackery die Stirn runzelte, den Blick abwandte und zum Fenster hinausschaute.

»Wie Sie sich vermutlich denken können«, fuhr Wells fort, »arbeiten einige unserer Mitglieder in der Informationswissenschaft. Sie konnten sich Zugang zu den Auszahlungsbelegen für Ihr USS-Vermögen und Ihr ursprüngliches Kreditkonto verschaffen. Wenn man jemand finden will, ist es gewöhnlich am besten, dem Geld zu folgen.«

Thackery wandte sich ihm wieder zu und betrachtete ihn kühl. »Dann schickt Sie wohl der vom Neunten Rang? Oder nimmt der Kanzler des USS es heutzutage billigend in Kauf, daß seine Direktoren unten auf der Erde die Privatsphärengesetze brechen und Erdenbürger belästigen?«

»Manche Angelegenheiten stehen über solchen Bedenken.«

Thackerys Miene wurde finster. »Das ist genau die Art von Arroganz, die ich von den Neunern erwartet hätte. Ich habe schon lange den Verdacht, daß Sie der Meinung sind, Ratsgesetze gelten nur für andere Menschen. Dieser Zwischenfall beweist mir, daß ich recht hatte.«

Wells spürte, wie er sich verspannte. »Vielleicht sollten Sie mit Ihrem Urteil warten, bis Sie wissen, weshalb ich zu Ihnen gekommen bin.«

»Darauf warte ich schon, seit Sie mich beim Gärtnern gestört haben.« Thackery faltete die Hände im Schoß.

Wells' Ärger wuchs erneut, und er fragte sich, wann ihm eigentlich die Kontrolle über diese Begegnung entglitten war. »Ich weiß nicht, wieviel Sie über die strategische Lage wissen …«, fing er an.

»Gar nichts, und es interessiert mich noch viel weniger.«

»Darf ich weiterreden?«

Thackery wedelte mit der Hand. »Selbstverständlich.«

»Als ich Verteidigungsdirektor wurde, übernahm ich eine träge Einrichtung, die zu kaum mehr fähig war, als vor einem Angriff zu warnen. Damals hätten wir einem weiteren Angriff noch nicht die Spitze nehmen können. Und auch jetzt haben wir noch keine Möglichkeit, den Krieg ins Gebiet der Sterilisierer zu tragen.«

»Ein Versehen, das Sie zweifellos korrigieren wollen.«

»Unser eigener Friede ist erst dann gesichert, wenn wir für einen Krieg gerüstet sind.«

»Wenn Sie es sagen. Was soll ich dazu beisteuern?«

»Wir müssen mehr über die Mizari erfahren. Aus politischen Gründen brauchen wir unbedingt schlüssige Beweise, daß sie noch existieren. Aus Gründen der militärischen Aufklärung müssen wir herausfinden, wie sie sind und wozu sie fähig sind. Am besten wäre es, wenn wir beides erreichen könnten, ohne sie daran zu erinnern, daß es uns gibt.«

»Wieso kommen Sie damit zu mir? Was ich über die Sterilisierer weiß, steht alles in meinen Berichten.«

»Ich weiß. Ich habe *Im Kielwasser der Jiadur* gelesen.«

Leicht überrascht hob Thackery eine Augenbraue. »Dann sind Sie einer von ganz wenigen«, bemerkte er nicht ohne Bitterkeit. »Aber damit ist meine Frage noch nicht beantwortet.«

»Ich brauche Ihre Hilfe nur, um mit den D'shanna Kontakt aufzunehmen. Als weitere können sie uns liefern.«

Thackery schien in seinem Sessel zusammenzuschrumpfen, wie eine Schildkröte, die sich in ihren Panzer zurückzog. »Ich kann nichts für Sie tun.«

»Das müssen Sie aber«, drängte Wells, denn er spürte Verwundbarkeit bei Thackery. »Außer Ihnen war noch nie jemand auf der Spindel. Niemand hatte je mit den D'shanna Kontakt.«

»Ich besitze diese Information nicht. Ich weiß keinen Weg, Ihren Wunsch zu erfüllen«, behauptete er mit steinerner Miene. Dann wurde sein Gesichtsausdruck weicher, er verriet Wehmut und Nachdenklichkeit. »Und wenn ich einen wüßte, hätte ich nicht mehr genug Vertrauen in meine Ziele, um mich darauf zu verlassen, daß ich das Richtige damit anfangen würde.«

»Ich habe dieses Vertrauen. Verlassen Sie sich auf mich.«

Thackery lehnte sich im Sessel zurück, zog langsam die Beine hoch, drehte sich zur Seite und verbarg die Augen mit der zitternden Hand. »Diese Welt haben Sie gebaut«, sagte er müde. »Sie und Ihresgleichen. Ich weiß nichts über Ihre Zänkereien, und sie sind mir auch gleichgültig. Bitte gehen Sie.«

Bei diesen Worten schwand die letzte Spur von Heldenanbetung, die Wells einmal für Thackery empfunden hatte, und damit schwanden auch alle Hemmungen. »Sie sind ein Mensch. Sie sind mit der gesamten Affirmation blutsverwandt. Wie können Sie einen Außerirdischen gegenüber Ihresgleichen bevorzugen?«

»Meinesgleichen?« Thackery lachte bitter. »Es gibt nirgendwo jemand, der so ist wie ich. Ich habe zu lange mit dem Ausscheiden gezögert – etwa vier Jahrhunderte zu lange. Kein Mensch auf der Erde hat auch nur halb so viel erlebt wie ich oder begreift, was diese Erlebnisse mit mir gemacht haben. Ich gehöre nicht hierher.«

»Wohin denn sonst?« fragte Wells schneidend. »Auf

die Spindel zu Gabriel? Haben Sie sich deshalb so isoliert – damit es niemand merkt, wenn Sie mit ihm fortgehen?«

Plötzlich sprang Thackery auf und schrie ihn an. »Wenn ich dorthin zurückkehren könnte, meinen Sie, dann wäre ich noch hier? Meinen Sie, ich hätte nicht schon zehntausendmal zum Himmel hinaufgerufen und gehofft, daß Gabriel mir antwortet, daß er zurückkommt und mich holt? Was glauben Sie, weshalb ich mich so lange ans Leben geklammert habe?«

Langsam ließ er sich wieder in den Sessel sinken, als wären seine Beine unter ihm zu Gummi geworden, und verbarg das Gesicht in den Händen. Wells wandte verlegen den Blick ab.

Die höfliche Geste half ihm auch, seine heftige Enttäuschung zu verbergen. Er wollte Thackery nicht glauben, denn dann hätte er jede Hoffnung auf einen Verbündeten gegen die Mizari aufgeben müssen. Doch Thackery täuschte seinen Schmerz nicht nur vor; er hatte versucht, Kontakt aufzunehmen, und war nicht nur einmal gescheitert, sondern oft, daran zweifelte Wells nicht. Trotzdem konnte er nicht umhin, eine letzte Karte auszuspielen.

»Direktor …«

Thackery sah auf.

»Ich werde jetzt gehen. Sie haben mir Ihre Meinung deutlich klargemacht. Deshalb möchte ich auch etwas klarstellen. Ich werde Ihr Geheimnis leider nicht wahren können. Die ganze heutige Generation kennt Sie nur dem Namen nach. All diese Leute werden Sie auch als Mensch kennenlernen wollen. Viele werden mehr von Ihnen wollen als ich.«

»Die Drohung stand schon im Raum, als Sie hier erschienen sind.« Thackerys Miene und Stimme wurden wieder so abweisend wie vorhin im Garten. »Das ändert nichts. Ich habe Ihnen nichts zu sagen.«

Wells schürzte die Lippen und nickte. Dann entfaltete er seine hohe Gestalt aus dem Sessel, blieb einen Moment stehen und schaute auf Thackery hinab. »Sie waren einmal ein Held für mich.« Gegen seinen Willen fand ein wenig von seiner Traurigkeit den Weg in die Worte.

Thackery hob den Kopf und sah Wells ruhig in die Augen. »Jetzt wissen Sie es hoffentlich besser.«

»Ja.« Wells wandte sich ab.

Der Weg den Hügel hinunter zu seinem Schlitten erschien ihm aus irgendeinem Grund endlos.

Nachdem Wells gegangen war, blieb Thackery lange im Sessel sitzen und dachte über das nach, was er nicht erzählt hatte.

Sicher, das Zusammensein mit Gabriel auf der Spindel war der Höhepunkt seines Lebens gewesen, aber es hatte auch dazu geführt, daß ihm die Jahre danach um so hohler erschienen waren. Nichts hatte ihn wieder zu einem heilen Menschen machen können, weder die dreizehn Jahre, in denen er die Abteilung Erkundung für ihre neue, begrenzte Rolle umstrukturiert hatte, noch seine letzte Mission nach Rena-Kiri, noch seine kurze Dienstzeit als Direktor des USS. Das Ausmaß, in dem er als Held verehrt wurde, nachdem der Rat seine Entdeckungen bekanntgegeben hatte, hatte dieses Gefühl von Leere noch verschärft.

Nach dem Ausscheiden aus dem USS war er zu einer emotionalen Odyssee aufgebrochen, auf der Suche nach einer Gemeinschaft, in der er sich wohl fühlte, in der er so etwas wie Zugehörigkeit erlebte. Er versuchte sich in eine terranische Subkultur nach der anderen einzugliedern, in Kommunen und Clans, archaistische und mystische Gruppen, in der Hoffnung, dort Menschen zu finden, die das Dasein ähnlich wahrnahmen wie er.

Doch die achtungsvolle Ehrerbietung von Leuten, die unter anderen Umständen vielleicht seine Freunde geworden wären, die endlosen Versuche lächelnder Einflußsammler, ihn zu ihrem Schuldner zu machen, die tiefsitzende Fehleinschätzung dessen, was er tatsächlich getan hatte, die Seichtheit und Zeitgebundenheit ihrer Sicht auf die Welt – all das zusammen verhinderte, daß er fand, was er suchte.

Damals hatte er mit der Arbeit an *Im Kielwasser der Jiadur* begonnen, in der naiven Annahme, er könnte sich so von der Last seines Ruhms befreien. Als das Manuskript abgelehnt wurde – anders konnte er den Beschluß, es zu zensieren, nicht betrachten –, hatte er das als Zurückweisung seiner selbst aufgefaßt und ihnen allen den Rücken gekehrt.

Tatsächlich war das die einzige Lehre von bleibendem Wert, die er daraus gezogen hatte: die Erfahrung, zurückgewiesen zu werden, ein Fremder zu sein, ein Sonderling, ein Exot. Es gab nirgendwo jemand, der so war wie er. Weil er diese Lektion schließlich akzeptiert hatte, war er ins Susquehanna-Tal gezogen.

In den vier Jahrzehnten seit seinem Ausscheiden hatte er wenig genug Freude erlebt, doch was er erlebt hatte, das hatte er zum größten Teil hier gefunden, an seinem geschützten Ort in den Wäldern. Jetzt war jemand hier eingebrochen, und Thackery wußte, daß er nicht länger bleiben konnte. Wohin er gehen sollte, wußte er jedoch nicht. Eins war jedenfalls klar: Auf der Erde würde er keinen geschützten Ort mehr finden.

Seine Fernyacht *Fireside* war zwar schon lange unten, doch Thackery hatte über einen testamentarischen Fonds für ihre Wartung gesorgt. Er hatte dafür keinen bewußten Grund gehabt, wenn man davon absah, daß jeder Seemann sich um sein Schiff sorgte. Die Yacht war für ihn ohne großen Gefühlswert, denn er hatte sie nur für eine einzige Reise benutzt. Und solange er als Einsiedler unter Pseudonym leben wollte, besaß sie auch keinerlei praktischen Wert.

Jetzt schien das Schiff ihn zu sich zu rufen, ihm eine Fluchtmöglichkeit zu bieten. Aber konnte es ihn an einen Ort bringen, wo Wells ihn nicht erreichen würde? Um zurückzugewinnen, was er verloren hatte, mußte er nicht nur die Erde hinter sich lassen, sondern die gesamte Affirmation. So etwas in einer Fernyacht zu versuchen, kam einem Selbstmord allzu nahe.

Eine Alternative fiel ihm erst Stunden später ein; dann erschien sie ihm jedoch so richtig, daß er sich einfach dafür entscheiden mußte. Als erster Schritt war nur ein Telefonanruf notwendig. »Machen Sie die *Fireside* startklar für den Tiefenraum«, befahl er. »Ich fliege weg.« Das Wort *wieder* war ihm dabei geistig so präsent, daß er sich hinterher fragte, ob er es ausgesprochen hatte.

Bis Wells ihm das Geständnis entrissen hatte, hatte Thackery sich selbst gegenüber nie wirklich zugegeben, daß die Zeit im Susquehanna-Tal eine Art Krankenwache gewesen war. Auch wenn es für ihn keinen Platz innerhalb der menschlichen Gemeinschaft mehr gab, auch wenn ihm eine Wiederbegegnung mit Gabriel verwehrt blieb, so konnte er sich doch wenigstens dazu entschließen, nicht sein ganzes restliches Leben von diesem Schmerz bestimmen zu lassen.

Er hatte genug von der Einsamkeit; es wurde Zeit, wieder allein zu sein.

Drei Stunden nach dem Abschied von Thackery flog Wells in einem leeren zwölfsitzigen Dienstshuttle von Newark zurück in den Orbit. Der brasilianische Orbitalinjektor war wegen Wartungsarbeiten für vierundzwanzig Stunden geschlossen, und statt zu warten oder um die halbe Welt zu einem der weiterhin offenen Injektoren in Afrika oder dem Fernen Osten zu reisen, hatte Wells lieber die zusätzlichen G's und höheren Kosten des Allfeldshuttles in Kauf genommen. Kurze Zeit hatte er noch überlegt, ob er sich mit dem erzwungenen Aufenthalt abfinden, nach Westen fliegen und Chaisson besuchen sollte; letzten Endes kam er aber zu dem Schluß, daß sich zu viele Dinge in der Schwebe befanden und eine längere Abwesenheit nicht zu vertreten war.

Bis kurz vor dem Besteigen des Shuttles war Wells nicht in der Lage gewesen, von seiner Enttäuschung abzusehen und sich mit dem Ergebnis seines Besuchs zu befassen. Erst als sich das unförmige Fluggerät aufwärts mühte und dabei im Gleichtakt mit den dröhnenden chemischen Motoren vibrierte, konnte er die Enttäuschung endlich hinter sich lassen.

Das ganze Unternehmen hatte überhaupt nicht seinen Grundsätzen entsprochen. Peinlich berührt dachte er daran, welche Drohungen er ausgesprochen hatte, wie er versucht hatte, mit emotionalen Dornen Thackerys Gewissen anzustacheln. Er hatte so gern glauben wollen, daß Thackery ihm beim schwierigsten Teil seiner Aufgaben den Weg ebnen konnte.

Was immer Berberon denken mochte, und auch wenn sich das gleiche nicht von allen Neunern sagen ließ, Zwang auszuüben, war nicht Wells' Art. Meistens war es besser, daß etwas ganz ungetan blieb, als daß es von widerwilligen Händen erledigt wurde. Und in jedem Fall war es besser, die Verantwortung selbst zu übernehmen, statt sie einem Unvorbereiteten in den Schoß fallen zu lassen.

Er hatte sich zu sehr durch die Aussicht verführen lassen, eine schnelle und einfache Lösung dafür zu finden, wie man die Mizari ausspionieren konnte. Er hatte sich dadurch ablenken lassen, zu einer Zeit, da viel wichtigere Dinge seine volle Aufmerksamkeit erforderten. Jetzt war Triade entgleist, Berberon verärgert, Erickson aufgeschreckt.

Während sich jenseits der Shuttlefenster der Himmel rasch von Blau über Violett zu Schwarz verfärbte, nutzte Wells die Ungestörtheit in der Passagierkabine und brachte seine Angelegenheiten auf der Oberfläche mit zwei Anrufen zum Abschluß.

Der erste galt Chaisson. Der Historiker war offline, deshalb hinterließ Wells ihm eine kurze Nachricht: »Richard – es wird noch eine Weile dauern, bis meine Geschäfte mit Merritt erledigt sind, und ich glaube nicht, daß sie eine weitere Kontaktaufnahme gut überstehen würden. Bitte verschieben Sie Ihre Besuchspläne auf unbestimmte Zeit und halten Sie seine Existenz so streng geheim wie nur möglich.« Gemäß ihren Bräuchen war eine solche Bitte so wirksam wie ein Befehl.

Der zweite Anruf galt Arlett. »Wir müssen Thackery weiter beobachten, und das müssen Sie koordinieren«, teilte Wells ihm mit. »Alle, die noch nicht wissen, daß er dort wohnt, dürfen es auch nicht erfahren. Alle, die es wissen, unterliegen dem Inderdikt.«

»Ich verstehe, Mr. Wells. Außer Ihnen wird ihn niemand besuchen.«

»Ich selbst werde ihn auch nicht noch einmal besuchen. Solange er in dem Haus bleibt, darf er nicht gestört werden. Wenn er es verläßt, sieht die Sache anders aus. Ich muß dann sofort benachrichtigt werden, und er muß so intensiv und offensiv wie nur möglich überwacht werden. Ansonsten lassen Sie ihn in Ruhe.«

»Ich verstehe. Sir – wenn ich mich nach der Möglichkeit einer Beförderung erkundigen dürfte …«

»Nein. Erkundigen Sie sich nie, Brian. Und entschließen Sie sich nie nur aus diesem Grund dazu, jemand einen Dienst zu leisten. Tun Sie es für sich und für das, woran Sie glauben, nicht um einer eventuellen Belohnung willen.«

»Das wäre einfacher, wenn immer klar wäre, wie das, worum man uns bittet, dem dient, woran wir glauben.«

»Es wäre klarer, wenn Sie nicht immer erwarten würden, daß es einfach ist«, entgegnete Wells scharf.

»Ja, Sir«, sagte Arlett in gedämpftem Tonfall.

Gerecht betrachtet, ließ sich das Aufspüren von Thackery durchaus mit Dienstleistungen vergleichen, für die schon viele Neuner befördert worden waren, und zweifellos wußte Arlett das auch. Aber wie er zweifellos ebenfalls wußte, brachte der Sprung vom Vierten zum Fünften einen solchen Zuwachs an Autorität mit sich – einschließlich des Rechts, neue Erstrangige anzuwerben sowie der erstmaligen, wenn auch eingeschränkten Möglichkeit, Zuweisungen zu beantragen –, daß der zuständige Höherrangige den Kandidaten oft ›vollud‹.

Wells hatte nichts dagegen, wenn Arlett das für den Grund hielt. Sollte er ihm grollen, wenn ihm danach zumute war. Um ihn jetzt zu befördern, hätte Wells der Gemeinschaft der Neuner mitteilen müssen, mit welchem Dienst Arlett sich die Beförderung erworben hatte, und dazu war er nicht bereit. Er würde diese kleine und kurzfristige Ungerechtigkeit in Kauf nehmen, um damit eine größere zu sühnen; das würde sein Gewissen beruhigen und ihm helfen, seine rückwärtsgewandte Wißbegier abzuschütteln, so daß er sich ganz darauf konzentrieren konnte, die noch formbare Zukunft zu gestalten.

Nachdem dies alles erledigt war, tätigte er einen letzten Anruf und sprach mit Kioni. Er spürte wachsende Ruhelosigkeit in sich, Ungeduld mit dem endlosen Hin und Her von Zug und Gegenzug, dem Austausch von Bauer gegen Bauer – den Wunsch, das Endspiel einzuleiten. Gegen die Wurzel dieses Übels gab es kein Heilmittel, doch Wells war sich nicht zu gut dazu, die Symptome zu behandeln.

Für solche Zusammenkünfte war Kioni viel besser geeignet als Ronina. Körperlich entsprach sie weniger seinem Ideal; sie hatte kleine Brüste, während Ronina reich gesegnet war, und dicke Schenkel, während Ronina schlank und langbeinig war. Aber sie ließ ihn zu sich kommen, ohne daß er etwas versprach, er durfte sie berühren, ohne berührt zu werden, wann immer er wollte und wie immer es ihm gefiel. Sie begegneten sich wie zwei Tiere, beide selbstsüchtig, und trennten sich als Fremde, beide befriedigt. Jedenfalls war es bei ihrem halben Dutzend Treffen bisher immer so gewesen.

Bei seiner Ankunft wartete sie schon in seinem Bett auf ihn, und sie enttäuschte ihn nicht.

7. KAPITEL

Abberufung

Felithe Berberon hatte durchaus damit gerechnet, daß er auf seinen Bericht über den Angriff auf Kanzlerin Erickson hin etwas vom Weltrat hören würde. Er hatte jedoch nicht damit gerechnet, daß man ihn nur drei Stunden nach Absenden des Berichts nach Capital bestellen würde.

Der Befehl kam ihm auch nicht eben gelegen. Berberon war aus verschiedenen Gründen seit über sieben Jahren nicht mehr auf der Erde gewesen. Zum einen hatte das mit seinem persönlichen biologischen Zustand zu tun. Er war gegen mehr als zweihundert Sorten von atmosphärischem Treibgut allergisch und hatte weder Lust, seinen Körper mit geistig träge machenden Medikamenten zu überschwemmen, noch darauf zu verzichten und dafür ständig mit dem Gefühl herumzulaufen, daß sein Brustkorb in einem Schraubstock steckte.

Ein noch wichtigerer Grund war, daß ihn die Reise hinunter und wieder herauf ganz einfach mit Entsetzen füllte. Berberon hing keinem tröstenden Glauben an, der ihm geholfen hätte, seine eigene Sterblichkeit fröhlich zu akzeptieren, und so zog er es vor, sein Leben auch nicht dem kleinsten Risiko auszusetzen. Bei Raumflügen war das jedoch unmöglich – besonders bei solchen vom Orbit zum Erdboden und zurück.

Sicher, Shuttleabstürze kamen nur selten vor, und ein Versagen der Orbitalinjektoren war noch seltener, aber wenn doch einmal ein Unfall geschah, gab es nie Überlebende. Wie Berberon gewöhnlich zu denen sagte, die sich über seine Phobie lustig machten: »Protoplasmabeutel sind eben keine guten Meteore.«

Ein letzter Grund war, daß er jetzt seit drei Jahrzehnten bei niedriger Schwerkraft lebte, und da er Bewegung um der Bewegung willen nicht leiden konnte, war er einem vollen G-Feld inzwischen nur noch schlecht gewachsen. Wenn er auf der Erde eine Rampe oder Treppe hochstieg, geriet er völlig außer Atem, und sein Herz pochte vor Zorn über die Anstrengung. Außerdem paßte die veränderte Umgebung nicht zu seinen erlernten Reflexen, so daß sein gleitendes Schreiten zu unbeholfenem Stolpern wurde. Und was im Orbit als angenehm gerundete Körperformen erschien, wurde auf der Erde zu lockeren, schlaffen Fleischfalten; am ersten Tag unten auf der Erde erblickte Berberon im Spiegel jedesmal einen Fremden.

Angesichts solcher Überlegungen hatte Berberon gern auf viele Gelegenheiten verzichtet, auf seine Heimatwelt zurückzukehren, zumal er nicht besonders sentimental war, was grüne Hügel und saubere Bäche anging. Der letzte Anlaß, der ihm wichtig genug erschienen war, um abwärts zu fliegen, war die Wahl von Jean-Paul Tanvier zum Präsidenten des Weltrats gewesen. Daß er bei der Amtseinsetzung anwesend gewesen war und man ihn auch bei den begleitenden Feierlichkeiten herzerfrischend oft zu Gesicht bekommen hatte, war zweifellos mit ein Grund gewesen, weshalb Tanvier ihn als Beobachter behalten hatte – zumal einer der Assistenten des Präsidenten es damals selbst auf den Posten abgesehen hatte.

Diesmal hatte man ihm jedoch gar keine Wahl gelassen.

Zum Glück lag der schlimmste Teil der Reise bereits hinter ihm. Er war im Einreisehafen Algiers angekommen; das Shuttle war mit zweifacher Schallgeschwindigkeit über die Straße von Gibraltar hinweggeschossen und hatte seine letzte energiesparende Herzklopf-Wendung über dem westlichen Mittelmeer vollführt. Erst als das Raumflugzeug stand, hörte Berberon auf, die Zähne zusammenzubeißen, und lockerte seinen Klammergriff um den gepolsterten Körpergurt.

Dort in Algiers hatte ein Luft-Skiff des Rats auf ihn gewartet. Kaum war sein Übernachtungsgepäck von der Gepäckausgabe geholt worden, befand er sich schon wieder in der Luft. Das Skiff zog fünfzehnhundert Meter über dem Wasser eine scharfe Kurve um Sardinien und raste dann quer über das Tyrrhenische Meer auf die italienische Halbinsel und die Adria zu. Jetzt zeichneten sich am Horizont die Apenninen ab, unter ihnen glitt die Küste vorbei, und das Skiff stieg höher. Bis nach Capital waren es nur noch zwanzig Minuten.

Noch immer beschäftige Berberon die Frage, warum man ihn zurückgerufen hatte. Abgesehen von rein gesellschaftlichen Anlässen – und darum handelte es sich bestimmt nicht – gab es keine Interaktion, die nicht auch mit technischen Mitteln erledigt werden konnte, keine Information, die sich nicht auch über die gesicherten Kanäle des Netzes weiterleiten ließ.

Die einzigen Gründe, die es in Berberons Augen für einen solchen Befehl zur Rückkehr auf die Erde geben konnte, waren symbolischer Natur. Durch eine Abberufung ohne jede Erklärung wurde ihm ganz unverblümt gezeigt, welche Macht der Rat besaß. Und wenn Tanvier unbedingt die gleiche Luft wie er atmen wollte, so konnte er damit nur den Zweck verfolgen, ihm in der alten Sprache ihrer biologischen Programmierung zu demonstrieren, wer hier das Sagen hatte. Über das Netz ließen sich körpersprachliche Herrschaftsgebärden nur schlecht übermitteln, und Pheromone und Angstschweiß kamen gar nicht an.

Andererseits hatte Berberons Nachricht nichts enthalten, was ihm einen Tadel eintragen konnte. Seinen zugegebenermaßen indiskreten Ausbruch gegenüber Wells hatte er nicht erwähnt, sondern nur geschrieben, daß Wells voraussichtlich versuchen würde, Erickson abzusetzen, und dann erklärt, warum er das für nicht wünschenswert hielt.

Was nur bedeuten konnte, daß Tanvier auf anderem Weg von dieser bedauerlichen Unterhaltung erfahren hatte. Falls das stimmte, gab es noch einen möglichen Grund für diese Abberufung – Tanvier wollte ihn als Beobachter entlassen.

Bevor Berberon diese Frage zu seiner Zufriedenheit durchdacht hatte, flog das Skiff plötzlich wieder über Wasser, und Capital kam in Sichtweite.

Die einst frei schwimmende künstliche Insel befand sich jetzt seit mehr als einem halben Jahrhundert im seichten Wasser des Golfs von Venedig – seit die praktischen Nachteile bei der Unterhaltung schwerwiegender geworden waren als der symbolische Wert einer Hauptstadt, die physisch zu keinem der überkommenen Nationalstaaten gehörte.

Anfangs hatte man sie noch schwimmen lassen und nur fest vertäut. Durch die Bora-gepeitschten Gewässer des Golfs und die unvorhersagbaren Gezeiten der Adria waren die in den ungebundenen Jahren entstandenen strukturellen Schäden jedoch noch verstärkt worden; deshalb hatte man Capital auf Säulen gestellt und über das Meer erhoben, in einer technischen Meisterleistung, die vielleicht noch bemerkenswerter war als der Bau der Stadt selbst.

Berberon hatte es schon immer als angemessen und gleichzeitig als Ironie empfunden, daß man von der Inselstadt aus jetzt einen guten Blick auf die Ruinen der Kanalstadt hatte. Capital wie Venedig waren beide zu ihrer Zeit ökonomische und politische Machtzentren gewesen, und beide hatten einen Teufelspakt mit dem Meer geschlossen, hatten sich Charakter und einzigartige Schönheit erkauft und zugleich den Keim der eigenen Zerstörung in sich aufgenommen.

Nachdem Venedig jahrzehntelang gegen Absinken und Überflutung angekämpft hatte, war es in den Schwarzen Jahren vor der Wiederbegegnung der Vernachlässigung und Entropie zum Opfer gefallen. Das Ende von Capital kündigte sich schon jetzt in den Effizienzanalysen an; darin wurde auf die unbestreitbar hohen Unterhaltskosten für diesen architektonischen weißen Elefanten hingewiesen und empfohlen, den Regierungssitz zu verlegen.

Bis der Rat die Analysen in Taten umsetzte, würde Capital jedoch als moderne Reinkarnation von *La Serenissima* weiterexistieren.

Das Luft-Skiff setzte Berberon auf dem nur für Passagiere zugelassenen erhöhten Landedeck am Westrand der Stadt ab. Von dort brachte ihn ein Freiluft-Gleitsteg zum Sicherheitsposten am Eingang der Ratshalle. Trotz der Medikamente, die er am Morgen eingenommen hatte, rang er bei der Ankunft dort bereits nach Atem.

Auf der anderen Seite des Kontrollpunkts wartete ein Assistenzhöfling, der Berberon zum Sitzungsraum führen sollte. An der Route, die sie einschlugen, erkannte Berberon fast sofort, daß ihr Ziel einer der vier luxuriösen Salons im sechzehnten Stock der Halle war; von jedem dieser Salons blickte man durch weites nahtloses Synglas in eine andere Himmelsrichtung.

Daß man ihn dorthin führte statt in die reguläre Ratskammer, bestärkte Berberon in seinem Verdacht, daß er nicht dem gesamten siebzehnköpfigen Rat gegenübertreten würde, sondern nur dem inoffiziellen inneren Kreis: Tanvier und den fünf Hohen Ministern. Sie warteten auf ihn, saßen zusammen, als hätten sie gewußt, daß er gleich kommen würde, und unterhielten sich ruhig miteinander.

Berberon kannte sie alle verschieden gut. Der einzige, den er vielleicht als persönlichen Freund betrachten durfte, war Aram Wolfe, der Hohe Minister für Wirtschaftliche Planung, der um einige Jahre älter war als die anderen fünf. Die zwei Frauen Hu und Aboulein waren ihm praktisch fremd; Hu, weil sie eine zurückhaltende Person war, und Aboulein, weil sie noch kein Jahr im Amt war.

Der unverblümte Breswaithe brachte Berberon einige Abneigung entgegen; das war vermutlich auf Unverträglichkeit ihrer Persönlichkeiten zurückzuführen, denn in politischen Fragen waren sie sich oft einig. Mit Tanvier dagegen hatte Berberon öffentlich und privat schon einige hitzige Streitigkeiten ausgetragen, hauptsächlich wegen seiner Beschwichtigungsstrategie den Neunern gegenüber. Tanvier war jedoch so professionell, daß diese Konflikte nie eine persönliche Dimension erlangt hatten.

Dailey war am schwersten zu ertragen, denn er hatte den Posten inne, der Berberons Meinung nach ihm selbst zugestanden hätte. Und was noch schlimmer war, der Nordamerikaner mit dem klar geschnittenen Gesicht schien mit jedem Blick und jedem Wort zum Ausdruck zu bringen, daß er sich dessen bewußt war und es genoß.

Ein Sessel war nicht besetzt, und Berberon ließ seinen müden Körper dankbar hineinsinken, während die Minister ihre Aufmerksamkeit von einander weg und auf den Neuankömmling lenkten.

»Wie ich sehe, herrscht in Capital ein angenehm kühler Sommer«, bemerkte Berberon im Plauderton.

»Finden Sie?« fragte Tanvier leichthin. »Vielleicht haben Sie sich etwas zu gründlich an Unity gewöhnt. Mir erscheint es da oben immer drückend warm.«

Nachdem er so die Kontrolle über die Sitzung an sich gezogen hatte, verstummte er kurz und blickte auf die Tafel in seinem Schoß. »Wir haben Ihre letzte Depesche mit großem Interesse gelesen.« Er blickte auf.

»Wie Sie ja wissen, Felithe, war kein Kanzler mehr mit einer Vertrauensabstimmung konfrontiert, seit Delkes am Anfang seiner ersten Dienstzeit drei hintereinander überstanden hat. Und seit vierundzwanzig, als Ryan Bodanis hinausgeworfen wurde, hat kein Kanzler eine solche Abstimmung mehr verloren.«

»Vollkommen richtig«, bestätigte Berberon.

»Dann begreifen Sie sicher, weshalb ich es sinnvoll fand, daß Sie herkommen und den Vorgang mit uns durchsprechen, zum Nutzen all jener unter uns, deren politisches Gedächtnis nicht so weit zurückreicht.« Bei diesen Worten lächelte Tanvier Aboulein zu.

Auf den ersten Blick fand Berberon die Bitte beleidigend. Im Umkreis von zehn Minuten saßen vermutlich fünfzig politische Analytiker in ihren Büros, darunter mindestens fünf Experten für den USS. Jeder von ihnen hätte diese politikwissenschaftliche Vorlesung für Zweitkläßler halten können; das war schließlich ihr Job.

Nach kurzem Überlegen kam Berberon jedoch zu dem Schluß, daß es Tanvier vermutlich weniger um den beruflichen Anstand als um Geheimhaltung ging. Jedenfalls hätte Widerspruch nicht geholfen.

»Bevor wir uns der derzeitigen Lage genauer widmen, wäre ein kurzer Rückblick sicher sinnvoll«, stimmte er zu. »Gemäß der seit 640 gültigen neuen Fassung der Verordnungen …«

»Entschuldigen Sie, Beobachter Berberon«, unterbrach Aboulein. »Ich gehöre zu denen, die um Ihre Anwesenheit gebeten haben. Die Verordnungen habe ich gelesen, und alle anderen Ratsmitglieder hoffentlich auch. Nur frage ich mich, ob die hohen Angestellten des USS ihre Regeln auch wirklich befolgen.«

»Ach?«

»Schließlich wird dem Kanzler eine solche Autonomie zugestanden, und die Entscheidungen des Komitees werden so streng geheim gehalten, daß es dem

Dienstgericht sehr schwerfallen würde, der herrschenden Oligarchie etwas nachzuweisen, selbst wenn es diese Absicht hätte. Ich würde sehr gern Ihre Beobachtungen zu diesem Problem hören.«

Berberon nickte; die Art, wie die junge Frau aus dem Nahen Osten die Frage umformuliert hatte, tat seinem verletzten Stolz wohl. »Für jemand aus einer Körperschaft wie dem Rat mit all seinen ausgeklügelten Überprüfungs- und Ausgleichsmechanismen ist natürlich schwer einzusehen, welche Hemmnisse für Personen gelten sollen, deren Macht nicht so begrenzt ist. Und es ist auch richtig, daß es im USS wie in jeder großen Organisation einen Unterschied gibt zwischen der Art, wie die Dinge offiziell erledigt werden, und der, wie sie wirklich erledigt werden.

In diesem besonderen Bereich hat man die Verordnungen jedoch immer sorgfältig befolgt. Die Amtszeit der Kanzlerin beträgt zehn Jahre. Innerhalb dieser Zeit kann sie nur durch eine Vertrauensabstimmung abgelöst werden, und die Regeln für diese Abstimmung sind sehr genau. Wells kann wie jeder andere Comitè entweder während einer normalen Sitzung um eine Vertrauensabstimmung bitten oder eine Sondersitzung dafür fordern. Er bekommt Gelegenheit zu begründen, weshalb er einen Wechsel für wünschenswert hält. Die Kanzlerin erhält für ihre Entgegnung genauso viel Zeit – ob das nun fünf Minuten sind oder fünf Stunden.

Nachdem diese Erklärungen aufgezeichnet wurden, stimmt das Komitee ohne weitere Aussprache geheim ab. Wenn das Stimmergebnis des Komitees aufgezeichnet ist – verkündet wird es nicht –, stimmen die Beobachter öffentlich ab, und zwar in der Reihenfolge ihres Dienstalters.«

»Also würden Sie Ihre Stimme zuerst abgeben«, bemerkte Breswaithe. »Würden Sie sagen, daß Ihnen das einen nützlichen Einfluß verleiht?«

»Aber selbstverständlich. Mit dieser Vorgehensweise

sollte erreicht werden, daß die mit dem größten Überblick den Ton angeben. Wo war ich stehengeblieben? Ach ja – um Erickson abzusetzen, muß sowohl im Komitee als auch bei den Beobachtern – deren Stimmen getrennt gezählt werden – eine Mehrheit gegen sie stimmen.«

»Dann könnte Kanzlerin Erickson unter Umständen also acht der elf Beteiligten gegen sich aufbringen und trotzdem im Amt bleiben«, warf Dailey ein. »Das finde ich bemerkenswert.«

»Vergessen Sie nicht, daß der leitenden Angestellte des USS vor Atlees Reformen überhaupt nicht abgesetzt werden konnte. Dem USS lag schon immer viel an langfristiger Stabilität. Durch diese Regeln soll verhindert werden, daß jemand aufgrund von Belanglosigkeiten gegen den amtierenden Kanzler vorgeht.«

»Auf mich wirkt das trotzdem waghalsig und politisch naiv«, meinte Dailey.

»Sie setzen den falschen Maßstab an«, erwiderte Berberon bestimmt. »Es handelt sich hier grundsätzlich nicht um ein politisches System. Sondern ein administratives ...«

Tanvier fiel ihm ins Wort und zwang den Kampfparteien einen Waffenstillstand auf. »Sie haben noch nicht erwähnt, wie der Nachfolger ausgewählt wird.«

Berberon nickte. »Richtig, das habe ich nicht. Aber dazu kann ich auch nicht viel sagen, denn die Beobachter – und damit die Welten – spielen dabei keine Rolle. Sollte ein Kanzler eine Vertrauensabstimmung verlieren, wird er oder sie befristet zu einem Mitglied des Komitees. Danach trifft sich das Komitee täglich zu vertraulichen Sitzungen – bei denen keine Beobachter anwesend sind –, bis eins der Mitglieder mehrheitlich zum Kanzler gewählt wurde. Nur braucht man für die Mehrheit jetzt natürlich nicht drei Stimmen, sondern *vier*. Sie begreifen sicher, wie groß die Wahrscheinlichkeit für ein Patt ist.«

»Der frühere Kanzler könnte auf die Wahl des Nachfolgers unter Umständen großen Einfluß ausüben«, vermutete Aboulein.

»Am Ende einer Dienstzeit, wenn die gleiche Vorgehensweise befolgt wird, ist das auch oft der Fall«, stimmte Berberon zu.

Zum erstenmal griff Wolfe in die Diskussion ein. »Angenommen, Erickson verliert die Abstimmung, wie würde es dann Ihrer Meinung nach weitergehen?«

In der Frage schwang etwas Unausgesprochenes mit, das Berberon unruhig machte; deshalb antwortete er deutlicher, als er es sonst vielleicht getan hätte. »Im den Fall müssen Sie mit mindestens sechs Wochen Posieren und Aufeinander-Einhacken rechnen, bevor ein Nachfolger gewählt ist«, warnte er. »So lange dauert es bestimmt, bis die einzelnen nicht mehr nur den eigenen Vorteil suchen und sich im Interesse des Ganzen einigen.«

»Ähnlich wie im Kardinalskollegium«, meinte Tanvier.

»Nur daß da der Geist des letzten Papstes mit abstimmt – und sogar sein eigener Nachfolger werden darf.«

»Würden Sie das auch für diesen Fall voraussagen?« fragte Tanvier.

Berberon schüttelte den Kopf. »Wer der nächste Kanzler wird, läßt sich zu diesem Zeitpunkt unmöglich vorhersagen.«

»Könnte es auch Wells selbst sein?« fragte Wolfe ein wenig besorgt.

»Ich bin ziemlich sicher, daß Kanzlerin Erickson das verhindern könnte.« Bei den nächsten Worten blickte Berberon Tanvier an. »Mir wäre es jedoch lieber, wenn es gar nicht so weit käme. Gleichgültig wer letztlich gewählt wird, Wells wird danach mit Sicherheit einflußreicher sein als jetzt unter Erickson. Er wird erfolgreich eine Kanzlerin abgewählt haben, die sich gegen ihn gestellt hatte, und das wird alle anderen davon abschrecken, das gleiche zu tun.«

Er wandte sich wieder an die Gruppe als Ganzes. »Das ist einer von mehreren Gründen, weshalb Erickson diese Abstimmung unbedingt gewinnen muß. Ich habe schon mit Botschafter Ka'in darüber gesprochen, und nach meiner Rückkehr werde ich mit Botschafter Bree reden. Wells wird sie natürlich auch zu beeinflussen versuchen, aber ich bin trotzdem verhältnismäßig sicher, daß mich mindestens zwei weitere Beobachter unterstützen werden.«

Tanvier betrachtete seine Hände, die gefaltet in seinem Schoß ruhten. »Ich fürchte, wir sind mit Ihrer Einschätzung der Lage nicht ganz einverstanden, Felithe.«

»In welcher Hinsicht?« wollte Berberon wissen.

Die Antwort kam von Breswaithe, und die Art, wie er eingriff, verriet Berberon, daß das Ganze abgesprochen war. »Diese Sache hat Konsequenzen, die Sie entweder übersehen oder zu gering einschätzen. Effizienz und Effektivität des USS werden leiden, und zwar sowohl durch den langwierigen Streit um die Neuwahl als auch durch die mit Sicherheit folgende lange Periode der Eingewöhnung.«

Berberon starrte Breswaithe ungläubig an. »Ich begreife nicht, wieso es für Ericksons Absetzung sprechen soll, daß der USS dadurch geschwächt wird. Meiner Ansicht nach ist das Gegenteil der Fall.«

»Wir sind der Meinung, daß es sich zu unserem Vorteil auswirken wird, wenn im USS innere Unordnung herrscht, und sei es auch nur für kurze Zeit«, erklärte Breswaithe ruhig.

»*Wer* ist dieser Meinung?« Berberon schenkte Breswaithe einen vernichtenden Blick. »Oh, ich weiß, daß die Neuner so denken, wegen ihrer paranoiden Furcht vor einer interplanetaren Regierung. Sie würden es nur zu gern sehen, wenn wir den USS unter unsere Kontrolle bringen und damit allen föderalistischen Tendenzen ein Ende setzen. Aber welcher vernünftige Mensch denn sonst? Der USS ist der Leim, der die Vereinten Welten zusammenhält.«

Niemand sagte etwas, deshalb suchte Berberon auf ihren Gesichtern nach einer Antwort. »Ist es das? Steht Annexion bei uns jetzt offiziell auf der Tagesordnung?«

»Von so extremen Maßnahmen kann keine Rede sein.« Tanvier hob die Hand. »Mich beunruhigt jedoch zunehmend, wie abhängig wir von einer potentiell so … äh … unberechenbaren Organisation wie dem Vereinigten Raumflugdienst sind. Jetzt bietet sich eine Gelegenheit, größeren Einfluß zu gewinnen und so die Abhängigkeit zu verringern.«

»Es gibt hier offenbar Schwierigkeiten mit der richtigen Wortwahl.« Berberons Kehle fühlte sich wie zugeschnürt an. »Sie sagen, der USS sei unberechenbar, aber was Sie wirklich meinen, ist, daß Sie ihn nicht kontrollieren. Und was Sie als unerwünschte Abhängigkeit betrachten, erscheint mir als vollkommen ungefährliches gegenseitiges Zusammenarbeiten.«

»In dem letzten Punkt können auch ehrenvolle Geister verschiedener Meinung sein«, meinte Hu.

Berberon starrte sie an. »Seit wann vertritt der Rat einen isolationistischen Standpunkt?« fragte er herausfordernd. »Wie sollen uns die Verbindungen mit dem USS oder den anderen Welten denn schaden? Erklären Sie mir, was außer den Machtgelüsten der Neuner noch darunter zu leiden hat.«

Wolfe machte einen halbherzigen Versuch, die Angelegenheit in besserem Licht erscheinen zu lassen. »Wenn Wells wirklich der potentielle Störfaktor ist, als den Sie ihn in letzter Zeit hingestellt haben, dann sollten Sie hierin eine Gelegenheit sehen, ihm Hindernisse in den Weg zu legen.«

Es war nur allzu deutlich, daß sie das alles längst ausführlich diskutiert und beschlossen hatten, noch bevor sie ihn nach Capital zurückbeordert hatten. »Das ist kein Hindernis«, widersprach Berberon ärgerlich. »Sie tun ihm damit einen Gefallen. Vielleicht habe ich es ja von Anfang an falsch verstanden. Soll diese Flotte, die er baut, gar nicht dem USS gehören, sondern der Erde? Haben wir ein Abkommen mit ihm geschlossen – er wird Kanzler, und dafür gibt er uns, was wir uns sonst nur mit größter Mühe selbst beschaffen könnten? Wenn das so ist, dann sagen Sie es mir, um des Lebens willen. Ich kann nur dann wirklich gut arbeiten, wenn ich alle verfügbaren Informationen besitze.«

»Ein solches Abkommen existiert nicht«, erwiderte Tanvier nicht ganz so überzeugend, wie Berberon es sich gewünscht hätte. »Selbstverständlich hat der Hohe Rat auch über eine Annexion diskutiert. Und ich will nicht behaupten, daß man die Möglichkeit völlig ausgeschlossen hätte. Im Augenblick wollen wir uns jedoch mit bescheideneren Zielen begnügen – zum Beispiel Kontrolle über unsere eigenen Raumhäfen und über den Flugverkehr zwischen Boden und Orbit. Erickson hat sich stets unmißverständlich geweigert, über einen solchen Transfer auch nur zu verhandeln. Mit etwas Glück ist ihr Nachfolger vernünftiger.«

Berberon ließ sich im Sessel zurücksinken. »Dann sagen Sie mir besser klar und deutlich, was Sie von mir erwarten. Auf diese Art Spiel war ich nicht gefaßt.«

»Genau das habe ich vor«, antwortete Tanvier liebenswürdig. »Sie sind hiermit angewiesen, sich zur Frage einer Absetzung von Kanzlerin Erickson nicht zu äußern.«

Angewidert schüttelte Berberon den Kopf. »Ich sage es noch einmal, den USS bewußt zu schwächen, ist ein Fehler erster Ordnung.«

Tanvier verschränkte erneut die Hände im Schoß. »Das mag stimmen – vom Standpunkt des USS aus. Sie sind jedoch vor allem uns verpflichtet, Felithe. Bitte bringen Sie uns nicht auf den Gedanken, daß Sie zu lange weg waren und es vergessen haben könnten.«

Als Janell Sujata zum ersten Mal nach Unity kam, mit einer der ersten Vormundschaftsklassen von ihrer Welt, hatte sie viel von Maranit zurücklassen müssen. Sie hatte die vertrauten Pastellfarben der Heide zurückgelassen, den leicht ingwerähnlichen Duft von Maranax im Sommerwind, die lärmende Kameradschaft im Kinderhaus. Doch sie hatte ihr Lebensband mitgenommen, und das hatte ihr das Gefühl gegeben, daß sie irgendwie auch alles andere bei sich hatte.

Als sie fünf Jahre später zusammen mit zwei anderen aus ihrer Klasse beschloß, an dem Ort zu bleiben, der in der Sprache ihrer Heimat die Welt der Außenseiter genannt wurde, hatte sie noch mehr aufgegeben. Da Maranit erst seit relativ kurzer Zeit Kontakt mit der Außenwelt hatte, gab es im juristischen Sinn noch kein Konzept von planetarem Bürgerrecht, aber das hieß nicht, daß es kein Gemeinschaftsgefühl gab. Indem die drei auf Unity blieben, gaben sie einen Anspruch auf Zugehörigkeit auf, der ebenso greifbar war wie ein Gesetz. Sujata von Murlith unterschrieb ihren ersten Vertrag mit dem USS als Janell Sujata, packte ihre Hüfttücher aus *Feya*-Stoff weg und fand sich damit ab, daß sie nur noch selten und über weite Zeiträume verteilt Gelegenheit zum *xochaya* haben würde.

Für sie war das nicht nur ein Opfer – weit entfernt. Zu dem Zeitpunkt wußte sie bereits, daß der USS unbedingt die Vorherrschaft von Journa und der Erde schmälern wollte und darum sehr gern Vertreter anderer Welten in sich aufnahm. Das war der Hauptgrund, weshalb er so bereitwillig Hunderte von jungen Koloniebewohnern zu sich holte und sie auf eigene Kosten kleidete, unterbrachte, ernährte und ausbildete. Während der Ausbildung konnte man sich ausführlich und bis ins Detail eine Meinung über sie bilden, und wenn die Vormundschaftsphase dann abgeschlossen war, wurden die Besten vom USS überredet und umworben und schließlich angestellt.

Und noch etwas hatte Sujata herausgefunden: daß sie Dinge konnte, die der USS brauchte. Sie wußte, wie man Gruppen dazu bringt, gut zusammenzuarbeiten, eine Begabung, die sie sich eher erworben als ererbt hatte. Sie erreichte es nicht, indem sie die Menschen inspirierte oder sich jedes Detail ihrer Aufgaben selbst zu eigen machte, sondern indem sie die Stärken aller Individuen ergründete und sie dann dort einsetzte, wo sie am meisten leisten konnten.

Für jemand mit dieser Fähigkeit gab es in der Welt der Außenseiter gute Gelegenheiten. Auf Maranit war die Straße nach oben von anderen Anwärtern verstopft. Verwandtschaft und Freundschaft und Persönlichkeit zählten oft mehr als Können, und in diesen Kategorien hatte Sujata keine besonderen Vorteile. Also blieb sie, verlockt durch das Lob, das sie verdiente und nur selten zu hören bekam.

Für diesen Entschluß war sie reich belohnt worden, vielleicht weniger trotz ihrer Herkunft als wegen ihr. Ihre erste Stelle war die einer untergeordneten Projektleiterin beim Bau von USS-Central gewesen; ihr Abschnitt war früher als geplant fertig geworden, und die Ausgaben waren innerhalb des knapp bemessenen Etats geblieben. Von dort war sie als außerordentliche Stellvertreterin des Leiters für Basiseinsätze nach Microscopium Center gegangen. Zwei Beförderungen später war sie nach Ba'ar Tell weitergezogen, als Direktorin des dortigen USS-Büros. Mit jeder Station war sie noch mehr ein Teil des USS und weniger ein Teil von Maranit geworden.

Doch das Lebensband hatte sie immer behalten, und wenn sie in diesen Jahren auch seltener Gelegenheit gehabt hatte, es zu tragen, so war es ihr darum doch nicht weniger wichtig gewesen. Sie pflegte es noch immer sorgsam: Das Innere des zuckerbraunen Halsbandes aus kompliziert verwobenem und verknotetem Haar war jetzt fast zwanzig Jahre alt und trotzdem so seidig und biegsam wie damals mit zwölf, als es noch eine ihrer ungeschnittenen Locken gewesen war. Ihre Menarche war spät gekommen, und Sujata war froh gewesen, als es endlich so weit war und sie mit der Arbeit an ihrem Lebensband beginnen konnte.

Und noch immer fügte sie gewissenhaft jedes Jahr etwas zum Lebensband hinzu, damit die Aufzeichnungen darin vollständig blieben. Der Überlieferung nach enthielten die zarten Fasern die Erinnerung an jede Stunde und jede Minute aus dem Leben eines Menschen. Wenn die Person starb, wurde das Lebensband mit noch größerer Ehrfurcht behandelt als der Körper und gewöhnlich von der Familie zum Andenken aufbewahrt.

Irgendwann hatten die unvermeidlichen Anthropologen auch die maranitischen Bräuche seziert. Im anmaßenden Tonfall der besser Informierten hatten sie verkündet, daß sich im Haar zwar tatsächlich fortlaufende Spuren von Gesundheitszustand und Ernährungsweise fanden, daß tote Proteine aber weder Struktur noch Mechanismus besaßen, um Emotionen und Erfahrungen zu speichern. Wie den meisten Maranitern war das auch Janell Sujata ziemlich gleichgültig. Was machte es schon, wenn das Lebensband nicht wirklich ein Schrein der Erinnerungen war, solange sie sich erinnerte, wann immer sie es betrachtete und berührte?

Als Sujata jetzt durch die Korridore im Diplomatenbereich von Unity wanderte, trug sie ihr Lebensband unter der weiten Bluse im shinnischen Stil verborgen. An dem Band war ein Anhänger mit glatter Oberfläche befestigt; er sah aus wie fein gemasertes Holz, war in Wirklichkeit aber ein winziges Stück von Maranit selbst. An dem gleichen Tag, als Sujatas Haar für das

Lebensband abgeschnitten worden war, hatte sie auch ihren Herzstein aus dem Muttergestein in Murlith geschlagen. Wie alle neuen Herzsteine war er scharfkantig abgesprungen, häßlich und ohne jeden Charakter. Alle Schönheit, die er seitdem erworben hatte, verdankte er ihr.

Während das Lebensband ein Zeugnis der gesammelten Erfahrungen darstellte, war der Herzstein eine Prüfung für den Charakter. Schon so manches junge Mädchen hatte sich die Finger blutig gestoßen, weil sie zu viel zu schnell erreichen wollte. Sujata hatte ihren Stein acht Jahre lang bearbeiten müssen, hatte mit den Händen die rauhe Oberfläche glatt gerieben und seinem formbaren Herzen ihre Seele aufgeprägt. Erst dann war sie stolz genug auf ihren Stein gewesen, um ihn an ihr Lebensband zu hängen und sich so zur Erwachsenen zu erklären.

Lebensband und Herzstein zusammen – Erlerntes und Erfahrenes verbunden mit Hingabe und innerer Kraft – bildeten den kostbarsten und persönlichsten Besitz einer maranitischen Frau. Vor Wyrena hatte Sujata ihn noch nie getragen oder auch nur erwähnt. Er war durch maranitisches Empfindungsvermögen geschaffen worden und nur für maranitische Augen bestimmt.

Sie betrat einen breiten Boulevard, der von Gartenwohnungen flankiert war. Ihre Vordertüren gingen nicht auf einen sterilen Korridor hinaus, sondern auf ein privates Stück gepflanztes Leben, das durch ein hohes gewölbtes Glassitdach erhellt wurde. Die Umweltwartung hatte sich beim Pflanzen von Bodenbewuchs und Blumen zwar ganz egoistisch für terranische Gewächse entschieden, aber das Ergebnis war trotzdem erfreulich. Wenn der ganze Häuserblock nicht besonders gesichert gewesen wäre, hätte man den Gegenscheinweg sicher längst ins Standardprogramm für Führungen aufgenommen.

Als Sujata sich dem Eingang zu einer der Wohnungen näherte, glitt die Tür auf, und eine Frau erschien in der Öffnung.

»Komm herein, Sujata«, sagte Allianora und trat beiseite.

Wortlos bereiteten sie sich vor, legten Schmuck und Blusen ab und wuschen sich das Make-up vom Gesicht. Sie waren beide gut mit dem Ritual des *xochaya* vertraut, auch wenn sie einander noch recht fremd waren. Schwestern und enge Freundinnen setzten sich oft wöchentlich zusammen, Liebende manchmal täglich. Sujatas Beziehung zu Allianora ließ sich jedoch in keine dieser Kategorien einordnen, und in den drei Monaten seit ihrer Ankunft hatten sie erst dreimal *xochaya* praktiziert.

Das lag zugegebenermaßen eher an Sujata als an Allianora. Bei der ersten Begegnung hatte Allianora als die ältere Herrscherin es ihr gemäß dem Brauch angeboten, und Sujata hatte angenommen, wie es die Höflichkeit verlangte. Bei diesem ersten Mal stellten sie jedoch fest, daß Sujata Allianora nicht gut las, ob das nun an dem Altersunterschied lag, an Sujatas Distanz zu den eigenen Traditionen oder einfach an einer zufälligen Unverträglichkeit. Für *xochaya* war gegenseitiges Vertrauen notwendig, und auch das Risiko war für beide gleich, doch daß beide gleich viel Vorteil daraus zogen, war nicht immer gewährleistet.

Da Allianora eine langjährige Gefährtin in ihrem diplomatischen Stab besaß, konnte sie ein gelegentliches unausgewogenes Treffen leicht hinnehmen. Trotzdem mochte Sujata ihre Großzügigkeit nicht zu oft in Anspruch nehmen, denn ihr war deutlich bewußt, wie einseitig das war. Manchmal, in Augenblicken wie diesem, war das Bedürfnis jedoch einfach zu stark.

Nackt bis zur Taille, das Hüfttuch auf der privaten rechten Seite verknotet statt auf der öffentlichen linken, setzten sie sich einander gegenüber an einen flachen Tisch, der reich mit abstrakten Schnitzereien verziert war. Sujata legte die Hände nebeneinander auf den Tisch, die Handflächen nach unten, die Finger parallel, die Daumen so, daß sie sich an den Spitzen berührten. Allianora tat das gleiche und vervollständigte so die Klammer. Ihre Hände erinnerten Sujata an die ihrer Mutter: Die Haut war vom Leben zäh geworden, und der Ringfinger war fast so lang wie der Mittelfinger. Sujata schloß die Augen und richtete die Aufmerksamkeit auf ihren Atem, bis er tief, ruhig und regelmäßig wurde. Der Herzstein schwang wie ein Metronom zwischen ihren Brüsten, im Takt mit dem Grundrhythmus ihres Körpers.

Als sie die Augen öffnete, sah sie, daß Allianora sie aufmerksam anschaute. Ihr Blick war nicht auf Sujatas Gesicht gerichtet, sondern auf den Bereich darunter. Sujata zeigte, daß sie mit der Prüfung einverstanden war, indem sie sie erwiderte. Sie öffnete sich Allianoras Lesen und richtete die Augen zugleich auf das, was maranitische Künstler das ›zweite Gesicht‹ nannten – Brüste, Lebensband und Herzstein einer anderen Frau. Zusammen sprachen sie das Gelübde:

Selir bi'chentya
Darnatir bi'maranya en bis losya
Ti bir naskya en bis pentaya
Loris bir rownya
Qoris nonitya

Ich senke die Maske
Öffne deinen Augen mein Herz
Deinen Worten des Ratschlags mein Ohr
Zeig mir die Schwächen in meiner Essenz
Laß mich heil werden

Allianora durchbrach die Klammer, streckte die rechte Hand aus und legte die Finger um Sujatas Herzstein. Sie schloß die Augen und erforschte mit den Fingerspitzen die gewölbte Oberfläche, als könnte sie so die Überreste von Sujatas ungeklärten Gefühlen herausziehen. Nach einigen Minuten ließ sie den Stein los und setzte sich wieder auf die Fersen.

»Du bist unglücklich«, sagte sie und öffnete die Augen. »Die Kleine kompliziert dein Leben.«

Sujata seufzte tief. »Sie bemüht sich so sehr, mir näherzukommen, daß sie mich von sich fort treibt. Sie ist ohne Ende besorgt. Sie entschuldigt sich, wann immer sie meint, mich verärgert zu haben – und sie meint es oft.«

»Ihre Bedürfnisse folgen dem Pfad der Abhängigkeit.«

»Aber früher war sie nicht so.« Sujata nahm den eigenen Herzstein in die Hand. »Auf Ba'ar Tell war sie verspielt und voll Zuversicht. Sie kam zu mir, nicht ich zu ihr. Sonst wäre zwischen uns nie etwas geschehen.«

»Dies ist deine Welt, Sujata. Ihr macht sie angst.«

»Was gibt es hier zu fürchten? Für mich ist Unity so neu wie für sie. Aber ich finde hier nichts Furchterregend.«

Allianora lächelte. »Weil du wichtige Dinge zu tun hast. Du hast lohnende Aufgaben, die dich ganz in Anspruch nehmen könnten – was sie vor ihrer Ankunft ja auch taten. Für sie bist jetzt du ihr ganzes Leben.«

»Ich weiß«, erwiderte Sujata resigniert. »Aber das will ich nicht sein.«

»Weil du dich für sie verantwortlich fühlst?«

»Es ist eine ungesunde Art zu leben, für beide Seiten.«

»Sei nicht so hart in deinem Urteil. Was wir als unkritische Wesen lernen, kann keine von uns je völlig abschütteln. Sie ließ sich von dir in ein neues Muster einführen, weil sie sich sicher fühlte, weil das alte jederzeit für sie erreichbar war. Es war ein Spiel, ein Abenteuer. Sie versuchte sich am Verbotenen, und es nahm sie gefangen. Jetzt ist sie hier und hat diese Sicherheit nicht mehr. Alles, was sie noch hat, ist das Muster, das man ihr als Kind eingetrieben hat.«

»Dieses Gesicht hat sie mir vorher nie gezeigt.«

»Weil das nicht nötig war. Was du beschreibst, entspricht der Art, wie Frauen auf Ba'ar Tell ihre Gefährten halten. Was du verabscheust, gefällt den Männern, weil es ihnen Befriedigung und dem Haushalt Frieden bringt. Solange sie diesem Muster folgt, wirst du sie nie klagen hören, und wenn sie noch so unglücklich wird. Eine der Regeln für Kompromisse besagt, daß sie das eigene Unglück hinunterschlucken muß.«

»Das tut sie jetzt schon«, antwortete Sujata bedrückt. »Allianora, mit einer solchen Frau kann ich mein Zuhause nicht teilen.«

»Dann tu es nicht.«

Sujata schwieg, und Allianora nickte. »Ich weiß. Wenn du ein Gewissen hast, bist du ebenso eine Gefangene ihrer Abhängigkeit wie sie. Wie tief sind deine Gefühle für sie?«

»Für die Wyrena, die ich vor sechs Monaten kannte, sehr tief. Für diese Fremde, die ihren Namen und ihr Gesicht trägt ...«

»Dann weißt du, vor welcher Wahl du stehst. Du kannst sie hinauswerfen und dein Problem lösen, indem du ihres vergrößerst. Oder du kannst dein Unglück eine Weile hinunterschlucken und sie gegen ihren Willen zum Wachsen anregen. Auf diese Art findest du vielleicht die Wyrena wieder, die du einmal in ihr gesehen hast ...«

In diesem Augenblick wurden sie unterbrochen: durch ein schrilles Summen in Sujatas rechtem Ohr und ein lauteres, melodischeres Klingeln, mit dem Allianoras Terminal in einer entfernten Zimmerecke eine Nachricht ankündigte. Während Allianora aufstand, legte Sujata die rechte Hand in die kleine Mulde hinter dem Ohr. Mit einer geübten Bewegung drückte sie zweimal auf den Stift unter der Haut: einmal, um das Summen abzustellen, und einmal, um die Nachricht abzuspielen.

»Comitè Janell Sujata: Kanzlerin Blythe Erickson läßt Ihnen mitteilen, daß für 20:00 Uhr, Tag 134, 654 n. W. am üblichen Ort eine Sondersitzung des Leitungskomitees einberufen wurde. Comitè Janell Sujata ...«

Als die Nachricht sich wiederholte, drückte Sujata erneut auf den Stift und brachte den Sender so zum Verstummen. Dann sah sie Allianora an, die inzwischen an ihrem Netztor stand. »Ich nehme an, in deiner geht es auch um die Komiteesitzung?«

»Ja.« Allianora schaute auf den Bildschirm. »Wie merkwürdig – abends und mit nur einer Stunde Vorwarnung.«

»Das ist also nicht üblich? Ich habe mich schon gewundert.« Sujata stand auf und griff nach der Bluse. »Gehst du hin?«

»Und du?«

»Ich muß«, erklärte Sujata nüchtern. »Und es wird besser sein, wenn ich nicht zu spät komme. Könntest du beim Terminal anrufen und mir einen Platz reservieren lassen? Oder zwei, falls du mitkommst.«

»Aber wir waren noch gar nicht fertig. Ich hasse es, wenn ich dabei gestört werde. Ich mag *xochaya* nicht verlassen, solange es noch so viel zu bereden gibt und so wenig geklärt ist ...«

Sujata lächelte hilflos und resigniert. »Was sollen wir machen? Die Kanzlerin ruft uns, aus welchem Grund auch immer.«

Erickson hatte nie vorgehabt, zwischen Beschluß und Umsetzung vier Tage verstreichen zu lassen. Nachdem sie über das Treffen mit Wells und Berberon noch einmal nachgedacht hatte, war ihr nur eine Vorgehensweise sinnvoll erschienen, und die ließ sich am besten sofort umsetzen. Das Problem war, daß das Komitee nicht einfach stillhielt.

Wenn Erickson eine Sitzung einberufen wollte, mußte sie nur eine Frist von einer Stunde einhalten, nicht eine von drei Tagen, wie sie es gewöhnlich tat. Bei dieser besonderen Sitzung war sie von Anfang an fest entschlossen gewesen, Wells möglichst wenig Gelegenheit zu geben, die übrigen Komiteemitglieder vorher zu beeinflussen. Aber die Schlüsselpersonen hatten sich immer wieder um mehr als eine Reisestunde entfernt – allen voran Wells selbst. Er war fort gewesen, bevor Erickson zum Handeln bereit war; mitten in der Nacht war er zur Erde hinuntergeflogen.

Bis er am nächsten Tag zurückkam, war Sujata bereits zu einem langen Tagesausflug aufgebrochen, um mit dem Personal der Fabrikstation Gruppe B Produktivitäts- und Sicherheitsfragen durchzusprechen. Die Station war eine halbe Million Kilometer entfernt, eine Strecke, für die man selbst bei hohem G in einem Sprinter gut drei Stunden brauchte. Danach war wieder Wells an der Reihe gewesen, er war zu einer Inspektion des Wächters *Guardian* geflogen, der in Werft 104 gebaut wurde. In gut zwanzig Minuten sollte sein Shuttle wieder in Central ankommen; wenn es andockte, würden zum erstenmal seit vier Tagen alle fünf Mitglieder des Komitees wieder auf ihren Posten sein.

Wells' Ausflug zur Erde beunruhigte Erickson sehr. Im Orbit konnte sie jeden, der einen Sender trug, genau überwachen lassen. Auf der Erde war sie dazu nicht berechtigt, und ihre inoffiziellen Quellen hatten ihr zu Wells' Kurzbesuch wenig Einzelheiten liefern können. Abgesehen von der allgemeinen Reiserichtung und dem Zeitabstand zwischen Landung und Rückkehr wußte sie nichts, hatte nicht die geringste Ahnung, mit wem er gesprochen hatte und weswegen. Man brauchte nicht viel Phantasie, um sich bedrohliche Erklärungen auszudenken. Erickson konnte nur hoffen, daß Wells sich darauf verließ, als nächster am Zug zu sein, und deswegen langsam genug vorging und ihr eine Chance zum Eingreifen ließ.

Ka'in betrat den Sitzungsraum als erster, bald gefolgt von Rieke und Loughridge. Erickson saß in ihrem Alkoven und unterhielt sich mit Rieke über Belanglosigkeiten, weil sie sich dadurch vor neugierigen Fragen abschirmte. Die anderen, die jetzt einzeln und zu zweit hereinkamen, wurden durch Ericksons Anwesenheit am Klagen und Spekulieren gehindert; nur aus dem Korridor drang manchmal eine Bemerkung an ihr Ohr.

Wells kam fünf Minuten vor Beginn. Er wirkte etwas erschöpft, und am rechten Unterarm hatte er einen langen Fleck Schmiermittel auf dem Diensthemd. Beim Hinsetzen nickte er Erickson höflich zu, dann richtete er seine Aufmerksamkeit auf die Tafel in seiner Hand.

Diejenigen, die draußen auf dem Gang gewartet hatten, faßten Wells' Ankunft offenbar als ein Zeichen auf, daß die Sitzung gleich anfangen würde. Sie folgten ihm geschlossen in den Raum und gingen unter merkwürdigem Schweigen zu ihren Plätzen.

Sujata war am weitesten fort gewesen, daher war es nicht verwunderlich, daß sie als letzte hereineilte, atemlos, als wäre sie den ganzen Weg vom Terminal hierher gerannt. Um 20:00 Uhr waren Prinz Denzell und Ältester Hollis noch nirgendwo in Sicht, aber das spielte keine Rolle: Bei dem, was jetzt kommen sollte, hatten nur die fünf etwas zu sagen, die mit Erickson im Zentrum saßen.

»Zuerst möchte ich mich dafür entschuldigen, daß ich Sie alle bei Ihren Abendbeschäftigungen stören mußte«, begann Erickson und betrachtete dabei aufmerksam jedes Gesicht. »Was wir hier zu beraten haben, ist wichtig, aber ich verspreche Ihnen, daß es nicht lange dauern wird. Diese Sitzung dient allein dem Zweck, über einen Kanzlerantrag auf Rücktritt eines amtierenden Komiteemitglieds zu beraten. Andere Angelegenheiten werden nicht diskutiert werden.«

Es entstand Unruhe, doch Erickson wartete nicht, bis daraus eine Unterbrechung wurde. »Der Antrag wird mit der Kanzlerhoheit begründet. Obwohl alle Machtbefugnisse beim Kanzleramt liegen, hat der Direktor jeder Abteilung in der Praxis beträchtlichen Entscheidungsspielraum. Eine gründliche und kontinuierliche Beaufsichtigung durch die Kanzlerin ist unmöglich.

Sie sollte allerdings auch nicht notwendig sein. Die Kanzlerin muß davon ausgehen dürfen, daß die leitenden Mitarbeiter, die in ihrem Namen handeln, dabei in Übereinstimmung mit ihren ausdrücklichen Zielen und Prinzipien vorgehen, selbst wenn sie persönlich anderer Ansicht sind. Bei unserem letzten Treffen in diesem Raum wurde deutlich, daß zwischen Comitè Wells und mir grundlegende Meinungsverschiedenheiten bestehen. Leider habe ich nicht länger volles Vertrauen dazu, daß Comitè Wells die eben beschriebenen Bedingungen und Prinzipien akzeptiert.

Ich möchte völlig klarstellen, daß ich den Rücktritt von Comitè Wells allein auf der Grundlage der Kanzlerhoheit beantrage. Ich möchte dadurch in keiner Hinsicht auch im geringsten andeuten, daß Comitè Wells für seinen Posten ungeeignet ist, oder ihm unterstellen, daß er seine Machtbefugnisse bewußt mißbraucht hat – denn ich glaube nicht, daß es so ist. Comitè Wells ist immer ein engagiertes Mitglied des USS gewesen, und ich würde es gern sehen, wenn er in anderer Funktion weiter für den USS arbeiten würde.«

Erickson berührte ihre Konsole, und der Sekretär übernahm die Leitung. »Comitè Wells, die Kanzlerin hat den Antrag gestellt, daß Sie freiwillig von Ihrem Amt als Direktor für Verteidigung und Mitglied dieses Komitees zurücktreten. Geben Sie diesem Antrag statt?«

»Das tue ich nicht«, erklärte Wells fest.

»Comitè Wells verweigert den Rücktritt«, bestätigte der Sekretär. »Es ist eine Abstimmung über seine Absetzung notwendig. Comitè Wells, möchten Sie eine Erklärung abgeben?«

»Ja.«

»Sie haben eine Minute und zwanzig Sekunden.«

Einige von diesen Sekunden verwandte Wells darauf, seine Gedanken zu sammeln, wobei er die Lippen schürzte und auf den Aufnahmestab in der Arenamitte schaute. Dann richtete er sich auf seinem Platz auf, verschränkte die Hände im Schoß, hob den Kopf und sah Erickson direkt an. Anfangs sprach er ganz sanft, doch sein Blick war hart und unnachgiebig.

»Ich weiß es zu schätzen, daß die Kanzlerin mir eine öffentliche Demütigung zu ersparen versucht, indem sie ihre Forderung so unaggressiv wie möglich formuliert und sie im Gewand bewundernswerter Prinzipien vorbringt. Es tut mir nur leid, daß mein Gewissen es mir nicht gestattet, das gleiche zu tun.«

Er rutschte auf dem Sitz nach vorn, und als er weitersprach, nahm seine Stimme plötzlich einen stählernen und befehlenden Tonfall an. »Tatsache ist, daß diese Abstimmung nicht das geringste mit der Kanzlerhoheit zu tun hat. Bei dieser Abstimmung geht es ums Überleben. Wenn Sie so stimmen, wie Kanzlerin Erickson es verlangt, dann stimmen Sie für Furchtsamkeit, für Schwäche, für Verwundbarkeit. Sie stimmen dafür, die schreckliche Angst weiterbestehen zu lassen, mit der wir nun schon seit über hundert Jahren leben. Im schlimmsten Fall stimmen Sie dafür, daß unser Traum zu einem Alptraum wird, daß unser Volk noch einmal durch die Waffen einer Alien-Rasse vernichtet wird.«

Er lehnte sich zurück und packte die Armstützen fest mit den Händen. »Wenn Sie nicht glauben, daß das geschehen kann, wenn Sie überzeugt sind, daß die Mizari nichts weiter sind als die Buhmänner aus einer sechzigtausend Jahre alten Gespenstergeschichte, dann sollten Sie so stimmen, wie Kanzlerin Erickson es sich wünscht. Aber wenn auch nur ein Teil von Ihnen so wie ich weiß oder befürchtet, daß die Mizari noch immer eine Bedrohung für uns sind, dann gibt es für Sie bei dieser Abstimmung nur eine Wahl, und für den USS gibt es nur einen Weg …«

»Comitè Wells' Zeit ist abgelaufen«, verkündete der Sekretär. »Es steht eine Abstimmung über eine Absetzung an …«

»… nämlich sich ihrer Herausforderung zu stellen und die menschliche Gemeinschaft mit allen verfügbaren Mitteln zu verteidigen«, schloß Wells nachdrücklich. »*Darum* geht es bei dieser Abstimmung.«

Als Erickson ihn reden hörte und dabei die Gesichter der übrigen Komiteemitglieder beobachtete, spürte sie ein Frösteln böser Vorahnung. Sie hatte ihren Antrag vernünftig, leidenschaftslos und mit Anstand vorgebracht – und damit nur ihre Zeit verschwendet. Den Kern ihrer Bitte hatte Wells gleich mit den ersten Worten beseite gefegt. Mit den übrigen Worten fachte er ihre Ängste an und beutete sie dann aus.

Ich dachte, es genügt, wenn ich recht habe, und das war falsch, sagte sie sich bedauernd. *Er hat mit Symbolen geantwortet, mit Emotionen, die die Vernunft unterhöhlen. Es war kein fairer Kampf – wie könnte ich da gewinnen?*

Während Erickson und Wells sich fest in die Augen sahen, erschien die Frage gleichzeitig auf allen vier Konsolen der übrigen Mitglieder. Sie mußten nur zwei kleine Bewegungen ausführen: eine Berührung, um ihre Stimme abzugeben, eine zweite, um es zu bestätigen. Es ging ganz schnell.

»Mit einem Stimmergebnis von eins zu drei«, verkündete der Sekretär unbewegt, »ist die Absetzung von Comitè Wells abgelehnt worden.«

Obwohl Erickson mit diesem Ergebnis gerechnet hatte, versetzte es ihr doch einen Schlag. Während

Rieke durch ein entsetztes Aufstöhnen verriet, wie sie gestimmt hatte, senkte Erickson den Kopf und schloß kurz die Augen. Als sie wieder aufschaute, grinste Loughridge offen vor Schadenfreude und Spott. Wells saß unbewegt in seinem Alkoven und blickte auf seine gefalteten Hände. Falls er Erleichterung oder Jubel über den Sieg empfand, so zeigte sich nichts davon auf seinem Gesicht. Erickson bezweifelte, daß sie selbst ihre Gefühle ebenso gut verbarg.

»Die Sitzung ist vertagt«, verkündete sie heiser.

Eine Zeitlang rührte sich niemand. Dann tappte Berberon kopfschüttelnd hinaus und leitete damit einen allgemeinen Aufbruch ein. Erickson und Wells blieben allein in der Kammer zurück.

»Ich glaube … ich glaube, wir sollten uns unterhalten«, sagte sie schließlich.

»Das glaube ich auch«, stimmte Wells ruhig zu.

»Nicht heute abend. Irgendwann morgen. Ich benachrichtige Ihr Büro.«

Wells stand auf und verbeugte sich höflich. »Ich stehe Ihnen zur Verfügung, Kanzlerin. Morgen also.«

Er stieg zur oberen Ebene hinauf und verließ die Kammer durch die Tür hinter ihr. Erickson sah ihm nicht nach, doch als er fort war, berührte sie die Konsole, und die Tür schloß sich, so daß sie ungestört war. Eine lange Minute saß sie wie erfroren da, atmete in flachen, lauten Zügen und kämpfte gegen die Verzweiflung an, die sie zu überwältigen drohte.

Aber schon bald kam der Moment, in dem Widerstand und Aufgeben ihr gleich sinnlos erschienen. In diesem Augenblick sank sie seitlich im Sessel zusammen, bedeckte die Augen mit einer Hand und fing an zu weinen – in einem heftigen, fast tränenlosen Anfall, der sie mit Wut erfüllte, weil sie ihn nicht verhindern konnte.

Erst nach zwanzig Minuten hatte Erickson sich wieder soweit gefangen, daß sie ans Heimgehen denken konnte. Auch dann stieg sie noch ohne Schwung aus ihrem Alkoven nach oben, und der Blick, mit dem sie sich den Weg zur Tür suchte, war gesenkt und ohne Leben. Die Tür glitt gehorsam vor ihr auf, doch als Erickson hinausgehen wollte, schrak sie zusammen, denn aus dem Schatten an der gegenüberliegenden Wand kam ein Mann und vertrat ihr den Weg.

»Was ist?« fragte sie heftig, hob ruckartig den Kopf und versuchte das Gesicht zu erkennen.

»Es tut mir leid, wenn ich Sie erschreckt habe, Blythe«, sagte Felithe Berberon sanft. »Aber bevor Sie morgen mit Wells reden, sollten Sie sich mit mir unterhalten.«

»Ich gehe nach Hause«, erklärte sie mit brüchiger Stimme. Sie senkte den Kopf und wollte an Berberon vorbeigehen.

»Nicht allein.« Er legte ihr eine Hand auf den nackten Arm.

Mit immer noch feuchten Augen starrte sie ihn verständnislos an.

»Ich kann Ihnen helfen, Blythe«, sagte er flehend. »Bitte lassen Sie es zu.«

In einem Anfall von asketischer Selbstgeißelung hätte sie ihn fast abgewiesen. Aber seine Hand auf dem Arm zu spüren, rief Erinnerungen an Nähe in ihr wach; an Nähe, die sie lange vermißt hatte und die ihr jetzt ganz besonders verlockend erschien. Sie wußte, daß Berberon ihr nicht das anbot, und auch, daß sie nicht ihn für diese Rolle ausgewählt hätte. Aber sie spürte eine Ernsthaftigkeit in ihm, die sie vorher selten erlebt hatte. Und wenn er sie umarmen würde, und wenn er zärtlich sein konnte, wenigstens heute nacht, wenigstens dieses eine Mal, dann würde ihr das zumindest beim Einschlafen helfen.

Zum Glück *konnte* er zärtlich sein. Und bevor sie sich am nächsten Morgen unterhielten, machte er ihnen beiden Frühstück.

8. KAPITEL

Die Kette der Macht

Brian Arlett saß auf dem Liftflansch seines gemieteten Schlittens und spähte über das menschenleere Vorfeld des Raumhafens zu der Fernyacht hinüber. Das Schiff stand in aufrechter Startposition auf dem Vorfeld vor seinem Liegebunker, dem größten der fünf Bunker am Westrand des Hafens. Um das Schiff herum waren mehrere Geräte zur Bodenversorgung aufgebaut, doch sie waren still und ruhig. Abgesehen vom gelegentlichen Schrei eines kreisenden Seevogels hörte Arlett im Augenblick gar kein Geräusch – nicht einmal das Meer, das nur dreihundert Meter entfernt sanft auf den Strand auflief.

»Etwas erreicht?« fragte er laut. Die Worte wurden vom implantierten Mikrophon eingefangen und über den offenen Kanals ins 9-Net geleitet.

»Tut mir leid, Brian«, lautete die Antwort. »Es meldet sich niemand. Ich versuche gerade, einen Höherrangigen dazu zu bewegen, einen direkten Ruf zu genehmigen. Da Sie mir nicht sagen wollen, worum es geht, ist das nicht gerade einfach. Wenn Wells so viel an Ihrer Nachricht liegt, hätte er eine Weiterschaltung einrichten sollen.«

»Versuchen Sie es weiter«, bat Arlett seufzend.

Er stand auf, hob den Scanner auf Augenhöhe und richtete ihn auf Liegeplatz 5. Eine Zeitlang waren ständig orangefarben gekleidete Techs zwischen Bunker und Schiff hin- und hergegangen, doch während der letzten Stunde war dieser Strom versiegt. Jetzt war nur noch der wichtigtuerische Zollbeauftragte am Fuß der

Zustiegsrampe zu sehen sowie eine Gruppe Techs, die untätig zwischen den weit offenen Torflügeln des leeren Bunkers herumstanden.

»Wells hier«, sagte eine Stimme in seinem Ohr.

Unwillkürlich richtete Arlett sich auf, bevor er antwortete. »Mr. Wells, hier ist Brian Arlett. Ich habe Neuigkeiten über Merritt Thackery. Es ist ziemlich dringend, sonst hätte ich mich nicht so hartnäckig gemeldet.«

»Ja, Brian. Reden Sie weiter.«

»Er hat uns ein bißchen überrumpelt – hat heute morgen noch vor sieben sein Haus verlassen und ist in einem Landkreuzer direkt zum Bezirksflughafen von Lancaster gefahren. Der Aufpasser hat mich benachrichtigt, und ich habe ihn in Florida eingeholt. Wir sind jetzt beide am Hafen Abaco auf den Bahamas.«

»Hafen Abaco – was will er denn da?«

»Anscheinend will er sich durch die Hintertür davonstehlen, Sir.«

»Ich dachte, die Startanlagen dort wären vor einigen Jahren geschlossen worden.«

»Das dachte ich auch«, erwiderte Arlett. »Aber wenn ich den Hafenleiter richtig verstanden habe – er hat einen verdammt starken Akzent und sagt nie etwas zweimal –, darf nach dem Weltraumgesetz des USS keinem Schiff der Start verweigert werden, wenn seine Landung ordnungsgemäß genehmigt war und Liegegebühren und Steuern bezahlt sind.«

Wells schnalzte mit der Zunge. »Das ist richtig. Diese Vorschrift wurde erlassen, nachdem es Ärger gegeben hatte, weil die Daehner sich ein archäologisches Schiff anzueignen versuchten. Und Sie wollen mir jetzt also sagen, daß es da immer noch Schiffe gibt, die seit der Hafenschließung nicht mehr bewegt wurden?«

»Ja, Mr. Wells – drei Stück. Zwei sind Antiquitäten. Ich glaube kaum, daß sie noch fliegen könnten, selbst wenn es im Hafen noch die notwendigen Versorgungsgeräte gäbe. Mit dem dritten sieht es anders aus. Es ist eine Freilande-Fernyacht namens *Fireside,* und es steht draußen auf einer Startrampe, als sollte es jeden Moment abheben.«

»Die *Fireside.* Also, da soll mich doch der Teufel holen. Das ist Thackerys Schiff. Wie nah sind Sie dran? Können Sie sehen, was passiert?«

»Ich sitze etwa einen halben Kilometer entfernt am Nordrand des Felds. Thackery war fünfundzwanzig Minuten lang an Bord seines Schiffs, dann kam er wieder heraus, redete mit ein paar von den Technikern und verschwand anschließend im Liegebunker. In der letzten Viertelstunde habe ich ihn nicht mehr gesehen.«

»Wo soll die *Fireside* hinfliegen? Was hat der Hafenleiter gesagt?«

»Ich glaube nicht, daß er es weiß, und ich habe es noch nicht geschafft, in das richtige System einzusteigen und es selbst herauszufinden.« Arlett ging neben seinem Fahrzeug auf und ab. »Aber entweder hat Thackery Schwierigkeiten mit dem Zoll, oder die Transportabteilung hat seinen Flugantrag abgewiesen. Laut Hafenleiter hätte die *Fireside* um zehn Uhr Ortszeit abheben sollen – das heißt zehn Minuten nach Thackerys Ankunft. Jetzt ist es nach elf.«

»Diese Systeme, in die Sie da einzusteigen versuchen, gehören *uns*«, erklärte Wells trocken. »Fluganträge werden bei USS-Transport eingereicht.« Er verstummte für einen Moment und fuhr dann fort: »Ich gehe kurz offline. Bleiben Sie, wo Sie sind, ich prüfe das nach.«

Es war zwar nicht der Anruf gewesen, auf den Wells an diesem Morgen wartete, aber er war trotzdem froh, daß er ihn live entgegengenommen hatte. Nachdenklich schürzte er die Lippen, stellte den Sender leise und wandte sich dem Terminal zu. »Schnellsuche. Ich brauche die VFGA-Zusammenfassung zur Fernyacht *Fireside.*« Er stützte das Kinn auf die gefalteten Hände.

Einen Augenblick später erschien die Zusammenfassung auf dem Schirm:

Schiffsname: FIRESIDE (Y-400317)	Typ: Fernyacht Klasse B
Registrierung: Erde	Hersteller: Adara (Journa)
Besitzer: Privat	Antrieb: AVLO Kompakt Serie III
Vorgeschlagener Flugplan:	
Ausgangsort:	Hafen Abaco, Erde
Gewünschte Startzeit:	ISZ 654.118.21:00 n. W.
Zielort:	Hafen Helixis, Neue Kolonie Arctur
Geschätzte Ankunftszeit:	ISZ 676.311 n. W.
Passagierliste:	Merritt T. Langston
Ladung:	persönlicher Besitz (Klassen A1, C, D3)

Transport – Fluggenehmigungsantrag #662-AB-00001
Bescheid: Verwiesen an Verkehrsbüro Verteidigung
Verteidigung – Fluggenehmigungsanfrage #VFGA-E122341
Bescheid: abgelehnt

Was hatten Sie denn erwartet, Thackery? dachte Wells. *Sie wissen doch, daß Arctur im Bootes-Oktanten liegt. Dann muß Ihnen auch klar gewesen sein, daß wir allen Verkehr in die Richtung überwachen – daß die Transportabteilung eine Genehmigung von der Abteilung Verteidigung braucht, um Sie fliegen zu lassen. Und abgesehen von den regulären Paketschiffen und unseren eigenen internen Einsätzen genehmigen wir nicht gerade viel. Darum sitzen Sie immer noch da unten fest.*

Kopfschüttelnd öffnete Wells die Verbindung. »Sind Sie noch da?«

»Ja, Mr. Wells«, bestätigte Arlett.

»Ich weiß jetzt, wodurch er aufgehalten wird. Ich bin

aber noch nicht sicher, wie ich damit umgehen will. Bitte bleiben Sie, wo Sie sind, und sobald sich irgend etwas tut, rufen Sie zurück. Falls die *Fireside* hinaus zur Fluglinie oder zurück in den Bunker gebracht wird, will ich es sofort erfahren. Wenn Thackery wegfährt, dann tun Sie es auch.«

»Ich verstehe.«

Wells unterbrach die Verbindung und lehnte sich im Sessel zurück. *Sie hätten ruhig im Susquehanna-Tal bleiben können. Ich hätte dafür gesorgt, daß man Sie in Ruhe läßt. Aber das wußten Sie nicht, stimmt's? Ich habe Ihnen das genaue Gegenteil angedroht. Ich hatte gehofft, Sie würden abwarten und sehen, ob ich es wirklich wahr mache.*

Durch eine kurze Anfrage bei der Flugkontrolle Bootes erfuhr er, daß derzeit sechs Schiffe nach Arctur unterwegs waren, angefangen mit einem Frachter, den nur noch ein knappes Cee von der Landung in Helixis trennte, bis zu einem Paketschiff, das Bootes Center erst vor sechs Wochen verlassen hatte. Würde es so viel ausmachen, wenn sich die *Fireside* zu diesem Strom gesellte?

Objektiv betrachtet, war die Strecke nicht besonders gefährlich. Der siebenunddreißig Cees entfernte Arctur lag gerade mal auf halbem Weg zum Sternhaufen von Ursa maior und volle dreizehn Cees diesseits des Perimeter. Außerdem lag die Flugbahn nach Arctur dreißig Grad südlich und westlich vom nächsten schwarz markierten Stern …

Das einzige, was Wells zögern ließ, war Thackery selbst. *Kann ich mich darauf verlassen, daß er dorthin fliegt und nur dorthin?* In den Oktanten, die an den Perimeter grenzten, unterlag aller Verkehr einer strengen Bahndisziplin. Reichte das aus, um Thackerys Fügsamkeit zu gewährleisten? Andererseits konnte Wells ihn auch nicht auf der Erde festhalten, selbst wenn er das wollte. Thackery mußte nur einen neuen Antrag mit einer anderen Zielangabe einreichen, und schon war er weg …

Erst jetzt wurde Wells bewußt, daß er nach einem Grund suchte, Thackery gehen zu lassen, daß er vor seinem Verstand eine Entscheidung rechtfertigen wollte, die er im Herzen längst getroffen hatte. Aber das Verkehrsbüro folgte soliden, konservativen Richtlinien. Es hatte sich an das Übliche gehalten. Wieso sollte er die Entscheidung aufheben?

Vielleicht fühlte er sich schuldig, weil er Thackery in seinem Versteck aufgescheucht hatte. Vielleicht lag es daran, daß er gestern Erickson besiegt hatte und nur noch auf ihre Kapitulation wartete; jedenfalls spürte er den Wunsch, großzügig zu sein. Wells wußte den Grund nicht, und es schien ihm auch nicht wichtig genug, um endlos händeringend dazusitzen. *Wenn er unbedingt zur Neuen Kolonie Arctur will, wieso soll er dann nicht hinfliegen dürfen?* dachte er.

»Verteidigungsnetz. Verkehrsbüro«, sagte er.

Es meldete sich eine Frau. »Verkehr, Lieutenant Lezak.«

»Hier spricht Direktor Wells. Stimmautorisation prüfen.«

Die Pause war kaum zu merken. »Bestätigt, Sir. Wie kann ich Ihnen helfen?«

»Es geht um #VFGA-E122341 …«

»Bitte sprechen Sie weiter, Sir. Ich habe die Daten vor mir.«

»Sie werden den Antrag genehmigen, mit den für den Bootes-Oktant üblichen Einschränkungen hinsichtlich Korridor und Kommunikation. Verbessern Sie den Antrag dahingehend, daß eine Abflugzeit von ISZ 22:00 eingetragen wird, und sorgen Sie dafür, daß unverzüglich ein überarbeiteter Bericht an die Transportabteilung geht.«

Arlett hatte noch nie eine Fernyacht starten sehen; als die Techs die Versorgungsgeräte wieder in Liegebunker 5 räumten, erriet er deshalb nicht sofort, ob das hieß, daß der Start unmittelbar bevorstand oder daß er gestrichen war.

Das erste unzweideutige Signal erhielt er, als Thackery den Bunker verließ und mit schnellen, zielstrebigen Schritten über die freie Asphaltfläche auf die *Fireside* zuging. Arlett rief augenblicklich Wells, aber da ging alles schon sehr schnell. Der Zollbeauftragte unterzog Thackery einer letzten raschen und flüchtigen Prüfung und eilte dann zu dem höhlenartigen Bunker. Thackery kletterte an Bord und versiegelte die Luke hinter sich. Das Schiff gab ein hohes Zischen und Quietschen von sich, das gemeinsam mit dem Dröhnen der sich schließenden Bunkertore die Stille über dem Hafengelände zerriß.

Es schien ewig zu dauern, bis Wells auf den Ruf reagierte. »Ja, Brian«, sagte er endlich. »Was ist los?«

»Mr. Wells! Sie hebt gleich ...«

In diesem Moment wurde das Pfeifen der Kompressoren zum wütenden Jaulen, die Startdüsen stießen einen heftigen, aber feuerlosen Luftstrom aus und bliesen eine Wolke aus Kalkstaub unter dem Schiff hervor. Der Boden bebte, und ein Dutzend gefleckte Agutis huschte aus Nestern und Erdlöchern, die sie bisher immer für sicher gehalten hatten.

Nicht einmal eine Minute später erreichte die Druckwelle aus den Düsen Arlett, so daß er das Gesicht abwenden und die Augen vor dem Hagel aus winzigen Steinchen schützen mußte. Als er wieder hinsah, hatte die *Fireside* sich bereits um die eigenen Länge über den Boden erhoben, und die Startdüsen kämpften kreischend gegen die träge Masse des umgebenden Schiffsrumpfs.

Der Aufstieg ging so quälend langsam, daß Arlett sich fragte, ob etwas nicht stimmte, ob das Schiff gleich aus dem scheinbar unsicheren Gleichgewicht geraten und ins Meer stürzen würde. Aber die Fernyacht stieg weiter, wobei sie stetig, wenn auch nicht spektakulär beschleunigte. Arlett verfolgte die *Fireside* mit dem Scanner, bis das Schiff ein Loch in eine Wolkenbank zu reißen schien und dahinter verschwand.

»Ist sie gut weggekommen?« fragte Wells ruhig.

»Ich … ich denke schon, Sir«, antwortete Arlett mit bebender Stimme. »Ich sehe sie nicht mehr.«

Unerklärlicherweise schien Wells sich zu freuen. »Danke, Brian. Bitte betrachten Sie sich als entlassen. Sie haben sich in dieser ganzen Angelegenheit sehr gut bewährt, und ich habe beschlossen, Ihre Beförderung zum Fünften Rang zu empfehlen.«

»Vielen Dank«, meinte Arlett unsicher. »Aber ich verstehe das wirklich nicht. Ich dachte, Sie wollten ihn aufhalten …«

»Vor kurzem hätte ich das auch noch getan«, erwiderte Wells. »Jetzt ist er nicht mehr wichtig.«

Wie es Wells schien, hatte Erickson wieder zur alten Steifheit zurückgefunden, sei es durch die Nachtruhe oder durch Nachdenken oder durch beides. Nachdem sie ihn fast den ganzen Vormittag hatte warten lassen, rief einer ihrer Assistenten in seinem Büro an und übermittelte eine Nachricht, die mehr nach einem Befehl als nach einer Einladung klang. Als Wells ankam, war er in ein leeres Konferenzzimmer geführt worden und durfte erneut warten.

Jetzt war Erickson hier, mit einer Tafel in der Hand, und an ihrer Kinnhaltung und dem entschlossenen Zug um ihren Mund erkannte er, daß sie ihr Selbstvertrauen oder zumindest einen überzeugenden Ersatz dafür zurückgewonnen hatte.

Sie rauschte quer durch den Raum zu ihrem Platz, und der einzige merkbare Gruß bestand in einer Handbewegung, mit der sie Wells zum Sitzen aufforderte.

»Haben Sie immer noch vor, eine Vertrauensabstimmung über mich zu verlangen?« fragte sie unverblümt, sobald sie beide saßen.

Der Tonfall, in dem sie es fragte, überraschte Wells mehr als die Frage selbst. Ob sie es erraten hatte oder ob Berberon es ihr erzählt hatte, spielte letztlich kaum eine Rolle. »Hat die gestrige Abstimmung Sie veranlaßt, Ihre Position zu Triade zu überdenken?«

»Nein.« Die Antwort war deutlich und ohne entschuldigenden Unterton.

»In dem Fall muß ich Ihre Frage mit ja beantworten.«

»Das habe ich mir gedacht.« Sie nickte. »Sagen Sie, Comitè Wells, was haben Sie sich von diesem Treffen erwartet?«

Er lächelte leicht. »Ich fürchte, ich habe meine Erwartungen schon verwerfen müssen.«

»Sie dachten, ich hätte Sie hergebeten, um die Grundregeln für eine Einigung auszuarbeiten.«

»Ja«, gab Wells zu.

»Zu welchen Bedingungen?«

Wells zuckte die Achseln. »Ich dachte, Sie würden mir vielleicht anbieten, den Bau von Triade zu gestatten ...«

»Wenn Sie mir gestatten, Kanzlerin zu bleiben?«

»Ja.«

»Hätten Sie einen solchen Vorschlag angenommen?«

»Er wäre es wert gewesen, ihn genau zu prüfen. Aber offenbar haben Sie gar nicht vor, etwas Derartiges vorzuschlagen.«

»Richtig. Ganz so dehnbar sind meine Prinzipien nicht. Einen USS nach Ihren Vorstellungen will ich nicht führen. Eher trete ich zurück, als daß ich eine Politik betreibe, an die ich nicht glaube.«

Wells lehnte sich im Sessel zurück und verschränkte die Hände im Schoß. »Dann treten Sie zurück.«

»Dazu bin ich bereit – falls wir uns hier und jetzt auf meinen Nachfolger einigen können.«

Wells schüttelte den Kopf. »Die Zeiten, in denen der Kopf des USS sich seinen Nachfolger eigenmächtig aussuchen konnte, sind vorbei. Warum sollte ich mich mit Ihnen auf einen Handel einlassen, wenn ich Sie genauso gut absetzen lassen und einen Ersatz nach meinem Geschmack aussuchen kann?«

»Weil das nicht so einfach wäre, und das wissen Sie auch.«

Wells wußte es wirklich, war aber nicht bereit, es zuzugeben. »Was soll dabei anders sein als gestern abend, außer daß ich mit abstimme?«

»Nichts. Das Komitee wird sich meiner Abwahl ebenso widersetzen wie gestern Ihrer. Vermutlich ist es ganz zufrieden, solange Sie tun, was Sie am besten können, und ich tue, was ich am besten kann, selbst wenn wir deswegen Streit bekommen.«

Wells schüttelte den Kopf. »Ich sehe eine Stimme zu Ihren Gunsten, mehr nicht.«

»Ich sehe drei – und eine davon sollte Ihnen gehören. Wenn der übrige USS nicht gut geführt und finanziell gesund wäre, hätten Sie keinen solchen Etat und kein so großes Programm.«

»Mag sein, daß wir so stimmen sollten«, meinte Wells. »Aber wir *werden* nicht so stimmen.«

Erickson lächelte schwach. »Vielleicht nicht. Aber wie kommen Sie auf den Gedanken, daß die Mehrheit, die Sie jetzt eventuell aufbringen, noch zusammenhält, wenn das Kanzleramt frei ist? Jeder einzelne von ihnen wird an die eigenen Chancen denken – und warum auch nicht? *Sie* haben ihnen nichts zu bieten. Sie sind alle nur noch einen Schritt von der Spitze entfernt. Warum sollten sie sich nur auf Ihre Bitte hin auf jemand anders einigen?«

»Weil sie eine klare Vorstellung davon haben, welche Richtung wir einschlagen müssen.«

»Das ist reines Wunschdenken. Vielleicht könnten Sie sie zusammenhalten, wenn Sie selbst kandidieren würden – das könnte gehen, wenn Sie hart genug darum kämpfen würden. Aber Sie wollen ja gar nicht Kanzler werden.«

Das sollte sie gar nicht wissen; er hatte es als ein Zugeständnis vorbringen wollen, das, wie sie glaubte, ihn mehr kostete, als tatsächlich der Fall war. Jetzt war es entwertet. *Es kann nur Berberon gewesen sein.* »Habe ich das gesagt?« fragte er lahm.

»Warum sollten Sie, wo es doch zu Ihrem Vorteil wäre, wenn ich das Gegenteil annehme? Sie haben es jedoch angedeutet, als Sie von einem Ersatz ›nach Ihrem Geschmack‹ sprachen. Und außerdem würden Sie nicht alle fünf Abteilungen zusammen verwalten wollen, statt Ihre ganze Zeit direkt auf das zu verwenden, was Ihnen am wichtigsten erscheint.«

»Nein – aber ich würde den Posten trotzdem selbst übernehmen, bevor ich ihn jemand überlassen, der so denkt wie Sie«, entgegnete er warnend.

»Damit können Sie nur Rieke meinen. Ich bin realistisch genug, sie gar nicht erst als Nachfolgerin in Betracht zu ziehen – und Sie sollten ebenfalls realistisch sein und einsehen, daß Loughridge niemals als Kanzler akzeptiert würde.«

Es wäre sinnlos gewesen, zu bestreiten, daß genau das seine Absicht war. »Warum nicht?«

»Weil *ich* das nicht zulassen werde.«

»Wie kommen Sie darauf, daß Sie das zu entscheiden haben?«

Wieder spielte dieses schwache, aufreizende Lächeln um ihre Lippen. »Sie sehen das immer noch zu idealistisch. In einer solchen Lage ist es viel einfacher, Stimmen gegen einen Kandidaten aufzubringen als für ihn. Es wird lange dauern, bis jemand vier Stimmen beisammen hat und dem Ganzen ein Ende setzt. Und das müssen nicht unbedingt Sie sein.«

»Und wenn es einen Monat dauert, sechs Monate – sogar ein Jahr –, es würde sich lohnen.«

»Würde es sich auch noch lohnen, wenn der Weltkommissionsrat unterdessen unsere bodengebundenen Einrichtungen annektiert?«

Ungläubig starrte Wells sie an. »Wovon reden Sie überhaupt?«

»Von den Orbitalinjektoren, den sechzehn in Betrieb befindlichen Häfen ... Ich muß Ihnen doch nicht all unsere Investitionen auflisten.«

»Das würden sie nie tun ...«

»Sie lauern nur darauf, und das erst recht, wenn wir ihnen eine Gelegenheit geben. Wieso überrascht Sie das? Diesen Floh haben ihnen doch Ihre Freunde unten auf der Erde ins Ohr gesetzt. Die Kommissare wollen, daß wir uns streiten, Harmack. Sie wollen uns übervorteilen, solange wir abgelenkt sind. Und was glauben Sie, wie lange es dauert, bis König Parath und Ältester Barsihlev zu dem Schluß kommen, daß Liam-Won und Rena-Kiri es genauso machen sollten? Sogar der Ersten Herrin von Maranit würde ich zutrauen, daß sie ihrem Beispiel folgt, wenn sie erst merkt, daß die anderen damit durchkommen.«

»Sie würden nicht damit durchkommen.«

»Nein? Was wollen Sie denn dagegen unternehmen? Gegen unser eigenes Volk Krieg führen?«

»Natürlich nicht. Mit wirtschaftlichem Druck ...«

»Wir weigern uns also, ihnen irgend etwas hinunterzuschicken, und dafür kontrollieren sie die Häfen. Wer hält das wohl länger durch?«

»Wir versorgen uns selbst. Sie sind von uns abhängig. Wir verkaufen ihnen zwanzigmal mehr als sie uns ...«

»Was bedeutet, daß eine Einstellung der Handelsbeziehungen uns zwanzigmal mehr weh täte als ihnen – eigentlich noch mehr, denn sie sind elf Milliarden, wir nur eine Million. Ein Nettoexporteur, der den Export einstellt, begeht finanziellen Selbstmord. Haben Sie sich nie mit Makroökonomie beschäftigt?«

»Wir könnten noch mehr unternehmen. Die Nachrichtenverbindungen unterbrechen ...«

»Damit würden Sie ihnen nur zeigen, daß ihre Ängste uns gegenüber gerechtfertigt waren.« Sie legte die Hände auf die Knie und beugte sich im Sessel vor. »Ich will Ihnen sagen, was Sie tun würden: gar nichts. Und dann würden Sie lernen, ohne die Einkünfte auszukommen, wie wir uns dadurch verschaffen, daß wir sie für das Privileg bezahlen lassen, mit uns Geschäfte zu machen. Glauben Sie, sie wüßten nicht, daß die Landegebühren und Verschiffungsabgaben weit höher sind, als es für die Unterhaltung der Häfen nötig wäre? Mit diesem Geld haben wir die Verteidiger bezahlt – versuchen Sie mal, Triade ohne es zu bauen.«

»Und die Alternative ...«

»Das habe ich Ihnen schon gesagt. Ich trete zurück – und der nächste Kanzler wird ein neutraler Kandidat, mit dem wir beide einverstanden sind.«

»Woher wollen Sie wissen, daß ich es mir nicht gleich danach anders überlege und auch den neuen Kanzler absetze?«

Erikson lehnte sich zurück. »Das Risiko gehe ich ein. Meine Vermutung wäre, daß das Komitee sich von Ihnen nur einmal aufhetzen läßt. Wenn Sie in sechs Monaten das gleiche noch einmal probieren, wird es sich fragen, ob nicht vielleicht Sie das eigentliche Problem sind.«

Bedauerlicherweise entsprach auch das Wells' Einschätzung der Lage. »Und Triade wird gebaut?«

»Vermutlich.« Ericksons Stimme verriet, wie unglücklich sie darüber war. »Ich kann es aber nicht garantieren. Es ist in unserem Handel nicht inbegriffen. Sie bekommen die Chance, Ihr Anliegen einem neuen Gesicht vorzutragen. Wie der Betreffende entscheiden wird, wenn er auf diesem Platz sitzt, kann ich nicht sagen.«

»Das klingt für mich nicht gerade verlockend. Vielleicht sollte ich doch mein Glück mit dem Komitee und dem Rat versuchen.«

»Nur zu – wenn Sie sich wirklich auf Ihr Glück verlassen wollen. Es läuft auf folgendes hinaus: Zunächst einmal wissen Sie nicht, ob Sie mich überhaupt absetzen können. Falls es Ihnen gelingt, wissen Sie nicht, ob Sie meinen Nachfolger bestimmen können. Und selbst wenn Sie das schaffen, wird es weder schnell noch glatt gehen – und während wir uns streiten, werden die ganze Zeit die planetaren Regierungen an uns nagen.«

Entsetzt über diese Aussicht schüttelte Wells den Kopf. »Ich kann nicht glauben, daß Sie nur aus persönlichem Stolz zusehen wollen, wie man uns an die Wand drängt.«

»Das sollten Sie aber glauben, denn nur so können Sie es verhindern«, entgegnete sie kühl. »Harmack, ich liebe den USS. Ich möchte nicht, daß er durch bürokratischen Brudermord blockiert wird. Ich will nicht, daß kleine Männer mit kleinen Geistern über ihn herfallen ...«

»Und trotzdem drohen Sie genau das an.«

»Ja – falls Sie sich oder Loughridge als Kanzler einzusetzen versuchen. Lieber lasse ich den USS von den Welten in Stücke hauen, als daß ich Sie mit uneingeschränkter Befehlsgewalt eine Streitmacht kommandieren lasse.«

Darüber dachte Wells einen Augenblick lang nach. »Wen schlagen Sie also vor?«

»Die Kandidatenliste ist nicht gerade lang. Vandekar hat am meisten Erfahrung ...«

»Nein«, widersprach Wells nachdrücklich. »Er ist zu sehr Minister des Königs.«

»Was meinen Sie damit?«

»Den Liamesen wird von Kind an beigebracht, daß Macht eine Frage von Blut und göttlichem Recht ist. Vandekar fühlt sich an der Spitze der Leiter nicht wohl, so als würde er nicht wirklich daran glauben, daß er dorthin gehört. Das erkennt man an der Art, wie er die Einsatzabteilung führt; immer sucht er nach jemand, der an seiner Stelle die Entscheidungen trifft. Am Ende würde der USS entweder von König Parath geführt oder von gar niemand. Und es stimmt, was Sie vorhin gesagt haben – damit die Verteidigungsabteilung stark bleibt, muß auch der übrige USS stark sein.«

»Damit bleibt nur ein Name auf der Liste.«

»Ich weiß.«

»Und?«

Wells kippte den Kopf zurück und blickte zur Decke hinauf. Es war weniger, als er beim Herkommen erwartet hatte – sogar weniger, als er vor einer Woche für sicher gehalten hatte. Der Kern des Problems war immer noch Triade, aber es war unglaublich viel komplizierter geworden. Jetzt konnte er nur noch eine Ungewißheit gegen die andere abwägen. Trotzdem neigte sich die Waage stark in eine Richtung.

»Jeder von uns bringt seine Stimme und noch eine weitere ein«, sagte Wells langsam.

»Ja.«

»Sie verabschieden sich in aller Stille, und wir bringen den Weltrat um die Chance, Ärger zu machen.«

»Ja.«

»Und keiner von uns versucht, mit der Nominierung irgendwelche Vorbedingungen zu verknüpfen. Wir lassen es beide darauf ankommen.«

»Richtig.«

Wells schürzte die Lippen. Wann siegt man schon auf der ganzen Linie, dachte er. Erickson geht … der Rat hat das Nachsehen …

Endlich nickte er. »Also gut. Ich kann mit Sujata leben.«

»Dann sollten wir als nächstes herausfinden, was sie davon hält«, sagte Erickson. »Wollen Sie dabei sein?«

»Natürlich.«

»Machen wir Mittagspause.« Erickson stand auf. »Ich bestelle sie für dreizehn Uhr hierher.«

»Sehr gut«, erwiderte Wells. »Nur sollten wir zusammen essen und dabei verabreden, wieviel wir ihr erzählen.«

Sujata war bisher erst dreimal in der Suite der Kanzlerin gewesen, und das war merkwürdigerweise vor ihrer Ernennung zur Direktorin der Abteilung Versorgung gewesen.

Als sie von Ba'ar Tell nach Unity zurückkehrte, war sie dorthin zu etwas eingeladen worden, das ihr auf den ersten Blick wie die förmliche Begrüßung einer mäßig wichtigen Angestellten durch die Kanzlerin erschienen war. Eine Woche später war sie erneut hinbestellt worden, diesmal zu einem unverhüllten und sehr viel gründlicheren Bewerbungsgespräch für einen nicht näher bezeichneten Posten. Bei der dritten Gelegenheit, drei Tage später, war das Gespräch sehr kurz gewesen; Erickson hatte ihr lediglich mitgeteilt, daß sie zum Komiteemitglied ernannt worden war.

Das war jedoch weniger ein Anfang als vielmehr ein Ende gewesen. Abgesehen von den periodischen Komiteesitzungen teilte Erickson ihre Sorgen und Wünsche lieber über Telefon und Memoranden mit. Die Aufforderung, in Ericksons Büro zu kommen, bildete also eine Ausnahme in Ericksons insularem Führungsstil und kündigte damit schon für sich genommen deutlich an, daß etwas Wichtiges und Ungewöhnliches geschehen sollte.

Folglich war Sujata vorgewarnt und konnte ganz ruhig dasitzen, während Erickson ihr in Gesellschaft des schweigenden Wells ohne jede Ausschmückung erklärte, daß sie das Büro des Kanzlers räumen werde, und was halte sie, Sujata, davon, die Lücke zu füllen?

Die äußere Ruhe, mit der Sujata diese Worte aufnahm, spiegelte sich in ihrem Innern jedoch nicht wider. Beim Zuhören war ihr das maranitische Spiel eingefallen, bei dem die Kinder im Kreis standen und eine Samenkapsel der Ghirlu-Pflanze hin- und herwarfen. Irgendwann faßte die Kapsel das Geschüttel beim

Werfen als Zeichen auf, daß der Spätsommerwind eingesetzt hatte, platzte gehorsam und bespritzte jeden in der Nähe mit seinen klebrigen übelriechenden Samen.

Bei dem Angebot, Kanzlerin zu werden, spürte Sujata die gleiche Sorge wie ein maranitisches Kind, das eine gut durchgeschüttelte Ghirlu-Kapsel auffangen soll. *Und die haben wir immer möglichst jemand zugeworfen, den wir nicht leiden konnten …*

Sujata wußte, daß Erickson und Wells ihr zögerliches Antworten als natürliche Folge von Überraschung auslegen würden, deshalb nahm sie sich einen Augenblick Zeit, die beiden zu lesen. Sie konzentrierte sich zunächst auf Wells, fand die Miene des Verteidigungsdirektors aber so wenig aufschlußreich wie immer. Daß ein Mann sein Inneres so gut verbergen konnte wie eine maranitische Hohefrau, beunruhigte sie jedesmal, wenn sie mit ihm zu tun hatte; unter diesen Umständen war ihr Unbehagen noch viel stärker.

Sujata blickte wieder Erickson an und sah Müdigkeit in den Augen der Kanzlerin. Vielleicht tust du es ja freiwillig, aber bereitwillig nicht, dachte sie. Was geht hier vor? »Warum ich?« fragte sie schließlich.

»Weil Sie die beste Kandidatin sind«, antwortete Erickson.

»Inwiefern die beste?« wollte Sujata skeptisch wissen. »Ich habe von allen Komiteemitgliedern die geringste Erfahrung. Ich beherrschte kaum die Arbeitsweise meiner eigenen Abteilung, geschweige denn die des übrigen USS. Ich bin immer noch dreißig Jahre aus dem Takt – sowohl was die Vorgänge hier angeht als auch die draußen in der Affirmation. Wie können Sie da behaupten, ich sei am besten qualifiziert?«

»Das hat sie nicht gesagt«, antwortete Wells. »Sie sagte, Sie seien die beste Kandidatin.«

»Würden Sie mir bitte den Unterschied erklären?«

»Das Kanzleramt ist ein Posten, in den man hineinwächst«, meinte Erickson mit philosophischer Abgeklärtheit. »Die Qualifikation dazu bringt niemand mit – ich habe es jedenfalls nicht getan. Man bringt das nötige Potential mit.«

»Und das Potential besitzen Sie, das haben Sie bewiesen«, ergänzte Wells.

Schmeicheleien von Wells? Ein noch viel deutlicheres Warnsignal. »Trotzdem – ich kann mir nicht vorstellen, daß das Komitee lieber mich als Sie zur Kanzlerin hätte.« Sujata sah Erickson direkt an.

»Diese Wahl hat es nicht. Ich trete zurück.«

Jetzt sah Sujata Wells an. »Ich begreife nicht, wieso. Das Komitee würde Sie niemals absetzen ...«

Bevor Erickson antwortete, warf sie Wells einen verstohlenen Blick zu. »Ich habe diesen Posten jetzt seit acht Jahren inne. So befriedigend die Arbeit ist, sie verlangt einem auch viel ab. Es wird Zeit, daß ich mich anderen Dingen zuwende.«

Was sie sagte, wurde durch den Seitenblick widerlegt, den Sujata aus den Augenwinkeln wahrgenommen hatte. *Sie werden beide nicht ehrlich zu mir sein, es sei denn, ich zwinge sie dazu,* begriff Sujata.

»Also haben Sie und Comitè Wells sich darauf geeinigt, daß ich die neue Kanzlerin werden soll. Es ist noch nicht lange her, daß ich die Verordnungen gelesen habe – ich dachte, diese Dinge wären Sache des Komitees? Wie kommt es, daß Sie zwei für uns entscheiden?«

Jetzt wechselten Erickson und Wells Blicke, als wollte keiner derjenige sein, der antworten mußte. »Weil hier auch noch Überlegungen mitspielen, die für Sie im Augenblick nicht offenkundig sind«, erklärte Erickson schließlich. »Der Integrität des USS ist am besten gedient, wenn der Übergang reibungslos verläuft.«

»Und es ist nichts Hinterhältiges dabei, wenn wir das zu gewährleisten versuchen«, behauptete Wells.

»Warum wollen Sie eigentlich unbedingt verbergen,

worum es wirklich geht?« fragte Sujata. »Was Sie mir da erzählen, würde sich sehr gut in einer beschönigenden Presseerklärung machen. Aber ich bin kein Netzreporter. Ich soll bei einer Streiterei die eine Seite ablösen. Mit Müdigkeit oder einem glatten Übergang hat das alles nichts zu tun. Sondern mit Ihnen beiden und Triade. Stimmt das etwa nicht?«

»Ich *bin* müde«, entgegnete Erickson knapp. »Und daß der Übergang reibungslos verlaufen soll, hat nicht nur kosmetische Gründe.«

Wells fing an: »Es ist richtig, daß es zwischen uns tiefgreifende Differenzen gab ...«

»Die gibt es immer noch«, unterbrach Erickson ruhig.

»... aber im Augenblick sind wir uns einig – Sie sollen die nächste Kanzlerin des Vereinigten Raumflugdienstes werden.«

»Dann haben Sie also einen Kompromiß geschlossen«, bemerkte Sujata.

»Ja«, bestätigte Erickson. »Und da Sie darauf bestehen, es anzusprechen, es ist ein zerbrechlicher Kompromiß, und Sie spielen dabei eine Schlüsselrolle.«

»Oder vielmehr, die würden Sie spielen, wenn Sie unserem Vorschlag zustimmen würden«, meinte Wells. »Sie scheinen aber nicht sehr begeistert davon zu sein.«

»Ich finde das eher beruhigend als alarmierend«, meinte Erickson, bevor Sujata antworten konnte. »Mittlerweile mißtraue ich Menschen, die von der Macht begeistert sind.«

Wells ignorierte den Seitenhieb. »Sie empfinden das Angebot offenbar nicht als schmeichelhaft. Ich hätte gedacht, daß unsere Bitte eine angenehme Überraschung darstellen würde, ganz unabhängig davon, ob Sie letztlich zustimmen oder nicht. Würden Sie mir bitte erklären, wieso ich mich da getäuscht habe?«

»Sie wären nie mit mir einverstanden, wenn Sie nicht glaubten, daß ich mich entweder als untüchtig oder als parteiisch erweisen würde. Warum sollte ich mich dadurch geschmeichelt fühlen?«

»Keineswegs.« Wells hob die Hand. »Ich wäre schon froh, wenn Sie sich einfach als Realistin erweisen. Vor allem kommt es darauf an, daß Sie das Kanzleramt mit dem gleichen administrativen Können führen wie all Ihre bisherigen Aufträge.«

»Das hoffe ich ebenfalls«, erklärte Erickson.

Lügnerin, dachte Sujata. Du weißt gar nicht, wie offen dein Gesicht ist. Du verrätst so viel. Du zeigst Dinge, die eine maranitische Hohefrau höchstens beim *xochaya* mit jemand teilt. »Ich bin nicht sicher, ob mir nicht schon die Versorgungsabteilung zu groß ist. Solange ich das nicht weiß, wie soll ich da eine noch größere Verantwortung übernehmen?«

»Indem Sie sich auf unser Urteilsvermögen verlassen«, antwortete Erickson. »Indem Sie die Bedürfnisse des USS über Ihre eigenen Befürchtungen stellen. Comitè Sujata, wenn Sie nein sagen, steht dem USS höchstwahrscheinlich eine schwere Zeit bevor. Es wäre unfair, die Verantwortung dafür Ihnen aufzubürden. Aber Sie *können* es verhindern – indem Sie ja sagen.«

»Habe ich denn überhaupt eine Wahl?« fragte Sujata. »Ich hatte den Eindruck, daß ich dienstverpflichtet werden soll, nicht daß ich darum gebeten werde, mich freiwillig zu melden.«

»Natürlich haben Sie die Wahl«, widersprach Wells. »Wenn Sie dem Komitee erzählen, daß Sie nicht Kanzler werden wollen, wird man Sie bestimmt nicht wählen, egal, was für Kompromisse wir geschlossen haben. Sie haben durchaus eine Wahl.«

Ja – die gleiche Wahl, die ich immer beim Spielen hatte. Den Ghirlu auffangen und dabei riskieren, daß er mir in den Händen zerbirst –, oder ihn fallen lassen und riskieren, daß man mich für einen Feigling hält. »Ich muß darüber nachdenken.«

»Darauf würde ich ohnehin bestehen«, sagte Erickson. »Aber bitte lassen Sie sich mit der Entscheidung nicht allzu viel Zeit. Ich fürchte, daß Comitè Wells sonst seine Begeisterung für diesen Kompromiß verliert …«

»Höchstwahrscheinlich«, bestätigte Wells.

»… und wir uns mit den weniger attraktiven Möglichkeiten befassen müssen.«

»Ich gehöre nicht zu denen, die unendlich lange für eine Entscheidung brauchen.« Sujata stand auf. »Sie werden bald von mir hören.«

9. KAPITEL

Wieder vorwärts

Janell Sujata merkte nicht, wohin ihre Schritte sie führten. Ihre Beine trugen sie ganz von allein weiter, bogen in diesen Korridor ein, betraten jenen Lift, suchten sich einen Weg zwischen den bewegten Hindernissen, den anderen Fußgängern, hindurch. Sie bewegte sich, als würde sie verfolgt, als hätte sie Angst, jemand könnte sie von hinten packen, nur daß sie nie einen Blick über die Schulter warf.

Statt dessen schaute sie weit in die Ferne. Sie sah, ohne wirklich zu sehen, in einem tranceartigen Zustand, der den Eindruck erweckte, der Weg sei ihr so vertraut, daß die Instruktionen, wie sie zu gehen hatte, inzwischen zu ihrem Repertoire von Reflexen gehörten. Nur daß sie trotz ihrer zahlreichen Wanderungen durch Unity gar nicht wußte, wo sie sich befand.

Nach dem Verlassen der Kanzlersuite hatte Sujata bewußt ihr Büro und ihr Apartment gemieden. Von ihren Mitarbeitern wußten einige, wo sie gewesen war, und hätten sicher gefragt, was bei der Besprechung herausgekommen war, doch Sujata hatte sich instinktiv so verhalten, daß ihr eigener Entscheidungsprozeß vor den Meinungen anderer abgeschirmt blieb, besonders der Meinung derer mit persönlichen Interessen. *Für sie sind all die Verwicklungen ganz unwichtig. Sie würden es einfach wundervoll finden und darauf zählen, mit mir aufzusteigen. Wie soll ich es ihnen erzählen und mich dann ihrer Enttäuschung stellen, falls ich ablehne …*

Zu Hause wartete Wyrena – eine gute Zuhörerin und wertvolle Gesprächspartnerin, nur daß sie diesmal

Teil des Problems war. Zu dem Durcheinander aus Gedanken, das Sujata so gern auf den Tisch geschüttet und genauer betrachtet hätte, gehörten auch Dinge, die sie einer Einfachfrau nicht enthüllen konnte, und im Augenblick hatte sie wenig Vertrauen in ihre Fähigkeit, die Maske auch nur teilweise aufrechtzuerhalten. *Und wie soll ich Wyrena erklären, daß ich froh war, Ba'ar Tell verlassen zu können, warum ich dankbar war, als ich die Chance bekam, hierher zurückzukehren ...*

Sie mußte mit Allianora sprechen, nur vor Allianora konnte sie sich alles frei von der Seele reden. Aber Allianora hatte auf Sujatas Ruf nicht geantwortet, und in der maranitischen Gesandtschaft hatte man Sujata nicht verraten wollen, wo die Beobachterin war. Ersteres hatte Sujata erschreckt, letzteres verärgert. *Ich bin schließlich auch eine Hohefrau,* war ihr unzensierter Gedanke gewesen. *Ich habe ebenso große Rechte auf sie wie andere.* So war aus ihrem dringenden Wunsch besitzergreifende Eifersucht geworden, und sie war geradewegs zum Shuttle nach Unity gegangen, fest entschlossen, Allianora aufzuspüren.

Beim persönlichen Besuch in der Gesandtschaft hatte sie nicht mehr erfahren als beim Anrufen, deshalb war sie als nächstes zu Allianoras Wohnung gegangen. Dort hatte niemand auf ihr Läuten geöffnet, und damit hätte Sujata ihre Suche beenden sollen. Inzwischen hatte sie Zeit genug gehabt, in dem Impuls, der sie zum Herkommen bewogen hatte, schwankend zu werden; Zeit genug, um einzusehen, wie albern er letztlich war.

Sie kannte jedoch einen Namen – Allianora hatte ihn einmal erwähnt, und Sujata hatte ihn automatisch gespeichert, so wie jede maranitische Hohefrau persönliche Informationen sammelte. Es war der Name einer jungen Mitarbeiterin der Gesandtschaft, die Allianora oft mit ihrer Gesellschaft beglückte. Die zugehörige Adresse herauszufinden, war nicht schwer, und der entsprechende Wohnblock war bei zügigem Gehen in wenigen Minuten zu erreichen. Alles lief zu einfach, zu schnell. Sogar Cajiya öffnete schnell die Tür, so daß Sujata sich nicht mehr fragen konnte, was sie dort eigentlich tat, und rechtzeitig umkehren konnte.

»Ich möchte Allianora sprechen«, hatte Sujata steif erklärt.

»Sie ist nicht hier«, hatte Cajiya überrascht geantwortet.

Daraufhin hatte Sujata in einem Maß die Beherrschung verloren, an das sie jetzt nur noch mit Verlegenheit zurückdachte; sie hatte sich an der jungen Bürokratin vorbeigedrängt und das Apartment durchsucht, bis sie sicher war, daß die Frau ihr die Wahrheit gesagt hatte. In diesem Moment war ihr voll bewußt geworden, wie sie sich benahm, und sie hatte nur noch verschwinden oder sich verstecken wollen, um nicht umkehren zu müssen und sich Cajiyas tadelndem Blick zu stellen.

»Sie ist zur Erde hinuntergeflogen«, hatte Cajiya ruhig erklärt, als Sujata sich wieder der Vordertür näherte. »Zu irgendeinem Fest auf Mallorca.« Die Art, wie sie es sagte, hatte es zu einer Entschuldigung gemacht, und die Entschuldigung zu einer Beleidigung.

Danach hatte Sujatas Flucht begonnen, eine Flucht, die nicht gelingen konnte, weil der Verfolger genauso schnell und ausdauernd war wie sie. Sie blickte sich nicht um, weil die Dämonen, die sie jagten, in ihrem Verstand und ihrem Gedächtnis waren.

Die Mauern auf beiden Seiten des Korridors wichen zurück, der Weg teilte sich und wurde zu einem Balkon, der um einen kleinen Innenhof lief. Sujata verlangsamte die Schritte, denn jetzt wußte sie wenigstens ungefähr, wenn auch nicht genau, wo sie sich befand. Diese kleinen Innenhöfe bildeten die Ankerpunkte der Wohnblocks und waren auf der fünften Ebene durch Gleitstege mit dem Stadtkern und anderen wichtigen

Knoten verbunden. Falls sie nach Hause wollte, würde sie den Weg jetzt leicht finden.

Sie erreichte den Balkon und blickte über die Brüstung. Drei Stockwerke unter ihr wurde ein Theaterstück aufgeführt, die Art von Slapstick-Komödie, die sich besonders gut für Freilichtbühnen eignete. Die hohen, affektierten Stimmen der Schauspieler und das Lachen der Zuschauer drangen bis zu dem Balkon herauf, auf dem Sujata allein stand.

Wie gern würde ich mich zu ihnen setzen und an nichts denken als an den letzten Witz und die Geschichte, die mir vorgespielt wird. In den letzten sechs Monaten habe ich mir so wenig Zeit für mich genommen, mir alles verweigert, weil ich mich darauf verlassen habe, später um so mehr zu bekommen.

Sujata kannte ihr eigenes Muster: Sie stürzte sich mit besessenem Eifer in ihre Aufgabe, verschaffte sich Geltung und Autorität, formte ihre Gruppe nach ihren Vorstellungen neu oder um, und dann zog sie sich zurück und ließ die Leute ihre Arbeit erledigen. Ein technisch orientierter Freund hatte ihr einmal eine für das Verständnis sehr nützliche Analogie geliefert: Es dauert sehr lange, ein komplexes System mit vielen beweglichen Teilen zu entwerfen und zu bauen, aber mit jeder Stunde, die man dabei auf Vorbereitungen verwendet, spart man hundert Stunden für Korrekturen. Eine gut konstruierte Maschine muß bei der Arbeit nicht überwacht werden, sondern nur gelegentlich gewartet, damit sie auf Dauer leistungsfähig bleibt.

In ähnlicher Weise nahm Sujata die Opfer der ›Entwurfsphase‹ auf sich, weil die ›Wartungsphase‹ sie dafür entschädigte. Wells und Erickson hatten jedoch nur die erste Hälfte des Musters erlebt. Sie begriffen nicht, daß es Sujata nicht um die Verantwortung selbst ging, sondern um die Anerkennung, die mit der Übernahme von Verantwortung verbunden war.

Kein Wunder, daß Wells und Erickson mich ausgesucht

haben. Aber ich habe so nie leben wollen. Wissen sie überhaupt, wieviel Zeit ich schon in Sprintern verbracht habe, um die Versorgungsabteilung auch nur ansatzweise in Ordnung zu bringen? Ist ihnen klar, was ich mir als Gegenleistung dafür erhoffe? Nein – das würde ich ihnen niemals verraten. Trotzdem, ich repariere jetzt seit sechs Monaten eine höllisch komplexe Maschine, das Ende ist noch nicht in Sicht, und da soll ich das alles liegen lassen und mir eine noch viel kompliziertere vornehmen …

Mit plötzlicher Selbsterkenntnis wurde Sujata klar, daß ihr Widerwillen gegen Wells' und Ericksons Vorschlag die gleiche Ursache hatte wie ihre Probleme mit Wyrena. Beides barg die Gefahr – wenn auch in unterschiedlichem Maß –, den Zeitpunkt, an dem sich ihre Mühe auszahlte, weiter in die Zukunft zu verschieben.

Nicht Wyrena hat sich verändert, dachte sie, während sie die Rampe zu den Gleitstegen auf der fünften Ebene hinaufging. *Sondern ich. Als wir uns auf Ba'ar Tell kennenlernten, hatte ich das Gefühl, mir frei alles erlauben zu können. In dem Büro dort war schon alles in Ordnung. Ich mußte nur wenig Zeit darauf verwenden, daß alles glatt lief, und so konnte ich Wyrena den ersten Platz einräumen. Aber hier habe ich alle Hände voll zu tun. Hier schiebe ich sie weg, um mich ganz auf meine Aufgabe konzentrieren zu können – und fühle mich gleichzeitig schuldig, weiß ich genau weiß, daß sie nicht mehr verlangt, als ihr zusteht.*

Der Gleitsteg trug Sujata auf den Stadtkern zu, ihre Gedanken auf die unausweichliche Schlußfolgerung. *Die Arbeit ist nicht das Leben – es ist das, was einen am Leben hindert. Manche Aufgaben sind jedoch so groß, daß man, wenn man sie übernimmt, vielleicht niemals mehr zu dem kommt, das man bis dahin für das wichtigste gehalten hat. Wyrena und ich können uns unterhalten. Jetzt, da ich es begriffen habe, kann ich es auch ihr begreiflich machen, und wir können eine Lösung finden, die uns beiden genügt. Aber welche Art von Lösung soll es geben, wenn ich Kanzlerin bin?*

Sechs Monate, und sie war noch nicht ein einziges

Mal auf der Oberfläche gewesen. Es hinderte sie nichts daran, das zu ändern. Mit ihrer Reisestufe konnte sie jederzeit zum Terminal gehen und bei einem beliebigen Flug Richtung Erde jemand von Bord schubsen. Ihre Papiere waren in Ordnung. Sie hatte schon fast drei Wochen Ausgleichszeit angesammelt. Die Ausgaben konnte sie leicht entweder von ihrem privaten oder vom Direktorenkonto decken. Nichts hinderte sie daran hinunterzufliegen, außer der Erkenntnis, daß ein einziger Besuch sie nicht befriedigen würde und doch genügte, um ihr in Zukunft die Entschlossenheit zu nehmen.

Die Erde hing groß und rund in den Fenstern des Shuttle Terminals von UC. Sujata buchte einen Platz und ließ sich dann in einem Sessel nieder, um den Anblick zu genießen. Afrika schien ihr wie eine staubig braune, von durchbrochenen weißen Wolken bedeckte Haut, eine dünne Kruste, die auf einer flüssigen blauen Kugel schwamm und von der anbrechenden Nacht gejagt wurde.

Das ist die Maske der Mutter, dachte Sujata beim Zusehen, *schön, ruhig, zeitlos. Aber auf ihrem geheimen Gesicht trägt sie wie jede Hohefrau ihre Vergangenheit, im verschlungenen Gewebe ihrer lebenden Mähne, in Glanz und Form ihres Herzsteins. Dort unten gibt es wundervolle alte Orte, Täler, in denen seit Millionen Jahren das Leben wächst, hunderttausend verschiedene Spezies, von denen jede mit mir verwandt ist. Deshalb bin ich hierher zurückgekommen – um sie zu berühren und sie zu lesen und in mich aufzunehmen …*

Der erste Rufton kündigte an, daß die Passagiere das Shuttle besteigen konnten, und Sujata riß sich widerstrebend los. *Wann werde ich dich kennenlernen?* dachte sie traurig, während sie aufstand. *Wann habe ich endlich einmal Zeit?*

Wyrena Ten Ga'ar sah schon aufgeregt und befangen aus, kaum daß die Verbindung stand und ihr Gesicht auf Wells' Schirm erschien. »*Lodanya* Wyrena, hier ist Harmack Wells. Erinnern Sie sich an mich?«

»Ja, Comitè.« Gemäß dem Brauch wandte Wyrena den Blick ab. »Ich erinnere mich an Sie. Zu meinem Bedauern muß ich Ihnen mitteilen, daß Comitè Sujata nicht hier ist ...«

»Das weiß ich, *keefla*.« Er beobachtete genau ihr Gesicht. Das ba'arische Wort bezeichnete eine Frau, die das Heim aufgegeben hat, um Mätresse zu werden. Sprach man es mit der ursprünglichen Betonung aus, war es ein Kosewort zwischen einem Mann und seiner Geliebten. Gebrauchte eine Frau es mit anderer Betonung einer zweiten Frau gegenüber, war es ein Schimpfwort. Benutzte ein Mann es mit derselben Betonung, war es eine Zurechtweisung.

Wie Wells erwartet hatte, nahm Wyrena die Zurechtweisung hin und entschuldigte sich. »*Fraxir marya*. Ich wollte nicht vorlaut sein.«

»Ich möchte nicht mit Comitè Sujata reden, sondern mit Ihnen – über Comitè Sujata. Als wir uns das letztemal unterhalten haben, habe ich Sie gewarnt, daß sie bald schwierige Entscheidungen treffen muß.«

»Ich erinnere mich.«

»Gut. Diese Entscheidungen stehen jetzt an. Man hat ihr angeboten, Kanzlerin des USS zu werden.«

Wyrena hob den Blick, und Wells las Überraschung und Jubel darin. »Ja, Comitè. Ich verstehe.«

»Das hoffe ich. Wir sollten uns trotzdem ein bißchen Zeit nehmen und uns vergewissern, daß Sie die Auswirkungen für alle Beteiligten überschauen. Wenn das der Fall ist, werden Sie ihr sicher helfen können, sich richtig zu entscheiden.«

Auf die politischen Dimensionen von Sujatas Dilemma war Wyrena durch Wells' Anruf vorbereitet. Doch als Sujata ins Apartment zurückkehrte, befaßten sie sich vor allem mit der persönlichen Dimension, und darauf war Wyrena völlig unvorbereitet.

Auf Ba'ar Tell war es ihnen weder notwendig noch wünschenswert erschienen, in dieser selbsterforschenden Art über ihre Beziehung zu reden. Sie hatten sich einfach aneinander gefreut, soweit das in der Zeit möglich war, die sie sich füreinander stehlen konnten. Gefühle mußte man nicht analysieren, sondern erleben, und Wyrena hatte immer angenommen, daß auch Sujata das begriff. Die zwei Seiten der Liebe, schwindelerregende Freude und alles verzehrender Schmerz, ließen sich nicht einfrieren und mit psychologischem Skalpell sezieren.

Sie liebte Janell, weil sie gar nicht anders konnte, weil das Zusammensein mit Janell für sie der erhebendste Seinszustand war, den sie kannte. Ein solches Gefühl konnte nur einen Ursprung haben, nämlich daß beide zusammen ein komplementäres Ganzes ergaben und daß es einfach richtig war, wenn sie zusammenlebten.

Aber jetzt wollte Sujata unbedingt Dinge begründen, für die es gar keine Gründe gab, außer daß sie unzweifelhaft real waren, sie wollte etwas Nahtloses und Schönes nehmen und es in einer kalten und berechnenden Analyse in Stücke reißen.

In der Ga'ar-Enklave war Wyrena ständig von Regeln und Begründungen umgeben gewesen – tu dies, dann bist du nützlich, tu dies, dann bist du begehrenswert –, und das Ergebnis war ein Leben voll Künstlichkeit und vorgetäuschtem Gefühl gewesen. Jetzt teilte Janell ihr praktisch mit, daß ihr Zusammensein auch auf Täuschung beruhte, daß es ebenso von Dingen bestimmt wurde, die mit der einfachen Gleichung von zwei Herzen im Einklang überhaupt nichts zu tun hatten.

Sag mir einfach, was du willst, dachte Wyrena ängstlich, *nicht warum du es vermutlich willst. Es genügt, wenn ich weiß, daß ich etwas für dich tun kann. Eine Bitte von dir ist für mich Grund genug.*

Doch als Sujata weitersprach, mußte Wyrena zu ihrem Kummer feststellen, daß sie die Wunde in Sujatas Innern nicht erreichen und heilen konnte, denn Sujata wünschte sich Dinge, die Wyrena ihr nicht geben konnte. Es gab da eine Rivalin um Sujatas Zeit, vielleicht sogar um ihre Zuneigung – eine Rivalin, deren Anziehungskraft Wyrena nicht begriff.

»Ich möchte zwei bis drei Monate pro Jahr auf der Erde verbringen können«, beschwerte Sujata sich. »Aber wie soll ich das als Kanzlerin machen? Sieh dir doch nur Kanzlerin Erickson an. Nach acht Jahren besteht ihr Leben nur noch aus Büro und Komitee und Wohnung, aus einem eng umschriebenen Kreis. Dieser Job hat sie fast aufgefressen.«

Nach einer Stunden erkannte Wyrena deutlich, in welche Richtung Sujata neigte. Und sie wußte auch, daß sie außer Wells' Erklärungen noch einen viel besseren Grund hatte, sie umzustimmen. Bisher hatte Sujata ihr jedoch keine Gelegenheit gegeben, sie zu beeinflussen, und Wyrena hatte auch keine schaffen können. Sujata fragte nicht, sie erzählte – sie hörte nicht zu, sondern redete und bewegte sich dabei unausweichlich auf den Gipfelpunkt zu.

Aus diesem Grund empfand Wyrena es als willkommene Unterbrechung, als unerwartet der Rufton von der Tür ertönte. Ohne abzuwarten, ob Sujata einverstanden war, sprang sie aus dem Sessel und lief zum Eingang.

Der Mann, den sie über Monitor erblickte, besaß die geleckte Künstlichkeit, die Wyrena mit der terranischen Mode verband: feingelocktes Haar, das er wie ein Mädchen schulterlang trug, und ein blaues Seidenhemd mit Spitzenrüschen. Obwohl Sujata sie schon oft wegen ihres Ethnozentrismus gescholten hatte, empfand Wyrena bei einem solchen Anblick immer noch einen Anflug von Verachtung. Auf Ba'ar Tell wurden ungezogene Jungen manchmal zur Strafe in die Kleider ihrer Schwestern gesteckt; warum ein Mann sich freiwillig so anzog, war ihr unbegreiflich.

Diesmal siegte jedoch ihre Dankbarkeit für die Störung über ihre Mißbilligung. »Alle Grüße des Hauses«, sagte Wyrena heiter.

»Ihnen ebenfalls. Würden Sie bitte so nett sein und Comitè Sujata sagen, daß der terranische Beobachter sie sprechen möchte?« Der Besucher lächelte salbungsvoll in die Kamera.

Unterdessen war Sujata Wyrena bis zum Ende des Eingangskorridors gefolgt. »Laß ihn herein«, bat sie und wandte sich ab.

Als die Tür sich öffnete, neigte Berberon grüßend den Kopf. »Sie müssen Wyrena Ten Ga'ar sein, die neue Assistentin der Direktorin«, meinte er höflich. »Ich bin Felithe Berberon, terranischer Komiteebeobachter.«

»Hier herein, Felithe«, rief Sujata aus dem anderen Raum.

Wyrena beantwortete Berberons Verneigung mit einem freundlichen Lächeln, ließ ihn vorbei und folgte ihm dann ins große Zimmer. Sujata saß wieder auf dem gleichen Platz wie vorhin.

»Guten Abend, Direktorin«, begrüßte Berberon sie. »Ich hoffe, ich störe nicht …«

»Nein.«

»Ich dachte, vielleicht hätten Sie einige Minuten Zeit für ein privates Gespräch.«

»Worüber?«

Berberon warf einen Seitenblick auf Wyrena und hob fragend eine Augenbraue.

»Falls es ums Kanzleramt geht, sie weiß Bescheid«, erklärte Sujata. »Wir haben uns gerade darüber unterhalten.«

Berberon nickte und bewegte sich auf einen Sitzplatz zu. »Dann sollte sie selbstverständlich bleiben. Wie ich höre, fällt es Ihnen schwer, sich zu entscheiden. Ich dachte, ich könnte Ihnen vielleicht helfen.«

»Und wie?«

»Indem ich Ihnen Informationen liefere, die Ihnen bisher vermutlich noch niemand gegeben hat.«

»Sie will die Stellung nicht«, warf Wyrena ein.

Der Ausdruck in Berberons Augen verriet, wie alarmiert er war, und er sah Wyrena forschend an, als fragte er sich, ob sie seine Verbündete oder seine Gegnerin war. Dann wandte er sich wieder an Sujata. »Komme ich etwa zu spät? Haben Sie sich schon entschieden?«

»Nein«, entgegnete Sujata. »Noch nicht ganz. Aber Wyrena hat recht. Ich will die Stellung nicht.«

»Aber Sie würden sie eventuell trotzdem annehmen?«

»Ich kann nur sagen, daß ich mich noch nicht dagegen entschieden habe.«

»Das will ich einmal als positives Zeichen auffassen.« Berberon lächelte hoffnungsvoll.

Sujata lächelte nicht zurück. »Und was hat der Weltrat zur Frage von Kanzlerin Ericksons Nachfolger zu sagen?«

»Ich bin nicht als Vertreter des Rats hier«, gestand Berberon.

»Ach ja? Wer schickt Sie dann? Wells? Oder Erickson?«

»Weder noch. Ich möchte zwar auch, daß Sie den Posten übernehmen, aber das hat andere und ganz persönliche Gründe.«

»Haben Sie vor, mir eine ebenso einseitige Version der Wahrheit anzubieten wie die beiden?«

»Nein. Ich will ehrlich zu Ihnen sein – vielleicht sogar unangenehm ehrlich.«

»Dann setzen Sie sich bitte«, forderte Sujata ihn auf. »Etwas Ehrlichkeit wäre mir sehr willkommen.«

Wyrena wartete erleichtert, bis Berberon sich einen Sessel ausgesucht hatte, und ließ sich dann rechts hinter ihm nieder, so daß er sie auch aus den Augenwinkeln nicht mehr wahrnahm. Es war der traditionelle Platz einer ba'arischen Frau in einem Gesprächskreis, doch diesmal folgte sie dabei nicht nur der Gewohnheit. Wenn sie sich zum Teil des Kreises gemacht hätte, so hätte Berberon seine Aufmerksamkeit notgedrungen zwischen ihr und Sujata teilen müssen. Auf diese Art konnte er sich ganz auf Sujata konzentrieren.

»Sie können gleich anfangen, indem Sie mir erklären, weshalb Kanzlerin Erickson zurücktritt.« Sujata zog die Beine hoch und schob die Knie unters Kinn.

»Es ist eigentlich ganz einfach. Blythe glaubt nicht, daß sie sich bei Triade gegen Wells durchsetzen kann.«

Sujata schüttelte den Kopf. »Und deswegen tritt sie zurück? Sollte sie nicht lieber weiterkämpfen und so viel Lärm wie möglich machen? Sollte sie ihn nicht dazu zwingen, sie abwählen zu lassen, statt sich still zurückzuziehen?«

Berberon lächelte. »Gibt es auf Maranit so etwas wie Glücksspiel?«

»Nein – aber seit ich von dort weg bin, sind mir ähnliche Dinge oft genug begegnet. Warum?«

»Ich habe einmal gesehen, wie ein Spieler, der kurz vor dem Bankrott stand, sein letztes Dutzend Chips auf schlechte Karten setzte. Später habe ich ihn gefragt, wieso er das gemacht hat, wo er doch noch einige Runden durchgehalten und dabei vielleicht bessere Karten bekommen hätte. Er sagte, wenn man spielt, um zu gewinnen, nicht um sich noch ein bißchen länger am Tisch zu halten, dann muß man manchmal etwas riskieren, bevor man gar keine Chips mehr hat. Genau das tut Blythe jetzt. Wenn Sie Kanzlerin werden, dann ist das in ihren Augen das Beste, das sie noch erreichen kann.«

»Aber noch ist sie die Kanzlerin. Sie ist Direktor Wells' Vorgesetzte. Er muß ihre Befehle befolgen.«

Berberon schüttelte den Kopf. »Wells ist anders. Er verfügt selbst über Einfluß.«

»Warum?«

»Weil Wells Mitglied der Neuner ist.«

Sujata runzelte die Stirn. »Dieser Ausdruck ist mir seit meiner Ankunft hier schon öfter begegnet, aber was er bedeutet, ist mir eigentlich nicht klar – auch nicht, weshalb das wichtig ist.«

»Wie soll man sie beschreiben?« fragte Berberon seufzend. »Die Neuner sind teils philosophische Clique, teils politische Partei, teils aktivistischer Kader. Sie sind die Befürworter des Individuums in dieser Generation. Sie glauben, Wettbewerb sei der ideale Weg, Wohlstand und Macht innerhalb der Gesellschaft zu verteilen.«

»Ich kann mich nicht erinnern, schon früher von ihnen gehört zu haben – als ich hier Vormundschaftsschüler war. Auf M-Center oder Ba'ar Tell übrigens auch nicht.«

»Das ist vollkommen einleuchtend. Sie wurden vor rund vierzig Jahren hier gegründet und sind anderswo kaum oder gar nicht vertreten. Sie sind eine spezifisch terranische Erscheinung, obwohl es einige Parallelen zwischen ihren Ansichten und dem Codex des Selbstvertrauens auf Rena-Kiri gibt.«

»Worauf bezieht sich ihr Name?«

»Auf ihre Überheblichkeit. Auf den Rang, den sie sich selbst beimessen. Sie betrachten sich als Elite, als intellektuell besonders begabt, als moralisch überlegen.«

»Sie sind offenbar anderer Meinung.«

»Ja. Bevor ich mich weiter zu den Neunern äußere, sollten Sie wissen, daß meine Abneigung gegen sie alt ist und persönliche Gründe hat. Ich bin vor dreißig Jahren von ihnen angeworben worden. Ich will nicht prahlen, aber ich habe ihre Bedingungen leicht erfüllt. Ihre Ansichten haben mich jedoch entsetzt.«

»Warum? Was wollen sie?«

Berberon seufzte erneut. »Sie behaupten, sie würden

daran gehindert, das zu erreichen, wozu sie fähig wären, weil in unserer Gesellschaft die Besten benachteiligt werden.«

»Und stimmt das?«

Er zuckte die Achseln. »Eine Gesellschaft, die ihre schwächeren Mitglieder schützen will, muß die Macht der stärkeren beschneiden. Der Rat bemüht sich sehr, unser angeborenes Konkurrenzdenken zum Schweigen zu bringen beziehungsweise es dort, wo das nicht möglich war, zu dämpfen und zu kanalisieren. Für Sie als Maranitin ist das vermutlich schwer zu verstehen.«

»Wie meinen Sie das?«

Berberon schürzte die Lippen. »Was glauben Sie, wie hoch der Männeranteil bei den Neunern ist?«

»Also, ich weiß nicht. Sollte er nicht dem Geschlechterverhältnis auf der Erde entsprechen – rund fünfzig Prozent?«

Berberon schüttelte den Kopf. »Nach unserer Schätzung sind mindestens achtzig Prozent aller Neuner Männer. Die Neuner sind nicht offen sexistisch, wohlgemerkt – die Zahlen spiegeln nur die Tatsache wieder, daß die Ziele der Neuner für beide Geschlechter unterschiedlich interessant sind.«

»Das müssen Sie erklären.«

»Ich will es versuchen.« Er lehnte sich im Sessel zurück. »Wissen Sie, zumindest in *unserer* Nach-Gründer-Zivilisation gehört die Konkurrenz unter Männern zum Programm für sexuelle Selektion. Erfolg ist gleichbedeutend mit Gelegenheit zur Reproduktion. Sehen Sie sich Wells und seinen kleinen Harem an – er ist das perfekte Beispiel. Und wenn Sie sich mit dem befassen, was wir über unsere eigenen Geschichte wissen, werden Sie feststellen, daß das schon immer so war. Wohlstand und Macht, überhaupt jede Form von Erfolg, waren immer der Schlüssel zur Paarung.«

»Wenn das wirklich zum genetischen Programm des Menschen gehört, wie erklären Sie sich dann Maranit? Dort sind alle Machtpositionen mit Hohefrauen besetzt, und die Männer haben das immer akzeptiert.«

»Genau – weil Sie andere Wege entdeckt haben, die einmaligen biologischen Bedürfnisse der beiden Geschlechter zu befriedigen.«

»›Die einmaligen biologischen Bedürfnisse‹? Ich weiß nicht, was Sie damit meinen.«

Berberon runzelte kurz die Stirn. »Ganz einfach, daß Männer und Frauen in bezug auf ihre sexuellen Strategien praktisch zwei verschiedene Spezies sind.«

»Merkwürdig. Ist das nur Ihre persönliche Ansicht, oder halten die Terraner das für eine Tatsache?«

»Es ist ein Grundprinzip der Soziobiologie«, entgegnete Berberon ein wenig defensiv. »Darf ich persönlich werden?«

»Nur zu.«

»Da Spermien in großer Zahl und mit geringer Mühe produziert werden können, beruht die grundlegende Strategie der Männer darauf, sich möglichst oft zu paaren – wodurch jede Frau zur potentiellen Partnerin wird und damit jeder Mann zum Konkurrenten.«

Auf Wyrena wirkte Sujatas Miene wie ein Warnsignal. »Und was tun die Frauen, während die Männer sich um sie streiten?« fragte Sujata.

»Sie verfolgen ihre eigene Strategie. Für die Frauen stellt die Reproduktion eine viel größere Investition dar als für die Männer, deshalb sieht ihre Strategie notwendigerweise anders aus. Erstens sind sie wählerisch. Und zweitens achten sie darauf, daß die Nachkommen gut versorgt sind. Natürlich gibt es viele Ausnahmen – die Erziehung spielt auch eine Rolle. Aber das ist das von der Natur vorgegebene Muster, das allem anderen zugrunde liegt.«

»Behaupten jedenfalls die terranischen Wissenschaftler.«

»Die Natur gibt ihnen recht. Man findet dieses Muster in Hunderten von Spezies und Tausenden von menschlichen Kulturen.«

»Nicht auf Maranit. Unser Muster sieht vollkommen anders aus.«

»Aber wissen Sie auch, warum Sie so anders sind?« fragte Berberon. »Weil die maranitischen Frauen seit Jahrtausenden ihre eigene Fruchtbarkeit kontrollieren. Weil Sie nie versucht haben, Ihre Männer für die Ernährung Ihrer Kinder verantwortlich zu machen. Und weil sich Ihre Männer frei mit den Frauen der Unterschicht paaren dürfen. Begreifen Sie denn nicht? Die maranitische Kultur ist ebenso tief in die biologischen Programme der Geschlechter verstrickt wie unsere. Nur daß Ihre Version Sie vor dem zerstörerischen Konkurrenzdenken der Männer schützt, unter dem unsere immer zu leiden hatte.«

»Maranit ist keineswegs frei von Konkurrenz und Konflikten.«

»Aber dieser Wettstreit findet nur unter den Hohefrauen statt. Er entspringt einem gutartigen Instinkt. Sie wetteifern um bessere Wege der Fürsorge und Pflege. Das ist ein Kampf, bei dem selbst die Verlierer gewinnen. Die Erde und Maranit stellen entgegengesetzte Pendelausschläge dar – bei uns hat das männliche, sexuell geprägte Konkurrenzdenken mitsamt dem daraus folgendem Verhalten seine stärkste Ausprägung erreicht, bei Ihnen ist es zum Glück praktisch nicht vorhanden.«

Wyrena spürte wachsenden Widerstand in Sujata. »Selbst wenn diese Spekulationen wahr wären, was hat das alles mit der Frage zu tun, ob ich Kanzlerin werden soll?«

»Wenn Sie die gesamte Tragweite bedenken, sehr viel – sonst gar nichts«, antwortete Berberon düster. »Wie Sie vielleicht wissen, hätten wir kurz vor der Wiederbegegnung fast das getan, weswegen wir die Mizari so hassen – in globalem Maßstab menschliches

Leben vernichtet. Es klingt wahnsinnig, und das war es auch. Dieser Wahnsinn ist ein Teil von uns.

Damals hat uns der Spaltungsdämpfer vor uns selbst geschützt. Aber jetzt brüllen wir wieder über die Lichtung, machen wie die Affen Drohgebärden in Richtung Mizari – nur nicht mit erhobenen Fäusten und Geknurr, sondern mit unserer neuesten Todestechnik. Die Verhaltensmuster der männlichen Sexualstrategie passen eben nicht in eine Kultur, die Fusionsbomben und Energiewaffen bauen kann, das ist die traurige Wahrheit.«

Sujata hatte die Arme vor der Brust verschränkt und schüttelte den Kopf. »Ich finde das alles schwer zu glauben. Und selbst wenn es stimmt, wo bleibt der Verstand? Wir haben doch in all dieser Zeit wohl auch etwas dazugelernt.«

»Das biologische Programm läßt sich zwar unterdrücken, aber nicht löschen und vergessen. Es läuft immer weiter, drängt sich auf, sucht nach Gelegenheiten«, behauptete Berberon grimmig. »Und das wundervolle rationale Denkvermögen der Menschen kann diesen ursprünglichen Impuls nicht nur bremsen, sondern ebensogut Gründe erfinden, warum man ihm nachgeben sollte.«

Sujata hob beide Hände, Handflächen nach außen. »Wir verwenden jetzt schon sehr viel Zeit auf diesen Punkt, und selbst wenn ich bereit wäre, Ihre Prämissen zu akzeptieren, so sehe ich doch immer noch nicht ein, welche Bedeutung das alles haben soll. Ich würde mich gern anderen Dingen zuwenden.«

Zum erstenmal verriet Berberon Ungeduld. »Sie müssen meine ethnologischen Überlegungen gar nicht akzeptieren. Sehen Sie sich einfach bei Gelegenheit einmal selbst um und ziehen Sie Ihre eigenen Schlüsse. Mir kommt es hier nur darauf an, daß die Maraniter gelernt haben, ohne Krieg zu leben. Ob sich diese Lektion übertragen läßt, weiß ich nicht. Ich weiß nur, daß das von allen Welten nur für Ihre gilt und daß Sie die einzige im Komitee sind, die aus einer solchen Kultur stammt.«

»Das ist doch wohl eher eine Schwäche als eine Stärke. Ich kann Wells' Forderungen und Absichten am schlechtesten einschätzen. Diese Art Fragen ist mir völlig neu. Was glauben Sie, weshalb mir bei Triade die Entscheidung so schwergefallen ist? Als Kanzlerin wäre ich völlig von Wells abhängig. Ebensogut könnten Sie ihn zum Kanzler machen.«

»Sie halten sich also für unfähig, sich in Fragen der militärischen Strategie ein Urteil zu bilden?«

»Ja ...«

»Dann haben auch Sie sich einreden lassen, für militärische Entscheidungen sei ein außergewöhnlich klares Denken und sicheres Urteilsvermögen erforderlich.« Berberon stand auf und wedelte dramatisch mit der Hand. »Was macht es schon, wenn Sie nicht Sun Tzus Dreizehn Prinzipien oder die Grundzüge von Delbrücks Strategie der Erschöpfung zitieren können? Janell, wie man siegt, hat uns unsere blutige Geschichte sehr gründlich gelehrt. Aber über die Frage, wann man kämpfen sollte, weiß ein Soldat nicht mehr als Sie.«

»Irgendwie bezweifle ich, daß Wells Ihnen da zustimmen würde.«

Berberon ließ sich wieder im Sessel nieder. »Vielleicht doch. Carl von Clausewitz wäre auf jeden Fall einverstanden gewesen. Clausewitz ist einer von den Namen, die Sie Ihrer Meinung nach kennen müßten, um nicht ganz unfähig zu sein – er gilt als Vater des modernen strategischen Denkens. ›Der Krieg hat seine eigene Grammatik‹, sagt Clausewitz, ›aber nicht seine eigene Logik.‹ Das stammt aus seiner klassischen Abhandlung *Vom Kriege*. Ich würde vermuten, daß Wells eine Kopie der deutschen Originalausgabe in seiner Bibliothek hat.«

Zum erstenmal hatte Wyrena das Gefühl, daß Berberon Sujata beeindruckt hatte. Ihre Antwort bestätigte es:

»Gut, vielleicht wäre ich nicht im Nachteil«, sagte sie langsam. »Trotzdem sind da immer noch Wells und die Neuner. Wieso sollte ich mich ihnen gegenüber besser durchsetzen können als Erickson?«

Berberon beugte sich vor. »Überlegen wir doch mal, warum Erickson Schwierigkeiten mit ihnen hatte. Als erstes müssen Sie sich klarmachen, daß die Neuner keine monolithische Organisation darstellen – das wäre bei ihren Überzeugungen wohl kaum möglich. Und sie könnten auch nie eine Massenbewegung werden und die Straßen mit ihren Anhängern überschwemmen. Trotzdem sind sie beim Weltrat gefürchtet.«

»Weil sie in der allgemeinen Politik anderer Ansicht sind?«

»Nein. Weil eins ihrer Ziele darin besteht, den Rat abzuschaffen, und wer einem offen die Feindschaft erklärt, den darf man nie ignorieren oder unterschätzen.«

»Warum wollen sie denn den Rat loswerden? Wäre es nicht einfacher, ihn unter ihre Kontrolle zu bringen?«

»Diesen Weg kann ihnen der Rat selbst über seine Ernennungsprozedur versperren. Außerdem gibt es noch philosophische Einwände. Nach Ansicht der Neuner ist der Rat seinen Ursprüngen untreu geworden, sprich dem leistungsorientierten Pangaianischen Konsortium mit seinem einen starken Anführer. Die Neuner verachten jede Regierung, die auf Komitees und Konsens beruht. Wenn man sie ließe, würden sie den Rat durch ihre Version von Platos Philosophenkönig ablösen und wieder etwas einführen, das sie euphemistisch eine ›Gesellschaft der Chancen‹ nennen.«

»Ich nehme an, der Rat weiß Mittel und Wege, das zu verhindern.«

»Ja. Wir lenken ihre Aufmerksamkeit auf etwas anderes und arbeiten zugleich darauf hin, diesem destruktiven Sozialisationsmuster das Rückgrat zu brechen.«

In Sujatas Augen leuchtete Verständnis auf. »Sie lenken ihre Aufmerksamkeit auf die Mizari …«

Berberon nickte. »Es gibt nur eins, was die Neuner noch mehr ärgert als die Herrschaft des Rats. So egozentrisch und individualistisch sie auch sind, sie sind gleichzeitig ausgesprochen stolz darauf, Menschen zu sein. Und weil sie auf die Menschheit stolz sind, wollen sie sie auch beschützen. Von allen Gruppen auf der Erde treten sie inzwischen am lautesten für eine Position der militärischen Stärke ein.«

»Was im Augenblick durch Triade symbolisiert wird.«

»Ja. Und solange der Rat sie in dieser Hinsicht unterstützt, riskieren sie lieber kein solches Chaos, wie es selbst die friedlichste Revolution anfangs mit sich bringen würde. Solange wir auf diesem Gebiet die ›richtige‹ Politik verfolgen, werden sie uns tolerieren.«

»Also deshalb haben Sie im Komitee zu Wells gehalten.«

»Ja. Der Rat hat die Neuner aktiv in ihrer Xenophobie bestärkt. In gewisser, sehr realer Weise hat er Wells selbst erschaffen. Unglücklicherweise ist er ihm etwas zu gut gelungen. Die Furcht wirkt allmählich auch auf ihre Schöpfer zurück.«

»Sie haben wohl nicht erwartet, daß Wells so mächtig wird.«

»Nein.« Berberon schüttelte den Kopf. »Jedenfalls nicht so schnell. Obwohl er selbst eigentlich gar nicht mächtig ist. Es ist eher so, daß die Furcht uns schwach gemacht hat und daß er diese Furcht versteht und zu nutzen weiß. Die Stärke der Neuner liegt in ihren Ideen, in den Symbolen, die über den Mitgliederkreis hinaus wirken und das Verhalten der Menschen beeinflussen. Und am mächtigsten sind die Symbole um Treue und Stärke und Sieg, weil sie ohne Rücksicht auf den Verstand die Gefühle ansprechen.«

»Wie soll ich Wells dann unter Kontrolle halten?«

Wyrena hatte nicht alles verstanden, was Berberon sagte – manches davon war ihrem Bild vom Leben so fremd, daß es für sie unbegreiflich blieb, anderes überstieg einfach ihren Bildungshorizont. Aber sie wußte, was Wells wollte. Ihr war klar, daß Sujata sie als Kanzlerin mehr denn je brauchen würde. Und sie spürte, daß Sujata schwankend geworden war und daß deshalb sie, Wyrena, jetzt ihr Gewicht in die Waagschale werfen mußte.

»Indem du ihm gibst, was er will«, sagte Wyrena laut genug, daß die anderen sie beachten mußten. Sujata und Berberon zuckten zusammen; offenbar hatten sie Wyrena tatsächlich vergessen. Berberon drehte sich im Sessel um und dankte ihr mit einem Blick für die Unterstützung.

»Was hast du gesagt?« fragte Sujata.

»Gib Comitè Wells, was er will«, wiederholte Wyrena mutiger. »Laß ihn Triade bauen. Der USS besteht nicht nur aus der Abteilung Verteidigung, und zum Kriegführen gehört mehr, als nur Waffen zu bauen. Laß Comitè Wells in diesem Punkt seinen Willen und leite alles übrige, so gut du kannst.«

»Alles übrige ...«

»Ja. Sorge dafür, daß die Kanzlerin stark ist und der USS gedeiht. Verschaffe dir eine solche Autorität, daß Comitè Wells dich respektiert. Er ist für die gleichen Ansprüche empfänglich, die er an andere stellt, denn er glaubt daran. Du könntest es schaffen, Janell. Ich kann dir helfen. Die Frauen von Ba'ar Tell verstehen auch einiges von Macht.«

»Ihre Freundin hat recht.« Berberon wandte sich wieder Sujata zu. »Der einzig mögliche Weg ist, Wells zu geben, was er verlangt. Die neue Kanzlerin wird ihm Triade geben müssen. Das hat das Komitee klar zum Ausdruck gebracht.«

»Wie kann man das als ›unter Kontrolle halten‹ bezeichnen?«

»Zur Zeit hat Wells großen Einfluß. Es wird aber Jahre dauern, bis die Streitmacht Triade gebaut ist«, meinte Wyrena. »Furcht schwindet. Irgendwann in dieser Zeit wird der Augenblick kommen, an dem du ihn aufhalten kannst.«

»Diese Hoffnung besteht auf jeden Fall«, stimmte Berberon zu. »Und dann noch die Hoffnung, daß die Mizari sich als ausgestorben erweisen.«

»Aber was für eine Verschwendung – von Zeit, von Material, von Arbeitskraft ...«

»Den Bau von Triade können wir uns leisten«, behauptete Berberon. »Und auch den des nächsten Waffensystems, und das danach. Was wir uns nicht leisten können, ist, Wells einen Krieg anfangen zu lassen.«

»Das ist eine sehr feine Trennlinie.«

»Ja. Beschwichtigungspolitik war schon immer ein gefährliches Spiel. Aber wie gesagt, uns bleibt keine andere Wahl mehr. Deshalb möchte ich Sie als Kanzlerin haben. Die letzte Befehlsgewalt wird bei Ihnen liegen, nicht bei ihm. Und Sie sind die einzige, der ich zutraue, daß Sie nein sagen, wenn er mit seiner Bitte zu Ihnen kommt.«

»Dann erwarten Sie also, daß ich sehr lange im Amt bleibe. Wie Wyrena ganz richtig bemerkt hat, wird Triade frühestens in einem Jahrzehnt fertig sein.«

Berberon nickte. »Ich würde mir wünschen, daß Sie mindestens einen Tag länger im Amt bleiben als Wells.«

»Und wenn ich nicht Kanzlerin werde?«

»Dann wird Wells bald nicht nur die Streitmacht Triade haben, sondern auch die Macht, sie einzusetzen, und ich kann gar nicht sagen, wie sehr diese Aussicht mich erschreckt.«

Sujata blieb einen Moment lang still. »Und wenn wir uns gar nicht wegen der Neuner Sorgen machen sollten, sondern wegen der Mizari?« fragte sie schließlich. »Was ist, wenn sich herausstellt, daß die richtige Antwort ja wäre?«

Berberon zog eine Grimasse. »Ja kann gar nicht die richtige Antwort sein. Von Krieg kann man nur reden, wenn beide Gegner halbwegs gleich stark sind. Wenn man kochendes Wasser auf einen Ameisenhügel gießt, nennt das auch niemand Krieg. Vor sechzigtausend Jahren waren die Mizari unermeßlich viel stärker als wir. Falls sie überhaupt noch existieren, wäre es ein Wunder, wenn der Abstand jetzt nicht noch größer wäre. Verschwenden Sie Ihre Zeit nicht darauf, sich wegen einer Rückkehr der Mizari Sorgen zu machen, denn falls sie wiederkommen, können wir doch nichts anderes tun als uns hinlegen und sterben. Sorgen sollte Ihnen machen, daß wir übermütig werden und nach ihnen suchen könnten.«

Sujata stützte das Kinn auf die verschränkten Hände und blickte auf die Fußbodenmitte. Viele Sekunden lang sagte niemand etwas. Wyrena fing einen Blick und ein nervöses Lächeln von Berberon auf.

»Also gut«, meinte Sujata schließlich. »Ich übernehme den Posten.«

»Danke.« Berberon stand auf. »Ich wünschte, ich könnte Ihnen versprechen, daß Sie es nicht bereuen werden ...«

»Ein solches Versprechen würde ich nie von Ihnen erwarten. Meine Augen sind offen. Ich stelle jedoch auch einige Bedingungen. Erstens müssen Sie Erickson dazu bewegen, noch eine Woche zu warten. Bevor der Wechsel stattfindet, möchte ich für einige Tage allein zur Erde hinunterfliegen.«

»Ich verstehe.« Er verneigte sich höflich.

»Zweitens müssen Sie sich verpflichten, ebenso lange im Büro des terranischen Beobachters zu bleiben, wie ich in der Kanzlersuite bleiben soll. Ich weiß, diese Entscheidung liegt bis zu einem gewissen Grad beim Weltrat. Aber solange der Rat Sie haben will, werden Sie gefälligst bleiben. Sie sind für diese Krise mitverantwortlich. Also sollten Sie sich auch für diesen Waffenstillstand verantwortlich fühlen, den Sie offenbar für eine Lösung halten.«

Berberon nickte zustimmend. »Wie Sie schon sagten, bin ich nicht mein eigener Herr. Aber ich werde hierblieben, solange ich kann, und Ihnen helfen, so gut ich kann, das verspreche ich Ihnen.« Er verbeugte sich vor Wyrena und bewegte sich rückwärts zur Tür.

»Beobachter Berberon – dieser Spieler«, rief Sujata ihm nach. »Was ist aus ihm geworden?«

Berberon lächelte düster. »Das ist zwar ganz unwichtig, aber er hat gegen jemand mit besseren Karten verloren.«

Seit Berberon die Bedingungen von Ericksons Pakt mit Wells kannte, war er sich einer beunruhigenden verwundbaren Stelle bewußt. Gemäß den Verfahrensregeln des Komitees mußte zuerst Erickson ihren Posten aufgeben, ihr Zugeständnis also unwiderruflich einlösen, bevor Wells das gleiche tat. Damit war es zumindest denkbar, daß Wells sein Wort brach und Loughridge oder sogar sich selbst als Kandidaten aufstellte.

Erickson teilte diese Furcht nicht. Sie verließ sich nicht nur darauf, daß Wells ehrlich vor dem angedrohten Kampf gegen sie und vor der Gefahr aus Tanviers Richtung zurückschreckte, sondern auch darauf, daß er im Grunde ein ehrenhafter Mensch war. Wells würde Erickson bei der Nominierung von Sujata unterstützen, und die Wahl würde eine reine Formsache sein.

Berberon hätte gern ähnliche Zuversicht empfunden. Aber kaum hatte Erickson vor dem größtenteils verblüfften Komitee ihren Rücktritt erklärt, bekam Berberon Magenkrämpfe. Und seine Angst wuchs, als er an der Spitze der Beobachter den Raum verließ und sich die Türen der Kammer hinter ihnen schlossen, damit das Wahlkomitee mit seiner geheimen Arbeit beginnen konnte. Seine Beine fühlten sich so gummiweich an, daß er es kaum ein Dutzend Schritte den Korridor entlang schaffte, dann sank er auf den bankartigen Sims unter einem sechseckigen Fenster, von dem aus man in das Hauptatrium von Center blickte.

Seine Anwesenheit dort bewirkte, daß auch die anderen sich in diesem Teil des Korridors versammelten. Überrascht stellte Berberon fest, wie gründlich das Geheimnis um den geplanten Wechsel gewahrt worden war. Selbst die zwei Direktoren Loughridge und Vandekar hatten durch ihre ungläubigen Gesichter verraten, daß sie nicht im voraus eingeweiht worden waren, und bis auf Berberon schienen auch alle Beobachter wie betäubt über Ericksons Rücktritt. Sie waren schweigend hinausgegangen, hatten sich verwundert angeschaut und immer wieder in die Arena zurückgeblickt, und ihre Schritte waren so unsicher und zögernd gewesen wie bei einem Kind, das sich auf dünnes Eis wagt.

Jetzt fanden sie allmählich die Sprache wieder – wobei sie allerdings zu stolz waren, sich gegenseitig ihre Überraschung einzugestehen, und deshalb nichts vorzubringen wußten als unwichtiges Geschwätz.

»Das überrascht mich gar nicht«, behauptete Prinz Denzell, obwohl ihm niemand wirklich zuhörte. »Man hätte sie schon vor Jahren absetzen sollen. Sie war als Kanzlerin offensichtlich ungeeignet.«

»Merkwürdig – mir ist so, als hätten Sie selbst sich noch vor zwei Wochen mit ihr verbündet«, entgegnete Botschafter Ka'in ruhig.

»Sogar der Unfähigste hat manchmal recht, allein schon durch Zufall«, antwortete Denzell halsstarrig.

Allianora kam zu Berberon und setzte sich neben

ihn auf den Sims. »Woher wissen wir, wann sie fertig sind?«

»Es gibt ein Rückrufsignal«, erklärte Berberon mit zittriger Stimme.

»Dann können wir also gehen?« fragte Hollis. »Sie verlangen nicht, daß wir hier warten?«

»Nein.«

»Gut«, meinte Hollis verdrießlich und stapfte in Richtung Fahrstuhl davon.

Allianora blickte sich unsicher um und wollte ebenfalls aufstehen. Berberon legte ihr eine Hand auf den Unterarm und hielt sie zurück. »Es dauert entweder nur ganz kurz oder sehr lange. Wir können ebensogut noch ein bißchen warten.«

Es vergingen nur zehn Minuten, doch Berberon erschienen sie wie eine Stunde. Als sich die Kammertür öffnete, drehten alle die Köpfe, und Berberon und Allianora standen erwartungsvoll auf. Im nächsten Moment kam Erickson heraus, mit aufrechtem Rücken und hocherhobenem Kopf und würdiger, beherrschter Miene. Ohne zu ihnen herüberzublicken, ging sie den gebogenen Korridor entlang in die andere Richtung, fort von den Büros der leitenden Angestellten auf den Wohnbereich zu.

Für Berberon, der wußte, wovor sie davonging, hatte ihre sich entfernende Gestalt etwas Ergreifendes und Verlorenes. Er wäre ihr gern gefolgt, widerstand jedoch dem Impuls. Es war unwahrscheinlich, daß sie jetzt Gesellschaft haben wollte, und außerdem sehnte er sich noch viel stärker danach, endlich zu erfahren, ob alles nach Plan gelaufen war.

Als das Rückrufsignal ertönte, bewegten sich alle bereits wieder auf die offenen Türen der Kammer zu. Während sie nacheinander eintraten und ihre Plätze auf der oberen Ebene einnahmen, bemerkten sie, daß die verbliebenen Komiteemitglieder auf ihren gewohnten Plätzen saßen und der Alkoven der Kanzlerin leer war. Sujata hatte den Kopf gesenkt und schien sich in einer privaten Welt zu befinden. Die anderen betrachteten Hände und Fingernägel und wechselten ab und zu neugierige und verstohlene Blicke. Niemand sagte etwas, bis wenige Minuten später Hollis atemlos hereinkam.

»Was ist passiert?« fragte er von der Tür aus.

»Nichts«, antwortete Berberon ein wenig ungeduldig. »Und es wird auch nichts passieren, bis Sie sich eingeloggt haben.«

Kaum hatte Hollis sich in seinem Alkoven niedergelassen, wechselte das Statussignal im Aufnahmestab von Bernsteinrot auf Grün.

»Durch eine Abstimmung des Wahlkomitees«, verkündete die Maschine, »ist die Nominierung von Janell Sujata als Kanzlerin des Vereinigten Raumflugdienstes bestätigt worden.«

Der Applaus fing bei Berberon an, und er war von eigenartiger Qualität. So klein die Gruppe war, ließen sich doch unterschiedliche Grade der Begeisterung feststellen, die bis zu reiner Höflichkeit reichten. Denzell stimmte überhaupt nicht ein.

Sujata erwachte aus ihrer introspektiven Träumerei, stieg aus ihrem Alkoven und ging den langen Weg außen um den Raum herum. Nachdem sie sich auf dem Platz niedergelassen hatte, den noch vor so kurzer Zeit Erickson eingenommen hatte, schaute sie sich langsam um und nahm mit jedem Beobachter und Direktor nacheinander Blickkontakt auf.

»Allen, die meine Nominierung unterstützt haben, möchte ich danken«, sagte sie. »Alle, die es nicht getan haben, möchte ich nur bitten, daß Sie mir ausreichend Gelegenheit lassen, Ihre Vorbehalte zu entkräften.«

Berberon schöpfte Mut. Was immer Sujata wirklich empfinden mochte, sie strahlte Ruhe und Selbstsicherheit aus. *Ich glaube, sie ist die Richtige …*

»Für heute will ich Sie nicht mehr lange hier festhalten, obwohl Sie sich darauf verlassen können, daß Sie mich von nun an oft sehen werden. Zwei Dinge verdienen jedoch noch unsere Aufmerksamkeit. Erstens der freie Platz im Komitee. Ich werde augenblicklich Bewerbungsgespräche ansetzen. Falls Sie Kandidaten wissen, die Sie mir empfehlen möchten, teilen Sie mir bitte baldigst ihre Namen mit.

Der zweite Punkt ist Triade. Direktor Wells?«

»Ja?«

»Der Vorschlag der Abteilung Verteidigung ist in seinem jetzigen Umfang von fünf Kampfgruppen Triade nicht akzeptabel. Bei der nächsten Sitzung hätte ich gern einen überarbeiteten Finanz- und Beschaffungsplan für eine Streitmacht von drei Gruppen. Außerdem finde ich die Angaben zu den geplanten Kommunikations-, Kommando- und Kontrollstrukturen unzureichend. Bitte reichen Sie eine überarbeitete Darstellung ein, die mehr Details enthält und aus der klar hervorgeht, daß die oberste Befehlsgewalt beim Kanzlerbüro liegt.«

»Selbstverständlich, Kanzlerin Sujata.« Wells neigte leicht den Kopf.

»Das wäre dann alles. Ich werde mich mit jedem von Ihnen noch einzeln unterhalten, und nächsten Dienstag treffen wir uns alle hier wieder.«

Sie stand auf, und die anderen erhoben sich mit ihr, um den Raum zu verlassen.

»Nein!« rief Denzell; sein Gesicht war von Wut und Verachtung verzerrt. »Wells! Wie können Sie das zulassen? Die ist ja noch schlimmer als die letzte! Das ist nicht nur eine Frau, das ist eine Maranitin – man hat ihr die Frauenorgane herausgerissen –, sie geht schamlos mit ihrer Assistentin ins Bett. Und so jemand soll uns führen? Sie hat reproduktiven Selbstmord begangen! Was kümmert denn jemand wie die unsere Zukunft?«

Doch Wells, dem der Appell galt, verschränkte nur

die Arme vor der Brust und blickte Denzell fragend an. Alle anderen Blicke richteten sich auf Sujata. Denzells dramatischer Ausbruch war nicht nur ein beispielloser Verstoß gegen die Etikette, er war auch die erste Herausforderung an die neue Doyenne, und alle blieben wie gebannt stehen und warteten auf ihre Reaktion.

Sujata betrachtete den tobenden Liamesen und ließ ihn einige Sätze lang weiterschimpfen. Dann nutzte sie seine erste Atempause und sagte leichthin: »Wir müssen alle Zugeständnisse machen, Aramir. Ich hoffe, Sie werden mir meinen kulturellen Ballast vergeben, so wie ich Sie nicht dafür verantwortlich machen werde, daß Sie offenbar eine rituelle Lobotomie hinter sich haben.«

Gelächter durchbrach die Spannung, angeführt von Berberons unverkennbarem Glucksen und Loughridges tiefem schallendem Lachen. Sogar Wells grinste von einem Ohr zum andern. Als Denzell das sah, wurde er dunkelrot im Gesicht und stürmte schimpfend davon.

Schlagfertiger hätte selbst ich nicht antworten können, dachte Berberon zufrieden. *Sie wird es schaffen. Ja, sie wird es schaffen.*

Farlad traf Wells in der Sternenkuppel an, wo er nicht weit von der Raummitte auf einer Liege lag und zu den Sternen von Ursa maior hinausblickte. Gerade wanderte der zunehmende Mond ins Blickfeld, überstrahlte die Sterne ringsum und ließ das Kuppelinnere in leblosem Weiß erscheinen.

»Ja, Lieutenant?« sagte Wells, als Farlad näher kam.

»Ich dachte, das wird Sie interessieren. Unserem Büro ist gerade bestätigt worden, daß Kanzlerin Sujata einen Antrag von uns erwartet. Es ist also offiziell. Sie haben gewonnen.«

»Das ist nur der Anfang«, meinte Wells gedankenverloren. »Ich habe Schach gegen zwei Gegner gleichzeitig gespielt. Der schwächere ist jetzt eliminiert. Von nun an muß ich mich nur noch mit einem befassen.«

»Ja, Sir.«

»Ich habe gerade über Thackery nachgedacht. Ein großer Mann, Teo. Trotz seiner Fehler ein großer Mann. Aber er hat nur halbe Arbeit geleistet. Das ist nicht sein Fehler, wohlgemerkt – zu mehr hatte er gar keine Gelegenheit. Wir haben die Gelegenheit. Sie und ich, Teo, wir werden noch erleben, wie dieser Waffenstillstand gebrochen wird.«

»Sir?«

Wells setzte sich auf und schwang die Beine von der Liege. »Rashuri verdanken wir die Wiederbegegnung – Thackery die Neuorientierung. Aber was sie begonnen haben, wird erst vollendet sein, wenn es auch eine Abrechnung gegeben hat.«

Im Mondlicht war kaum zu erkennen, daß Farlad die Stirn runzelte. »Ich kann mir nur schwer vorstellen, daß es noch zu unseren Lebzeiten dazu kommen wird, Sir.«

»Die Zeit läßt sich betrügen, Teo. Ich habe das alles in der Gewißheit begonnen, daß ich es auch beenden werde.«

»Sie haben schon sehr viel erreicht, nur indem Sie Triade so weit vorangebracht haben.«

Langsam schüttelte Wells den Kopf. »Von jetzt an bis zur Fertigstellung der Triade-Gruppen gibt es noch viel zu erledigen. Sehr viel, wenn wir bereit sein wollen, den Mizari gegenüberzutreten.«

»Das wird vielleicht gar nicht notwendig sein.«

Wells stand auf, und im Mondlicht wirkten seine Gesichtszüge und der große, schlanke Körper nicht wie aus Fleisch und Blut, sondern wie aus grauem Stein gehauen. »Wenn wir sie finden, müssen wir gegen sie kämpfen«, erklärte er fest. »Und wir *werden* sie finden.«

ZWEITER TEIL

DIE JAGD

660 n. W.

»Il faut, dans le gouvernement,
des bergers et des bouchers.«

– *Voltaire*

10. KAPITEL

Augen, die strahlend ihr Ziel erblicken

»Ich gehe zwischen den Bauten einer Stadt entlang,
und ich sehe einen Mann vorübereilen – wohin?
Dieses Geschöpf hat ein Ziel,
und seine Augen erblicken es strahlend.«

– *John Keats*

»Ich möchte mich dafür bedanken, daß Sie sich die Zeit genommen haben und hergekommen sind«, sagte Harmack Wells zu der Frau, die neben ihm herging.

»Keine Ursache, Direktor. Wenn die Kanzlerin abwesend ist, habe ich die Aufgabe, mich um derlei Dinge zu kümmern«, erwiderte Wyrena Ten Ga'ar.

Bei ihrer Ankunft in Unity war sie kaum mehr als ein Mädchen gewesen; seitdem war sie geistig jedoch so weit gewachsen, daß nun ›Frau‹ besser zu ihr paßte. Diese Veränderung war durch Verantwortung ausgelöst worden, eine Verantwortung, die fast schneller gestiegen war, als Ten Ga'ar bewältigen konnte. Die Muster und Gewohnheiten ihrer ba'arischen Heimat waren tief in ihr verwurzelt und ließen sich nie ganz abschütteln, aber sie waren durch neue Zuversicht und neues Selbstvertrauen geschwächt worden.

Trotzdem, manchmal riefen ein fremder Ort oder ein fremdes Gesicht noch ein Echo dessen wach, was sie nach ihrer Ankunft empfunden hatte: Unsicherheit, Ängstlichkeit, quälende Unterwürfigkeit. Und auch ein bekanntes Gesicht konnte ihr das immer noch antun – Harmack Wells.

Sie gingen durch einen Korridor tief im Innern von USS-Central, einer Sektion, die Außenseiter selten zu Gesicht bekamen und die deshalb auch nicht mit dem gleichen Glanz und Luxus eingerichtet war wie die öffentlichen Bereiche. Die Wände waren mit einer beruhigenden aber nichtssagenden hellblauen Dauerfarbe bedeckt, und der nackte Mehrschichtenboden wies Kerben und schwarze Striche auf, ein untrügliches Anzeichen für Fahrzeugverkehr.

Vor ihnen teilte sich der Korridor. »Hier entlang«, sagte Wells, als sie sich der Gabelung näherten, faßte Ten Ga'ar am Ellbogen und führte sie auf die linke Abzweigung zu. »Bis zum Labor ist es nicht mehr weit.«

»Danke. Man sollte meinen, daß ich inzwischen die ganze Station kenne. Die Kanzlerin verirrt sich nie. Mir passiert das immer noch. Wenn Sie mich hier unten allein ließen, würde ich eine Woche brauchen, um zurückzufinden.«

»Dies ist Technikergelände«, erklärte Wells. »Außer den Weißkitteln kommt hier nie jemand her.«

Einige Schritte weiter öffnete sich eine Tür auf der rechten Seite, ein niedriger Karren rollte heraus und kam in weitem Bogen auf sie zu. Als er ihre Gegenwart wahrnahm, hielt er an, bis sie vorbei waren, und fuhr dann unter schwachem Surren weiter.

»Sie könnten jederzeit auf einem von denen mitfahren«, meinte Wells lächelnd und deutete mit dem Daumen über die Schulter. »Hier ist das Labor.« Er steuerte auf die nächste Tür zu.

Auf dem Schild neben der Tür stand LABOR FÜR SYNTHETISCHE MODELLIERUNGEN.

»Das hier ist der einzige große Holosimulator innerhalb eines gesicherten Bereichs, sonst hätte ich Sie nie gebeten, hierher mitzukommen.« Wells wartete, bis sie ihn eingeholt hatte. Dann wich er zur Seite und ließ sie zuerst eintreten.

Hinter der Tür befand sich ein mäßig großer und relativ leerer Raum. Vor einem großen Synglasfenster befand sich eine Konsole mit zwei Sitzplätzen, und an einer Wand standen drei niedrige Geräteschränke. An der Konsole saß ein einzelner Tech in grauem Overall; er trug ein schwarz-rotes Schulterabzeichen, das Ten Ga'ar nichts sagte. Bei ihrem Eintritt stand er auf.

»Es ist alles vorbereitet, Direktor«, meldete er und salutierte.

»Danke, Joel. Wir gehen sofort hinunter.«

Wells führte Ten Ga'ar durch eine weitere Tür und über eine steile Rampe einen engen Gang hinunter, der nur durch kleine Lampen auf Kniehöhe erhellt wurde. Nach etwa einem Dutzend Schritten fand Ten Ga'ar sich in einer großen halbdunklen Kammer wieder, die abgesehen von dem kleinen, ebenen Bereich in der Fußbodenmitte, auf dem Wells und sie jetzt standen, vollkommen rund war. Sie blickte nach oben und entdeckte rechts von ihnen auf halber Höhe das Synglasfenster des Kontrollraums.

»Bitte Stimmeingabe, Joel«, sagte Wells.

»Ja, Direktor«, antwortete die körperlose Stimme. Im nächsten Moment wurde das Fenster schwarz, und in der Kammer wurde es noch dunkler.

Wells wandte sich zu Ten Ga'ar um. »Die Angelegenheit, die ich mit der Kanzlerin besprechen wollte – und vermutlich immer noch besprechen muß –, hat mit der Kommunikation über Kleine zu tun. Es ist vielleicht ganz gut, daß ich erst einmal mit Ihnen üben kann, denn das Problem ist sehr komplex.«

»Falls es um andere Dinge als Beschaffungs- oder Sicherheitsfragen geht, werde ich bestimmt nicht mitkommen.« Ten Ga'ar lächelte ironisch.

»Ich fürchte, es geht um technische Fragen. Ich habe aber nicht vor, es Ihnen technisch zu erläutern. Diese Dinge überlasse ich wie jedermann den Experten. Ich möchte nur sehen, ob ich Ihnen einen hilfreichen Einblick in die Situation vermitteln kann.«

»Wir können es ja versuchen«, stimmte Ten Ga'ar zu.

»Damit wir nicht ganz verrückt werden, beschränken wir uns auf zwei Dimensionen«, fuhr Wells fort. »Wie Sie wissen, dient der Kleine überall im USS als primäres System für die Langstreckenkommunikation. Eigentlich ist er sogar das einzige System, jedenfalls sobald es um größere Entfernungen als ein paar Cee-Sekunden geht.«

»Die Schiffe verfügen doch immer noch über Breitband-EM-Transmitter, nicht wahr?«

»Und über Schmalband-Lasersender, aber die werden höchstens innerhalb eines Systems eingesetzt oder wenn das Schiff beschädigt ist. Der Kleine wird überall und zu jeder Zeit benutzt. Wieviel wissen Sie über seine Arbeitsweise?«

»Gerade genug, um mich an einen Kom-Knoten zu setzen und jemand eine Nachricht zu schicken – mehr nicht.«

Wells nickte. »Dann fangen wir ganz von vorn an. Stellen Sie sich einen unendlich großen Billardtisch vor ...«

Bei diesen Worten erschien dicht über ihnen und parallel zum Boden ein feines Gitter aus sich kreuzenden grünen Linien. Die Spiegelungen ließen es so aussehen, als würde es die Kammer in zwei Hälften teilen und unendlich weit nach draußen reichen.

»Das hier stellt die Grenze zwischen der Materiematrix des Universums hier unten bei uns und der Energiematrix der Spindel dort oben über uns dar. Die Grenze – mit anderen Worten, der Tisch – ist nicht vollkommen eben. Hier und da finden sich konische Vertiefungen ...«

In dem Gebilde erschienen einige Dutzend solcher Vertiefungen, jede mit glatten schrägen Wänden und einer symmetrischer Form, die an den Schalltrichter eines Blechinstruments erinnerte.

»... fast wie Löcher mitten im Tisch. Auf dem Grund jedes Loches befindet sich ein AVLO-Generator – entweder ein Schiffstriebwerk oder ein Kraftwerk wie das auf unserer Station.« Einige der Vertiefungen, die offenbar Schiffe darstellten, begannen langsam durch das Netz zu wandern. Wells fuhr fort: »Wenn man eine Kleinebotschaft abschickt, so ist das, als würde man eine Billardkugel aus einem der Löcher stoßen, und zwar gerade so kräftig und schnell, daß sie quer über den Tisch rollt und in das Loch fällt, in dem der Empfänger sitzt.«

Überall im Gitter stiegen leuchtend orangerote Kugeln aus den Vertiefungen, ›rollten‹ über die Netzoberfläche und versanken in einer benachbarten Vertiefung.

Ihre Bewegungen wirkten elegant und anmutig; trotzdem zwang Ten Ga'ar sich, nur auf den Sinn der Vorführung zu achten. »Ein empfängerspezifisches System.«

»Richtig.«

»Und wo liegt das Problem?«

»Daß es immer schwieriger wird, die Botschaften ans Ziel zu bringen.«

Besorgt runzelte Ten Ga'ar die Stirn. »Warum ist das so?«

»Objektiv ausgedrückt, wir wissen es nicht. Das Problem geht von der Spindel aus, und dort können wir keine direkten Beobachtungen durchführen. Um bei unserer Analogie zu bleiben, hat es jedoch den Anschein, als würde die Oberfläche unseres Billardtisches allmählich rauher – als würde sie Runzeln und winzige Risse bilden und sich verbiegen.«

Inzwischen war offensichtlich, daß der Simulator genau Wells' Worte befolgte, denn während Wells in seinen Erklärungen fortfuhr, zeigte sich jeder neue Aspekt des Problems in dem Gebilde über ihnen. Fasziniert beobachtete Ten Ga'ar, wie sich das Gitter verzerrte, bis die orangefarbenen Kugeln unberechenbar umhertorkelten.

»Warum das geschieht, weiß niemand – ob wir den Tisch in vierhundert Jahren Kleinekommunikation einfach abgenutzt haben; ob es daran liegt, daß es zu viele Löcher im Tisch gibt, so daß eine Botschaft um so stärker abgelenkt wird, je weiter sie zu wandern hat; oder ob zu viele Bälle unterwegs sind und sie immer wieder zusammenstoßen.

Natürlich sind Kleinenachrichten keine Billardkugeln – es sind Energiepakete, und an diesem Punkt versagt die Analogie. Eine Botschaft ans Ziel zu bringen, ist keine Frage von alles oder nichts – in Wirklichkeit wird lediglich die Energie gestreut und der Informationsgehalt vermindert.«

»Können Sie irgend etwas dagegen unternehmen?«

»Die Einsatzabteilung hat vor zehn Jahren aus eigenem Antrieb bei allen Nachrichtenverbindungen Prüfprotokolle eingeführt. Natürlich können auch diese Prüfmechanismen selbst von der Interferenz betroffen sein, so daß manchmal Daten sauber ankommen und trotzdem ein zweites Mal gesendet werden müssen, weil die Prüfsumme selbst beschädigt wurde. Und alles Prüfen und Zweifachsenden bedeutet Mehraufwand, wodurch sich der Datenaustausch verlangsamt – und zwar in dem Maß, wie die Interferenz sich verstärkt und die Vorsichtsmaßnahmen zur Sicherung der Datenintegrität komplexer werden.«

»Sagten Sie, daß die Interferenz stärker wird?«

»Ja. Zur Zeit kommen wir noch zurecht, aber das Tempo der Verschlechterung macht uns Sorgen«, erwiderte Wells. »So große Sorgen, daß wir die Kleinekommunikation im Lynx- und Bootes-Oktant eingeschränkt haben und alles versuchen, um die Zahl der Schiffe dort niedrig zu halten.«

»Hat das etwas genützt?«

»Kaum. Simulation beenden«, befahl er, und das Gitter verschwand. »Ich muß Ihnen sicher nicht erst erzählen, wie wichtig zuverlässige Kleineverbindungen für all unsere Aktivitäten sind.« Er führte Ten Ga'ar wieder den Gang hinauf zum Kontrollzentrum. »Wenn uns die Daten der Wächter am Perimeter nicht mehr erreichen, sind wir praktisch blind – wir können nicht mehr feststellen, was dort draußen vorgeht, und sind daher auch nicht vorgewarnt, falls etwas vorgeht, das uns nicht gefallen würde. Und wenn wir die Einheiten unserer Streitkräfte nicht schnell und zuverlässig erreichen können, läßt sich auch natürlich keine geordnete Reaktion einleiten. Danke, Joel«, ergänzte er mit einem Kopfnicken an die Adresse des Tech, und sie verließen das Labor.

Daß die Lage ernst war, mußte man Ten Ga'ar nicht erst erklären. Die Auswirkungen gingen weit über das Problem der militärischen Bereitschaft hinaus. Ohne Kleine wären die Welten und alle Schiffe, die sie anflogen, zeitlich isoliert. Der Kleine band sie zusammen.

Nur durch den Kleine hatte der Begriff ›jetzt‹ mehr als eine örtliche, beschränkte Bedeutung. Ohne Kleine konnte die Affirmation nicht existieren. Keine noch so große Zahl von Schiffen konnte ihn ersetzen. Per Schiff war Journa zehn Jahre entfernt und Ba'ar Tell ein Vierteljahrhundert. Weder der Handel noch das Gemeinschaftsgefühl würden den Verlust des Kleine überleben.

»Sie sagen, die Einsatzabteilung weiß seit zehn Jahren davon, und Sie haben es offenbar auch schon vor einer Weile erfahren«, sagte Ten Ga'ar, während sie neben Wells den gleichen Weg zurückging. »Warum hören wir erst jetzt davon? Warum haben Sie so lange damit gewartet, uns auf das Problem aufmerksam zu machen?«

»Eine berechtigte Frage. Es fällt mir nicht ganz leicht, unser Schweigen zu rechtfertigen. Ein Teil der Antwort liegt vermutlich darin, daß wir es anfangs gar nicht als Problem erkannt haben, nur als eine lästige Störung, die Art von technischem Eigensinn, der bei jedem komplexem System auftritt. Außerdem hatten wir keinen Grund zu vermuten, daß die Interferenz sich nicht auf ein tragbares Niveau einpendeln würde.«

Sie erreichten den Fahrstuhlknoten, und Wells rief mit Hilfe seines Prioritätsschlüssels eine Kabine herbei.

»Und jetzt, da es offensichtlich ein Problem ist, was können wir da tun?« fragte Ten Ga'ar, während die Fahrstuhltüren sich vor ihnen öffneten.

In der Kabine befanden sich schon zwei weitere Personen, deshalb schüttelte Wells den Kopf. »Später.«

»Wir können in mein Büro gehen«, schlug Ten Ga'ar vor.

»Meins ist näher«, erwiderte Wells in einem Tonfall, der keinen Widerspruch zuließ.

Während der Fahrt schwiegen sie; Wells betrachtete die Fahrtanzeige des Fahrstuhls, und Ten Ga'ar betrachtete ihn. Wells jagte ihr keine Furcht mehr ein, aber sie hatte immer noch Respekt vor seiner Macht. *Ich hätte darauf bestehen sollen, daß wir in mein Büro gehen,* dachte sie reuevoll. Sie mußte ständig gegen den Impuls ankämpfen, sich einfach seiner befehlenden Aura zu ergeben. *Trotzdem,* dachte sie, *ich glaube, in diesem Fall werde ich ganz gut mit ihm fertig.*

Als sie den Blick von Wells abwandte, merkte sie, daß die beiden Mitfahrer sie und Wells neugierig beobachteten, mit fragenden Blicken und kaum verhülltem heimlichem Kichern. Als die zwei den Fahrstuhl vier Ebenen höher verließen, lachte Ten Ga'ar. »Die beiden dachten bestimmt … Nach dem wenigen, was sie mit angehört haben …«

»Das will ich doch hoffen«, erwiderte Wells mit ernster Miene. »Mein Ruf kann ein bißchen Auftrieb gebrauchen.«

Ten Ga'ar sagte nichts dazu, doch der Scherz machte sie nachdenklich. Wells lebte allein, solange sie ihn kannte, aber das geschah offensichtlich freiwillig und nicht gezwungenermaßen. Mit seinen brennenden Augen, der straffen Figur und dem ruhigen und bestimmten Auftreten strahlte er eine Botschaft aus, auf die viele Frauen stark reagierten. Das spürte Ten Ga'ar nicht nur selbst, sie hatte es auch schon von einer ganzen Reihe Mitarbeiterinnen gehört.

Diese Anziehungskraft hatte Wells bisher zu einer Reihe von Gelegenheitsliebschaften benutzt – manchmal waren es auch mehrere gleichzeitig gewesen. In der Sprache ihrer Heimatwelt war er ein *ga'fla* – einer, der Bettgenossinnen suchte, aber keine Ehefrau. Auch zwei von Ten Ga'ars Freundinnen waren einmal für ihn abrufbereit gewesen, eine dritte hoffte von sich, daß sie es immer noch war, und sie alle hatten in der Beziehung mehr gesehen, hatten sich mehr davon versprochen als Wells.

Obwohl diese Frauen Wells' Ruf kannten, war jede von ihnen überzeugt gewesen, sie habe Wells etwas Einmaliges zu bieten, etwas, das sie zu seiner Auserwählten machen würde. Ten Ga'ar war immer zu höflich gewesen, ihnen die Wahrheit vor Augen zu halten, nämlich daß Wells nur von ihnen wollte, was jede Frau ihm geben konnte. Er hatte es immer bewußt und beharrlich vermieden, sich auf einer anderen Ebene mit einer Frau einzulassen.

Seit nunmehr rund einem halben Jahr schien er sich jedoch selbst aus diesen minimalen Bindungen zurückzuziehen. Das war Ten Ga'ar bewußt geworden, als Kilaoqe verzweifelt zu ihr gekommen war, weil Wells nicht mehr nach ihr verlangte und sie erfahren wollte, ob Wyrena wußte, wer sich seine Zuwendung gestohlen hatte. Nachdem sie sich so gründlich wie möglich umgehört und nur herausgefunden hatten, daß andere Frauen sich das gleiche fragten, waren sie zum dem Schluß gekommen, daß es jemand unten auf der Erde sein mußte und Wells sie bei seinen regelmäßigen Ausflügen dorthin besuchte.

Durch Wells' kleinen, selbstironischen Scherz eröffnete sich plötzlich eine ganz andere Sicht der Dinge. Offenbar hatte Wells seine intimen Beziehungen bewußt und mit voller Absicht in aller Stille absterben lassen, wie schlecht gepflegte Zimmerpflanzen. Ten Ga'ar hatte sogar eine Ahnung, wann er diese Entscheidung getroffen hatte. Was sie nicht begriff, war der Grund.

Bevor Ten Ga'ars Schweigen allzu auffallend wurde, entließ der Fahrstuhl sie auf Ebene 1. Hier waren die Korridore belebt, deshalb nahmen sie ihr Gespräch erst auf, als sie fünf Minuten später Wells' Büro erreichten.

»Sie haben gefragt, was wir jetzt machen«, fing Wells an, während sie einander gegenüber Platz nahmen. »Als langfristige Lösung können sich unsere Leute nur vorstellen, daß man ein System von automatischen Relaisstationen einrichtet. Die Interferenz wächst mit der Entfernung, deshalb würde der Plan so aussehen, daß wir Fernverbindungen legen mit einem aktiven Verstärker etwa alle zehn Cees, der jede Nachricht entgegennimmt, sie, falls notwendig, bereinigt und dann zum nächsten Verstärker abfeuert. Gleichzeitig müßten Kontrollmechanismen für die Kommunikation eingeführt werden.«

»Den unabhängigen Schiffseignern wird das bestimmt nicht gefallen«, bemerkte Ten Ga'ar. »Sie sind jetzt schon unzufrieden, weil sie sich den Verkehrskontrollen des USS fügen müssen. Wenn Sie ihnen dann noch sagen, daß sie von nun an auch sämtliche Transmissionen über unsere Kanäle laufen lassen müssen, stehen sie im Büro der Kanzlerin und schreien ›Foul‹, noch bevor Sie ausgeredet haben.«

»Sie werden trotzdem damit leben müssen. Zur Zeit kann jedes Kleine-Gerät direkt jedes andere Kleine-Gerät ansprechen, und die Zahl der Verbindungsmöglichkeiten ist einfach wahnsinnig groß geworden. Anfangs war diese Art von uneingeschränkter Kommunikation ein Segen, aber allmählich wird sie zu einem Alptraum.

Wenn wir das alles zu einem festen Satz von Verbindungen zusammenlegen und gleichzeitig den Nachrichtenverkehr ein wenig steuern – indem wir jedem wichtigen Nutzer bestimmte Zeitblöcke zum Absenden von Nachrichten zuteilen, wobei das Verteidigungsnetz jederzeit vorrangig Zugriff hätte –, müßten sich diese Interferenzprobleme vermeiden lassen.«

»Sie dürfen sich gern dazu melden, das der Vereinigung Unabhängiger Schiffseigner zu verkaufen«, meinte Ten Ga'ar. »Wie viele Fernkorridore soll es geben?«

»Mindestens acht, dazu möglicherweise je einen zweiten für die Oktanten Perseus und Microscopium und einen für die Verteidigung reservierten in die Mizari-Zone.«

»Bei durchschnittlich fünf Verstärkern pro Verbindung ergibt das über fünfzig Relais ...«

»Vierundachtzig, wenn man Ersatzrelais und Zweigverbindungen mit einrechnet.«

»... jedes mit eigenem AVLO-Generator, Servos für die Positionskorrektur ... müßten sie bemannt sein?«

»Vermutlich nur die für die Verteidigungsleitung. Aber für die übrigen würden Wartungsschiffe gebraucht. Sie haben recht – es ist ein großes Projekt, und höllisch teuer. Allein die Logistik aufzubauen, wird fünfunddreißig Jahre dauern, Entwurfs- und Bauzeiten nicht mitgerechnet. Und wenn man berücksichtigt, wie schnell das Kleinesignal auf den längsten Strecken – von hier nach Ba'ar Tell und dem Perimeter – schlechter wird, hätten wir besser schon vor zehn Jahren damit angefangen.«

Auf Ten Ga'ars Gesicht zeigten sich Sorgenfalten, und sie schüttelte den Kopf. »Wollten Sie vorhin andeuten, daß es auch eine kurzfristige Lösung gibt?«

»Nein«, antwortete Wells. »Aber es gibt eine kurzfristige Vorsichtsmaßnahme, die wir ergreifen müssen.«

»Nämlich?«

»Mein Büro samt Personal nach Lynx Center verlegen.«

Also darum geht es hier, dachte sie und sah Wells mißtrauisch an. »Gemäß den Verordnungen müssen Kanzler und alle Komiteemitglieder während ihrer Dienstzeit ans terranische System zeitgebunden bleiben.«

»Das ist mir klar. Es ist eine Sondergenehmigung nötig.«

»Darauf wird sich die Kanzlerin nur sehr ungern einlassen. Atlee hatte gute Gründe, in seine Reformen auch eine Reisebeschränkung aufzunehmen. Wir wollen keine neuen Fälle von Mißbrauch, wie sie unter dem alten System möglich waren – so der besonders schlimme Fall, als Thackery zum Direktor des USS ernannt wurde, während er sich auf dem Rückflug von einem Feldeinsatz im Craze befand.«

»Die Probleme, gegen die Atlee angehen wollte, sind mir durchaus bewußt. Tatsache ist aber, daß wir vermutlich die direkte Kommunikationsverbindung zum Perimeter verlieren werden, bevor das Relaissystem aufgebaut ist. Dieser Grund scheint wichtig genug, um eine Ausnahme zu rechtfertigen. Wenn ich nach Lynx Center umziehe, dürfte sichergestellt sein, daß wir keine verwundbare Phase durchmachen.«

»Warum benutzen Sie Lynx Center nicht einfach als vorläufige Relaisstation, bis das Verbindungssystem in dem Sektor fertig ist?«

»Das habe ich vor. Aber finden Sie es nicht auch sinnvoll, die Befehlskette zu verkürzen, wo immer wir können?«

»Diese Entscheidung muß die Kanzlerin treffen«, entgegnete Ten Ga'ar.

»Natürlich«, stimmte Wells zu. »Wissen Sie, wo Kanzlerin Sujata ist?«

»Selbstverständlich.« Ten Ga'ar erhob sich, zum Zeichen, daß die Diskussion beendet war. »Ist es so wichtig, daß wir sie von der Erde zurückholen sollten?«

»Wichtig genug ist es bestimmt. Aber dringend genug … hmm. Wie lange wird sie vermutlich noch unten bleiben?«

»Wir erwarten die Kanzlerin nächsten Montag zurück.«

Wells überlegte. »Nein. Wir werden ihre Privatsphäre respektieren. Aber es ist bestimmt so wichtig, daß es bei ihrer Rückkehr ganz oben auf der Liste stehen sollte.«

»Abgemacht.«

Der schwarze Strand war fast verlassen. Außer den natürlichen Bewohnern war nur noch eine einzelne Frau da, die im Schneidersitz gleich oberhalb der Flutlinie saß. Ihre Brüste waren nackt, sie hielt den Anhänger an ihrer Halskette umfaßt, schwankte langsam vor und zurück und sang vor sich hin:

Selir bi'chentya
Darnatir bi'maranya en bis losya
Qoris nonitya …

Sujata öffnete langsam die Augen und blickte aufs Meer. Ihre anderen Sinne waren schon fast überladen: auf der Haut spürte sie den frischen Wind, in der Nase den scharfen Geruch der salzigen Gischt, in den Ohren hörte sie das lärmende Rauschen und Plätschern des Wassers. Dazu kam jetzt der Anblick der endlosen Wellen um die zerklüfteten schwarzen Felsnadeln, die sich trotzig dem Ansturm des Meeres entgegenstellten.

Sujata fing gerade erst an, alle Formen der Erde kennenzulernen, und doch hatte dieser Platz sie wieder angezogen. Diese Begegnung zwischen Wasser, Land und Luft schien ihr der magischste aller magischen Orte, die sie schon entdeckt hatte.

Etwas weiter südlich an dieser Küste war sie einmal in der Dämmerung auf eine Seehundkolonie gestoßen und hatte von einer Klippe oberhalb des Strandes aus ehrfürchtig beobachtet, wie sich Tausende von glatten schwarzen Tieren aufs Land mühten und zum Schlafen auf dem Sand dicht zusammenrückten. Die Luft war von ihrem Gebell erfüllt gewesen und von ihrem nassen, moschusartigen Geruch; später, als Sujata zum Strand hinuntergeklettert und im Dunklen zwischen ihnen umhergegangen war, hatte sie das Bewußtsein der Tiere gespürt und ihre ursprüngliche Gemeinschaft.

Manchmal fragte sie sich, ob sie bei einer ähnlichen Odyssee auf Maranit eine ebenso große Zuneigung empfunden hätte. Auch auf Maranit gab es Meere und abweisende Gebirgszüge und Wüsten. Aber die Hochebenen des Ersten Kontinents waren dort eine Insel des Lebens inmitten einer ansonsten unfreundlichen Welt, wie ein Infektion, die den Körper des Patienten noch nicht ganz überwältigt hatte. Das übrige Maranit war, soweit man wußte, vollkommen unbelebt.

Auf der Erde dagegen schien keine Umgebung so feindlich, daß nicht Leben in ihr möglich wäre. Das Leben klammerte sich leidenschaftlich und besitzergreifend an sie. Selbst auf manchen dieser Felsnadeln wuchsen noch Bäume, die letzten hartnäckigen Überreste eines alten Waldes, in den das Meer sich immer weiter hineingefressen hatte. Andere Vorsprünge trugen Kappen aus weißem Guano, ein Zeichen, daß dort Möwen oder Seeschwalben nisteten. Der Strand, auf dem sich die wogenden Wellen brachen, bot hundert verschiedenen Spezies eine Heimat, von den winzigen Flohkrebsen, die sich im Sand vergruben, bis zu den Uferläufern, die an der wandernden Brandungslinie entlanghuschten.

Die Sonnenscheibe sank dem durchbrochenen Horizont entgegen, halb hinter spätem Seenebel verborgen. Als sie sich zwischen zwei der größten Felsnadeln schob, ertönte ein Klingeln in Sujatas implantiertem Sender. Widerstrebend erhob Sujata sich aus dem entspannten Schneidersitz und ging zum Rand der Strandhaferfläche hinauf, wo eine kleine Umhängetasche lag.

Aus der Tasche zog sie ein journanisches *daiiki* hervor – einen langärmeligen, knöchellangen Kaftan in gedämpften Rostbraun- und Bernsteintönen – und legte ihn sich um. Während sie die lange Knopfleiste schloß, hörte sie über dem Rauschen der See noch ein neues Geräusch: es klang künstlich und mechanisch und in dieser Umgebung sehr fremd. Wenige Augenblicke später sah sie das Luft-Skiff auf sich zusteuern; seine Landeleuchten strahlten hell vor dem dunkler werdenden Himmel.

Das Skiff setzte einige Dutzend Meter von Sujata entfernt auf, und gleich darauf stieg ein junger Mann aus der Kabine.

»Tut mir leid, daß ich so spät komme, Kanzlerin«, rief er, während er über den Sand auf sie zukam. »Ich habe unterschätzt, welchen Gegenwind man hat, wenn man westwärts über die Rockies fliegt – ich hätte in Philadelphia früher starten müssen.«

»Das ist schon in Ordnung, Joaquim.« Sujata hängte sich die Tasche über die Schulter und ging ihm entgegen. »Ich habe es nie eilig, von hier wegzukommen.«

Von den drei Plätzen in der kleinen Passagierkabine des Luft-Skiff waren zwei schon durch Katrina Evanik und Laban Garrard belegt, die beide erst seit kurzem zu Sujatas Stab gehörten. Die dunkelhaarige und rundgesichtige Evanik stammte von Journa; der schlanke und blasse Garrard war Dzubaner. Im Vertrag wurden sie als Stabsberater bezeichnet. In Wirklichkeit waren sie Außenbeobachter mit hohen Abschlüssen in Kulturpsychologie und Zeugnissen der Schule für Menschenstudien der Erkundungsabteilung.

Genau wie Sujata hatten auch Evanik und Garrard die letzten sechs Wochen auf der Erde verbracht, allerdings mit fast entgegengesetzter Zielsetzung. Während Sujata sich zurückgezogen hatte, um den Puls der natürlichen Gemeinschaft auf der Erde zu erspüren, waren ihre handverlesenen Soziologen in die menschliche Gemeinschaft dieser Welt eingetaucht.

»Hallo Katrina, hallo Laban«, begrüßte Sujata sie und ließ sich zwischen ihnen nieder. »Wie ist es gelaufen?«

»Ich fand es sehr produktiv«, antwortete Evanik. »Ich wünschte nur, wir hätten nicht so abrupt aufbrechen müssen.« Das Skiff schwankte plötzlich; Joaquim lenkte es wieder in die Luft hinauf.

»Das verstehe ich«, erwiderte Sujata. »Es geht uns aber nun einmal um eine Serie von Schnappschüssen. Für Dokumentarfilme fehlen uns die nötigen Mittel. Laban? Meinen Sie, Sie haben Ihre Zeit gut genutzt?«

»Wie ich Ihnen schon vor dem Abflug zur Erde gesagt habe, gefällt mir diese Methode nicht besonders«, wich Garrard aus. »Ich sehe immer noch nicht ein, wieso wir nicht zu den Daten- und Auswertungsleuten des Rats gehen sollen. Vermutlich steht alles, was Sie wissen wollen, längst in ihren Akten.«

»Ich bin nicht daran interessiert, meine Daten durch die Vorurteile des Rats filtern zu lassen. Und außerdem bezweifle ich, daß sie wirklich haben, was ich brauche. Diese Leute haben auch meine Welt studiert und untersucht und beurteilt – und Ihre, und Katrinas –, als stellte die Gesellschaft auf der Erde das Höchste an menschlicher Vollendung dar. Ich glaube kaum, daß sie sich selbst mit objektivem Blick betrachten würden.«

»Wenn mich nicht alles täuscht, standen die Anthropologen unter der Ägide des USS …«

»Der USS hat schon immer vor allem die terranische

Kultur und Einstellung widergespiegelt«, warf Evanik ein.

Garrard funkelte seine Kollegin ärgerlich an. »Trotzdem, was die Kanzlerin von uns verlangt, kann man nicht als ordentlich formuliertes Forschungsprogramm bezeichnen ...«

»Sie sollten feststellen, wie die Terraner über Wells, die Mizari und einen möglichen Krieg denken und reden«, widersprach Sujata. »Mir erscheint das vollkommen klar.«

»Aber auf diese Art bekommen Sie doch nichts als eine begrenzte Menge von rein anekdotischem Material. Auf solche Daten läßt sich unmöglich eine nützliche Hypothese aufbauen ...«

»Meine Hypothese habe ich schon. Sie und Katrina sollen meine Augen und Ohren sein. Sie sollen sich nach den Dingen umsehen und umhören, nach denen ich mich auch selbst umsehen und umhören würde, wenn ich Ihre Bewegungsfreiheit hätte und die gleiche Art von Bekanntschaften schließen könnte. Womit ich wieder bei meiner ursprünglichen Frage bin. Was haben Sie herausgefunden?«

»Ich möchte lieber warten, bis ich meine Notizen durchgesehen und überarbeitet habe«, antwortete Garrard steif. »So viel Professionalität werden Sie mir doch hoffentlich zugestehen.«

Bevor das frostige Schweigen, das seiner Erwiderung folgte, zu ungemütlich wurde, ergriff Evanik das Wort. »Hat jemand von Ihnen etwas über die Kriegsdemonstration in München gehört?«

»Ich bestimmt nicht«, sagte Sujata. »Dr. Garrard?«

»Die Frage wäre einfacher zu beantworten, wenn ich genauer wüßte, wovon Dr. Evanik spricht.«

»Katrina?«

»Es war am vierzehnten – eine spontane Demonstration zur Mittagszeit. Es müssen dreitausend Menschen gewesen sein ...«

»Ist das Ihre Schätzung oder die der Behörden?« unterbrach Garrard. »Wie haben die Behörden sich geäußert?«

»Es ist meine Schätzung. Ich habe mindestens ein Kamerateam bemerkt, aber falls die Demonstration auf Earthnet erwähnt wurde, ist die Meldung lokal gestrichen worden. Deshalb frage ich mich, ob Sie davon gehört haben.«

»Nein«, antwortete Garrard. »Ich habe nichts gehört. Obwohl es leicht herauszufinden sein müßte, was das Netz darüber gebracht hat.«

»Was war ungewöhnlich daran – die Demonstration selbst oder der Anlaß?« fragte Sujata.

»Eigentlich beides. Vom Standpunkt der Kommunikation aus gibt es keinen logischen Grund, weshalb Menschen physisch zusammenkommen müssen, wo doch das Earthnet den gleichen Informationsgehalt an eine beliebige Anzahl von Menschen weiterleiten kann, bis hin zur gesamten Bevölkerung. Und der Rat sieht sogenannte ›unstrukturierte Massenzusammenkünfte‹ aus anderen Anlässen als zu Unterhaltungsveranstaltungen auch nicht gern, denn menschliche Wesen erbringen in hohen Vielfachen von Hundertschaften nicht gerade ihre rationalen Höchstleistungen.«

»Wie sind diese Leute dann zu ihrer Genehmigung gekommen?«

»Offenbar hatten sie gar keine«, erklärte Evanik. »Es gab keine Vorankündigung, keine Werbung, nur das Gerücht, daß jemand namens Robert Chaisson dort sein würde. Um elf Uhr dreißig war der Platz noch leer – um zwölf randvoll. Es ging sehr altmodisch zu. Kein Rednerbildschirm, keine Tribüne. Chaisson stieg einfach auf den höchsten Punkt des Platzes, stellte seinen Lautsprecher auf und hielt seine Rede.«

»Was war das Thema?«

»Sein wichtigster Punkt war, daß der Rat seiner Ansicht nach sofort mit dem Aufbau eines stehenden Heeres von mindestens einer halben Million Mann beginnen müßte. Außerdem soll er die anderen wichtigen Welten drängen, das gleiche zu tun. Chaisson forderte die Menge auf, Druck auf Dailey auszuüben, den Kommissar für Osteuropa, damit er es dem Rat vorschlägt. Außerdem drängte er die jungen Männer unter den Zuhörern, sich auf den Armeedienst vorzubereiten und Dailey mitzuteilen, daß sie sich als Freiwillige melden wollen. Als Redner war er übrigens sehr eindrucksvoller. Sehr klug, sehr wortgewandt.«

»Was soll die Erde denn mit einer Verteidigungsstreitmacht anfangen?« wunderte sich Sujata laut. »Heißt das, die Leute haben kein Vertrauen zu den Verteidigern?«

Evanik schüttelte den Kopf. »Ganz im Gegenteil. Sie haben volles Vertrauen zu den Verteidigern – obwohl Chaisson schon sagte, die Erde dürfe nicht einfach den USS für sich kämpfen lassen. Aber er hat auch nicht von einer Verteidigungsstreitmacht gesprochen. Er will eine offensive Armee – um die Mizari anzugreifen. ›Dieses Ungeziefer ausrotten, wo immer es sich versteckt, damit die Menschheit im Weltall wieder sicher ist‹, waren seine Worte.«

»Wie haben die Leute auf ihn reagiert?«

»Sie sind geblieben. Sie haben ihm zugehört. Der Satz über das Ungeziefer hat ihm donnernde Zustimmung eingebracht. Und als das Friedenskorps kam, um ihn festzunehmen, haben sie es ausgebuht.«

»Aha. Das erklärt alles«, meinte Garrard und lehnte sich zurück. »Das Netz veröffentlicht keine kriminellen Aktivitäten, das ist eine allgemeine Regel.«

Das erklärt es nicht einmal ansatzweise, dachte Sujata. Die Leute mußten doch wissen, daß man die Nachricht streichen würde. Wem galt dann diese Demonstration? Tanvier. Dem Rat. Das mußte es sein. Und der Rat *würde* davon Notiz nehmen, und er würde sich Sorgen machen. ›Die Neuner werden unruhig …‹ Und dann würde Berberon an die Tür klopfen. Aber warum jetzt? Was wollten sie jetzt?

Vielleicht einfach das Offensichtliche. ›Sorgen sollte Ihnen machen, daß wir übermütig werden und nach ihnen suchen könnten‹, hatte Berberon warnend zu ihr gesagt. Vielleicht sollte sie jetzt damit anfangen …

So voll hatte Berberon den Konferenzraum der Kanzlerin noch nie erlebt. Selbst wenn man berücksichtigte, was für eine leidenschaftliche Anhängerin von persönlichen Rechenschaftsberichten Sujata war, es blieb eine ungewöhnliche Versammlung. Das Kanzleramt umfaßte eine gut besetzte Bürokratie, und die wichtigsten Mitarbeiter waren fast alle anwesend.

Berberon erinnerte sich noch gut an die Panik, die bei vielen leitenden Angestellten im Kanzleramt während des ersten Jahrs von Sujatas Amtszeit ausgebrochen war, als ihnen bewußt geworden war, daß ihre neue Chefin von ihnen erwartete, Ideen persönlich vorzutragen und Fragen aus dem Handgelenk zu beantworten. Sujata wollte ihnen nicht gestatten, sich hinter Memoranden und elektronischen Beratungen mit Sicherheitsabstand zu verstecken.

Und sie hatte auch keine Achtung vor den althergebrachten und heftig verteidigten Lehnsgütern, die sich im Namen der Verteilung von Verantwortung herausgebildet hatten. Sie erwartete von allen, nicht nur von den Stabsanalytikern, daß sie das Gesamtbild erfaßten und Einfälle äußerten. Und sie regte die Mitarbeiter zum Widerspruch an, nicht nur untereinander, sondern auch ihr gegenüber. Kurz gesagt, sie hatte im USS die Kunst des Dialogs wieder eingeführt.

Diese Versammlung war eine Krisensitzung, auch wenn sie nicht so hieß. In den drei Wochen seit Sujatas Rückkehr aus dem Urlaub waren die meisten Ressourcen des Kanzleramts darauf verwendet worden, Wells' neusten Antrag intensiv zu prüfen. Jetzt sollten die Fragen beantwortet werden, die Sujata ihren Leuten gestellt hatte. Am anderen Ende des Raums saßen die Zeugen dicht an dicht und warteten darauf, daß sie aufgerufen wurden.

Da Berberon hier keine Machtbefugnisse hatte, saß er nicht mit Sujata, Ten Ga'ar und Vizekanzler Regan Marshall am Haupttisch. Er hatte jedoch vollen Zugang zu Wells' förmlichem Antrag gehabt und nahm an, daß die Sitzung ebenso sehr zu seiner Information stattfand wie zu Sujatas. In allem, was Wells betraf, hatte Berberon sich durch seine Handlungsweise vor acht Jahren eine besondere Bürde aufgeladen.

Als erstes erhob sich der Chef der Daten- und Bibliotheksdienste.

»Sie haben den Bericht der Abteilung Verteidigung über die Kleine-Interferenz geprüft?« fragte Sujata.

»Ja, Kanzlerin.«

»Trifft er zu?«

»Ich habe die Berichte der Einsatzabteilung studiert und nach Ungenauigkeiten und Auslassungen gesucht. Ich habe keine gefunden.«

»Ihrer Ansicht nach enthält der Bericht also eine genaue Schilderung der Vorgeschichte des Problems?«

»Ja, Kanzlerin.«

»Und Sie haben keinerlei Hinweise darauf gefunden, daß gezielt versucht wurde, das Problem geheimzuhalten?«

»Ich habe keine derartigen Hinweise gefunden. Betrachtet man die Anzahl der Individuen, die davon wußten, sowie wann und wie sie es erfahren haben, ergibt sich für die Ausbreitung ein natürliches Streuungsmuster.«

»Wer wußte denn davon? Auch jemand von unseren Leuten?« fragte Marshall.

»Ich habe sieben Mitarbeiter des Kanzleramts ausfindig gemacht, denen das Problem bis zu einem gewissen Grad bewußt war. Sie alle hielten es jedoch für eine technische Frage ohne politische Konsequenzen, und man hatte ihnen versichert, daß die Einsatzabteilung sich darum kümmert.«

Obwohl diese Antwort Sujata kaum gefallen konnte, machte sie keine Bemerkung dazu und entließ den Chef. Als nächstes erhob sich der Aufseher des Büros für Technische Koordination.

»Franklin, können wir bitte Ihre Einschätzung zu dem vorgeschlagenen Kommunikationssystem über feste Verbindungen hören?«

»Bisher liegt uns noch nicht viel Material vor, Kanzlerin. Was wir haben, ist lediglich die Beschreibung eines geplanten Entwurfs, keine technisch voll durchdachte Lösung.« Der Aufseher verschränkte die Hände würdevoll über dem runden Bauch. »In der Theorie stimmt es jedoch mit unseren Vorstellungen von den physikalischen Prozessen bei Transmatrix-Verbindungen überein.«

»Wieso können wir nicht einfach die Stärke der Transmissionen erhöhen und so das Verhältnis von Signal zu Rauschen verbessern?« fragte der Chef des Büros für Finanzmanagement.

Der BTK-Aufseher drehte sich zu seinem Kollegen um. »Ken, das hier ist etwas anderes, als wenn man sich in einem Zimmer trotz Lärm Gehör verschaffen will. Es hilft nicht, wenn man einfach lauter redet. Wir verschieben keine Energie. Wir leiten sie nur in die richtige Richtung.«

»Ist Lynx Center in der Lage, als vorläufige Relaisstation zwischen uns und dem Perimeter zu dienen?« fragte Marshall.

»Im Augenblick nicht.«

»Wann könnten sie soweit sein?« fragte Sujata.

»Angesichts der Tatsache, daß sie jetzt schon die ersten Tests durchführen, könnten sie diese Funktion mit hoher Wahrscheinlichkeit in fünf Jahren übernehmen.«

»Und das Oberkommando Perimeter?«

»Einige Jahre später. Dort ist man nicht so gut ausgerüstet wie auf Lynx.«

»Wäre das Problem damit denn nicht gelöst?« fragte der Finanzchef. »Es hat dreihundert Jahre gedauert, bis das Problem bedeutsam wurde. Da müßten wir uns doch eigentlich schon ziemlich viel Zeit erkaufen, wenn wir nur diese zwei Relaisstationen zwischen uns und dem Perimeter einrichten.«

»Wenn man die Entfernung drittelt, wird dadurch noch lange nicht die Interferenz auf ein Drittel reduziert«, entgegnete der BTK-Mann eine Spur ungeduldig. »Selbst bei kürzesten Entfernungen ist die Grundinterferenz schon so hoch, daß spezielle Protokolle zur Datenbehandlung notwendig sind. Bis die Relais auf Lynx und im Oberkommando Perimeter einsatzbereit sind, werden wir von Glück sagen können, wenn wir nicht noch schlimmer dran sind als heute.«

»Sehen wir uns doch einmal den Parameter Zeit etwas genauer an«, sagte Sujata. »Der Zeitplan für die Plazierung von Verstärkern in den Oktanten Lynx und Bootes – ist der realistisch?«

»Optimistisch, würde ich eher sagen. Staffelkommunikation in diesem Maßstab ist noch nie versucht worden. Es werden bestimmt Schwierigkeiten auftreten.«

»Dann denken Sie also auch, daß sich möglicherweise eine Phase ergeben könnte, in der wir vom Perimeter abgeschnitten sind.«

»Nicht völlig abgeschnitten, nein. Aber die Kommunikation wäre ernsthaft behindert. Selbst wenn man mit Matrixtechniken sehr sparsam umginge, wären Sprech- und Videokontakt in Echtzeit vermutlich unmöglich.«

»Vielen Dank, Direktor«, sagte Sujata.

Während der nächsten Stunde hörten sie von mehreren anderen Zeugen Stellungnahmen zur finanziellen und logistischen Machbarkeit des Verstärkersystems.

Dann entließ Sujata alle, die ausgesagt hatten, und behielt nur ihren Verbindungsmann zum Komitee und den Obersten Richter des Dienstgerichtes zurück.

»Die jetzt noch Anwesenden sind die einzigen, die von Wells' Vorschlag wissen, das Strategische Komitee und bestimmte kommandierende Offiziere der Abteilung Verteidigung, ihn eingeschlossen, nach Lynx Center zu verlegen«, erklärte Sujata. »Ich möchte, daß wir uns nun diesem Teil des Antrags zuwenden. Richter Kemmerman, würden Sie uns bitte Ihre Auslegung von Abschnitt 74.1 vortragen?«

»In diesem Punkt sind die Verordnungen ganz klar«, erwiderte der silberhaarige Richter langsam. »Gemäß Abschnitt 74.1 darf kein Mitglied des Leitungskomitees etwas unternehmen, das dazu führt, daß er oder sie die systeminterne Zeitspur verläßt oder wodurch er oder sie für mehr als vierzehn aufeinanderfolgende Tage die Echtzeit-Verbindung zum übrigen Komitee verliert. Das heißt im Endeffekt, daß Wells zwar zum Mond oder zum Mars reisen darf, aber nicht nach Lynx – jedenfalls nicht als Direktor der Abteilung Verteidigung.«

»Es sei denn, die Verordnungen werden geändert«, warf der Verbindungsmann ein.

»Ja. Diese Möglichkeit besteht, falls Sie sich dafür entscheiden und falls Sie ein einstimmiges Votum des Komitees erreichen können. Obwohl ich Ihnen davon abraten würde, um kurzfristiger Bedürfnisse willen die langfristige Stabilität des USS zu beeinträchtigen.«

Der Verbindungsmann wandte sich Sujata zu. »Kanzlerin, was wünschenswert ist, müssen Sie abwägen. Vom praktischen Standpunkt aus betrachtet, würde das Komitee meiner Ansicht nach einer Änderung zustimmen, durch die der Direktor der Abteilung Verteidigung als einziger von Abschnitt 74.1 ausgenommen wird.«

»Ich habe da meine Zweifel«, widersprach Marshall.

»Kanzlerin, ich möchte Sie daran erinnern, daß drei Direktoren wie Sie aus den Kolonien stammen und sehr daran interessiert sein könnten, ihre Heimat besuchen zu dürfen, ohne als Komiteemitglieder zurückzutreten.«

»Da könnten Sie recht haben, Regan«, meinte Sujata. »Richter Kemmerman, gibt es irgendeine Möglichkeit, Wells gehen zu lassen, ohne die Verordnungen zu ändern und damit allen die Tür zu öffnen?«

»Ich fürchte nein.«

»Was ist mit den Notvollmachten des Kanzlers gemäß Abschnitt 32.33?« fragte Ten Ga'ar.

Kemmerman runzelte die Stirn. »Das ist eine Grauzone«, gab er widerwillig zu. »Die Notvollmachts-Klausel gibt Ihnen einen gewissen Spielraum, aber das Komitee kann sich immer noch weigern, eine bestimmte Situation als Notlage einzustufen.«

»Würde das Gericht sich genötigt fühlen, von sich aus Maßnahmen zu ergreifen, um den Ortswechsel zu verhindern?«

»Sie verlangen von mir, daß ich für alle fünf Richter spreche – nicht nur für mich – und außerdem im voraus ein Urteil abgebe. Zu beidem bin ich wirklich nicht in der Lage.«

»Ich möchte es einmal anders ausdrücken«, sagte der Verbindungsmann. »Hat das Gericht je gegen eine Entscheidung des Kanzlers interveniert, ohne daß ihm eine Petition eines Komiteemitglieds vorlag?«

»Nein«, antwortete Kellerman. »Das ist noch nie geschehen.«

»In dem Fall, Kanzlerin, müßten Sie nur zu der Vorsichtsmaßnahme greifen, sich durch ein beratendes Votum die Zustimmung des Komitees zu sichern, und ich würde sagen, Sie sind gegen alle negativen Auswirkungen abgesichert.«

Während der nächsten Viertelstunde suchte die Gruppe gemeinsam nach möglichen Wegen, eine befristete Übergabe der Macht zu gewährleisten. Dann entließ Sujata den Obersten Richter und den Verbindungsmann zum Komitee, so daß sich nur noch Berberon, Marshall, Ten Ga'ar und sie selbst im Raum befanden.

»Mir scheint, es paßt alles zusammen, nur Wells' Grund für die Abreise nicht«, fing Sujata an. »Unseren Experten zufolge ist mit einem völligen Ausfall der Kommunikation mit dem Perimeter nicht zu rechnen. Der Aufbau des Verstärkersystems würde als Reaktion also vollkommen ausreichen.«

»Bis zu einem gewissen Grad ist Wells schon verpflichtet, die Dinge in düsterem Licht zu betrachten«, erinnerte Marshall sie. »Die Möglichkeit eines Kommunikationsversagens könnte ihm groß genug erscheinen, um ein Vorverlegen der Kommandozentrale vernünftig aussehen zu lassen.«

»Das ist möglich«, stimmte Sujata zu. »Trotzdem wollen wir für den Augenblick einmal annehmen, daß es nicht so ist. Fällt jemandem ein Grund ein, der noch nicht genannt wurde, weshalb Wells diesen Schritt für wünschenswert halten könnte?«

»Die Symbolik«, meinte Berberon.

»Erklären Sie mir das.«

Bevor Berberon weitersprach, zog er seinen Stuhl an den Tisch und setzte sich zu den anderen. »Am Perimeter Dienst zu tun, ist nicht sehr verlockend. Auf einem Wächter lebt es sich nicht eben bequem, und auf einem Begleitschiff erst recht nicht. Die Besatzungen sind klein und die Schiffe eng. Die Arbeit ist geisttötend gleichförmig. Bei der Ablösung werden die Mannschaften jetzt nicht mehr nach Lynx Center zurückgebracht, sondern zum Oberkommando Perimeter, wo es genauso spartanisch zugeht wie auf den Schiffen. Die Leute bekommen nie das ›Ich bin wieder in zivilisierten Gegenden‹-Gefühl. Und zu alledem kommt noch der Eindruck von Isolation hinzu, von Verwundbarkeit – besonders jetzt, da sie beim Blick in die Heimat Welten sehen, die im Gegensatz zu ihnen gut geschützt sind.«

»Durch die Verteidiger.«

»Ja. Wenn Wells nun aber ein Flaggschiff der Flotte in einen vorderen Bereich verlegt, dann sagt er damit praktisch: ›Wir sind stark. Wir sind hier sicher.‹ Und auch Entbehrungen werden erträglicher, wenn jemand anders sie teilt.«

»Ich stimme Ihnen zu – aber ich denke, es geht noch darüber hinaus«, meinte Ten Ga'ar. »Kanzlerin, ich habe ihn beobachtet, sowohl mit den Augen einer ba'arischen Frau als auch mit den Methoden, die ich hier erlernt habe. Comitè Wells hat den Geist eines Kriegers. Man erkennt es an seinem Gang, an der Art, wie er allein durch seine Gegenwart einen Raum beherrscht. Das ist der Grund, weshalb er sich hinter einer Maske verbirgt. Um diesem Geist zu genügen, um seinem Wesen treu zu bleiben, muß er irgendwann die Arena betreten und sich beweisen. Meiner Ansicht nach will er uns deshalb verlassen. Alles andere ist nur ein Vorwand.«

Sujata sah Ten Ga'ar fest in die Augen. »Falls das stimmt, wird es ihm dann genügen, die Arena zu betreten?« fragte sie leise. »Oder muß er dazu auch kämpfen und einen Gegner besiegen?«

»Kanzlerin, das weiß ich nicht.«

»Wahrscheinlich weiß Wells es selbst nicht«, vermutete Berberon. »Die Renaner haben ein Sprichwort: ›Niemand haßt den Krieg mehr als der Krieger. Aber niemand liebt den Sieg mehr als der Sieger.‹ Mit diesem Konflikt schlägt sich in Friedenszeiten jeder Soldat herum. Sobald Krieg ist, können sie sich den Luxus von philosophischen Überlegungen natürlich nicht mehr leisten. Dann treten grundlegendere Fragen in den Vordergrund – die des Überlebens zum Beispiel.«

Sujata blickte auf die Tischmitte und kaute nachdenklich an ihrer Daumenspitze. »Wenn ich wirklich annehmen müßte, daß der Perimeter durch dieses Interferenzproblem von uns abgeschnitten wird«, sagte sie schließlich, »würde ich Wells niemals dort hinfliegen lassen. Ich habe ihn nie bei einer Lüge ertappt oder erlebt, daß er das Gesetz dem Buchstaben nach befolgt, dem Geist nach aber bricht. Ich vertraue ihm, und trotzdem würde ich ihn nicht gern in Versuchung führen. Dazu habe auch ich zu viel von dem gesehen, was Wyrena erwähnt hat.

Aber wie Franklin mir versichert, kann ich mich darauf verlassen, daß eine Prioritätsbotschaft von mir jederzeit zum Perimeter durchdringen wird. Solange diese Verbindung besteht, hat die Kanzlerin das letzte Wort. Es scheint, daß ich Wells gehen lassen kann, aber nicht dazu verpflichtet bin. Soll ich es also tun?«

Das war die Frage, auf die Berberon gewartet hatte, und er stürzte sich ohne zu zögern darauf. »Ja, Kanzlerin, unbedingt. Es ist genau, was wir uns gewünscht haben – eine Gelegenheit, Wells zu neutralisieren. Bis Lynx ist man siebzehn Jahre unterwegs. Siebzehn Jahre, in denen wir zurücknehmen können, was wir ihm gegeben haben. Siebzehn Jahre, in denen das Komitee nicht unter seinem Einfluß steht.«

»Ist ihm das denn nicht auch klar? Warum sollte er seine Position und all seine hart erkämpfte Macht wegwerfen, wenn er nicht damit rechnet, noch mehr zu bekommen?«

»Macht ist nur ein Mittel zum Zweck. Wenn Wells den Zweck erreicht hat, würde er die Macht aufgeben. Ich denke, Wyrena hat recht. Wells ist so in die Vorstellung verliebt, auf einem weißen Schlachtroß an die Front zu reiten, daß er sich dafür sogar von seinen Verbündeten unten auf der Erde trennen würde.«

Sujata sah den Vizekanzler an. »Regan?«

»Ich kann wirklich nicht glauben, daß Comitè Wells' Vorschlag irgend etwas mit romantischen Vorstellungen von Ritterlichkeit oder anderer Symbolik aus der

Zeit der Grabenkriege zu tun hat. Und was mögliche verborgene Absichten angeht, so sehe ich nicht ein, wie er dort draußen mehr für seine Freunde tun kann als hier. Und was die Frage von Vertrauen und Versuchung angeht, sehe ich nicht ein, wie er uns da draußen mehr schaden soll als hier. Lassen Sie ihn gehen. Lassen Sie ihn aus dem Spiel aussteigen.«

»Wyrena?«

»Nur eine selbstsüchtige Überlegung in deinem Interesse«, antwortete Ten Ga'ar. »Wenn er nach Lynx geht, wirst du höchstwahrscheinlich nie mehr mit ihm zu tun haben.«

Sujata blieb einen Moment still. »Befürchtet irgend jemand von Ihnen, daß Wells damit einen Staatsstreich vorbereitet?« fragte sie dann ruhig.

»Im Gegenteil«, erwiderte Berberon. »Das würde ich viel eher befürchten, wenn er hier bliebe.«

»Ich stimme Ihnen zu«, meinte Marshall. »Die Erde ist der Ort der Macht in der Affirmation. Die wichtigen Dinge finden hier statt. Lassen Sie ihn gehen, Kanzlerin. Dann sind wir ihn los.«

Sujata blickte kurz in Berberons Richtung. *Ändert das etwas an den Regeln unseres Abkommens?* besagte der Blick. *Wäre ich danach frei?*

Berberon nickte langsam. *Ja,* dachte er. *Und ich wäre auch frei.*

»Also gut«, sagte Sujata. »Wyrena, bitte ruf Comitè Wells an. Sag ihm, daß ich ihn sprechen möchte.«

11. KAPITEL

Das Schicksal von Schiffen und von Menschen

Harry Eugene Barnstable hielt sich schon seit sehr langer Zeit auf den Gangways von Wartungswerft 105 auf. Er war gleich nach der Schule mit zweiundzwanzig auf die Orbitalwerft gekommen, weil er die Fernschiffe liebte, weil er ihre Formen herzzerreißend schön und ihre Aufgaben bezaubernd romantisch fand.

Mit einem klaren Blick für den eigenen Charakter, der bei jungen Leuten selten war, hatte Barnstable früh eingesehen, daß er selbst sich nicht dazu eignete, die schwarze Ellipse der Fernschiffmannschaften zu tragen. Ob es an seiner Ängstlichkeit lag oder an seinem Hang zum Komfort, jedenfalls wußte er, daß er die Erde und das normale Leben niemals aufgeben würde, um in den Fernschiffen von Stern zu Stern zu reisen. Aber immerhin konnte er in ihrer Nähe bleiben, so wie früher die Landratten, die sich auf den Kais herumtrieben, oder die Erdschweren, die nur im Geist auf silbernen Flügeln zu den Wolken aufstiegen.

Zuerst war Barnstable als Ingenieur für Umweltintegrität angestellt worden – ein hübscher Name für jemand, der Druckkammern und Raumtore wartete. Auf Werft 105 gab es sehr viele Raumtore. Die Station konnte sechzehn große Arbeitsrampen vorweisen, die in einem Vier-mal-vier-Gitter angeordnet waren, und in jedem Schiffsliegeplatz gab es sieben Zwischenschleusen – zwei für mannshohe Waldoide, zwei für die beim Bau eingesetzten Teleoperatoren und drei Schwebetunnel, durch die man den fertigen Schiffsrumpf in Hemdsärmeln betreten konnte. Die UI-Ingenieure von Werft 105 waren also sehr beschäftigt.

Sehr beschäftigt zu sein genügte Barnstable jedoch nicht. Bezogen auf den wahren Zweck der Werft erschien ihm seine Arbeit nebensächlich, deshalb ging er quartalsweise wieder zur Schule, um zu neuen Aufgaben zugelassen zu werden. Drei Jahre später war er ein voll ausgebildeter Teleop-Monteur und konnte zum erstenmal direkt etwas beisteuern. Als Höhepunkt dieser Phase durfte er mithelfen, den Kielgrat eines neuen Paketschiffs zu legen, das für die Route Erde – Ba'ar Tell bestimmt war.

Doch selbst in dieser neuen Rolle mußte er immer noch Abstand von den geliebten Schiffen halten. Er versah seinen Dienst hemdsärmelig in der bequemen Teleop-Zentrale der Werft, wo ihn nicht nur hundert Meter leerer Raum von den Schiffen in den Rampen trennte, sondern auch genau die Maschinerie, durch die seine Arbeit erst möglich wurde. Nur seine Stellvertreter, die Schweiß-, Schiebe- und Verfuge-Roboter, durften sich rund um den Schiffsrumpf bewegen. Seine richtigen Hände berührten ihn nie.

Mit vierzig hatte Barnstable jedoch einen Weg gefunden, auch diese letzte Barriere zu überwinden; er war vom Teleop-Raum in die Reihen der Integrationsingenieure aufgestiegen. Nun konnte er die Fernschiffe endlich frei betreten und lernte sie ebensogut kennen wie die Menschen, die sie später bemannten, in mancher Hinsicht sogar besser.

Barnstable war so stolz auf das, was er tat, daß seine Kollegen sich von ihm angestachelt oder beschämt fühlten und sich ebenfalls mehr abverlangten. Bald hieß es, wenn Barnstables Leute etwas installierten, dann funktioniere es auch; wenn sie etwas reparierten, bleibe es heil.

Dann ereignete sich ein übler Unfall – ironischerweise, weil sich eine schlecht gewartete Luke plötzlich schloß –, und einige Nerven in seinem rechten Bein wurden irreparabel beschädigt. Er verlor an Kraft und Beweglichkeit und mußte wieder leichtere Arbeiten innerhalb der Station übernehmen. Barnstable hätte dagegen klagen oder in Ruhestand gehen können oder beides. Statt dessen blieb er und wurde Aufseher von Rampe F.

Insgesamt hatte Barnstable fünfunddreißig Jahre lang Schiffe in Werft 105 anlegen und wieder davonfliegen sehen. Manche hatten dort erst Form angenommen, andere waren nur eine Zeitlang zu Besuch gekommen, um sich auszuruhen und zu erholen. Paketschiffe und Kreuzer, Fähren und Frachter – von jedem wußte er noch den Namen und von den meisten auch, welche Arbeiten er an ihnen verrichtet hatte.

So verschiedenartig die Schiffe und Barnstables Erinnerungen auch waren, eines hatten sie alle gemeinsam: Nachdem ein Schiff Werft 105 verlassen hatte, durfte Barnstable nicht damit rechnen, es wiederzusehen. Nach dem Abschied von Werft 105 tauchten die Schiffe in den Craze ein und begaben sich auf die lange Reise zu anderen Welten. Auch diejenigen, die wieder zurückkehren sollten, würden das erst in vielen Jahren tun, Jahre, die von den langen leeren Lichtjahren verschlungen wurden.

Von all den Schiffen, die Barnstable in den Schiffsliegeplätzen hatte ankern sehen, war nur eines nach dem Aufbruch zurückgekehrt – und das gleich mehrfach. Das Schiff war bereits bei seiner Ankunft als junger Mann in Werft 105 gewesen, und er hatte schon fast zu glauben begonnen, daß es noch dort liegen würde, wenn er längst seinen Abschied genommen hatte. Der Name dieses Schiffs war *Tilak Charan*.

So funkelnagelneu die *Charan* von außen auch wirkte, in Wirklichkeit war sie das Relikt einer Ära, die inzwischen nur noch schwer nachzuempfinden war, einer Zeit, in der die Grenze zum Unbekannten nicht Schrecken und Tod bedeutet hatte, sondern Herausforderung und Geheimnis. *Tilak Charan* war der dritte Name des Schiffs. Als es Barnstables Pfad zum erstenmal kreuzte, hatte es *Weichsel* geheißen. Bei seiner Entstehung vor mehr als anderthalb Jahrhunderten hatte es den Namen *Taipeng* getragen. Diese wechselnden Bezeichnungen kümmerten Barnstable jedoch nicht, denn er kannte es vor allem unter seiner Rumpfregistrierung USS-96, unter der alle Berichte über Schiffsarbeiten abgelegt wurden.

Genau wie ihr Schwesterschiff *Joanna Wesley* (ehemals *Journa*, geborene *New York*), die in Werft 102 versorgt wurde, war die USS-96 Teil des letzten großen Schiffbauprojekts der Erkundungsabteilung gewesen. Die sechzehn Schiffe der Städteserie hatten die Speerspitzen der Erkundungsphase III werden sollen, frisches Blut für die ein Jahrtausend währende Suche nach Welten der Ersten Kolonisierung. Gemeinsam mit einer viel größeren Flotte unbemannter Drohnen hatten die Städteschiffe die Grenzen des Bekannten weit hinausschieben sollen; im Lauf des Fünfhundertjahresplans hatten sie den erforschten Weltraum mehr als verdreifachen und den Katalogen der Astrographen viertausend neue Sternsysteme hinzufügen sollen.

Thackerys Neuorientierung hatte das jedoch verhindert, durch sie waren die Expansion abrupt gebremst und die Pläne der Erkundungsabteilung hinfällig geworden. Von den sechzehn Städteschiffen waren sechs nie über den Zustand von technischen Zeichnungen hinausgekommen, und drei wurden aufgegeben, als ihre Kielgrate gerade frisch gelegt waren. Sieben wurden als ›generelle‹ AVLO-Schiffe fertig gebaut und nach sieben Vereinten Welten neu benannt. Von diesen verunglückten Erkundungsschiffen flogen jetzt fünf in ihrer neuen Identität als Wächter am Perimeter Patrouille.

Die zwei verbliebenen Schiffe USS-96 und USS-97 hatten – abgesehen von dem Flug vom Herstellungsort in einem der Center bis zur Erde – die nächsten hundert Jahre nur dem Namen nach als Fernschiffe verbracht. In den Jahrzehnten gleich nach der Neuorientierung, als die Panik am greifbarsten war, hatten sie als fliegende Archive gedient, beladen mit nichtflüchtigen Würfelspeichern, von denen man hoffte, daß die in ihnen enthaltenen Daten eine verständliche Zusammenfassung des kollektiven Wissens und der Geschichte der Spezies darstellten.

Später, als die Furcht vor den Mizari zur Paranoia abgeklungen war, hatte man die Würfelspeicher aus der USS-96 entfernt und Kojen und Quartiere eingebaut, die für die herrschende Elite der Erde und die leitenden Mitarbeiter des USS gedacht waren. Als die Liste derer, die evakuiert werden wollten, so lang geworden war, daß nicht mehr alle auf der USS-96 untergekommen wären, hatte man mit der USS-97 das gleiche getan. Dreißig Jahre lang hatten die Schiffe eine stille Reserve gebildet, die den Orbit buchstäblich von einem Tag auf den anderen verlassen konnte. Das war jedoch nie notwendig geworden.

Die nächste Phase in der Laufbahn der zwei Schiffe war durch drei Faktoren herbeigeführt worden. Durch die fortschreitende Aufstellung von Horchposten am Perimeter war die Angst vor einem plötzlichen und überwältigenden Angriff der Mizari allmählich geschwunden. Der USS zog sich von den Evakuierungsplänen zurück, was einige wichtige terranische Funktionäre veranlaßte, ihre Namen von der Liste streichen zu lassen, weil es ihnen peinlich war, als selbstsüchtig und feige dazustehen. Und die heranreifende Abteilung Verteidigung hatte zunehmend Anspruch auf die Ressourcen des USS erhoben, besonders auf solche, die ihrer Meinung nach schlecht genutzt wurden.

Infolgedessen hatten beide Schiffe erneut eine Verwandlung durchgemacht, aus der sie diesmal als technische Prüfstände hervorgegangen waren. Zwischen der Mitte des 5. und dem Anfang des 6. Jahrhunderts waren alle Neuentwicklungen in der Fernschifftechnik auf der USS-96 oder der USS-97 oder beiden getestet worden. An ihren Eingeweiden hatte man Methoden erprobt, Schiffe während eines Feldeinsatzes aufzurüsten, wobei die Ingenieure manchmal nach dem Prinzip Versuch und Irrtum vorgingen. Zum Schluß wurde mehr experimentiert als entwickelt, und beide Schiffe wichen kräftig und in verschiedenen Richtungen vom normalen Innenaufbau eines Fernschiffs ab.

In diesem Zustand hatte Barnstable die USS-96 beim erstenmal vorgefunden – ihre klaren Linien waren durch zusätzliche Doughnut-förmige AVLO-Radiatoren an Bug und Heck verschandelt gewesen, ihr Inneres durch eine ganze Reihe von Bastlern verwüstet, die das Schiff allesamt wie einen Wegwerfgegenstand behandelt hatten.

Daß die Schiffe dem langsamen Tod in den Händen des Büros für Technikforschung entronnen waren, verdankten sie Harmack Wells. Die USS-96 war kurz nach Wells' Amtsantritt in Barnstables Rampe F verlegt worden, die USS-97 nach Werft 102. In den folgenden sechs Jahren waren beide Schiffe bis auf die Knochen ausgeräumt und dann nach dem neusten Stand der Technik wieder aufgebaut worden. Von der ursprünglichen Ausstattung waren praktisch nur noch die AVLO-L-Triebwerke geblieben, und selbst sie hatten neue Controller und Zusatzgeräte bekommen.

Die USS-97 war so gründlich überholt worden und das Büro des Direktors hatte so starkes Interesse am Fortgang der Arbeit bekundet, daß Barnstable sich schon seit langem fragte, ob das Schiff zu einem Flaggschiff der Flotte werden sollte. Dieser Verdacht hatte sich jedoch erst vor fünf Wochen bestätigt, als für die

USS-96 und die USS-97 Flaggmannschaften eingeteilt wurden.

Welches Schiff das Hauptschiff werden sollte, war selbst da noch nicht klar gewesen. Erst als die Rekommissionsbefehle eintrafen und sich herausstellte, daß das Schiff in Barnstables Rampe F die Transpondersignatur *F-1 Tilak Charan* erhalten sollte, war das Bild vollständig. Wells wollte zum Perimeter fliegen, und die *Charan* sollte ihn dort hinbringen.

Für Barnstable bedeutete diese Neuigkeit, daß sein ganzes arbeitsames Leben sich gelohnt hatte. Selbst als er erfuhr, daß die Entscheidung mit dadurch beeinflußt worden war, daß die *Wesley* noch nicht fertig war – bis sie für voll flugtauglich erklärt werden konnte, würden noch sechs Wochen vergehen –, konnte das seinen Stolz nicht schmälern. »Die erste und die beste«, sagte er an diesem Morgen bei der abschließenden Besprechung zum Umrüstungsteam. »Das ist die *Charan* – und wir sind es auch.«

So sehr Barnstable sich für sich selbst freute, für die *Charan* freute er sich noch mehr. Obwohl kaum jemand besser wußte als er, daß Schiffe nur technische Kunstprodukte waren, war er doch romantisch genug zu glauben, daß jedes von ihnen sein eigenes Schicksal hatte und daß dieses Schicksal durch die Absichten der Erbauer bestimmt war. Wenn das Schicksal enttäuscht wurde oder unerfüllt blieb, konnte man das nur als tragisch bezeichnen.

Durch die Großluke in seinem Büro beobachtete Barnstable, wie der schwarze spinnenförmige Schlepper der Basis vom weltraumwärtigen Ende aus in Rampe F hineinflog und sich dicht an den Bug der *Charan* heranschob. Für den Fall, daß es Probleme gab, standen zwei Waldoide bereit, aber der Schlepperpilot beherrschte seinen Job. Die sechs schlanken Greifarme schlossen sich um den ausladenden kreisförmigen Rand des Bugradiators. Nach einer kurzen Pause, in der überprüft wurde, ob alles in Ordnung war, gaben die Anker im Schiffsliegeplatz die *Charan* frei, und der Schlepper zog das Flaggschiff aus der Werft.

Zum letztenmal, dachte Barnstable. Diesmal würde die *Charan* nicht wiederkommen. Sie würde endlich zu dem werden, als das sie gebaut worden war – zu einem Fernschiff, das auf den Wellen der Gravitation zwischen den Sternen dahinsegelte.

»Es wird auch höchste Zeit, verdammt«, sagte Barnstable vor sich hin und sah zu, wie der Schlepper seine chemischen Düsen zündete und die *Charan* auf Unity Center zulenkte. »Höchste Zeit.« Dann wandte er sich von der Großluke ab, wobei er überrascht merkte, daß seine Augen feucht waren. Morgen würde ein anderes Schiff die leere Rampe belegen; er konnte es sich nicht leisten, noch lange an die *Charan* zu denken.

»... der machtvolle Arm von Gottes auserwähltem Volk. O Du unser Wohltäter, blicke voll Gnade auf die Arbeit derer, die Deinem Weg folgen, auf daß wir das verheißene Land zurückgewinnen und das Recht erlangen, für immer in Deiner unendlichen Schöpfung zu leben. Schenke uns Kraft und tröste uns, jetzt, da wir uns darauf vorbereiten, Deinen Feinden entgegenzutreten ...«

Obwohl Janell Sujata nur wenige Meter vom Höchst Verehrungswürdigen Bischof der Heiligen Erlöserkirche entfernt stand, hörte sie seinem Bittgebet nicht zu. Von der Rednertribüne aus, die provisorisch an einem Ende des großen Hauptatriums von Unity Center errichtet worden war, betrachtete sie die übergroße Menschenmenge auf den Balkonen und dem Hauptplatz und fragte sich, wann genau ihr eigentlich die Kontrolle über die Abflugfeier endgültig entglitten war.

Vielleicht bestand mein Fehler darin, daß ich nicht vorhergesehen habe, wieviel Theater man um das Auslaufen eines einzigen Schiffs machen kann, dachte sie. *Wenn mir das jemand vor einem Monat erzählt hätte, ich hätte es nicht geglaubt.*

Vor einem Monat schien alles für einen raschen und stillen Aufbruch von Wells und seinen Mitarbeitern bereit gewesen zu sein. Das Komitee hatte seine Proforma-Zustimmung zum Umzug von Wells und dem Kommandostab erteilt. Wells hatte Sujatas Forderung zugestimmt, die Reise in möglichst kurzer Zeit zurückzulegen, was bedeutete, daß die *Charan* bis kurz vor Lynx Center ständig im Craze und damit unerreichbar bleiben würde. In Wells' Abwesenheit sollte der Stellvertretende Direktor für Verteidigung direkt der Kanzlerin Bericht erstatten; auch dafür waren befriedigende Regelungen gefunden worden.

Der erste Hinweis auf das Kommende – ein Hinweis, dessen Bedeutung Sujata leider entging – bestand in der Aufmerksamkeit, die der *Charan* nach ihrer Verlegung in eine feste Stationierungszone nahe bei Unity Center zuteil wurde. Vom ersten Tag an flogen fast stündlich Busse zwischen Center und Schiff hin und her. Manche hatten Earthnet- und außerweltliche Journalisten an Bord, andere Würdenträger, die eine Führung verlangt hatten.

Vor allem brachten die Busse natürlich die Besatzung der *Charan* hinüber; sie bereitete das Schiff auf den Abflug vor, ohne schon dort zu leben. Allmählich wurden die Neugierigen von denen verdrängt, die wirklich dorthin mußten, und nach zwei Wochen wurden die Führungen ganz eingestellt. Vom nächsten Tag an hielt die Mannschaft das Schiff in wechselnden Schichten durchgängig besetzt, ein klares Signal, daß die *Charan* bald abfliegen würde.

Zu dem Zeitpunkt hatte die Abteilung Verteidigung jedoch schon kommentarlos über fünfzig interne Anfragen an Sujata weitergeleitet, in denen es um eine mögliche offizielle Verabschiedung der *Charan* und ihrer Mannschaft ging. Manche dieser Anfragen setzten einfach voraus, daß eine Feier stattfinden würde, und erkundigten sich nach Ablauf und anderen Einzelheiten. Das Weiterleiten dieser Anfragen stellte zwar keinen offiziellen Antrag von Wells dar, aber Sujata verstand die Andeutung trotzdem. Die psychologischen Aspekte der Verlegung waren ihr durchaus bewußt, und deshalb erschien ihr eine stille, interne Ehrung der Reisenden nicht nur harmlos, sondern vielleicht sogar wohltuend.

Dann hatte Berberon sich eingemischt. Die Neuner waren von dem Umzug angeblich hellauf begeistert, und um zu zeigen, daß auch die terranische Regierung ihn befürwortete, bat Berberon darum, vor Wells und seinem Stab eine kurze Ansprache halten zu dürfen. Sujata konnte es ihm nicht abschlagen. Aber Berberons Beteiligung hatte zur Folge, daß auch das Earthnet Zugang zur Zeremonie forderte und die Funktionäre der anderen Beobachtermissionen aufgeregt verlangten, ebenfalls eingeladen zu werden. Die stille Verabschiedung hatte sich plötzlich in ein medienwirksames Großereignis verwandelt.

Sujatas einziger Sieg bestand darin, daß sie Wells selbst vom Podium und den Mikrophonen ferngehalten hatte. Er stand inmitten eines ordentlichen Musters aus menschlichen Gestalten einige Meter vor der Tribüne in einem reservierten Bereich des Platzes. Die vorderste Reihe bildeten Wells und sein Stab, in rostbraunen hochgeschlossenen Jacken, die man nur als Offiziersuniformen bezeichnen konnte. Die Jacken hatte Sujata schon einmal gesehen, aber eine Einzelheit war ihr neu. Jeder Mann in der ersten Reihe trug über der rechten Brusttasche ein kleines goldenes Trigon aus drei nicht miteinander verbundenen Stäben.

Dahinter standen in vier Zehnerreihen die Flaggmannschaften der *Charan* und der *Wesley*, fünfunddreißig Männer und fünf Frauen in den blauen Einheitsoveralls, die seit den Anfängen des USS als Standardkleidung für Fernflüge dienten. Verglichen mit der Vorderrehe wirkten die Besatzungsmitglieder fast beängstigend jung. Trotzdem beherrschten auch sie schon die stoische Maske des Soldaten: Ihre Gesichter zeigten ebensowenig Spuren von Emotion wie von Alter.

Inzwischen stand Berberon am Rednerpult, und Sujata zwang sich, ihm zuzuhören, obwohl sie genau wußte, daß seine Worte voll Heuchelei waren.

»Jede große Zivilisation verdankt viel von ihrer Größe den Männern und Frauen, die auf ihren Ruf hin antreten, um sie zu verteidigen«, sagte Berberon soeben. »Gleichgültig was sie sonst noch leistet, keine Stadt, keine Nation, keine Welt, keine Spezies darf sich groß nennen, wenn ihr nicht die Treue und der Opfermut ihrer stärksten, klügsten und tapfersten Männer und Frauen gehören.

Trotzdem erhalten die, welche dem Ruf folgen, nur selten den tiefen Dank, der ihnen aufgrund ihrer Dienste zusteht. Sie erfüllen ihre oft mühsame Pflicht im Zwielicht unseres Bewußtseins – wir wissen zwar, daß es sie gibt, aber aus irgendeinem Grund sehen wir sie nicht. Sie tun an unserer Stelle, was wir selbst nur schwer tun könnten, und sie verlangen dafür nur, daß man ihnen zu erfüllen erlaubt, was die Ehre ihnen gebietet. Sie verdienen jedoch viel mehr.

Deshalb ist es nur angemessen, daß wir diese Gelegenheit nutzen, um zu den Kommandanten und Mannschaften der Flaggschiffe *Tilak Charan* und *Joanna Wesley* zu sagen: Wir danken Ihnen. Wir danken Ihnen für das, was Sie schon getan haben, und für das, was Sie noch tun werden. Wir danken Ihnen für das, was Sie schon an Opfern gebracht haben, und für alle Opfer, die Sie noch bringen werden. Und wir danken Ihnen für den Mut, den Sie schon bewiesen haben und den Sie auch dann beweisen werden, wenn Sie sich der Herausforderung stellen, Ihre Heimatwelten zu schützen.«

Eine gut geschriebene Rede, dachte Sujata, während Berberon innehielt und den begeisterten Applaus für die Besatzungen anführte. Alle magischen Wörter – *Tapferkeit, Pflicht, Opfermut, Ehre* –, eine Paraphrasierung von Eric Langes berühmtem Ausspruch darüber, was die Klügsten und Besten für eine Gesellschaft bedeuten. Wie sollen sie da bezweifeln, daß du ihr Freund bist?

Auf Berberons Drängen hin bedankte Wells sich für den Beifall, indem er die Hand hob. Daraufhin wurde der Lärm noch größer. Er legte sich erst, als Berberon das Pult verließ und Sujata an seine Stelle trat. Fast schien es, als wollte die Menge keinen Zweifel darüber aufkommen lassen, wem ihr Jubel galt.

Sujata hatte lange mit ihrer Rolle bei dieser Feier gerungen. Schließlich hatte sie sich dafür entschieden, sie ganz einfach zu halten – nichts als einige wenige Worte, die nur öffentlich wiedergaben, was längst vereinbart war, und daher keine Bedeutung hatten.

Ihr war jedoch nicht klar gewesen, welchen Kontext Berberon und die anderen Vorredner für sie schaffen würden, in welcher Atmosphäre sie ihre Worte aussprechen würde. Während sie ans Pult trat, verwarf sie die geplanten Bemerkungen und suchte nach einem Weg, wie sie die Erwartungen von Wells und seinen Anhängern mit möglichst wenig Worten erfüllen konnte.

»Harmack Wells.«

Wells trat einen Schritt vor und blickte zu ihr auf.

»Kraft meines Amtes als Kanzlerin ernenne ich Sie hiermit zum Kommandanten der Verteidigungsstreitmacht Perimeter des Vereinigten Raumflugdienstes.«

Die Menge spendete dröhnend Beifall, und der Lärm rieselte wie etwas Greifbares auf Sujata herab. Wells salutierte; ob sich das an Sujata richtete oder an die Menge, hätte Sujata allerdings nicht sagen können.

»Mit den Segnungen der Weisheit, möge unserer

Zeit Frieden beschieden sein«, fuhr Sujata fort. »Commander, Ihr Schiff wartet auf Sie.«

Wells salutierte erneut, diesmal eindeutig vor Sujata, dann wandte er sich den Uniformierten zu. Reihe für Reihe, die hinterste zuerst, marschierte Wells' Truppe durch den Gang, den man für sie freigehalten hatte, quer über die Platzmitte zu dem spiralförmigen Gleitsteg, der zum Shuttle-Terminal hinunterführte. Der donnernde Applaus hielt an, bis der letzte von ihnen längst verschwunden war.

Die hellen Lampen im Atrium wurden dunkler, damit der Marsch der Besatzung und der Abflug des Schiffs holographisch in der Mitte des Atriums vorgeführt werden konnte. Da Sujata dabei nicht mehr anwesend sein mußte, nutzte sie die Gelegenheit, um von der Tribüne zu steigen und sich in ihr Büro zurückzuziehen. Offenbar merkte das niemand außer Berberon; er gesellte sich zu ihr und begleitete sie vom Platz und zu ihrem Büro hinauf.

»Haben Sie das gesehen?« fragte Sujata, kaum daß sie die Tür hinter sich geschlossen hatten. Sie warf ihre Jacke in einen Sessel, mit einer Heftigkeit, die ihr verriet, daß die Vorgänge sie mehr erregt hatten, als sie dachte. »Es sind nicht nur die Neuner – ihr seid alle verrückt. Was ist nur mit Ihnen los, daß Sie die Aussicht auf einen Kampf nicht erschreckend, sondern aufregend finden?«

»Ich habe schon einmal versucht, es Ihnen zu erklären«, antwortete Berberon. »Solange Sie das nicht annehmen, werden Sie uns nie verstehen.«

»Ihre Erklärung lehne ich ab«, widersprach sie steif. »Es muß etwas sein, das Sie sich selbst beigebracht haben, nicht etwas Ererbtes. Sonst hätten Sie nie überlebt.«

»Das hätten wir auch fast nicht«, erinnerte Berberon sie beiläufig. »Stört es Sie, wenn ich mir den Abflug ansehe?«

Sujata machte eine Handbewegung. »Ich will es mir auch ansehen. Ich wollte nur weg von dieser Menschenmenge. Holo ein«, befahl sie scharf. »Kanal eins. Kein Ton.«

Das Holo zeigte, wie ein Zwanzig-Mann-Bus mit der blau-weißen Markierung der Transportabteilung von der Station zu der zwei Kilometer entfernten *Charan* flog, auf der sich zur Zeit eine Interimsmannschaft befand. Bilder aus der Passagierkabine des Busses gab es nicht, doch Sujata wußte, daß nur die Hälfte derer an Bord war, die auf dem Platz gestanden hatten. Da die geringe, aber durchaus reale Möglichkeit bestand, daß eins der beiden Schiffe auf dem Weg nach Lynx zerstört wurde, war alles verdoppelt oder aufgeteilt worden, einschließlich Personal.

Gemäß den Bahnvorschriften des Verkehrsbüros mußten AVLO-Schiffe, die die gleiche Route beflogen, mindestens einen Tag Abstand halten. Tatsächlich würde jedoch ein voller Monat vergehen, bevor der zweite Teil der Expedition aufbrach. Die *Wesley* konnte die Werft erst in fünf Tagen verlassen, und zusammen mit den anschließenden letzten Vorbereitungen würden insgesamt vier Wochen vergehen. Wells hatte mit Sujatas Einverständnis beschlossen, nicht so lange zu warten.

Also hatten Besatzung und Passagiere der *Wesley* – wozu außer zwei leitenden kommandierenden Offizieren auch Farlad, der Vizevorsitzende der Strategischen Kommission sowie ein weiteres Mitglied gehörten – sich auf dem Weg vom Platz zum Terminal von ihren Kameraden getrennt. Sie waren jetzt nur noch Zuschauer, genau wie Sujata, Berberon und ein hoher Prozentsatz der Million USS-Angehörige und der Milliarden Erdbewohner.

Der Bus schob sich längsseits an die *Charan* heran, wobei seine Düsen als winzige organgefarbene Kreisflächen leuchteten, und fuhr den Umsteigetunnel in

Richtung des vorderen Drei-Uhr-Eingangs aus. Die Besatzungsmitglieder der *Charan* schwebten einer nach dem andern durch den Tunnel, packten den kreisförmigen Handgriff gleich innerhalb der Luke und drehten sich so, daß sie auf dem schwerkraftbestückten Deck der *Charan* aufrecht ankamen.

»Ist denn das, was sie tun, wirklich so viel bewundernswerter als das, was wir tun?« fragte Sujata, als das Netz umschaltete und zeigte, wie sich die Brückenbesatzung in den Liegen niederließ. »Ohne den martialischen Hintergrund hätten die Leute da draußen nie derart begeistert auf Sie oder mich reagiert.«

»Das ist eine Lektion, die in unserer Vergangenheit schon Tausende von angeschlagenen Diktatoren begriffen haben. Nein, natürlich hätten sie das nicht. Nichts in ihren Genomen zwingt sie dazu, sich für Diplomaten und Verwalter zu begeistern. Regierungen sind von den Menschen erfunden worden, nicht von der Natur.«

»Sie geben einfach nicht auf, was?«

»Nicht wenn ich weiß, daß ich recht habe.«

Es dauerte nicht lange, dann war die *Charan* für den Abflug bereit, denn alles, worum die Besatzung oder das Schiff selbst sich nicht während der letzten Minuten kümmern konnten, hatte die Interimsmannschaft schon erledigt. Als der Auslauftermin näherrückte, ging Sujata zur Großluke und öffnete die Blende.

»Kann man die *Charan* von hier aus sehen?« fragte Berberon und kam zu ihr.

Sujata wartete, bis er neben ihr stand, dann deutete sie hinaus. »Da – zwei Grad südwestlich von Procyon, im Großen Hund.«

»Jetzt sehe ich sie. Hübsch, wie sie da im Sonnenlicht liegt.«

Genau in diesem Moment schienen Procyon und die übrigen Hintergrundsterne vor dem Bug und hinter dem Heck der *Charan* ein Stück zu springen – der AVLO-Antrieb war eingeschaltet worden. Die von den zwei Gravitationslinsen verursachte Verzerrung war der einzige Hinweis darauf, welch ungeheure Energiemengen das winzige Schiff der Spindel entzog. Schon nach wenigen Sekunden bewegte es sich merklich, und je weiter der Antrieb für den Craze hochgefahren wurde, desto größer wurde die vordere Welle.

»Erst jetzt wird mir klar, wie froh ich bin, daß er wegfliegt«, sagte Sujata leise.

»Ich bin nicht ganz so zufrieden, wie ich sein könnte«, erwiderte Berberon fröhlich. »Wer weiß, worauf die Neuner jetzt ihre Aufmerksamkeit richten? Was immer sie sich aussuchen, dem Rat wird es bestimmt Kopfschmerzen bereiten.« Er blickte von ihr weg zur Großluke hinaus. »Trotzdem, auch mich erfüllt dieser Anblick mit einer gewissen Genugtuung.«

Sie konnten den Anblick jedoch nicht lange genießen. Nach weniger als einer Minute hatte die *Charan* das Sternenfeld durchquert und war als verblassender Punkt verschwunden. Gemeinsam kehrten sie der Großluke den Rücken zu.

»Sie könnten jetzt von Ihrem Amt zurücktreten, falls Ihnen danach ist«, meinte Berberon vorsichtig; es war weniger ein Vorschlag als eine Frage.

»Ich glaube nicht.« Sujata griff nach ihrer Jacke. »Ich möchte lieber nicht daran schuld sein, daß Rücktritte nach der halben Amtszeit zur Regel werden.«

»Sehr lobenswert.«

»Aber ich denke, ich werde von jetzt an statt dreimal viermal im Jahr Urlaub nehmen.«

Berberon lächelte und verneigte sich. »Da unser hartnäckigster Störenfried uns soeben verlassen hat, können Sie das sicher mit gutem Gewissen tun.«

12. KAPITEL

Diffidatio

Wie konnten wir nur so dumm sein? fragte Berberon sich, während er vor dem Terminal stand und wartete, daß jemand sich meldete.

Vor sechzehn Tagen war Wells auf der *Charan* zum Perimeter aufgebrochen. Sechzehn Tage lang hatte Berberon es genossen, nicht an Wells denken zu müssen, hatte das Gefühl gehabt, daß eine komplizierte Gleichung sich schlagartig auf handhabbare Dimensionen reduziert hatte. Sechzehn Tage lang hatte er seinen Sieg gefeiert. Und plötzlich, ohne jede Vorwarnung, sah alles schlimmer aus als vorher.

Jemand flüsterte ihm etwas ins Ohr, er nickte vor sich hin und wandte sich vom Schreibtisch ab. »Sie kommt herunter«, sagte er zu seinem Gast.

»Mir ist gar nicht wohl dabei«, meinte Teo Farlad. Er erhob sich aus dem Sessel, in dem er bis eben gesessen hatte. »Ich sollte besser gehen.«

»Sie bleiben hier und erzählen ihr, was Sie mir erzählt haben«, befahl Berberon nachdrücklich. »Sie muß wissen, aus welcher Quelle es stammt. Ihr muß klar sein, daß wir nicht nur raten – daß wir es sicher wissen.«

»Sie können das unmöglich offen verwenden.«

»Ihre Aufgabe ist es, Informationen zu sammeln, nicht zu entscheiden, wie sie verwendet werden.«

»Wir sind gar nicht befugt, sie aufzuklären.«

Berberon goß sich einen kräftigen Schluck Anisette ein. »Die Verantwortung dafür übernehme ich. Sie brauchen sich deshalb keine Gedanken zu machen.«

»Ich begreife nicht, wieso Sie hiermit nicht genauso umgehen wie sonst.«

»Weil sie es bestimmt nicht glauben will«, erwiderte Berberon unverblümt. »Seit der Geschichte mit Erickson hat Wells sich immer vorbildlich benommen. Er hat ihr nie einen Grund gegeben, ihm nicht zu vertrauen. Dazu kommt noch, daß sie sich durch die liamesische Rebellion nähergekommen sind, als ich vorhergesehen habe.«

Farlad nickte widerwillig. »Da die Rebellion sich gleich in ihrem ersten Jahr ereignet hat …«

»Sie haben sehr eng zusammengearbeitet, um herauszufinden, wie man am besten damit umgeht, und als dann ein generelles Interdikt beschlossen war, kannte Wells die Leute an den richtigen Stellen, mit deren Hilfe es sich durchsetzen ließ. Sie sehen also, Sie müssen es ihr erzählen. Sie wird noch viel weniger als ich einsehen wollen, wie dumm wir beide waren.«

»Also gut«, sagte Farlad. »Ich stimme Ihnen zu. Aber es geht hier nicht nur um Sujata. Zu diesem Material haben nur sechs von uns Zugang – drei auf der *Charan* und wir drei, die wir auf der *Wesley* mitfliegen sollen. Wenn Sujata aufgrund meiner Geschichte offene Schritte unternimmt, wird Wells unweigerlich herausfinden, daß ich die undichte Stelle bin. Ich werde Ihnen nichts mehr nützen können.«

Berberon durfte sich nicht umstimmen lassen. »Das wäre zwar bedauerlich, aber wir haben keine andere Wahl. In einer solchen Situation können wir uns den Luxus, Sie zu schützen, nicht länger leisten.«

Farlad sah ihn finster an.

Keine fünf Minuten später öffnete sich die Tür, und Sujata betrat das Büro.

»Teo.« Sie nickte ihm grüßend zu. »Also gut, Felithe. Hier bin ich. Worum geht es?«

Der Botschafter lud sie mit einer Handbewegung ein, sich zu setzen, und nahm dann hinter dem

Schreibtisch Platz. Farlad stand steif in der Zimmermitte neben der Skulptur aus Chromstahl, die Hände über der Brust verschränkt, als wollte er sich selbst umarmen.

»Bevor ich Ihnen das verrate, müssen Sie etwas über Teo und mich erfahren«, erklärte Berberon.

Verwirrt runzelte Sujata die Stirn. »Geht es denn um etwas Persönliches? Das verstehe ich nicht.«

Berberon schüttelte den Kopf. »Teo, sagen Sie ihr, wer Sie sind.«

Farlad gehorchte mit säuerlicher Miene. »Kanzlerin Sujata, mein richtiger Name ist Kris March. Ich bin Hauptmann beim IOF, dem Nachrichtendienst des Weltrats.«

Sujata starrte Berberon ungläubig an. »Er ist ein Spion?«

»Um es kurz zu sagen, ja. Teo ist meine Hauptquelle innerhalb der Verteidigungsabteilung, seit Wells Direktor geworden ist.«

»Dann sind Sie also ...«

»Hauptmann im Majorsrang beim IOF und Koordinator unserer hiesigen Operationen.«

Jede andere Kanzlerin hätte bei dieser Enthüllung getobt, daß der Raum davon widerhallte. Vielleicht war Sujata auch wütend, aber äußerlich zeigte sie es nicht. »Ich nehme an, es gibt noch mehr wie Sie.«

»Ja, aber bitte fragen Sie mich nicht, wer sie sind.«

»Auch in meinem Büro?«

»Nein. Wir plazieren sie dort, wo wir sie brauchen. Sie waren immer so offen zu mir, daß es nicht notwendig war.«

»Ich glaube kaum, daß mich diese Antwort trösten sollte. Wie lange geht das schon so?«

»Kanzlerin, ich habe beschlossen, Ihnen zu verraten, wer wir sind, weil ich annehme, daß Sie unsere Geschichte dann ernster nehmen. Ich werde mich jedoch nicht über den IOF ausfragen lassen. Wie Sie wissen, bin ich dafür bekannt, daß ich Dinge weiß, die ich eigentlich nicht erfahren sollte. Jetzt wissen Sie, daß dieser Ruf wohlbegründet ist.«

»Ich habe immer angenommen, Sie hätten sich im Lauf der Jahre einfach ein gutes Netzwerk von Bekanntschaften aufgebaut …«

»Das habe ich wirklich«, antwortete Berberon. »Es ist eine ausgezeichnete Tarnung für meine sonstige Arbeit.«

»Sie müssen den USS verlassen«, sagte Sujata schroff zu Farlad. Es war ein Riß in ihrer emotionalen Rüstung, wenn auch ein kleiner. Deine maranitische Zurückhaltung wird heute noch auf eine harte Probe gestellt, dachte Berberon mitfühlend.

»Ob das klug wäre, können wir später besprechen«, schlug er vor. »Zuerst einmal sollten Sie sich anhören, was Teo zu sagen hat.«

Sujata faltete die Hände im Schoß und lehnte sich zurück. »Bitte.«

»Zunächst einmal muß Ihnen klar sein, welche Arbeitsbeziehung zwischen dem Direktor und mir besteht.« Farlad trat ein oder zwei Schritte auf sie zu und senkte die verschränkten Arme zum Bauch. »Obwohl ich sein oberster Assistent bin, hatte ich nie zu allen Informationen Zugang, die er besaß. Manches hat er immer allein erledigt oder über andere in der Abteilung, und ich erfuhr erst davon, wenn alles vorbei war.«

»Nur aus diesem Grund ist Teo den Neunern beigetreten – damit Wells ihm mehr vertraut«, warf Berberon ein. »Unglücklicherweise hatte das nur zum Teil Erfolg.«

»Sie sind auch ein Neuner?« fragte Sujata verblüfft.

Farlad nickte. »Vierter Rang.«

»Wollen Sie deshalb mit mir reden? Geht es um etwas, das mit den Neunern zu tun hat?«

Bevor Farlad antwortete, sah er schnell Berberon von

der Seite an. »Nein, Kanzlerin. Wie Major Berberon mir mitteilte, hatten Sie einige Zweifel, was Wells' Motive für die Verlegung des Flaggkommandos angeht. Ich glaube, ich weiß, warum er es getan hat, und ich weiß auch, warum er es jetzt getan hat.«

»Ich höre.«

»Ich habe von der Verlegung erst erfahren, als Direktor Wells von mir bestätigt haben wollte, daß ich zum Mitkommen bereit wäre. Durch meine Zusage habe ich offenbar eine Art Test bestanden, denn am nächsten Tag wurde ich vom Adjutanten des Direktors zum Stabschef für Verteidigung befördert und bekam die höchste Sicherheitsstufe zugeteilt.«

»Die gleiche wie Wells?«

»Ja. Ich erhielt Zugriffsrechte auf alles außer persönliche Aufzeichnungen und wurde dazu aufgefordert, mich umzusehen. Wells selbst ist einen Teil des neuen Materials am Tag vor dem Abflug der *Charan* mit mir durchgegangen. Er sagte, ich solle voll informiert sein, damit ich, falls ihm etwas zustieße, den Stellvertretenden Direktor Gaema unterstützen könne.«

»Und was haben Sie dabei herausgefunden?«

Farlad atmete tief ein. »Kanzlerin, wußten Sie, daß der Danfield-Apparat erfolgreich getestet wurde?«

Sujata blinzelte mehrmals. »Nein.«

»Es ist aber so. Der Apparat existiert. Er wurde vor fünf Monaten auf einem Planetoiden von 41 Leo getestet. Das Ergebnis lag bei 130 Prozent des erwarteten Werts. Der Planetoid war aus Nickel und Eisen, und der DA hat ihn fast zum Schmelzen gebracht.«

Was immer Sujata an Zorn oder Sorge empfinden mußte, war noch immer hinter der Maske einer Hohefrau verborgen. Sie sah Berberon an und sagte ruhig: »Das hätte man mir sagen müssen.«

»Ja, das hätte man. Aber waren sie laut Forschungserlaubnis auch *verpflichtet*, es Ihnen zu sagen?«

»Ich weiß nicht mehr«, erwiderte Sujata langsam.

»Das ist alles Jahre her. Vielleicht nicht.« Sie sah Farlad an. »Geht es noch weiter?«

»Leider ja. Über die Verzögerungen beim Bau von Triade waren Sie informiert, das weiß ich …«

»Ja. Soweit ich weiß, hatten die Ingenieure Probleme mit dem Antrieb der neuen Serie.«

»Das Problem bestand darin, den AVLO-T dazu zu bringen, daß er auf Befehl wie ein DA explodiert. Sie mußten ihn so umkonstruieren, daß er einen unkontrollierten Spalt zur Spindel öffnen kann. Normalerweise würde der Antrieb sich beim ersten Anzeichen eines Versagens abschalten und das Anzapfen beenden, und es war nicht einfach, das zu umgehen.«

»Was sagen Sie da?«

»Daß im Endeffekt jedes Element der Triade ein Danfield-Apparat *sein* wird.«

Sujata hob die gefalteten Hände an den Mund und blickte zwischen sich und Farlad auf den Boden. Dann schaute sie auf und sah ihm erneut in die Augen.

»Ich denke, ich weiß, wie das zusammenhängt. Harmack hat mit mir darüber gesprochen, wie schwierig es bei diesen Entfernungen und unter Gefechtsbedingungen sein würde, Rettungsaktionen durchzuführen. Die Vorstellung, daß so etwas wie Selbstzerstörung jemals nötig werden könnte, gefällt mir zwar gar nicht, aber es scheint mir doch klug und gnädig, dafür vorzusorgen. Außerdem wollen wir auf keinen Fall, daß unsere fortschrittlichste Technik den Mizari in die Hände fällt.«

»Genau so sieht die offizielle Darstellung aus«, entgegnete Farlad. »Ich glaube aber nicht, daß Wells den Bau von etwas für ihn so Wichtigem nur deshalb verzögert hat, weil er eine besonders häßliche Methode der Selbstzerstörung haben wollte; nicht wenn es dafür auch andere völlig wirksame Möglichkeiten gäbe. Meiner Meinung nach will er erreichen, daß jedes der neun Schiffe auch allein einen Planeten angreifen kann.«

Es dauerte einen Moment, bevor Sujata begriff, was das hieß. »Aber das wäre ein Selbstmordkommando.«

»Die Mannschaften nennen es ›Ehre der Freiwilligen‹«, mischte Berberon sich ein. »Als wäre es ein Privileg, das eigene Leben wegzuwerfen.«

»Aber warum? Was soll ihnen das nützen?«

Farlad zuckte die Achseln. »Zum Mizari-Sternhaufen gehören sechzehn Sterne, die bis zu dreißig Cees voneinander entfernt sind. Für die Überwachung dieser Sterne haben Sie Wells nur drei Triaden zugestanden.«

»Letztes Jahr habe ich eine vierte genehmigt ...«

»Ja – als Ausgleich für Ausfallzeiten, damit sichergestellt ist, daß ständig drei Gruppen auf ihren Posten sind. Das gibt ihm nicht mehr Stärke, nicht mehr Flexibilität.«

»Wollen Sie andeuten, daß er die Elemente von Triade auch einzeln einsetzen würde?«

»Jetzt hat er zumindest die Wahl.«

Sujata schüttelte schon den Kopf. »Ich kann mir nicht vorstellen, daß er sie allein losschicken würde. Es muß einen anderen Grund dafür geben.«

»Vielleicht ist es nur eine Rückversicherung«, meinte Farlad. »Laut einigen Untersuchungen besteht eine Wahrscheinlichkeit von eins zu vier, daß die Waffe des Trägers zu weit draußen abgefangen und damit neutralisiert wird. Wenn man aber vier DAs dabei hat, sinkt die Wahrscheinlichkeit auf eins zu hundert, wobei der Verlust des Überraschungseffekts bei den Nachfolgeangriffen schon eingerechnet ist.«

»Ist diese Art Todesflug denn im Einsatzplan der Streitmacht Triade vorgesehen?«

»Er ist jedenfalls nicht verboten. Ich weiß natürlich nicht, welche Wahlmöglichkeiten Wells die Kommandanten von Triade in ihre Kampfleitsystem laden lassen will.«

»Nein«, beharrte Sujata. »Ich sehe darin nichts Verdächtiges.«

Farlad und Berberon wechselten Blicke. »Dann möchte ich Ihnen erzählen, was im Einsatzplan für Triade *steht*«, sagte Berberon. »Die Triaden sollen auf Patrouillenkreisen zehn Cees jenseits des Perimeter stationiert werden – innerhalb des Mizari-Sternhaufens. Sie werden voll bewaffnet sein und losfliegen könne, sobald sie die ›Los‹-Codes erhalten.«

»Auch darüber haben Wells und ich gesprochen. Um eine überzeugende Abschreckungswirkung zu erzielen, muß man schnell reagieren können.«

»Ja. Normalerweise würde ich dem zustimmen«, meinte Berberon. »Nur fällt mir auf, daß nicht vorgesehen ist, den Angriffsbefehl vom Büro der Kanzlerin bestätigen zu lassen. Die ›Los‹-Codes kommen über das Oberkommando Perimeter direkt vom Verteidigungsdirektor.«

»Wie hätten Sie es denn gern?« fragte Sujata. »Wells kann den Angriffsbefehl doch gar nicht erteilen, ohne daß ich es ihm erlaubt habe.«

Das gleiche törichte Vertrauen, das auch ich vor kurzem aufgeben mußte, dachte Berberon. *Du glaubst viel zu sehr an die Gesetze, Janell.* »Teo, würden Sie der Kanzlerin bitte erklären, was Wells Ihrer Einschätzung nach beabsichtigt?«

Mit noch immer skeptischer Miene wandte Sujata sich dem jüngeren der beiden Männer zu.

»Das fällt mir nicht leicht«, meinte Farlad heiser und trat mit gesenktem Blick von einem Fuß auf den andern. »Wenn man mit jemand lange Zeit eng zusammenarbeitet, entwickelt man auf die eine oder andere Art starke Gefühle für ihn. Ich mag den Direktor. Und ich glaube an das, woran angeblich auch er glaubt. Deshalb habe ich mich vermutlich geweigert zu sehen, was mir schon viel früher hätte auffallen müssen.

Wells hatte immer nur ein Ziel vor Augen, und darin

hat er sich nie irremachen lassen. Außer dem Zweck, den er offen ausspricht, gibt es noch einen weiteren, auf den er mit all seinen Aktionen hingearbeitet hat. Als er die Waffenforschung von den Defensivsystemen auf Offensivsysteme umstellte. Als er die frühere aktivistische Kanzlerin durch eine ersetzen ließ, die – verzeihen Sie mir – nur das Haus hütet. Als er die Krise in der Kommunikation als Vorwand benutzte, um zum Perimeter umzuziehen.«

»Was für ein Ziel, Teo?«

»Ist das nicht offensichtlich? Er will die Mizari vernichten. Er hatte nie vor, uns eine Verteidigung aufzubauen. Das ganze Gerede von Abschreckung und einem Gleichgewicht des Schreckens war nur Tarnung. Ja, theoretisch kontrollieren Sie die Verteidigungskräfte. Aber Sie tun es durch Wells. Sie sind von ihm und seinen guten Absichten abhängig. Die Commander von Triade werden nicht auf Sie blicken, sondern auf ihn.«

»Wells fängt keinen Krieg an, nur weil er es kann«, widersprach Sujata mit unerschütterlicher Sicherheit. »Er ist extrem stabil – gemäßigt. Auf keinen Fall ist er waghalsig, das müßten Sie doch am besten wissen.«

»Kanzlerin, es tut mir leid, aber Sie verstehen das nicht«, entgegnete Farlad. »Haben Sie vergessen, daß er ein Neuner ist und was für eines Geisteshaltung diese Leute haben? Er würde sehr wohl einen Krieg anfangen – weil er unfähig ist, sich vorzustellen, daß wir verlieren könnten. Und er hatte schon immer vor, die Attacke selbst anzuführen. Triade ist eine Erstschlagwaffe. Eine Waffe für Überraschungsangriffe. Sobald sie fertig ist, wird Wells sie auch einsetzen – und wenn er Lynx Center erreicht, wird sie fertig sein.«

»Aber bei einem Krieg wäre der Perimeter der schlimmste Ort überhaupt«, wandte Sujata ein. »Wieso sollte er dort hinreisen?«

»Weil das seiner Vorstellung von Ehre entspricht«, erklärte Farlad ruhig.

Auch wenn Farlad sich nur widerwillig an dem Gespräch beteiligt hatte, er hatte Berberons Vorgaben fehlerlos befolgt. Timing, Vortragsweise, der sorgfältige Aufbau seines Berichts im Dienste einer größtmöglichen Wirkung – alles hatte genau gestimmt. Und doch reagierte Sujata noch immer nicht.

Berberon hätte viel darauf gewettet, daß niemand sich eine solche Geschichte anhören konnte, ohne vor Wut über diesen Verrat aus dem Sessel zu springen. Er konnte nicht glauben, daß ihre Ruhe nur auf ihre maranitische Herkunft zurückzuführen war, daß sie solche Gefühle hinter ihrer Maske verbergen konnte. Auf irgendeiner grundlegenden Ebene hielt sie das Gehörte für unerheblich. Zum Glück hatte er für diesen Fall noch eine letzte Karte zurückbehalten, und nun spielte er sie aus.

»Offenbar nehmen Sie das, was wir sagen, nicht sehr ernst, aus welchem Grund auch immer. Würde sich daran etwas ändern, wenn Sie wüßten, daß Wells noch etwas anderes vor Ihnen geheimgehalten hat? Daß es für die Triaden inzwischen nicht nur Waffen gibt, sondern auch ein Ziel?«

Er sah eine Andeutung von Entsetzen auf Sujatas Gesicht, nahm sich aber nicht die Zeit einzuschätzen, wie tief seine Worte sie getroffen hatten. Statt dessen sprach er weiter und stieß die Klinge noch tiefer hinein. »Das erste, was Teo von Wells erfuhr, nachdem dieser seine Sicherheitsstufe angehoben hatte, war die Tatsache, daß die Horchposten am Perimeter mit Hilfe einer neue Generation von Daten-Analysatoren vor achteinhalb Jahren zum erstenmal schwache und unzusammenhängende Emissionen aus der Richtung Mizar-Alkor gemeldet haben. Genau zu diesem Zeitpunkt hat Wells mit seiner Kampagne für Triade begonnen.

Die Mizari gibt es wirklich, Kanzlerin. Und Wells weiß, wo sie sind.«

Auch als Sujata schließlich aufgab, geschah das beherrscht. Während Berberon sprach, hatte sie weit die Augen geöffnet, als wollte sie so die Ungeheuerlichkeit dieses Betrugs erfassen. Dann drückte sie plötzlich die gefalteten Hände gegen die Stirn, kniff die Augen zu und rollte sich im Sessel zu einer angespannten Kugel zusammen. Doch auch durch diesen Rückzug konnte sie Berberons Worte nicht aussperren, und bei seinem letzten Satz begann sie heftig zu zittern.

Von seinem Platz am anderen Ende des Zimmers aus beobachtete Berberon sie mit echter Sympathie. Er konnte ihren Schmerz verstehen, und auch ihre Wut auf ihn, weil er mit dazu beigetragen hatte. Daß er sich ebenso gedemütigt fühlte wie sie, minderte nicht seine Verantwortung. Sein Mitgefühl hätte sie jedoch nicht getröstet, deshalb versuchte er gar nicht erst, es ihr zu zeigen.

»Danke, Teo«, sagte er nur. »Sie können jetzt gehen.«

Nachdem Farlad fort war, zog auch Berberon sich in ein Nachbarzimmer zurück, damit Sujata Gelegenheit hatte, ihre innere Privatsphäre wieder aufzubauen, in die er so grob hatte eindringen müssen.

Ein Hinterhalt.

Was Sujata empfand, ließ sich nicht in einem Wort zusammenfassen, aber dieses gab zumindest die Gipfelpunkte wieder. Sie fühlte sich von denen hintergangen, denen sie vertraut hatte, sie hatten sie in einen Hinterhalt gelockt und dann grausam mißbraucht. Jedermann hatte sie angelogen. Wells hatte gelogen, und sie hatte es nicht gemerkt. Berberon hatte gelogen, und sie hatte es nicht gemerkt.

Was für eine schwächliche Begabung du hast, flüsterte sie sich zu. *Zu wenig für Maranit – zu wenig selbst für diesen Ort.*

Doch was sie am tiefsten getroffen hatte, waren Farlads Worte. Eine Kanzlerin, die ›nur das Haus hütet‹, hatte er sie genannt. Sie konnte es nicht leugnen. Sie wußte zu genau, wie sehr sie zur Selbstsucht neigte. Das war ihre Antwort auf den Zorn darüber, daß man sie in die Ecke gedrängt und gezwungen hatte, das Kanzleramt zu übernehmen, einen Zorn, der auch nach sechs selbstsüchtigen Jahren noch nicht ganz erloschen war.

Allerdings hatte sie auch ein Gewissen, und das verlangte von ihr, daß sie ihre Position angemessen ausfüllte. Sie hatte sich nicht immer selbst an die erste Stelle gesetzt. In den sechs Jahren ihrer Amtszeit hatte sie zweimal den Urlaub ganz gestrichen und war ein drittes Mal vorzeitig zurückgekehrt, weil es kleine Krisen zu bewältigen gab. Ihr Gewissen ließ sie nur in Frieden, solange der USS reibungslos funktionierte.

Durch Farlads Enthüllungen war ihr jedoch brutal gezeigt worden, daß sie sich zwar um Äußerlichkeiten und die alltäglichen Details gekümmert hatte, nicht aber um größere Belange. Sie hatte den USS nicht geführt, sondern ihn nur verwaltet. Und damit hatte sie Wells seine Chance gegeben.

Sujata saß zusammengekuschelt in ihrem Sessel, den Blick nach innen gerichtet, und so hatte sie fast nicht bemerkt, wie Farlad und Berberon den Raum verließen. Als Berberon zurückkehrte, wurde ihr das kaum stärker bewußt. Er ging langsam, aber zielstrebig auf sie zu und blieb in höflichem Abstand vor ihr stehen.

»Sie müssen ihn aufhalten«, sagte er ruhig.

Seine Worte weckten sie aus ihrer Zurückgezogenheit. »Ihn aufhalten!« rief sie aus und erhob sich mit einer plötzlichen und heftigen Bewegung aus dem Sessel. »Sie Schlitzer, Sie selbst haben mir geraten, ihm zu helfen! Jetzt sehen Sie, wohin das geführt hat!«

»Wer wieviel Schuld trägt, können wir später klären.

Im Augenblick müssen Sie vor allem entscheiden, was Sie tun wollen.«

Sie kehrte ihm den Rücken zu und ging zu der geschlossenen Großluke. »Was wohl? Ich muß die *Charan* zurückbeordern, ihr befehlen, so schnell wie möglich hierher zurückzukehren.«

Sie hörte, wie Berberon am anderen Zimmerende tief einatmete. »Ich wünschte, es wäre so einfach. Haben Sie vergessen, daß sie taub fliegt, im Craze? Sie wird sich erst kurz vor Lynx Center wieder ins Netz einklinken.«

Sujata seufzte, das äußere Anzeichen einer plötzlichen Welle von Selbstvorwürfen. »Natürlich, Sie haben recht. Und daran bin ich schuld. Ich wollte Wells von seinen hiesigen Verbindungen abschneiden. Er wollte im Hüpfmodus reisen, die *Charan* sollte den Craze alle paar Monate verlassen und Depeschen in Empfang nehmen. Ich habe darauf bestanden, daß das nicht geschieht.«

»Bei Ihrem damaligen Wissensstand war das eine gute Entscheidung. Unglücklicherweise wird dadurch alles noch komplizierter.«

Sujata hörte kaum, was er erwiderte. Im Geist war sie vollauf damit beschäftigt, nach einer anderen Lösung ihres Dilemmas zu suchen. »Ich muß ihn als Direktor absetzen«, meinte sie schließlich und drehte sich zu dem terranischen Beobachter um. »Wenn Wells auf Lynx Center ankommt, wird er feststellen, daß er nichts mehr zu befehlen hat.«

»Wie soll das gehen? Bei einer Abberufung hat der Beschuldigte ein Antwortrecht. Wie soll Wells sich in Abwesenheit verteidigen?«

»Das Komitee wird in diesem Fall bestimmt eine Ausnahme zulassen …«

»Warum sollte es? Was Sie erschreckt, wird die Komiteemitglieder freuen, begreifen Sie das nicht? Sie *wollen* ja, daß die Triaden einsatzfähige Waffen haben.

Sie sind immer davon ausgegangen, daß es die Mizari wirklich gibt.«

Sujata mußte gegen wachsende Panik ankämpfen. »Dann gibt es nur eine Antwort: Triade streichen. Wenn er dort ankommt, wird er nichts haben, womit er einen Krieg anfangen könnte ...«

»Versuchen Sie's, und Sie werden nicht mehr lange Kanzlerin sein«, entgegnete Berberon sanft. »Der Einfluß der Falken im Komitee ist noch größer als damals, als Erickson Triade zu stoppen versuchte. Ein politisch falscher Zug von Ihnen, und Loughridge übernimmt Ihr Amt.«

»Was ist dann die Antwort?«

»Lassen Sie ihn nicht allein dort draußen sein«, erwiderte Berberon schlicht.

Sujata verschloß sich den unwillkommenen Worten. »Ich ... ich weiß gar nicht, wo ich meinen Kopf hatte. Es ist ganz unwichtig, daß er nicht gleich umkehren kann. Ich kann ihn trotzdem abberufen.« Ihre Worte überschlugen sich fast. »Bei seiner Ankunft wird er eine Depesche vorfinden. Er muß dann eben kehrtmachen und wieder zurückkommen. Oder noch besser, wir führen die Anhörung zu seiner Entlassung über Kleine durch. So kommt er zu Wort, und dann sind wir ihn los ...«

Berberon schüttelte langsam den Kopf. »Die Leute auf Lynx gehören zu zwei Dritteln zur Abteilung Verteidigung. Sie haben siebzehn Jahre Zeit, über Wells' Kommen nachzudenken. Mehr als genug Zeit, um einen machtvollen Mythos um ihn aufzubauen – den Mann, unter dessen Führung sie losziehen werden, um ihre Feinde zu besiegen und ihren Stolz zurückzuerobern. Sie werden ihn wie einen Soldatenmessias empfangen. Er wird für sie mehr als nur lebensgroß sein.«

»Nein ...«

»Wie Teo schon sagte, sie werden nicht auf Sie blicken – sie werden auf ihn blicken. Wenn er erst einmal allein dort draußen ist, muß er Ihnen gar nicht mehr gehorchen. Und falls er beschließt, sich statt von der Satzung des USS lieber von seinem Gewissen leiten zu lassen, können Sie das nicht verhindern. Sie können ihm dort draußen nichts anhaben.«

»Das würde er nicht tun.« Ihre Stimme hatte einen Unterton von Verzweiflung.

»Teo behauptet das Gegenteil – und ich bin der gleichen Meinung. Sie ebenfalls, wenn Sie ehrlich zu sich sind.«

Sujata warf den Kopf zurück und blickte zur Decke; ein Sturzbach aus Wut und Empörung brach über sie herein. *Nein! Warum soll wieder ich dafür bezahlen? Ich habe mir doch gerade erst wiedergeholt, was es mich beim erstenmal gekostet hat. Verdammt noch mal, das ist nicht fair ... es ist nicht fair ...* Solche Gedanken quälten sie, doch noch immer hielt sie sie in sich verschlossen.

»Ich sehe nur eine Lösung, nämlich daß Sie genauso präsent sind wie er und eine noch eindrucksvollere Persönlichkeit darstellen«, fuhr Berberon fort. »Sie müssen ihm nachfliegen, auf der *Wesley*. Sie müssen Ihren Standpunkt persönlich durchsetzen.«

»Was würde das nützen? Sie sagen doch selbst, daß Lynx Center der Abteilung Verteidigung gehört. Falls Wells tatsächlich beschlossen hat, mit dem USS zu brechen und seinen eigenen Weg zu gehen, kann er sich meinen Befehlen ebensogut widersetzen, wenn ich persönlich da bin, wie wenn ich hier bin.«

»Darauf weiß ich auch keine Antwort. Vielleicht hört er wirklich nicht auf Sie.« Berberon zögerte kurz und fuhr dann fort: »Vielleicht wird es notwendig sein, Wells auf andere Art zu beseitigen.«

Ungläubig starrte sie ihn an. »Das kann nicht Ihr Ernst sein ...«

»Es ist mein voller Ernst. Teo wird das erledigen – wenn wir ihm sagen, daß es nötig ist. Trotzdem ist es vielleicht schon zu spät, diesen Krieg zu verhindern.

Ich werde meiner Regierung sagen müssen, daß sie sich auf einen Krieg einstellen müssen.«

In diesem Moment erkannte sie auf seinem Gesicht und in seiner Stimme die Angst, die er vor ihr zu verbergen suchte: eine hilflose Angst vor dem Ende aller Dinge, vor dem unausweichlichen Verlust all dessen, was er bewahrt sehen wollte. Er fürchtete nicht so sehr um sich wie um sein Volk, und plötzlich mußte sie an Maranit denken, mit einer Eindringlichkeit wie seit Jahren nicht mehr.

Berberons Furcht ließ die Straßen ihrer Erinnerung still werden und die Leichen ihrer Freunde zwischen brennendem Maranax liegen. Ihre Knie gaben unter ihr nach, und sie tastete sich zum Sessel zurück. »Das Komitee wird mich niemals gehen lassen.«

Berberon kam näher und hockte sich in Reichweite vor sie hin. »Sagen Sie einfach nicht, daß Sie hinfliegen, um ihn aufzuhalten. Sagen Sie, Sie wollten ihm beistehen, weil die Situation so ernst ist.«

Sie preßte die Handflächen an die Schläfen und blickte zu Boden. Jeder laute Atemzug sprach von den Tränen, die sie in sich zurückhielt. *Ich will die Erde nicht verlassen!* dachte sie in einem letzten wütenden und selbstsüchtigen Aufschrei. *Ich will nicht aufgeben, was ich da unten gefunden habe …*

Als könnte er sie lesen, meinte Berberon leise: »Janell – es tut mir leid. Aber das müssen Sie übernehmen. Es kann niemand anders tun.«

Ein herzzerreißender Laut kam von ihren Lippen, halb Schrei, halb Stöhnen; die Maske zerbrach, und ihr kamen die Tränen. »Verflucht sollen Sie sein«, stieß sie schluchzend hervor. »Sie nehmen und nehmen und nehmen. Sie … stehlen … *alles*, was mir etwas bedeutet.« Ihr Gesicht verzog sich zu einer häßliche Fratze, so sehr kämpfte sie gegen die Welle aus Schmerz und Verzweiflung an. Als das nicht gelang, sprang sie plötzlich aus dem Sessel und floh mit schnellen Schritten zum anderen Zimmerende. Dort legte sie einen Unterarm auf Kopfhöhe gegen die Wand und verbarg das Gesicht in der Armbeuge.

Nach einer Weile wurde ihr Schluchzen schwächer; sie blickte sich zu Berberon um. Die Maske war noch nicht wieder an ihrem Platz: Aus ihren Augen leuchtete Haß.

»*Fècuma. Ka'arrit*. Ich fliege hin, verdammt«, fuhr sie ihn an. »Ich jage Ihren entlaufenen Soldaten und versuche ihn einzusperren. Aber Sie kommen mit, Sie Schlitzer. Erzählen Sie dem Rat, was Sie wollen, mir ist es egal. Sie kommen mit. Diesmal werden auch Sie dafür bezahlen.«

13. KAPITEL

Eine lange Reise, und so wenig Freude

Sujata war vierfache Veteranin des Verpflanzungstraumas, deshalb wußte sie genau, was es bedeutete. Es ähnelte dem Versuch, eine Hecke von einer wuchernden Kletterpflanze zu befreien. Wenn man genug Zeit und Geduld aufbrachte, konnten Hecke und Kletterpflanze die Trennung fast unbeschadet überstehen. Man mußte das umzupflanzende Gewächs nur rechtzeitig in neue Erde stecken, und es würde sich fast immer problemlos von dem unvermeidlichen Schock erholen. Und die Hecke würde in den meisten Fällen nicht einmal merken, daß es nicht mehr da war.

Aber wenn die Zeit zu kurz war und Direktheit über Rücksichtnahme gehen mußte, hatten beide Organismen schwer zu leiden. *Hier abschneiden, da ausgraben und sich nicht um die zarten jungen Blätter kümmern. Was beschädigt wird, können wir später zurückstutzen ...*

Vor sechs Jahren hatte Sujata das heikle Unterfangen begonnen, ihr Leben von Wyrena Ten Ga'ars zu lösen. Doch obwohl sie anfangs einigen Erfolg damit gehabt hatte und seitdem viel Zeit vergangen war, hatte sie den Prozeß nie ganz zu Ende geführt. Irgendwann waren die emotionalen Kosten eines endgültigen Bruchs höher gewesen als der Gewinn. Ein Gleichgewicht stellte sich ein, ein neues Gleichgewicht, in dem sich ihre Lebenskreise noch überschnitten, aber nicht mehr deckten.

Ten Ga'ar hatte eine eigene Wohnung, eigene Freunde und die angenehme Illusion, in Sujatas Liebe immer noch an erster Stelle zu stehen. In Wahrheit war sie längst an den Rand von Sujatas Gefühlsleben gerutscht. Sujata respektierte ihre Illusion jedoch und versuchte nicht, jemand anders an die Stelle zu setzen, die Ten Ga'ar verlassen hatte.

Sujata selbst hatte nach wie vor ihre *xochaya*-Gefährtinnen: Allianora und später auch eine neue Emigrantin namens Lochas; über die Tiefe dieser Beziehung wußte Ten Ga'ar zu wenig, um eifersüchtig zu sein. Und während ihrer Urlaubszeiten auf der Oberfläche verband sie sich mit der Mutter, füllte Sinne und Empfindungen mit dem lebendigen Stoff einer Heimatwelt, die sie inzwischen mehr liebte als ihre eigene. Beides zusammen stillte ihre Bedürfnisse, jedenfalls soweit, daß sie heil blieb.

Ten Ga'ar und sie blieben jedoch ein Liebespaar; sie blieben herzliche Freunde. Und nun würden sie sich auf Wiedersehen sagen müssen.

Sujata hatte ihren Entschluß, Wells zu verfolgen, so lange wie möglich für sich behalten. Bis das Komitee sich dazu geäußert hatte, gab es keinen Grund, sich mit den Folgeproblemen zu befassen. Sobald sie jedoch die Komiteekammer mit der Genehmigung in der Tasche verließ, hatte sie allen Grund, das Unangenehme schnellstens anzugehen. Schon bald würde die Gerüchteküche brodeln, und wenn Ten Ga'ar es von jemand anders erfuhr, würde das um vieles grausamer sein.

Sujata überlegte kurz, ob sie Ten Ga'ar aus Höflichkeit mit zu sich nach Hause nehmen sollte; wenn sie ihr die schlechte Nachricht dort beibrachte, wären sie ungestört und könnten ihre Gefühle offen und frei ausdrücken. Sie kam jedoch zu der Überzeugung, daß Ten Ga'ar die Entscheidung eher hinnehmen würde, wenn die Erfordernisse des USS betont und die persönlichen Konsequenzen heruntergespielt wurden. Bei einer solchen Strategie war die unpersönliche Atmosphäre ihres Konferenzraums eher von Nutzen als die intime ihrer Suite.

Ten Ga'ar erreichte das Kanzleramtsbüro eine Minute nach Sujata, und sie gingen gemeinsam zum Konferenzraum.

»Wie ist eure Sondersitzung gelaufen?« fragte Ten Ga'ar und blieb stehen, damit Sujata den Raum als erste betreten konnte.

»Sie war ... produktiv.«

»Darf ich erfahren, worum es ging?«

»Eben deshalb wollte ich dich sprechen.«

Sie setzten sich an entgegengesetzte Enden eines Diwans ohne Rückenlehne. »Ich weiß nicht recht, wie ich anfangen soll«, sagte Sujata. »Gestern sind bestimmte Dinge ans Licht gekommen, die viele Veränderungen erforderlich machen. Was das für Dinge sind und worin die Veränderungen bestehen werden, will ich jetzt nicht aufzählen, denn das würde mich nur vom eigentlichen Punkt abbringen. Letztlich läuft es darauf hinaus, daß wir einen Fehler gemacht haben.

Ich habe einen Fehler gemacht«, verbesserte sie sich rasch. »Ich hätte Wells nicht fortlassen dürfen. Und um diesen Fehler zu korrigieren, muß ich Wells in der *Wesley* nach Lynx folgen.«

Ten Ga'ar sah sich nach irgend etwas um, worauf sie den Blick richten konnte, während sie sich zugleich bemühte, die Konsequenzen dieser Feststellung zu erfassen. »Also gut«, meinte sie schließlich. »Es wird eng werden, aber zwei Kojen werden wir schon finden ...«

Bitte mach es mir nicht noch schwerer, flehte Sujata im stillen. »Beobachter Berberon kommt mit.«

»Dann eben drei Kojen. Wir legen ein paar untere Dienstgrade zusammen ...«

Sujata durfte nicht zulassen, daß sich das Mißverständnis weiter festsetzte. »Du kommst nicht mit.«

Auf Ten Ga'ars Gesicht erschien ein überraschter und gekränkter Ausdruck, wie bei einem Hund, dem man ohne ersichtlichen Grund einen Schlag auf die Schnauze versetzt hat. »Warum?« fragte sie klagend.

»Erstens reicht der Platz nicht. Die *Wesley* hat Gefechtsunterkünfte. Schon mit zwei Leuten mehr an Bord werden die dreißig Tage bis Lynx erbärmlich verlaufen.«

»Aber ich könnte doch bei dir wohnen, in deiner Kabine – so würde ich niemanden stören ...«

»Ich werde nur eine einzige Offizierskabine fordern, und die werden Beobachter Berberon und ich uns teilen. Für eine dritte Person ist kein Platz.«

»Du und ich, wir brauchen doch nur eine Koje ...«

»Wy, es tut mir leid – nein. Außerdem gibt es noch einen wichtigeren Grund. Ich mußte mich bereiterklären, die *Wesley* die ganze Strecke im Hüpfmodus fliegen zu lassen. Wir werden zum Austauschen von Depeschen jeden zweiten Tag aus dem Craze sinken, was in dieser Zeitspur rund neun Monaten entspricht. Es muß hier jemand geben, den ich kenne und dem ich zutraue, aus den Aktivitäten dieser neun Monate etwas herauszudestillieren, das ich in neunzig Minuten abhandeln kann, und dann dafür zu sorgen, daß meine Beschlüsse umgesetzt werden. Ganz zu schweigen von all den kleinen Entscheidungen, die auf der Stelle getroffen werden müssen.«

»Das kann Regan erledigen, so wie er es während deiner Urlaubszeiten macht.«

»Und du wirst ihm helfen, so wie du es während meiner Urlaubszeiten getan hast.«

Ten Ga'ar schlang die Arme um sich, und ihre Augen glänzten feucht. »Du willst mich nicht dabei haben. Wenn du mich dabei haben wolltest, wären dir diese anderen Sachen egal. Du hast nie auch nur daran gedacht, mich mitzunehmen.«

Dieser emotionale Erpressungsversuch weckte Sujatas Zorn. »Nein, Wy, das habe ich nicht. Ich habe daran gedacht, wie ich Wells davon abhalten soll, die Welten in einen Krieg zu stürzen. Bei solcher Konkurrenz rutscht unser Verhältnis auf meiner Sorgenliste ziemlich weit nach unten.«

Ten Ga'ar kehrte ihr halb den Rücken zu und betrachtete ihre Füße. Sie saß steif und bewegungslos da, nur ihre linke Hand spielte zerstreut mit einem Verschluß an ihrer Bluse.

»Eigentlich sollte mich das nicht überraschen«, sagte sie so leise, daß es kaum zu verstehen war. »Seit du Kanzlerin bist, suchst du nach einem Grund, mit mir zu brechen. Ich durfte nicht mit dir in die Kanzlersuite ziehen – aus Sicherheitsgründen, hast du behauptet. Dabei wußte ich genau, daß du dich einfach für mich geschämt hast. Dann die vielen Parties, zu denen ich nicht eingeladen war – rein geschäftlich, hast du behauptet. Ich wußte es besser. Deinen Urlaub hast du immer ohne mich verbracht – dabei hast du früher einmal davon geredet, die Erde mit mir zusammen zu erforschen. Damals hatte ich Angst davor. Aber du hast mich nie wieder gefragt. Du hast klar gezeigt, daß ich nicht dabei sein sollte.«

Ten Ga'ar hob den Kopf und wandte Sujata ihr tränenüberströmtes Gesicht zu. »Ich habe ständig darauf gewartet, daß du mich ganz wegstößt. Aber das hast du nie getan. Vermutlich sollte ich von mir aus zu dem Schluß kommen, daß mir dieses kleine Stück von dir nicht genügt, und den letzten Schritt selbst tun. Oder du hast mich einfach auf das reduziert, was du wirklich von mir wolltest – eine Hand zwischen deinen Beinen, einen Mund auf deiner Brust ...«

»Wyrena, hör auf!« unterbrach Sujata bittend und befehlend zugleich. »Wir hockten zu dicht aufeinander. Ich brauchte mehr Platz, und du auch. Es lag nicht daran, daß ich dich nicht geliebt hätte.«

Ten Ga'ars verlorener und distanzierter Blick blieb. »Du hast mich nie so geliebt, wie ich dich geliebt habe.«

Sujata seufzte. »Ich habe dich so stark und tief geliebt, wie es mir möglich war.«

»Und mehr habe ich auch nie verlangt, oder? Obwohl ich mir mehr gewünscht habe. Das, was du Allianora gegeben hast. Nein, sieh mich nicht so überrascht an. Auch wenn du nie von *xochaya* geredet hast, meinst du, ich hätte es nicht auf anderem Weg herausgefunden? Das tut mir immer noch weh, Janell. Ich wollte all deine Geheimnisse mit dir teilen, aber dafür war ich dir nie gut genug.«

»So etwas kann man einer anderen nicht an einem einzigen Nachmittag beibringen«, entgegnete Sujata hilflos. »Man kann die Kultur eines anderen Menschen nicht anziehen, wie man die Kleidung wechselt. Es wäre ohne echte Bedeutung gewesen.«

»Nicht für mich.« Ten Ga'ars Augen füllten sich erneut mit Tränen. »Nicht für mich.«

Ihre Traurigkeit griff auf Sujata über, sie schob sich an Ten Ga'ar heran und breitete die Arme aus. »Laß dich umarmen.«

Abwehrend rückte Ten Ga'ar von ihr ab. »Nein. Nein, lieber nicht.« Sie erhob sich vom Diwan und ging ein paar Schritte in Richtung Zimmermitte. »Wenn ich es mir recht überlege, warst du wohl doch nicht so besonders gut zu mir – oder für mich«, meinte sie mit dem Rücken zu Sujata. »Ich ... ich glaube, ich möchte gar nicht mit dir nach Lynx fliegen. Ich werde ... Ich treffe mich mit dem Kapitän der *Wesley* und lasse Platz für dich und Beobachter Berberon schaffen.«

»Um 13:00 kommen Regan und Captain Hirschfield, um die letzten Vorkehrungen zu besprechen«, erklärte Sujata, obwohl sie es nur sehr ungern tat. »Ich war mir nicht sicher, ob du dich damit befassen möchtest ...«

»Ich komme schon zurecht«, behauptete Ten Ga'ar steif, noch immer mit dem Rücken zu Sujata. »Das gehört schließlich zu meinem Job, oder? Ich bin dann also um 13:00 wieder hier.« Sie ging zur Tür.

Erst da wurde Sujata klar, daß sie für diese Begegnung nicht so sehr deshalb ihr Büro gewählt hatte, weil sie gehofft hatte, das würde Ten Ga'ars Gefühle dämpfen, sondern weil sie die eigenen dämpfen wollte. Sie stand auf und rief: »Wy – bitte versteh doch. Ich tue das auch nicht gern.«

Ten Ga'ar blieb einen Schritt vor der Tür stehen, drehte sich aber nicht um.

»Nach Lynx zu fliegen, ist das letzte, was ich mir wünsche«, fuhr Sujata bittend fort. »Ich würde viel lieber hierbleiben und dich als Teil meines Lebens behalten. Ich habe dich wirklich geliebt, Wy. Ich liebe dich immer noch. Ich habe dich nicht unüberlegt in mein Leben aufgenommen. Es fällt mir nicht leicht, dich zu verlassen. Und meine Gefühle für dich werde ich nie aufgeben.« Sie streckte die Arme aus, lud zu einer Umarmung ein. »Bitte«, flehte sie. »Bitte, Wy. Laß dich umarmen.«

Aber es war zu spät, und das wußte sie. Ten Ga'ars eigene Wunden bluteten noch, und Sujatas Schmerz war für sie jetzt bedeutungslos. »Ich komme wie die andern um 13:00 wieder her«, sagte sie und schüttelte kaum sichtbar den Kopf.

Beim Hinausgehen blickte sie sich nicht einmal um.

»Da bringen Sie mir ja zur Abwechslung einmal wunderbare Neuigkeiten, Felithe«, meinte Tanvier und schaukelte in seinem schüsselförmigen Sessel vor und zurück. Obwohl die beiden Männer unter sich waren, trug der Präsident des Weltrats auch jetzt das unechte Lächeln, das er in der Öffentlichkeit aufsetzte. »Streit auf den höchsten Ebenen der USS-Leitung – erst verabschiedet Wells sich in Richtung Perimeter, und jetzt auch noch Sujata –, das wäre fast ein Grund zum Feiern. Auf jeden Fall ist es ein Anlaß, sich sorgfältig zu überlegen, welche Möglichkeiten sich dadurch eröffnen.«

»Das beweist wieder einmal, daß Sie mich nie richtig verstehen, jedenfalls nicht auf Anhieb«, entgegnete Berberon scharf. »Es ist eine Katastrophe, Jean-Paul, der endgültige Fehlschlag all Ihrer Bemühungen, die Neuner zu neutralisieren.«

»Endgültiger Fehlschlag?« Tanvier griff nach Pfeife und Anzünder. »Mein lieber Felithe, dramatisieren Sie doch nicht so. Was hat sich denn geändert, außer daß der USS jetzt keinen Kopf mehr hat und bald tot zu Boden sinken wird? Bis Wells' kleiner Konvoi Lynx erreicht hat, ist der Weltraum über unseren Köpfen vermutlich wieder in unserer Hand.«

Berberon warf einen finsteren Blick auf die Pfeife und ging um Tanviers Schreibtisch herum, bis er einen Platz fand, wo die giftigen Dämpfe statt auf ihn zu von ihm weggeweht wurden. Der Pfeifeninhalt war zwar karzinogenfrei, aber keineswegs allergenfrei; Tanvier rauchte nur Pfeife, um ihn zu ärgern.

»Genießen Sie Ihren Sieg, solange Sie können. Denn wenn die Mizari erst wiederkommen, werden Sie das Ganze nicht mehr so lustig finden.«

Tanvier schnaubte. »Glauben Sie im Ernst, Wells würde einen Krieg anfangen, den er nicht gewinnen kann? Die Neuner sind zwar radikal, aber wahnsinnig sind sie nicht – am allerwenigsten Wells.«

»Wir sind alle ein bißchen wahnsinnig, Jean-Paul.« Berberon beugte sich über den Schreibtisch. »Das liegt an diesem Reptilienhirn, das unter all den hübschen Lagen Großhirnrinde verborgen ist. Es fordert uns ständig dazu auf, Dinge zu tun, die im Kambrium absolut sinnvoll waren, in unserer Welt aber überhaupt keinen Sinn mehr ergeben. Meistens achten wir nicht auf seine Stimme, aber ab und zu sagen wir auch ja. Wells hat zu seiner Bestie längst ja gesagt. Das weiß ich seit zehn Jahren. Er hat nur noch auf eine Gelegenheit gewartet, den Entschluß umzusetzen. Und die, gottverdammt noch mal, die haben wir ihm gegeben.«

Tanvier lehnte sich zurück und breitete die Hände aus. »Was wollen Sie eigentlich von mir, Felithe? Sie sagten doch, die Kanzlerin sei ihm auf die Schliche gekommen. Sie wird den bösen Geist schon wieder in die Flasche sperren.«

»Ich glaube nicht, daß wir uns darauf verlassen sollten.«

»Dann lassen Sie Farlad von der Leine«, meinte Tanvier achselzuckend. »Er übernimmt das schon. Ich erteile Ihnen die entsprechende Entscheidungsbefugnis.«

»Die habe ich mir schon genommen, vielen Dank. Es kann aber sein, daß er gar keine Gelegenheit bekommt. Und sonst haben wir niemand, dem wir den Ball zuspielen könnten.«

»Keiner unserer Agenten ist für die *Charan* angefordert worden?«

»Nein. Und natürlich haben wir auch in Lynx Center und beim Oberkommando Perimeter keine Aktiva. Darüber sollten Sie mit dem Sektionsleiter reden, nicht mit mir«, ergänzte er schnell.

»Dann werden wir eben nur zuschauen«, bemerkte Tanvier fröhlich. »Ich frage Sie noch einmal – was wollen Sie von mir?«

»Erstens, daß Sie den USS in Ruhe lassen, zumindest bis diese Sache geklärt ist. Wenn Wells bei der Ankunft in Lynx feststellt, daß in USS-Central neuerdings wir ans Telefon gehen, wird er sich denken, daß er keine zweite Chance mehr bekommt, und diese auf keinen Fall verstreichen lassen. Es ist mir egal, wie günstig Ihnen diese Gelegenheit erscheint. Bevor Janell Wells unter Kontrolle hat, dürfen wir ihr nicht den Boden unter den Füßen wegziehen.«

Tanvier schürzte die Lippen und sog kräftig an seiner Pfeife. »Da haben Sie nicht ganz unrecht. Also gut. Der USS kann ohne Einmischung von uns weiterwursteln – vorerst.«

Berberon nickte dankbar und setzte sich wieder in

einen Sessel. »Das ist eine gute Entscheidung, Jean-Paul. Halten Sie sich aber auch daran.«

»Felithe, haben ich Ihnen eigentlich je klargemacht, was für ein penetranter Mistkerl Sie sind?«

»Bestimmt nicht so oft, wie Sie es sich gedacht haben. Deshalb sage ich Ihnen jetzt den zweiten Punkt, dann können Sie sich diese Freude vermutlich doch noch gönnen.«

»Warum? Was ist der nächste Punkt?«

»Ich habe Kanzlerin Sujata versprochen, mit ihr nach Lynx zu fliegen.«

»Warum, in Gottes Erde, haben Sie denn das gemacht? Warten Sie mal – Sie sind doch nicht etwa … Aber es heißt doch, sie sei …«

»Halten Sie den Mund!« fuhr Berberon ihn an. »Ich fliege mit, damit ich ihr helfen kann, Ihr Eisen aus dem Feuer zu holen, das ist alles.«

Tanvier verzog das Gesicht zu einem furchteinflößenden Stirnrunzeln. »Sie sind terranischer Beobachter beim Leitungskomitee des Vereinigten Raumflugdienstes. Wie wollen Sie diese Aufgabe aus fünfundzwanzig Cees Entfernung wahrnehmen?«

»In den nächsten fünfzig Jahren wird sich alles Wichtige da draußen abspielen. Am Standort Erde wird nichts passieren, was auch nur annähernd so bedeutsam wäre. Sie wollen doch sicher, daß ich mich da aufhalte, wo ich wenigstens etwas Einfluß nehmen kann?«

Tanvier wedelte mit der Pfeife, daß die graue Rauchsäule durcheinandergewirbelt wurde. »Wir können Sujata jemand anders mitgeben, um den Schein zu wahren. Das müssen nicht Sie sein.«

»Ich habe mich leider schon dazu verpflichtet.«

»Dann muß ich leider darauf bestehen, daß Sie Ihren Posten aufgeben. Der Gedanke an einen abwesenden Beobachter will mir einfach nicht einleuchten. Das wäre ein ziemliches Oxymoron, finden Sie nicht auch?«

»Dann nennen Sie mich eben anders«, entgegnete Berberon kurz abgebunden. »Schaffen Sie eine neue Position – Sonderbotschafter für Militärische Angelegenheiten, was kümmert's mich. Sorgen Sie nur dafür, daß ich befugt bin, Sie zu vertreten. Geben Sie mir ein bißchen Macht, damit ich Janell gegen Wells helfen kann.«

Tanvier nickte widerwillig. »Ich denke, uns wird schon etwas ausreichend Vages und Feierliches einfallen. Aber sagen Sie mal – was können Sie Ihrer Meinung nach denn überhaupt ausrichten?«

»Das weiß ich erst, wenn wir in Lynx sind«, antwortete Berberon kopfschüttelnd. »Vielleicht kann ich Janell moralisch unterstützen. Oder ich helfe ihr, diesen Hurensohn ins Vakuum zu werfen.«

Tanvier lachte breit, beugte sich vor und legte die Pfeife weg. »Felithe, ich werde Sie vermissen.«

»Jean-Paul, Sie wissen gar nicht, wie es mich bekümmert, daß ich von Ihnen nicht das gleiche sagen kann.« Berberon stand auf. »Ich muß zurück. Der Ablug der *Wesley* ist vorverlegt worden, weil wir auf diese Art einen Teil der Zeit aufholen, die wir verlieren, wenn wir für Depeschen aus dem Craze sinken. Wir wollen sicher sein, daß wir Wells noch in Lynx antreffen.«

Tanvier mühte sich aus seinem Sessel. »Gibt es hier unten noch etwas zu erledigen? Zum Beispiel irgendeine hübsche Frau, die allein zurückbliebt?« Er grinste. »Im Ernst, falls Sie etwas brauchen …«

»Nur meinen Titel und eine Beschreibung meiner Befugnisse, und zwar bis zum Auslauftermin – morgen 16:00.«

»Ich sorge dafür, daß Sie beides bekommen.«

Berberon nickte und ging zur Tür. Nach zwei Schritten blieb er stehen und drehte sich zu Tanvier um. Seine Miene war grimmig. »Dies ist eine schlimme Zeit, Jean-Paul, und eine sehr gefährliche Angelegenheit. Machen Sie da nur keinen Fehler.«

Tanviers Gesicht zeigte nichts mehr von seiner früheren Belustigung. »Das werde ich nicht, Felithe. Ich wünsche Ihnen viel Glück. Sie und Kanzlerin Sujata werden das schon erledigen, auf welche Art auch immer.«

Berberon knurrte. »Trotzdem, nur für den Fall, daß wir versagen und Wells seinen Krieg bekommt – ich rate Ihnen, ein sehr tiefes Loch zum Verstecken zu graben. Denn diesmal werden sich die Mizari kaum mit halben Maßnahmen zufriedengeben.«

Einundvierzig Stunden nachdem Berberon Sujata in sein Büro gebeten hatte, damit sie sich Farlads Geschichte anhörte, bestieg sie zum erstenmal das zweite Flaggschiff *Joanna Wesley*.

Es waren einundvierzig Stunden voll hektischer Aktivität gewesen, einundvierzig Stunden ohne Schlaf. Fast sechs davon hatte sie sich mit Hirschfield gestritten; er war kurz davor gewesen, sich rundheraus zu weigern, Sujatas Ansprüche auf sein Kommando anzuerkennen, hatte schließlich aber doch kapituliert. Allerdings hatte er sich auch danach als wenig hilfsbereit erwiesen, was die Vorverlegung des Auslauftermins anging. Hartnäckig, wenn auch letztlich vergeblich hatte er behauptet, die Verteidigungssysteme des Schiffs (die noch nicht vollständig auf Mängel geprüft waren) seien ebenso wichtig wie die (schon geprüften) Antriebs- und Navigationssysteme.

Von Hirschfield war Sujata geradewegs zum Komitee gegangen. Dort hatte sie nur erzählt, ein Nest der Sterilisierer sei entdeckt worden, und in dieser kritischen Situation werde auch sie dringend am Perimeter gebraucht. Zu ihrer Überraschung bockten die Direktoren nicht, vielleicht weil sie sich durch Wells' Abreise an die Vorstellung gewöhnt hatten, vielleicht weil sie in Sujatas Abwesenheit vermutlich an Macht gewinnen würden, vielleicht sogar, weil sie die Begründung glaubten und sich der großen Gefahr bewußt waren.

Danach hatte es weitere lange Sitzungen mit Ten Ga'ar und Marshall gegeben, in denen festgelegt wurde, welche Pflichten jeder von ihnen in den laufenden Geschäften des USS übernehmen sollte. Außer bei diesen formellen und sachlichen Sitzungen hatte Sujata Ten Ga'ar nicht gesehen. Sie hatte nicht versuchen können, die Mauer niederzureißen, die so plötzlich zwischen ihnen entstanden war.

Als der Zeitpunkt näherrückte, an dem Sujata den Bus zur *Wesley* besteigen mußte, war Ten Ga'ar überhaupt nicht mehr auffindbar gewesen, so daß Sujata sich nicht von ihr verabschieden konnte. Auch für ein letztes *xochaya* mit Allianora oder Lochas hatte sie keine Zeit mehr gehabt, obwohl sie es sehr gebraucht hätte. Sie hatte es nur noch geschafft, sich ein paar Minuten zu stehlen und die beiden anzurufen.

Die Schiffbauer hatten die *Wesley* in ein gepanzertes Labyrinth verwandelt, in dem es sehr technisch und beklemmend eng zuging. Durch die dicke energieabsorbierende Schicht unter der neuen spiegelnden Außenhaut war viel von dem früheren Wohnbereich verlorengegangen, und noch mehr durch die neue Ausrüstung, zu der auch eine 1,5-Terawatt-Lanze gehörte. Die vielen nur wenige Meter voneinander entfernten Druckwände und Luken erweckten den Eindruck, daß man in den engen Klettergängen durch ineinander verschachtelte Schalen stieg.

Überall im Schiff hatte man den Komfort der Menschen deutlich auf den zweiten Platz hinter der militärischen Funktionalität verwiesen. Die größten unverbauten Räume innerhalb des sanduhrförmigen Rumpfs der *Wesley* waren die neue Kommandobrücke – gleich vor der eingeschnürten ›Taille‹ – und das Maschinenzentrum der Antriebs- und Waffeningenieure gleich hinter ihr. In ihrem Schutz lagen mittschiffs der

Antrieb, das riesige Ladeaggregat für die Lanze sowie Schlüsselbausteine der Kommunikations- und Rechenausrüstung.

In der Hektik und dem Durcheinander, die durch die letzten Vorbereitungen fürs Auslaufen ausgelöst wurden, blieb Sujata völlig unbeachtet. Sie bewegte sich in Richtung Bug, um die Kabine zu suchen, die sie sich mit Berberon teilen sollte, und nachzuschauen, ob ihr Gepäck gut an Bord gekommen war. Selbst um die persönliche, wenn auch letztlich triviale Frage, welche Kleidung sie mitnehmen sollte, hatte sie sich aus Zeitnot nicht selbst kümmern können. In den letzten zwei Tagen hatte sie ihre Suite nur einmal betreten, und auch da nur lange genug, um ihr Lebensband aus dem Versteck zu holen und zu den Sachen zu legen, die ihre Assistentin für sie zusammengepackt hatte.

Die Kabine sah nicht viel anders aus, als Sujata sie sich vorgestellt hatte, und doch erschien sie ihr fast unerträglich eng. Sie war so schmal, daß Sujata mit ausgestreckten Armen beide Wände berühren konnte, etwa doppelt so lang, und die Decke war so niedrig, daß Sujata sie über dem Kopf zu spüren meinte. Von den zwei Kojen war die obere zugeklappt und an die Wand geschnallt, während die untere die einzige Sitzgelegenheit darstellte; das winzige Bad mit Dusche und Toilette mußten sie sich mit den Bewohnern der Nachbarkabine teilen; eine wandhohe Reihe von verschieden großen Spinden mit Schwingtüren diente als Schrank, Kommode und Schreibtisch.

Sujatas Besitz war ordentlich auf mehrere dieser Spinde verteilt, die alle ihren Namen trugen. Als sie die Sachen durchsah, fielen ihr allerdings augenblicklich Dinge ein, die sie gern statt der vorhandenen oder zusätzlich zu ihnen mitgenommen hätte. Doch für solche Überlegungen war es jetzt zu spät. In weniger als einer Stunde würden sie auslaufen.

Auf dem Weg zum Bug war sie mit den lockeren Falten ihres *Daiiki* mehrfach an Vorsprüngen hängen geblieben, deshalb nutzte sie die Gelegenheit und zog enger geschnittene Kleidung an. Da sie sich an den Abflugvorbereitungen nicht beteiligen mußte, nahm sie sich anschließend einige Minuten Zeit für einen Rundgang durch die übrigen Klettergänge und Räume der *Wesley*.

Als sie den hintersten Bereich betrat, bedauerte sie augenblicklich, daß sie sich im stillen über ihre Kabine beschwert hatte. Gegen die dort gelegenen Quartiere der Matrosen wirkten die Offizierskabinen wie Suiten.

Zehn Schlafkammern, die wie Waben in einem Bienenstock – oder Grabkammern in einem Mausoleum – angeordnet waren, führten in eine kleine Kombüse, an die auf der einen Seite ein Duschraum mit zwei Duschen und auf der anderen eine Toilette angrenzten. Die Kammern waren so klein, daß man nicht einmal aufrecht in ihnen sitzen konnte; sie bestanden aus einer gepolsterten Schlaffläche, einer leeren Wand, die förmlich nach Schmuck schrie, einer Schiebewand, hinter der sich Platz für die persönliche Habe befand, und einer nackten Decke mit versenkter Lampe und einem Terminal mit flachem Bildschirm.

Hier würde es wenig Privatsphäre geben. Die Matrosen würden in nächster Nähe zueinander essen, schlafen, kopulieren, baden und ihre Notdurft verrichten; alle fundamentalen menschlichen Lebensfunktionen würden in diesem engen Raum zusammentreffen. Und sollte einer von ihnen auf Patrouille sterben, so würde auch die Leiche hier aufbewahrt werden, eingeschlossen in ihrer Kammer, umgeben von konservierenden Gasen, bis man sie zum gewünschten Beisetzungsort schaffen konnte.

Sujata verließ die Mannschaftsquartiere und begab sich zu Berberon und Hirschfield auf die Brücke. Durch die sechs eiförmigen Kampfliegen erinnerte die Brücke merkwürdig an das Nest eines großen Vogels.

Die Liegen waren auf einem kreisförmigen Gleis befestigt; sollte die *Wesley* zum Schutz gegen Energiewaffen zu rotieren beginnen, würden die Liegen sich auf dem Gleis in entgegengesetzter Richtung drehen, damit ihre Insassen nicht die Orientierung verloren. In der Kreismitte befand sich ein sechsseitiger Bildschirm, ähnlich dem in der Komiteekammer. Der Schirm direkt vor Sujata zeigte eine diagrammartige Gravitationsspur.

Berberon trat auf Sujata zu. »Ich wollte Sie gerade suchen. Captain Hirschfield meint, wir sollen nach vorn gehen – hier sei wirklich kein Platz für uns.«

»Trotzdem können wir natürlich hierbleiben, wenn uns danach ist«, entgegnete Sujata so laut, daß Hirschfield es hörte. »Und mir ist danach.«

Sie blieben zusammen dort stehen und hörten zu, wie sich die Brückenoffiziere miteinander und mit den Techs auf dem Antriebsdeck unterhielten. 16:00 rückte näher. Das meiste, was gesprochen wurde, sagte Sujata nichts; immerhin merkte sie, daß Hirschfield in ruhigem, aber knappem und diszipliniertem Tonfall die letzten Details mit seinen Leuten durchging.

»Captain Hirschfield?« sagte der KomTech einmal. »Die Freiwache bittet um eine Übertragung der Earthnet-Sendung. Irgendwelche Einwände?«

Hirschfield schüttelte den Kopf. »Nein. Sie können die Bilder auch zu uns legen, auf jeden zweiten Schirm.«

Eins hatte Earthnet aus dem Auslaufen der *Charan* gelernt: ein Fernschiff, das vor einem Hintergrund aus Sternen allmählich davonfliegt, sieht höchstens auf den größten und schärfsten Videoschirmen nicht unscheinbar aus. Der spektakulärste Anblick im irdischen Teil des Weltraums war ohne jeden Zweifel die Erde. Für die *Wesley* hatte sich Earthnet deshalb etwas anderes überlegt: Das Auslaufen wurde aus dem Blickwinkel der *Wesley* dargestellt, die Aufnahmen würden die

Erde zeigen, wie sie vom Beobachtungsdeck des Schiffs aus zu sehen wäre – wenn das Schiff eins gehabt hätte, was nicht der Fall war.

Das Bild, das auf dem Schirm vor Sujata auftauchte, bestand also aus wirbelnden Wolkenhügeln und gesprenkelten blauen Meeren, sich windenden Flüssen und glatten braunen Ebenen. Bei dem Anblick mußte Sujata unwillkürlich lächeln.

Was hast du in den letzten zwei Tagen alles gemacht, und nichts davon war für dich, sagte sie sich. *Du hast dir nicht einmal ein paar Minuten Zeit für einen Besuch unten in der Erdkuppel genommen oder für einen letzten langen Blick durch die Großluke in deinem Büro.*

Auf einmal wurde ihr voll bewußt, was sie alles hinter sich zurückließ. Bisher war sie zu beschäftigt gewesen, um darüber nachzudenken; vielleicht hatte sie sich auch zu sehr vor den Gefühlen gefürchtet, die solche Gedanken in ihr wachgerufen hätten. Jetzt machte die Erschöpfung sie verletzlich, und während sie dastand und auf das Gesicht der Erde blickte, stieg ein überwältigendes Gefühl von Trauer in ihr hoch.

»Warten Sie«, befahl sie plötzlich.

»Was?« fragte Hirschfield.

»Ich sagte, warten Sie. Unterbrechen Sie den Countdown.«

»Hören Sie, ich habe Sie schon einmal gebeten, nach vorn in Ihre Kabine zu gehen, weil ich Ihre Einmischung hier nicht gebrauchen kann«, erklärte Hirschfield ärgerlich. »Jetzt muß ich darauf bestehen ...«

»Nein«, unterbrach sie ihn scharf. »Ich muß das Schiff verlassen. Rufen Sie den Bus zurück.«

»Das geht nicht«, protestierte Hirschfield. »Wir sollen in achtzehn Minuten auslaufen.«

»Rufen Sie den Bus zurück«, wiederholte sie. »Es tut mir leid, aber es muß sein.«

Mit drei Schritten erreichte sie den Backbord-Klettergang und stieg Richtung Bug, ohne darauf zu achten, ob Hirschfield oder Berberon ihr folgten. Zehn Meter weiter mündete der Klettergang in einen Korridor, der zu einem der vorderen Raumtore führte. Dort blieb sie stehen und drückte auf den Stift an ihrem Sender. »Joaquim? Wo sind Sie?«

»Äh … Kanzlerin, ich bin hier in Central. Sehe mir von der Sternenkuppel aus Ihren Abflug an, zusammen mit ein paar Freunden aus der Transportabteilung.«

»Joaquim, ich muß noch ein letztes Mal nach unten. Zum Point of Arches. Ganz kurz – hinunter und gleich wieder zurück. Können Sie mir da helfen?«

»Natürlich, Kanzlerin«, antwortete der Pilot fröhlich. »Kein Problem. Wir haben schon gehört, daß Sie den Bus zurückbestellt haben. Ich sorge dafür, daß ein Shuttle startklar ist, wenn Sie hier ankommen. Und daß in Seattle ein Skiff bereitsteht.«

Nach Hirschfields Feindseligkeit und Berberons zweifelnden Blicken berührte seine bedingungslose Hilfsbereitschaft Sujata so tief, daß ihr fast die Tränen kamen. »Danke, Joaquim«, sagte sie heiser. »Ich warte dann auf Sie.«

Durch die starken Landelampen des Skiff wurde ein kleeblattförmiges Stück Strand taghell erleuchtet, und die nachtaktiven Krebse huschten verwirrt in Deckung. Andere Tiere beobachteten von dunklen Zufluchtsorten aus, wie das Fluggerät bis auf einen Meter über den Boden absank, sich anmutig halb herumdrehte und auf dem Strand aufsetzte.

Unter Zischen und leisem metallischem Quietschen öffnete sich die Backbordluke. Gleich darauf stieg Sujata heraus; in der Hand trug sie einen kleinen, in dünnen roten Stoff gewickelten Gegenstand.

»Lassen Sie mir zehn Minuten Zeit«, rief sie über das Heulen der Turbinen und das weiße Dröhnen der Brandung hinweg.

»Ich fliege ein Stück die Küste entlang Richtung Cape Flattery und erschrecke die Makah-Indianer«, rief Joaquim zurück. »Wenn Sie mich brauchen, müssen Sie nur brüllen, ich bin sofort wieder da.«

Sujata winkte zustimmend, schob die Luke zu und ging rasch davon, wobei sie den Kopf einzog, um sich vor aufgewirbeltem Sand zu schützen. Das Skiff stieg auf und schwenkte nach Norden. Das Geräusch der Triebwerke verklang in der Nacht, auf dem Strand kehrte wieder Frieden ein, und Sujata war ungestört.

Verglichen mit den grellen Argonscheinwerfern des Skiff warf der runde Mond ein blasses und gespenstisches Licht. Sujata kniete im Sand nieder, legte das Päckchen vor sich hin und wickelte es aus. Der Landwind zerrte an dem leichten Stück Stoff und riß es dann ganz mit, während Sujata das Lebensband in beide Hände nahm und sich vor die Augen hielt. Mit den Fingerspitzen strich sie langsam die geknotete Schnur entlang und dachte zurück. Dann legte sie sich das Band um den Hals und packte den Herzstein fest mit einer Hand.

Eine lange Reise, und so wenig Freude, dachte sie traurig.

Sie streifte die Schuhe ab, stand auf und ging den Strand hinunter zum Wasser. Das kalte Meer wirbelte ihr um die Knöchel und machte sie frösteln. Sie beugte sich herab, füllte eine Hand mit Wasser, hob es an den Mund und kostete. Dann stand sie lange nur da, lauschte auf die Stimme der Mutter, öffnete alle Sinne ihrem Gesicht.

Mit einer plötzlichen und entschiedenen Bewegung nahm sie das Lebensband ab und schleuderte es mit aller Kraft fort, dorthin, wo die Wellen sich an den Säulen aus schwarzem Fels verausgabten. Sie sah zu, wie es über die vorderen Brecher hinwegflog und sich anmutig um sich selbst drehte, bis sie es im Schatten einer Felsnadel aus den Augen verlor; wo es hinfiel, erkannte sie nicht.

»Selir bi'chentya«, begann sie zitternder und heiserer Stimme zu singen. *»Darnatir bi'maranya en bis losya. Ti bir naskya en bis pentaya. Loris bir rownya. Qoris nonitya ...«*

Plötzlich war ihr durch und durch kalt, sie schlang die Arme um sich und wich einige Schritte vor dem anbrandenden Wasser zurück. *Da,* dachte sie. *Jetzt werde ich dich nie verlassen, Mutter. Ich habe mich Dir geschenkt. Mach mich für immer zu einem Teil von Dir ...*

Sie zwang sich, dem Meer den Rücken zuzukehren und wieder den Strand hinaufzugehen. Dort hob sie ihre Schuhe auf und klemmte sie sich unter den Arm, da an ihren Füßen noch Sand klebte. Einen Augenblick zögerte sie noch und blickte ein letztes Mal aufs Meer hinaus. Dann hob sie die Hand und drückte fest auf den Stift an ihrem Sender.

»Also gut, Joaquim«, rief sie mit vor Bewegung rauher Stimme. »Sie können mich abholen. Jetzt bin ich zum Aufbruch bereit.«

14. KAPITEL

Eingemottet

»An Steuerbord taucht jetzt die *Regal Bearing* auf, eine typische Yacht der Adara-Werft«, verkündete Jeffrey Hawkins, Reiseführer der *Viking*, in fröhlichem und geübtem Tonfall. »Die *Regal Bearing* wurde 312 n. W. für ein journanisches Unternehmenskollektiv gebaut und ist den größten Teil ihrer aktiven Jahre die Strecke Journa – Vorposten Perseus geflogen …«

Seit die *Viking* ihren Liegeplatz verlassen hatte, waren vier Stunden vergangen, und eine Stunde seit dem Beginn der Führung. Unter den gut fünfzig Passagieren des Rundflugkreuzers war bereits einige Unruhe entstanden, und manche, die von Hawkins' fortlaufendem Bericht schon genug hatten, unterhielten sich miteinander. Ein paar waren in der schwach erleuchteten Hauptkabine sogar eingeschlafen.

Andere hörten jedoch zu und blickten noch genauso begeistert aus den Sichtluken wie zu Anfang, als der erste große Schatten aus der Dunkelheit aufgetaucht und plötzlich von den starken Scheinwerfern der *Viking* angestrahlt worden war. Zu ihnen gehörte auch ein dreijähriger strohblonder Junge, der an Steuerbord in der hintersten Reihe saß. Bei Hawkins' Ansage rutschte er im Sessel herum und reckte den Hals in dem vergeblichen Versuch, an all den Köpfen, Schultern und Rücken zwischen ihm und der Sichtluke vorbeizuschauen.

»Hebst du mich hoch, Mami?« bat er klagend.

»Psst. Sei still, Matt«, flüsterte die junge Frau rechts neben ihm.

Ein älterer Mann mit kurzgeschnittenem weißem Bart, der links von dem Kind saß, streckte eine blasse und merkwürdig vernarbte Hand aus und setzte sich den Jungen auf eine Schulter. »Bitte sehr«, sagte er. »Siehst du es jetzt?«

Zur Antwort lächelte der Junge strahlend und rief froh: »Siehst du es? Ja-ha!«

Vom Führerstand aus hatte man einen guten Blick, deshalb bemerkte Jeffrey Hawkins das Zwischenspiel. Lächelnd beobachtete er, wie Mann und Kind zusammen durch das Synglas hinausspähten, während draußen die stillen und schweigenden Gestalten aus dem Raumfahrtmuseum der Vereinten Welten vorüberglitten.

Hawkins kannte sie alle: Sprinter und Kriegsschiffe, Frachter und Yachten. Wie gemalt lagen sie vor dem schwarzen Hintergrund, doch diese Bewegungslosigkeit war eine Illusion. In Wirklichkeit rasten die Ausstellungsstücke des Museums in geschlossener Formation dahin, gut hundert Schiffe in einem Gebiet von hundert Kubikkilometern. Im Licht des roten Riesen Arcturus schimmerten sie wie Bronze. Gemeinsam folgten sie einem Orbit zwischen dem bewohnbaren Planeten Cheia, Heimat der Neuen Kolonie Arctur, und dem jupiterähnlichen Planeten Chryseis.

Dies war Hawkins' dritte Saison als Reiseführer der *Viking*. Alle zwei Jahre kam das Museum zwei Wochen lang nah genug an Cheia heran, daß Neugierige mit der *Viking* hinfliegen und es besichtigen konnten. Die Rundflüge wurden eher als Service als um des Verdienstes willen veranstaltet. Außerdem wurde der USS-Verwaltung in Central auf diese Art mitgeteilt: ›Ja, wir wissen eure Geschenke zu schätzen – schickt uns ruhig noch mehr.‹

In diesen drei Saisons hatte Hawkins nicht nur die Schiffe kennengelernt, sondern auch herausgefunden, daß das Museum von zwei Sorten Menschen besichtigt wurde. Die Mehrzahl der Besucher gehörte gewöhnlich zur ersten Gruppe – Hawkins nannte sie in Gedanken die ›Gläubigen‹. Sie kamen her, um die Technik zu bewundern, um sich in ihre Geschichte zu versenken. Fast alle waren wie Hawkins auf Cheia geboren. Und genau wie Hawkins hatten auch sie wenig Hoffnung, es je zu verlassen.

Die Gläubigen kamen voll wehmütiger Sehnsucht ins Museum; sie waren überzeugt, daß ihnen aufgrund widriger Umstände etwas ganz Wundervolles verwehrt blieb. Für sie bedeuteten die Schiffe andere Welten, andere Zeiten, ein anderes Leben. Der bärtige Mann mit dem Kind auf der Schulter gehörte dazu; Hawkins konnte ihm die Gefühle vom Gesicht ablesen, und außerdem erkannte er es daran, daß der Mann die Bitte des Kindes wichtig genommen hatte.

Die Mutter des Jungen gehörte dagegen zu der Gruppe, die Hawkins im stillen die ›Absahner‹ nannte. Manche Absahner waren Touristen im eigentlichen Sinn des Wortes: Besatzungsmitglieder von Paketschiffen, die nur kurz auf Cheia waren und das Museum nur besuchten, damit sie bei der Rückkehr nach Bootes Center oder der Erde von einem Ort berichten konnten, den ihre Zuhörer niemals erreichen würden.

Die meisten Absahner stammten jedoch von Cheia. Sie gehörten zu der Art von gesellschaftlichen Schmeißfliegen, die sich nur für Meisterschaftskämpfe, und Premieren interessierte. Ihnen ging es bei allen Ereignissen weniger um eine mögliche innere Befriedigung als vielmehr darum, im Trend zu liegen und angeben zu können.

Den Absahnern war es zu verdanken, daß die *Viking* auf diesem Rundflug gedrängt voll war, so wie bisher auf jedem Rundflug dieser Saison; normalerweise waren die vier Sitzreihen höchstens halb besetzt. Und die Absahner waren auch diejenigen, die redeten und dösten und ungeduldig auf den Sitzen herumrutschten. Sie interessierten sich nicht für typische Yachten der Achernar-Werft, auch nicht für das Großlast-Paketschiff, das früher die Strecke Cygnus – Maranit geflogen war, oder irgendein anderes proletarisches Schiff im Museum. Sie wollten eine Königin sehen. Sie waren wegen der *Munin* hier.

Die *Munin* war von fünf Jahren von Bootes Center zur Neuen Kolonie Arctur gekommen, mit sechsundzwanzig Emigranten an Bord und so vielen technischen Handelsgütern, wie außer dieser menschlichen Ladung noch hineinpaßten. Ihre Anwesenheit hatte von Anfang an eine Sensation ausgelöst. Während sie an der Äquatorialstation entladen wurde, hatten auf der Orbitalbasis so viele Leute ihre Arbeitsplätze verlassen und sie sich angeschaut, daß der Stationsleiter schließlich gezwungen gewesen war, die Docks zur Sperrzone zu erklären. Sechs Stunden später hatte er angesichts einer drohenden Meuterei kapituliert und statt dessen einen Besichtigungsplan ausgegeben.

So extrem das Interesse an der *Munin* auch war, es war vollkommen verständlich. Da die *Pride of Earth* nun als bodengebundenes Denkmal in der journanischen Hauptstadt stand, die *Dove* zerstört und die *Hugin* verschrottet war, war die *Munin* das älteste noch vorhandene Erkundungsschiff der Pionierzeit, der letzte der Pfadfinder, deren Heldentaten die Grundlage für die gesamte Erkundungsabteilung geschaffen hatten.

Doch es ging noch darüber hinaus: Die *Munin* war auch ›Merritt Thackerys Schiff‹ – das Instrument der Neuorientierung und letztlich ein Symbol für die D'shanna selbst. Ihre Ausstrahlung war so stark, daß schon jetzt mehrere cheianische Kolonisten behaupteten, sie seien auf ihr emigriert, und in den nächsten Jahren würde ihre Zahl bestimmt noch wachsen.

Mit diesem Stammbaum war die *Munin* augenblicklich zum Prunkstück des Museums geworden, dessen

Besitztümer ansonsten kaum eigenen Wert besaßen. Sie waren mehr oder weniger zufällig dort gelandet; Schiffe, die man kurz vor der Verschrottung auf eine letzte Reise geschickt hatte, damit sie zur Einbahnstraßen-Lebensader der Neuen Kolonie Arctur beitrugen. Das spiegelte sich darin wider, wie sie gepflegt wurden; ihr äußeres Erscheinungsbild wurde zwar bewahrt, aber die Mitarbeiter des Museums taten nichts, um ihre Motoren einsatzfähig zu halten. In vielen Schiffen ließ sich nicht einmal mehr eine Atmosphäre aufrechterhalten.

Die *Munin* hatte man völlig anders behandelt. Nachdem der letzte Passagier ausgestiegen war, der Laderaum leer war und die letzte Mannschaft abgemustert hatte, war das Schiff den Historikern des Museums übergeben worden. Deren Aufgabe war es gewesen, die *Munin* innen und außen zu restaurieren, bis sie möglichst genau wieder so aussah wie damals, als sie unter Thackerys Kommando zwischen den Sternen von Ursa maior den Pfad der D'shanna gekreuzt hatte.

Als das Museum das letztemal Cheia passiert hatte, waren die Kuratoren noch bei der Arbeit gewesen; Fähre und Arbeitsfloß hatten längsseits gelegen, und das Äußere der *Munin* war außerdem unter Arbeitsverspannungen verborgen gewesen. Auch damals hatten schon viele die *Munin* besichtigt, und sie waren enttäuscht zurückgekehrt. Jetzt war die *Munin* fertig, und man konnte sie sich nicht nur von außen ansehen, sondern sie auch betreten. Daher überraschte es Hawkins nicht, daß er seine Vorstellung derzeit vor ausverkauftem Haus gab. Allerdings konnte er auch nicht umhin, für die Gläubigen an Bord weitaus mehr Sympathie zu empfinden als für die Absahner.

Auf diesem besonderen Rundflug hatte Hawkins unter den Passagieren einen Bekannten entdeckt, einen Mann, der sich weder als Gläubiger noch als Absahner einordnen ließ. Colonel Ramiz. Der kleine Mann mit dem pechschwarzen Haar, dem verkniffenen Gesicht und dem unfreundlichen Benehmen war stellvertretender Kommandant des kleinen Kontingents der Verteidigungsabteilung auf Cheia und damit in der Äquatorialstation kein Unbekannter – jeder bemerkte ihn, niemand schätzte ihn.

Warum Ramiz auf der *Viking* mitflog, war Hawkins allerdings ein Rätsel. Als die *Munin* angekommen war, war Ramiz zusammen mit einer schnatternden Schar von Schiffbauern an Bord gegangen, um herauszufinden, ob man sie in eine Art Ramschladen-Verteidiger für die NKA umbauen konnte. Damals hatte er doch bestimmt alles gesehen, was er über sie wissen mußte – oder dachte er jetzt plötzlich doch, sie könnte noch nützlich sein?

»Da ist sie«, rief plötzlich jemand. »Da ist die *Munin!*«

Fünfzig Köpfe drehten sich, und fünfzig Augenpaare suchten den Weltraum jenseits der Sichtluken ab. Es gab viele Ohs und Ahs, und Hawkins vergaß Ramiz. Er ließ seine Passagiere die *Munin* gern selbst entdecken, damit sie die Aufregung über ihre Entdeckung genießen konnten, aber wenn das geschehen war, hieß es wieder arbeiten.

»Das ist richtig, meine Damen und Herren. Dieses riesige Schiff, das da an Steuerbord näher kommt, das ist kein anderes als S 3 *Munin*, letzter noch existierender Pfadfinder, Flaggschiff des Museums der Vereinten Welten und beim USS ehrenhalber noch immer als diensttauglich geführt. Wir werden in wenigen Minuten an Bord gehen, und zwar zuerst diejenigen von Ihnen, die auf der Backbordseite sitzen – nein, tut mir leid, Sie können jetzt nicht mehr die Plätze tauschen, aber es kommt jeder an die Reihe …«

Wie Hawkins ganz richtig erraten hatte, war Colonel Raymond Ramiz nicht wegen der Führung auf der *Vi-*

king. Er war hier, um den bärtigen Mann im Auge zu behalten. Dieser Mann nannte sich zwar J. M. Langston, doch vor vielen Jahren und viele Cees entfernt hatte er einen ganz anderen Namen geführt.

Ramiz' Befehle stammten nicht von seinen Vorgesetzten in der Abteilung Verteidigung, sondern vom Oberen Rang, und sie waren ganz einfach. Langston durfte Cheia nicht verlassen – nie. Solange er dort für sich blieb und ein ruhiges Leben führte, sollte Ramiz ihn in Frieden lassen. Sobald Langston sich jedoch einem Schiff näherte, das zum Intersystemflug fähig war, mußte Ramiz ihn aufhalten.

In den fünf Monaten seit seiner Ankunft hatte Langston sich ganz so benommen, als hätte er nur den einen Wunsch, mit seinem Hintergrund zu verschmelzen. Zum Beispiel die Sache mit der *Fireside;* Langstons erste Tat hatte darin bestanden, sie ans Büro des Kolonieleiters zu verkaufen, und zwar zu solchen Konditionen, daß ihm der Erlös auf Cheia ein bequemes Auskommen sicherte, jedenfalls so lange, wie er vermutlich noch zu leben hatte.

Ganz abgesehen davon, daß der Verkauf einiges über seine Absichten verriet, bewies Langston damit auch seine Bereitschaft, sich an die ortsüblichen Bräuche zu halten. Obwohl die Neue Kolonie Arctur rein technisch mit der offiziellen Währung des USS operierte, nahm man Menschen, die nur Papiergeld in die Gemeinschaft einbrachten, sehr ungern auf. Mit ihren Coullar raubten sie der Kolonie mehr, als diese Coullar der Kolonie einbrachten, denn da planmäßig nur alle fünf Jahre ein Paketschiff ankam, ließ sich für das überschüssige Geld nur selten etwas Nützliches eintauschen.

Neue Coullar von außerhalb minderten also nur den Wert der alten Coullar, und wer sie und sonst nichts mitbrachte, zog sich den Unwillen der Gemeinschaft zu. Obwohl Langston über diese Art von Reichtum verfügte, rührte er ihn nicht an. Er lebte von dem, was er sich vor Ort erworben hatte, und vermied es so, unangenehm aufzufallen.

Die Vorstellung, daß Langston die *Munin* betreten würde, und sei es auch nur als Besucher, hatte Ramiz jedoch unruhig gemacht; deshalb war er mitgekommen. Seine Sorge wuchs, als er merkte, wie nachlässig man im Museum mit Sicherheitsfragen umging. Der Angestellte, bei dem die Passagiere bezahlten, hatte sich von jedem den Namen nennen lassen – aber er hatte diese Namen nicht überprüft, nicht einmal anhand der eigenen Ausweise. Das wußte Ramiz mit Bestimmtheit, denn er hatte versuchsweise einen falschen Namen genannt und war deswegen nicht zur Rede gestellt worden. Diese Leute hatten keine Ahnung, wen sie an Bord ließen.

Wenigstens ergriff der junge Fremdenführer die elementare Vorsichtsmaßnahme, mit einem Handzähler zu überprüfen, wie viele Personen jeweils an Bord gingen. Ohne auf die empörten Blicke der übrigen Passagiere zu achten, drängte Ramiz sich vor, bis ihn nur noch zwei Menschen von Langston trennten. Was Langston tun könnte, wußte Ramiz auch nicht, aber was es auch war, er würde es auf jeden Fall verhindern können.

Die Gruppe versammelte sich kurz auf dem Freizeitdeck, wo Hawkins die Grundregeln für die Führung erklärte. Als Hawkins die Gruppe schiffabwärts führte, achtete Ramiz darauf, daß Langston den Klettergang vor ihm betrat, damit er ihn ständig im Blick hatte.

An der Zustiegsluke zum Antriebskern machten sie für einen kurzen Vortrag halt, ebenso im Kontaktlabor, und der Abstieg endete im Ankleideraum und der Gig-Rampe. Dann ging es zurück, und da Ramiz als einer der letzten heruntergekommen war, mußte er notgedrungen als einer der ersten wieder hinauf. Er tröstete sich mit der Erkenntnis, daß Langston hier wirklich nirgendwo hingehen konnte.

Auf dem Weg nach oben führte Hawkins sie durch die Messe und gestattete ihnen einen schnellen Blick in zwei restaurierte Kabinen, von denen eine Thackery gehört hatte. Dann ging es weiter zum letzten Halt, der Brücke.

Dort wartete eine Überraschung auf sie: bewegte Hologramme der Schiffsbesatzung, dazu Unterhaltungen aus der Konserve. Da waren Thackery auf seinem Kommandantenposten, und Amelia Koi und Derrel Guerrieri und Gwen Shinault. Ramiz lachte vor sich hin und drehte sich um, um Langstons Reaktion zu beobachten. Doch Langston war nicht da.

Ramiz drängte sich an den anderen vorbei, eilte zu dem Geländer am Rand des Klettergangs und blickte nach unten. Zwei Touristen kletterten noch, aber keiner von ihnen war Langston. Ramiz schwang sich übers Geländer und stieg nach unten.

Er bewegte sich langsam, mit katzenartiger Gewandtheit und leichten Schritten, und versuchte zugleich aus dem Lärm, der von Hawkins und den anderen zu ihm herabdrang, jedes ungewöhnliche Geräusch herauszufiltern. Weit mußte er nicht klettern. Langston stand vor einer inzwischen geschlossenen Tür auf Deck B, dort wo die Kabinen der Kommandooffiziere lagen. Auf der Tür saß ein kleines Messingschild, auf dem in drei Zentimeter großen Blockbuchstaben M. THACKERY, CMDR. stand.

»Das stimmt nicht. Das war nicht da«, flüsterte der bärtige Mann vor sich hin und zog mit der Fingerspitze die eingravierten Linien nach.

Ramiz hatte genug gesehen. »Sie da«, blaffte er und stieg vom Klettergang. »Was machen Sie da? Sie haben hier keine Sonderrechte. Gehen Sie nach oben zu den andern.«

Langston zuckte zusammen und blickte mit erschrockener Miene über die Schulter. Im gleichen Moment tauchte Hawkins im Klettergang hinter und über Ramiz auf. Der Fremdenführer bedachte sowohl Langston als auch Ramiz mit langen und harten Blicken und stieg dann an ihnen vorbei weiter nach unten. »Kommen Sie, meine Herrschaften«, rief er den Klettergang hinauf, »Ihre Freunde und Bekannten auf der *Viking* möchten endlich auch an die Reihe kommen.«

Langston schob sich mit gesenktem Blick an Ramiz vorbei und schloß sich dem Wanderzug Richtung Einstiegsluke an. Ramiz wartete, bis alle Passagiere an ihm vorbei war, und stieg dann langsam nach unten, wobei er das Schiffsinnere aus einem ganz anderen Blickwinkel betrachtete als bei seinem letzten Besuch.

An der Luke wollte er an Hawkins vorbeigehen, doch der Fremdenführer trat von der Wand weg und verstellte ihm den Weg. »Was machen Sie hier?«

»Meine Arbeit«, entgegnete Ramiz kurz.

»Für mich sieht es eher so aus, als wollten Sie meine übernehmen. Was dachten Sie denn, was er vorhatte? Blinder Passagier spielen? Das ist doch nur ein alter Mann mit Träumen. Er tut niemandem etwas zuleide. Sie hätten ihm nicht gleich nachlaufen müssen.«

Ramiz konnte der Versuchung nicht widerstehen, vor dem Jüngling mit seinem Wissen zu prahlen. »Sie blöder kleiner Schwätzer«, fuhr er ihn an. »Was muß er denn noch tun, bevor Sie ihn erkennen, sich in seinen Sessel setzen? Sicher, er ist ein alter Mann, aber er ist nicht zum Träumen hier. Sondern um sich zu erinnern.«

Ramiz war klug genug aufzuhören, bevor er auch noch Langstons früheren Namen aussprach. »Und jetzt aus dem Weg«, knurrte er, »bevor ich Sie niederschlage und Ihre Gesicht als Teppich benutze.«

Er genoß es zu sehen, wie eilig Hawkins ihm gehorchte.

Hawkins kochte noch vor Zorn über Ramiz' Anmaßung, als er sich wieder im Führerstand befand, doch zugleich schlug er sich mit den Worten des Colonel herum. Konnte dieser bärtige alte Mann wirklich Merritt Thackery sein? Es erschien ihm unmöglich. Aber wen sollte Ramiz sonst gemeint haben? Hawkins versuchte, das Gesicht des geheimnisvollen Passagiers genauer zu betrachten, aber er saß zusammengesunken in seinem Sessel, das Kinn gesenkt, den Kopf halb abgewandt. Laut Platzverteilungskarte hieß er J. M. Langston, was allerdings gar nichts bewies.

Wenn das Thackery ist, darf ich ihn nicht gehen lassen, ohne vorher mit ihm zu reden.

Aber konnte er es sein? Sicher, Thackerys Fernyacht war hier. Das Museum hatte sie kaufen wollen, war aber vom Büro des Kolonieleiters überboten worden. Konnte es sein, daß Thackery sie selbst nach Arctur gebracht hatte? *Ich dachte, er wäre tot. Aber selbst wenn er nicht tot ist, warum sollte er ausgerechnet hierher kommen?*

Diese blassen vernarbten Stellen auf der Hand des Mannes ... Hawkins erinnerte sich plötzlich an eine gräßliche Szene in dem Holostreifen *Verabredung mit dem Schicksal*. Während einer der Landungen, die Merritt Thackery bei seiner Jagd auf die D'shanna durchgeführt hatte, war er von einem einheimischen Organismus gebissen worden und fast an Blutvergiftung gestorben; seine Haut war schwarz geworden und aufgeplatzt, daß das rohe rote Fleisch darunter hervortrat. Hawkins wußte nicht, wie genau es die Filmemacher mit der Wahrheit genommen hatten – doch falls sich so etwas tatsächlich ereignet hatte, wären sicherlich Spuren zurückgeblieben.

Aber Thackery hätte diese Mängel doch sicher beheben lassen – wer würde freiwillig solche Narben tragen?

Als die *Viking* wieder an der Äquatorialstation anlegte, war Hawkins sich seiner Sache immer noch nicht sicher. Trotzdem war er fest entschlossen, das Ganze nicht einfach auf sich beruhen zu lassen.

An Langston heranzukommen, erwies sich als Geduldsprobe, denn Hawkins wollte nicht, daß Ramiz etwas von seinem Interesse merkte. Zum Glück befanden sich alle Andockmöglichkeiten der Äquatorialstation im gleichen Bereich, und die Büros des Museums lagen der Wartehalle für das Shuttle nach Cheia genau gegenüber. Hawkins fand mühelos einen Grund, etwas länger im Büro zu bleiben, und von dort aus konnte er Langston leicht im Auge behalten.

Ramiz wartete und beobachtete auch, allerdings auffälliger als Hawkins, fast als wollte er, daß Langston ihn bemerkte. Zweimal schlenderte Langston den Korridor zur eigentlichen Station hinauf, und Ramiz folgte ihm offen. Jedesmal kehrte Langston innerhalb von zwanzig Minuten zurück, mit Ramiz dicht auf den Fersen, und setzte sich wieder in die Wartehalle.

Ramiz' Wachsamkeit ließ erst nach, als der Flugabfertiger erschien und Langston sich mit den anderen anstellte, um sich für das 18:00-Shuttle anzumelden. Als Langston sich wieder setzte, ging Ramiz zum Abfertiger, wechselte ein paar Worte mit ihm und verschwand dann, offensichtlich zufrieden, in Richtung Außenstelle Verteidigung.

Das war die Gelegenheit. Hawkins verließ das Museumsbüro, blickte sich im Korridor noch einmal nach Ramiz um und ging dann zu Langston. Er betrat den Wartesaal durch einen Seiteneingang, so daß er wie aus dem Nichts neben Langston auftauchte, und packte ihn fest an der Schulter.

»Würden Sie bitte mitkommen«, sagte er, so befehlend er konnte.

Langston ließ sich den Korridor hinunter zu einem unbenutzten Waschraum führen, als hätte er nicht mehr genug Willenskraft, um sich zu widersetzen. Sobald sie in dem Raum waren, verriegelte Hawkins die Tür und deutete auf den einzigen Stuhl.

»Setzen Sie sich bitte.«

Langston gehorchte mit langsamen Bewegungen. Hawkins hüpfte hoch und setzte sich auf den Rand des Waschbeckens, Langston gegenüber. Er beugte sich vor. »Sie sind Merritt Thackery.«

Langston schloß die Augen, und sein Gesicht schien zu erschlaffen.

»Sie sind es doch, nicht wahr?«

Langston nickte, ohne die Augen zu öffnen. »Ich wußte nicht, daß ich selbst hier beobachtet werde – bis heute«, erwiderte er halb flüsternd.

»Das werden Sie aber. Nicht von mir. Von diesem Mann, der Sie auf Deck B geschnappt hat. Colonel Ramiz von der Abteilung Verteidigung.«

Langston – Thackery – öffnete die Augen, vermied es aber weiter, Hawkins anzuschauen. »Ich hatte gehofft, ich hätte das alle hinter mir gelassen«, antwortete er müde.

»Warum sind Sie hier? Sind Sie so weit gereist, nur um sich die *Munin* anzusehen?«

Thackery schwieg.

»Was, denken Sie etwa, ich arbeite für Ramiz?« bohrte Hawkins weiter. »Ich kann den Kerl nicht riechen.«

Thackery blieb stumm und blickte zu Boden.

Hawkins runzelte die Stirn und rieb sich mit der langgliedrigen Hand das Gesicht. »Wissen Sie, ich überlege schon die ganze Zeit, wieso Sie hier sind, ausgerechnet in einer kleinen abgelegenen Kolonie wie Cheia. Irgendwie kommt es mir nicht wie ein Zufall vor, daß die *Munin* auch hier ist. Und ich überlege, weshalb Colonel Ramiz so besorgt war. Die Antwort fällt immer wieder gleich aus.«

In diesem Moment ertönte aus den Lautsprechern

des Waschraums der erste Aufruf für das Shuttle nach Cheia. »Mein Flug …« Thackery wollte aufstehen.

»Setzen Sie sich. Uns bleiben noch mindestens fünfzehn Minuten«, sagte Hawkins scharf. Thackery fügte sich widerspruchslos, und Hawkins fuhr fort: »Hören Sie, ich weiß ziemlich viel über diese Schiffe. Nicht nur das, was ich bei den Führungen erzähle. Ich lese fast alles, was die Kuratoren ausgraben. Aber in einem bin ich mir nicht sicher, und das könnten Sie beantworten. Angenommen, es gäbe eine Katastrophe, bei der nur einer aus der Mannschaft überlebt – irgendeine Kontamination zum Beispiel. Wäre er verloren? Kann ein Mensch allein ein Erkundungsschiff bedienen?«

Thackery erbebte heftig und verschränkte die Hände vor dem Mund.

»All diese Fremden, die in Ihrem Schiff herumtrampeln – das muß Sie doch stören«, meinte Hawkins leise. »Sie starren in den Raum, wo Sie und Dr. Koi geschlafen haben – sie hören den Gespenstern auf der Brücke zu und denken, es wäre wirklich so gewesen …«

»Was wollen Sie von mir?« sagte Thackery heiser.

Hawkins lächelte kurz und mitfühlend. »Ich will gar nichts von Ihnen. Ich möchte Ihnen etwas *geben*. Ich möchte Ihnen sagen, wenn Colonel Ramiz recht hat – wenn Sie wirklich hier sind, um die *Munin* zu holen –, dann helfe ich Ihnen.«

Thackery hob den Blick und sah Hawkins ungläubig in die Augen.

»Ich glaube nicht, daß Sie das allein schaffen würden«, meinte Hawkins. »Nicht wenn Ramiz Sie beobachtet. Nicht wenn Ihnen niemand erklärt, wo der Unterbrecherkasten sitzt, den die Kuratoren eingebaut haben, um während der Führungen die Steuerung abschalten zu können. Aber wir könnten es zusammen versuchen, falls Sie das wollen. Ich könnte mich um Ramiz kümmern. Ich weiß auch schon wie.«

»Warum wollen Sie das tun?« fragte Thackery verwundert. »Was geht es Sie an?«

Hawkins lächelte ironisch. »Sie sind Merritt Thackery. Ist das nicht Grund genug?« Thackerys Gesichtsausdruck wurde bei dieser Schmeichelei jedoch nicht wärmer, sondern schien eher wieder abzukühlen. »Sie hätten nie die Erde verlassen und wären bis hierher geflogen, wenn es nicht wichtig wäre«, fuhr Hawkins beunruhigt fort. »Und Sie würden nie daran denken, sich die *Munin* zu nehmen, wenn Sie sie nicht wirklich bräuchten.«

»Und wenn ich nur ganz selbstsüchtige Gründe dafür habe, wenn ich mich nur noch um das kümmere, was ich selbst brauche?«

Hawkins schüttelte den Kopf. »Was immer sie Ihnen bedeutet, es ist auf jeden Fall mehr, als was sie uns vom Museum bedeutet. Wenn Sie die *Munin* wollen, gehört sie Ihnen – wir schulden Ihnen ja viel mehr. Möchten Sie sie haben?«

Einen langen Moment herrschte Schweigen, und Thackery wich Hawkins' Blick aus. »Die ... die Erde zu verlassen, ist mir leichter gefallen, als Sie vielleicht denken«, sagte er schließlich langsam, als täte ihm jedes Wort weh, als wäre es ein Bruch mit tiefsitzenden Verhaltensmustern, wenn er sein Inneres preisgab. »Ich gehöre da nicht hin – ich habe nie wirklich dahin gehört. Es war immer nur eine Zwischenstation, eine Atempause zwischen zwei Missionen. Die *Tycho – Descartes – Munin – Fireside* –, das waren meine wahren Zuhause, die einzigen Orte, an denen das Leben so lange stillhielt, daß ich die Regeln begreifen konnte.«

Thackery hob den Kopf, und ihre Blicke trafen sich. Hawkins sah Schmerz und Verletzlichkeit in Thackerys blaugrauen Augen, eine Einsamkeit und Müdigkeit, gegen die er nichts ausrichten konnte. Diese Augen schienen sich an alles zu erinnern, was sie je gesehen hatten, und sie waren ein halbes Jahrtausend alt.

»Wollen Sie sie haben?« fragte Hawkins noch einmal. »Soll ich Ihnen helfen?«

Thackery atmete tief ein und seufzend wieder aus. »Ja.«

Hawkins sprang vom Waschbecken auf die Füße. »Am Freitag findet der letzte Rundflug für diese Saison statt.« Er ging zur Tür und schloß auf. »Fliegen Sie wieder mit. Ich halte Ihnen einen Platz frei.«

»So einfach soll das sein?«

»Für Sie ja.« Hawkins' Hand lag schon auf dem Türöffner. Er wollte gehen, drehte sich aber noch einmal zu Thackery um. »Eins könnten Sie mir noch verraten – wo wollen Sie denn hin, daß Ihnen die *Fireside* nicht reicht?«

»Weit hinaus.« Thackerys Augen wurden feucht. »Dorthin, wo mich kein Colonel beobachtet. Wo niemand mehr etwas von mir will. Die *Munin* wird mich dahin bringen, wo ich allein sein kann. Wo es keine Sterne mehr am Himmel gibt, nur noch Galaxien ...« Seine Stimme brach, und er wandte den Blick ab.

»Ich ... ich halte Freitag nach Ihnen Ausschau«, erklärte Hawkins; es tat ihm schon leid, daß er gefragt hatte. »Sie haben noch fünf Minuten Zeit, um das Shuttle zu erreichen.« Er schlüpfte lautlos zur Tür hinaus, mit dem Gefühl, sich in das Leben eines anderen Menschen gedrängt zu haben.

Am Freitag kamen sowohl Thackery als auch Ramiz wieder auf die *Viking*. Der entscheidende erste Schritt bestand darin, sie weit auseinander zu plazieren, damit Hawkins die Trennlinie zwischen den zwei Besichtigungsgruppen für die *Munin* irgendwo zwischen ihnen ziehen konnte.

Thackery saß in der ersten Reihe gleich am Gang, so daß er beim Überwechseln zur *Munin* ganz vorn in der

Schlange stehen würde. Auf die Plätze rings um ihn setzte Hawkins zwei Familien mit insgesamt acht Kindern.

Als daher Ramiz an den Schalter trat und forderte: »Geben Sie mir einen Platz möglichst nah bei Langston – dem da«, war Thackery bereits isoliert.

»Sie können auf der anderen Gangseite eine Reihe weiter hinten sitzen«, schlug Hawkins hilfsbereit vor.

»Nein. Geben Sie mir etwas auf der gleichen Seite wie er.«

»Reihe H?«

»Gut.«

Hawkins unterdrückte ein Lächeln.

Zum erstenmal in diesen drei Saisons erschien ihm der Rundflug endlos. *Du wirst noch ein richtiger Absahner,* rügte Hawkins sich im stillen selbst. Doch er wußte, weshalb er so ungeduldig war, und deshalb verzieh er sich sogar, daß er aus Unachtsamkeit manchmal Unsinn erzählte.

Schließlich kam die *Munin* in Sicht. Hawkins wartete, bis die *Viking* längsseits lag und der Umsteigetunnel ausgefahren wurde, dann verkündete er: »Zur ersten Gruppe gehören die Reihen A bis G …«

Vor Überraschung blieb Ramiz einen Moment lang wie angewurzelt auf seinem Platz sitzen. Dann blickte er sich in der Kabine um, als wollte er feststellen, ob ihn hier jemand aufhalten würde, sprang auf und wollte nach vorn. Doch der Gang war voll, und so blieb ihm keine andere Wahl, als am Ende der Schlange zu warten.

Ganz vorn in der Schlange wechselte Thackery einen Blick mit Hawkins und stellte ihm stumm eine Frage. »Gehen Sie nur gleich an Bord, Sir«, sagte Hawkins. »Folgen Sie der blauen Linie und warten Sie drüben. F-5«, ergänzte er flüsternd, während Thackery sich an ihm vorbeischob.

Am Vortag hatte Hawkins nach der letzten Führung

die Isolationskabine aufgeschlossen, und er verließ sich darauf, daß Thackery ihn verstanden hatte und dort warten würde. Er ließ ihn durch, ohne seinen Zähler zu betätigen, und wandte sich dann dem nächsten in der Schlange zu. »Sie haben wohl die ganze Familie dabei, was?« meinte er fröhlich.

Der Zähler stand auf siebenundzwanzig, als Ramiz um die Ecke zwischen Hauptgang und Hawkins' Platz neben der Luke bog. »Entschuldigen Sie, Sir, aber ich glaube, Sie sitzen in Reihe H.« Hawkins blockierte den Korridor. Er war mit Ramiz allein, aber da vielleicht jemand von der Brücke der *Viking* zuschaute – was Hawkins sogar hoffte –, mußte er seine Worte sorgfältig wählen. »Bitte warten Sie, bis Sie an der Reihe sind. Ich komme in wenigen Minuten wieder und hole die zweite Gruppe.«

»Sie blödes Arschloch, er ist aus einem bestimmten Grund wieder hier. Sie haben ja keine Ahnung, was er da drin anstellen könnte …«

»Ich weiß nicht, wovon Sie reden«, behauptete Hawkins unschuldig. »Würden Sie jetzt bitte auf Ihren Platz zurückkehren …«

»Aus dem Weg«, fuhr Ramiz ihn an, legte Hawkins eine Hand auf die Brust und stieß ihn weg.

Hawkins stolperte rückwärts, doch da er auf so etwas vorbereitet gewesen war, verlor er nicht das Gleichgewicht. Er faßte mit der rechten Hand an die Hüfte, und als Ramiz an ihm vorbei wollte, hob er die Hand in einer Geste, die auf Ramiz so wirken mußte, als wollte er jede weitere Berührung abwehren – nur war die Hand nicht leer.

Während der gesamten drei Saisons war Hawkins nie gezwungen gewesen, die kleine unauffällige Sprühdose Betäuber an seinem Gürtel zu benutzen. Trotzdem wußte er noch genau, wie sie funktionierte und womit er rechnen mußte. Es gab ein scharfes Zischen, und ein schmaler Nebenstrahl traf Ramiz voll ins Gesicht. Fast von einem Schritt auf den andern sackte er seitwärts gegen das Schott, die gummiweichen Beine gaben unter ihm nach, und er sank zu Boden.

Hawkins' Beine fühlten sich ebenfalls zittrig an. Er lehnte sich gegen das Schott und schaltete das Schiffsnetz ein. »Brücke, einer der Passagiere macht ein bißchen Ärger. Vielleicht könnten Sie einen Steward nach hinten zur Umsteigeluke schicken ...«

»Wir haben es gesehen, Jeff«, lautete die Antwort. »Ist mit Ihnen alles in Ordnung?«

»Klar. Mir geht's gut.«

»Dann machen Sie mit der Führung weiter. Wir kümmern uns um den Kerl.«

Hawkins wartete, bis der letzte Passagier der letzten Führung wieder zur *Viking* umgestiegen war, dann rief er Thackery in F-5. Das erwies sich als überflüssig; Thackery schien genau zu wissen, wann der richtige Zeitpunkt gekommen war, fast als gehörte die *Munin* schon wieder ihm. Er erschien nur Sekunden später am anderen Ende des Korridors.

»Ich habe nicht viel Zeit. Eigentlich soll ich hier alles bis zur nächsten Saison abschalten«, erklärte Hawkins. »Der Unterbrecherkasten sitzt an der Gravo-Station gleich unter der Verkleidung – nichts Kompliziertes, Sie müssen nur alles von Aus auf Ein stellen. Die Aufbereitungsanlage für Verbrauchsgüter ist zu einem Drittel voll, noch aus der Zeit, als die Kuratoren hier waren. Falls Sie nicht zugenommen haben, müßte Ihnen die Kleidung in Ihrer Kabine passen – die Kuratoren waren da sehr gründlich. Am Antrieb ist seit dem Eintreffen der *Munin* außer ein paar Schönheitskorrekturen nichts gemacht wurden.«

»Soll ich warten, oder ...«

Hawkins schüttelte den Kopf. »Nur bis die *Viking* weit genug weg ist. Wenn Sie nicht rasch losfliegen, schaffen Sie es vielleicht gar nicht.«

»Die werden Ihnen die Hölle heiß machen.«

»Vielleicht weil ich unachtsam war. Nicht weil ich Ihnen geholfen habe. Ich glaube, da bin ich gedeckt. Außerdem, so toll war der Job auch nicht«, ergänzte er nicht sehr überzeugend. »Ich muß jetzt gehen. Sie warten auf mein Okay-Zeichen, bevor sie ablegen.«

Thackery nickte und kam einige Schritte den Korridor herauf, während Hawkins in die Schleuse trat und die Außenluke betätigte.

»Ich stelle mir gern vor, daß Sie noch ganz lange in der *Munin* herumfliegen und uns alle überleben«, meinte Hawkins, während sich die Tür reibungslos aus der Ruheposition drehte.

»Ich nicht«, entgegnete Thackery offen. »Andere Menschen zu überleben, war schon immer mein Fluch.«

Hawkins kam sich erneut albern vor; er wandte sich ab und streckte die Hand nach der Schleusensteuerung aus.

»Jeffrey ...«

Hawkins blickte durch die immer enger werdende Öffnung zurück.

»Vielen Dank«, sagte Thackery einfach.

Bevor Hawkins antworten konnte, schloß sich mit einem Seufzen die Luke.

Der Umsteigetunnel kehrte in seine Halterung an der Außenseite der *Viking* zurück, und das gedämpfte Klirren ließ die Bodenverkleidung unter Hawkins' Füßen erzittern.

»Hawkins an Brücke. Hier ist alles wieder dicht.«

»Nach meiner Zählung fehlt uns einer.«

Hawkins blickte zur Kamera hinauf und schüttelte den Kopf. »Dann muß einer auf dem Klo sein. Wie geht es unserem hitzköpfigen Gast?«

»Noch bewußtlos. Er liegt bequem«, antwortete die Brücke. »Also gut, Jeff. Gehen Sie auf Ihren Platz. Wir fliegen los.«

Die *Viking* trieb unter dem Druck ihrer Korrekturdüsen seitwärts und begann dann mit einem Bremsmanöver, um die Rückreise zur Äquatorialstation anzutreten. Steuerbord kam deutlich das große Erkundungsschiff in Sicht. Die beiden Schiffe waren noch keinen Kilometer voneinander entfernt, da schienen die Sterne vor und hinter der *Munin* plötzlich zu flackern, so als hätte der Antrieb mit seiner Energie das Weltall in seiner Substanz erschüttert. Die Passagiere mit dem besten Ausblick sprangen auf und deuteten aufgeregt nach draußen, und bald erfüllten entsetzte und begeisterte Schreie die Kabine.

»Was, zum Teufel, geht da vor?« wollte der Captain der *Viking* wissen. »Hawk, was haben Sie mit ihr gemacht?«

Ein Teil von Hawkins hätte gern ehrlich geantwortet, hätte gern ausgesprochen, wie eifersüchtig es ihn machte, die *Munin* mit eigener Kraft fliegen zu sehen, und wie sehr er sich zugleich freute, weil er wußte, wer sich auf der Brücke befand. Doch mit einer ehrlichen Antwort hätte er sich nur noch mehr Schwierigkeiten eingehandelt.

»Scheiße, ich habe gar nichts gemacht! Sieht so aus, als wäre uns einer entwischt«, meinte Hawkins lahm. Dann schaltete er den Kabinenlautsprecher ein. »Kein Grund zur Sorge, Leute – das gehört alles mit zur Vorstellung, eine kleine Überraschung zum Ende der Saison. Diese Erkundungsschiffe sind ganz schön schnell, was? Die holt nichts im Universum mehr ein ...«

15. KAPITEL

Am anderen Ufer des Rubikon

Es gibt einfach keinen Weg, dachte Sujata, während sie darauf wartete, daß der KomTech die Verbindung zur Erde herstellte, sich an dieses verrückte Verdrehen der Zeit zu gewöhnen. Die Reise nach Lynx Center war fast vorbei, und noch immer hatte Sujata sich nicht damit abgefunden, daß die Chronometer im Schiff sie belogen. Eine Minute war gar nicht eine Minute – sondern zwei Stunden. Während Sujata eine Nacht verschlief, rasten vierzig Tage vorbei. Von einem Mittag zum nächsten vergingen vier Monate.

Entgegen ihren Erwartungen hatten ihre bisherigen Erfahrungen mit dem Verpflanzen ihr nur bis zum Abflug der *Wesley* geholfen. Danach waren sie wertlos geworden. Bei den vorherigen Reisen hatte sie nach dem Eintauchen in den Craze nicht mehr zurückblicken müssen. Sie hatte sich einmal verabschieden und dann sauber mit der Vergangenheit brechen können.

Da die *Wesley* jedoch jeden zweiten Tag aus dem Craze auftauchte und Kontakt mit Central aufnahm, hatte Sujata das Gefühl, ständig auf Wiedersehen zu sagen, und das Rückmelden war zu etwas geworden, das sie fürchtete. Es erinnerte sie schmerzlich an das, was sie aufgegeben hatte. Sie erfuhr von Todesfällen und Rücktritten und Pensionierungen, immer ohne Vorwarnung, so daß sich die kleine Welt, die sie gekannt hatte, allmählich in eine verwandelte, die ihr unbekannt war.

Am schwersten hatte der Verlust von Regan Marshall sie getroffen; er war zurückgetreten, als die *Wes-*

ley gerade die halbe Strecke zurückgelegt hatte. Obwohl er sich mit ihr über seinen Nachfolger beraten hatte, mußte sie sich jetzt stark auf jemand verlassen, der ihr völlig fremd war. Sie kam sich immer mehr wie eine hilflose Zuschauerin vor, die man nicht nur um das Gefühl betrog, etwas zu leisten, sondern sogar um das Gefühl, wirklich eingreifen zu können.

Doch selbst das war ihr noch leichter gefallen, als mit anzusehen, wie Ten Ga'ar sich endgültig von einem Kind in eine Frau verwandelte.

Am ersten Tag hatte Ten Ga'ar sich einen Moment Sprechzeit gestohlen, um Sujata zu sagen, daß sie ihr verziehen hätte, daß sie ihre Entscheidung verstünde, daß es richtig gewesen wäre, sie zurückzulassen, und daß sie gelernt hätte, ohne sie glücklich zu sein. Ihre Worte wirkten unangebracht, und für Sujata kamen sie völlig überraschend. Nach nur einem Tag Schiffszeit hatte Ten Ga'ar schon mehr Gelegenheit gehabt, ihre Trauer zu überwinden und ihre Wunde zu heilen, als Sujata während der gesamten Reise haben würde.

Anfangs hatte Sujata dagegen aufbegehrt, sich verzeihen zu lassen; sie war immer noch verbittert gewesen, weil Ten Ga'ar so kindisch gewesen war und ihr nicht einmal erlaubt hatte, sich richtig von ihr zu verabschieden. Sie hatte erst nach einigen Tagen begriffen, was Ten Ga'ar schon beim ersten Rückmelden wußte – daß sie es sich nicht leisten konnten, andere Gefühle füreinander zu hegen als eine liebevolle Erinnerung an die Vertrautheit, die sie einmal miteinander geteilt hatten. Sie lebten in verschiedenen Zeitspuren und bewegten sich immer weiter auseinander, und es blieb ihnen nichts anderes übrig, als das zu akzeptieren.

Auch in beruflicher Hinsicht kam es zu Fehltritten. Während der ersten Woche brachte Sujata mehr als einmal ›am nächsten Tag‹ Vorschläge und Lösungen zu Problemen vor, die in den Monaten zwischen einem Nachmittag und dem nächsten entweder gelöst worden oder unwichtig geworden waren. Damit alles gut lief, mußte Ten Ga'ar lernen, Sujata keine zu analysierende Situation vorzutragen, sondern fertige Entscheidungen, die nur noch bestätigt werden mußten; Sujata wiederum mußte sich damit abfinden, mehr Befugnisse abzugeben, als sie ursprünglich für nötig gehalten hatte.

Nur ein roter Faden durchzog kontinuierlich alle sieben Wochen Reisezeit, und das war der Bericht von Garrard und Evanik. Er war der einzige Teil der Depesche, mit dem Sujata sich auch jetzt noch weiter befaßte, wenn die Verbindung zur Erde getrennt war. Das Duo leitete mittlerweile eine Gruppe von fünfzehn Forschern, und dieses Team belegte durch objektive wie subjektive Beobachtungen detailliert, daß der von Sujata befürchtete kulturelle Wandel weiter fortschritt.

Sowohl die Weltwirtschaft insgesamt als auch der Etat des Weltrats wurde immer stärker von militärischen Ausgaben beherrscht. Schon bald würde das Militär direkt oder indirekt den größten Teil der verfügbaren Arbeitskräfte beschäftigen. Fragen der planetaren Sicherheit hatten einen festen Platz auf der Tagesordnung des Weltrats.

Das waren die allgemeinen Erscheinungen; die Einzelheiten waren ebenso beunruhigend. Vor elf Jahren hatten die Neuner wieder das Konzept der politischen Parteien in die Weltregierung eingeführt, indem sie den Untergrund verließen und Robert Chaisson als Kandidaten für einen freien Platz im Weltrat unterstützten. Eine Ernennung brachte das Chaisson zwar nicht ein, wohl aber mehr Öffentlichkeit für seine Ansichten. Im nächsten Jahr initiierte Tanvier ein ehrgeiziges und ungeheuer aufwendiges Projekt zum Aufbau bodengebundener Verteidigungssysteme gegen die Mizari, offenbar um sich gegen Chaissons Vorwurf zu wehren, der Weltrat setze die Sicherheit der Erde aufs Spiel, indem er ihre Verteidigung dem USS überlasse. Die neuen Verteidigungssysteme selbst waren nach Einschätzung von Sujatas technischen Analytikern wertlos.

Drei Jahre später gründete der Weltrat eine Sonderabteilung der Friedenstruppe, die nur dem Namen nach keine Armee war. Diese ›Exoten‹, wie sie bald genannt wurden, sollten als erste eingreifen, falls der Angriff der Mizari zur Invasion wurde. Ihre Waffen umfaßten alles von ferngesteuerten Flugpanzern bis zu Röntgenbomben und anderer Nukleonik; in ihrer strategischen Planung fanden sich Begriffe wie ›Kauterisieren‹ und ›Totalverlust von nicht-strategischem Personal‹. Für die Exoten mußte man nicht nach Kandidaten suchen – auf jede offene Stelle kamen zehn Bewerber.

Das war allerdings nicht erstaunlich, wenn man bedachte, daß die drei beliebtesten Produkte zur Massenunterhaltung in diesem Jahrzehnt aus säbelrasselnden Geschichten über Krieg und Ruhm bestanden, in denen mutige Männer und Frauen die verhaßten mizarischen Horden zurückschlugen. Sicher, alle drei stammten von unabhängigen Produzenten (von denen einer finanziell durch die Neuner unterstützt wurde), und der Erziehungs- und Unterhaltungsarm des Rats bot nach wie vor weniger hetzerische Kost, aber daß die drei überhaupt im Netz ausgestrahlt wurden, sagte genug.

An dem Terminal vor Sujata blinkte ein Licht, und sie erwachte aus ihren düsteren Grübeleien. Die Rückmeldung verlief wie üblich. Zunächst faßte Ten Ga'ar in weniger als fünfzehn Minuten den Inhalt der Hauptdepesche zusammen, die auf dem oberen Band in komprimierter Form direkt an die Bibliothek der *Wesley* übermittelt wurde.

Dann beschrieb Evanik die laufenden Projekte der Forschungseinheit und informierte Sujata, daß Garrard seine Rücktrittsdrohung schließlich doch wahr gemacht hatte; er hatte eine Stelle in der soziometrischen Abteilung des Rats angenommen. Vizekanzler Abram Walker meldete sich mit den üblichen leeren Versicherungen, alles sei unter Kontrolle und laufe reibungslos.

Keine dieser Nachrichten enthielt irgend etwas, auf das Sujata mit mehr als einem Brummen und einem Nicken reagieren mußte – bis Ten Ga'ar sich zum Schluß noch einmal meldete.

»Ich wollte dich nur daran erinnern, daß dies deine letzte Gelegenheit ist, Wells eine Depesche zu schicken«, sagte sie, »etwas, das er gleich vorfindet, sobald die *Charan* aus dem Craze kommt. Hier ist man mehrheitlich der Ansicht, daß du in die Offensive gehen solltest, weil Wells das bestimmt ebenfalls tun wird. Er wird es mit Sicherheit als Drohung auffassen, daß du ihm so dicht auf den Fersen bist.«

»Ich fürchte, in diesem Fall halte ich es mit der Minderheit, Wy«, erwiderte Sujata und schüttelte den Kopf. »Erst muß Wells agieren, dann kann ich darauf reagieren. Was er bisher getan hat, reicht nicht als Grund, ihn anzugreifen – sonst hätten wir uns gleich ans Komitee gewandt. Noch hat er die Grenze nicht überschritten, auch wenn wir fürchten, daß er es vorhat. Ich sehe keinen Anlaß, ihn früher als unbedingt notwendig zu diesem Schritt zu zwingen. Ich möchte ihn nicht so weit in die Enge treiben, daß er sich einem Befehl widersetzen muß.

Er wird über die normalen Kanäle erfahren, daß ich nach Lynx unterwegs bin, und den offiziellen Grund dafür hören. Ansonsten soll er sich ruhig seine Gedanken machen. Er dürfte sich kaum *weniger* bedroht fühlen, wenn ich ihn jetzt mit dem Befehl überfalle, den Triaden Startverbot zu erteilen, oder etwas Ähnlichem. Im Gegenteil – das würde ihn nur aufscheuchen. Ich muß mich mit Wells zusammensetzen und die Lage klären, bevor er etwas Unwiderrufliches tut. Das kann ich von hier aus ebensowenig wie ich es von da aus konnte, wo du jetzt bist. Es muß einfach warten, bis ich ihn eingeholt habe. Was ja nicht mehr lange dauern wird.«

Ten Ga'ar nahm ihre Antwort mit neutralem Gesichtsausdruck auf, und Sujata fühlte sich in der Annahme bestärkt, daß diese Idee, sie zu ›erinnern‹, in Wirklichkeit von jemand anders stammte. Im Lauf der Jahre war die Zahl derjenigen, die direkt mit ihr reden mochten, auf drei geschrumpft. Sujata hatte Verständnis dafür – für die meisten ihrer Mitarbeiter war sie eine Fremde, eine Art technisches Orakel, das dreimal im Jahr eine Vorstellung gab. In einem Alptraum hatte sie vor kurzem gesehen, wie ihr Gesicht auf allen Terminals in Central erschien, aber niemand hatte sie erkannt oder wollte mit ihr sprechen.

»Dein Standpunkt leuchtet uns ein«, meinte Ten Ga'ar. »Er entspricht in vielem dem, was auch hier diskutiert wurde. Können wir heute sonst noch etwas für dich tun?«

»Nein. Nichts.«

»Bei unserem nächsten Gespräch wirst du dann wohl schon endgültig aus dem Craze heraus sein und Lynx anfliegen. Bis dahin wünschen wir euch allen das Beste. Central Ende.«

»*Wesley* Ende.« Sujata lehnte sich zurück und rieb sich die Augen. *Nein, du kannst mir nicht helfen, Wy. Und das ist am schwersten zu akzeptieren …*

Der überschwengliche Jubel hallte noch in Harmack Wells' Ohren wider, als er sich im Büro von Andrew Hogue, dem Gouverneur von Lynx Center, in einem Sessel niederließ. Vor einer knappen Stunde hatte Wells die Besatzung der *Charan* aus dem Ausstiegstunnel geführt, hinein in einen Empfang, gegen den die Verabschiedung auf Central vor zweiundfünfzig Tagen zurückhaltend wirkte.

»Die lieben uns vielleicht, was?« hatte Captain Elizin geflüstert. Er hatte neben Wells auf dem Lastschlitten gestanden, der für die Prozession durch die Straßen benutzt worden war; Straßen, in denen sich Tausende drängten, um die Ankömmlinge zu begrüßen.

Wells hatte zustimmend genickt, obwohl er den Jubel im Grunde nicht auf sich persönlich bezog. Er faßte ihn vielmehr als Zeichen dafür auf, wie dringend diese Leute einen Anführer, einen Helden brauchten. Deshalb nahm er ihn zwar freundlich entgegen, tat ihn innerlich aber als unwichtig ab, weil er wußte, daß die Menschen sich auf diese Art von ihrer Angst befreien wollten.

Ihr jubelt nicht über etwas, das wir schon getan haben, sondern über das, was ihr euch von uns erhofft, hatte er gedacht, während er die Gesichter betrachtete. *Ich werde versuchen, eurem Vertrauen gerecht zu werden.*

Am anderen Ende des Raums stand Onhki Yamakawa, das leitendes Mitglied des Strategischen Komitees, das Wells auf der *Charan* begleitet hatte, und studierte ein Adressenverzeichnis von Lynx Center. »Ich fürchte, hier werde ich bei der Suche nach richtigem japanischen Essen auch nicht mehr Glück haben als bei meinen Versuchen, dem Synthetisierer auf der *Charan* so etwas zu entlocken«, meinte er betrübt.

Bevor Wells ihm sein Beileid aussprechen konnte, öffnete sich die Tür, und zwei Einheimische traten ein. Der erste war Hogue, ein blonder Mann mit breiter Brust und freundlichem Gesicht, dessen Haar so kurz geschnitten war, daß er fast kahlköpfig wirkte.

»Gouverneur.« Wells stand auf und reichte ihm die Hand.

»Freut mich sehr, Sie endlich kennenzulernen, Commander«, erwiderte Hogue, während sie sich die Hände schüttelten. »Tut mir leid, daß es auf dem Weg hierher so viel Aufruhr gab. Ich hielt es für das beste, wenn wir das alles einfach auf einen Schlag hinter uns bringen.«

»Sehr verständlich«, antwortete Wells. »Die Besatzung wußte es sicher zu schätzen.«

Hogues Begleiter war ein schlanker junger Mann mit flinken Augen, die anscheinend nie geradeaus blickten. Hogue stellte ihn als Colonel Philip Shields vor, Leiter des Nachrichtendienstes der Abteilung Verteidigung, Außenstelle Lynx.

»Ich weiß, für Sie war das jetzt schon ein langer Tag«, fuhr Hogue fort, »aber Mr. Shields fand es wichtig, Sie so schnell wie möglich ins Bild zu setzen.«

»Dem stimme ich voll und ganz zu.« Wells nahm wieder Platz. Hogue ließ sich rechts von ihm nieder, und die anderen zogen sich über den Teppich hinweg Sessel heran, so daß sie einen kleinen Kreis bildeten.

»Hatten Sie während des Anflugs Gelegenheit, sich die neuen Zusammenfassungen anzuschauen, die wir Ihnen geschickt haben?« fragte Hogue.

»Ein paar Minuten, mehr nicht.«

»Dann kennen Sie zumindest schon die gute Nachricht: am Perimeter ist alles ruhig, die politische Lage ist stabil, und die Triaden liegen im Zeitplan. Es gibt allerdings zwei Schönheitsfehler, und die wird Mr. Shields nun mit Ihnen besprechen.«

»Was ist mit der *Wesley?*« warf Yamakawa ein. »Wie ist ihr Status?«

»Sie wird in achtunddreißig Tagen hier ankommen.«

Wells runzelte die Stirn. »Sie sollte doch nur einundzwanzig Tage hinter uns liegen. Was ist passiert? Wodurch wurde sie aufgehalten?«

Mit vielsagender Miene überließ Hogue Shields das Wort.

»Commander, Kanzlerin Sujata und Botschafter Berberon sind an Bord der *Wesley*«, sagte Shields. »Die *Wesley* hüpft in und aus dem Craze, deshalb verschiebt sich ihre Ankunftszeit.«

»Das ist schlecht«, murmelte Yamakawa. »Ganz schlecht.«

»Warum kommen sie her?« fragte Wells ehrlich verwirrt.

»Sir, das weiß ich nicht. Offiziell zu Beobachtungszwecken. Wie unsere Quellen im Kanzleramt berichten, hat Sujata die Lage am Perimeter als ›kritisch‹ bezeichnet.«

»Trotzdem verstehe ich nicht, wieso sie es für notwendig hält, physisch anwesend zu sein«, meinte Hogue. »Die Kommunikation mit Unity ist doch noch nie ausgefallen.«

»Hat jemand eine Idee?« fragte Wells. »Colonel?«

»Mir scheint nur die eine Möglichkeit denkbar, daß sie sich stärker auf die Seite der Verteidigungsbefürworter stellen will, um so ihre eigene Position zu sichern.«

»Sie will sich einmischen«, behauptete Yamakawa fest. »Sie will sich in Dinge hineindrängen, von denen sie nichts versteht.«

»Halten Sie das für wahrscheinlich, Commander?« fragte Hogue.

»Nein«, antwortete Wells. »Sie hat sich immer ferngehalten, und gleichzeitig war sie für unsere Interessen und Sorgen aufgeschlossen. Ich kann mir nicht vorstellen, daß sie jetzt plötzlich der Ansicht ist, sie müßte stärker eingreifen.«

»Es sei denn, etwas ist passiert, das ihr Vertrauen in die Leitung der Abteilung Verteidigung erschüttert hat«, bemerkte Yamakawa. Er hatte eigentlich mehr sagen wollen, fing aber einen mahnenden Blick von Wells auf und verstummte.

Wells wandte sich Hogue zu. »Hat die Kanzlerin eine Nachricht für mich hinterlassen?«

»Nicht daß ich wüßte.«

Wells runzelte die Stirn und schüttelte den Kopf. »In meinen Augen ist das kein Grund zur Sorge. Kanzlerin

Sujata hat selbstverständlich das Recht, uns auch persönlich zu beaufsichtigen. Ich nehme an, das war einer der Schönheitsfehler, die der Gouverneur erwähnte. Was ist der andere?«

»Ich fürchte, dieser ist ernster. Es wird zu einer Verletzung des Perimeter kommen. Nicht durch die Mizari«, ergänzte Shields rasch. »Durch eins unserer eigenen Schiffe – die *Munin*, Sir. Sie ist aus dem Museum der Vereinten Welten bei Arctur entführt worden.«

»Entführt?«

»Ja, Sir. Es wird noch merkwürdiger. Der Täter ist offenbar Merritt Thackery. Soweit wir feststellen konnten, ist er allein an Bord. Bei den Nachforschungen stellte sich heraus, daß er auf Cheia zwei Komplizen hatte, einen Angestellen des Museums und einen unsere eigenen Leute, einen Colonel Ramiz. Sie haben beide eine Strafe abgebüßt, aber dadurch haben wir die *Munin* und Thackery auch nicht wiederbekommen.«

»Also, da soll mich doch der Teufel holen.« Wells lehnte sich zurück. »Wo fliegt er hin?«

»Anfangs hatten wir nicht die geringste Ahnung. Nachdem wir ihm jedoch klargemacht haben, daß wir wissen, wer an Bord ist, hat er einen formellen Flugplan eingereicht. Darin gibt er als Ziel den Haufen in Corona borealis an.«

»Diese astrographische Bezeichnung sagt mir leider nichts.«

»Das ist nicht verwunderlich, Sir. Es ist ein Galaxienhaufen, und zwar einer der größten – er umfaßt mehr als fünfhundert Galaxien, hauptsächlich elliptische. Sir, dieser Haufen liegt über eine Milliarde Cees jenseits unserer Galaxis. Thackery schient es allerdings nicht eilig zu haben, nicht wenn man bedenkt, wie weit er weg will. Die *Munin* ist seit seiner Flucht noch nicht in den Craze eingetaucht.«

»Ihr Pilot muß wahnsinnig sein«, meinte Yamakawa. »Wieso hat man das Schiff nicht abgefangen?«

»Keiner der Wächter war so stationiert, daß das möglich gewesen wäre«, erwiderte Hogue.

»Hätte man ihn abfangen können, wenn Triade Eins schon im Einsatz gewesen wäre?« fragte Wells.

»Ich glaube nicht, daß jemand das überprüft hat«, sagte Hogue. »Ich vermute, ja, es wäre möglich gewesen.«

»An welchem Punkt wird die *Munin* in die Mizari-Zone eindringen?« wollte Yamakawa wissen.

»Das ist ungewiß. In den eigentlichen Sternhaufen wird sie gar nicht eindringen. Ihre allgemeine Flugrichtung führt von den gefährlichen Bereichen eher weg. Den Perimeter wird sie irgendwo in der Gegend Bootes – Corona borealis überqueren. Hier ist noch etwas Eigenartiges: Er ändert den Kurs ständig so, daß er durch oder in die Nähe von Systemen fliegt, die noch nicht erkundet wurden. Die gesammelten Daten sendet er mit Hilfe seiner wissenschaftlichen Instrumente an uns – oder versucht es wenigstens.«

»Er versucht es?«

»Die Kommunikationsgeräte der *Munin* wurden nie für fortgeschrittene Fehlerprüfung aufgerüstet. Ein Teil seiner Transmissionen geht jeweils durch Interferenz verloren.«

»Dann *haben* wir also Kontakt zu dem Schiff?« fragte Yamakawa.

»Mehr oder weniger. Auf die Depeschen an ihn hat er aber bisher nie geantwortet«, erklärte Hogue.

»Liegt das auch an der Interferenz?« fragte Wells.

»Möglich«, meinte Shields. »Oder an seiner Widerspenstigkeit. Ich stimme Mr. Yamakawa zu – er kann sein, wer er will, er ist nicht stabil. Und er ist kurz davor, seine jetzt schon ernste Liste von Verbrechen noch zu verlängern.«

»Eine Bestrafung hat er wohl kaum zu befürchten,

würde ich sagen«, entgegnete Wells leichthin. »Gibt es sonst noch etwas, Gouverneur?«

»Nein. Nichts, das ähnlich wichtig wäre.«

»Gut. Dann werde ich beide Angelegenheiten überschlafen und morgen noch einmal mit Ihnen darüber sprechen. Außerdem möchte ich morgen die Werft besichtigen und mir Triade Drei ansehen.«

»Ich werde das arrangieren«, versprach Hogue.

»Nicht zu früh.« Wells stand auf. »Onhki? Was halten Sie davon, wenn wir mal nachschauen, was Lynx an anständigem Essen zu bieten *hat*?«

»Einen Versuch sollten wir schon unternehmen«, antwortete Yamakawa. »Auf frische Meeresfrüchte mache ich mir allerdings kaum Hoffnungen.«

Bei einem daehnischen Gericht aus Fruchtstücken, angebratenen Fleischwürfeln und gewürztem rohem Teig setzten Yamakawa und Wells das Gespräch fort.

»Machen Sie sich wegen der Sache mit der *Munin* wirklich Sorgen?« wollte Yamakawa wissen.

»Warum fragen Sie?«

Yamakawa wendete einen Fleischwürfel in einem Töpfchen mit Senfsoße. »Das Schiff befindet sich zwei Stunden westlich und zwanzig Grad südlich von Alkor. Colonel Shields Aufregung scheint mir übertrieben.«

»Dieser Vorfall lehrt uns etwas«, entgegnete Wells. »Die *Munin* konnten wir nicht am Davonfliegen hindern, und das bedeutet, daß wir unter gleichen zeitlichen Bedingungen auch ein Schiff der Mizari nicht am Eindringen hindern könnten. Es beweist, wie wichtig es ist, daß die Triaden stationiert werden.

Aber um Ihre Frage zu beantworten: nein. Sujata macht mir mehr Sorgen. Warum haben Sie vorhin gemeint, sie könnte das Vertrauen zu uns – zu mir verloren haben?«

Yamakawa kaute nachdenklich, bevor er antwortete.

»Wie Sie wissen, ist sie über bestimmte vertrauliche Angelegenheiten nie voll informiert worden. Sollte sie davon erfahren haben, wäre sie gezwungen, die Bedrohung durch die Mizari ernster zu nehmen, als sie bisher geneigt war. Außerdem könnte sie sehr wohl zu dem Schluß kommen, daß sie die Situation nur dann ganz und unverfälscht kennenlernen wird, wenn sie an den Vorgängen unmittelbar beteiligt ist. Beides würde ihr Herkommen erklären.«

»Haben Sie eine Vorstellung davon, wie sie von diesen vertraulichen Angelegenheiten ›erfahren‹ haben könnte?«

Yamakawa zuckte die Achseln. »Diese Entscheidung ist offensichtlich in Eile getroffen worden, nach unserem Abflug. Die Gelegenheit bestand nur kurz, die Liste der Kandidaten ist begrenzt.«

Wells zählte sie an den Fingern ab. »Captain Hirschfield. Mr. Rice und Mr. Scurlock aus dem Strategischen Komitee.«

»Und Farlad.«

»Ja.«

»Drei von ihnen hatten zu dieser Information schon einige Monate vor unserem Abflug Zugang«, bemerkte Yamakawa. »Wenn es einer von ihnen war, hätte er sicher früher gehandelt.«

»Dann glauben Sie also, daß es Teo war?«

»Richtig.«

Wells sah Yamakawa lange an, dann schüttelte er den Kopf. »Warum sollte er so etwas tun? Warum sollte er mich verraten?«

»Verräter und Feiglinge handeln selten aus subtilen Motiven. Geld. Persönlicher Aufstieg. Falsche Loyalitäten. Furcht. Ist das wirklich wichtig?«

Wells legte die Gabel weg; das Essen hatte plötzlich allen Geschmack verloren. »Vermutlich nicht.«

»Er muß natürlich bestraft werden.«

Wells antwortete nicht. *Wie viele Jahre muß man denn*

noch warten? dachte er. *Wie gut muß man jemand kennen, bevor man sich seiner sicher sein kann?*

»Falls Sie noch Zweifel haben, können wir alle vier für verdächtig erklären ...«, fing Yamakawa an.

»Ich will ihn los sein«, sagte Wells rauh. »Ich will, daß er verschwindet.«

Yamakawa nickte. »Es ist eine Sache fürs Kriegsgericht. Sogar ein Verbrechen. Aber schwer zu beweisen. Und ein Prozeß wäre schon deshalb ungünstig, weil die Kanzlerin darin verstrickt ist. Vielleicht müssen wir die Rechnung auf anderem Weg begleichen.«

Wells hörte nicht zu. Eine alte Gegnerin, die er schon für besiegt gehalten hatte, war wieder ans Spielbrett zurückgekehrt, und er versuchte ihre Position einzuschätzen. *Sie kann nur herkommen, um sich mir in den Weg zu stellen – wenn sie an unsere Sache glaubte, wäre sie auf der Erde geblieben. Sie will mich belästigen, mich ablenken, mir Halsband und Leine anlegen. Aber dafür muß sie mich erst einmal einholen ...*

Obwohl Wells in dieser Nacht nur unruhig schlief und obwohl er Hogue etwas anderes gesagt hatte, stand er am nächsten Morgen früh auf. Er wollte endlich die Früchte seiner Arbeit betrachten. Die Mission von Triade war von ihm festgelegt worden, aber das Entwerfen der Schiffe hatte er den Ingenieuren anvertrauen müssen. Er kannte nur die allgemeinen Grundzüge; jetzt wollte er unbedingt die genaue Durchführung kennenlernen.

Im endgültigen Bauvertrag war Triade Eins Bootes zugesprochen worden, Triade Zwei der Perimeterbasis und Triade Drei Lynx. Diese Entscheidung war weder aus politischen noch aus ökonomischen, sondern aus zeitlichen Gründen getroffen worden. Jede USS-Werft im Erdorbit hätte eine Triade zwanzig Prozent schneller und dreißig Prozent billiger bauen können. Aber der Preis für die Einsparungen wäre gewesen, daß die

Schiffe zusätzlich siebzehn Jahre für die Reise bis zu den Patrouillekreisen acht bis fünfzehn Cees jenseits des Perimeters benötigt hätten.

Die Schiffswerft von Lynx Center war ein integraler Bestandteil der Station und nahm deren neun unterste Ebenen ein. Den größten Teil dieses Raums beanspruchte eine riesige umbaute Arbeitsrampe, in der das Gravitationsfeld auf ein Zehntel reduziert war und im Vergleich zur übrigen Station auf dem Kopf stand. Dieses umgekehrte Feld, durch das sich die eigentliche Decke in den Fußboden verwandelte, war eine Neuerung und eine Besonderheit von Lynx Center. Es war notwendig, weil der richtige Fußboden aus einem vielfach unterteilten, insgesamt mehrere Hektar großen Tor bestand, das auch ohne Schwerkraftleitungen schon kompliziert genug war.

Zur Zeit war fast ein Drittel des Tors aufgeschoben, und der Grund dafür war vom Beobachtungsstand des Vormanns aus, zu dem Wells als erstes geführt wurde, leicht zu erkennen: Eins der zwei Frontschiffe der Triade wurde von einem kleinen Schlepper aus der Werft gezogen. Daß das geschleppte Schiff mit zur Triade gehörte, erkannte Wells auf den ersten Blick. Der sonderbare Umriß verriet, daß es sich um nichts anderes handeln konnte.

Jedes Triadenschiff hatte nicht nur ein AVLO-Triebwerk, sondern zwei – einen axialen Antrieb mit Feldradiatoren an Bug und Heck wie bei jedem Fernschiff und einen Seitenantrieb mit zwei weiteren Radiatoren, die mittschiffs im rechten Winkel zum Hauptrumpf montiert waren. Durch den Querrumpf sah das Frontschiff aus wie ein fliegendes Eisernes Kreuz.

Als Wells seine Aufmerksamkeit auf das Innere der Arbeitsrampe richtete, stellte er fest, daß dieser Effekt beim Trägerschiff sogar noch ausgeprägter war. Dessen Querrumpf war fast genauso groß wie der

Hauptrumpf, da er die Halterungen für die schweren DAs enthielt, einen auf jeder Seite.

»Ich weiß gar nicht, wie Sie die alle hier hineinbugsiert haben«, sagte Wells zu seinem Führer. »Die Rampe sieht selbst jetzt noch voll aus, obwohl eins schon draußen ist.«

»Seit die Rümpfe komplett sind, war hier drin wirklich nicht mehr viel Platz«, stimmte der Führer zu. »Möchten Sie jetzt an Bord gehen?«

»Und ob ich das möchte.«

Obwohl das Schiffsinnere in all seinen physischen Bestandteilen jedem bekannt vorgekommen wäre, der sich einmal längere Zeit auf einem Fernschiff des USS aufgehalten hatte, wirkte die Triade als Ganzes fremd. Vor allem gab es keine Brücke, die diesen Namen verdient hätte. Wo Wells sie erwartet hätte, fand er statt dessen einen Ring aus Kampfliegen der zweiten Generation, die zwischen den Motoren der beiden Triebwerke vergraben waren und jeweils am Ende einer höhlenartigen Fluchtrutsche saßen.

Auf diese Art waren die Besatzungsmitglieder körperlich zwar optimal geschützt, aber sie zogen auch alle getrennt in die Schlacht und waren psychologisch allein. Sie würden nie quer über die Brücke auf sterbende und verletzte Kameraden blicken müssen, aber auch nie ein Okay-Zeichen oder ein ermunterndes Grinsen zu sehen bekommen.

Da es keine Brücke gab, bildeten die Immersionstanks an Bug und Heck die größten ›offenen‹ Räume an Bord. Diese Tanks sollten die Freiwache gegen die halsbrecherische Seitenbeschleunigung schützen, die entstehen würde, wenn das Schiff gegnerischem Beschuß auswich.

Das Seitentriebwerk war fast so stark wie das Haupttriebwerk. Testmannschaften hatten behauptet, die brutalen Seitenmanöver – Kombinationen aus schnellen Rollen und plötzlichem Seitwärtsrutschen –

würden trotz Liegen und I-Tanks schlimmer sein, als beschossen zu werden.

Im weiteren Verlauf der Führung versuchte Wells sich ein geistiges Bild vom Leben an Bord der Triade zu machen, ein Bild, durch das die Schiffe und Besatzungen für ihn auch dann noch real bleiben würden, wenn sie sich weit außer Sicht in der Mizari-Zone befanden. Doch das Bild wollte keine Gestalt annehmen. Nur die mechanischen Bestandteile standen ihm klar vor Augen; die menschliche Komponente konnte er trotz aller Anstrengungen nicht in den Vordergrund bringen.

Wie Wells schon bald klar wurde, war dies eine Reaktion auf die Tatsache, daß die Grundidee hinter der Schiffskonstruktion der aller anderen Fernschiffe völlig zuwiderlief. Paketschiffe und Erkunder, ja selbst die Flaggschiffe waren als Lebensräume für menschliche Wesen gebaut worden, als winzige Welten mit Gehäusen aus Synnetz und Alumichrom. Triade dagegen ähnelte eher den Intrasystemfähren oder Bergbauschiffen, bei denen die Funktion allen anderen Aspekten gegenüber Vorrang hatte.

Darüber hinaus spürte Wells, daß Triade wie ein integrierter Organismus entworfen und gebaut war, wie ein Cyborg mit austauschbaren Gehirnen. Die Arbeitsstationen auf der Brücke waren nichts als Steckplätze für wichtige Komponenten, Tanks und Kojen Aufbewahrungsorte für Ersatzteile.

Während Wells seinem redseligen Führer vom Heck bis zum Bug folgte, hatte er weniger das Gefühl, sich in einem Schiffsrumpf zu befinden, als durch die Eingeweide einer Maschine zu kriechen, die nur noch auf die Installation der beseelenden Kraft wartete. Alles um ihn herum zeigte ihm, daß für die Menschen an Bord die Aussicht auf Freude gering, die auf den Tod dagegen durchaus real sein würde.

Wells fragte sich, ob er vielleicht zu viel von den

Männern und Frauen verlangte, die das goldene Trigon trugen. Dabei führte er seine Inspektion fort. Er setzte sich in die Kampfliege des Captains, blickte ins Herz des Antriebs, kostete das Essen, das die Synthetisierer produzierten. Er prüfte das Wissen der Monteure mit Fragen und ihr Können mit Augen und Händen.

Nach über neunzig Minuten an Bord verließen Wells und sein Führer das Trägerschiff durch die vordere Einstiegsluke. An dem Schott zwischen der inneren und der äußeren Tür der Luke, direkt unter der anodisierten Plakette mit der offiziellen Bezeichnung des Trägerschiffs ›T 301‹, entdeckte Wells ein nicht genehmigtes Plastikschild mit der Inschrift AVENGER – Rächer. Der Name war freihändig in fetten Buchstaben geschrieben, und das übergroße A war wie eine Zange geformt, die im Begriff war, einen schon brennenden Planeten zu zerdrücken. »Wo kommt das her?« fragte Wells und deutete darauf.

»Vermutlich von einem der Monteure«, erklärte der Führer entschuldigend. »Das Flugbüro hat den Triaden keine Namen gegeben, deshalb haben die Besatzungen wohl leider ihre eigenen erfunden. Ich sorge dafür, daß es entfernt wird.«

Es war der erste rein menschliche Zug, den Wells an diesem Vormittag entdeckte. Darüber hinaus war es jedoch auch ein erfreulicher Hinweis darauf, daß die Besatzung der *Avenger* alle Entbehrungen während ihrer Dienstzeit an Bord geistig überstehen würde. »Das werden Sie nicht tun«, entgegnete Wells. »Es ist ein guter Name. Das Schild bleibt.«

»Selbstverständlich, Sir. Möchten Sie jetzt die *Falcon* sehen, Sir? Soweit ich weiß, erwartet uns Mr. Yamakawa erst in vierzig Minuten.«

Das bewaffnete und gepanzerte Aufklärungsschiff lag nebenan in der Überholrampe vor Anker; ursprünglich hatte Wells es ebenfalls besichtigen wollen.

»Nein.« Wells lächelte dünn und zufrieden. »Ich habe genug gesehen.«

Den restlichen Vormittag verbrachte Wells im Gespräch mit Yamakawa. Am Nachmittag rief er Hogue, Shields und alle Abteilungsleiter der Außenstelle Lynx zu einer Kriegssitzung zusammen. Dabei verschwendete er keine Worte.

»In drei Tagen wird das Erkundungsschiff *Munin* den Perimeter überqueren. Wir können die Grenzverletzung nicht verhindern. Wir können auch nicht vorhersagen, ob die Mizari das Eindringen bemerken und wie sie darauf reagieren werden. Deshalb müssen wir uns auf den schlimmsten Fall vorbereiten. Hiermit versetze ich die Abteilung Verteidigung mit sofortiger Wirkung in vollen Kriegszustand.«

Unter den Versammelten entstand Unruhe, doch Wells achtete nicht darauf und sprach weiter. »Ich habe heute vormittag angeordnet, daß die Triaden ihre Patrouillenpositionen jenseits des Perimeters einnehmen, sobald sie für einsatzbereit erklärt sind. Triade Eins wird in sechs Stunden von Bootes Center auslaufen. Wie man mir versichert, wird Triade Drei in vier Wochen von hier auslaufen können. Es gelten sämtliche Missionsvorschriften für Status A – die Schiffe sind bewaffnet und haben Befehl, ihre Sektoren zu verteidigen.

Weiterhin werde ich den Aufklärungsschiffen *Eagle* und *Kite*, die sich derzeit bei der Perimeterbasis befinden, befehlen, mit der invasiven Erkundung der Sterne im Sternhaufen von Ursa maior zu beginnen. Die *Kite* wird zuerst Megrez anfliegen. Die *Eagle* wird versuchen, Kontakt mit Feghr aufzunehmen, der isolierten Kolonie, die auf 82 Lynx vermutet wird. Die *Falcon* wird von hier losfliegen und sich an dieser Mission beteiligen, sobald ihre Mannschaft vollständig ist ...«

»Commander?« unterbrach ein Abteilungsleiter. »Mir scheint, dadurch wird das Risiko nur noch vergrößert …«

»Bis es zur ersten Erkundung kommt, werden alle drei Triaden so stationiert sein, daß sie auf jede Androhung von Feindseligkeiten schnell reagieren können«, entgegnete Wells bestimmt und schüttelte den Kopf. »Glauben Sie mir, wir haben alle Risiken sorgfältig analysiert.

Ich verlasse mich darauf, daß jeder von Ihnen alles tut, damit dieser Übergang reibungslos verläuft. Von nun an gilt mehr denn je, daß wir uns keine Fehler leisten können. Die gesamte Abteilung Verteidigung muß als ein einziges koordiniertes Ganzes arbeiten.

Unglücklicherweise beweist unsere Überwachung der Transmissionen von der *Munin*, daß die Kommunikation zwischen hier und dem Perimeter stärker unter der Interferenz leidet als sonstwo innerhalb unseres Territoriums. Tatsächlich ist die Lage zwischen hier und dem Perimeter derzeit schlechter, als sie es zwischen der Erde und Lynx war, als mein Stab und ich beschlossen, hierher umzuziehen.

Um sicherzustellen, daß die Integrität des Kommandos während der bevorstehenden kritischen Phase nicht gefährdet wird, habe ich daher entschieden, meinen Stab zur Perimeterbasis zu verlegen. Wir werden uns zwei oder drei Tage Zeit nehmen, gemeinsam mit Ihnen alle kurzfristigen logistischen Probleme zu lösen, und dann brechen wir auf. Da die Möglichkeit besteht, daß während unserer Reise bedeutende Entwicklungen eintreten, fliegen wir die Strecke im Hüpfmodus von viermal pro Tag – was aus Ihrer Perspektive einer etwa monatlichen Rückmeldung entspricht.

Sicher haben Sie viele Fragen, aber die meisten werden Ihr Spezialgebiet betreffen, also heben wir sie uns am besten für Einzelgespräche auf. Entsprechende Anträge reichen Sie bitte über das Büro des Gouverneurs ein.

Noch ein letzter Punkt«, ergänzte Wells und stand auf. »Aufgrund von Versetzungen, die mit diesen Veränderungen zu tun haben, werde ich einen neuen Stabschef Verteidigung brauchen. Colonel Shields, wären Sie interessiert, zum Perimeter mitzukommen?«

Shields schien erst verblüfft, dann strahlte er. »Vielen dank, Commander Wells. Es wäre mir eine Ehre, diese Stellung anzutreten.«

»Dann gehört der Job Ihnen. Ich sorge dafür, daß Ihre Order sofort erstellt wird. Das wäre alles, meine Herren. An die Arbeit.«

»Ich will eine Erklärung«, sagte Kanzlerin Sujata. Ihr Tonfall war eisig, ihr Gesicht starr.

Gouverneur Hogue hob bittend die Hände. »Kanzlerin, ich hatte doch keine Ahnung, daß Commander seine Befugnisse überschreitet, wenn er zum Perimeter weiterfliegt. Und selbst wenn ich es gewußt hätte, wäre es nicht an mir gewesen, ihn aufzuhalten.«

»Wie können Sie so etwas sagen?« fragte Berberon. »Sind Sie etwa nicht der Gouverneur dieser Station? Damit sind Sie für alles zuständig, was hier geschieht.«

Hogue erhob sich aus seinem Sessel, kehrte ihnen den Rücken zu und ging zu dem Regal an der gegenüberliegenden Wand. »Botschafter, ich glaube, Ihnen ist nicht ganz klar, in welcher Lage ich mich hier befinde.« Zerstreut rückte er die Gegenstände in den Fächern zurecht. »Was meine Position als Funktionär der Einsatzabteilung betrifft, so habe ich die Aufgabe, unseren Kunden die Arbeit zu erleichtern – also den anderen Abteilungen des USS. Darüber hinaus bin ich jedoch auch ein *militärischer* Gouverneur. Ich diene zwei Herren. Befehle vom Verteidigungsdirektor habe ich so zu behandeln, als kämen sie vom Einsatzdirektor.«

Hogue wandte sich wieder ihnen zu. »Und jetzt verraten Sie mir bitte, welche dieser Tatsachen mir das Recht geben soll, Commander Wells etwas zu befehlen.

Nein.« Er schüttelte den Kopf. »Falls es Unstimmigkeiten zwischen den beiden Abteilungen oder zwischen den Direktoren und Ihnen gibt, dann muß das auf höherer Ebene geklärt werden, nicht durch einen Stationsgouverneur.«

»Ich stimme dieser Einschätzung Ihrer Befugnisse zu«, erklärte Sujata gelassen. »Sagen Sie mir jetzt bitte auch, wie Sie meine Befugnisse einschätzen.«

»Na, Sie haben die oberste Befehlsgewalt. Sie sind die Kanzlerin.«

»Sehr gut. Triade Drei wird die Station nicht verlassen.«

Hogue wurde rot im Gesicht. »Kanzlerin, ich kann das nicht verhindern.«

»Warum nicht?«

»Der Startbefehl für Triade stammt von Wells persönlich.«

»Ich widerrufe ihn. Ihnen als Gouverneur dieser Station befehle ich, dafür zu sorgen, daß Triade Drei im Hafen bleibt.«

»Und ich sage Ihnen, daß ich einen solchen Befehl nicht erteilen kann.«

»Der Befehl kommt nicht von Ihnen, sondern von mir.«

Hogue stieß einen gereizten Seufzer aus. »Ich erkenne Ihre Autorität ja an, Kanzlerin. Die hiesigen Leute vom Oberkommando Verteidigung tun das vermutlich auch. Aber nur, wenn diese Autorität über die richtigen Kanäle ausgeübt wird – nämlich über die Befehlskette der Abteilung Verteidigung. Nicht über jemand wie mich.«

»Wollen Sie damit sagen, daß sie den Befehl mißachten würden?« fragte Berberon.

»Das werden sie mit Sicherheit. Kanzlerin, diese Leute sind gut ausgebildet und sehr diszipliniert. Und zu guter Disziplin gehört auch, daß man weiß, wer einen herumhüpfen lassen darf.«

»Aber die Dienstleistungsbetriebe der Station haben Sie doch wohl unter Kontrolle«, meinte Berberon. »Stellen Sie der Werft einfach den Strom ab. Sperren Sie die Leute aus. Blockieren Sie die Hangartore. Das könnten Sie doch anordnen, oder?«

»Ja«, erwiderte Hogue. »Das kann ich. Falls Sie es wirklich wollen.«

»Warum sollten wir es nicht wollen, wenn wir damit unser Ziel erreichen?«

»Triade Eins ist schon ausgelaufen. Triade Zwei ist fest in der Hand der Verteidigungsabteilung. Beide können Sie nur über Wells zurückbeordern.«

»Na und? Dann siegen wir eben Stück für Stück.«

Hogue runzelte die Stirn. »Wenn Sie die Drei hier festhalten, dann erreichen Sie damit meiner Ansicht nach nur, daß Sie uns schwächen, gerade wenn wir am stärksten sein müßten.«

»Jetzt reden Sie schon wie Wells ...«, behauptete Berberon angewidert.

»Gouverneur Hogue hat recht«, unterbrach Sujata. Es gelang ihr nicht, die Müdigkeit aus ihre Stimme fernzuhalten. »Wells braucht nicht alle drei Triaden, um einen Krieg anzufangen. Wenn wir ihm diese hier vorenthalten, ist unser Problem damit nicht gelöst. Vielleicht macht es alles sogar noch schlimmer, denn um den Krieg zu führen, wird er alle drei und mehr brauchen.« Sie seufzte. »Würden Sie uns bitte allein lassen, Gouverneur?«

»Selbstverständlich.«

Kaum hatte sich die Tür hinter Hogue geschlossen, beugte Sujata sich im Sessel vor und verbarg das Gesicht in den Händen. Die Tränen hielt sie zurück, aber die gequälten Atemzüge klangen ihr laut in den Ohren.

»Janell ...«, fing Berberon zögernd an.

Obwohl es ihr peinlich war, ein solches Schauspiel zu geben, konnte sie ihre Verzweiflung nicht länger im

Zaum halten. »Wir werden ihn nie einholen«, meinte sie hilflos. »Wir können ihn nicht aufhalten. Es war schon zu spät, als wir angefangen haben.«

»Solche Gedanken dürfen Sie gar nicht erst zulassen.« Berberon sprach eher streng als mitfühlend.

»Was hat Wells zu Teo gesagt? ›Wenn wir sie finden, müssen wir gegen sie kämpfen. Und wir werden sie finden.‹ Genau so wird es kommen. Es ist überhaupt nicht kompliziert. Nur daß wir den Kampf nicht gewinnen können.«

»Wo *ist* Teo eigentlich?« Berberon bemühte sich tapfer, das Thema zu wechseln. »Ich möchte hören, was er von Hogues Behauptungen hält.«

»Er ist mit der übrigen Besatzung zum Flugbüro gegangen, um sich zur Stelle zu melden.« Sie setzte sich auf und drückte die aneinandergelegten Finger gegen die Lippen. »Er wird bald kommen.«

Im Raum kehrte Stille ein, als hätten sie mit dem Erwähnen von Farlad ein Abkommen geschlossen, sich ohne ihn nicht weiter zu unterhalten. Sujata blickte in das Arboretum vor dem Fenster von Hogues Büro und versuchte, sich wenigstens wieder den Anschein von Tatkraft zu geben.

»Wir müssen ihm zum Perimeter folgen, das wissen Sie«, sagte Berberon schließlich.

»Ja.« Es folgte einen lange Pause, dann fügte Sujata mit resigniertem Seufzen hinzu: »Ich will nicht wieder auf dieses Schiff zurück. Aber es gibt wohl keinen guten Grund, es aufzuschieben.«

»Die *Charan* fliegt laut Gouverneur Hogue im Hüpfmodus«, bemerkte Berberon aufmunternd. »Vielleicht schaffen wir es sogar vor Wells bis zum Oberkommando Perimeter.«

Sujata nickte höflich und streckte die Hand nach der Kom-Taste aus. »Suchen Sie Captain Hirschfield«, befahl sie. »Ich will ihn sprechen.«

»Ja, Kanzlerin.«

Sujata ließ die Taste los, dann drückte sie plötzlich noch einmal darauf.

»Ja, Kanzlerin?«

»Rufen Sie außerdem bei der Außenstelle Sicherheit an und lassen Sie zwei Sheriffs hochschicken. Setzen Sie sie irgendwohin, wo Hirschfield sie nicht sieht, und sagen Sie ihnen, sie sollen warten.« Sie schaute auf und sah, daß Berberon sie neugierig beobachtete. Sujata lächelte. »Sie wissen ja, wie wir Maranitinnen werden, wenn wir unseren Willen nicht bekommen.«

»Unwirsch«, erwiderte Berberon mit schwachem Lächeln. »Darf ich solange woanders hingehen?«

»Mit Sicherheit nicht.«

Als Hirschfield zwanzig Minuten später hereinkam, hätte auch ein Nichtmaranit seine Gedanken lesen können. In seinen Augen lag ein Ausdruck, der deutlich zeigte, wie sehr es ihn ärgerte, daß man ihn herbestellt hatte; ein Ausdruck, der besagte: *Ich dachte, mit euch wäre ich fertig*. Der harte Zug um sein Kinn verriet, daß Hirschfield entschlossen war, nicht mit ihnen zu kooperieren.

Sujata las all das und noch mehr in ihm, doch nichts davon spielte eine Rolle. Es kam nicht länger darauf an, Konflikte zu vermeiden; diesen Luxus konnte sie sich gar nicht mehr leisten.

»Captain Hirschfield, wie schnell kann die *Wesley* zur Perimeterbasis weiterfliegen?«

Hirschfields Augen verengten sich. »Ich verstehe Ihre Frage nicht. Dies ist jetzt der Heimathafen der *Wesley*. Oder möchten Sie wissen, wie lange sie im Bedarfsfall bis dort brauchen würde?«

»Beantworten Sie meine Frage. Wie lange dauert es, die *Wesley* für den Abflug zur Perimeterbasis vorzubereiten?«

Hirschfield versuchte, eine ausdruckslose Miene beizubehalten, doch vergeblich; die Besorgnis war ihm deutlich anzumerken. »Im Einsatzplan für die *Wesley* ist eine Bereitschaftszeit von zwei Stunden festgesetzt ...«

Sujata blickte auf die Uhr. »Sehr gut. Bitte kehren Sie auf das Schiff zurück und überwachen Sie die Vorbereitungen. Starttermin ist 11:30.«

»Wollen Sie eine Übung durchführen, Kanzlerin?«

Sujata faltete die Hände im Schoß. »Nein, Captain. Ich will in zwei Stunden zum Perimeter weiterfliegen.«

Noch bevor sie ausgesprochen hatte, schüttelte Hirschfield schon den Kopf. »Sie haben mich nicht verstanden. Die *Wesley* ist das stellvertretende Flaggschiff der Flotte. Folglich besteht ihre Rolle darin, den kommandierenden Offizieren auf der zweiten Kommandostation zur Verfügung zu stehen, und das ist Lynx Center. Die *Wesley* bleibt hier.«

»Ich verstehe Sie sehr gut. Die Schwierigkeit scheint bei Ihnen zu liegen. Es handelt sich hier nicht um eine Bitte oder einen Vorschlag. Botschafter Berberon und ich reisen zum Oberkommando Perimeter. Die *Wesley* wird uns hinbringen.«

»Nein, Sir«, entgegnete Hirschfield scharf. »Sie wollten ja unbedingt so schnell von Central weg, deshalb sind wir aufgebrochen, ohne daß die Waffensysteme der *Wesley* für einsatzbereit erklärt wurden. Der *Wesley* stehen noch fünfzig Mann-Wochen endgültiges Durchchecken zu, und die wird sie hier und jetzt bekommen. Ohne voll einsatzfähige Lanze werde ich mit ihr nicht noch dichter an den Perimeter heranfliegen.«

»Captain Hirschfield, ich bin die Kanzlerin des USS. Ich befehle Ihnen, mich zum Perimeter zu bringen.«

»Es tut mir leid, Kanzlerin. Sie damals in Central mit an Bord zu nehmen, war eine Sache. Sogar noch das Herumpfuschen an unserem Starttermin. Aber jetzt erbitten Sie zu viel. Wir befinden uns in Alarmbereitschaft Status A. Die *Wesley* bleibt hier und erfüllt die Aufgabe, für die sie gebaut wurde.«

»Ich erbitte gar nichts, Captain. Das war ein Befehl.«

»Ich bekommen meine Befehle von Commander Wells und dem Flugbüro, Kanzlerin. Nicht von Ihnen.«

Eine Weile sahen sie sich gegenseitig hart und unnachgiebig an. Dann hob Sujata fragend eine Augenbraue, wandte sich ab und berührte die Kom-Taste.

»Ja, Kanzlerin?«

»Bitte schicken Sie meine anderen Besucher herein.«

»Ja, Kanzlerin.«

Gleich darauf öffnete sich die Tür, und zwei geschmeidige, muskulöse Sicherheitsoffiziere erschienen. Sie machten zwei Schritte in den Raum hinein, nahmen Haltung an und warteten auf Befehle.

»Was soll das?« fragte Hirschfield.

Sujata beachtete ihn nicht. »Captain Hirschfield steht wegen bewußter Befehlsverweigerung unter Arrest«, erklärte sie den Offizieren. »Er bleibt in Haft, bis die Ausmusterung abgeschlossen ist. Der Botschafter und ich werden unsere beeideten Aussagen noch heute beim Rechtsoffizier einreichen.«

»Ja, Kanzlerin«, sagte der größere der zwei Offiziere. »Captain?«

Hirschfield warf Sujata einen finsteren und giftigen Blick voll tiefstem Übelwollen zu, ließ sich jedoch abführen. Als die drei fort waren, gab Berberon ein kehliges Schnalzen von sich. »Das hat er aber nicht sehr geschickt angefangen.«

»Er hielt es für unnötig«, entgegnete Sujata knapp. »Er dachte, er hätte die besseren Karten. Wer ist stellvertretender Kommandant?«

»Killea.«

Sie streckte die Hand nach der Kom-Taste aus.

»Ja, Kanzlerin?«

»Suchen Sie Lieutenant Killea. Erzählen Sie ihm, was mit Captain Hirschfield passiert ist. Dann sagen Sie ihm, ich will ihn sprechen.« Sujata sah zu Berberon hinüber und brachte ein schwaches Lächeln zuwege. »Hoffentlich müssen wir das Schiff am Ende nicht selbst fliegen, weil die ganze Mannschaft in Haft ist.«

»Killea wird schon begreifen, was gespielt wird. Ich wünschte nur, wir dürften annehmen, daß bei unserer Begegnung mit Wells auch alles so einfach läuft.«

Sujata runzelte die Stirn und schüttelte den Kopf. »Der Sicherheitsdienst gehört zur Einsatzabteilung. Diese Männer arbeiten für Hogue. Wo wir hinfliegen, arbeiten alle für Wells.«

»Wie ich schon sagte – ich wünschte.«

Farlad erschien, gerade als Killea gehen wollte, so daß es in der Bürotür kurz zu einem Verkehrsstau kam.

»Captain Killea wird alles dafür vorbereiten, daß das Schiff zu Mittag auslaufen kann«, erklärte Sujata. »Wir fliegen zum Oberkommando Perimeter weiter.«

Farlad lächelte besorgt und mit schmalem Mund. »Ich nicht«, entgegnete er ruhig.

»Warum nicht?«

»Wells hatte neue Befehle für mich hinterlassen. Ich soll mich auf dem Aufklärungsschiff *Falcon* zum Dienst melden. Wir werden in Sektor Sieben der Mizari-Zone entsandt – um die schwarz markierten Systeme zu erkunden.«

»Vergessen Sie es«, meinte Sujata. »Sie kommen mit zum Perimeter.«

Farlad schüttelte den Kopf. »Das bedeutet, daß er Bescheid weiß, genau wie ich vorhergesagt habe. Ich kann Ihnen nichts mehr nützen. Aber dem USS kann ich noch nützen.«

»Teo, das ist doch überflüssig«, widersprach Berberon. »Ich erkläre Ihnen Auftrag hiermit für beendet. Lösen Sie Ihren Vertrag. Sie können zur Erde zurückkehren …«

»Wirklich?« Farlad legte den Kopf schräg. »Zu wem soll ich denn zurückkehren? Zu was? Was soll der Rat mit einem Agenten anfangen, dessen Ausbildung seit fünfunddreißig Jahren überholt ist, der nicht nur neu ausgebildet, sondern völlig neu geschult werden müßte, um wieder brauchbar zu sein?« Wieder schüttelte er langsam den Kopf. »Ich will nicht, daß es zum Krieg kommt. Aber wenn es doch geschieht, will ich meinen Teil dazu beitragen, daß meine Heimatwelt beschützt wird. Verstehen Sie das?«

»Ihre Liebe zur Erde schon«, erwiderte Sujata. »Den Rest nicht.«

»Ich verstehe es«, sagte Berberon mitfühlend. »Teo – es tut mir leid, daß es so kommen mußte.«

»Das muß Ihnen nicht leid tun. Aber ich hätte nichts dagegen, wenn Sie es irgendwie schaffen könnten, die Aufgabe der *Falcon* überflüssig zu machen.«

»Wir werden daran denken.« Berberon lächelte ironisch.

Nachdem Farlad fort war, warf Sujata Berberon einen müden Blick zu. »Uns bleibt noch etwa eine Stunde. Müssen Sie vor dem Abflug mit Zuhause sprechen?«

»Ja.«

»Ich auch.« Sie stand auf. »Sie können dieses Terminal benutzen. Ich lasse mir von Hogue ein zweites auftreiben.«

Selbst auf einem Fünfzehn-Zentimeter-Schirm brachte Tanvier es noch fertig, eindrucksvoll auszusehen. Mit dem Altern waren seine Gesichtszüge kalt geworden, seine eingesunkenen Augen abweisend. »Gibt es keine Möglichkeit, wie Farlad seinen Auftrag doch noch ausführen könnte?«

»Nein«, antwortete Berberon. »Er hat recht. Wells weiß Bescheid – oder hat zumindest einen Verdacht. Wenn Farlad sich jetzt im Oberkommando Perimeter blicken läßt, erreicht er damit nur, daß man ihn degradiert, weil er Wells' Befehle nicht befolgt hat.«

»Dann müssen wir uns auf Sie verlassen.«

»Jean-Paul, ich bin für so etwas nicht ausgebildet ...«

Tanviers Miene war hart und unnachgiebig. »Ich lasse mir durch diesen Wahnsinn nicht alles zerstören, was ich aufgebaut habe. Sie sind mitgeflogen, um ein bestimmtes Problem zu lösen. Noch ist es nicht gelöst.«

»Was erwarten Sie denn von mir?« rief Berberon aus. »Dieses Problem haben Sie doch selbst geschaffen. Sie haben diesen Teufelspakt unterschrieben. Ich bin für das alles nicht verantwortlich.«

»Wenn Sie etwas Zeit zum Nachdenken haben, werden Sie sicher einsehen, wie unsinnig Ihre Einwände sind«, meinte Tanvier ungerührt. »Es ist viel passiert, was nie hätte passieren dürfen. Sie sind vor Ort. Sie müssen tun, was zu tun ist. Farlads Mission ist jetzt Ihre Mission. Bis die Zeit zum Handeln gekommen ist, werden zweifellos auch Sie einsehen, daß das notwendig ist.«

Als die Verbindung stand, bemerkte Sujata erschrocken, daß Wyrena sich das wundervolle lange Haar abgeschnitten hatte, das Symbol ihrer ba'arischen Abstammung. Die Frau, die ihr aus dem Terminal entgegenblickte, war eine Fremde, nicht mehr zehn Jahre jünger als Sujata und erfrischend naiv, sondern zehn Jahre älter und in Frieden gereift.

»Hier fällt alles auseinander«, berichtete Sujata der Fremden. »Wells ist zum Perimeter weitergeflogen, und wir müssen ihm folgen. Um ihn einzuholen, bleiben wir auf der gesamten Strecke im Craze. Du weißt, was das heißt – ihr werdet ohne meine Hilfe auskommen müssen, und zwar für ... Ich bin noch nicht einmal dazu gekommen auszurechnen, wie lange wir für die Strecke brauchen werden.«

Sie spürte ihre eigenen Müdigkeit, fuhr aber fort: »Hmm ... Rice und Scurlock und Wells' übriges Gefolge lassen wir hier. Sie mögen uns nicht, und es hat keinen Sinn, sie mitzunehmen. Oh, und ich mußte Captain Hirschfield ablösen lassen ...«

Sujata verlor den Faden und brach ab. »Ich weiß, es gibt fünfhundert Dinge zu klären, und mir fällt kein einziges ein«, meinte sie schließlich. »Es tut mir leid. Es ging alles so schnell, ich bin immer noch etwas aus dem Gleichgewicht.«

»Das macht nichts«, erwiderte Ten Ga'ar. »Wir kommen schon zurecht.«

»Vizekanzler Walker wird sich seinen Nachfolger vermutlich selbst aussuchen müssen, ohne meine Genehmigung. Die Erlaubnis dafür sollte ich vermutlich im voraus geben«, fuhr Sujata zerstreut fort. »Und die Etathoheit ...«

»Wir kümmern uns schon um alles«, versicherte Ten Ga'ar ihr. »Die entsprechenden Mechanismen sind vorhanden. Tu du, was du tun mußt. Den Rest des USS halten wir in Gang.«

Ihre Worte bewirkten, daß Sujata sich vollends nutzlos fühlte. »Natürlich. Ich weiß auch nicht, warum ich versuche, dir bei deinen Problemen zu helfen, wo ich nicht einmal mit meinen eigenen fertig werde«, sagte sie voll Selbsthaß und seufzte. »Uns bleibt nicht mehr viel Zeit, bis wir an Bord gehen. Fällt dir irgend etwas ein, das du noch wissen mußt, irgend etwas, das ich noch sagen sollte, damit eure Tätigkeit offiziell ist?«

Langsam schüttelte Ten Ga'ar den Kopf. »Es wird nicht anders sein als während deiner Reise nach Lynx. Solange du unerreichbar bist, wird der Vizekanzler in deinem Namen handeln.«

Sujata fiel nichts mehr ein. »Wenn das auf eurer Seite so einfach ist, dann sollte ich mich jetzt wohl verabschieden. Ich muß mich hier noch um ein oder zwei Details kümmern ...«

Auf Ten Ga'ars Gesicht trat ein mitfühlender Ausdruck. »Janell ... Hör nicht auf, an das zu glauben, was du tust. Wells ist nicht unerreichbar. Denk an den Kanon.«

»Es ist lange her, seit du versucht hast, mir den

Kanon beizubringen – jedenfalls kommt es mir so vor.« Sujata gelang es nicht, den verzweifelten Unterton in ihrer Stimme zum Schweigen zu bringen.

Ten Ga'ar lächelte liebevoll. »Mir kommt es nicht nur so vor, für mich ist es lange her. Aber ich glaube an dich, Janell. Du hast alles, was man für diese Aufgabe braucht. Achte nur darauf, daß dir völlig klar ist, worin diese Aufgabe besteht. Es geht nicht darum, ihn dir gefügig zu machen, ihn so zu verändern, wie du ihn dir wünschen würdest. Du mußt ihn nehmen, wie er ist. Lerne ihn kennen, dann kannst du ihn fassen. Er ist für das empfänglich, woran er glaubt. Wenn du das im Sinn behältst, wirst du ihn überzeugen.«

Wäre Sujatas Herz nicht so voll Verzweiflung gewesen, dieses Vertauschen der Rollen hätte sie amüsiert. »Ich wünschte, ich könnte dich umarmen«, sagte sie, obwohl sie eigentlich meinte, daß sie umarmt werden wollte.

»Ich wünschte, ich könnte dir das geben«, erwiderte Ten Ga'ar, als hätte sie verstanden. »Aber du wirst die Kraft, die du brauchst, auch allein finden.«

Ich werde es müssen, dachte Sujata beim Abschalten. *Denn genau das bin ich – allein.*

16. KAPITEL

Im Palast der Unsterblichen

Thackery war jetzt seit drei Monaten allein auf der *Munin*, und er hatte begriffen, daß er einen aussichtslosen Kampf gegen den Wahnsinn führte. Ebenso sicher wußte er, daß er nicht mehr die Macht besaß, irgend etwas zu ändern.

Da es sonst so wenig nachzudenken gab, dachte er meist über die zerbrechliche Struktur seiner eigenen Gedanken nach. Aber alles Nachdenken und alle Erkenntnisse, die er dabei gewann, halfen ihm nicht, den eigenen geistigen Verfall aufzuhalten.

Ihm war klar, daß die *Munin* dabei nicht die Ursache war, sondern nur der Katalysator. Er war voll Hoffnung auf sie zurückgekehrt, auf der Suche nach einem Gefühl von Zugehörigkeit, wie er es zuletzt auf ihr erlebt hatte. Es war eine vergebliche Hoffnung gewesen, die Art Hoffnung, die ohne Prüfung durch den Verstand direkt vom Herz auf den Willen einwirkte. Er war allein gewesen und hatte dieses Alleinsein beenden wollen. Statt dessen war er mehr allein denn je.

Anders hätte es gar nicht kommen können. Die Räume und Klettergänge der *Munin* sangen ihm vertraute Lieder, überfluteten ihn mit Bildern von vergessenen Zeiten und verlassenen Gesichtern. Die Museumskuratoren waren erstaunlich gründlich gewesen: Entweder jemand aus Thackerys früherer Mannschaft hatte ihnen geholfen, oder der USS wußte mehr über das Leben an Bord seiner Erkundungsschiffe, als Thackery angenommen hatte.

Seine Overalls hatten genau die Größe, die er damals

getragen hatte; jetzt saßen sie ein bißchen eng. Er hatte sie genau in dem Spind gefunden, wo er sie immer aufbewahrt hatte. Seine Lieblingsspeisen waren noch immer in die Synthetisierer einprogrammiert. Die Schiffsbibliothek enthielt nichts, was sich nach 538 n. W. ereignet hatte, dem Jahr der Neuorientierung; nichts über die D'shanna, nichts über die Mizari, kein Wort über die vier Kolonien, die er entdeckt hatte – ja, er selbst wurde darin überhaupt nicht erwähnt.

Es war, als hätten die Jahre danach einfach nicht stattgefunden, als wäre dies immer noch 538 n. W., als suchte die *Munin* noch immer nach den Wesen, die den Sennifi das Leben gestohlen hatten, als jagte sie zwischen den Sternen des Lynx-Oktanten weiter hinter dem fliegenden Grab *Dove* her. Fast schien es wie eine auf perverse Art passende Umkehrung der Realität, in der nicht er verschwand, sondern bei seiner Rückkehr aufs Schiff niemand mehr an Bord antraf. Die *Munin* schrie ihm zu, daß sie fehlten, sie blutete noch aus den Wunden, die das Fortgehen der anderen gerissen hatte – so wie er noch blutete.

Er hatte sich nicht klargemacht, daß es so kommen würde, und dieses Tatsache verriet ihm, daß sein Wahnsinn lange vor dem Betreten der *Munin* begonnen hatte. Seitdem war es mit ihm jedoch viel schlimmer geworden. Der Beweis dafür – vielleicht auch die Ursache – war Thackerys veränderte Reaktion auf die Brückenhologramme.

Es waren insgesamt sechs, alle bemerkenswert echt und Thackerys Erinnerungen beunruhigend ähnlich. Zunächst natürlich er selbst, auf dem Platz des Captains, eine Hand am Kinn, den Blick auf den Hauptschirm gerichtet. Dann Derrel Guerrieri, Thackerys Schiffskamerad seit damals, als er als unerfahrener Erkunder die Erde verlassen hatte, bis zu dem Tag, an dem er die *Munin* verlassen hatte und auf der Spindel den D'shanna begegnet war. Die lebhafte Gwen

Shinault, die mit ihrem technischen Können die *Munin* vor der Verschrottung bewahrt hatte. Joel Nunn, der stille und zuverlässige Astrograph. Elena Ryttn am Kommunikationspult.

Und Amelia Koi – Amy, dieses gute sanfte Wesen, mit dem er so gern sein ganzes Leben verbracht hätte. Die Pflicht hatte ihre gemeinsame Zeit abrupt verkürzt, hatte ihnen jede Zukunft gestohlen. Er hatte den Preis für ein ruhiges Gewissen in der Währung ihrer Liebe bezahlt, und seit dem Tag hatte sein Gewissen nie wieder Frieden gefunden.

Fünf verlorene Freunde, zum Greifen nah und doch für immer unerreichbar. Sie bewegten sich nicht nur, sondern redeten auch – mit ihren eigenen Stimmen, die aus Aufnahmen in den Archiven des USS geborgt oder zusammengesetzt waren. Auf Thackerys Augen und Ohren wirkten sie real. Nur der leichte Geruch menschlicher Behausungen fehlte, die hundert Ausdünstungen des Lebens, die das Schiff in eine freundliche Höhle verwandelt hatten, in ihren gemeinsamen Zufluchtsort vor einem kälteren Winter, als der *Homo neanderthalensis* je erlebt hatte.

Am ersten Tag an Bord hatte Thackery sich vor das Geländer am Klettergang gestellt und sich dreimal hintereinander das fünfminütige Ballett dieser realen und doch nicht realen Animationen angeschaut. Dann war er weinend zusammengebrochen. Als er die Projektoren ausschaltete, schwor er sich, sie nie wieder zu benutzen. Er erkannte die Gefahr sofort. Wenn er sich mit solch leicht zugänglichen aber leeren Tröstungen umgab, würde er damit einen Weg einschlagen, von dem es kein Zurück mehr gab.

Doch heute, drei Monate später, hatte er auf diesem Weg schon ein weites Stück zurückgelegt. Denn auf der Brücke der *Munin* befanden sich sechs Gestalten: fünf Gespenster und ein Mann, der auch fast eins war. Ihre Bewegungen waren zum Stehen gekommen, ihre

Stimmen verstummt, sie standen da wie Statuen in einer Ahnengalerie. Er hatte eine nach der anderen zurückgeholt, erst Derrel, dann Elena, Joel, Gwen und zum Schluß sich selbst.

Ein Platz war jedoch leer geblieben. Amy konnte und wollte er auf diese Art nicht zurückholen; die Erinnerung an sie hätte er nicht ertragen. Doch auch der leere Sessel übermittelte ihm eine unüberhörbare Botschaft, und er mußte ständig an Amy denken. Dieser Zwiespalt war ein weiterer Faden im Gewebe seines Wahnsinns – ein Faden, den er selbst hineingewoben hatte.

Als er damals beschlossen hatte, durch die Spindel zur Erde zurückzukehren, war ihm das Risiko voll bewußt gewesen, und er hatte es für freundlicher gehalten, Amy und die übrige Besatzung der *Munin* in dem Glauben zu lassen, er sei tot – was dadurch erreicht worden war, daß Gabriel die Leiche der *Dove* in einen brodelnden Stern stürzen ließ.

Mit dieser Tat hatte Thackery jedoch eine emotionale Zeitbombe in Gang gesetzt. Nach der Zerstörung der *Dove* hatte Amy die ziel- und führerlose *Munin* in Richtung Heimat gelenkt. Bis der USS begriffen hatte, was Thackery ihm mitzuteilen versuchte, war die *Munin* schon unterwegs und taub, und ihre Besatzung glaubte noch immer an eine Lüge.

Die Lüge konnte nicht lange andauern. Wenn die *Munin* aus dem Craze kam, würden Amy und die anderen die Wahrheit erfahren – wo er gewesen war, was er getan hatte und daß er noch lebte. So sicher, wie morgens die Sonne aufging, würde es irgendwann an seinem Terminal läuten, und auf dem Schirm würde ein Bild erscheinen, ein Gesicht aus seiner Vergangenheit.

Sie würde irgend etwas zu ihm sagen, und ihre Worte würden ihn vernichten. Entweder sie liebte ihn noch, befand sich aber dreißig Jahre aus dem Takt und fünfundzwanzig Lichtjahre außer Reichweite; dann würde ihre Liebe ihn um den unsicheren Frieden bringen, den er mit seiner eigenen Handlungsweise geschlossen hatte. Oder sie haßte ihn; dann würde ihr Haß ihn um die liebevollen Erinnerungen an die einzige Frau bringen, mit der er je mehr als nur Leid geteilt hatte.

Die Aussicht auf diesen Tag, diesen Anruf, diese Abrechnung konnte Thackery nicht ertragen. Bevor es dazu kam, bevor es dazu kommen konnte, übernahm er einen Feldeinsatz auf Rena, bei dem er nichts zu suchen hatte, und floh in der *Fireside* von der Erde. Im Schutz des Craze war er vor Amy sicher, und vor dem Schmerz, der aus jeder neuen Verbindung zu ihr entstehen mußte.

Doch als er Rena erreichte, wartete dort die Nachricht auf ihn, daß Amy die Aussicht noch weniger ertragen hatte als er. Während Thackery sich im Craze befand und feige und selbstsüchtig vor ihr davonlief, hatte Amy die *Munin* in den Hafen gelenkt und ihren Vertrag mit dem USS gelöst. Und als niemand und nichts mehr Ansprüche und Rechte auf sie erheben konnte, war sie allein davongegangen und hatte sich still das Leben genommen.

Das zu erfahren, hatte Thackery um mehr gebracht als um Frieden und Erinnerungen.

Manchmal fragte er sich, wieso er nicht ihrem Beispiel gefolgt war und der Qual ein Ende gesetzt hatte. Er fürchtete sich nicht vor dem Tod, denn er war sicher, daß er nichts weiter bedeutete als eben das Ende des Lebens, daß danach kein Gericht auf ihn wartete, sondern nur Dunkelheit. Auf dieses Rätsel fand er nur eine Antwort, nämlich daß er weiterlebte, um sich selbst zu bestrafen und so für seine Schuld zu büßen.

Jetzt teilte er sich den Sessel an seinem Arbeitsplatz mit seiner eigenen Projektion; der Jüngere von ihnen saß erwartungsvoll aufrecht, der Ältere in Schmerz versunken. Beide blickten zum Brückenschirm auf, doch nur das Gespenst sah, was sich dort zeigte. Die Bilder trafen zwar auch die Retina des echten Thackery, aber sein Verstand nahm sie selten auf.

In diesem Zustand drang auch die hupenartige Kollisionswarnung nicht sofort in Thackerys Bewußtsein. Schließlich regte er sich im Sessel, blickte hoffnungsvoll zum Schirm auf und suchte nach dem Anlaß für die Warnung. Noch war es nicht so weit mit ihm gekommen, daß eine Neuigkeit ihn nicht wachgerüttelt hätte.

Zunächst war er nicht sicher, was er da sah. Das Sternenfeld verschob sich, denn die *Munin* hatte nicht länger auf Anweisungen warten können und bewegte sich selbständig, um sich zu retten. Der Warnton erklang jedoch weiter, als würden die Bemühungen der *Munin* irgendwie zunichte gemacht. Verwirrung gebar Neugier, und die Neugier erweckte zeitweilig Thackerys geistige Fähigkeiten wieder zum Leben. Mit gerunzelter Stirn studierte er sorgfältig das Bild, bis sein Blick schließlich statt auf die glühenden Lichtpunkte auf den Raum dazwischen fiel.

Aus den Schatten stieg eine wachsende Kugel aus Dunkelheit empor, ein schwarzer Zerstörer. Die Leere dehnte sich aus, und ein Stern nach dem andern verblaßte, wurde von ihr verdeckt oder verschlungen.

Thackery wußte, was der schwarze Stern bedeutete. Er hatte ihn schon einmal gesehen, von der Spindel aus, und er begriff, daß ihm nur wenig Zeit blieb. Trotzdem starrte er ihn sekundenlang mit offenem Mund an, bis ihm endlich klar wurde, daß er seinem eigenen Tod entgegenschaute und daß er – dies war der größte Wahnsinn – trotz allem noch nicht sterben wollte.

Thackery bewegte sich auf den Klettergang zu, anfangs nur langsam, den Blick wie gebannt auf den Schirm gerichtet. Seine Hand berührte das kalte Metallgeländer, und das schien ihn aus der Erstarrung zu wecken. Er riß sich von dem Anblick des schwarzen Sterns der Mizari los und hastete die Sprossen des Klettergangs hinunter, bis er den Zugang zum Antriebskern erreichte. Sein Verstand arbeitete konzentriert und mit einer kalten, kristallenen Klarheit wie seit vielen Jahren nicht mehr.

Einen schrecklichen Moment lang gab die Zugangsluke nicht nach. Dann schwang sie auf, und er stürzte sich waghalsig durch die Öffnung, so daß er sich an einem Unterarm eine lange Quetschung zuzog. Thackery hielt nicht einmal lange genug inne, um den Schmerz oder das Blut wahrzunehmen. Ein Griff zum technischen Schaltpult, und die Abschirmplatten für Spule sechzehn und siebzehn glitten in ihre Ruhepositionen und legten einen Komplex aus spiralförmigen Leitungen frei, in denen die Energie brodelte.

Es blieb ihm gerade noch Zeit, tief einzuatmen und sein Bewußtsein mit seinem Überlebenswillen zu füllen. Thackery hob die zitternden Arme, schloß im letzten Augenblick die Augen, streckte die Hände ins Herz des Antriebs und umfaßte einen Wirbelwind aus Feuer.

Sobald seine Hände den Körper des Dämonen berührt hatten, konnte er den Griff nicht mehr lösen. Jeder Muskel spannte sich vor Qual, jede Zelle schrie protestierend auf, und er kämpfte gegen einen Ansturm von Energien an, die ihm den Willen rauben wollten. Festgeklammert und eng zusammengekauert blieb er dort hocken und stieß einen Schrei aus, mit dem er zugleich gegen sein Leben aufbegehrte und gegen sein Schicksal protestierte.

Sein Körper brannte, und er wußte nicht, ob von innen oder von außen. *Wo ist der Übergang? Wo ist das Ende?* rief er im Geist, während rings um ihn das Schiff in seine Atome zerfiel und wie Dunst im Sonnenlicht verschwand. Einen Augenblick später geschah mit dem Universum aus Sternen das gleiche, ohne Rücksicht auf Thackerys Kampf um Leben und Ganzheit.

Das Datenanalyse-Zentrum des Nachrichtendienstes Verteidigung – DIDAC genannt – war eine gruftartige Höhle im Bauch des Oberkommandos Perimeter: eintausend schrankgroße Analyse- und Induktionsmodule, gefüllt mit Reihe um Reihe von wandhohen Interface-Bänken. Von den Modulen waren nur die glatten rechteckigen Deckplatten zu sehen, die abgesehen von der Kennziffer in der rechten oberen Ecke alle völlig identisch waren.

Im DIDAC herrschte Stille und Dämmerlicht, fast als hätte man diesen Ort vergessen, als wäre er ein elektronischer Friedhof, der einmal einem inzwischen erfüllten Zweck gedient hatte; der einsame Datentechniker, der sich mit seinem Karren voll Ersatzteilen und Prüfgeräten ruhig durch die Gänge bewegte, wirkte dabei wie ein Grabpfleger – oder sogar wie ein Bestatter.

Doch so berechtigt dieser Eindruck auch schien, er war falsch. Das Äußere der Module entsprach in keiner Weise ihren Fähigkeiten und ihrer Bedeutung, und die friedvolle Stille in den Korridoren stand in scharfem Kontrast zur wilden Aktivität in den Platinen. Denn in Wirklichkeit war jedes Modul ein scharfsinniges und hochspezialisiertes Elektronenhirn, das geschäftig seinen Anteil an dem unablässigen Datenstrom durchforschte, den das Nachrichtenbüro Verteidigung ihm zuführte.

Nach dem Motto ›Man kann nie zu genau informiert oder zu gründlich vorbereitet sein‹ überwachte das Büro eifrig die Transmissionen sämtlicher Kleine-Geräte in den Oktanten Bootes und Lynx. Dabei wurde jeder Quelle ein eigenes DIDAC-Modul zugewiesen. Einige Module waren größeren Einrichtungen wie Lynx Center vorbehalten, eine etwas höhere Anzahl den verschiedenen Fernschiffen, die in dieser Region Patrouille flogen oder sie einfach durchquerten.

Bei weitem der größte Teil der Module lauschte jedoch auf die Transmissionen der achthundert Horchbojen, die zusammen den Schirm ausmachten. Zu diesem Zweck war das DIDAC gebaut worden; alle übrigen Tätigkeiten entsprangen lediglich dem Entschluß des Büros, die bewußt einkalkulierten Reservekapazitäten des Systems zu nutzen.

Die Module kannten keine Langeweile, die Menge von Details konnte sie nicht schrecken. Geduldig durchsiebten sie den binären Strom und durchsuchten die Fülle an wertlosen Daten nach der einen großen Kostbarkeit, Information. Man hätte nicht sagen können, daß sie ein Bewußtsein besaßen, und doch kannten sie Neugier – eine unersättliche Neugier auf das Irreguläre, das Unerwartete, das Unerklärliche.

Folglich wurden auch die Depeschen der *Munin* nicht von einer menschlichen Intelligenz überwacht, sondern von einer Maschine. MOD 214 hatte sich bis vor kurzem noch mit den Transmissionen einer Schirmboje in der Region Canes venatici befaßt. Zur Zeit wurde diese Boje jedoch durch den Wächter *Daehne* gewartet, deshalb hatte man MOD 214 eine zweite Aufgabe zugewiesen.

Daß diese neue Aufgabe in den Augen der menschlichen Leiter von DIDAC weniger wichtig war als die alte, war MOD 214 nicht bewußt. Es prüfte die digitalisierten Daten mit der gleichen Sorgfalt, die es auch seinen früheren Pflichten entgegengebracht hatte. Und als es eine abweichende Ereignismatrix aufspürte, reagierte es mit der gleichen Dringlichkeit.

So klug und flexibel MOD 214 auch beim Sichten der Daten vorging, für den Fall, daß es bei der Suche Erfolg hatte, kannte es nur drei Reaktionen: stromabwärts sämtliche Daten suchen und sammeln, die mit dem Ereignis in Verbindung standen und vorher ignoriert worden waren; diese und alle folgenden Daten in einer Datei speichern; und einen menschlichen Operator benachrichtigen. Alles drei erledigte MOD 214 im Bruchteil einer Sekunde; dann wandte es sich wieder seiner Aufgabe zu. Neugier auf das, was als nächstes geschehen würde, war in seinem Katalog von Fähigkeiten nicht enthalten.

Der KomTech, an den das Warnsignal von MOD 214 erging, kannte sehr wohl Langeweile und spürte nur eine sehr mäßige Neugier. Während der ersten drei Stunden seiner vierstündigen Schicht hatte Paul Wilkins bereits neunzehn abweichende Ereignismatrizes prüfen müssen, die verschiedene DIDAC-Module aufgespürt hatten. Keine davon war aussagekräftig gewesen. Er arbeitete jetzt seit fünf Monaten als DIDAC-Operator, und die bedeutendste Anomalie, die er je aufs Schaltpult bekommen hatte, war eine geringfügige Fehlfunktion bei einer Boje gewesen, und das war nur ein Ereignis Code 3.

Als daher das Alarmsignal ertönte, sprach Wilkins zunächst gelassen das zu Ende, was er eben zu dem Operator rechts von ihm gesagt hatte, und wandte sich dann träge seinem Pult zu.

»Sag es mir«, befahl er, worauf das Alarmsignal verstummte.

Beim Entwerfen von DIDAC hatte man für Unterhaltungen wenig Denkvermögen vorgesehen. Die Antwort von MOD 214 fiel typischerweise knapp aus. »Bedrohungscode, Sektor N15.30, Erkundungsschiff *Munin*.«

»Induktionsklasse?« Jedes DIDAC-Modul überwachte seine eigenen logischen Operationen, damit es den Entscheidungsprozeß jederzeit rekonstruieren und bewerten konnte. Das gab den Operatoren und Analytikern des Büros ein Mittel an die Hand, mit dem sie die anderweitig nicht nachprüfbaren Schlußfolgerungen der Module einschätzen konnten. Induktionen der

Klasse Fünf waren kaum mehr als Raterei; Induktionen der Klasse Eins so gut wie sicher.

»Keine Induktion. Direkte Beobachtung.«

»Zeig es mir.« Wilkins fröstelte plötzlich.

Mehrere Sekunden lang beobachtete er in betäubtem Schweigen, wie sich der schwarze Stern der *Munin* näherte. Er wußte, daß er etwas tun sollte, aber der Anblick hielt ihn gefangen. Sie zeigen sich, dachte er, und der Gedanke lähmte ihn. Die Mizari zeigen sich.

Wilkins wurde durch den Operator rechts von ihm gerettet. Er griff zu Wilkins' Platz herüber und berührte die Kom-Taste. »Station 31 ruft den wachhabenden Commander ...«

Mit bebender Stimme übernahm Wilkins das Wort. »Ich habe hier ein Ereignis Code Eins im Sektor N15.30, das Erkundungsschiff *Munin* wird angegriffen ...«

Bevor der wachhabende Commander antworten konnte, war alles vorbei. Der schwarze Stern stieß einen Lichtblitz aus, in dem die Augen der *Munin* offenbar ausbrannten. Einige Sekunden später folgte eine leidenschaftslose Durchsage von MOD 214: »Aktiver Modus aus. Transponder aus. *Munin* ohne Signal. *Munin* zerstört.«

»Induktionsklasse?«

»Klasse Eins.«

»Identität des Aggressors?« fragte Wilkins' Nachbar, der jetzt hinter ihm stand.

Obwohl sie die Antwort kannten, versetzte sie ihnen einen Schock: »Mizari.«

»Induktionsklasse?« flüsterte Wilkins.

»Klasse Eins.«

Noch vor Ende des Tages wurden die Aufnahmen von den letzten Augenblicken der *Munin* wohl zwanzigmal abgespielt – für den wachhabenden Commander, für den Leiter des Nachrichtenbüros Verteidigung, für den Stationskommandanten. Für die Captains sämtlicher Wächter und Begleitschiffe am Perimeter. Für Gouverneur Hogue in Lynx und den Stellvertretenden Direktor Baines in Central. Und für den Verantwortlichen Commander Perimeterverteidigung Osten Venngst, der die Reaktion des USS anzuordnen hatte, da Wells im Craze unerreichbar war.

Doch wo die Depesche auch abgespielt wurde und wem sie auch gezeigt wurde, sie endete immer gleich: »*Munin* zerstört. Identität des Aggressors: Mizari.«

In solch schlichten Worte erfuhren sie, daß der Krieg begonnen hatte.

Eingesponnen in das Gewebe seines eigenen Bewußtseins ließ Thackery sich von den Gezeiten und Strömungen der Spindel durchschütteln und herumwirbeln. Ihm fehlte die Energie, sich darüber zu freuen, daß er zumindest im abstrakten Sinn noch am Leben war.

Der Übergang war ziemlich schwierig gewesen, und Thackery spürte deutlich, daß die feineren Elemente seiner neuen Struktur dabei beschädigt worden waren. Während er sich mit den stärksten noch vorhandenen Bestandteilen seiner Persönlichkeit gegen die Turbulenzen abschirmte, versuchte er zugleich, möglichst viel zurückzugewinnen.

Solange ihn noch etwas an die einmal vorhandenen eleganten Formen und komplexen Synergismen erinnerte, sei es ein Echo, auch wenn es schnell leiser wurde, oder ein schimmerndes Fragment, auch wenn es sich schnell auflöste – solange gab es noch Hoffnung. Aber was abgerissen und weggeschwemmt worden war, ohne daß auch nur eine blasse harmonische Welle darauf hinwies, daß es einmal dagewesen war, das konnte er nicht rekonstruieren. Er konnte nicht einmal vollständig feststellen, was er alles verloren hatte.

Die Wunden waren schwer, und seine Reparaturen fielen zum größten Teil unbeholfen aus. Er fühlte sich, als wollte er eine zerbrechliche und komplizierte Uhr mit Holzhammer und Schlegel wieder zusammensetzen. Bei jeder noch so wohlgemeinten Bewegung flogen die winzigen Haken und Rädchen auseinander, und für jedes Stück, das er einfing, gingen ihm drei verloren.

Trotzdem machte er hartnäckig weiter, folgte jedem Faden seines Bewußtseins, wob lose Enden wieder ins Muster, stellte Verbindungen her, wo sie ihm angebracht erschienen. Und schließlich war es soweit, daß er genug von seinen Fähigkeiten wiedererlangt hatte, um einen kleinen Teil seines Bewußtseins auf andere Fragen zu richten, zum Beispiel darauf, wie er überlebt hatte.

An die Zeitspanne, in der er vom Antriebskern der *Munin* zur Spindel übergewechselt hatte, konnte Thackery sich nicht genau erinnern. Er spürte jedoch, daß er sich nicht durch einen einfachen Willensakt hinübergeschleudert hatte, sondern mitgezogen worden war, als der Antrieb zerstört wurde und der Spalt sich schloß. Seine eigene Leistung hatte darin bestanden, die Integrität seines Bewußtseins bis dahin aufrechtzuerhalten.

Weil ich mich erinnert habe. Weil ich schon einmal hier war. Die Gedanken formten sich leicht und klar, und ihre Resonanzen stimmten.

Die Zeit verging, und sein Verständnis wuchs. Er begriff, daß das Bollwerk rings um ihn nichts anderes war als sein Wille zum Überleben, verstärkt von den sauberen und einfachen Strukturen seiner Vernunft. Innerhalb dieser Hülle fand er lose herumtreibende blasse Fäden seiner Neugier und ein Körnchen, das die Erinnerung an ein Wort darstellte. Beide tat er an ihren Platz zurück und fühlte, wie er wuchs.

Ich bin jetzt ein D'shanna, dachte er und entfaltete sich.

Er hatte die Spindel als einen Ort von großer Schönheit im Gedächtnis behalten – einen Ort voller Energieströme wie weite sanfte Wogen, jede mit eigenem Farbton und Klang und Geschmack, die wie mischbare und nicht mischbare Flüssigkeiten zusammentrafen und deren Rhythmus zufällig und chaotisch erschien, bis das geistige Auge ihn überblickte und das Muster abstrahierte.

Diesmal öffnete Thackery seine Sinne einer Landschaft voller Aufruhr. Ihm war nicht bewußt gewesen, wie stark sein Schild gewesen war und welch heftigem Angriff er widerstanden hatte, und jetzt hätte er sich fast wieder zurückgezogen. Doch der Drang zu sehen und zu erkennen war in ihm inzwischen vollständig geworden, und die Furcht war zu einem Bruchstück zusammengeschrumpft. Thackery wappnete sich gegen den Ansturm und blickte in die Unendlichkeit hinaus.

Die Resonanz, die ihn ausmachte, trieb wie ein Staubkorn in einem großen Braun'schen Meer, dicht an der Grenzfläche zwischen der Materiematrix, die er als das Universum kannte, und der Energiematrix der Spindel. Diese Grenzfläche wanderte wie eine langsame Welle vom Anfangskataklysmus, in dem die beiden Matrizes getrennt worden waren, bis zum Endkataklysmus, in dem sie sich wieder vereinigen würden, und markierte das, was die Menschen Gegenwart nannten. Zeitaufwärts waren nur noch Echos, zeitabwärts nur Erwartungen.

Wie Thackery sich erinnerte, hatte es hier auch schon bei seinem ersten Besuch Turbulenzen gegeben. Jeder Schiffsantrieb war wie der Wasserwirbel über einem Abfluß, jede Kleinebotschaft durchschnitt als scharfkantige Resonanz die Fasern der Spindel. Inzwischen waren die Schiffe und Botschaften zahlreicher geworden, deshalb waren auch die Störungen stärker.

Darüber hinaus gab es aber auch eine mächtige Flut aus Richtung zeitabwärts, einen Zustrom von dissonanten Energien, die durch ihre schattenhaft dunkle Farben den Blick in die Ferne versperrten. Quelle und Zusammensetzung der Energien hätte Thackery nicht benennen können, aber wie stark sie waren, zeigte sich deutlich. Diese Schattenflut war der Grund für den Sturm, der die Spindel erfaßt hatte.

Plötzlich wurde Thackery bewußt, wie isoliert er war. So weit seine Sinne reichten, nahm er keine andere ihm ähnliche Resonanz wahr, nicht einmal tief in der Stille zeitabwärts. Wenn man überhaupt sagen konnte, daß die D'shanna einen Geburtsort hatten, dann lag er hier, eingebettet zwischen Zukunft und Vergangenheit. Dies war der einzige Punkt, an dem man beide Matrizes real nennen konnte, so real, daß sie beeinflußbar waren, und wiederum nicht so real, daß sie unveränderlich wären.

Als Thackery das letztemal hier gewesen war, hatte die Auswanderung zeitabwärts bereits begonnen; viele Zehntausend D'shanna waren vor der zudringlichen Präsenz der Menschen davongezogen. Trotzdem hatte Thackery noch viele von Gabriels Art in seiner Nähe wahrgenommen, und jetzt fühlte er, daß sie nicht mehr da waren.

Gabriel. Jeder Gedanke, den Thackery formte, schien in seinen feinen Resonanzen ein Dutzend weitere zu enthalten, und so ging der Heilungsprozeß weiter. Dies hier war ein guter Gedanke, ein starker Gedanke mit vielen Erinnerungen und Implikationen.

Gabriel … Thackery sandte das Namensmuster ins Chaos hinaus, ohne wirklich auf Antwort zu hoffen. Falls es Gabriel noch gab, war er bei den anderen D'shanna weit zeitabwärts in der Nähe des Endpunkts, jenseits des Chaos im näheren Morgen. Thackery war in der Grenzzone allein, und er wußte nicht, was er tun sollte …

… denn einer der Fäden, die ihm bei seiner Wiederbelebung entglitten waren, war die Zielstrebigkeit. Er hatte die Stelle gefunden, wo sie hingehörte, und auch die Angelpunkte, die nach ihr zu rufen schienen, aber die Wunden dort waren fast verheilt, so als wäre die Zielstrebigkeit nicht beim Übergang verlorengegangen, sondern viel früher.

Thackery erinnerte sich, wie die Zeit ihn auf der Erde und auf der *Munin* niedergedrückt hatte. Jetzt besaß er nichts mehr außer Zeit. Auch auf der Spindel gab es den Tod oder zumindest die Nichtexistenz. Er mußte nur loslassen, sich den dunklen Strömungen öffnen und seine Energien von ihnen auseinanderreißen lassen. Es wäre ein leichter Tod, ohne Schmerz und ohne Groll. Aber Thackery ließ nicht los. Was ihn während des Übergangs und der Wiedergeburt beschützt hatte, das schützte ihn auch vor dem Todeswunsch.

Also blieb ihm die Zeit, vielleicht endlos viel Zeit. Auch wenn er keine Zielstrebigkeit mehr kannte, seine Neugier konnte er stillen. Ihm war eine Frage eingefallen, und eine Frage verlangte nach einer Antwort.

Unter ihm lag das gesamte Universum ausgebreitet, hinter ihm erstreckte sich die ganze Vergangenheit. Die Kunst des Schauens steckte noch immer in ihm, er öffnete sich und ließ die Echos der Wirklichkeit in sich hineinströmen. Geduldig – denn Zeit hatte er im Überfluß – durchsuchte er die Echos nach vertrauten Bildern, nach Orten und Augenblicken, die mit den Resonanzen seiner Erinnerungen übereinstimmten. Mit den Sinnen durchdrang er die Schranke und umgab sich mit dem Universum, auf der Suche nach den Kreaturen, die ihn hierher getrieben hatten, auf der Suche nach dem Gesicht des Feindes.

Dicht bei dem dünnen Nebel, der einmal die *Munin* gewesen war, tanzten zwei Sterne ein pulsierendes Ballett. Die Tänzer paßten schlecht zusammen, der größere war strahlend weiß, der kleine von blassem Gelb. Mit ihnen tanzte eine kleine felsige Welt, auf offenbar prekärer Bahn zog sie zwischen ihnen entlang. In den Echos des Planeten wies nichts auf Leben hin, und trotzdem war da etwas.

Thackery fokussierte den Blick und suchte die Oberfläche des wirbelnden Staubkorns ab. Es war ein trostloser Ort, scharfkantig, trocken, ohne Luft. Nirgends fand Thackery die Signatur von Leben. Nirgends entdeckte er ein Zeichen, daß der schwarze Stern von dieser Welt ausgegangen war. Und trotzdem war das etwas … etwas anderes …

Ein Geräusch, das kaum über die Schwelle der Wahrnehmung drang …

Kein Geräusch, sondern gedämpftes Singen. Keine Stimme, sondern ein dissonanter Chor. Mit gerade erst geöffneten Ohren lauschte Thackery auf ein Klacken und Wimmern, das ihn an wimmelnde Ameisenhaufen oder aufgescheuchte zornige Bienen erinnerte. Aber woher kam es? Auf dem toten Planeten bewegte sich nichts.

Das Geräusch schien von der gesamten Oberfläche auszugehen; allerdings war es nicht überall gleich stark. Thackery bemühte sich, mit seinen Sinnen der Stimme des lautesten Sängers zu folgen, und dort, eingebettet ins kalte Oberflächengestein des Planeten, fand er eine flache kristalline Wölbung. Er durchdrang ihre glatte und strukturlose Oberfläche und spürte inmitten des massiven Silikatquarzes ein Durcheinander von elektrischen Strömen, ein Empfangen und Verändern und Aussenden von Energien.

War das Leben? Konnte das Leben sein? Er spürte kein Muster in den Strömen, keine Bedeutung in dem Lied. Wenn das hier Bewußtsein war, dann konnte er es nicht erreichen. Vielleicht war es Leben, aber kein intelligentes – nur ein sinnloses Sichregen von Materie, angetrieben von inneren Impulsen. Diese Sonnenesser konnten doch nicht die Erbauer des schwarzen Sterns sein.

Thackery weitete seinen Blick, bis er auch unter die Planetenoberfläche sah. Dort gab es viele von diesen Kristallwesen, und er fühlte Synergie zwischen ihnen. Sogar Leben ohne Sinn unterliegt dem Gebot der gegenseitigen Abhängigkeit. Eine ganze Ökologie der Bedeutungslosigkeit …

Aber als er sich weiter ausdehnte, um die Ökologie dieser merkwürdigen Welt in ihrer Gesamtheit in sich aufzunehmen, zwang sich ihm ohne jede Vorwarnung eine neue und erschreckende Wahrnehmung auf. Für einen kurzen Augenblick streifte er die Energien eines mächtigen Bewußtseins; so mächtig war es, daß er angstvoll vor dem Kontakt zurückwich.

Dieser eine Augenblick genügte jedoch, um zu erkennen, was er da ohne Hinschauen erblickt hatte – ein Bewußtsein, das zum Beherrschen von Energien keine mechanischen Hilfsmittel brauchte, weil die Substanz seines eigenen Körpers dazu fähig war. Ein Bewußtsein, das eine ganze Welt umfaßte und von dort aus das gesamte Universum überblickte.

Das waren die Mizari. Das waren die Feinde der Menschheit. Um zu erfahren, wie sie sich selbst nannten, mußte Thackery nicht erst in das Bewußtsein dieses Nests der Mizari eindringen, denn er wußte, daß der Name die gleiche Bedeutung in sich tragen würde wie alle Namen, die Lebewesen sich selbst gaben: *Wir sind das Wertvolle – wir sind das Leben.*

Wie seid ihr hier hergekommen? fragte er das Bewußtsein. *Wann habt ihr diese Welt für euch beansprucht?*

Er erwartete keine Antworten und erhielt auch keine, deshalb begann er selbst nach ihnen zu suchen.

Thackery ließ die aufgewühlte Grenzfläche hinter sich und schob sich zeitaufwärts, gegen die stetige Strömung der Spindel, die von der Vergangenheit zur Zukunft floß. Seine Sinne blieben auf die Welt der Mizari gerichtet, nahmen jetzt aber Echos auf, die zwar wahr waren, aber nicht real.

Nur Momente nach dem Beginn seiner Reise wurde er Zuschauer seines eigenen Todes, erlebte als einziger Zeuge mit, wie der schwarze Stern auftauchte, sich der *Munin* näherte, sie zerstörte und wieder verschwand. Woher der schwarze Stern kam und wohin er ging, konnte Thackery jedoch trotz seiner privilegierten Position nicht feststellen. Er schob seine Verwirrung beiseite und reiste weiter.

Vor seinen Augen zogen die Jahre vorbei, die Welten liefen rückwärts auf ihren Bahnen, hundert, tausend, hunderttausend Jahre lang, und noch immer gehörte der wüste Planet den Mizari. Eine Million Jahre, zehn Millionen, und die Mizari waren immer noch da, ihr Gesang verriet ihre Gegenwart. Es schien ganz, als wären die Mizari hier, seit es den Planeten gab. Sie waren nicht nur zu Gast. Sie waren Teil seiner Substanz.

Sie sind eine sehr alte Spezies – waren schon alt, als die Menschheit geboren wurde. Wenn sie es gewollt hätten, würde die Galaxis längst ihnen gehören. Sie hatten Zeit, und der schwarze Stern hätte sie überall hingebracht …

Thackery flog noch weiter zurück, bis die Sterne in dieser Region zusammenrückten und der Nebel, aus dem sie entstanden waren, wieder erschien. Als die Sterne einander näher kamen, hörte er aus unermeßlicher Ferne eine zweite mizarische Stimme, und eine dritte und eine vierte; jede sang das gleiche Lied, und doch war es immer ihr eigenes Lied.

Wie große Wale, die durch die schwarzen Meerestiefen schwimmen: allein und doch nicht allein, weil jeder die fernen Stimmen der Verwandten vernimmt …

Plötzlich wußte Thackery ganz genau, wo er war und was er da miterlebte. Er kannte die Namen dieser jungen Sterne und auch die Gestalt, die sie eines Tages am Nachthimmel der Erde bilden würden: Alioth. Merak. Megrez. Phachd. Alkor. Mizar. Es gab jedoch noch hundert mehr, Abkömmlinge derselben Mutter, nur nicht aus demselben Wurf, deshalb kehrten sie nun aus weiter entfernten Gebieten zurück: Menkalinan. Sirius. Aldhafera. Ras Alhague.

Erst als sich die Sterne und ihre Planeten in wirbelnde Scheiben aus Gas und Staub auflösten und diese Scheiben zu einer immer dichteren Wolke verschmolzen, verstummte der Gesang der Mizari, und Thackery begriff endlich ganz. Dieser wunderschöne namenlose Nebel voller Turbulenzen hatte nicht nur den Sternhaufen von Ursa maior hervorgebracht, sondern auch die Mizari.

Der Evolutionsdruck, der ihr Wesen und ihre Fähigkeiten bestimmte, beruhte auf den gleichen Kräften, die auch ihre Heimatplaneten geformt hatten. Und eben dieser Prozeß band sie unausweichlich an ihre Welten. Seit dem Auseinanderrücken des Sternhaufens waren keine neuen Mizari-Nester mehr gegründet worden. Diejenigen, die es zu Thackerys Zeit gab, hatte es von Anfang an gegeben. Diesen Kreaturen ging es nicht ums Herrschen und Erobern. Ihrem innersten Wesen nach wurden sie durch den Drang zu überleben bestimmt.

Thackery suchte nach einem Namensmuster für diese Intelligenz, die fünfzig Millionen Jahre ohne Tod erlebt hatte, deren Körper zehn Millionen mal schwerer war als alle Lebensformen, die es je auf der Erde gegeben hatte, die das Universum aus jedem Blickwinkel und seit unermeßlich langer Zeit kannten. Er fand keinen. Für den jetzigen Thackery war diese Vorstellung zu groß. Bevor er sie in sich aufnehmen konnte, würde er wachsen müssen.

Ein Rätsel war noch ungelöst – der schwarze Stern. Inzwischen wußte Thackery jedoch genug, um zu erraten, worum es sich dabei handeln mußte. Eine Spezies, deren Existenz sich in planetarem Maßstab abspielte, konnte nur von Katastrophen der gleiche Größenordnung gefährdet werden. Der schwarze Stern war der Grund, warum es auf dem atmosphärelosen Planeten der Mizari seltsamerweise keine Krater gab. Durch ihn hatte die Handvoll Mizari-Nester die Zerstörungen bei der Planetenentstehung überstanden. Wie ein Wächter oder ein Schutzschild stand der schwarze Stern zwischen den Mizari und einem tödlichen Steinregen.

Thackery ließ sich entlang einer anderen Spindelfaser zeitabwärts treiben, und dort fand er den Beweis, den er gar nicht mehr brauchte. Er sah, wie die zwei mizarischen Welten von Alkor Tausende von hinderlichen Planetoiden beiseite schoben und hundert umherziehende Kometen verdampfen ließen – mit der Zeit sogar ganze Planeten zerbrachen und die Bruchstücke in die Sonne trieben –, bis das System nichts mehr enthielt, was sie gefährdet hätte.

Der schwarze Stern erschien, wenn er gebraucht wurde, und wenn seine Aufgabe erfüllt war, verschwand er wieder. Denn er war weder ein Stern noch ein Schiff; eigentlich konnte man ihn überhaupt nicht als real bezeichnen. Er war eine Waffe ohne Substanz, und da er nicht wirklich dort existierte, wo die Sinne ihn wahrnahmen, konnte er auch nicht zerstört werden. Er war ein Instrument des kollektiven Willens der Mizari, ein Empfänger für ihre Energien. Und der Kanal für diese Energien führte durch die Spindel.

Panther hatten Klauen, Piranhas Zähne. Die Mizari hatten den Bewußtseinsschrei – ein uralter Reflex, der noch immer in ihnen schlummerte, eine furchtbare zerstörerische Kraft, die sie noch immer beherrschten.

Vor sechzigtausend Jahren hatten die Mizari die Weichsler ausgelöscht, nicht aus Rache, sondern aus einem Trieb heraus, der so tief in ihnen verwurzelt war wie der Wille zu überleben. Jetzt hatte Thackery unabsichtlich das Vergehen des Weichsler-Eisschiffs wiederholt. Er zog sich mit seinen Sinnen aus dem Bereich jenseits der Spindel zurück und eilte wieder in die Gegenwart, und während er durch die Jahre flog, fragte er sich, wie hoch der Preis diesmal sein würde.

17. KAPITEL

Die Stimme des Versorgers

Auf halbem Weg zwischen Lynx Center und dem Oberkommando Perimeter trat die *Tilak Charan* aus dem Craze, an der Spitze der Gravitationsspur, die ihre Position zwischen den Sternen des Kleinen Löwen verriet. Auf Befehl des KomTech suchten die Instrumente der *Charan* den Äther ab und fingen das Erkennungszeichen und das ›Bereit für Verbindung‹-Signal ihres Zielorts auf, während das Schiff mit kaum verminderter Geschwindigkeit weiterraste.

In der Ungestörtheit seiner Kabine wartete Wells geduldig darauf, daß die hellblaue Nachricht WARTE AUF CARRIER vom Bildschirm verschwand. Nach zwei Minuten war seine Geduld erschöpft, und er berührte die Kom-Taste. »Probleme, Mr. Stevens?«

»Tut mir leid, Sir. Es ist nur ein bißchen schwierig, die Nachricht aus dem Rauschen zu filtern«, erwiderte der KomTech. »Es müßte gleich soweit sein.«

Im nächsten Moment erschien das blasse schnurrbärtige Gesicht von Osten Venngst auf dem Schirm. Venngst blickte nach links, als hörte er jemand zu, der außer Sichtweite stand, dann nickte er und sah in seinen Schoß, wo er offenbar eine Tafel hielt. »Zeitmarke: 710.245. Verteidigungsstatus: Am gesamten Perimeter herrscht Alarmstufe Code Eins …«

»Was ist passiert?« Wells konnte ein Erschrecken nicht unterdrücken. »Warum haben wir Kampfbereitschaft?«

»Sir, vor zwei Monaten erhielten wir die sichere Bestätigung, daß sich im System Eins Corona borealis ein aktives Mizari-Nest befindet«, erklärte Venngst. »Das abtrünnige Schiff *Munin* war zu Erkundungszwecken in das System eingedrungen und wurde durch Feindeinwirkung mit Hilfe eines intensiven Stoßes von Schwarzkörperstrahlung zerstört. Zum Glück übermittelte die *Munin* bis ganz zum Schluß Daten, so daß wir uns ihre Waffen genau ansehen konnten. Da der Angriff sehr plötzlich erfolgte, blieb die Erkundung des Systems skizzenhaft, und es ließ sich nicht feststellen, wo im System die Mizari ihre Basis haben.«

Zum erstenmal, seit Wells vor fünfzehn Jahren diesen Kurs eingeschlagen hatte, verspürte er einen beängstigenden Stich von Unsicherheit. Mit einem Griff zum Steuerpult des Terminals rief er statt Venngsts Gesicht eine Karte der Oktanten Bootes und Lynx auf den Schirm. »Eins Corona borealis – das ist Alphekka, ja? Was, zum Teufel, machen die Mizari denn da? Das ist weit außerhalb des Haufens. Wenn sie schon so weit gekommen sind, dann können sie überall sein.«

»Ja, Sir. Der strategische Stab ist *sehr* besorgt, wie Sie sich wohl vorstellen können.«

Verdammt, das ist mein Fehler. Wenn ich Thackery gegenüber nicht so weichherzig gewesen wäre, dann hätte er es nie bis dahin geschafft. Verdammt, verdammt, verdammt. Die kommen doch immer wieder und beißen dich. Mit einem Fingerdruck scheuchte Wells die Karte vom Schirm. »Was haben Sie unternommen?«

Venngst nickte zum Zeichen, daß er die Frage verstanden hatte. »Ich habe unverzüglich sämtliche Elemente der Perimeterverteidigung in höchste Alarmbereitschaft versetzt. Weiterhin habe ich kraft meiner präventiven Vollmachten laut Missionsvorschriften für Status A Triade Eins von ihrem Patrouillenkreis abberufen. Triade Eins fliegt derzeit im hohen Craze Richtung Alphekka; sie hat Befehl, das Mizari-Nest zu lokalisieren und zu zerstören.«

Wells runzelte die Stirn und beugte sich im Sessel vor. »Ich gehe davon aus, daß dieser Angriffsbefehl den Vorgaben des Strategischen Komitees entspricht.«

»Ja, Sir. Gemäß Ihren Anordnungen haben Captain Lieters Befehle Vorgabe: grün, und er hat vollen Entscheidungsspielraum. Zwölf Stunden vor Systemkontakt wird Triade Eins den Craze verlassen, um die neusten Erkenntnisse zu erfragen und um uns eine letzte Gelegenheit zum Abbrechen zu bieten – bis dahin werden Sie übrigens auf der Station sein. Sollte Captain Lieter zu diesem Zeitpunkt nicht zurückbeordert werden, wird er in den Craze zurückkehren und erst wieder daraus auftauchen, wenn der eigentliche Angriffsanflug beginnt.«

»Sehr gut, Osten.«

»Da ist noch etwas. Ich habe mir erlaubt, den Standard-Kampfbefehl dahingehend abzuändern, daß eine zusätzliche Gelegenheit zum Abbruch geschaffen wird – nach der Zeitspur von OK-Per heute in sechs Wochen. Dazu wird nur das Kommando-Frontschiff den Craze für eine zwanzigminütige Kleine-Runde verlassen ...«

Wells schlug mit der flachen Hand auf die Konsole. »Verdammt, Osten, damit geben wir ihnen doch nur eine zweite Gelegenheit, unsere Schiffe anzupeilen und sie zu unseren Einrichtungen diesseits des Perimeter zurückzuverfolgen.«

»Ich hielt diese zusätzliche Enttarnung für gerechtfertigt«, verteidigte Venngst sich. »Sir, ich habe Triade Eins unter großen Vorbehalten nach Alphekka beordert. Sicher, im strategischem Plan ist diese Reaktion vorgeschrieben – nur ging der strategische Plan nicht davon aus, daß das Ziel so weit von der Region entfernt sein könnte, die wir immer als die Hauptfront betrachtet haben. Ich wollte Ihnen die Gelegenheit lassen, meine Genehmigung zum Angriff zu widerrufen, falls es Ihnen wichtiger erscheint, Triade Eins zu Hause zu behalten, statt einen schnellen Vergeltungsschlag zu führen.«

Venngst zögerte und blickte dann erneut in seinen Schoß. »Mir ist bewußt, daß Sie diese Frage eventuell mit dem Strategischen Komitee besprechen wollen, deshalb werden wir diese Verbindung so lange wie nötig offenhalten.«

»Hat es im Sektor Eins Cor bor oder in der Nähe weitere Aktivitäten gegeben?«

»Nein, Sir. Wir haben sechzehn Bojen auf die heiße Zone ausgerichtet, und sie haben nichts bemerkt. Allerdings sind wir dadurch behindert, daß die Bojen draußen im Randgebiet seit der Plazierung nicht mehr aufgerüstet worden sind. Zur Zeit empfangen wir nicht einmal die mizarische EM-Signatur, die von der *Munin* beobachtet wurde.«

»Status der anderen Triaden?«

»Voll einsatzbereit und auf ihren Patrouillenkreisen.«

»Und die Aufklärungsschiffe?« Wells rief erneut die Karte auf.

»Unverändert. Die *Eagle* fliegt ins System 285 Lynx, um mit der Kolonie Feghr Kontakt aufzunehmen. Die *Kite* hat die Erkundung des Megrez-Systems beendet, Ergebnis negativ, und fliegt Richtung Alioth weiter. Die *Falcon* ist nach 12919 UMa unterwegs. Das steht alles in dem Bericht, den wir gleich zu Beginn der Verbindung auf hohem Band übermittelt haben. Wir halten uns bereit, bis Sie und das Komitee ihn geprüft haben.«

»Das ist nicht notwendig«, antwortete Wells. »Ihre Vorbehalte hinsichtlich der Mission nach Alphekka waren überflüssig. Ich bestätige hiermit Ihren Angriffsbefehl für Triade Eins. Schicken Sie Lieter ein ›Hau ab‹, damit er sein Schiff so schnell wie möglich wieder in den Craze bringt.«

Venngst schien erleichtert. »Ja, Commander.«

»Allerdings sind Sie nicht weit genug gegangen«,

fuhr Wells fort. »Es ist strategischer Selbstmord, wenn wir jetzt herumsitzen und darauf warten, daß sie auch an der Hauptfront als erste zuschlagen.«

Venngst schluckte schwer. »Angesichts des weiten Wegs bis Alphekka nahmen wir an, wir könnten das vertagen, bis Sie im Bild sind.«

»Das hätten Sie nicht tun sollen«, entgegnete Wells offen. »Ich vermute, Sie hätten es mir gesagt, wenn Sie weitere Kandidaten gefunden hätten?«

»Es gibt keine, Sir. Die EM-Signatur findet sich nur in den Systemen Mizar-Alkor und Phachd.«

»Also gut – es folgen formelle Kommandobefehle, die sowohl ins Kommandologbuch der *Charan* als auch in Ihr Kommandologbuch aufzunehmen sind. Die *Eagle* wird umgeleitet; statt Kontakt mit Feghr aufzunehmen, wird sie 21 Leo minor erkunden. Wir können den Leuten auf Feghr keinen Schutz bieten, deshalb hat es keinen Sinn, daß wir die Mizari womöglich auf sie aufmerksam machen. Die *Kite* erhält den Befehl, direkt nach Phachd zu fliegen und einen Aufklärungsflug zur Vorbereitung unseres Angriffs durchzuführen. Die *Falcon* wird direkt nach Mizar-Alkor fliegen und dort das gleiche tun. Alles bei höchster Geschwindigkeit und geringster Enttarnung.«

»Zur Bestätigung, *Eagle* nach 21 Leo minor, *Kite* nach Phachd, *Falcon* nach Mizar-Alkor, Vorschriften Code Eins.«

»Ja.« Wells lehnte sich zurück. Er fühlte sich merkwürdig ruhig. »Des weiteren sind Sie angewiesen, Triade Zwei in meinem Auftrag auf eine Vorgabe: Grün-Mission nach Mizar-Alkor zu schicken, desgleichen Triade Drei nach Phachd. Die Abbruchzeiten sind so zu legen, daß die Schiffe dabei sämtliche Daten von den Aufklärern bekommen, und die Angriffe haben möglichst dicht beieinander zu erfolgen, damit die Mizari nicht aus ihren Erfahrungen lernen können. Alles klar?«

»Ja, Commander Wells. Alles klar. Wir fliegen hin und schnappen sie uns.«

O natürlich – das prahlerische Streben nach Ehre, die Herausforderungen und der Ruhm des Kampfes, dachte Wells. *Und natürlich bist du dafür besonders empfänglich, denn du wirst nicht zusammengekauert in den dunklen Tunnels eines Triade-Schiffs hocken und mit dem Tod feilschen. Aber haben wir denn eine andere Wahl? Hatten wir je eine andere Wahl?*

Doch solche Gedanken durfte sich kein Kommandant offen eingestehen, und er brachte sie in sich zum Schweigen. Was er jetzt brauchte, waren Worte, die Venngst an die Besatzungen der Triaden weitergeben konnte, Worte, die seinem Image und ihren Erwartungen entsprachen.

»Und ob wir das tun«, sagte Wells. »Jetzt schlagen wir zurück.«

Während einer langen Reise im hohen Craze konnte man auf der *Wesley* nicht viel mehr tun als zusehen, wie die Zeit verging. Die Besatzung fand die langen Wachen langweilig und betrachtete die Pausen dazwischen als Herausforderung an ihre Fähigkeit, sich Unterhaltung zu verschaffen. Geld wanderte von einer Hand zur anderen, Menschen wanderten von einem Bett ins andere, ansonsten änderte sich nichts.

Sujata stand keine dieser Möglichkeiten offen, und da sie nicht einmal arbeiten und sich so Abwechslung verschaffen konnte, waren für sie die Tage noch länger und schwerer auszufüllen. Sie und Berberon waren Außenseiter: Die Mannschaftsmitglieder hatten sie aus Hochachtung oder Rachsucht oder beidem wirkungsvoll vom Leben an Bord ausgeschlossen.

Oh, sie erkannten schon an, daß sie überall ungehindert hingehen durfte, doch ihre Anwesenheit wurde nur hingenommen, nicht begrüßt. Wenn sie einen Raum betrat, verstummten die Gespräche, und man betrachtete sie mit Blicken, die letztlich Mißtrauen ausdrückten. Zwar gestand man ihr das Recht zu, sich nach jedem Aspekt der Schiffsführung zu erkundigen, aber sie erfuhr nur, wonach sie fragte. Abgesehen von Captain Killea, der ihr gelegentlich kleine Bissen zukommen ließ, teilte ihr niemand etwas freiwillig mit.

Vielleicht glaubten sie einfach, daß sie gar nicht mehr von ihnen wollte. Einige nahmen vermutlich an, all ihre Bedürfnisse nach Gesellschaft würden von Berberon erfüllt – dieselben Leute, die auch die häßlichen Witze darüber am Leben hielten, wie ihre Beziehung wohl genau aussah. Killea hatte es Sujata gegenüber zwar nie erwähnt – sie hatte es direkt aus den Schiffsberichten erfahren –, aber er hatte bereits zwei Mannschaftsmitglieder wegen der ›Verbreitung von anzüglichen und unbegründeten Anekdoten, die dem Ansehen des Kanzleramtes im allgemeinen und der Kanzlerin Sujata im besonderen schaden‹ bestraft. Allerdings dürfte er damit den Witzen kein Ende gesetzt, sondern nur der Mannschaft beigebracht haben, sie nicht in seiner Gegenwart zu erzählen.

In Wirklichkeit war Berberon seit dem Abflug von Lynx vor drei Wochen ein sehr schlechter Gesellschafter. Nachdem es ihnen nicht gelungen war, Wells dort einzuholen, waren Berberons charakteristische Munterkeit und Gesprächigkeit verschwunden. Da die Mitglieder von Wells' Stab nicht mit auf der *Wesley* waren, wohnten sie in getrennten Kabinen, und Berberon verließ seine nur selten. Meist saß er stundenlang im Dunkeln und dachte über Unergründliches nach.

Wenn er doch einmal herauskam, war er bestenfalls höflich und hilfsbereit. Es schien fast, als hätte er die lächelnde Maske von früher nicht mehr nötig, oder als könnte er nicht mehr die Energie aufbringen, sie aufzusetzen. Er bot Sujata jedoch keine Erklärung dafür an, und eine Zeitlang respektierte sie seine Zurückhaltung.

Doch eines Abends, als das Schweigen und die leeren Stunden schwer auf ihr lasteten, ging sie zu ihm in die Kabine. Er saß am hinteren Ende der unteren Koje, das Kinn auf die zusammengelegten Hände gestützt, und blickte geistesabwesend auf die Wand. Sujata setzte sich ans andere Ende der Koje und sprach das Thema an, so humorvoll sie konnte.

»Was haben Sie mit dem echten Felithe Berberon gemacht?« fragte sie. »Haben Sie ihn schon auf Lynx abgelöst, oder ist er noch irgendwo an Bord?«

Berberon reagierte auf ihre Worte, als würde er von weither zurückgerufen; er suchte ihren Blick, und sein Gesicht wirkte plötzlich wieder lebendig. »Meine Gedanken sind leider recht unerfreulich, und Freudlosigkeit zu teilen, ist mir noch nie sehr sinnvoll erschienen.«

»Warum unerfreulich?«

Berberon schaute zur Kabinendecke hinauf. »Es ist so eine kleine Welt, dieses Schiff. Auf dem Weg von der Erde nach hier draußen hatten wir wenigstens noch durch die täglichen Depeschen Verbindung zur übrigen Menschheit, es gab immer wieder neuen Stoff zum Nachdenken. Aber seit wir taub im Craze fliegen, die ganze Strecke bis OK-Per …«

»Nur so können wir sicher sein, daß wir Wells einholen.«

»Das weiß ich. Aber seit er erfahren hat, daß wir ihn weiter verfolgen, kann er seine Pläne, seinen Zeitplan, sogar sein Reiseziel geändert haben. Vielleicht führen sie sogar schon Krieg. Ich weiß nicht, wie Sie mit dieser Ungewißheit fertig werden.«

»Wells wird dort sein«, behauptete Sujata mit der Zuversicht der Verzweifelten. »Wir werden die Chance bekommen, ihn noch umzustimmen.«

Berberon seufzte. »Wann immer ich nicht mehr Zynismus als üblich empfinde, denke ich auch, daß er dort sein wird. Aber das tröstet mich nicht, denn ich habe kaum Hoffnung, daß Sie ihn von seinem Vorhaben abbringen werden.«

Überrascht zog Sujata die Augenbrauen zusammen. »Sie haben selbst einmal gesagt, ich sei Ihrer Meinung nach die einzige, die Wells seinen Plan ausreden könnte. Oder wozu war dieser lange Vortrag über die biologischen Grundlagen der Aggression sonst gut?«

»Offenbar zu gar nichts. Wie Sie sicher noch wissen, habe ich Sie nicht überzeugt.«

»Das heißt aber nicht, daß ich Ihre Worte einfach ignoriert hätte.«

»Ach ja – Ihr Forschungsprojekt«, meinte Berberon müde. »Nur haben Sie daraus nicht genug gelernt, oder jedenfalls nicht schnell genug. Jetzt ist das sowieso unwichtig. Außerdem haben Sie sich meine Worte falsch gemerkt. Ich habe gesagt, bei Ihnen bestünde die Aussicht, daß Sie Wells aufhalten können. Daß Sie ihn ändern können, habe ich nie geglaubt.«

»Wir müssen Wells nicht ändern – nur diese eine Entscheidung.«

Berberon schlug mit der rechten Hand auf die Pritsche. »Aber verstehen Sie denn nicht – was er tut, kommt doch aus dem, was er ist. Er hört auf Stimmen, denen er nichts verweigern kann, Stimmen, die ihn sein ganzes Leben hindurch beeinflußt haben. Mit ein paar wohlgesetzten Worten allein werden Sie ihn nicht umstimmen können.« Er ließ den Kopf nach hinten sinken, bis er am Schott lehnte, und blickte zur Decke hinauf. »Es ist sinnlos. Sie glauben mir immer noch nicht.«

Seufzend schloß er die Augen. »Das ist nicht Ihre Schuld«, fuhr er fort. »Es ist nicht leicht, sich einzugestehen, daß wir eine animalische Natur haben. Noch schwerer zu akzeptieren ist, daß sie uns ebenso stark beherrscht wie wir sie, wenn nicht noch mehr. Wir sind zu stolz, wir Menschen, und hängen zu sehr an dem Gedanken der Willensfreiheit. Es hat Generationen gedauert, bis die schlichte Wahrheit von der Evolution Eingang in unser Bild von uns selbst gefunden hat.«

Sujata gestattete sich ein flüchtiges, liebevolles Lächeln. »Der alte Felithe hat mir besser gefallen – der Intrigant mit der Silberzunge, der für jede Situation fünf Deutungen anzubieten hatte und immer so viel lächelte, daß man gleich wußte, man darf ihm nicht trauen.«

Berberon richtete sich auf und sah ihr fest in die Augen. »Falls Sie ihn sehen, sagen Sie ihm, er kann den Job wiederhaben«, erklärte er mürrisch.

»Felithe«, meinte Sujata sanft und tätschelte ihm das Knie. »Ich habe Ihnen damals sehr wohl zugehört. Ich habe damals zugehört, und ich habe auch seitdem immer zugehört, jedem und überall. Ich habe auf das gelauscht, was nicht ausgesprochen wurde, und den roten Faden zu finden versucht, der Ihrer Ansicht nach so vieles zusammenhält. Ich habe auch wirklich etwas gefunden – nicht das, was Sie vorhergesagt hatten, aber immerhin etwas. Darf ich Sie lange genug Ihrem Kummer entreißen, um Ihnen zu erklären, was ich erfahren habe? Vielleicht kann ich Ihnen ein bißchen Hoffnung anbieten.«

Berberon verlagerte das Gewicht, bis er bequemer saß, und brachte ein klägliches Lächeln und einen noch kläglicheren Scherz zuwege. »Also schön, Janell. Aber bitte wirklich nur ein bißchen Hoffnung. Ich fürchte, in meinem Zustand würde die volle Dosis eine allergische Reaktion auslösen.«

Die Energieresonanz, die sich Merritt Thackery nannte, hatte viel dazugelernt, seit sie vom Geburtsort der Mizari wieder zeitabwärts gereist war. Thackery kannte jetzt die Ursache für den Sturm zeitabwärts. Er wußte, wie man die Echos mizarischer Gedanken hörte und das Muster ihres unvorstellbaren Alters und ihrer grundlegenden Fremdheit entschlüsselte. Die Triebe, die das mizarische Bewußtsein bestimmten, trug er als neue Obertöne in sich.

Nur eins wußte er nicht, nämlich ob er je in der Lage sein würde, sein Wissen einem anderen Menschen mitzuteilen.

Während er an der Grenzfläche umhergezogen war und diese neuen Erkenntnisse gesammelt hatte, war er noch sicher gewesen, daß er wußte, wie er die Schranke durchqueren konnte. Die Kleine-Geräte sämtlicher Schiffe und Stationen waren durch die Spindel miteinander verbunden. Die Unterschwingung, mit der die verschlüsselten Nachrichten übermittelt wurden, war offen und ungeschützt wie ein nicht abgeschirmtes Kabel; sie war für den Aufruhr an der Grenzfläche empfänglich, und sie würde auch für Thackerys Berührung offen sein.

Er hatte geglaubt, es würde ganz einfach sein, die Kleine-Wellen zu manipulieren, sie so zu verformen, daß sie seine Botschaft durchs ganze Netz trugen. Bilder und Worte von einem Toten hätte niemand ignorieren können, zumal wenn die Bilder aus dem Nirgendwo kamen, wenn sie von einem Ort außerhalb der Realität in das System eindrangen und wenn die Worte aus Warnungen und schlimmen Vorhersagen bestanden.

Doch als er es dann versuchte, hatte er keinen Erfolg. Zunächst dachte er, die Wellen seien zu fein und seine Bemühungen zu grob. Als er seine Sinne genauer auf die Harmonik des Kleine ausrichtete, sah er jedoch, daß er sehr wohl geschickt genug zugriff. Er verfolgte den Weg der geänderten Wellen nach draußen und erkannte, daß der Fehler nicht bei ihm lag. Jede Veränderung, die er bewirkte, jeder Gedanke, den er den Wellen aufprägte, währte nur, bis die Schwingungen wieder durch die Schranke tauchten. Dahinter trafen sie auf Maschinen, die in einer endlosen Arbeitsschleife geduldig die elektronische Spreu vom Weizen trennten. Für diese Maschinen waren seine Nachrichten nur Rauschen, das unterdrückt werden mußte.

Damit blieb in Thackerys begrenztem Inventar von Ideen nur eine einzige Möglichkeit über – er mußte sich selbst zur Schranke hinabschieben und seine Gedanken direkt in das Bewußtsein eines ausgewählten Individuums einpflanzen, ähnlich wie Gabriel das Bewußtsein des jungen Merritt Thackery gesucht und berührt hatte.

Thackery war jedoch entschlossen, nicht den gleichen Fehler zu begehen, den Gabriel fast gemacht hätte. Deshalb hatte er Raum und Zeit nach einer Person abgesucht, die das, was sie von ihm erfuhr, auch in Taten umsetzen konnte, und hatte dann weitergesucht, bis er ihren Aufenthaltsort gefunden hatte. Jetzt schaute er auf das Schiff hinab, in dem sie reiste, schaute in den wirbelnden Strudel um den Antrieb und durch Außenhülle und Schotts hindurch.

In einer Kabine entdeckte er ihre junge und vibrierende Resonanz, zusammen mit einer anderen, eher gedämpften. Sie sprach gerade, und Thackery öffnete die Sinne, um ihre Worte zu vernehmen und gleichzeitig die innere Stimme zu hören, die ihm ihr Namensmuster verraten würde.

Ihre Worte waren: »Es ist, als bestünde das Ethos der Menschen aus zwei getrennten Ethiken – einer Ethik des Versorgers und einer Ethik des Bewahrers. Die Ethik des Versorgers handelt vom Beschaffen. Sie sagt: Wenn ein erlegtes Reh gut ist, dann sind zwei noch besser. Die Ethik des Bewahrers handelt vom Behalten. Sie sagt: Es gibt einen Punkt, da ist es wichtiger, das Vorhandene zu schützen, als weitere Risiken einzugehen, um noch mehr zu erlangen.«

Thackery konzentrierte seine gesamte Substanz und Energie, stieß sich abwärts und versuchte sich zwischen den beiden Personen in die Kabine zu projizieren. Wenn es ihm gelang, die Schranke so zu weiten, daß die Frau von ihr berührt wurde, wenn sie seine Echos so deutlich hörte wie er ihre …

Kanzlerin Sujata – hören Sie mir zu. Wie wir sind – wie Sie sind –, ist jetzt unwichtig. Wichtig ist, wie die Mizari sind. Hören Sie zu, ich erzähle es Ihnen. Mit ihrem Bewußtseinsschrei nutzen sie die Energie der Spindel. Wenn sie etwas zerstören, dann aus einem Reflex heraus, der zwanzigmal älter und feiner abgestimmt als jeder, der vielleicht in Ihrem Körper sitzt.

Sujata schien Thackerys Nähe nicht zu spüren. »Wenn man von toten Soldaten sagt: ›Er starb aus gutem Grund, für einen guten Zweck‹, dann höre ich darin die Ethik des Versorgers«, sagte sie soeben. »Und kaum jemand von Ihnen stellt diese Behauptung je in Frage. Wie sollten Sie auch? Sie sind schließlich die Hinterbliebenen, diejenigen, die versorgt werden sollten. Sie müssen das Andenken der Toten ehren, sonst erniedrigen Sie sich selbst.

Wenn ein Kapitalist davon redet, seinen Marktanteil zu verteidigen, oder den Gewinn aus einer Investition abzuschätzen versucht, dann höre ich den Versorger darüber klagen, daß jemand anders in seinen althergebrachten Jagdgründen wildert, und darüber nachdenken, ob er sein Leben riskieren soll, um einem schwarzen Bär das Fell zu rauben. Wenn ein Ingenieur überlegt, wie sich eine neue Entdeckung am besten anwenden läßt, wenn ein Läufer seinen Sieg über die Meute feiert, wenn ein Forschungsreisender auf einem unbewohnten Berggipfel eine Fahne ins Eis steckt – jedesmal höre ich die Ethik des Versorgers heraus.

Der Versorger freut sich stets auf das Morgen, auf die nächste Herausforderung, die nächste Eroberung. Dem Bewahrer geht es mehr darum, das Heute zu genießen …«

Hören Sie zu, hören Sie doch endlich zu! Schließen Sie den Mund und öffnen Sie das Bewußtsein. Dieser Bewußtseinsschrei war es, der die Weichsler vernichtet und den Pla-

neten sterilisiert hat. Und inzwischen sind die Mizari noch stärker als damals.

Aber Sujata hörte nicht Thackery zu, sondern ihrem Begleiter. »Was Sie da sagen, ist das gleiche, was ich gesagt habe, nur in anderen Worten«, meinte ihr Begleiter soeben. »Sie haben nur neue Worte dafür gefunden, daß das Hinterhirn den Drang zu kämpfen hat und das limbische System den zu lieben. Ihre Bekehrung freut mich *wirklich*, auch wenn sie längst überfällig war. Nur sehe ich darin noch längst keinen Grund zu der Hoffnung, daß Wells sich plötzlich als lenkbar erweisen wird.«

»Vielleicht gibt es für das alles wirklich eine genetische Grundlage, wie Sie behaupten«, entgegnete Sujata. »Aber wenn das so ist, dann liegen die Gene dafür nicht in den Geschlechtschromosomen, sondern irgendwo sonst im Genom. Das ist der entscheidende Unterschied und der Anlaß zur Hoffnung. Aggression ist nicht ausschließlich den Männern vorbehalten. Ernähren ist nicht ausschließlich den Frauen vorbehalten. Es sind komplementäre Prinzipien, nicht nur innerhalb der Spezies, sondern auch in jedem Individuum.

Sicher, im Verhalten der meisten Menschen dominiert entweder das eine oder das andere. Aber wer sich ganz die eine Ethik zu eigen macht und die andere nicht zuläßt, kann nicht überleben. Der Versorger stirbt an draufgängerischem Mut. Der Bewahrer stirbt an ungehemmter Furcht. In jedem Menschen bestehen beide Ethiken nebeneinander. Und das heißt, daß sogar Wells, der archetypische Versorger, die Fähigkeit in sich trägt, Argumente in der Sprache der bewahrenden Ethik zu verstehen.«

Die unmittelbare Nähe zur Anzapfstelle des Antriebs mit ihren Turbulenzen, die Anstrengung, sich gegen die Strömungen an der Schranke zwischen Materiematrix und Energiematrix zu stemmen, die ständigen Bemühungen, sich über die Schranke hinweg zu projizieren und Sujatas Bewußtsein zu erreichen – all das forderte seinen Preis von Thackery. Er fühlte, wie sein Wille, sein Verstand und seine Substanz schwächer wurden, und er spürte auch, daß er unbedingt aufgeben, umkehren und sich erneut reparieren mußte.

Es blieb ihm noch Zeit für einen letzten Versuch. Er konzentrierte alle Energie darauf, einen einzigen unendlich kleinen Durchlaß zu öffnen, und alles Bewußtsein darauf, einfache Gedanken von großer innerer Kohärenz zu formen:

Hören Sie mir zu!
Die Mizari wollen nichts von uns.
Sie sind keine Dämonen.
Sie sind keine Zerstörer.
Laßt sie in Ruhe, und ihr überlebt.
Stört sie auf, und ihr sterbt.

Sujata blickte plötzlich zur Decke. »Sehr merkwürdig. Felithe – fühlen Sie doch einmal hier. Wo ich sitze, wird es immer wärmer – es muß fünfzehn Grad wärmer sein als im übrigen Raum. Spüren Sie die Luftbewegung? Wie ein leichter Wind. Aber da oben ist kein Ventilator. Meinen Sie, hinter den Deckenplatten könnte es brennen?« fragte sie unruhig.

Der Kanal war winzig, die Verbindung hauchdünn. Aber sie war echt, und Thackery rief alle Kraftreserven zu Hilfe, um seine Gedanken zu Sujata hinüberzuschicken.

Ja, fassen Sie mich an, hören Sie mir zu! Die Mizari können uns überall finden, wenn sie einen Grund dazu haben. Sie beobachten den Himmel mit ihrer gesamten Existenz. Sie hören das Geflüster ihrer Verwandten über Lichtjahre hinweg. Es gibt keinen Schutz vor ihnen. Es wird ohne Vorwarnung geschehen. Der schwarze Stern wird einfach auftauchen, und er ist Ihr Tod.

Dann, ganz unvermittelt, war es vorbei. Thackery war ausgelaugt und zerschlagen, und die wogenden Strömungen rissen ihn von dem Berührungspunkt fort. Sofort stellte sich das normale Gleichgewicht zwischen den Matrizes wieder her, und der Kanal verschwand so gründlich, als hätte er nie existiert.

Thackery konnte es sich nicht leisten, über den Verlust nachzudenken. Er brauchte alle Kraft, um zu verhindern, daß er in den Antriebswirbel gezogen und verschlungen wurde. Vorsichtig steuerte er aus den gefährlichen Strudeln hinaus, hüllte sich in seinen Lebenswillen und ließ sich von den Strömungen weg von der Schranke einwärts tragen.

Er schaute nicht zurück. Er konnte es nicht. Und es war auch nicht notwendig. Er hatte in Sujatas innerer Stimme kein Erkennen und keine Antwort gespürt. Sie hatte ihn nicht gehört.

Sujata kniete sich auf das Ende der Koje und fuhr mit der rechten Hand langsam durch die Luft über ihrem Kopf. »Es ist so merkwürdig – spüren Sie es überhaupt? Vielleicht sollte ich lieber zum MedTech des Schiffs gehen statt zum Umweltingenieur ...«

»Etwas warm kommt es mir schon vor«, erwiderte Berberon höflich.

»Jetzt wird es weniger.« Sujata runzelte die Stirn und schüttelte den Kopf. Versuchsweise wedelte sie noch einige Male mit der Hand, dann setzte sie sich auf die Fersen. »Was immer es war, es ist weg.« Sie schaute Berberon an und lächelte entschuldigend. »Es tut mir leid. Sie wollten etwas sagen, und ich habe Sie unterbrochen.«

Berberon zuckte leicht die Achseln und wehrte kopfschüttelnd ab. »Nichts Wichtiges.«

»Sagen Sie mir wenigstens, ob Sie meine Hoffnung teilen.«

»Ich wünschte, ich könnte mit Ja antworten ...«

»Aber Sie können es nicht. Warum?«

Berberon seufzte und blickte auf seine gefalteten Hände. »Selbst wenn Sie in jedem Punkt recht haben, selbst wenn ich die Sache zu mechanistisch betrachtet habe und dabei Herz und Verstand zu wenig berücksichtigt habe, so können Sie trotzdem nichts anbieten als Worte. Und für Worte ist es zu spät. Es war schon zu spät, als Wells die Erde verlassen hat. Er hat sich zu sehr festgelegt. Falls es wirklich einmal eine Zeit gab, in der er Ihnen zugehört und Sie vielleicht sogar verstanden hätte, so ist diese Gelegenheit vorbei. Jetzt wird er nicht mehr auf Sie hören.«

»Ich verstehe Sie nicht«, meinte Sujata mit gerunzelter Stirn. »Wenn Sie das wirklich glauben, wieso sind Sie dann hier? Warum sind Sie mitgekommen? Ja, ich weiß, ich habe darauf bestanden, aber ich hätte Sie nicht dazu zwingen können. Wenn Sie nie geglaubt haben, daß wir eine Chance haben, warum machen Sie dann das alles mit?«

Berberon hob den Kopf und sah ihr traurig und müde in die Augen. »Aus einem einfachen Grund. Es gibt etwas, das nur ich erledigen kann, falls es überhaupt jemand kann. Sehen Sie, Janell, wenn Sie keinen Erfolg haben, dann muß ich versuchen, ihn umzubringen.« Er lächelte selbstironisch. »Und nun verraten Sie mir, bei welcher Ethik ich nach einer solchen Tat Trost finden soll.«

18. KAPITEL

Koan

Sujata und Berberon achteten darauf, daß sie sich auf der Brücke der *Wesley* befanden, als das Schiff beim Einwärtsflug den Craze verließ. Da sie dort keine Aufgaben hatten, gab es auch keine Sitzplätze für sie. Unbeachtet standen sie auf der Beobachterplattform, wenige Schritte hinter Killeas Kommandoliege. Sujata hatte die Arme über der Brust verschränkt, Berberon zupfte mit Daumen und Zeigefinger der rechten Hand nervös an der Haut unter seiner Unterlippe.

Bis die Raumgeschwindigkeit der *Wesley* unter Cee sank, gab es wenig zu sehen. Doch als es soweit war und sich auf dem Hauptschirm hinter der Navigationsgraphik das Bild von der vorderen Telekamera formte, schienen plötzlich alle im Raum gleichzeitig zu reden.

»Erhalte Kleine-Carrier«, verkündete der KomTech. »Zeitmarke: 715.288.«

»He – das ist mein Geburtstag«, bemerkte eine für die Verteidigungssysteme zuständige Tech überrascht und erfreut.

Ihr Kollege am Verteidigungspult hatte eine weniger alltägliche Beobachtung zu melden. »Captain, wir werden vom Wachposten OK-Per mit Radar gescannt – jetzt kommt die Transponderanfrage.«

»Bestätigt«, erwiderte Killea.

»Stellen Sie sich nur mal vor, wie viele Lanzen gerade auf uns ausgerichtet werden«, flüsterte Berberon Sujata zu.

»Lieber nicht.«

Einen Augenblick später verkündete der KomTech: »Verkehrsbüro OK-Per akzeptiert unsere ID und gibt uns freie Bahn bis zum Andocken.«

»Empfange Navigationssignal«, ergänzte der Gravigator. »Verkehrsbüro OK-Per fordert uns auf, die Kontrolle an sie zu übergeben.«

»Tun Sie es«, befahl Killea.

»Ja, Sir.«

Der KomTech war noch nicht fertig. »Erhalte OK-Per Netz-Carrier, fünf Bänder. Post geht ein – ganz oben im Stapel ist die offizielle Begrüßung von Verantwortlichem Commander Osten Venngst und Stationsgouverneur William White an Captain Killea und Besatzung.« Er wandte sich an Sujata. »Kanzlerin, Commander Wells sendet Ihnen ebenfalls Grüße.«

Sujata nickte ausdruckslos.

»Der Hurensohn hat es vor uns geschafft«, flüsterte Berberon rauh.

»Ich habe nie etwas anderes erwartet.« Sujata zuckte leicht die Achseln. »Er weiß, was mit Captain Hirschfield passiert ist. Er wollte verhindern, daß wir zuerst hier ankommen, und er hatte Vorsprung. Um diesen Vorsprung zu halten, mußte er nur ein oder zwei Rückmeldungen ausfallen lassen.«

»Möchten Sie antworten, Kanzlerin?« fragte der KomTech.

»Nein.« Sujata schüttelte den Kopf. »Aber finden Sie für mich heraus, wie lange die *Charan* schon im Hafen liegt.«

»Ja, Sir.«

»Jetzt hatte er Gelegenheit, sich die Loyalität dieser Leute noch stärker zu sichern«, beharrte Berberon unruhig. »Jetzt ist OK-Per erst recht sein Reich, die Besatzung sein Gefolge, und Sie sind der ungebetene Gast.«

»Seit sechsunddreißig Stunden, Kanzlerin«, sagte der KomTech. »Sie ist gestern morgen angekommen.«

»Danke.«

»Dazu eine Woche, die beim Anflug verlorengeht«, meinte Berberon. »Wells hatte mehr als genug Zeit, die Station in den Griff zu bekommen.«

»Wichtig ist vor allem, daß er hier ist. Mr. Morris, sagen Sie mir Bescheid, wenn die neuen Bibliotheksdaten vollständig da sind.«

Der KomTech schüttelte den Kopf. »Tut mir leid, Kanzlerin. Die bekommen wir erst, wenn wir auf der Station sind. Der Netzoperator sagt, bis sie uns alles geschickt hätten, würden wir sowieso keine Zeit mehr haben, etwas damit anzufangen.«

Sujata nickte zerstreut. »Danke, Mr. Morris.«

»Wieder einer von Wells' Schachzügen?« fragte Berberon sie.

»Natürlich.«

»Es gibt jedoch Post für Sie und für den Botschafter«, ergänzte der KomTech.

Sujata schloß kurz die Augen. *Natürlich. Aber ich will sie mir nicht ansehen …* Als sie die Augen öffnete, merkte sie, daß Berberon sie neugierig beobachtete. Sein Blick wirkte besorgt.

»Wir wollen sicher beide ungestört sein, während wir uns auf den neusten Stand bringen lassen«, sagte sie. »Wieso gehen Sie nicht als erster in Ihre Kabine und benutzen das Terminal dort?«

»Ich warte gern, bis Sie …«

»Ich möchte, daß einer von uns ständig auf der Brücke präsent ist.« Sie ließ sich anmutig nieder und setzte sich in der Mitte der Plattform auf die Fersen. Berberon runzelte unsicher die Stirn, dann neigte er widerstrebend den Kopf. »Wenn Sie darauf bestehen. Ich komme wieder, sobald ich fertig bin.«

»Schön.« Um seinem Blick auszuweichen, richtete sie die Augen auf den Bildschirm. »Mr. Morris, bitte schließen Sie meinen Sender an den Kleine-Ton von OK-Per an.«

»Selbstverständlich. Aber das ist ziemlich langweiliges Zeug ...«

»Darüber möchte ich mir lieber selber ein Urteil bilden.« Nachdem sie eine halbe Stunde lang der Hauptsprechverbindung zum Oberkommando Perimeter zugehört hatte, mußte sie Morris' Einschätzung jedoch zustimmen – wenn überhaupt Sprechverkehr stattfand, dann war er lähmend praktisch und korrekt.

Die Annäherung an das Oberkommando Perimeter schien unendlich lange zu dauern, und dieser Eindruck entsprang nicht nur Sujatas Ungeduld. Das Flugprofil für Einwärtsflüge zwang die *Wesley* dazu, eine Variante von Zenos Paradoxon durchzuspielen – je näher sie der Station kamen, desto langsamer bewegten sie sich voran, bis man fast glauben konnte, sie würden überhaupt nicht ankommen. Sujata wurde klar, daß das immer so ablief, nur hatte sie nie zuvor untätig dagesessen und abgewartet.

Berberon blieb fast zwei Stunden lang fort. Bei seiner Rückkehr war das Oberkommando Perimeter von etwas Unsichtbarem zu einem undeutlichen grauen Rechteck auf dem Bildschirm angewachsen.

»Tut mir leid, daß es so lange gedauert hat«, sagte Berberon, als er sich in der Brückenmitte zu Sujata gesellte. »Ich mußte einige Angelegenheiten mit Zuhause besprechen.«

»Vollkommen verständlich.« Sujata ergriff Berberons Hand und ließ sich von ihm aufhelfen. »Sie bleiben hier?«

»Wenn Sie es wollen.«

»Passen Sie einfach ein bißchen für mich auf.«

Sujatas Postliste umfaßte mehrere lange Botschaften, und nur wenige davon enthielten gute Nachrichten. Die meiste Post war zwar unter vertrauten Briefköpfen aber mit unvertrauten Namen abgeschickt worden, denn Vizekanzler Walker und Ten Ga'ar waren beide ausgeschieden, letztere kurz nachdem die *Wesley Lynx* verlassen hatte. Sujata hatte nichts anderes von Wyrena erwartet und las Walkers kurze Notiz darüber wie eine längst überfällige Unabhängigkeitserklärung der ba'arischen Frau.

Trotzdem verstärkte die Neuigkeit Sujatas Gefühl von Isolation und machte ihr erneut die Perversität der AVLO-Reisen deutlich. Das zweiundzwanzigjährige Mädchen, das Sujata zur Erde gefolgt war, war jetzt eine reife Frau von achtzig Jahren. *Wie hast du diese Jahre verbracht, und waren es gute Jahre?* fragte Sujata sich. *Hast du manchmal in liebevoller Erinnerung an mich gedacht, und hast du jemals eine Person gefunden, die das annehmen konnte, was du mir zu geben versucht hast?*

Ohne große Begeisterung überflog Sujata die Berichte des neuen Vizekanzlers Pierce. Die darin beschriebenen Ereignisse und Entwicklungen waren von der Art, die zwar ein Leben ausfüllen können, aber keine Geschichte machen. Die wechselnden Namen und Gesichter und die Tätigkeiten dieser Leute schienen nicht den geringsten Bezug zu ihr und ihren Problemen zu haben: Die Transportabteilung ließ X Paketschiffe gemäß Zeitplan Y nach Zielort Z fliegen; die Versorgungsabteilung hatte mit dem Abbau des hochwertigen Erzes A in Bergwerk B begonnen; und so weiter und so fort.

Es war klar, daß Pierce volles Vertrauen in seine eigene Autorität hatte und ihr mehr aus Höflichkeit als aus Pflichtgefühl berichtete. Weder fragte er sie in irgendeinem Punkt um Rat noch hielt er es für nötig, die Beweggründe für seine Handlungen zu erläutern. Beim Lesen wurde ihr allmählich klar, daß sie inzwischen nur noch dem Namen nach Kanzlerin des USS war. Bestenfalls war sie Kanzlerin der Abteilung Verteidigung. Und vielleicht nicht einmal das – auch wenn Pierce anscheinend unfähig war, sie und Wells als getrennte Personen zu betrachten.

»… Sie und Direktor Wells …«

»… wie Sie beide verstehen werden …«

»… sollte einer von Ihnen …«

Der Tonfall dieser Berichte weckte in Sujata ernste Zweifel daran, wie groß ihre Befehlsgewalt wirklich noch war. Von den Komiteemitgliedern aus der Zeit ihrer Abreise war niemand mehr übrig. Pierce, der den USS in ihrem Namen verwaltete, war ihr vollkommen fremd – er war nicht einmal von Walker bestimmt worden, sondern von Walkers Nachfolger, einem anderen Fremden. Wie würden sie reagieren, wenn ihnen die emeritierte Kanzlerin dreißig Jahre nach ihrer Abdankung Befehle erteilte? Sujata konnte es sich denken, aber die Anwort war nicht eben tröstlich.

Ebensowenig tröstete es sie, daß Wells sich in der gleichen Lage befand. Er war nicht auf Hilfe aus Central angewiesen; was er an Verbündeten brauchte, befand sich hier draußen am Perimeter. Sujata war diejenige, die Unterstützung brauchte – jemand, an den sie sich wenden konnte, wenn Überreden nichts nutzte. Jemand anders als einen Botschafter, der gleichzeitig Attentäter war …

Es fiel ihr schwer zu glauben, daß sie diese Unterstützung finden würde. *Ich fürchte, da drüben gibt es niemanden mehr, der auch nur begreift, was hier auf dem Spiel steht – und um es ihnen beizubringen, fehlt mir die Zeit.*

Nach solchen Überlegungen empfand Sujata es schon als Aufmunterung, als sie am Ende der letzten und längsten Botschaft doch noch einen bekannten Namen entdeckte, den von Katrina Evanik. Bei dem überstürzten Aufbruch von Lynx hatte Sujata einiges übersehen, darunter auch, Evanik neue Instruktionen zu erteilen. Rückblickend wünschte Sujata, sie hätte Evanik angewiesen, das Projekt zu beenden und die Forschungsgruppe aufzulösen; sie hatte von ihr alles erfahren, was sie wissen mußte. Statt dessen hatte Evanik treu weitergearbeitet und Sujatas Projekt zu ihrem Lebenswerk gemacht.

Aus einem gewissen Pflichtgefühl heraus sah Sujata sich Evaniks Zusammenfassung an. Vieles davon hätte sie früher einmal mit höchster Aufmerksamkeit gelesen; so zum Beispiel die Nachricht, daß es mit den Neunern bergab ging. Evanik führte in ihrer Zusammenfassung zwei Hauptgründe dafür an: die durch die erdrückenden Kosten hervorgerufene ablehnende Haltung gegenüber dem Ausbau des Verteidigungssystems, mit dem die Neuner identifiziert wurden; und Chaissons eiferndes öffentliches Eintreten für die Ziele der Neuner, was dazu geführt hatte, daß er als elitärer Extremist betrachtet wurde.

Die ausführlichen Dateien mit ihren vielen zusätzlichen Informationen lagen bereit, aber auch wenn Sujata sich deswegen etwas schuldig fühlte, sie speicherte den Bericht in ihrer persönlichen Bibliothek ab, ohne weiter darin zu lesen. Zweifellos enthielt er viel gute Arbeit, und wenn eines Tages die Geschichte des Zeitalters der Neuorientierung geschrieben wurde, würde er eine wertvolle Ergänzung zu den Untersuchungen des Rats darstellen.

Doch bei ihren großen Zweifeln daran, ob diese Geschichte über das neu erstandene Reich der Menschen jemals geschrieben werden würde, brachte Sujata für die Gezeitenwechsel in der terranischen Politik nicht mehr Interesse auf als für die Umorganisation der Transportabteilung. Der Spezies stand womöglich ihr letzter Krieg bevor, und dagegen schien das alles unwichtig.

Als Sujata schließlich auf die Brücke zurückkehrte, rechnete sie damit, daß der Hauptschirm von einem Rand zum andern mit einer Aufnahme des Oberkommandos Perimeter gefüllt sein würde. Der Schirm war jedoch fast leer; statt des gewohnten Blicks auf die

Sterne und der Darstellung der Position zeigte er nur Zustandsindikatoren des verschiedenen Systeme.

Sujata durchquerte die Brücke und trat ans Kommunikationspult. »Mr. Morris? Haben wir Probleme mit der vorderen Telekamera?«

»Nein, Kanzlerin.«

»Dann legen Sie ihre Aufnahmen wieder auf den Schirm.«

Killea drehte seine Kampfliege zu ihnen herum. »Kanzlerin, die Bilder werden auf meinen Befehl unterdrückt, weil sie vertrauliche Informationen enthalten.«

»Oh?«

»Kanzlerin, Informationen über Aufbau und Verteidigungsmöglichkeiten des Oberkommandos Perimeter unterliegen der höchsten Geheimhaltungsstufe. Diese Beschränkungen gelten auch für Videoaufnahmen.«

»Worauf wollen Sie hinaus, Captain?«

Killea blickte kurz zu Berberon hinüber. »Nicht alle Personen auf der Brücke besitzen die für diese Stufe notwendige Zulassung, Sir.«

»Bezieht sich das auf Botschafter Berberon?«

»Das tut es.«

Nach einer wohlberechneten Pause wandte Sujata sich erneut an den KomTech. »Legen Sie die Aufnahme wieder auf den Schirm, Mister.«

Der KomTech schaute an Sujata vorbei zu Killea. »Aber der Botschafter hat nicht die notwendige ...«

Sujata trat geschickt zur Seite, bis sie dem Tech den Blick auf den Captain versperrte. »Jetzt hat er sie, Mr. Morris. Vermerken Sie es im Logbuch und legen Sie die Aufnahme auf den Schirm.«

Der KomTech atmete tief ein und wandte sich wieder seiner Konsole zu. »Ja, Kanzlerin.«

Sujata drehte sich zum Schirm um, neigte den Kopf auf die Seite und betrachtete das Bild. Die Station war wie ein auf den Rücken gefallenes H geformt, mit einem langen geradlinigen Zentralbereich, an dessen beiden Enden rechtwinklig zwei kleinere Flügel saßen. Aus den Seitenflügeln ragten acht Lanzentürme hervor, silberne Bälle aus Elektronenlinsen auf schlanken Masten.

In der unteren Hälfte des Zentralbereichs befanden sich die Schiffsliegeplätze; sie waren wie Bienenwaben angeordnet und auf beiden Seiten zum Weltraum hin offen. Anhand dieser Liegeplätze schätzte Sujata die Größe der Station ab – der Zentralbereich war breit genug, um auf der untersten Ebene drei Arbeitsrampen von Triadengröße zu umfassen; alle drei waren leer. Auf der nächsten Ebene lagen sechs Rampen von Wächtergröße, von denen zwei metallische Puppen enthielten – die *Charan* und einen der Wächter.

Sujata nickte schweigend, wandte sich ab und ging zum Klettergang. »Danke, Mr. Morris. Ich sehe mir das jetzt in meiner Kabine an. Botschafter, würden Sie mich bitte begleiten?«

»Das hätten Sie nicht tun müssen«, meinte Berberon, als er sie im Korridor zu ihren Kabinen einholte.

»Doch, das mußte ich.«

»Nein, im Ernst. Teo hat mir mehrere Dateien über die Station beschafft.«

Sujata schloß ihre Kabine auf und schüttelte gleichzeitig den Kopf. »Das war nicht der Grund, weshalb ich es getan habe. Gehorsam ist eine Gewohnheit. Diese Leute brauchen Übung. Und nun – war in Ihrer Post irgend etwas, das Sie mir mitteilen dürfen oder müssen?«

Als Sujata und Berberon auf die Brücke zurückkehrten, konnten sie gerade noch die letzten Phasen des Anlegens miterleben. Jetzt war auch die Brückenbesatzung nur Zuschauer, denn der Antrieb der *Wesley* arbeitete im Leerlauf, und die Manöver wurden von den Pilotcomputern der Spinnenschlepper an Bug und Heck gesteuert. Sujata war an das vorsichtige Arbeitstempo der menschlichen Piloten in terranischen Werften gewöhnt, deshalb erstaunte es sie, wie effizient diese Zwei-Schlepper-Kombination vorging. Statt nach einer Stunde, wie Sujata erwartet hatte, hatten sie die *Wesley* schon nach Minuten in eine der tunnelartigen Rampen gelenkt.

Sobald die Nachricht ›alles gesichert‹ kam, schritt Sujata in die Mitte der Brücke, als würde sie eine Bühne betreten.

»Captain Killea.«

Killea drehte seine Liege zu ihr herum und begegnete ihrem harten Blick.

»Kommandologbuch, aufzeichnen«, befahl sie.

»Wird aufgezeichnet«, bestätigte die Bibliotheksstation.

»Captain Killea, Sie sind hiermit angewiesen, alle eventuell eintreffenden Einsatzbefehle vom Flugbüro OK-Per oder einer anderen Stelle in der Verteidigungshierarchie zu ignorieren. Einfacher ausgedrückt, die *Wesley* wird sich ohne meine ausdrückliche Genehmigung nicht von der Stelle rühren. Außerdem will ich, daß das Schiff jederzeit innerhalb von fünf Minuten losfliegen kann. Alle Systeme, deren Durchchecken länger dauern würde, werden nicht abgeschaltet.«

»Ja, Kanzlerin«, erwiderte Killea. »Was ist mit der Schlußprüfung der Lanze?«

»Sorgen Sie dafür, daß sie stattfindet. Aber lassen Sie niemand vom Stationspersonal unbeaufsichtigt an Bord. Falls Wartungsarbeiten notwendig sind, lassen Sie sie von Ihren eigenen Techs erledigen oder achten Sie darauf, daß Ihre Leute dabei sind und aufpassen, daß alles richtig gemacht wird.«

»Ich verstehe. Darf ich Stationsurlaub erteilen?«

»Für bis zu sechs Besatzungsmitglieder auf einmal – aber stellen Sie sicher, daß immer eine volle Wachmannschaft an Bord ist.«

»Das entspricht den üblichen Vorschriften, Kanzlerin.«

»Schön. Sie werden mir jeden Mittag über den Zustand des Schiffs berichten.« Sie richtete den Blick auf Berberon. »Botschafter?«

»Ich bin bereit.«

»Dann wollen wir sie mal besuchen gehen.«

Am Ende des Zustiegstunnels erwartete sie ein Lieutenant mit frischem Gesicht und dem Abzeichen des Kommandostabs, einer goldenen Adlerfeder, am Hemdkragen. »Kanzlerin Sujata, Botschafter Berberon.« Er verbeugte sich leicht. »Ich bin Lieutenant Baines. Commander Wells hat mich gebeten, Ihnen seine Grüße auszurichten und Sie zu seinem Büro zu begleiten.«

O nein, Harmack – das Spiel fängt erst an, wenn beide Mannschaften gleichauf sind, dachte Sujata. Sie setzte ihren vorwurfsvollsten Blick auf und feuerte ihn mit voller Wucht auf den Lieutenant ab. »Ist es auf dieser Station nicht mehr Mode, vor einem vorgesetzten Offizier zu salutieren, Mister?«

Baines blinzelte zweimal vor Verblüffung, dann salutierte er flott. »Ich bitte um Entschuldigung, Kanzlerin.«

»Akzeptiert. Sie können uns jetzt unsere Quartiere zeigen.«

»Aber der Commander hat gesagt ...«

»Commander Wells wird Verständnis dafür haben, daß der Botschafter und ich nach dieser langen Reise im Craze erst einmal Gelegenheit haben möchten, uns zu entspannen und einzugewöhnen. Also – wo geht es lang?«

Baines runzelte unglücklich die Stirn. »Das weiß ich nicht, Kanzlerin. Wir müssen im Einsatzbüro Halt machen.«

»Schön. Gehen wir.«

Im Einsatzbüro holten sie sich den Quartieroffizier,

einen vierzigjährigen Mann mit eingefallenen Wangen, den es ein wenig zu ärgern schien, daß man ihm zumutete, seinen Schreibtisch zu verlassen. Er führte sie schweigend durch den Zentralbereich zum Blauen Flügel und dort drei Ebenen aufwärts bis in einen Wohnblock.

»Kanzlerin Sujata, dieser Raum ist für Sie freigemacht worden.« Der Quartieroffizier öffnete eine Tür mit der Aufschrift 301 und trat beiseite.

»Und was ist mit dem Botschafter?« fragte Sujata, während sie an ihm vorbei in das Zimmer ging.

»Das nächste Zimmer auf dieser Blockseite – 303.«

Sujata blieb am Fußende des Einzelbetts stehen, betrachtete Zimmer und Einrichtung ausführlich und schweigend und drehte sich dann zum Quartieroffizier um. »Ich weiß ja nicht ... Ist auf der Station nichts Größeres zu haben?«

»Nein, Sir. Ein Raum von dieser Größe ist normalerweise ein Vierer.«

Sujata schürzte die Lippen und nickte. »Dann begnüge ich mich hiermit. Und wo ist mein Büro?«

Der Quartieroffizier wechselte besorgte Blicke mit Baines. »Ich hatte nur Anweisung, Ihnen Wohnraum zuzuteilen ...«

»Erwarten Sie von der Kanzlerin des USS vielleicht, daß sie aus dem Koffer lebt und ihr Quartier zum Arbeiten benutzt?« fragte Sujata mit beißender Ironie.

Baines atmete tief ein und antwortete anstelle des Quartieroffiziers. »Nein, Sir. Würden Sie uns bitte entschuldigen, damit wir uns darum kümmern können?«

»Selbstverständlich.«

Diesmal dachte Baines daran zu salutieren, und der Quartieroffizier folgte seinem Beispiel.

»Wollen Sie herausfinden, wie kalt das Wasser ist?« fragte Berberon grinsend, sobald sie allein waren.

»Nein.« Sujata setzte sich auf die Bettkante. »Ich will es ein bißchen aufwirbeln.«

Berberon grinste noch breiter. »Da wir gerade vom Wasser reden, eine richtige Dusche wäre mir *sehr* willkommen, falls Sie glauben, daß wir Zeit genug dafür haben.«

»Nur zu«, meinte Sujata. »Wells wird schon warten.«

Eine halbe Stunde später war Baines wieder da. Berberon genoß noch immer den relativen Komfort seines Quartiers, und Sujata störte ihn nicht. Sie kehrte mit Baines in den Zentralbereich zurück, wo er ihr eine fünf mal drei Meter große Kammer zeigte, mit der hoffnungsvollen Miene eines Häusermaklers vor seinem besten Objekt.

Auf dem Weg dorthin waren sie an genug anderen Bürobereichen vorbeigekommen, um Sujata einen Eindruck davon zu vermitteln, was die Station in dieser Hinsicht zu bieten hatte. »Das ist annehmbar«, erklärte sie, nachdem sie sich kurz umgeschaut hatte. Sie deutete zum Schreibtisch. »Dieses Terminal – habe ich darüber vollen Zugang zur Stationsbibliothek? Einsatzpläne der Flotte, allgemeines und Kommandologbuch …«

»Nein, Kanzlerin. Nur Terminals in sicheren Räumen …«

»Sorgen Sie dafür, daß ich Zugang bekomme.«

»Das kann ich nicht, Kanzlerin. Nur der Commander …«

»Lieutenant«, sagte Sujata übertrieben geduldig, »bitte strengen Sie sich etwas an und denken Sie nach, bevor Sie sprechen. Ich bin die Kanzlerin des Vereinigten Raumflugdienstes. Ich habe oberste Verwaltungshoheit über sämtliche Aktionen aller Abteilungen. Da ist es doch wohl keine Frage, daß man vor *mir* nichts geheimhalten muß, meinen Sie nicht auch? Oder glauben Sie, ich sollte immer erst zu den Direktoren gehen und sie um Erlaubnis bitten müssen, bevor ich die Informationen bekomme, die ich zum Erfüllen meiner Aufgaben brauche?«

»Nein …«, antwortete Baines zögernd.

»Dann sollte sich das auch in meinem Zugangscode widerspiegeln, nicht wahr?«

»Ich weiß nur, daß …«

»Lieutenant«, unterbrach Sujata warnend.

»Ich bin nicht befugt, Zugangsparameter zu ändern. Aber ich werde Ihre Bitte …«

»Anordnung.«

»Ihre Anordnung an die zuständige Stelle weiterleiten.«

»Ich hoffe, Sie zeigen dabei so viel Entschlußkraft, daß Sie nicht erst den Direktor unnötig belästigen. Er ist seit so kurzer Zeit auf der Station, da hat er bestimmt wichtige Dinge zu erledigen.«

»Ja, Sir.«

Als sie allein war, schickte sie Berberon eine Nachricht, damit er wußte, wo sie zu finden war, und richtete sich dann aufs Warten ein. Kurz bevor Berberon sich zu ihr gesellte, begann das Terminal aufgeschlossener auf ihre Anfragen zu reagieren.

»Glauben Sie, die haben Ihnen wirklich zu allem Zugang gegeben?« fragte Berberon skeptisch, nachdem er die Geschichte gehört hatte.

»Nein«, erwiderte Sujata in entspanntem Tonfall. »Aber vermutlich haben sie alles geöffnet, das ich ihrer Einschätzung nach als versteckt vermutet haben könnte – und genau das wollte ich herausfinden. Setzen Sie sich, dann gehen wir es durch.«

Das bißchen Vergnügen, das sie dabei empfunden hatten, die Stationsbürokratie durcheinanderzubringen, schwand rasch, als sie von der Zerstörung der *Munin* und der folgenden Mobilmachung erfuhren. Ihre langen Gesichter wurden noch länger, als sie sich den Zeitplan anschauten. In nur zwei Tagen würde die *Falcon* Mizar-Alkor erkunden, kurz darauf würde die

Kite bei Phachd ankommen. Die Triaden würden ihre letzten Abbruchpunkte noch in dieser Woche erreichen, zuerst Triade Eins bei Alphekka.

»Kein Wunder, daß er nichts dagegen hatte, daß wir ihn einholen«, meinte Berberon düster.

Sujata hatte die Lippen zu einer schmalen Linie zusammengepreßt; sie antwortete nicht. In den nächsten beiden Stunden studierte sie schweigend Aufzeichnung um Aufzeichnung, Bericht um Bericht, ohne den Blick je vom Bildschirm abzuwenden, ohne in der Konzentration nachzulassen.

»Also gut«, sagte sie schließlich und schob sich vom Schreibtisch weg. »Ich bin soweit.«

»Wollen Sie ihn herbestellen?«

Sujata schüttelte den Kopf. »Wells läßt sich durch solche Spielchen nicht erschüttern. Nein, ich gehe zu ihm.«

»Ich, in der Einzahl?«

»Diesmal schon.« Sie streckte die Hand nach der Kom-Taste aus. »Lieutenant Baines – hier ist Kanzlerin Sujata. Bitte kommen Sie in mein Büro.«

Mit wehendem *Daiiki* und starrer, entschlossener Miene marschierte Sujata ins vordere Büro von Wells' Suite, Baines dicht auf ihren Fersen.

»Welche Tür?« fragte sie und hielt kurz inne, damit Baines sie einholen konnte.

»Commander Wells' Büro ist gleich geradeaus«, erklärte Baines; dann blickte er den verwirrten Adjutanten an, der sich bei ihrem Eintritt halb aus dem Sessel erhoben hatte. »Ist der Commander da?«

»Sie können nicht …«, fing der Adjutant an, doch Baines brachte ihn mit einem Blick und einer abschneidenden Bewegung der linken Hand zum Schweigen.

»Das ist Kanzlerin Sujata«, sagte Baines scharf.

Der Adjutant salutierte in Zeitlupe, als wäre das Erfüllen motorischer Funktionen in all seiner Verwirrung erst einmal zweitrangig geworden. »Ja«, antwortete er gehorsam. »Der Commander spricht mit Mr. Shields.«

Baines nickte und wandte sich wieder Sujata zu. »Soll ich hier auf Sie warten, Kanzlerin?«

»Nein.« Sie schüttelte den Kopf. »Ich weiß nicht, wie lange es dauert. Sie können gehen. Aber halten sich weiter in Bereitschaft.«

»Ja, Sir.« Baines salutierte.

Ein Teil des Wortwechsels war offensichtlich durch die Tür gedrungen, denn als Sujata eintrat, blickten Wells und der Fremde, der Shields sein mußte, in Richtung Tür. Eine Weile sagte niemand etwas. Es war, als wollten Sujata und Wells sich gegenseitig mit Blicken besiegen, während Shields den Neuankömmling mißtrauisch einzuschätzen versuchte.

»Lassen Sie uns allein, Philip«, bat Wells schließlich.

Shields blickte zweimal von Wells zu Sujata und wieder zurück, dann runzelte er verärgert die Stirn und stapfte mit gesenktem Kopf hinaus. Als die Tür sich schloß, erschien auf Wells' Gesicht ein leicht ironisches Lächeln. »Willkommen am Perimeter, Kanzlerin.«

»Wenn ich glaubte, daß ich Ihnen wirklich willkommen wäre, würde ich mich bedanken.« Sujata bewegte sich im Halbkreis nach rechts, ohne Wells' Blick loszulassen.

»Warum sollten Sie mir nicht willkommen sein?« Wells trat einen Schritt nach links und legte die Hände auf die Rücklehne eines Sessels.

»Können wir uns das Vorgeplänkel schenken?«

Er bewegte sich zur Vorderseite des Sessels und ließ sich darin nieder. »Selbstverständlich.«

»Ich bin hier, weil ich herausfinden will, wieso Sie das tun. Ich will herausfinden, warum die Triaden zu einem Angriff auf die Mizari aufgebrochen sind.«

»Ist das so rätselhaft?« Wells hob die Hände und drehte die Innenflächen nach oben. »Sie haben eins unseres Schiffe zerstört und dabei einen unserer meistverehrten Staatsmänner ermordet.«

»Ein altes Schiff und einen vergessenen Helden. Rechtfertigt das den Tod von Millionen auf beiden Seiten?«

»Solange sie nicht wissen, wozu wir fähig sind, gibt es auch keine Abschreckung«, erklärte Wells fest. »Da wir es ihnen nicht sagen können, müssen wir es ihnen zeigen. Wir könnten ihre Tat nicht unbeantwortet lassen. Setzen Sie sich doch, Kanzlerin ...«

Sujata ignorierte die Aufforderung. »Warum müssen wir unbedingt mit Kriegsschiffen antworten? Warum schickten wir nicht statt dessen ein Botenschiff, eine neue *Pride of Earth?*«

Nachsichtig lächelnd schüttelte Wells den Kopf. »Der einzige Weg, mit ihnen zu verhandeln, ist aus einer Position der Stärke heraus.«

»Wieso muß denn über beiderseitiges Überleben erst verhandelt werden?« wollte sie wissen. »Alle Vorstellungen vom Krieg beruhen auf dem Glauben, daß es Dinge gibt, die schlimmer sind als der Tod. Nichts ist schlimmer als der Tod.«

»Würden Sie uns lieber in einer Position sehen, in der uns nichts anderes übrig bleibt, als uns ihren Forderungen zu unterwerfen?«

»Was könnten sie denn von uns wollen? Was hätten die Weichsler ihnen geben können?«

»Nichts Geringeres als die Galaxis, wie es scheint. Wäre es Ihnen lieber, wenn sie uns einfach überrollen?«

»Nein, aber ich glaube auch nicht, daß das die Alternative ist. Wie hart Sie in diesem letzten Jahrhundert darauf hingearbeitet haben, sich ihnen im Kampf zu stellen!« sagte sie eindringlich und streckte eine Hand zu ihm aus, zog sie aber sofort wieder zurück. »Wie wenig Sie sich dabei um andere Möglichkeiten gekümmert haben. Wir haben nie mit ihnen geredet. Wir wissen nicht einmal, ob wir mit ihnen reden können.« Sie breitete die Arme aus, und die weiten Ärmel ihres Gewands ließen die Geste sehr dramatisch erscheinen. »Wir wissen über sie nur, was sie getan haben. Wir wissen nicht, was ihr Grund dafür war. Wir wissen nicht, ob die Bedingungen von damals auch heute noch gelten.«

»Kommen Sie, Kanzlerin. Ist es nicht offensichtlich, daß sie von einer Ethik ausgehen, die mit unserer nicht zu vereinbaren ist?«

»Wir müssen einfach glauben, daß sie uns ähnlich genug sind, um uns zu verstehen. Wir müssen glauben, daß es eine andere Lösung gibt.«

Wells drehte sich im Sessel zur Seite und schlang die verschränkten Hände um ein Knie. »Wir haben keinerlei Grund, das zu glauben – und deshalb müssen wir bereit sein, sie zu zerstören.«

Sujata verschränkte die Arme vor der Brust, wandte sich halb ab und senkte den Blick. »Sie sind nicht nur dazu bereit«, meinte sie zornig. »Sie können es kaum erwarten. Lassen wir doch endlich dieses einfältige Märchen von der Abschreckung. In Wirklichkeit wollen Sie doch nur eins, nämlich ihre Welt und ihre Kultur vernichten.«

Wells stand aus seinem Sessel auf und machte einen Schritt auf sie zu. »Weder das Eisschiff der Weichsler noch die *Munin* stellten die geringste Bedrohung für sie dar, und beide wurden ohne Vorwarnung zerstört. Beweist das nicht klar, daß es zwischen ihnen und uns keine Annäherung geben kann?«

»Sie sind *genau* wie wir«, widersprach sie scharf und fuhr zu ihm herum. »Sie haben einen Satz Regeln für die, die sie als ihre Brüder betrachten, einen zweiten Satz für ›die anderen‹. Wieso können wir uns nicht gegenseitig ein Existenzrecht zugestehen?«

»Hier geht es nicht ums Existieren. Es geht ums Herrschen.« Wells wandte sich ab und blickte durch die Großluke zum Sternhaufen von Ursa maior hinaus. »Was sie jetzt besetzt halten, würden wir ihnen womöglich bereitwillig überlassen. Und sie würden vielleicht bereitwillig das gleiche mit uns tun. Aber wieviel würden sie uns von dem zugestehen, was keiner besitzt? Oder wir ihnen?« Über die Schulter hinweg blickte er Sujata an. »Das kann ich Ihnen beantworten – keine Seite wird der anderen irgend etwas überlassen, bevor sie nicht genau weiß, was sie da aufgibt, und vielleicht nicht einmal dann. Nein, Kanzlerin. Ihre Zerstörung ist die Voraussetzung für unser Überleben.«

Die Worte des Versorgers, immer wieder. »Zumindest glauben Sie das. Und in wenigen Wochen werden Sie ihnen einen Grund geben, es ebenfalls zu glauben. Aber weiß denn einer von Ihnen wirklich, ob es stimmt?«

»Ich schon«, behauptete er schlicht und zuversichtlich.

Stirnrunzelnd ging Sujata im Uhrzeigersinn durchs Zimmer, so daß Wells sich von der Großluke abwenden mußte, um sie im Auge zu behalten. »Und wie wollen Sie Ihre Absicht umsetzen? Die *Munin* befand sich kaum in der Heliosphäre des Alphekka-Systems, als sie angegriffen wurde. Wieviel Zeit hatte sie danach noch, zwei Minuten, drei? Die Triaden werden nicht einmal so dicht herankommen, daß ihre Wracks auf die Mizari stürzen, von ihren Waffen ganz zu schweigen.«

Jetzt verschränkte Wells die Arme abwehrend vor der Brust. »Im Gegenteil, Kanzlerin, durch die Analyse des Angriffs auf die *Munin* ist unsere Zuversicht noch gewachsen, nicht geringer geworden. Die *Munin* besaß keine Verteidigungssysteme, keinen energieabsorbierenden Schild, keine Systemverstärkungen. Eine Triade hätte diesen Angriff überlebt. Sogar ein Aufklärungsschiff hätte ihn in gutem Zustand überstanden.«

Sujata begriff, daß es ein Fehler gewesen war, sich auf einen Streit über Taktik einzulassen, aber sie konnte jetzt nicht zurück. »Und wenn die Mizari nur genau soviel Kraft gegen die *Munin* eingesetzt haben, wie notwendig war, um sie zu zerstören, wenn sie zu viel mehr fähig sind?«

»Die Waffen und Energien, die beim Angriff auf die *Munin* eingesetzt wurden, stimmen mit unseren Modellen zum Angriff auf die Weichsler überein«, erklärte Wells steif.

»Da gilt das gleiche. Sie wissen trotzdem nur, was die Mizari getan haben, und nicht, wozu sie fähig sind.«

»Wir sind keine Dummköpfe, Janell. Zuerst werden die Aufklärungsschiffe hineinfliegen. Wir werden unsere Taktik dem anpassen, was sie herausfinden.«

»Mir schwebt eine grundlegendere Anpassung vor.« Sujatas Blick bohrte sich in seinen. »Heben Sie den Angriffsbefehl auf. Holen Sie die Flotte zurück.«

Wells wich ihrem Blick nicht aus. »Nein. Es tut mir leid.«

»Commander Wells – Sie sind jetzt einen halben Schritt jenseits der Grenzlinie.« Sie ging näher zu ihm. »Das ist nicht zu weit. Noch können Sie zurück.«

Er schüttelte den Kopf. »Die Verantwortung, auf eine Bedrohung zu reagieren, liegt immer bei denen, die sie am klarsten erkennen. Das Eindringen der *Munin* war nicht von mir geplant. Aber wenn ich keine Konsequenzen daraus ziehe, werde ich meiner Verpflichtung nicht gerecht. Jetzt wäre es leichtsinnig, nicht gegen die Mizari vorzugehen.«

»Sie reden davon, wie man vermeidet, einen Krieg zu verlieren. Ich will verhindern, daß er überhaupt stattfindet.«

»Das ist nicht mehr möglich.«

»Es ist immer möglich. Die Antwort steckt in Ihnen, Harmack. Sträuben Sie sich nicht dagegen, nur weil sie so offensichtlich scheint. Betreiben Sie den Frieden. Wenden Sie sich vom Krieg ab.«

»Ich wünschte, es wäre so einfach«, meinte er wehmütig. »Ich wünsche es mir wirklich.«

»Es kann so einfach sein. Rufen Sie die *Falcon* und die *Kite* zurück. Rufen Sie die Triaden zurück.«

Langsam schüttelte Wells den Kopf. »Es tut mir leid, Kanzlerin. Was Sie da verlangen, ist unmöglich.«

»Dann lassen Sie mir keine andere Wahl, als sie selbst zurückzurufen.«

»Sie werden leider feststellen, daß das ebenfalls unmöglich ist. Von Ihnen werden sie einen solchen Befehl nicht akzeptieren.«

Sujata ballte die Fäuste und schüttelte sie vor Wells. »Wem gehören Sie eigentlich, verdammt? Wie können Sie so etwas tun?«

»Ich gehöre meinem Gewissen, Kanzlerin. Das haben Sie noch nie verstanden.«

»Ihre Macht steht in schlechtem Verhältnis zu Ihrer Verantwortung. Sie sprechen für sich selbst, aber was Sie sagen, bringt uns alle in Gefahr. Wer gibt Ihnen das Recht dazu? Wer gibt Ihnen die Autorität?«

»Und wen repräsentieren Sie, Janell Sujata?« Zum erstenmal blitzte Zorn in seinen Augen auf. »Welcher Volksabstimmung verdanken Sie Ihr Amt? Wann haben die Vereinten Welten Sie zu ihrem Vertreter ernannt? Sie sind von einem Feigling ausgewählt und von drei weiteren Feiglingen eingesetzt worden – und selbst die sind inzwischen tot. Wirklich ein eindrucksvolles Mandat. Das *Recht* leite ich aus der Notwendigkeit ab, das Reich der Menschen zu schützen, Kanzlerin. Und die Autorität gebe ich mir selbst.«

Sujata wußte, daß sie Wells' Behauptungen widersprechen sollte, doch sie fühlte sich zu ausgelaugt, ihre Entschlossenheit war stumpf geworden, ihr Optimismus hohl. *Er hört gar nicht zu. Er hört nicht auf mich. Er ist nie auch nur wankend geworden, nicht für einen Augenblick.*

Wenn sie sich jetzt zurückzog, gestand sie ihre Niederlage ein, aber zum Weitermachen fehlte ihr die Willenskraft. *Ja, ich habe verloren. Ich habe verloren, aber ich werde es wieder versuchen. An einem anderen Tag, auf einem anderen Weg – vielleicht wenn Yamakawa dabei ist, oder Venngst. Sie könnten auf mich hören. Etwas Zeit bleibt mir noch. Vor Zeugen würde er es nicht wagen, sich so offen gegen mich zu stellen …*

Sie hörte die Verzweiflung in ihren Gedanken und wandte sich ab, bevor man sie ihr auch am Gesicht ablesen konnte. Mit aller Würde, die sie durch gerade Schultern und erhobenen Kopf aufbringen konnte, marschierte sie aus dem Büro. Doch so schnell sie auch floh, die Hilflosigkeit holte sie trotzdem ein, und die verlorene Hoffnung blieb unerreichbar.

An sich hatte Sujata vorgehabt, in ihr Büro zurückzukehren und dem dort wartenden Berberon zu berichten. Inzwischen war ihr diese Verabredung jedoch völlig entfallen; sie ging statt dessen in ihr Zimmer und suchte Zuflucht unter der Bettdecke und in der dunklen Freiheit des Schlaf. Doch ihre Träume waren unruhig und beunruhigend und schenkten ihr eher Rastlosigkeit als Frieden. Sie pendelte zwischen Schlaf und Bewußtsein hin und her, ohne den Unterschied wirklich zu spüren, denn die Wirklichkeit war für sie zu einem Alptraum geworden, aus dem es kein Erwachen gab.

Daher war sie eher müder als beim Hinlegen, als der Rufton in ihrem Sender erklang. Es war eine unangenehme Art, geweckt zu werden – der Ton schien sich durch ihre Schädelknochen zu bohren. Gewöhnlich nahm sie das Implantat vor dem Schlafen offline, aber in der neuen Umgebung und den düsteren Umständen hatte sie mit vielen Gewohnheiten gebrochen. Sie tastete nach dem Stab und drückte einmal darauf, um den Ruf anzunehmen, dann lag sie mit weit geöffneten Augen im Dunkeln und versuchte zu sich zu kommen.

»Kanzlerin?« Es war Berberons Stimme.

Sujata brachte ein zustimmendes Knurren zuwege.

»Ich habe mich gefragt, ob Sie wohl mit Commander Wells fertig sind. Es ist fast vier Stunden her.«

Diesmal brachte sie sogar Worte heraus, auch wenn sie undeutlich klangen. »Ja. Ja, wir sind fertig.«

Berberon wartete einen Moment, offenbar in der Hoffnung, daß Sujata ihre Antwort erläutern würde, dann fragte er vorsichtig: »Was haben Sie erreicht?«

»Gar nichts.«

»Ah.« Berberon schaffte es, selbst in dieser einen Silbe Mitgefühl auszudrücken. »Das habe ich mir schon gedacht, weil Sie nicht zurückgekommen sind.« Er zögerte kurz. »Möchten Sie, daß ich zu ihm gehe?«

Ein Verbündeter, eine unverbrauchte Verstärkung, sagte Sujatas umnebelter Verstand dazu. »Wir haben nichts dabei zu verlieren«, antwortete sie schläfrig. »Ich glaube, Sie verstehen ihn besser als ich.«

»Ich wünschte, es wäre nicht so.« Berberon sprach merkwürdig abgehackt. »Sie versuchen jetzt erst einmal, an etwas anderes zu denken. Zur Abwechslung werde ich einmal die Last tragen – das ist längst überfällig.« Es blieb lange still, dann fügte er hinzu: »Passen Sie auf sich auf, Janell.«

Sujata murmelte einen Abschiedsgruß und nahm ihren Sender offline, dann drehte sie sich auf die Seite und zog das zweite Kissen unter ihren Arm. Der Schlaf rief sie wieder zu sich, lockte sie mit dem Versprechen, daß sie bald an gar nichts mehr denken müsse.

Sie erlag seinen Einflüsterungen und schüttelte die winzige Unruhe ab, die Warnung, daß ihr bei dem Gespräch gerade eben etwas Wichtiges entgangen war. Ihr Körper flehte zu stark um eine Erlösung von allen Gefühlen, um ein Ende der geistigen Qual, und so schlief sie, ohne zu ahnen, daß sie in den nächsten Tagen nur noch sehr schwer zu Schlaf kommen würde.

Die Müdigkeit, die Berberon in Sujatas Stimme gehört hatte, war nur ein Echo dessen, was er selbst in seinem ganzen Wesen empfand. Es war nicht nur Erschöpfung, sondern ging tiefer und war viel schwerer abzuschütteln. Er war der Kriegslisten und Geheimnisse müde, der Unaufrichtigkeit, der Intrigen, der Verantwortung.

Vor allem war er der Schuldgefühle müde. Tanvier war bei diesem Beschwichtigungsplan zwar der Architekt gewesen, aber er, Berberon, hatte die Bauausführung überwacht. Was half es da, daß er es widerstrebend getan hatte, daß er die Mängel im Plan bemerkt und sich deswegen Sorgen gemacht hatte. Jetzt, da das Bauwerk kurz vor dem Zusammenbruch stand, traf ihn genauso viel Schuld wie Tanvier – vielleicht sogar mehr, weil er seine Einwände hinuntergeschluckt und sein Gewissen den Forderungen der Pflicht untergeordnet hatte.

Er hatte diese Reise nur unternommen, um seine Schuld abzubüßen, und diesem Ziel war er bisher noch nicht sehr nah gekommen. Jetzt wirkte alles um ihn herum merkwürdig fremd, ein Zeichen, daß die Reise sich dem Ende näherte. Je tiefer er in den Korridor hineinging, desto weiter schien dessen Ende vor ihm zurückzuweichen, und seine Schritte hallten hohl in seinen Ohren wider. Alle anderen Geräusche wirkten gedämpft, nur sein Herz hämmerte laut in seiner Brust.

Dieses eigenartig verschwommene Gefühl hielt auch dann vor, als er aus dem Korridor ins Vorzimmer zum Büro des Commanders Perimeterverteidigung einbog. Dort blieb ihm Zeit genug, in Ruhe die drei identischen ungekennzeichneten Türen zu betrachten, den fischäugigen Scanner hoch oben in einer Ecke, das golden gefärbte durchbrochene Dreieck mitten auf der Wand vor ihm und hundert andere Details; erst dann wandte sich der Adjutant hinter dem Schreibtisch mit fragendem Blick ihm zu.

»Ich möchte den Commander sprechen«, erklärte Berberon in gut geübtem Befehlston.

»Ihren Namen, bitte?«

»Berberon. Felithe Berberon, Sonderbeobachter Verteidigung im Auftrag des Weltrats der Erde.«

Der Adjutant nickte und deutete auf die Sessel am anderen Ende des Raums. »Vielen Dank. Wenn Sie einen Moment warten würden, ich werde sehe, ob Mr. Shields frei ist oder Sie in seinen Terminplan aufnehmen kann.«

Berberon legte die Hände auf die Schreibtischkante und beugte sich vor. »Ich fürchte, Sie haben mich mißverstanden. Ich möchte Wells sprechen, nicht diesen Shields.«

Der Adjutant ließ sich nicht einschüchtern. »Es tut mir leid, Botschafter Berberon. Ihr Name steht nicht auf der Freigabeliste des Commander.«

»Natürlich nicht.« Berberon lächelte gewinnend. »Kanzlerin Sujata und ich sind eben erst mit der *Wesley* angekommen. Wieso teilen Sie dem Commander nicht einfach mit, daß ich hier bin; er wird mich sprechen wollen, das versichere ich Ihnen.«

Während Berberon noch redete, öffnete sich die mittlere Tür, und ein schlanker Mann in einteiligem schwarzem Dienstanzug kam heraus. »Gibt es ein Problem, Lieutenant?«

»Colonel Shields, dies ist Botschafter Berberon. Er will den Commander sprechen, aber er steht nicht auf der Freigabeliste.«

»Das ist offensichtlich ein Versehen ...«, fing Berberon an.

»Wenn der Commander Sie sprechen möchte, Mr. Berberon, dann wird er Sie auch zu finden wissen, verlassen Sie sich darauf«, erklärte Shields kalt. »Sollten Sie ein bestimmtes Anliegen haben, können Sie es ihm durch mich übermitteln.«

Berberon unterdrückte ein Seufzen, das fast zum

Schluchzen geworden wäre, und kehrte Shields den Rücken zu, mit einer Miene, von der er hoffte, daß sie Empörung ausdrückte. *Ist es schon so weit mit mir gekommen – kann ich mich nicht einmal mehr an einem Lakaien und einer Hilfskraft vorbeimogeln?* Die Unentschlossenheit lähmte ihn: drohen, schmeicheln, sich verärgert stellen und hinausstürmen, zustimmen … Die Sekunden verstrichen, und mit ihnen die Gelegenheit zum Handeln.

Dann öffnete sich die Tür zur Linken, und Wells kam heraus, im Gespräch mit einem Mann, den Berberon nicht kannte. Berberon machte zwei Schritte auf die beiden zu; dann, als Shields ihm den Weg vertreten wollte, blieb er stehen.

»Commander Wells, ich muß mit Ihnen reden«, platzte er heraus; es klang ängstlicher als beabsichtigt.

Überrascht schaute Wells in seine Richtung und verlangsamte die Schritte. »Tut mir leid, Beobachter Berberon. Ich habe keine Zeit.« Er ging weiter, hinter Shields vorbei auf die Tür ganz rechts zu. Der Fremde folgte ihm.

»Aber mit Janell haben Sie sich privat unterhalten …«, rief Berberon protestierend aus.

Wells zögerte, blieb stehen und drehte sich zu Berberon um. »Der Kanzlerin gegenüber habe ich gewisse Verpflichtungen. Ihnen gegenüber nicht. Sie haben hier keine Befugnisse, keinerlei offizielle Position. Daß ich Sie überhaupt auf der Station dulde, geschieht nur aus Höflichkeit der Kanzlerin gegenüber. Ich fühle mich jedoch nicht verpflichtet, mir von Ihnen auch noch mit Nichtigkeiten die Zeit stehlen zu lassen.«

»Wie können Sie es wagen, so mit mir zu reden …«, stieß Berberon hervor.

»Außerdem«, fuhr Wells fort, und seine Haltung wurde weniger steif, »sehe ich bei Sujata Gründe, sie zu respektieren. Bei Ihnen war das noch nie der Fall.

Sie sind ein Speichellecker und Schwächling, Berberon, ein perfektes Argument für Geburtenkontrolle.«

Dem Mann hinter Wells schien das Ganze peinlich zu sein, während Shields das Aufspießen sichtlich genoß. Berberons Mund öffnete und schloß sich lautlos, während Berberon sich um eine Antwort bemühte.

»Bitten sparen Sie sich den Atem«, sagte Wells. »Ich empfinde nur Verachtung für Sie. Es ärgerte mich ständig, daß ich, wenn ich das Gute an unserer Spezies schützen will, auch Leute wie Sie mit beschützen muß.« Angewidert schüttelte er den Kopf und wandte sich ab.

Berberon war fest entschlossen gewesen, nicht gleich die erste Gelegenheit zu ergreifen, sondern geduldig auf die beste zu warten. Jetzt schien es ganz so, als würde die erste nicht nur die beste, sondern auch die letzte sein. Ohne auf etwas anderes als Wells' Rücken zu achten, griff er in die Tasche, in der die winzige Pfeilpistole versteckt war.

Er hatte die Waffe kaum gezogen, da erhielt er einen so schrecklichen Schlag seitlich ins Gesicht, daß sein Kopf nach rechts flog. Seine Hand schloß sich unwillkürlich um den Abzug und setzte einen wilden Strom von Pfeilen frei. Jemand schrie laut auf, aber wer es war, konnte Berberon nicht erkennen.

Shields. Ich war zu nah bei Shields …

Berberon taumelte rückwärts zum Eingang des Vorzimmers und versuchte dabei, die Pistole auf den Stabschef zu richten. Doch der jüngere Shields besaß die schnelleren Reflexe. Mit einem Ausdruck grimmiger Freude auf dem Gesicht trat er dicht an Berberon heran, schlug ihm mit der linken Hand die Pistole aus der Hand und stieß ihm die eisenharten Finger der rechten aufwärts unter das Brustbein. Zuletzt schlug er ihm mit starren Fingerknöcheln gegen den Kehlkopf, und das Krachen und Splittern von Knorpel dröhnte laut in Berberons Ohren.

Bei dem plötzlichen Schmerz riß Berberon weit die Augen auf. Er stürzte nach hinten, sog mit ersticktem, rauhem Atemzug Luft ein, und der Rand seines Gesichtsfeldes wurde grau. Als sein Kopf mit zähneerschütternder Wucht auf den harten Korridorboden schlug, waren seine Glieder schon taub und kalt, und das krampfartige Zittern, das seinen Körper noch im Liegen erbeben ließ, war nur noch ein letzter Aufschrei seines Bewußtseins, das ihn eigentlich schon verlassen hatte.

19. KAPITEL

Kein Grund zu sterben

»Ich bin das Familiengesicht
Fleisch stirbt, ich lebe weiter…
Das Ewige im Menschen,
Das keinen Grund zu sterben sieht.«

– Thomas Hardy

Sujata öffnete plötzlich die Augen und versuchte ihren vom Schlaf noch benommenen Verstand auf das zu konzentrieren, was sie aufgeschreckt hatte. Klopfen – lautes und ungeduldiges Klopfen an der Tür zu ihrem Quartier. So laut, daß es sie aus tiefem und traumlosem Schlaf riß; so ungeduldig, daß die Tür aufglitt, als Sujata nicht gleich antwortete, und eine Lichtflut sowie zwei Sicherheitsoffiziere in hellbraunen Uniformen hereinließ. Der jüngere, ein Fähnrich, kam bis ans Fußende von Sujatas Bett. Der zweite, ein Lieutenant, blieb bei der Tür.

Wenn man flach auf dem Rücken liegt, fällt es schwer, Entrüstung auszudrücken, also mühte Sujata sich in eine sitzende Haltung und zog die Bettdecke um den nackten Oberkörper. »Was machen Sie denn hier?« fragte sie.

Der Fähnrich schielte in ihre Richtung. »Kanzlerin Sujata, Sie müssen mitkommen.«

»Wohin? Warum?«

»Kanzlerin, ich weiß nur, daß wir Sie abholen sollen, und wenn Sie nicht kooperieren, sollen wir Sie hinschleifen«, erwiderte der Lieutenant von der Tür her.

»Wer hat das befohlen? Soviel werde ich ja wohl noch erfahren dürfen.«

Der Lieutenant zögerte kurz. »Commander Wells.« Er fuhr fort: »Kanzlerin, mir ist nicht sehr wohl bei der Vorstellung, Sie hinzuschleifen, deshalb wäre ich Ihnen dankbar, wenn Sie kooperieren würden.«

Sujatas erster Einfall war alles andere als kooperativ. Da ihr Zorn jedoch dem galt, der diese Befehle erteilt hatte, und nicht denen, die sie ausführten, verbiß sie sich ihre Antwort. Sie zog die Decke enger um sich und schwang die Beine über die Bettkante. »Ich muß mich anziehen.«

Der Fähnrich nickte steif. »Wir sollen warten.«

»Sie können draußen warten.«

»So leid es mir tut, Kanzlerin«, widersprach der Lieutenant, »wir haben Anweisung, Sie weder allein zu lassen, noch Ihnen den Rücken zuzukehren.«

Sujata kam eine halb vergessene Unterhaltung in den Sinn, und plötzlich wußte sie mit schrecklicher Gewißheit, warum man sie holen kam. *Nein, Felithe, nicht das, nicht jetzt. Selbst dein Scheitern kann mich um meine letzte Chance gebracht haben, und wenn du Erfolg gehabt hättest …*

Sujata stand auf und ließ die Decke zu Boden fallen. In dem Wissen, daß die zwei Beobachter ihr wahres verborgenes Ich nicht erreichen konnten, tat sie deren wachsame Blicke als unwichtig ab und ging zum Kleiderschrank.

»Bitte beeilen Sie sich«, ergänzte der Fähnrich.

Daß Wells sie auf diese Art holen ließ, ihr ein solches Eindringen zumutete … *Er will mich demütigen,* überlegte sie, während sie ein rostbraunes *Daiiki* überstreifte. *Er ist wütend, so wütend, daß er rücksichtslos wird.* Sie griff nach einer Haarbürste, um rasch ihr vom unruhigen Schlaf wirres und zerzaustes Haar zu glätten, hielt aber mitten in der Bewegung inne. *Nein – soll er mich ruhig so sehen. Soll er doch denken, er hätte sein kleines Spiel gewonnen. Vielleicht erreiche ich bei ihm mehr, wenn ich ihm den Vorteil überlasse, statt daß ich aufzuholen versuche. Darüber steht etwas im Kanon, nicht wahr, Wyrena?*

Sie drehte sich zu den Offizieren um und legte die Hände auf die Hüften. »Ich bin soweit.«

Zu ihrer Überraschung wurde sie nicht zu Wells' Suite gebracht, sondern in einen Bereich der Station, den sie noch nicht kannte. Die Kennzeichnungen, an denen sie vorbeikamen, waren größtenteils verschlüsselt, Zahlen und Buchstaben, die keinen Sinn ergaben, und Sujata fand es schwierig, auch nur in bezug auf die großen Linien der Station die Orientierung zu behalten. Schließlich erreichten sie jedoch einen Block, der – wo immer er lag – unzweifelhaft die medizinische Abteilung der Station beherbergte.

Wer ist verletzt? Felithe? Oder Wells? Vielleicht hatte er sie ja nicht nur aus Wut so dringend zu sich bestellt. Sie gingen durch den Aufnahmebereich mit seinen Schnellfahrstühlen – von den Docks? – und betraten einen Korridor mit zweitürigen Untersuchungszimmern auf beiden Seiten.

Vor dem letzten Raum auf der linken Seite standen zwei weitere Sicherheitsoffiziere, ein männlicher Colonel und ein weiblicher Fähnrich. Trotz der Umsicht, mit der Sujatas Bewacher sie beim Anziehen beobachtet hatten, wurde sie von der Frau durchsucht – nicht eben höflich –, bevor sie den Raum betreten durfte.

Zwei Schritte hinter der Tür blieb Sujata wie angewurzelt stehen; was sie sah, verschlug ihr den Atem. In einer entfernten Ecke stand Wells, halb mit dem Rücken zu ihr, die Arme über der Brust verschränkt, die Schultern vorgezogen. An seiner rechten Wade saß eine gepolsterte Wölbung, als wäre unter der Hose ein Verband verborgen.

Shields saß lässig in einem Sessel, ein Bein über das andere geschlagen, einen Rauchstock in der Hand.

Und auf einem Untersuchungstisch, flach auf dem Rücken, nackt und still, lag Berberon. Genauer gesagt, Berberons Leiche. Die offenen Augen des Botschafters waren leblos wie gefärbtes Glas und blickten starr zur Decke.

Ein kleiner Teil von Sujatas Bewußtsein hatte sich schon beim Verlassen des Zimmers auf so etwas gefaßt gemacht. Trotzdem wurde ihr Verstand bei diesem Anblick von einer Welle des Bedauerns und der Empörung überflutet. Sie trat an den Tisch, berührte die purpurrote Prellung mitten auf Berberons Brust und spürte die feuchte Kälte seines Körpers.

»Was ist passiert?« fragte sie leise.

Wells wirbelte auf dem Absatz zu ihr herum, hob den rechten Arm und richtete eine kleine Waffe auf sie. Als er den Arm ganz gehoben und ausgestreckt hatte, war die Gittermündung am Ende der rechteckigen Laufs nur noch wenige Zentimeter von Sujatas Gesicht entfernt.

»Muß man Ihnen das wirklich erst erklären, Kanzlerin?« fuhr er sie an. »Er hat bei seinem Auftrag versagt. Jetzt ist er tot, nicht ich. Was sagen Sie dazu, Kanzlerin? Gefällt es Ihnen, in eine Pistolenmündung zu blicken?«

Sujata hörte kaum hin. Als Wells sich umdrehte, sah sie zu ihrem Erstaunen, daß seine Maske gefallen war. Felithe hatte ihn überrascht. Nein, nicht nur das – er hatte ihn erschüttert. Sujata las hundert Nuancen in seinem Gesicht, seinem Tonfall, seiner Haltung, Dinge, die sie noch nie an ihm gesehen hatte. *Das hätte ich nicht erwartet. Vielleicht gibt es hier doch etwas …*

»Es gefällt mir nicht besonders«, antwortete sie mit geübter Gelassenheit und blickte an der Pistole vorbei in Wells' Gesicht. »Es macht Ihnen wohl Spaß, den Mann, der Ihnen den Weg zum Direktorenamt geebnet hat, wie eine Jagdtrophäe daliegen zu sehen?«

Langsam senkte Wells die Waffe und reichte sie an

Shields weiter. »Er kam zu meinem Büro und wollte mich umbringen«, erklärte er. Jetzt, da der Zorn ihm keine Tarnung mehr bot, verriet sich sein Entsetzen in einem ungewohnten Zittern der Stimme. »Von hinten erschießen, vor meinem eigenen Büro. Er kam seinem Ziel näher, als mir lieb ist. Wenn Colonel Shields nicht gewesen wäre …«

Auch wenn Wells es nicht zugegeben hätte, er schonte ganz offensichtlich sein rechtes Bein und trug den größten Teil seines Gewichts mit dem linken. *Hast du vielleicht Schmerzen, Harmack? Darin liegt eine Botschaft, du solltest darauf hören.* Sujata blickte kurz Shields an und dann wieder Wells. »Soll ich aus der Art, wie Sie mich aus dem Bett gejagt haben, etwa schließen, daß Sie denken, ich könnte seinem Beispiel folgen?«

Wells lachte humorlos. »Ich dachte, Sie wollen mir vielleicht erzählen, daß er aus eigenem Antrieb gehandelt hat …«

»Keineswegs. Wenn Sie das glaubten, könnten Sie es leichter abschütteln, und genau das dürfen Sie nicht.« Sujata legte die Hände neben Berberon auf den Tisch. »Natürlich hat er auf Befehl gehandelt – auf Befehl des Weltrats. Dort hat man Angst vor Ihnen. Jetzt wissen Sie, wieviel. Suchen Sie die Schuld nicht bei Felithe. Suchen Sie sie bei sich selbst und bei dem, was Sie hier tun. Sie haben ihnen keine andere Wahl gelassen.«

Das Antworten übernahm Shields, ganz als wollte er Wells beschützen. »Ich fürchte, die Schuld zeigt eher in Ihre Richtung, Kanzlerin. Ja, vor Ihrem Abflug von Lynx hat der Botschafter einen solchen Befehl von Präsident Tanvier erhalten. Aber nachdem die *Wesley* den Craze verlassen hatte, hat der neue Präsident, Dailey, den Befehl widerrufen.«

»Davon hat Felithe nichts gesagt … Woher wollen Sie das überhaupt wissen? Haben Sie seine Anrufe überwacht?«

»Das hier ist eine geheime Militäreinrichtung, Kanzlerin. Hier wird die gesamte Kommunikation überwacht. Die nach draußen *und* die interne. Oh, Sie brauchen sich gar nicht hinter Ihrer Empörung zu verstecken. Es ist offensichtlich, daß Sie für Berberons Anschlag verantwortlich sind.«

Sujata schaute Wells an. »Ich hätte ihm so etwas gar nicht befehlen können, und selbst wenn ich dazu befugt gewesen wäre, hätte ich es nicht getan. Ich bin hergekommen, um unnötiges Töten zu verhindern, nicht um dabei mitzumachen.«

»Und wieso hat Berberon Sie dann vor der Tat angerufen und um Anweisungen gebeten?« fragte Wells.

Sujata ergriff Berberons Hand und betrachtete traurig sein schlaffes Gesicht. »Er hat mich nicht um Anweisungen gebeten, sondern um Informationen. Vielleicht hätte ich wissen müssen, was er vorhatte. Ich wünschte, ich hätte es erraten, denn dann hätte ich ihn davon abgehalten, und er wäre vielleicht noch am Leben.« Sie blickte auf und sah Wells an. »Aber ich habe ihm nichts befohlen, Harmack. Wenn der Rat seinen Befehl wirklich widerrufen hat, dann hat er es aus eigenen Gründen getan.«

»Oder aus Ihren Gründen«, beharrte Shields.

»Nein«, entgegnete Sujata fest. »Selbst wenn ich so denken würde wie Sie, Colonel – und ich bin froh, daß ich das nicht tue –, was Commander Wells mir gestern erzählt hat, hätte mich davon abgehalten. Ich will, daß die Triaden zurückbeordert werden. Da er anscheinend der einzige ist, der das kann, wäre es Wahnsinn gewesen, ihn umzubringen. Und auch wenn Chaisson Ihrer Heimatwelt das Gegenteil einreden wollte, auf Frieden mit den Mizari zu hoffen, heißt nicht automatisch, daß man wahnsinnig ist.«

Sie konnte Wells' Gesicht immer noch lesen, und es verriet ihr, daß ihre Argumente ihn überzeugt hatten. Bei Shields konnte sie jedoch nicht auf einen Grundstock gemeinsamer Erfahrungen zurückgreifen, und er blieb unbeeindruckt.

»Das dürfen Sie alles vorbringen, wenn Sie vor Gericht stehen«, erklärte er. »Leider wird das nicht sehr bald der Fall sein. Ihre Position und unser Standort werfen gewisse technische Probleme auf – was Sie sicher im voraus bedacht haben.«

»Eine Anschuldigung gegen einen Kanzler muß vor das volle Dienstgericht gebracht werden«, sagte Sujata.

»Ja. Und das hat seinen Sitz natürlich in Central. Allerdings müssen wir Sie nicht unbedingt dorthin verschiffen – wir haben ein Gutachten angefordert, ob der Prozeß über Kleine durchgeführt werden kann.«

»Dann bin ich also nicht nach Paragraph 34 suspendiert?« Das war der relevante Teil des Dienstvertrags.

»Technisch gesehen, nein, nicht bis die Antwort des Gerichts da ist. Das heißt aber nicht, daß Sie frei auf der Station herumlaufen dürfen. Wir werden Sie in Ihr Quartier sperren, dafür reicht Gouverneurs Whites Befehlsgewalt über diese Station allemal aus.«

Sujata sah Wells an. »Harmack, das ist doch überflüssig. Sie wissen genau, daß ich keine Bedrohung für Sie bin.«

Wells kratzte sich den Nacken und wandte sich ab. »Vielleicht nicht. Aber Sie könnten in kritischer Situation für Unruhe auf der Station sorgen. Gouverneur White ist deswegen besorgt, und die Entscheidung liegt bei ihm. Ich habe hier nur das Kommando über die Einsätze, nicht über die Logistik. Rechnen Sie nicht damit, daß ich mich einmische.«

Sujata schürzte die Lippen und nickte. Sie hatte nichts anderes erwartet, und doch brauchte sie noch etwas mehr. »Wenn Sie keine Einwände haben, werde ich mich mit dem Rat in Verbindung setzen und ihm von Felithes Tod berichten.«

»Keine Kommunikation«, widersprach Shields scharf.

Doch Wells hob die Entscheidung mit einer Handbewegung auf. »Sie können die Kanzlerin nicht daran hindern, mit Central zu reden, Philip. Das ist ihr gutes Recht. Und wenn sie die unerfreuliche Aufgabe übernehmen möchte, den Tod des Botschafters zu melden, sehe ich keinen Grund, wieso wir ihr den Gefallen nicht tun sollen.«

»Vielleicht will sie verschlüsselte Nachrichten übermitteln …«

»Sie kann ihnen nichts anderes erzählen als die Wahrheit. Von der Wahrheit habe ich nichts zu befürchten.«

»Sie könnten noch andere Agenten hier haben«, beharrte Shields. »Denken Sie an Farlad …«

»Falls es hier wirklich noch weitere Agenten gibt, werden sie sich die Warnungen der Kanzlerin zweifellos zu Herzen nehmen«, meinte Wells. »Genehmigen Sie eine Verbindung mit Präsident Dailey für sie.«

»Danke, Commander«, sagte Sujata.

Shields runzelte finster die Stirn und erhob sich aus seinem Sessel. Er steckte Berberons Waffe ein und ging um den Untersuchungstisch herum zur Tür. Dort blieb er stehen und sah Sujata erwartungsvoll an. »Also los, kommen Sie.«

Sujata drückte Berberon ein letztes Mal die Hand und ließ sie dann los. Umgebracht hast du ihn nicht, Felithe, dachte sie, während sie hinter Shields zur Tür hinausging. Aber vielleicht hast du ihm gezeigt, daß er sterblich ist, und das könnte genügen. Es könnte ihm begreiflich machen, was es hier zu fürchten gibt …

Roland Dailey, der 107. Präsident eines Weltrats, der gerade seine 694. jährliche Sitzungsperiode beendete, war jünger, als Sujata gehofft hatte. All diese Tradition lag in den Händen eines Mannes, auf dessen Gesicht sich weniger als vierzig Lebensjahre abzeichneten.

Die Jungen tun gern so, als wäre der Tod etwas, das

nur andere betrifft, dachte Sujata, während sie Dailey betrachtete. Bis sie mit der Wahrheit konfrontiert werden. Ist dir diese Erkenntnis schon gekommen, Roland Dailey? Über welchen Satz Vorurteile wirst du das Gehörte filtern?

Sujata konnte ihn in aller Ruhe betrachten, denn wegen der Interferenz zwischen dem Oberkommando Perimeter und der Erde war sein Gesicht erstarrt. Ihr Begrüßungsblock war abgeschickt, und sie wartete auf Antwort; bis sie kam, behielt das Terminal den letzten vollständigen Datensatz auf dem Schirm. Der Netzoperator hatte Sujata gewarnt, daß sie vermutlich die halbe Zeit mit Warten verbringen würde, und ihr eine reine Textverbindung empfohlen. Sujata hatte jedoch auf eine volle bimodale Verbindung bestanden.

Ich muß ihn hören und sein Gesicht sehen, und er muß mich hören und sehen, dachte sie. *Ich muß jeden möglichen Vorteil nutzen …*

Der nächste Datenblock kam herein, und Daileys Gesicht erwachte abrupt zum Leben. »Kanzlerin Sujata, was für eine Freude, Sie kennenzulernen. Ich frage mich, ob Sie vielleicht meinen Großvater gekannt haben, Kommissar Brant Dailey. Soweit ich weiß, gehört er in Ihre Zeit.«

»Sie werden mir sicher verzeihen, wenn ich auf Reminiszenzen verzichte, Präsident Dailey«, erwiderte sie knapp, aber höflich. »Ich habe viel mit Ihnen zu besprechen, und mir steht nur begrenzte Zeit zur Verfügung. Zunächst einmal muß ich Ihnen mitteilen, daß dieses Gespräch von den hiesigen Militärs überwacht wird; ihr Befehlshaber ist Harmack Wells, der Direktor der Abteilung Verteidigung. Falls irgendwelche Störungen auftreten, sollten Sie das als einen Zensurversuch deuten und nicht als Folge der Interferenz, denn damit, so hat man mir versichert, werden die Techniker schon fertig, wenn wir nur ein wenig Geduld aufbringen.«

Diesmal mußte sie nur wenige Sekunden warten, ganz als wäre ein ›Vor Absenden prüfen‹-Befehl aus der Arbeitsschleife entfernt worden. Shields hatte sie nur sehr widerwillig an ihrem Büroterminal alleingelassen, und sie war sicher, daß er mithörte. »Ich verstehe, Kanzlerin – das heißt, ich verstehe, was Sie sagen, nicht warum Sie es sagen.«

»Das kann ich Ihnen hoffentlich erklären«, antwortete sie. »Ich kenne Sie nicht, Präsident Dailey, aber ich muß mich trotzdem auf Sie verlassen. Sie kennen mich nicht, aber Sie müssen mir trotzdem vertrauen. Wenn ich mich nicht auf Sie verlassen kann, oder wenn Sie zu dem Schluß kommen, daß Sie mir besser nicht glauben, dann entgeht uns die letzte Gelegenheit, einen dummen und unnötigen Krieg zu verhindern.

Mir ist sehr wohl bewußt, daß es für Sie vielleicht schwierig sein wird, meinen Behauptungen Glauben zu schenken. Ich bin eine Frau, und ich weiß, daß viele Männer dieselben Worte immer noch verschieden hören, je nachdem, ob eine Frau sie ausspricht oder ein Mann. Darüber hinaus bin ich auch noch eine maranitische Frau und somit doppelt verdächtig. Doch auch wenn ich nicht von Ihrer Welt stamme, ich liebe sie mehr als meine eigene. Sie müssen mir einfach glauben, daß wir ein gemeinsames Interesse haben, nämlich das Leben auf der Erde zu bewahren. Ich habe alles getan, was ich konnte. Jetzt brauche ich Hilfe.«

Daileys Gesichtsausdruck und Tonfall wurden wachsam, doch in seinen Augen lag auch ein wenig Neugier. »Das klingt alles sehr bedrohlich. Also gut, Kanzlerin, ich höre.«

»Bevor ich Ihnen mehr darüber erzähle, muß ich etwas wissen. Präsident Tanvier hatte Botschafter Berberon ermächtigt, Commander Wells zu töten, falls die Umstände das erforderlich machten. Auch wenn ich mit solchen Methoden nicht einverstanden bin, die Gründe dafür habe ich verstanden. Sie haben diese Ermächtigung zurückgezogen. Warum? Ich brauche eine ehrliche und vollständige Antwort. Warum sind Sie wegen der Lage hier draußen weniger besorgt, als Präsident Tanvier es war? Wie sieht diese Lage Ihrer Meinung nach aus?«

Es gab eine lange Verzögerung, und Sujata hatte keine Möglichkeit festzustellen, ob sie von Dailey oder etwas in der Arbeitsschleife ausging. »Ich weiß nicht, ob Sie über die näheren Umstände meiner Amtsübernahme Bescheid wissen«, sagte Dailey dann. »Präsident Tanvier ist siebenundfünfzig Jahre im Amt geblieben, was jedermann außer ihm selbst und den Neunern zwanzig Jahre zu lang fand. Er war schon Präsident, als ich geboren wurde, und als er vor drei Jahren starb, war er immer noch Präsident. Ich wurde vom Rat zu seinem Nachfolger gewählt, eben weil ich seine machiavellistische Art zu regieren ablehnte.

Ich habe von Tanvier eine ziemlich dicke Akte geerbt, in der beschrieben wird, wie er und Botschafter Berberon die inneren Angelegenheiten des USS zu beeinflussen versuchten. Ich weiß nicht, inwiefern Sie sich dieser Versuche bewußt waren. Ich weiß nur, daß mich das Gelesene schockiert hat. Solange wir noch keine unabhängige planetare Verteidigung besaßen, war eine gewisse Sorge – keine Einmischung – vielleicht gerechtfertigt.

Aber diese paranoide Besessenheit mit den Verteidigungsplänen des USS, die für Tanvier und seine Anhänger typisch war, kann ich nicht teilen. Und für die Art von Befehlen, wie Tanvier sie dem Botschafter erteilt hat, kann es gar keine Rechtfertigung geben. Seit ich davon weiß, habe ich ungeduldig auf eine Gelegenheit gewartet, diese Befehle zu widerrufen. Die Gelegenheit kam, als Ihr Schiff das Oberkommando Perimeter erreichte.

Es freut mich zu hören, daß Sie mit diesem Mordauftrag nicht einverstanden waren. Ich mag solche Geschichten nicht, Kanzlerin. Und ich mag auch die Art Leute nicht, die zu so etwas greifen. Deshalb habe ich Botschafter Berberon bei unserem Gespräch neulich mitgeteilt, er hätte zweiundsiebzig Stunden Zeit, um seinen Rücktritt einzureichen, sonst würde er gefeuert.«

Mit dieser stolzen Enthüllung beantwortete Dailey eine von Sujatas nagenden Fragen. *Jetzt verstehe ich, wieso Felithe nicht abgewartet hat,* dachte sie. *Seine Zeit wäre noch früher abgelaufen als unsere. Wenn er kein Botschafter mehr gewesen wäre, hätte Wells gar keinen Grund gehabt, mit ihm zu reden.*

»Präsident Dailey, Sie sprechen von einem Mann, den Sie nie gekannt haben, und Ihr Urteil ist strenger, als er es verdient«, erwiderte sie. »Es wäre jedoch sinnlos, Sie davon überzeugen zu wollen, denn die Frage wird immer ungelöst bleiben. Ob Befehl oder nicht, Felithe Berberon ist vor einigen Stunden bei einem Attentatsversuch auf Commander Wells ums Leben gekommen. Ich erwarte nicht, daß Sie um ihn trauern, obwohl ich es tun werde. Aber von einem muß ich Sie überzeugen, nämlich daß er im Gegensatz zu Ihrer Meinung von ihm nicht paranoid war, sondern sich zu Recht gefürchtet hat. Und der Grund für diese Furcht war, daß Wells im Begriff steht, einen Krieg anzufangen, den er nicht gewinnen kann.«

Daileys Gesicht schrie seinen Widerwillen förmlich heraus. »Was hat das mit mir und dem Rat zu tun? Warum kommen Sie mit Ihren Beschwerden zu mir? Sie sind die Kanzlerin des USS. Wenn Sie mit den Entscheidungen Ihres Commanders nicht einverstanden sind, dann heben Sie sie auf. Befehlen Sie ihm aufzuhören. Oder ist mir etwas entgangen?«

Sujata seufzte. »Bedauerlicherweise erkennt Commander Wells meine Autorität nicht mehr an. Seiner Ansicht nach ist er nicht im Auftrag des USS hier. Er denkt, daß er die gesamte Menschheit vertritt. Und da es niemand gibt, der im Namen der Menschheit sprechen dürfte, folgt er seinem Gewissen.«

»Ich verstehe nicht, wie Sie so jemand überhaupt zum Commander machen konnten …«, fing Dailey an.

»Dann war Tanviers Akte unvollständig«, entgegnete Sujata zornig, ohne auf das ›Sendebereit‹ zu warten. »Oder wollen Sie mir einreden, der Rat hätte dieses Problem nicht mitgeschaffen?«

»Und was meinen Sie eigentlich, wenn Sie sagen, er will einen Krieg anfangen? Und woher wollen Sie wissen, daß er ihn nicht gewinnen kann? Wieso sollte er so etwas tun? Oder wollen Sie mich in einem internen Machtkampf auf Ihre Seite ziehen? Wenn Sie mit Botschafter Berberon befreundet waren, dann teilen Sie vielleicht mehr von seiner Einstellung, als Sie jetzt zugeben.«

Sujata seufzte. »Präsident Dailey, Sie haben ein Recht auf genaue strategische Einzelheiten. Aber sobald ich sie Ihnen zu liefern versuche, wird diese Verbindung zweifellos unterbrochen. Ich kann nicht mehr riskieren als nackte Feststellungen, und Sie müssen sich irgendwie dazu durchringen, mir zu glauben. Der Krieg steht unmittelbar bevor. Die Triaden können Sie nicht schützen. Die Verteidiger können Sie nicht schützen. Ihre Exoten können Sie nicht schützen. Wenn es zum Krieg kommt, wird die Erde verwüstet, genau wie damals, als die Weichsler auf ihr zu Hause waren.«

»Eine solche Behauptung kann ich einfach nicht akzeptieren. Unsere strategischen Berater …«

»Ihre strategischen Berater sind genau wie die von Wells. Sie sind außerstande, den Mizari Fähigkeiten zuzugestehen, die auf einer ganz anderen Ebene liegen als unsere. Obwohl Sie nicht das geringste über sie wissen, außer daß sie existieren, schreiben Sie ihnen die gleichen Beschränkungen zu, die für uns gelten.«

Sie hielt kurz inne, um Atem zu schöpfen und ihre Gedanken zu sammeln. »Vielleicht haben Ihre Berater sogar recht. Vielleicht hat Wells recht. Aber ist Ihnen klar, welchen Preis Sie bezahlen, wenn sie unrecht haben? Haben Sie überhaupt eine Vorstellung davon, auf welcher Ebene dieser Krieg stattfinden wird, welche Energien beide Seiten zu ihrer Verfügung haben? Haben Sie eine Vorstellung davon, was diese Waffen dem Lebenskörper auf unserer Welt und auf ihrer antun werden? Wie können Sie es zulassen, daß Wells diese Entscheidung für Sie trifft?«

Präsident Daileys Miene verriet Gereiztheit, als hätte er von Abwehr auf Ärger umgeschaltet. »Wenn er auf Sie schon nicht hört, wieso sollte er dann auf mich hören? Soweit ich sehe, haben Sie mir noch keine Alternative angeboten. Wenn Ihr Commander Wells wirklich so blind für die Gefahr ist, wie Sie behaupten, wie soll ich ihn dann bremsen? Erwarten Sie von mir, daß ich als Mitplanetarier an ihn appelliere? Er poltert in Ihrem Porzellanladen herum, nicht in meinem. Wenn Sie ihn nicht aufhalten können, wie soll ich es dann schaffen?«

»Ich glaube, er wünscht sich einen Grund aufzuhören.« Sujata wog ihre Worte sorgfältig ab. »Ich glaube, Sie könnten ihm diesen Grund geben. Wells ist nicht völlig außer Kontrolle, müssen Sie wissen. Er ist ein Mann mit Prinzipien. Er tut, was er für seine Pflicht hält, und folgt dabei einem Codex, nach dem er sich sein Leben lang gerichtet hat. Und diese Vorstellung von Pflicht, dieser Codex, ist unsere einzige Chance, zu ihm durchzudringen.

Aber um das zu erreichen, müssen Sie eine Autorität schaffen, die über die des USS und des Kanzleramts hinausgeht, eine Autorität, die auf der gleichen Ebene liegt wie das Prinzip, dem Wells folgt.«

»Sie erwarten vom Rat, daß er den USS übernimmt? Oder wollen Sie ihn uns ausliefern?«

»Das würde nicht genügen«, antwortete Sujata. »Sie müssen eine Autorität schaffen, die für nichts Geringeres steht als für alle Welten gemeinsam, denn nur dann haben Sie die Möglichkeit, von Wells die Macht zurückzufordern, die er seiner Meinung nach in Ihrem Interesse ausübt. Sie müssen einen Weg finden, wie die Welten glaubwürdig zu ihm sagen können: ›Nein, darüber haben nicht Sie zu entscheiden, sondern wir.‹«

Noch bevor Sujata ausgesprochen hatte, schüttelte Dailey schon den Kopf. »Nein, Kanzlerin, nein. Das ist unmöglich. Begreifen Sie nicht, was uns das politisch kosten würde – welches Legat die Neuner hinterlassen haben, wie verhärtet die Fronten gegen jede Art von systemübergreifendem Föderalismus sind? Wie können Sie da von mir verlangen, daß ich die Souveränität der Erde aufgebe …«

»Wenn ich bei Ihnen wäre, würde ich Ihnen für diese Dummheit den Hals umdrehen!« explodierte Sujata. »Welchen Wert hat denn das souveräne Recht, einen sinnlosen Tod zu sterben? Glauben Sie, wenn Sie sich einreden, das Ganze sei ein Problem des USS, dann entgehen Sie damit den Konsequenzen? Glauben Sie, weil Sie die Triaden mitfinanziert haben, wären Sie sämtliche Verpflichtungen los – wie ein mittelalterlicher Ritter, der seinen Schildpfennig bezahlt hat?

Die Lage ist nun einmal so, Präsident Dailey, und die Entscheidung so schwer wie die, vor die Sie Felithe gestellt haben. Sie können Krieg haben, oder Sie können die Verantwortung haben, um die Sie sich seit der Neuorientierung herumdrücken. Sie haben drei Tage Zeit, um das in die Tat umzusetzen. Denn mehr Zeit bleibt uns nicht, bis Wells' Flotte einen Punkt erreicht, nach dem es kein Zurück mehr gibt …«

Der Bildschirm wurde leer, und Sujata verstummte, denn sie wußte, was das bedeutete. Keine halbe Minute später erschien Shields atemlos in der Tür; seine Brust hob und senkte sich heftig, und er sah Sujata finster an.

»Es ist mir egal, was der Commander gesagt hat,

jetzt ist Schluß«, erklärte er wütend. »Sie würden wohl alles tun, um uns aufzuhalten, was? Den Commander hintergehen, den USS verraten ...«

»Ja.« Unerschrocken erhob sie sich aus ihrem Sessel. »Und wenn Ihnen klar wäre, was uns wirklich bevorsteht, würden Sie mir dabei helfen. Aber dazu haben Sie nicht das Zeug, Sie hirnrissiger militaristischer Betonkopf. Sie werden nie begreifen, daß Sie dem falschen Mann und der falschen Idee die Treue halten.«

»Sie sind hier die mit der falschen Idee, Kanzlerin – daß es irgendwie moralisch besser ist, Besiegter zu sein statt Sieger. Fähnrich!« brüllte er, und gleich darauf erschien ein Sicherheitsoffizier hinter ihm. »Begleiten Sie Kanzlerin Sujata in ihr Quartier und beziehen Sie vor der Tür Stellung, bis Sie abgelöst werden. Sie darf den Raum nicht verlassen und auch keinen Besuch empfangen.«

Er wandte sich wieder Sujata zu, und auf seinem Gesicht lag ein grimmiges, aber selbstzufriedenes Lächeln. »In einem hatten Sie allerdings recht, Kanzlerin. Ihnen läuft die Zeit davon. Wenn die Triaden erst ihre letzten Abbruch-Anfragen hinter sich haben, kann niemand mehr etwas ändern, nicht einmal Präsident Dailey.«

Auch wenn vor Sujatas behelfsmäßiger Zelle kein Gitter war, Sujata war trotzdem vollständig gefangen. Das Zimmerterminal war vom Netz abgeschnitten, und die Tafel hatte man ihr weggenommen. Sie hatte keine Möglichkeit, Dailey oder auch nur Wells zu erreichen, und keine Freunde auf der Station, die an ihrer Stelle ihren Standpunkt vertreten hätten.

Jedesmal, wenn ihr eine Mahlzeit gebracht wurde, bat sie den Überbringer, Wells etwas auszurichten: »Bitte sagen Sie Commander Wells, daß ich ihn sprechen möchte.« Aber keiner ihrer Boten trug das Kommandoabzeichen oder hatte einen höheren Rang als den eines Spezialisten. Folglich war keiner von ihnen in einer Position, wo er die Nachricht direkt an Wells weitergeben konnte, und daß Shields sie ihm niemals übermitteln würde, stand für Sujata fest. Auf jeden Fall erhielt sie keine Antwort.

Sie konnte nicht schlafen, doch im Wachen gab es für sie nichts zu tun als zu grübeln. Die nervenzehrende Ungewißheit trieb sie dazu, sich mit den Wachen zu unterhalten, wobei sie sich im Eingang auf den Fußboden setzte und den Rücken gegen die Innenseite der Tür lehnte. Das bewahrte sie wenigstens davor, endlos ihre Liste von verpaßten Gelegenheiten und glatten Fehlern durchzugehen, auch wenn die Wachen wegen dieser Kontaktaufnahme noch lange nicht weniger wachsam wurden.

Ein Tag kroch vorüber, dann ein zweiter, und ein dritter begann – Tage, die sie am Rhythmus der Mahlzeiten abzählte, da selbst die Uhr am Terminal abgeschaltet war. Wenn sie von den Wachen genug hatte oder die Wachen von ihr, kehrte sie im Geist immer wieder zu Bildern von Schiffen im hohen Craze zurück. Sie sah, wie die Schiffe sich Welten näherten, auf denen es von Leben wimmelte. Unter den Schwingen des Trägerschiffs waren schreckliche Waffen verborgen – auf der Planetenoberfläche noch schrecklichere. In der Dunkelheit und Stille ihre Quartiers konnte sie sie deutlich erkennen, konnte spüren, wie bald man sie abfeuern würde.

Sie sah die Ganzheit des Lebens in Stücke zerbrechen – das zarte Gewebe uralter Ökosysteme zerreißen. Die letzten Augenblicke voll Schreck und Verwirrung, nicht nur im Bewußtsein vernunftbegabter Wesen, sondern auch im Bewußtsein von tausend Arten mit einem Schimmer von Selbstwahrnehmung und im kollektiven Bewußtsein der Mutter. Das herzzerreißende Wissen, daß dieses Gespenst, dieser Augenblick der Tod war, ein endgültiger und furchtbarer

Tod, ein kalter und unausweichlicher Tod. Und die Welt, die sie ständig in Flammen aufgehen sah, war die Erde.

Sujata wußte, daß Wells' Schiffe nicht gewinnen konnten, wußte es mit einer Gewißheit, die sie durch keine ihr bekannten Tatsachen rechtfertigen konnte, und diese Gewißheit verwirrte sie. Sie konnte sich nicht erinnern, wann sie an die Stelle ihrer früheren Motive getreten war – vorausschauende Sorge, persönliche Kränkung und kulturell bedingtem Abscheu. Irgendwann nachdem die *Wesley* den Erdorbit verlassen hatte, irgendwann bevor sie an dieser Station angedockt hatte – genauer konnte Sujata es nicht festlegen.

Für Wells und alle, die seinen Standpunkt teilten, war ihre innere Überzeugung jedoch ebenso bedeutungslos wie ihre Besorgnis. Das war die Lektion, die Berberon ihr mit viel Mühe hatte beibringen wollen und die sie zu spät gelernt hatte. Wenn sie Wells verstanden hätte, wie Felithe ihn verstand, dann hätte sie viel früher begriffen, wie aussichtslos ihre Mission war.

Inzwischen sah sie ein, daß Wells zu dem Sprung ins Vertrauen, den sie von ihm verlangte, ganz einfach unfähig war. Er war so, wie er sein mußte. Er konnte nicht anders sein, konnte nicht anders denken. Der Krieg war nicht deshalb unvermeidlich, weil Wells ihn wollte, sondern weil er ihn für unvermeidlich hielt. Er konnte sich nicht gestatten, darauf zu hoffen, daß die Mizari die Fähigkeit zur Gnade oder Weisheit oder auch nur zu schlichter Vernunft besaßen. Kein Mensch hatte je eine Schlacht gewonnen, indem er das Beste von seinem Feind annahm, und es waren schon viele Niederlagen vermieden worden, weil man das Schlimmste angenommen hatte.

Der einzige Ausweg war, ihm die Entscheidung aus der Hand zu nehmen. Doch die beste Gelegenheit dazu hatte sie versäumt, als sie Central verlassen hatte. Hätte sie damals schon alles begriffen und wäre auf

Central geblieben, sie hätte noch Zeit genug gehabt, um wenigstens zu versuchen, die Welten zusammenzubringen. Wells wußte, was Macht war, er respektierte Macht. Auf die vereinte Stimme der Affirmation hätte er gehört, davon war Sujata überzeugt.

Aber diese Erkenntnis kam zu spät, und Sujatas Ideen allein besaßen nicht die Kraft, ihn zu beeindrucken. Ihre Vision war edler und erhebender als seine, aber Sujata konnte ihn nicht dazu zwingen, sie zu übernehmen. Felithe hatte mit seiner vergeblichen und fatalen Geste mehr Eindruck auf Wells gemacht, als sie es mit all ihren Worten je schaffen würde. Und selbst das war zu spät gekommen.

Während Sujata aus solchen Gedanken ein feines Netz der Verzweiflung wob, wurde sie plötzlich durch den Rufton von der Tür gestört. Das Geräusch überraschte sie, denn wenn ihr die Mahlzeiten gebracht wurden, machten die Wachen sich nie die Mühe zu läuten. Sie hob den Kopf und blickte zur Tür, gerade als sie aufglitt. Zu ihrer Überraschung kam Wells herein.

»Die *Falcon* wird gleich mit der Erkundung des Systems Mizar-Alkor beginnen«, erklärte er. »Ich dachte, Sie würden sich den Durchflug vielleicht gern mit uns im Lageraum anschauen.«

Damit Sie sehen, daß ich recht habe, lautete der unausgesprochene Zusatz. Sujata hätte fast gelacht. *Ein wahrer Gläubiger – er denkt immer noch, er könnte mich bekehren. Ich habe ihn aufgeben, aber bei ihm hat eine solche Erweckung noch nicht stattgefunden.*

Gleich darauf unterdrückte sie jedoch ihre bitteren Gedanken. Wells hätte diese Geste nicht machen müssen, und ihre Neugier war trotz Resignation noch nicht erloschen. Außerdem würde sie so für eine Weile ihrem Gefängnis entkommen.

»Vielen Dank. Das würde ich wirklich gern.« Sie folgte ihm in den Korridor hinaus.

Dort überraschte Wells sie erneut, indem er die Sicherheitstruppe wegschickte. Sobald sie allein waren, wandte er sich ihr zu. »Kanzlerin, zu meiner Beschämung muß ich gestehen, daß mir bis eben nicht klar war, wie streng man Ihre Bewegungsfreiheit eingeschränkt hat. Ich glaube nicht, daß das berechtigt war, und ich habe Gouverneur Whites angewiesen, die Einschränkungen aufzuheben. Ich habe auch die Beweise geprüft, die Colonel Shields bei der Anklage gegen Sie verwenden wollte, und sie scheinen mir nicht überzeugend. Es wird keine Anklage geben.«

Das war vermutlich die deutlichste Entschuldigung, zu der Wells fähig war, aber es war nicht genug. »Heißt das, Sie werden die Triaden zurückbeordern?«

Wells vermied es, sie direkt anzusehen. »Verschieben wir die Diskussion darüber doch bis nach dem Erkundungsflug der *Falcon*«, schlug er vor und ging weiter. Nach einigen Schritten blieb er stehen und drehte sich zu ihr um. »Oh, und Captain Killea versucht Sie seit Tagen dringend zu erreichen. Weil das nicht möglich war, hat er sein Schiff samt Mannschaft so dicht abgeriegelt, als befänden sie sich in Kontaktquarantäne. Würden Sie ihn bitte vom Lageraum aus anrufen und die Sklaven freilassen?«

Auch wenn man es nicht gleich erkannte, das Sternsystem, das auf dem gewölbten Schirm an Teo Farlads Kampfliege als Karte dargestellt war, gehörte zu den kompliziertesten in der gesamten Schiffsbibliothek. Doppel- und Dreifachsonnen gab es in dem kleinen Teil der Galaxis, den die Menschheit erforscht hatte, mehr als genug, und auch an Sternen mit zehn, zwölf oder fünfzehn Satelliten herrschte kein Mangel. Die sieben Elemente auf Farlads Karte waren jedoch allesamt Sonnen – sieben Sonnen in einem winzigen Himmelsbereich, so dicht beieinander, daß sie für einen Beobachter auf der Erde zu zwei Lichtpunkten verschmolzen, einen schwachen und einen starken.

Farlad und die *Falcon* sahen sie jedoch, wie sie wirklich waren – nicht als zwei Sterne, sondern als zwei Sternfamilien. Den Kern der einen Gruppe bildeten die zwei hellsten der sieben, strahlende smaragdweiße Zwillinge, die einander so eng umkreisten, daß sie leicht innerhalb der Merkurbahn unterzubringen gewesen wären. In einem Abstand von über zwei Lichttagen wurden die Zwillinge von drei weniger hellen Sternen umkreist. Dieses Trio hatte in all den Jahrtausenden seit dem Angriff der Mizari auf die Weichsler nur fünf gemächliche Umläufe zurückgelegt. Das alles zusammen war Anak al Banat, Zeta Ursae maioris, Das Pferd – Mizar.

Ein Viertelcee weiter östlich befanden sich zwei weiße Sterne, beide nur um wenige Vielfache heller als Sol, beide mit der gleichen räumlichen Bewegung wie Mizar – Alkor, Der Reiter, Der Verlorene. Genau wie von der Erde aus erschien er auch von hier aus deutlich als das kleinere Mitglied dieser stellaren Partnerschaft. Trotzdem war er das vorrangige Ziel der *Falcon*, denn von Alkor schien die dissonante Radiosignatur auszugehen, von der man annahm, daß sie die Gegenwart der Mizari verriet.

Die Signatur von Alkor war dreimal energiereicher als die von Phachd und einige dutzendmal stärker als die Emissionen aus dem Nest von Alphekka. Trotzdem war sie nicht mehr als ein Flüstern, eine flackernde Kerze in der Nacht.

Bis vor wenigen Tagen hatten noch Zweifel bestanden, ob die Signatur irgendwie von den Zwillingssonnen selbst ausging oder von einem sie umkreisenden Körper. Vom Observatorium auf Lynx aus hatte man bei Alkor keine Planetenspur feststellen können, auch wenn die astrophysikalischen Modellrechnungen ergeben hatten, daß das System stabil genug war, um Planeten zu besitzen. Die Auflösung der Instrumente auf Lynx war natürlich begrenzt; dennoch hatte so mancher in aller Stille über die zugegebenermaßen unwahrscheinliche Möglichkeit nachzudenken begonnen, daß es auf den Sternen selbst Leben geben könnte.

Diese Debatte war beendet worden, als die *Falcon* vor der eigentlichen Erkundung für einen kurzen Navigationsschub aus dem Craze gesunken war. Wie aus einem halben Cee Entfernung deutlich zu erkennen war, stammte die Signatur von einem Planeten, der die Zwillingssonnen in einem Abstand von elf Lichtminuten umkreiste. Sie hatten ihn so gut wie möglich ausgemessen, seine Bahn berechnet und ihm einen Namen gegeben – 6UMa-A1. Dann war die *Falcon* wieder in den Craze gehüpft, und die Mannschaft hatte alle Einzelheiten für ihr Treffen mit den Mizari ausgearbeitet.

Jetzt war das Schiff zu diesem Treffen unterwegs. Farlad berührte mit dem rechten Zeigefinger eine Taste, und ein Viertel seines Schirms füllte sich mit der Telekamera-Aufnahme von Alkor B. Der Hauptreihenstern lag direkt vor der *Falcon* und war nur noch fünf Lichtminuten entfernt. Auf dem digital bearbeiteten und maximal verbesserten Porträt zeigte Alkor B ein von schweren Magnetstürmen vernarbtes Gesicht und durch feurige Protuberanzen verzerrte Glieder.

Die *Falcon* raste weiter direkt auf Alkor B zu, wobei sie in jeder Sekunden eine Viertelmillion Kilometer zurücklegte; wenn sie diese Geschwindigkeit beibehielte, würde sie tief in die turbulente Photosphäre des Sterns eintauchen. Das war jedoch nicht beabsichtigt. Schon jetzt entzog der Hauptantrieb der Spindel mit leisem Summen genug Energie, um die Geschwindigkeit mit zwölffachem Ge zu vermindern.

Farlad merkte, wie seine Rückenmuskeln sich vor Anspannung verkrampften. So nah bei einem Stern aus dem Craze aufzutauchen, noch dazu in einem so flachen Winkel zur Ekliptik des Systems wie die *Falcon*, war ein hochriskantes Manöver – aber es diente einem bestimmten Zweck. Die *Falcon* benutzte Alkor B als Schild, um ihre Anwesenheit so lange wie möglich vor den Bewohnern von 6UMa-A1 zu verbergen. Indem sie sich bis zum letzten Moment im Sicht- und Radarschatten von Alkor B versteckte und die Flugrichtung dann gerade soweit verlagerte, daß sie die Photosphäre streifte, würde sie fast bis zum Beginn der Erkundung unaufspürbar bleiben.

Bei einem derart waghalsigen Flug durch das System wäre jedes andere Schiff des USS, von den Frontschiffen der Triaden einmal abgesehen, durch planetare Trümmer und die heftige Bestrahlung während der Sternpassage vermutlich zerstört worden. Die *Falcon* war jedoch so gebaut, daß sie das alles und noch mehr aushalten konnte.

Fast bevor Farlad dafür bereit war, änderten die Gyroskope die Ausrichtung des Schiffs und leiteten damit die vorprogrammierte Ablenkung um Alkor B herum ein. Die Sternpassage war nervenaufreibend, obwohl die auftreffende komplexe Strahlung bis auf einen winzigen Bruchteil problemlos von den Schilden und Radiatoren abgefangen wurde. Farlad sah die *Falcon* unwillkürlich als eine Motte, die zu dicht um eine Flamme tanzte, und er konnte dieses Bild nicht abschütteln. Zu seiner großen Erleichterung war die Passage nach neunzig Sekunden vorbei, und auf den Schirmen wurde Alkor B von 6UMa-A1 abgelöst.

Wenn beim ersten Versuch nicht eine ernste Lücke in den zu sammelnden Daten auftrat, sei es durch den Ausfall eines Instruments oder durch Störung vom Boden aus, würde es nur einen Vorbeiflug geben. Zwanzig Minuten einwärts – zwanzig Minuten auswärts. Da durfte keine Zeit verschwendet werden, und diese Eile zeigte sich an verstärktem Sprechverkehr im Kommandonetz des Schiffs.

»Instrumentenkapseln absetzen.«

»Bahn und Zeitlinie nominal.«
»Navigationsschub punktgenau.«
Obwohl Farlad nominell für die Datenverwaltung zuständig war, hatte er zur Zeit nichts weiter zu tun, als darauf zu achten, daß das System die einprogrammierten Regeln befolgte. Die Daten von den vielen Dutzend passiver Instrumente, die auf 6UMa-A1 gerichtet waren, wurden direkt in die Mehrfachband-Kleineverbindung geschleust. Der Zwischenspeicher war zu weniger als zehn Prozent voll, und auch das nur, weil dort Daten für eine zweite Transmission abgelegt wurden.

Sobald die Verbindung die Grenze ihrer Kapazität erreichte, würde jedoch ein Datenstau entstehen und der Zwischenspeicher sich sehr schnell füllen. Wenn die *Falcon* sich dem Planeten weiter näherte, würde die Auflösung besser werden und damit auch die Datenlast höher; dazu würden noch die Eingaben von den aktiven Instrumente kommen. Wegen der entfernungsbedingten Verzögerung erhielten sie bisher weder vom Kartierungsradar noch von den übrigen aktiven Instrumenten Daten, aber im letzten Drittel des Anflugs würden sie die Echos der Energien auffangen, die jetzt auf die mizarische Welt gerichtet wurden. Dann würde Farlad eine aktivere Rolle übernehmen müssen.

Mit jedem Moment, der verstrich, kam die *Falcon* dem Punkt näher, an dem das Hauptkriterium für einen Erfolg der Mission erfüllt sein würde: das Übermitteln guter Daten an DIDAC. Farlad hörte zu, wie die Erkundungs-Techs sich über einzelne Datenbrocken unterhielten, die sie aus dem Strom herausgefischt hatten. Eine Oxysilikat-Welt mit kaltem inaktivem Kern und einem einzelnen großen Mond. Nichts Auffallendes – aber Rätsel gab es schon.

»Kalt da unten – 280 absolut. Dürfte aber eigentlich nicht mal so warm sein …«

»Empfange Anzeichen für ein nichtpolares Magnetfeld. Verdammt, wie bringen sie das zustande ...«

»Druck der Atmosphäre 285 Millibar – ein leichter Anflug für die DAs. Aber ein Felsbrocken von der Größe müßte eigentlich mehr Luft festhalten ...«

»Die EM-Detektoren empfangen die Signatur von überall auf der Planetenoberfläche – von der Mondoberfläche auch ...«

»Wo sind die anderen Planeten? Es müßte doch mehr Planeten geben ...«

Die Kleineverbindung arbeitete jetzt an der Kapazitätsgrenze, und der Zwischenspeicher füllte sich. Farlad prüfte, welche Daten schon abgegangen waren, und veränderte die Prioritäten zwischen den unterschiedlichen Instrumenten so, daß die entscheidenden Beobachtungen direkt in die Verbindung eingespeist wurden. Die höchste Priorität kam den aktiven Instrumenten zu, die jetzt, da die *Falcon* sich dem Planeten auf eine Million Kilometer genähert hatte, die Echos ihrer ersten Messungen auffingen. Der Sendeteil dieser Instrumente wurde dagegen abgeschaltet, damit die mizarischen Schützen es nicht allzu leicht hatten, ihr Ziel anzuvisieren.

Während die *Falcon* weiter auf den Punkt ihrer größten Annäherung an 6UMa-A1 zuraste, gestattete Farlad sich zum erstenmal einen Gedanken daran, wie groß wohl die Chance war, daß sie auch das zweite Erfolgskriterium erfüllen würden: zu überleben. Beim Auswärtsflug würde die Geschwindigkeit nicht mehr gegen sie arbeiten, sondern für sie. Beim Auswärtsflug hatte Captain Rukekin die Erlaubnis, die Erkundung abzubrechen und zu fliehen ...

Doch es war fast, als hätte Farlad mit seinen vermessenen Gedanken der Mission Unglück gebracht. Nur drei Minuten vor der größten Annäherung ertönte die Kontaktwarnung. Sofort verteilte Farlad die Prioritäten neu und sorgte dafür, daß alle Daten über den

Kampfablauf bei DIDAC ankamen. Fast ebenso schnell sank der Datendurchsatz der Verbindung. Der Abfall war so scharf, als wären sämtliche hohen Bänder gleichzeitig zusammengebrochen. Aber mit den Geräten war alles in Ordnung.

Sonst hatte Farlad bei einer Kontaktwarnung keine weiteren Pflichten, deshalb hörte er ins Kommandonetz hinein und suchte nach Antworten. Die Furcht und die kaum unterdrückte Panik, die er dort vernahm, brachten ihm keinen Trost.

»Wo, zur Hölle, kommt das her, der Sektor war sauber ...«

»Ich kriege keinen Schußvektor, unser Meßstrahl geht einfach durch, als wär's gar nicht da ...«

Farlad hörte das hochenergetische Knistern von Lanzenfeuer, einmal, zweimal, noch einmal, und noch einmal. Das Schiff schien zu zittern, und das Durcheinander im Kommandonetz wurde zu statischem Rauschen. Schlagartig begriff Farlad, daß diese eiförmige Liege zu seinem Sarg werden würde. Er wollte die Luke über sich aufstoßen, sich aufrichten, in den Zustiegskorridor klettern und schiffabwärts zu den Tanks laufen, damit er wenigstens nicht allein sterben mußte. Aber es war schon zu spät – auf seinem Schirm blinkte der Countdown für das Auswerfen, und die Liege drehte sich zur Vorbereitung bereits aus der Vertikalen in die Horizontale.

Doch auch dafür war es schon zu spät. Die Liege blieb mitten in der Drehung stecken, gleich darauf erlosch das Licht im Zustiegskorridor. Es folgte eine Hitze ohne Feuer, Farlads Körper schrie auf, und sein Verstand beobachtete losgelöst, wie seine Haut erst braun wurde und dann schwarz und runzelig. Dann brannten auch seine Augen, und er war blind, einen letzten qualvollen Moment lang, bis schließlich alles Empfinden erlosch.

Als die Transmission von der *Falcon* plötzlich abbrach, herrschte im Lageraum schockiertes Schweigen. Die Mienen der leitenden Mitglieder des Kommandostabs reichten von Yamakawas verärgertem Stirnrunzeln bis zu dem vor Entsetzen starrem Gesicht von Captain Elizin. Für Sujata waren auf den Bildern ihre schlimmsten Wachträume Wirklichkeit geworden, und sie hatte sich zwingen müssen, sich nicht von ihnen abzuwenden. Jetzt suchte sie mit einer Hand an der nächsten Wand Halt und versuchte, ihr Herzrasen und den verräterisch keuchenden Atem unter Kontrolle zu bringen.

»Also gut«, sagte Yamakawa schließlich. »Wir haben ein Schiff und ein paar gute Leute verloren. Sehen wir's uns genauer an und versuchen wir herauszufinden, was es uns eingebracht hat. Wir haben eine Stunde, um zu entscheiden, was wir der *Kite* sagen, wenn sie Phachd erreicht, und fünf Stunden, bis Triade Eins beim Abbruchpunkt ankommt.«

»Wir können der *Kite* nur eins sagen«, erklärte Sujata und trat vor. »Daß sie die Mission abbrechen soll. Das gleiche gilt für Triade Eins. Sagen Sie ihnen, sie sollen nach Hause kommen.«

Yamakawa betrachtete sie mit merkwürdig unpersönlichem Blick, als wäre sie ein Gegenstand, der die Unverfrorenheit besessen hatte, seinen Platz zu verlassen. Dann kehrte er ihr den Rücken zu und ignorierte sie, wie er schon seit ihrer Ankunft mit Wells vor vierzig Minuten getan hatte.

»Der Angriff erfolgte ungefähr acht Minuten, nachdem die *Falcon* den stellaren Schatten verlassen hatte und die Mizari Gelegenheit bekamen, sie aufzuspüren«, meinte er an Wells gewandt. »Das gibt uns eine Obergrenze für ihre Reaktionszeit. Wenn wir den *Munin*-Zwischenfall in diesem Licht betrachten, dürften wir eine Vorstellung von der Leistungsfähigkeit ihrer Sensoren bekommen.«

»Das Ziel der *Kite* kreist in geringerem Abstand um

seinen Stern als das der *Falcon* um Alkor«, ergänzte Venngst mit einem Blick auf seine Tafel. »Wenn die *Kite* ihren Vorbeiflug bei ... ah ... siebzig-Cee statt fünfzig-Cee machen würde, müßte sie in der Lage sein, ihren Fluchtpunkt sicher zu erreichen, und die Datenqualität würde nur mäßig leiden ...«

Sujata konnte kaum glauben, was sie da erlebte, wie schnell diese Menschen die Toten auf der *Falcon* als Preis für neue Erkenntnisse abschrieben. Nur Elizin wirkte noch immer erschüttert, und das schien niemand zu bemerken. Und trotzdem waren sie offenbar völlig blind für die Bedeutung der Wahrheiten, die sie sich soeben mit Blut erkauft hatten.

»Was müssen Sie denn noch alle wissen?« fragte sie und ging auf Yamakawa zu. »Welchen Sinn hat es, auch noch die Besatzung der *Kite* aufs Spiel zu setzen? Mr. Brodini.« Sie wandte sich an den taktischen Experten des Strategischen Komitees. »Angenommen, die *Falcon* wäre ein Trägerschiff der Triaden gewesen, wäre sie dicht genug herangekommen, um ihre DAs abzusetzen?«

Bevor Brodini antwortete, blickte er nervös in Yamakawas Richtung. »Nein, Kanzlerin. Aber ein Trägerschiff wäre von seinen Frontschiffen unterstützt worden ...«

»Für wie lange? Acht Minuten? Fünf? Drei? Wer sagt Ihnen, daß die Mizari nicht ebensogut drei Schiffe auf diese Entfernung atomisieren können wie eins?«

»Ich sehe nicht ein, wieso wir ständig unsere Fähigkeiten unterschätzen und ihre überschätzen sollen ...«, fing Venngst an.

Sujata wirbelte zu Wells herum. »Wie wollen Sie gegen das da kämpfen?« Sie deutete auf die Aufnahme des schwarzen Sterns, die festgefroren auf einem Schirm lag. »Sie haben die Besatzung der *Falcon* gehört – es kam aus dem Nichts. Die Lanzen konnten ihm nichts anhaben. Es hat ein schwer gepanzertes Aufklärungsschiff genauso mühelos zerstört wie die *Munin*. Was immer es ist, es hat soviel Energie in sich, daß es nach einer Reise von achtzig Lichtjahren immer noch fast alles Leben auf der Erde vernichten konnte. Wie können Sie auch nur daran denken, dagegen zu kämpfen?«

Wells sah von ihr weg auf den Schirm. »Uns bleiben noch genug Möglichkeiten. Es muß einen Weg geben.«

»Was würden Sie denn vorschlagen, Kanzlerin?« fragte Shields mit scharfer Stimme. »Daß wir uns kampflos ergeben? Sie haben zwei von unseren Schiffen zerstört – einunddreißig von unseren Leuten getötet. Das können wir ihnen doch nicht einfach durchgehen lassen.«

»Warum nicht?« fragte Sujata. »Warum müssen Sie unbedingt versuchen, jedem Tod eine Bedeutung zu geben? Warum können diese Toten nicht unser Fehler sein statt ihr Verbrechen? Früher einmal wußten die Menschen, daß Verlieren und Überleben besser ist als Verlieren und Sterben. Aber Sie haben diese wahnsinnige Vorstellung, es würde sich lohnen, für Stolz und Rache zu sterben.«

»Es lohnt sich, für das Leben zu sterben«, entgegnete Wells. »Darum geht es hier, Kanzlerin. Ums Überleben – und um die Freiheit, das Beste aus seinem Leben zu machen. Für dieses Ziel sind schon Millionen bereitwillig gestorben.«

Sie spürte, daß Wells schwankend geworden war, und fühlte zugleich, welchen Druck seine erwartungsvollen Zuhörer auf ihn ausübten. Yamakawa, Venngst, Brodini, Captain Elizin, Shields – sie alle drückten mit ihren Mienen die Forderung aus, daß Wells sie in ihren tiefsten Überzeugungen bestärkte. Und genau diese Überzeugungen mußte Sujata durchbrechen, zumindest bei Wells …

»Diese Menschen sind keinen edlen Tod gestorben«, behauptete sie zornig. »Sie sind als Feiglinge gestorben – Feiglinge, die es nicht ertrugen, als Verlierer aus einer Auseinandersetzung hervorzugehen. Begreifen Sie nicht? Sie stehen nicht mehr an einer Wasserstelle und drohen brüllend mit den Fäusten. Sie reden von einem Krieg, der nur damit enden kann, daß eine von unseren zwei Spezies vernichtet wird. Selbst wenn wir gewinnen, es wäre immer noch falsch.«

Das war die größte Häresie von allen, und indem Sujata sie aussprach, brachte sie die anderen noch mehr gegen sich auf. »Es ist hoffnungslos, Commander, das sieht man doch«, meinte Shields. »Ich habe es Ihnen ja gleich gesagt, eine Maranitin wird das nie verstehen.«

Wells riß seinen Blick von Sujatas Gesicht los und blickte Shields an, dann wandte er Sujata langsam den Rücken zu, als wollte er das Gespräch beenden.

»Warum wollen Sie diesen Krieg?« rief sie ihm quer durch den Raum zu. »Warum können Sie nicht davon ablassen?«

»Ich *will* ihn doch gar nicht«, fuhr er sie an. »Verstehen Sie das denn nicht? Ich habe ihn nie gewollt.«

»Dann haben Sie den Mut, Frieden zu schließen.«

»Woher wollen Sie wissen, daß sie das gleiche wollen wie wir?« Etwas in seiner Stimme schien um eine überzeugende Antwort zu bitten.

»Wenn es lebendige Wesen sind, dann müssen sie auch den Drang besitzen, ihr Leben zu bewahren«, erwiderte sie atemlos und eindringlich. »Nur darauf zähle ich.«

Jetzt war für jeden im Raum klar zu erkennen, in welchem Zwiespalt Wells sich befand. »Begreifen Sie auch, was Sie dabei riskieren würden?«

»Ja«, erklärte sie offen. »Begreifen Sie, was Sie jetzt schon riskiert haben?«

Wells atmete langsam tief ein und senkte den Blick. Sujata wartete schweigend, denn sie spürte, daß er an einem prekären Wendepunkt angelangt war.

Yamakawa spürte es auch. »Commander«, sagte er bestimmt. »Die Zeit läuft uns davon. Die Erkundung von Phachd – die *Kite* braucht Anweisungen ...«

Sujata stürzte sich förmlich darauf. »Genau – erzählen Sie der *Kite*, was mit der *Falcon* passiert ist. Sagen Sie ihnen, Sie möchten erst noch abwarten, ob mit ihnen das gleiche passiert, bevor Sie sich überzeugen lassen.« Ihr Tonfall wechselte plötzlich von bissig auf zuredend. »Harmack – es spielt doch keine Rolle, was sie denken. Es spielt keine Rolle, daß wir nicht alle Antworten kennen. Wenn etwas richtig ist, dann ist es richtig, egal was passiert. Wie viele Gründe brauchen Sie denn noch?«

Wells schürzte die Lippen und schüttelte langsam den Kopf.

Sujata spürte, wie Verzweiflung über sie hereinbrach. »Commander Wells, als Kanzlerin des USS befehle ich Ihnen, sämtliche Schiffe zum Perimeter zurückzubeordern. Ich habe Verständnis für Ihre Vorbehalte. Aber die Verantwortung liegt bei mir. Rufen Sie sie zurück.«

Langsam hob er den Kopf und sah ihr in die Augen. Sie wußte, was er antworten würde, und sie wußte auch, daß niemand im Raum Einspruch erheben würde, wenn er ihr den Gehorsam verweigerte. Und trotzdem zögerte er und hielt ihren Blick einen langen, reglosen Moment lang gefangen.

»Es tut mir leid ...«, fing er mit leiser Stimme an.

Genau in diesem Augenblick wurden sie durch ein Klingeln an einer der Konsolen gestört. »Basisnetz«, verkündete ein Kom-Operator. »Ich habe hier eine Konferenzaufforderung, höchste Priorität, von Präsident Roland Dailey.«

Sujata schöpfte plötzlich Mut.

»Lehnen Sie ab«, antwortete Wells. »Ich habe keine Zeit.«

»Commander, hier ist Chefspezialist Marlenberg«,

meldete sich eine neue Stimme. »Sir, Präsident Dailey läßt sich nicht abweisen – er hat dem diensthabenden Tech angedroht, er würde ihm die Eingeweide herausreißen lassen, wenn er die Aufforderung nicht nach oben weiterleitet. Die erste Aufforderung habe ich in Ihrem Namen abgelehnt. In dieser werden Sie daran erinnert, daß Sie Staatsbürgerschaft auf der Erde beanspruchen; Sie sollen sich umgehend melden, sonst werden Sie nach Ratsrecht unter Anklage gestellt.«

»Was soll das?« fragte Yamakawa.

»Es ist wohl besser, wenn wir es herausfinden«, meinte Wells. »Also gut, Mr. Marlenberg. Wir akzeptieren die Konferenz.« Nach einem kurzen Seitenblick auf Sujata ging er zum Konferenzring am anderen Ende des Raums. Sobald er den Kreis betrat, erschienen ihm gegenüber holographische Bilder: zuerst Dailey, dann ein Mann in den kaiserlichen Gewändern von Liam-Won, eine maranitische Frau in Hoher Kleidung und so weiter, bis sieben nicht ganz solide menschliche Gestalten dort standen. Die leicht unterschiedliche Dichte der einzelnen Silhouetten sowie die schwachen nordlichtartigen Modulationsmuster zwischen ihnen verrieten, daß jedes Bild von einem anderen Ort stammte.

»Commander Wells, ist Kanzlerin Sujata anwesend?«

»Das ist sie.«

»Kanzlerin, würden Sie bitte in den Kreis kommen?«

Sujata schlängelte sich zwischen Yamakawa und Shields durch und stellte sich neben Wells.

»Vielen Dank«, sagte Dailey. »Kanzlerin, heute wende ich mich nicht als Präsident des Weltrats der Erde an Sie, sondern als Chefdelegierter des Konkordats der Welten, das derzeit über diese Konferenz zu einer Sitzung zusammengetreten ist …«

20. KAPITEL

Der Morgen naht

»Die ganze Nacht umschlich der Bär den Pferch
des Nordsterns. Jetzt floh er in seinen Bau,
weil munteren Schritts der Morgen naht…«

– *James Russell Lowell*

»Soll das ein Witz sein? Was, zum Teufel, ist das Konkordat der Welten?« fragte Colonel Shields von der Mitte des Lageraums aus.

Falls die Konferenzschaltung seine Worte einfing, so achtete Dailey nicht darauf. Er fuhr fort, indem er die übrigen Delegierten vorstellte; es waren die Staatsoberhäupter der sechs bevölkerungsreichsten Welten der Ersten Kolonisierung: der journanische Elektor, der Hohe Rat von Ba'ar Tell, die Erste Herrin von Maranit, der König von Liam-Won, der renanische Älteste, der dzubanische Lebensvater.

»Für alle anderen Heimatwelten – einschließlich Feghr – werden bis zu ihrer Vereinigung Sitze freigehalten«, erklärte Dailey weiter. »Wir werden das Konkordat erst dann als vollständig betrachten, wenn alle Welten darin vertreten sind. Bis dahin trifft es leider zu, daß einige unserer Brüder und Schwestern praktisch ausgeschlossen sind. Ich möchte jedoch darauf hinweisen, daß die überwältigende Mehrheit aller Menschen auf unseren sieben Welten beheimatet ist. Die Welten, die noch keinen Sitz haben, können insgesamt nur eine Bevölkerung von zweihundertfünfzig Millionen aufweisen – drei Prozent der Gesamtzahl.

Kanzlerin, das Konkordat ist ein freiwilliges Bündnis, ähnlich dem früheren Pangaianischen Konsortium der Erde. Gemäß der Charta, die jeder Delegierte im Namen seiner Welt unterzeichnet hat, treten die einzelnen Welten in bestimmten Fragen von gemeinsamem Interesse ihre hoheitlichen Rechte an das Konkordat ab, während sie in allen Fragen von rein lokaler Bedeutung autonom bleiben. Zu den Aufgaben, die wir gemeinschaftlich angehen wollen, gehören auch diejenigen, die bisher vom USS wahrgenommen wurden – Transport, Handel und Sicherheit.«

Sujata hörte Elizin hinter sich feindselig flüstern: »Was geht hier vor? Wieso redet er mit ihr?«

»Ich verstehe«, erwiderte Sujata und warf Wells verstohlen einen Blick zu. Der Gesichtsausdruck des Direktors war unbewegt und undurchdringlich.

»Ich möchte Ihnen hiermit versichern, daß das Konkordat sämtliche vertraglichen Pflichten des USS übernehmen wird, sowohl den einzelnen Mitarbeitern als auch den Handelspartnern gegenüber. Weiterhin haben wir in einigen Punkten besondere Absichten, über die Sie informiert sein sollten. Die Neue Kolonie Arctur auf Cheia wird gebeten werden, sich zu entscheiden, ob sie weiter von einer zentralen Behörde verwaltet oder stimmberechtigtes Mitglied werden möchte.

Sämtliche Einrichtungen der Abteilung Versorgung, die in einem bewohnten System angesiedelt sind, werden zu einem angemessenen Preis an die örtliche Regierung verkauft. Alle anderen verbleiben im Besitz des Konkordats und werden von ihm zum gemeinsamen Nutzen verwaltet. Die Schiffe und vorgelagerten Stationen der Abteilungen Erkundung, Transport und Verteidigung werden zu einer provisorischen Raumbehörde zusammengefaßt, die direkt dem Konkordat untersteht.

Kanzlerin, wir erheben diesen Anspruch in vollem

Einklang mit dem Gesetz, und wir würden ihn gern friedlich ausüben, aber wir sind auch bereit, ihn mit allem nötigen Nachdruck durchzusetzen. Erkennen Sie unsere Oberhoheit an und übergeben uns das Eigentum des USS, oder müssen wir es uns nehmen?«

»Ich erkenne Ihre Oberhoheit an«, erwiderte Sujata ohne das geringste Zögern.

»Wen kümmert es schon, was du sagst, du Hexe«, tobte Brodini. »Sollen sie doch versuchen, uns etwas wegzunehmen. Sie werden sich bald wünschen, sie hätten uns in Ruhe gelassen ...«

»Diese Bemerkung ist unzulässig, Mr. Brodini«, entgegnete Wells scharf.

»Ich meine es ernst. Sie wird schon sehen, wozu die Triaden fähig sind, wenn wir erst eine nach Maranit schicken ...«

»Halten Sie den Mund oder verschwinden Sie!« befahl Wells und verlieh seinen Worten mit einem harten, tadelnden Blick Nachdruck.

Brodini verstummte, aber er war nicht der einzige, der Einwände hatte. »Das ist doch ein abgekartetes Spiel, reiner Betrug«, behauptete Shields. »Dieses angebliche Konkordat hat uns gar nichts zu sagen. Wir haben das Recht ...«

»Das Recht wozu?« fragte Wells und schenkte seinem Stabschef den gleichen vernichtenden Blick. »Überlegen Sie sich bitte, was Sie sagen, Mr. Shields. Was genau verteidigen Sie eigentlich?«

Dailey mußte den Wortwechsel gehört haben, zog es jedoch vor, nicht das Ende abzuwarten. »Damit das Konkordat Gelegenheit erhält, seine leitenden Mitarbeiter selbst zu bestimmen, bitte ich Sie hiermit, offen Ihren Rücktritt zu erklären«, sagte er zu Sujata. »Wie ich hinzufügen möchte, bedeutet das nicht, daß wir Sie nicht in dieser oder einer anderen Position als Mitarbeiterin behalten wollen.«

»Ich verstehe, und ich folge Ihrer Bitte.«

»Ich danke Ihnen für diese ehrenvolle Einstellung, Kanzlerin. Commander Wells?«

»Ja.« Wells drehte sich zu ihm um.

»Commander Wells, infolge der legalen und nicht erzwungenen Machtübergabe, deren Zeuge Sie soeben waren, sind Sie von nun an Angestellter der provisorischen Raumbehörde des Konkordats. Das Konkordat hat vor zwanzig Minuten einstimmig beschlossen, seine sämtlichen Schiffe zum Perimeter zurückzubeordern, bis eine vollständige Überprüfung der bisherigen Politik des USS und deren Folgen stattgefunden hat. Sie sind angewiesen, diesen Rückzugsbefehl umzusetzen. Bitte bestätigen Sie.«

»Sagen Sie ihnen, sie sollen sich zum Teufel scheren«, verlangte Yamakawa wütend. »Das ist nichts als ein mit Gesetzen getarnter Raubüberfall.«

»Dem muß ich zustimmen, Sir«, bemerkte Venngst. »Solange wir die Charta nicht gesehen haben und die näheren Umstände nicht kennen ... Ich verstehe nicht, wie sie von uns erwarten können, daß wir die Art Macht, die unsere Schiffe darstellen, einfach an sie abtreten. Vielleicht leisten die übrigen Welten Widerstand, und das Konkordat will mit Hilfe des USS seine Machtposition stärken. Ich finde, hier ist überhaupt nicht klar, wo Ihre Pflicht liegt.«

Wells atmete tief ein und seufzend wieder aus. »Wenn etwas richtig ist, dann ist es richtig, egal in was für Kleidung es daherkommt«, meinte er leise. Er blickte Sujata an, und sie entdeckte etwas Neues in seinen Augen – vielleicht Erleichterung. Dann kehrte er Venngst den Rücken zu und sah Dailey an.

»Bestätigt, Herr Chefdelegierter«, sagte Wells mit klarer und fester Stimme. »Ich werde die Schiffe zurückbeordern. Vermutlich wollen Sie, daß ich ebenfalls zurücktrete?«

»Ja, aus dem gleichen Grund.«

Wells nickte. »Ich werde mein Gesuch gleich einreichen, zusammen mit denen meiner leitenden Mitarbeiter.«

So schnell war es vorbei. Sujatas Knie fühlten sich plötzlich weich an, und mit einem zittrigen Seufzer der Erleichterung stieß sie den Atem aus, den sie bis eben angehalten hatte. Sie schloß die Augen und sah, wie sich der Schatten von ihrer adoptierten Heimatwelt zurückzog, wie sich in dem Licht erneut das Leben regte. »Danke, Harmack«, hörte sie jemand mit Leidenschaft sagen. Erst später wurde ihr bewußt, daß sie es gewesen war.

Den Entschluß in die Tat umzusetzen, dauerte etwas länger. Für die *Kite* lief nach wie vor die Uhr, deshalb hatte der Rückzugsbefehl an sie höchste Priorität. Bevor Wells sich darum kümmern konnte, mußte er sich jedoch mit einer kleinen Revolte in seinem Stab befassen.

Der Pragmatiker Yamakawa machte keine Schwierigkeiten, ebensowenig Venngst, ein ausgemachter Profi, der wußte, was sich für ihn gehörte. Selbst Shields schien – wenn auch mürrisch – bereit, sich mit der neuen Wirklichkeit abzufinden.

Anders war es bei Brodini und Elizin. Sobald Sujata und Wells die Konferenz und damit die fortlaufende Sitzung des Konkordats verließen, weigerte Brodini sich rundweg, Wells bei der Ausführung von Daileys Anweisungen zu unterstützen. Das war allerdings ein etwas nutzloser Schwur, da Brodini als Mitglied des Strategischen Komitees weder Befehlsgewalt besaß noch für bestimmte operative Aufgaben verantwortlich war.

Wells reagierte jedoch weniger auf den tatsächlichen Wert der Verweigerung als auf ihre symbolische Bedeutung. »Dann nehme ich jetzt gern Ihren Rücktritt an, Mr. Brodini«, erklärte er kurz.

»Ich trete auch nicht zurück«, widersprach Brodini trotzig. »Glauben Sie, ich schleiche mich still davon und lasse dem hier seinen Lauf? Irgend jemand muß den Mund aufmachen. Die Stationsbesatzung wird alles erfahren, dafür sorge ich.«

Trotz dieser tapferen Worte endete sein Aufbegehren recht zahm. Seine Sicherheitsstufe wurde bis ganz auf R-1 herabgesetzt, und er selbst wurde von zwei Sicherheitsoffizieren abgeführt und im Wohnblock unter Arrest gestellt. Statt sich zu wehren, begnügte er sich damit, auf dem gesamten Weg durch den Korridor Sujata und das Konkordat lauthals zu beschimpfen.

Brodinis kraftloser Auftritt schien Elizin jedoch eher zu ermutigen. Der Verlust der *Falcon* hatte ihn härter getroffen als alle anderen; seitdem hatte er allein und unbeachtet hinten im Raum gestanden, schweigend, mit gesenktem Kopf, tief in sich selbst verloren. Als Brodini fort war und Wells ankündigte, er werde den Rückzugsbefehl persönlich von der Kommandozentrale des Flugbüros aus erteilen, wurde Elizin plötzlich lebendig und verließ mit weiten eiligen Schritten seinen Platz, um Wells abzufangen.

»Mack – das können Sie nicht machen. Sie schulden ihnen etwas.« Er blockierte den Weg zur Tür mit seinem Körper. »Ich hatte Freunde auf der Falcon. Die meisten meiner Männer auch. Am Abend vor unserem Abflug von Lynx habe ich noch mit Captain Rukekin gegessen. Er hat mir von dem Haus erzählt, das er sich in der Nähe von Benamira gekauft hat. Für den Ruhestand, verstehen Sie?«

»Geben Sie den Weg frei, Captain«, befahl Wells entschieden, aber nicht ohne Mitgefühl.

Elizin wich ein oder zwei Schritte in Richtung Tür zurück, machte aber keine Anstalten, Wells vorbeizulassen. »Diese Monster haben ihn geröstet, und Sie wollen ihnen das durchgehen lassen. Das ist nicht richtig, Mack«, behauptete er mit echtem und tief empfundenem Schmerz. »Es ist einfach nicht richtig. Sie haben sie in dem Glauben losgeschickt, daß der USS hinter ihnen steht, daß wir ihnen Rückendeckung geben. Sie müssen etwas tun, Mack. Sie können sie nicht einfach da draußen alleinlassen. Sie müssen sie wenigsten zurückholen …«

Für eine diplomatische Antwort blieb keine Zeit. »Da gibt es nichts zurückzuholen. Es tut mir leid, Captain.« Wells versuchte sich an ihm vorbeizudrängen.

Die Überraschung war auf Wells' Seite, deshalb kam er bis auf zwei Schritte an die Tür heran. Dann packte Elizin ihn mit eisernem Griff am Arm und zerrte ihn zu sich herum. »Haben Sie nicht gehört?« schrie er und wedelte heftig mit dem freien Arm, die Hand drohend zur Faust geballt.

Dabei wandte er sowohl Shields als auch Sujata den Rücken zu. Sujata sah Shields an, in der festen Erwartung, daß er etwas unternehmen würde. Als er es nicht tat, trat sie vor und faßte Elizin von hinten an den Hals, mit einem sicheren Griff, der Elizin allen Kampfgeist und seinen Beinen alle Kraft nahm. Elizin stürzte schwer zu Boden und blieb still liegen.

»Halsschlagader und motorische Ganglien«, erklärte Sujata und betrachtete ihr Werk. »In ein oder zwei Minuten kommt er wieder zu sich.«

»Sorgen Sie dafür, daß er auf die Krankenstation gebracht wird«, sagte Wells zu Shields. »Er ist nicht gefährlich. Er ist nicht einmal im Unrecht. Er ist nur durcheinander.« Er wandte sich an Sujata. »Wir müssen los.«

Sie ging neben ihm den Korridor entlang und paßte sich dem Tempo seiner langen, unregelmäßigen Schritten an.

»Ich wußte gar nicht, daß Sie solche Tricks beherrschen«, bemerkte Wells. Die Worte hatten einen Unterton von widerwilligem Respekt.

»Das gehört zu den Sachen, mit denen wir Hexen von Maranit die Herde in Schach halten«, erwiderte sie leichthin.

Überrascht lachte er auf. »Bringen Sie mich bitte nicht dazu, Sie auch noch zu mögen«, sagte er dann nüchtern. »Es ist schlimm genug, daß ich zugeben mußte, daß Sie recht hatten.«

Sujata blieb mit Wells in der Kommandozentrale des Flugbüros, bis die *Kite* den Rückzugsbefehl bestätigt hatte und sicher aus dem Phachd-System entkommen war, indem sie sofort wieder in den Craze aufgestiegen war. Danach war vier Stunden Zeit, bis die nächste Nachricht abgehen mußte, diesmal an Triade Eins im Anflug auf Alphekka. Sujata nutzte die Ruhepause, entschuldigte sich und ging allein davon, um für einige große Schulden die erste Rate in Form von Dank abzubezahlen.

Dabei bewegte sie sich zum erstenmal ohne Begleitung durch die Station, und wie nicht anders zu erwarten, verirrte sie sich. Doch nachdem sie so lange in ihrem Quartier eingesperrt gewesen war, erschien ihr selbst die Freiheit, sich zu verirren, wie ein Genuß. Als sie sich wieder zurechtgefunden hatte, machte sie zunächst auf der *Wesley* Station, wo Captain Killea gerade den längst fälligen Hausputz in seinem inzwischen leeren Schiff überwachte.

»Ich danke Ihnen«, sagte Sujata, nachdem sie ihn vom Vorarbeiter des Docks weggelotst hatte.

Er zuckte die Achseln. »Wir haben gar nichts gemacht. Eigentlich frage ich mich immer noch, was wir eigentlich hätten machen sollen.«

»Sie haben meine Anweisungen befolgt. Sie haben Ihre Aufgabe erfüllt, und das allein war Botschaft genug.«

Killea nickte nachdenklich. »Ich glaube, das verstehe ich, nach allem, was man uns nach dem Öffnen erzählt hat. Trotzdem wäre es nicht schlecht, wenn ich der Mannschaft etwas Konkretes sagen könnte.«

»Hatten Sie Ärger mit ihr?«

»Ärger?« Er legte den Kopf schräg. »Nein, Ärger habe ich erst, wenn mich die zweite Wache mit einem Schraubenschlüssel niederschlägt und zur Luftschleuse abhaut. Ich habe nur reichlich erhobene Augenbrauen und verstohlene Blicke zu sehen bekommen.«

»Ich werde Ihnen etwas Konkretes für die Besatzung geben – nämlich daß Sie in ihre Personalakten eine Belobigung des USS eintragen können.«

»Das wäre eine große Hilfe.« Er deutete mit dem Kopf zum Vorarbeiter hinüber. »Wenn Sie mich entschuldigen würden – ich muß mich um ein paar Dinge kümmern.«

»Sofort«, erwiderte sie. »Captain Killea, eventuell werde ich noch mehr von Ihnen und der *Wesley* verlangen, als daß Sie mit verriegelten Luken im Dock sitzen.«

Er verschränkte die Arme vor der Brust. »Wie bald denn? Die Lanze muß immer noch für einsatzbereit erklärt werden.«

»Machen Sie sich darüber keine Gedanken. Wo wir hinfliegen, brauchen wir keine Lanze. Eigentlich wäre es mir am liebsten, wenn sie unbrauchbar gemacht würde. Sie auszubauen, ist vermutlich nicht machbar.«

Jetzt war Killea an der Reihe, die Augenbrauen zu heben. »Nein, Kanzlerin, das ist es wohl nicht.«

»Was die *Wesley* vor allem braucht, ist der allerbeste Sprachcomputer, der hier auf der Station oder sonstwo zu haben ist. Falls er von Central heruntergeladen werden muß, genehmige ich eine Prioritätsverbindung. Ihr Bibliothekar soll in der Schiffsbibliothek eine Partition für den Induktionsprozessor und die Datenbank einrichten. Und für den Operator wird der Arbeitsplatz des Kampfstrategen auf der Brücke umgerüstet.«

»Ich weiß nicht, ob die Schirme kompatibel sind ...«

»Dann sollen Ihre Computerleute sie ersetzen. Notfalls müssen sie eben die ganze Kampfliege herausreißen. Die werden wir auch nicht brauchen.«

»Es wird eine Weile dauern.«

»Das ist mir klar. Nehmen Sie sich zwei Tage frei, und dann fangen Sie an.«

Seine Miene erhellte sich. »Ja, Kanzlerin.« Er wollte sich abwenden, blieb aber noch einmal stehen. »Kanzlerin, werden wir je erfahren, was da drinnen wirklich passiert ist?«

Sie lächelte schwach. »Das bezweifle ich, Captain.«

»Aber jetzt ist alles vorbei, ja? Überall wieder klar Schiff?«

»Nicht ganz, Captain. Nicht ganz.«

Bei der Rückkehr in ihr Büro versuchte Sujata Dailey zu erreichen, mußte sich aber sagen lassen, daß er nicht zu sprechen war. Das Konkordat tagte immer noch. Eine Stunde später erging es ihr genauso, noch eine Stunde später auch.

An sich war es nicht erstaunlich, daß die erste Sitzung des Konkordats sich in die Länge zog. Für Sujata war es jedoch eine neue Erfahrung, jemand erreichen zu wollen, der Wichtigeres zu tun hatte, als mit ihr zu reden. Es führte ihr deutlicher als alle Worte vor Augen, daß sie nicht mehr oberste Entscheidungsträgerin war.

Diese Entdeckung wirkte sowohl befreiend als auch irritierend. Sechseinhalb Jahre lang war immer sie diejenige gewesen, die man um Erlaubnis bitten mußte. Nach diesem tief verwurzelten Denkmuster hatte sie auch den Nachmittag geplant: *Erst gehe ich zu Killea, dann rede ich mit Dailey, dann kehre ich in die Kommandozentrale zurück und sehe zu, wie die Triaden ihr Abbruchsignal bekommen.* Jetzt arbeitete sie im Dienste eines anderen, und obwohl sie es als Erleichterung empfand, daß sie mit der Macht auch die Verantwortung hatte abgeben dürfen, so ärgerte es sie doch, daß von ihr verlangt wurde, die Zeit totzuschlagen, bis Dailey wieder zu sprechen war.

Den größten Teil dieser Zeit verbrachte sie damit, verschiedenen DIDAC-Spezialisten dabei über die Schulter zu sehen, wie sie die Daten auswerteten, die die *Falcon* in den letzten Minuten vor ihrem Tod gesammelt hatte. Alles was sie sah, alles was sie von und mit den Spezialisten erfuhr, bestärkte sie in der Überzeugung, daß ihr noch unausgesprochener Entschluß richtig war.

Sujata betrachtete die Aufnahmen von den kristallartigen Wölbungen, die über die Oberflächen von Planet und Mond verstreut saßen, und versuchte dabei, die Existenz dieser Wesen in ihrer Ganzheit zu erfassen, in ihrer Verbundenheit untereinander und mit ihren Welten. Die Mizari waren noch vollständiger in ihre Heimatwelt integriert als die Mutter in ihre, und das erfüllte Sujata mit Staunen. Sie hörte den Modulationen ihrer Lebenssignatur zu, die bei jedem der zwei Nester von Alkor ihre eigene Ausprägung hatte, und versuchte, darin eine Bedeutung zu erkennen.

Wie schwer es ist, das überhaupt Leben zu nennen, selbst für mich. Wie schwer, sich damit zu identifizieren – wie leicht, geringschätzig darüber zu denken. Nichts, was man lieben oder worin man sich einfühlen könnte …

Kontakt mit Dailey bekam Sujata erst, nachdem sie wie geplant in die Kommandozentrale gegangen war und beobachtet hatte, wie das Abbruchsignal erfolgreich an Triade Eins übermittelt wurde. Daileys Augen wirkten müde, aber seine Gesichtszüge wurden von einem inneren Glühen der Zufriedenheit erhellt.

»Ich grüße Sie und entschuldige mich, Kanzlerin«, begann er fröhlich. »Man hat mir Ihre Nachrichten ausgerichtet, aber ich konnte mich einfach nicht eher freimachen.«

»Das verstehe ich«, erwiderte sie. »Mir ist bewußt,

daß Sie viel zu erledigen hatten – und vermutlich haben Sie das immer noch.«

»Sie haben recht.« Dailey kippte seinen Sessel nach hinten. »Es war sogar ziemlich aufregend. Der Älteste von Rena-Kiri stellte den Antrag, jetzt, da die Krise abgewendet sei, solle das Konkordat sich auflösen und alles wieder so werden wie früher. Kurz und gut, er wollte das Konkordat in das verwandeln, wofür Commander Wells' Berater es gehalten haben, nämlich in ein Betrugsmanöver. Es war keine geringe Herausforderung, ihn davon abzubringen.«

»Es freut mich zu hören, daß es Ihnen gelungen ist. Ich habe ebenfalls gute Neuigkeiten. Die *Kite* ist von der Erkundung von Phachd abberufen worden und Triade Eins vom Angriff auf Alphekka. Die übrigen Schiffe werden wohl auch bald zurückbeordert sein.«

»Ausgezeichnet! Anscheinend haben Sie unsere magere Unterstützung bestens genutzt. Es tut mir leid, daß wir nur sieben Welten zusammenbekommen haben. Ich hatte Sorge, das könnte Ihnen Probleme machen.«

Sujata schüttelte den Kopf. »Ich staune, daß Sie in der kurzen Zeit überhaupt so viel geschafft haben. Und Sie haben Wells genau im richtigen Zeitpunkt seine Chance gegeben, ihm einen Ausweg gezeigt.«

»Ehrlich gesagt, ich staune auch. Offenbar war unser Einfluß – der Einfluß der Erde, heißt das – größer, als ich vorher gedacht hätte. Journa und Maranit waren von vornherein mit dabei, die Journaner wegen der besonderen Zuneigung, die sie immer für uns empfunden haben, und Ihre Welt aus Prinzip – vermutlich auch, weil Sie an dem Plan beteiligt waren. Die Ba'arer dagegen waren alles andere als begeistert, weil sie fanden, sie sollten die Maus spielen, die mit einem Elefanten ins Bett geht; deshalb haben wir uns schließlich auf die Regel ›eine Welt, eine Stimme‹ geeinigt.

Danach bekamen die Dzubaner natürlich solche

Angst, daß die Renaner oder die Liamesen die Oberhand gewinnen könnten, daß sie sich mit Journa und Maranit verbündeten und dafür sorgten, daß ich Chefdelegierter wurde.« Dailey lachte in sich hinein. »Oh, das wird eine Herausforderung, das sehe ich jetzt schon. Ich werde mich gleich hinsetzen und noch einmal alles lesen, was Devaraja Rashuri je über die Kunst der Staatsführung geschrieben hat. Ich brauche alle Hilfe, die ich kriegen kann, sonst fliegen die Welten wie Murmeln auf einem Drehtisch wieder auseinander. Aber diese Sorgen kann ich genausogut auf morgen verschieben. Heute abend sollten wir feiern. Haben Sie etwas zu trinken bei der Hand? Ich würde gern einen Trinkspruch auf Sie ausbringen, weil Sie uns vom Abgrund weggezogen und unseren bedrohten Frieden bewahrt haben.«

Sujata schüttelte den Kopf. »Diesen Trinkspruch müßte ich zurückweisen, Chefdelegierter. Wir haben noch keinen Frieden – nicht einmal eine Pattsituation. Es reicht nicht, wenn wir einfach an den Ort und in den Zustand von früher zurückkehren. Der Status quo repräsentiert keine Stabilität, sondern Sterilität.«

Dailey runzelte die Stirn. »Es tut mir leid, Kanzlerin, aber ich verstehe nicht wieso.«

»Ich frage mich, ob Sie das überhaupt können. Sie überblicken nur diesen kurzen Augenblick im Ablauf der Zeit, nicht den Weg, auf dem wir bis hierher gekommen sind. Diese ganze Geschichte mit den Mizari und dem endlosen kampflosen Krieg hat uns zum Stillstand gebracht, uns gezwungen, alle kreative Energie auf das Organisieren von Zerstörung zu richten. Die Aussicht auf den Tod hat uns so gelähmt, daß wir gar kein Leben mehr in uns spüren.

Sehen Sie, in einer Hinsicht hatten Wells und die Neuner recht. Wir brauchen eine Lösung, durch die wir uns die Galaxis wieder erschließen«, erklärte sie mit einer Leidenschaft, von deren Vorhandensein sie gar nichts gewußt hatte. »Bis wir sie gefunden haben, sind wir nicht nur physisch blockiert, sondern auch emotional. Wir wissen nicht, wie wir unsere Kräfte nach innen richten sollen. Wir brauchen das Unbekannte. Wir brauchen die Möglichkeit zu wachsen, uns eine hoffnungsvolle Zukunft auszumalen.«

»Dagegen habe ich nichts einzuwenden«, meinte Dailey gelassen. »Aber es ist eine Vision für die ferne Zukunft.«

»Nein, Sir. Es muß eine Vision für die Gegenwart sein. Nur weil wir jetzt wissen, daß es die Mizari gibt, und ein bißchen darüber erfahren haben, wie sie sind und wozu sie fähig sind, wird unsere Furcht noch lange nicht abnehmen. Im Gegenteil, dadurch bekommt sie eher ein klarer umrissenes Ziel. Wenn sich nicht bald etwas ändert, wird es noch mehr Menschen wie Wells geben. Und irgendwann wird einer von ihnen erreichen, worauf er hinarbeitet, obwohl er es sich gar nicht wünscht – Krieg.«

»Haben Sie nicht gesagt, wir könnten nicht gewinnen?«

»Nicht im Moment. Aber Sie wissen doch, wie wir sind. Einige von diesen Leuten lassen schon jetzt ihren unendlich erfinderischen kleinen Verstand heißlaufen, weil sie unbedingt einen Weg finden wollen, den Vorteil der Mizari wettzumachen. Vielleicht kann man die Mizari irgendwie blenden. Oder wir lernen genau genug zu gravigieren, um einen unbemannten Bomber zehn Kilometer über einem ihrer Nester aus dem Craze zu holen. Entweder es gibt wirklich einen Weg, oder wir werden uns einreden, daß es einen gibt.«

Dailey seufzte. »Zugegeben. Aber wie kann man das verhindern? Was soll ich Ihrer Meinung nach tun?«

»Sie müssen nur die Erlaubnis erteilen. Alles weitere übernehme ich.«

»Die Erlaubnis wozu?«

»Ich möchte mit der *Wesley* nach Alkor fliegen. Nicht

um die Mizari auszuspionieren oder um sie besser einschätzen zu können. Sondern um so gut wie möglich Kontakt mit ihnen aufzunehmen. Um ihnen zu zeigen, daß auch wir Leben sind und es verdienen zu überleben.«

»Und wenn sie Ihr Schiff zerstören, so wie sie es mit der *Falcon* und der *Munin* gemacht haben?«

»Dann werden Sie hoffentlich ein zweites entsenden, das an meine Erkenntnisse anknüpft. Schiffe und Besatzungen sind ein geringer Preis, wenn man sich die Zukunft zurückkaufen will.«

Dailey überlegte eine Weile, bevor er antwortete. »Ich glaube nicht, daß wir dem zustimmen können, solange nicht eine gewisse Aussicht auf Erfolg besteht.«

»Wenn es die nicht gäbe, würde ich es gar nicht vorschlagen«, erwiderte Sujata rasch. »Die Mizari haben sowohl das Alphekka- als auch das Alkor-System stark verändert. Die einzigen Raumkörper darin sind jetzt die Sterne und die Mizari-Nester – sonst haben wir nicht einen einzigen Brocken aufgespürt, der größer als eine Faust ist. Sie haben ihr Zuhause sozusagen leergefegt – Planeten, Monde, Asteroiden, alles –, und zwar mit diesem Hilfsmittel aus Energie, das wir den schwarzen Stern nennen.«

»Für mich klingt das nicht eben ermutigend«, meinte Dailey. »Das ist eine furchtbare Kraft.«

»Zugegeben. Aber überlegen Sie doch einmal, warum die zwei Nester in diesem System sich gegenseitig in Ruhe lassen, obwohl sie sonst alles beseitigt haben. Warum haben sie sich nicht gegenseitig vernichtet oder wenigstens das größere das kleine? Warum diese eine Ausnahme? Weil beide wissen, daß es das andere Nest gibt. Diese niederfrequente Signatur, mit deren Hilfe wir sie aufgespürt haben – das ist die Art, wie sie sich miteinander unterhalten oder sich zumindest gegenseitig erkennen.«

»Dann glauben Sie also, Sie können sich als Löwe verkleiden und zwischen ihnen herumlaufen?«

»Die *Munin*, die keinerlei EM-Strahlung abgab, wurde vermutlich sofort nach der Entdeckung zerstört. Die *Falcon* kam viel dichter heran, aber nachdem sie die EM-Strahlung abgeschaltet hatte, wurde sie auch zerstört. Wenn wir beim Anflug die Signatur des Nests von Phachd oder Alphekka senden, werden sie uns in Ruhe lassen.«

Dailey schürzte die Lippen. »Schreiben Sie einen Antrag. Etwas, das ich den anderen Delegierten zeigen kann ...«

Bevor er ausgesprochen hatte, wurde der Schirm leer, und Dailey wurde mitten im Satz das Wort abgeschnitten. An seiner Stelle erschien Yamakawa.

»Kanzlerin, Sie werden sofort im Lageraum gebraucht.«

»Warum? Was ist los?«

»Triade Zwei hat das Abbruchsignal nicht bestätigt«, erklärte Yamakawa grimmig. »Sie ist immer noch auf dem Weg nach Alkor.«

»Wie, zum Teufel, konnte das passieren?« wollte Sujata wissen und schob ihr Gesicht dicht an Wells heran. »Wenn das ein Trick ist, wenn Sie auf diese Art Ihr Wort brechen und uns zum Krieg zwingen wollen ...«

»Es sollte mich wohl nicht überraschen, daß Sie das denken«, meinte Wells müde. »Tatsache ist, daß wir mit Triade Zwei genauso verfahren sind wie mit Triade Eins. Nur hat Triade Zwei den Befehl nicht bestätigt. Wir haben nicht einmal ihr Transpondersignal empfangen.«

Sujata wandte sich ab und schlang die Arme um sich. »Vielleicht gab es nichts zu empfangen. Vielleicht ist etwas schiefgegangen.«

»Kanzlerin, die Kleine-Geräte auf den Kommandoschiffen der Triaden sind zweifach durch Hilfssysteme abgesichert«, widersprach Yamakawa. »Es ist unwahrscheinlich, daß sie wegen eines technischen Versagens stumm sind.«

»Es sei denn, das ganze Schiff ist zerstört worden.«

Wells schüttelte den Kopf. »Wir haben leider eine ziemlich klare Vorstellung davon, warum sie uns nicht gehört haben. Mr. Marshall?«

Ein KomTech räusperte sich nervös. »Kanzlerin, ich habe die Transmission geprüft, die die *Falcon* kurz vor ihrer … kurz vor dem Abbrechen der Verbindung abgeschickt hat. In dem Moment, wo der schwarze Stern auftauchte, sprang die Interferenz um fünfzehn Punkte in die Höhe und stieg bis zum Ende der Auseinandersetzung weiter an. Auch wenn die *Falcon* überlebt hätte, der Kontakt zu ihr wäre wenige Sekunden später abgebrochen.«

»Wie war das bei der *Munin?*«

»Das gleiche Muster, nur weniger stark ausgeprägt – proportional zu der vom schwarzen Stern freigesetzten Energie.«

Stirnrunzelnd blicke Sujata zwischen dem Tech und Wells hin und her. »Wie ist das möglich? Ich denke, die Kleineverbindung läuft direkt durch die Spindel. Wie kann irgend etwas, das auf unsere Seite des Zauns passiert, drüben Interferenzen auslösen?«

Darauf antwortete Yamakawa. »Anscheinend *ist* die Spindel die Energiequelle des schwarzen Sterns. Genauer gesagt, der schwarze Stern ist die Manifestation eines Korridors in der Spindel. Das Büro für Datenanalyse hat uns bestätigt, daß das Spektrum der gegen *Falcon* und *Munin* eingesetzten Strahlung genau mit dem rohen Energieflux in einem AVLO-Antrieb übereinstimmt.«

»Sie zapfen die Spindel an, genau wie wir …«

»Ja«, sagte Yamakawa. »Das erklärt, wieso der schwarze Stern beide Male so plötzlich aufgetaucht ist. Und es erklärt die Interferenz. Ihre Waffen stören die

Spindel. Durch ihren Einsatz entsteht eine Zone der ...«, er zögerte, suchte nach dem richtigen Wort und zuckte schließlich die Achseln, »eine Zone, die der Kleine-Carrier mit seiner relativ geringen Energie nicht durchdringen kann.«

»Warum hat mir das niemand erzählt?«

»Kanzlerin, wir haben auch erst vor wenigen Minuten erkannt, wie alles zusammenpaßt«, erklärte Wells. »Ihnen ist nichts verheimlicht worden.«

Sujata kehrte allen den Rücken zu, ging nervös einige Schritte von ihnen fort und drehte sich dann wieder zu Wells um. »Und, was nun? Der Commander der Triade hat mit einer Nachricht von Ihnen gerechnet, richtig? Was soll er tun, wenn er nichts hört?«

Wells nickte Marshall zu, und dieser räusperte sich. »Die Prozedur sieht so aus: Wenn sie unseren Carrier nach neunzig Sekunden noch nicht erhalten haben, dehnen sie die Enttarnung – die Zeit außerhalb des Craze – auf insgesamt drei Minuten aus. Wenn sie ihn dann immer noch nicht haben, steigen sie wieder auf.«

»Und was tun sie dann?«

»Sie führen ihren Dienstauftrag aus«, antwortete Wells. »Genau darum geht es bei Missionen mit Vorgabe: grün – um die Möglichkeit, daß die Kommandostruktur durch Feindeinwirkung beschädigt wird und die Kampfgruppe ihren Auftrag ohne Unterstützung ausführen muß. Triade Zwei wird die Nester von Alkor angreifen.«

Sujata starrte ihn an, dann blickte sie forschend in die anderen Gesichter, jedes einzeln: Yamakawa, Venngst, Shields, Marshall, die übrigen Hilfskräfte. Was sie in ihren Mienen las, erschreckte sie. »Warum tut denn niemand etwas?« fragte sie und warf die Hände in die Höhe.

»Wir können nichts tun«, antwortete Wells ruhig. »Jedenfalls können wir sie nicht aufhalten.«

»Aber wenn sie den Angriff einleiten, dann können wir sie erreichen, genau wie die *Kite.*«

Wells senkte den Blick und schüttelte leicht den Kopf. »Triade Zwei fliegt ins Interferenzgebiet *hinein.* Es ist kaum zu hoffen, daß die Störung bis zu ihrer Ankunft bei Alkor soweit nachläßt, um sie dort zu erreichen.«

In Marshalls Augen leuchtete ein wenig Hoffnung auf. »Kanzlerin, wenn der schwarze Stern wirklich eine Manifestation der Spindel ist …«, begann er zögernd.

»Ja?«

»Ich habe mir folgendes überlegt: Der Zwischenfall mit der *Munin* ist jetzt elf Jahre her, und sie haben noch nicht zurückgeschlagen. Wenn sie wirklich so schnell reagieren können, wie es den Anschein hat … Vielleicht können sie AVLO-Schiffe nicht durch den Craze zum Ausgangspunkt zurückverfolgen, so wie sie es mit dem Eisschiff der Weichsler gemacht haben. Das *ist* schließlich auch viel schwieriger, selbst für uns, und es sind unsere Schiffe. Vielleicht wissen sie immer noch nicht, wo wir sind.«

»Vielleicht nicht«, erwiderte Sujata. »Aber wenn Triade Zwei Alkor erreicht, werden sie drei Gründe mehr haben, weiter nach uns zu suchen.« Sie wandte sich an Wells. »Wann kommen sie bei Alkor an? Wieviel Zeit haben wir noch?«

»Drei Monate.«

Sujata sah blind vor sich hin. »Ich muß mit Dailey reden«, erklärte sie schließlich.

»Ich kann Ihnen hier eine Verbindung herstellen«, schlug Marshall vor.

»Kanzlerin, Sie sollten ihn unbedingt fragen, ob wir Triade Drei trotzdem zurückbeordern sollen«, meinte Yamakawa nachdrücklich.

Sujata begriff sofort, was er damit andeuten wollte, und die Erkenntnis ließ sie frösteln. *Wenn ich mir vorstelle, daß wir schon beschlossen hatten, vom Abgrund weg-*

zugehen, und jetzt stürzen wir womöglich doch noch hinein … Der eigentliche Fehler war natürlich, daß wir überhaupt so dicht an den Rand herangegangen sind. Aber für Reue ist es jetzt zu spät – für das meiste andere auch.

»Kanzlerin, ich habe jetzt den Chefdelegierten.«

Sujata atmete tief ein und ging durch den Raum zum Kommunikationspult, ohne zu wissen, was sie sagen sollte. Durch die Erregung war ihr fiebrig warm geworden, und so merkte sie nicht, daß sie einen warmen Luftwirbel durchquerte.

Wartet.

»Nein«, sagte Sujata. »Ich glaube nicht, daß man das irgend jemandem hier vorwerfen kann, jedenfalls nicht diesen speziellen Fehler. Dafür, daß die Rahmenbedingungen hierfür geschaffen wurden, könnte man natürlich reichlich Vorwürfe verteilen.«

Tut gar nichts.

»Meine Empfehlung wird für Sie wie Entscheidungsverweigerung klingen.«

Habt Vertrauen.

»Ich sage, wir halten den Atem an und hoffen darauf, daß wir es überstehen. Triade Zwei läßt sich vielleicht nicht mehr aufhalten, aber wir müssen ja nicht noch nachhelfen.«

Jetzt bin ich an der Reihe.

»Ja, drei Monate ist eine lange Zeit, um den Atem anzuhalten. Aber was passiert, wenn wir den anderen Weg einschlagen, das wissen wir. Im einen Fall besteht nur die Möglichkeit, daß sie zurückschlagen, im anderen ist es sicher.«

Seit seiner letzten Metamorphose gehörte noch mehr von ihm zur Spindel und noch weniger zu seiner früheren Existenz. Er hatte viel Altes und Unbrauchbares abgestreift und viel Neues gelernt. Die wichtigste Lektion bestand darin, daß er nun die Energie der Spindel kanalisieren konnte und nicht seine eigene aufs Spiel setzen mußte. Seit er das verstanden hatte, besaß er Macht; seit er sich selbst verstand, besaß er auch das nötige Geschick.

Was falsch gewesen war, hatte Thackery gespürt, sobald er seine erneut hergestellte Resonanz wieder auf die Quelle der Störung gerichtet hatte. Er hatte zugehört und dann noch einmal Sujatas Bewußtsein berührt, diesmal mit zartem und sicherem Zugriff, der auf ihren Gedanken blasse schwankende Schatten hinterließ:

Wartet.
Tut gar nichts.
Habt Vertrauen.

Dann bewegte er sich fort, glitt mit der gleichen Anmut durch die Strömungen der Spindel, wie er es einst bei Gabriel beobachtet hatte, und ließ den Blick weit über die Fasern schweifen. Drei Wurmlöcher zeigten ihm die Anwesenheit der drei unendlich kleinen Zylinder an, in denen sich die geordneten Energien von Lebendigem befanden.

Thackery bewegte sich ohne Hast, denn er kannte den Augenblick und die Mittel und wußte, daß beides erreichbar war. In ihm gab es keinen Zweifel, keine Furcht. Das alles hatte er für immer aufgegeben.

Früher einmal hatte er Ruhm für etwas eingeheimst, das viele tausend ebensogut hätten tun können. Jetzt galt es etwas zu erledigen, wozu nur er in der Lage war, aber wovon nie jemand erfahren würde. Sie würden nur wissen, daß die Schiffe und ihre Besatzungen nie wieder aus dem Craze aufgetaucht waren, ihre Mission nie erfüllt hatten.

Er bedauerte nicht einmal, daß er diese Menschen opfern mußte, und das nicht nur, weil auch Bedauern aus seiner Substanz herausgeschnitten worden war. Er sah, daß diese Schiffe das Zentrum und die Quelle der dunklen Vorahnungen waren, durch die der Spindelbereich gleich zeitabwärts verdüstert und die Gegenwart gestört wurde. Er hatte die Macht, diese Vorahnungen auszulöschen, und der Preis dafür, selbst wenn er im Tod einiger seiner früheren Verwandten bestand, war nichts im Vergleich zu dem Gewinn.

Indem er auf alte wie neue Kenntnisse zurückgriff, bewegte er sich auf die Grenze zu und dehnte seine Essenz und seine Kontrolle in alle drei Wurmlöcher zugleich aus, genau ins Herz der drei Schiffe. Dann mußte er nur einmal schütteln, einmal *so* drehen, und durch ihn strömte eine Energieflut in die empfindlichen Triebwerke. Unersetzliche Stromkreise brannten durch und schmolzen. Wo eben noch die Schiffe gewesen waren, entstand plötzlich eine Blüte aus Energie, eine Blüte von solchem Ausmaß, daß die Beobachter in der Materiematrix sie mit Sicherheit bemerken würden, und dann würden sie wissen, was sie bedeutete.

Es war getan.

Er blieb noch eine Weile länger und sah zu, wie sich ein einzelnes Schiff vorsichtig dem System aus sieben Sonnen näherte und dabei das Lied der Mizari sang; er freute sich daran, wie sich Bewußtsein und Bewußtsein begegneten, und lauschte den Botschaften, die eigentlich für andere Ohren bestimmt waren.

»Wir werden uns nie von Angesicht zu Angesicht gegenüberstehen, um uns kennenzulernen«, sagte die Frau zu den Menschen, denen sie diente, »denn was wir sind, ist für sie ebenso unbegreiflich, wie für uns unbegreiflich ist, was sie sind. Wir werden uns nie in

Freundschaft die Hand reichen, denn sie haben uns nichts zu bieten, und wir ihnen ebenfalls nichts. Aber ebensowenig werden wir noch einmal gegeneinander Krieg führen. Auf einer Welt könnten wir nicht gemeinsam existieren, aber die Galaxis können wir uns teilen.«

In seinem jetzigen Zustand konnte Thackery fast nichts mehr empfinden; er kannte nur noch zwei Gefühle, die keinem intelligenten Wesen fremd sein können: Belustigung angesichts der Absurdität der Existenz und Achtung vor der Endgültigkeit der Nichtexistenz. Aber er erinnerte sich noch an andere Emotionen, und das Herz, das er nicht besaß, quoll über von einer Freude, die sein neuer Körper niemals aufgebracht hätte.

Denn während er zusah, waren die Störungen in der Spindel verschwunden, und der Weg zeitabwärts war endlich frei. Und in der stillen fernen Zukunft erblickte er eine wundervolle Vision in der Matrix, eine lebendige Resonanz von solcher Zartheit und Schönheit, daß Thackery wachsen mußte, um sie überhaupt erfassen zu können.

= *Gabriel …* =

>Ich habe dich rufen hören und bin vom Endpunkt aufwärts gezogen, aber die Turbulenzen haben mir den Weg versperrt. Brauchst du Hilfe? <

Als die Antwort des D'shanna Thackerys Wesen berührte, entstand Entzücken, ein Geschmack von Wiedervereinigung und Vervollkommnung. = *Nein. Ich bin ganz.* =

> Bist du hier fertig? <

Bevor Thackery antwortete, blickte er über die Schranke hinweg in die Materiematrix, die für ihn Heimat wie Hölle gewesen war, die ihn erschaffen und ihn zerstört hatte. Er sah die rastlose Tätigkeit der Schiffe und ihrer Besatzungen, sah die Welten, auf denen sich erneut ungezügelter Ehrgeiz regte. Für ihn war dort kein Platz, an diesen Bemühungen wollte er nicht mehr teilhaben. Das alles lag hinter ihm.

= *Ja. Ich bin hier fertig.* =

> Und möchtest du mit mir zeitabwärts kommen und in der Gemeinschaft das Ende erwarten? <

= *Sehr gern, Gabriel* =, erwiderte Thackery freudig. = *Kennst du diesen Klang? Verstehst du meine Freude?* =

> Ich verstehe sie. Komm, Merritt Thackery. Komm und werde eins mit uns. <

HEYNE BÜCHER

Lois McMaster Bujold

Romane aus dem preisgekrönten Barrayer-Zyklus der amerikanischen Autorin

Waffenbrüder
Band 7
06/5538

Spiegeltanz
Band 8
06/5885

06/5885

06/5538

Heyne-Taschenbücher

HEYNE
BÜCHER

Michael McCollum

schreibt Hardcore SF-Romane, die jeden Militärstrategen unter den SF-Fans und Battletech-Spieler begeistern.

Antares erlischt
06/5382

Antares Passage
06/5924

06/5382

06/5924

Heyne-Taschenbücher

HEYNE BÜCHER

Shadowrun

06/5483

Eine Auswahl:

Nyx Smith
Jäger und Gejagte
Band 19
06/5384

Nigel Findley
Haus der Sonne
Band 20
06/5411

Caroline Spector
Die endlosen Welten
Band 21
06/5482

Robert N. Charrette
Gerade noch ein Patt
Band 22
06/5483

Carl Sargent
Schwarze Madonna
Band 23
06/5539

Mel Odom
Auf Beutezug
Band 24
06/5659

Heyne-Taschenbücher